齐鲁文化与中国古代文学研究丛书

王志民 主编

教育部人文社会科学重点研究基地
山东师范大学齐鲁文化研究中心 资助项目

# 齐鲁文人与六朝文风

王　琳 著

齊魯書社

# 总　序

王志民

进入新世纪以来，传统文化和古代文学的研究都呈现出多学科交叉综合发展的新趋势。就文化研究而言，从条形的分门别类研究向块状的区域文化综合研究的发展，即是一个很好的开拓，且已形成了一个区域文化研究“热”，取得了可观的成就；就古代文学而言，与文化的结合研究，是打破封闭之门，开辟更广阔新视野的主要途径之一，翻检近些年涌现的众多新锐之作，就知道这方面正呈现出一派“门泊东吴万里船”的新气象。这套《齐鲁文化与中国古代文学研究丛书》就是我们在区域文化与古代文学结合研究上的一次新尝试。

中华民族素以历史悠久、地域广阔著称于世。唯其悠久，形成了源远流长、从未间断的中华传统文化；唯其广阔，也造就了绚丽多彩、各具特色的区域文化。然而，区域文化的发展却不是均衡的、平面的，而是各竞所长、相互激荡的立体式推进的。齐鲁文化以其丰富博大的内涵和独特的历史贡献在各区域文化中卓然而立，独领风骚。齐鲁是中国“圣人”的故乡，培育了孔子及墨子、管子、孙子、孟子、荀子等一大批影响中国历史文化发展进程的伟大人物，是中华民族精神和思想文化传统奠基时期——春秋、战国直至秦汉时代的文化“重心”，出现过“诸子大半出齐鲁，百家争鸣于稷下”的文化景观，用郭沫若先生的话说：“周秦诸子的盛况，是在这儿形成了一个高峰的。”(见《十批判书·稷下黄老学派的批判》)在此后两千余年的漫长历史岁月中，齐鲁作为中国人心中的“圣地”和中国传统文化的主流思想——儒家思想的发源地，仍然发挥了独特的历史作用。固然，一代有一代文化之兴，一代亦有一代文学之荣，但齐鲁文化对中国古代文学发展的影响却是长期存在、与时俱进的。这是我们编纂这套丛书的思想认识基础。

这套丛书从酝酿、策划到出版，经历了五个年头，而它的启动，是与山东师范大学齐鲁文化研究中心和古代文学学科建设的纵深发展相辅相成的。山东师范大学是山东解放后建校最早的省属高校之一。从20世纪50年代始，齐鲁文化研究和古代文学的教学与研究即成为学校基础深厚、力量较强的重点、优势学科之一，不仅在文、史、哲各系科聚集了齐鲁文化的研究力量，产出了众多有重大学术影响的成果，而且在古代文学的教学研究中，长期形成了重视齐鲁文化与古代文学结合的传统。在这一方面，老一代的严薇青、朱其铠、李茂肃、李伯齐、许金榜等教授都做了大量的工作，取得了相当的成就。2001年，教育部批准齐鲁文化研究中心为人文社会科学重点研究基地，古代文学是其所依托的三大优势学科和主要科研力量之一；2003年，本校古代文学学科被批准为博士学位授权点，“齐鲁文化与中国古代文学研究”是其三个方向之一。这种相互交织、彼此依赖的密切关系，也是2004年启动编纂这套丛书的重要学术和人才基础。在此基础上，学校和文学院领导全力支持，挂靠齐鲁文化研究中心的“区域文化与中国文学”博士点也于2008年批准招生，为这一方面的学科建设、人才培养提供了新的平台和有利条件。

本套丛书的出版，意在推动山东师范大学的古代文学研究进一步与齐鲁文化的结合，从学科发展的角度，为地方文化建设做贡献；也是齐鲁文化研究中心为加强“区域文化与中国文学”博士点建设所做的基础工作之一，成果大多是作者在长期学术积累基础上倾力专注的精心之作，既是齐鲁文化与古代文学结合研究的一次成绩展现，也是今后继续开展这方面研究的开端，我作为这套丛书的主要策划者和主持人，特向各位作者表示衷心感谢！

在这套丛书的论证编纂过程中，本校李伯齐、许金榜两位先生对丛书的设计、论证提出了许多指导性意见；古代文学博士学位点负责人杜贵晨教授为该丛书出版尽了许多心力；石玲教授作为齐鲁文化研究中心的校内专职研究员，做了大量具体工作，齐鲁书社的领导与编辑为丛书出版付出了辛勤劳动，在此一并表示感谢。

2008年12月

# 目　录


总序 ………………………………………………… 王志民 1

绪论 ………………………………………………… 1

## 上篇　文章操作

第一章　丰富生动的杂传 ……………………………… 23

一、齐鲁文士的英雄传记 ……………………………… 24

二、齐鲁文士的佛道、孝子、幼童、高士传记 ……… 33

三、齐鲁文士的家传、地域人物传和自传 …………… 39

四、齐鲁文士的其他传记 ……………………………… 51

第二章　清新有趣的地记 ……………………………… 61

一、六朝地记的繁荣和齐鲁文士的地记著述 ………… 61

二、六朝地记的影响及其评价 ………………………… 81

第三章　异彩纷呈的子书 ……………………………… 92

一、汉末以来子书的兴盛与齐鲁文士的子书操作 …… 92

二、文质彬彬:徐幹《中论》 ………………………… 104

三、激情洋溢:仲长统《昌言》 ……………………… 116

四、任嘏《道论》与其他齐鲁文士的子书操作 ……… 127

五、口语化的追趋:贾思勰《齐民要术》 …………… 133

六、家训之集大成:颜之推《颜氏家训》 …………………… 136
**第四章　挥洒人间百态的书信文** ………………………………… 150
一、孔融与建安齐鲁文士书信 ……………………………… 150
二、吴质与三国齐鲁文士书信 ……………………………… 161
三、王羲之与晋代齐鲁文士书信 …………………………… 175
四、鲍照与宋齐齐鲁文士书信 ……………………………… 186
五、徐陵与梁陈齐鲁文士书信 ……………………………… 196
**第五章　风格多样的论、序文** …………………………………… 210
一、六朝齐鲁文士的论体文 ………………………………… 210
二、六朝齐鲁文士的序体文 ………………………………… 230
**第六章　情理兼备的奏议文** ……………………………………… 237
一、三国齐鲁文士的奏议 …………………………………… 237
二、两晋南北朝齐鲁文士的奏议 …………………………… 252
**第七章　诔、祭、吊与其他文体** ………………………………… 265
一、齐鲁文士的诔、祭、吊文 ……………………………… 265
二、策文、碑文与其他文体 ………………………………… 271
**第八章　义理、文采的发扬与文献的征引:注体文** ………… 277
一、魏晋齐鲁文士的注体文 ………………………………… 277
二、南北朝齐鲁文士的注体文 ……………………………… 292

## 下　编　诗赋创作与文学批评

**第一章　魏与西晋齐鲁文士诗歌** ………………………………… 307
一、王粲与建安齐鲁文士诗歌 ……………………………… 307
二、左思与西晋齐鲁文士诗歌 ……………………………… 317
**第二章　东晋南北朝齐鲁文士诗歌** ……………………………… 325
一、东晋南朝琅琊王氏诗歌 ………………………………… 325

二、鲍照与刘宋齐鲁文士诗歌 …………………………… 329
三、徐陵与齐梁陈齐鲁文士诗歌 ………………………… 339
第三章　六朝齐鲁文士的辞赋 ………………………… 350
一、序志抒情赋 ……………………………………… 350
二、都邑赋 ………………………………………… 364
三、咏物赋 ………………………………………… 375
第四章　六朝齐鲁文士的文学批评 ……………………… 392
一、刘勰前后之齐鲁文士的文学批评 …………………… 392
二、体大思精:刘勰《文心雕龙》………………………… 403
三、文学史论及文学批评论 ……………………………… 426

主要参考文献 ……………………………………… 432

# 绪 论

## 一

中国文学发展到魏晋南北朝，臻于空前繁荣。在魏晋南北朝约四百年的文学发展历程中，齐鲁籍文学家不断涌现，如云蒸霞蔚，形成宏伟的创作阵营。曹道衡、沈玉成二先生编著，中华书局出版的《中国文学家大辞典·先秦汉魏晋南北朝卷》，堪称迄今为止同类辞书中收录唐前文学家最多的著作，笔者据以大致统计，该书所收魏晋南北朝时期文学家近一千二百人，其中齐鲁籍的文学家约一百八十人，占六分之一弱，如此大的比例，处于全国前列。

按具体里籍分布而计，琅琊王氏文学家四十六人，高居首位。清河崔氏文学家十四人，居第二位。琅琊颜氏与东海徐氏各八人，并列第三位。平原刘氏七人，居第四位。泰山羊氏与东海何氏各六人，并列第五位。清河张氏与平昌伏氏各五人，并列第六位。济阴卞氏、琅玡诸葛氏与东海鲍氏各四人，并列第七位。兹录有关文学家于下：

四人以上(含四人)的有：

琅琊临沂王氏家族文学家：王廙、王羲之、王彪之、王胡之、王肃之、王凝之、王徽之、王献之、王珣、王珉、王叔之、王韶之、王准之、王逡之、王珪之、王微、王僧绰、王僧虔、王延之、王秀之、王僧达、王僧祐、王俭、王寂、王融、王思远、王素、王晏、王暕、王筠、王德元、王智深、王泰、王规、王锡、王劢、王训、王诵、王巾、王俊康、王籍、王褒、王脊、王胄、王瑳、王翊。

清河崔氏文学家：崔悦、崔逞、崔宏、崔浩、崔祖思、崔光、崔慰祖、崔灵恩、崔光韶、崔叔仁、崔俊、崔鸿、崔瞻、崔儦。

琅琊临沂颜氏文学家：颜延之、颜竣、颜测、颜师伯、颜协、颜晁、颜之仪、颜之推。

东海郯徐氏文学家：徐孝嗣、徐勉、徐悱、徐摛、徐君蒨、徐陵、徐孝克、徐仪。

平原刘氏文学家：刘善明、刘怀慰、刘峻、刘杳、刘霁、刘讦、刘歊。

东海郯何氏文学家：何承天、何长瑜、何思澄、何僩、何逊、何子朗。

泰山羊氏文学家：羊祜、羊徽、羊欣、羊璿之、羊侃、羊深。

平昌安丘伏氏文学家：伏滔、伏系之、伏曼容、伏挺、伏知道。

清河武城张氏文学家：张始均、张彝、张烈、张讥、张正见。

济阴冤句卞氏文学家：卞伯玉、卞承之、卞范之、卞彬。

东海郯鲍氏文学家：鲍照、鲍机、鲍泉、鲍宏。

琅琊阳都诸葛氏文学家：诸葛亮、诸葛恪、诸葛勗、诸葛璩。

四人以下的有：

山阳高平王氏文学家：王粲、王弼、王沈。

东海郯王氏文学家：王朗、王僧孺。

北海剧王氏文学家：王猛、王晞。

高平金乡郗氏文学家：郗昙、郗超。

平原高唐刘氏文学家：刘昭、刘缓。

东平寿张吕氏文学家：吕安、吕思礼。

齐国临淄左氏文学家：左思、左芬。

乐安博昌任氏文学家：任暇、任昉。

东莞莒臧氏文学家:臧荣绪、臧严。

濮阳鄄城吴氏文学家:吴质、吴隐之。

东海缪氏文学家:缪袭、缪恺。

北海平寿唐氏文学家:唐瑾、唐令则。

东莱曲城王氏文学家:王基。

琅琊开阳卞氏文学家:卞兰。

鲁国孔氏文学家:孔融。

山阳高平仲长氏文学家:仲长统。

平原高唐华氏文学家:华峤。

东莞莒刘氏文学家:刘勰。

任城孙氏文学家:孙该。

北海平昌孙氏文学家:孙毓。

乐安孙氏文学家:孙搴。

东莞杨氏文学家:杨苕华。

东平宁阳刘氏文学家:刘桢。

平原宋氏文学家:宋该。

高平张氏文学家:张湛。

平原明氏文学家:明僧绍。

东莞莒王氏文学家:竺僧度(俗姓王)。

清河绎幕房氏文学家:房景先。

高平闾丘氏文学家:闾丘冲。

平原般祢氏文学家:祢衡。

齐郡益都贾氏文学家:贾思同。

东莞姑幕徐氏文学家:徐广。

乐安博昌徐氏文学家:徐纥。

北海剧徐氏文学家:徐幹。

乐安高氏文学家:高柔。

鲁国黄氏文学家:黄章。

济阴鹿氏文学家:鹿悆。

乐安博昌蒋氏文学家:蒋少游。

东郡东阿陈氏文学家:程晓。

清河傅氏文学家:傅永。

济阴冤句温氏文学家:温子昇。

高平昌邑虞氏文学家:虞溥。

高平金乡檀氏文学家:檀超。

《隋书·经籍志》收录魏晋南北朝时期人物别集约780部,其中出自齐鲁籍作家之手的为121部,含唐初尚存的67部,梁代存、唐初亡佚的54部。这样计来,魏晋南北朝齐鲁籍作家之别集数量约占全国的六分之一。这121部别集是:

唐初尚存的齐鲁作家别集:《孔融集》九卷,《徐幹集》五卷,《刘桢集》四卷,《王粲集》十一卷,《王朗集》三十四卷,《高堂隆集》六卷,《缪袭集》五卷,《王肃集》五卷,《程晓集》二卷,《诸葛亮集》二十五卷,《程咸集》三卷,《孙毓集》六卷,《左思集》二卷,《卞粹集》一卷,《王廙集》十卷,《王敦集》十卷,《王鉴集》九卷,《王峤集》八卷,《王导集》十卷,《郗鉴集》十卷,《王胡之集》十卷,《王洽集》五卷,《王羲之集》九卷,《王彪之集》二十卷,《郗超集》九卷,《王猛集》九卷,《郗愔集》四卷,《王珉集》十卷,《徐邈集》九卷,《王珣集》十一卷,《王谧集》十卷,《王诞集》二卷,《羊徽集》九卷,《卞裕集》十三卷,《王叔之集》七卷,《徐广集》十五卷,《卞瑾集》十卷,《王弘集》一卷,《何承天集》二十卷,《王微集》十卷,《颜延之集》二十五卷,《颜竣集》十四卷,《颜测集》十一卷,《王僧达集》十卷,《鲍照集》十卷,《王俭集》五十一卷,《王融集》十卷,《徐孝嗣集》十卷,《任昉集》三十四卷,《王僧孺集》三十卷,《徐勉前集》三十五卷,《徐勉后集》十六卷,《王锡集》七卷,《王暕集》二十一卷,《刘孝标集》六卷,《鲍几集》八卷,《何逊集》七卷,《王揖集》五卷,《王筠集》十一卷,王筠《中书集》十一卷,王筠《临海集》十一卷,王筠《左佐集》十一卷,王筠《尚书集》九卷,《鲍泉集》一卷,《王褒集》二十一卷,《徐陵集》三十卷,《张正见集》十四卷。

梁代存、唐初亡佚的齐鲁作家别集:《祢衡集》二卷,《华歆集》二卷,《吴质集》五卷,《管宁集》三卷,《卞兰集》二卷,《孙该集》二卷,《王弼集》五卷,《吕安集》二卷,《刘毅集》二卷,《刘寔集》二卷,《刘宝集》三卷,《闾丘冲集》二卷,《虞溥集》二卷,《王旷集》五卷,《卞壸集》二卷,《诸葛恢集》五卷,《王恪集》十卷,《王献之集》十卷,《王肃之集》三卷,《王徽之集》八卷,《徐禅集》六卷,《卞湛集》五卷,《卞范之集》五卷,《卞承之集》十卷,《伏系之集》十卷,《左芬集》四卷,《王韶之集》二十四卷,《王昙首集》二卷,《卞伯玉集》五卷,《羊欣集》七卷,《王敬弘集》五卷,《王韶之集》十九卷,《王僧谦集》二卷,《王僧绰集》一卷,《何长瑜集》八卷,《羊希集》九卷,《羊崇集》六卷,《颜延之逸集》一卷,《羊戎集》十卷,《王询之集》五卷,《明僧暠集》十卷,《王瓒集》十五卷,《刘祥集》十卷,《崔祖思集》二十卷,《刘善明集》十卷,《刘怀慰集》十卷,《卞铄集》十六卷,《王寂集》五卷,《何僩集》三卷,《诸葛璩集》十卷,《刘歊集》八卷,《刘讦集》一卷,《刘缓集》四卷。

以上《隋书·经籍志》著录有别集的六朝齐鲁籍作家,但曹、沈二先生《中国文学家大辞典·先秦汉魏晋南北朝卷》未收者,计有:高堂隆、王肃、程咸、卞粹、王敦、王鉴、王峤、王导、郗鉴、王洽、郗愔、徐邈、王谧、王诞、卞裕、卞瑾、王弘、王瓒、王揖、华歆、管宁、刘毅、刘寔、刘宝、王旷、卞壸、诸葛恢、王恪、卞湛、王昙首、王敬弘、羊希、羊崇、羊戎、王询之、刘祥、卞铄等三十七人。

此外,还有些六朝齐鲁籍人物可视为文学家,曹、沈二先生书中也未收。举几例于下。譬如鲍照之妹鲍令晖,诗写得很好,逯钦立先生《先秦汉魏晋南北朝诗》录其《拟青青河畔草》等七首诗；西晋左思之妹左芬被曹、沈二先生收入书中，鲍令晖情况与之相类，理应当作文学家而收录。与鲍照同族的东海鲍行卿，博学多才，上《玉璧铭》，萧衍发诏褒赏，好韵语，著有《皇室仪》、《乘舆飞龙记》、文集二十卷。鲍行卿弟鲍客卿子鲍检、鲍正、鲍至，并以才艺知名，曾俱为湘东王萧绎幕下文人。鲍至文才又在二兄之上，简文帝萧纲居东宫时，开文德省，设立学士，鲍至与庾信，张长公等为学士；鲍至撰《南雍州记》，颇有文学性。此四人似也不应排除于文学家之外。

琅琊王奂子王肃，由南朝投奔北魏，作《悲平城诗》云："悲平城，驱马入云中，阴山常晦雪，荒松无罢风。"勾勒塞上苦寒风光，局面宏阔。又如琅琊王彬、王碧，《梁书》或称好文章，习篆隶，文辞典丽，或称有文才，自应属于文学家了。又如北魏琅琊王衍为其兄王诵所撰的墓志，文采斐然，其中有云："导遥源于神迹，启盛胄于仙储，洪流与江河并逝，峻峰共嵩岱争耸。离剪擅于兴秦，吉骏称乎隆汉，积仁义而为门，累台槐而成族……惟公风神峻杰，容止可观，体苞舒卷，识洞机寂。孤情与青松比秀，逸韵将白云共远，譬崐玉之为润，等冬冰而成洁。"述及王氏之肇始王子乔及秦汉时王离、王剪、王吉、王骏等重要人物，接下来赞美王诵，皆辞藻典雅清丽。尤其是"洪流"二句、"孤情"二句，南北朝著名文人如王俭、王融、刘峻、任昉、庾信、徐陵等的作品中皆出现过此类句子，唐初王勃《滕王阁序》中"落霞与孤鹜齐飞，秋水共长天一色"即效仿前人同类句式的产物。所以，不应该把王衍这样文学素质颇高的人物排除在文学家之外。

再如高平金乡檀道鸾，所撰《续晋阳秋》，刘峻注《世说新语》征引此书七十五次，其中或对魏晋文学发展大势有所概括，也不乏文学性强的叙述片断，《中国文学家大辞典·先秦汉魏晋南北朝卷》

收录了东莞史家臧荣绪，檀道鸾与之情况相似，照例不应排除于文学家之外。三国魏平原人管辰，其兄管辂为著名方术之士，管辰撰《管辂别传》标榜其事迹，洋洋万字，极富文采，堪称魏晋杂传中不可多得的佳作，我们判定管辰具备文学家的资格，当不为过。凡此等等，不一而足，皆可说明六朝时期齐鲁籍作家之纷盛。

## 二

东汉后期以降，政治危机日益严重，社会舆论中普遍而显著的声音是对现实政治的猛烈抨击。儒家思想不能疗救或缓解严重的政治危机，逐渐丧失主导社会人心的独尊地位，广大士人由政治上对朝廷的信任危机，发展而为思想上对儒家独尊的信仰危机，疏离或鄙弃儒家经学的言论和行动时或可见。另一方面，对文学艺术的兴趣则空前浓重。汉灵帝光和元年设立鸿都门学，据《后汉书》之《蔡邕传》、《杨赐传》、《阳球传》记载，鸿都门学士擅长的主要是“书画辞赋”、“浅短之书”、“方俗闾里小事”，并以此见宠于时，获得“不次之位”。灵帝之举虽受到部分大臣的批评，但其毕竟是东汉末期儒家经学地位相对衰微、文学艺术地位相对提高之社会风尚的产物。汉献帝建安时期，曹操父子倡导文学，文学得以大盛，沈约《宋书·臧焘传论》称当时的情形是“主爱雕虫，家弃章句”。如此重文风尚与鸿都门学在一定程度上是一脉相通的。从《后汉书·儒林列传》与《文苑列传》所收长于儒学或文学之人物的升降，亦大致可见东汉前期至中后期由重儒到重文之社会风尚的变化。《儒林列传》所收东汉儒林人物凡五十位，其中前期占三十多位，中后期仅十余位；《文苑列传》所收东汉文苑人物凡二十多位，前期仅五位，中后期主要是后期则有近二十位。二传相较，东汉前期儒林人物盛，东汉中后期，尤其是后期文苑人物盛之状况甚明。钟嵘

《诗品》云:"降及建安,曹公父子,笃好斯文。平原兄弟,郁为文栋;刘桢、王粲,为其羽翼。次有攀龙托凤,自致于属车者,盖将百计。彬彬之盛,大备于时矣。"更进一步具体地揭示了汉魏之际士人的兴趣从经学转向文学的情况,同时也说明思想文化领域的热点在一定程度上往往是随着高层人物的爱好而转移的。这种风气历两晋南北朝不变而南朝尤盛,帝王挟其特殊身份招纳文士成为文坛的一个重要现象。由宋至陈,规模较大的文学集团不断出现,宋之临川王刘义庆,齐之竟陵王萧子良,梁之昭明太子萧统、简文帝萧纲、元帝萧绎,陈之后主陈叔宝等,都是著名的领袖人物,因此,文学创作迅速发展,达到了空前的繁荣。南朝的史书,不仅开始单设《文苑传》或《文学传》,而且在其他传记对人物的评价中也触处可见"善属文"、"文采妙绝当时"之类话语,可见文学日益成为一个独立门类并成为品藻人物的重要标准。伴随着创作繁荣的是文集编纂之风的盛行和理论批评的发展,《隋书·经籍志》云:"总集者,以建安之后,辞赋转繁,众家之集,日以滋广,晋代挚虞,苦览者之劳倦,于是采摭孔翠,芟剪繁芜,自诗赋下,各为条贯,合而编之,总为《流别》。"至南朝时期,各种文集层出不穷,盛况空前;同时,许多文学批评论文或专著应运而生,呈现水涨船高的发展态势。

在全社会的尚文气氛中,六朝士人普遍以能文相标榜,甚至某些武夫也在耳濡目染下纷纷效仿,以附庸风雅。而尤引人注目的是涌现出许多"世以文章显,轩冕相袭"①的文学家族,往往凭借其世代相传的文化积淀醉心于文学创作,以获取社会声誉。由于自先秦汉魏以来悠久发达的区域文化传统及深厚的文化土壤的沾溉,齐鲁籍的文学家尤其多,成为当时文坛一道格外亮丽的风景。在齐鲁籍家族中,就为官人数之多、文集之盛言,门阀大族琅琊王

① 《晋书》卷九十二《文苑传》,中华书局,1974年版,第2370页。

氏为其首。关于琅琊王氏之轩冕相袭,《梁书》卷二十一《王瞻、王志、王峻传论》云:"王氏自姬姓已降,及乎秦汉,继有英哲。洎东晋王茂弘经纶江左,时人方之管仲。其后蝉冕交映,台衮相袭,勒名帝籍,庆流子孙,斯为盛族矣。"《南史》卷二十四《王准之传论》亦云:"观夫晋氏以来,诸王冠冕不替。"琅琊王氏家族在发展中,基本上经历了由明经到事功到尚文的历程。王氏先祖王吉,西汉中期好学明经之士,曾任益州刺史、谏议大夫;王吉子王骏,初以孝廉为郎,官至御史大夫;王骏子王崇,官至大司农,封扶平侯。其后有王仁,东汉后期曾为青州刺史。王仁之孙王祥,以孝友著名,魏晋二朝历任显位,官至太保。东晋初琅琊王氏之事功达到鼎盛,王导与从兄王敦同为权势最为显赫的辅政大臣。《晋书》卷九十八《王敦传》载云:"(元)帝初镇江东,威名未著,敦与从弟导等同心翼戴,以隆中兴,时人为之语曰:'王与马,共天下。'"王导、王敦以后,随着其他高门大族的崛起,以及皇权的加强,王氏家族在政治上的势力虽然有所衰弱,但仍然轩冕相袭,为其他世家大族所不及。而其尚文的家族文化传统,自东晋到南朝则越来越显浓重、兴盛,且往往作为引以自豪的资本。《梁书》卷三十三《王筠传》载王筠写给诸子的书信,述及他对王氏家族政治地位,尤其是文化传统的自豪自信和对后代子孙以文化优势传家的期望:"史传称安平崔氏及汝南应氏,并累世有文才,所以范蔚宗云崔氏'世擅雕龙'。然不过父子两三世耳;非有七叶之中,名德重光,爵位相继,人人有集,如吾门世者也。沈少府约语人云:'吾少好百家之言,身为四代之史,自开辟已来,未有爵位蝉联,文才相继,如王氏之盛者也。'汝等仰观堂构,思各努力。"《梁书》卷三十三及《南史》卷二十二之《王筠传》记述王筠事迹,几乎全以其文学创作活动组织而成:"(筠)七岁能属文,年十六,为《芍药赋》,甚美……尚书令沈约,当世辞宗,每见筠文,咨嗟吟咏,以为不逮也……约于郊居宅造阁斋,筠为草木十咏,书之于壁，皆直写文词，不加篇题……约制《郊居赋》，构思积时，犹未都毕，乃要筠示其草……筠为文能压强韵，每公宴并作，辞必妍美。约常从容启高祖曰：'晚来名家，唯见王筠独步。'……昭明太子爱文学士，常与筠及刘孝绰、陆倕、到洽、殷芸等游宴玄圃，太子独执筠袖抚孝绰肩而言曰：'所谓左把浮丘袖，右拍洪崖肩。'其见重如此……奉敕制《开善寺宝志大师碑文》，词甚丽逸。又敕撰《中书表奏》三十卷，及所上赋颂，都为一集……（中大通）三年，昭明太子薨，敕为哀策文，复见嗟赏……筠自撰其文章，以一官为一集，自洗马、中书、中庶子、吏部、左佐、临海、太府各十卷，《尚书》三十卷，凡一百卷，行于世。"琅琊王氏人物及南朝社会尚文风气之浓由此可见一斑。

其他齐鲁籍文学家，也多出自文化传统较为浓厚的家族。如清河崔氏、张氏，平原刘氏，东海徐氏、何氏、鲍氏，琅琊颜氏，平昌伏氏，泰山羊氏，济阴卞氏，琅琊诸葛氏等，程度不同地属于历代文风不绝的家族，故所产生的文学家相对较多，且往往呈现由明经到尚文，由重事功到事功、文学兼修，或疏远事功偏重文学的转变。如平昌安丘伏氏家族，先祖为济南伏胜，《尚书》学家；之后有伏孺，汉武帝时客授琅琊东武，遂定居于此；之后有伏理，西汉末名儒，受《诗》于匡衡，由是《齐诗》有匡、伏之学；伏理子伏湛，传父业，教授数百人，刘秀即位，以名儒征拜尚书，官至大司徒，封阳都侯；之后有伏隆、伏翕、伏黯、伏恭、伏瑗、伏晨、伏寿、伏质等，多好学明经之士。东武与安丘为邻县，东晋时同属平昌郡，伏氏有定居安丘者，故籍称平昌安丘。东晋南朝伏氏人物由经学转向文学，涌现伏滔、伏系之、伏曼容、伏挺、伏捶、伏知道、伏知命等文学家。

济阴卞氏家族早期名人如卞粹、卞壶等皆偏重事功，到卞伯玉、卞彬等则转变为偏重文学。平原刘氏亦基本如此，刘奉伯、刘怀珍皆重事功，到南朝后期刘峻、刘杳、刘讦、刘歊等转为崇玄佛或重文学。如刘峻早年学佛，晚年居东阳，以著书、教授生徒为业。《梁书》卷五一《处士传》载刘訏善玄言，尤精释典；刘歊年十一解《庄子·逍遥游》，及长，博学有文才，与族弟訏并隐居求志，遨游山林，以山水书籍相娱。平原高唐刘氏，西晋时刘寔、刘智兄弟皆崇儒重事功，到了南朝，刘昭、刘缓、刘緍等则是较为纯粹的学者或文人。

东海何氏较早的著名人物何谦、何无忌皆尚武，骁勇多权略，屡立战功；其后之何承天、何长瑜、何逊等则逐渐转变为重文。东海徐氏家族人物，较早的徐羡之、徐逵之、徐湛之等重事功，其后之徐勉、徐悱、徐摛、徐陵等事功文学兼修，而日益偏重于文，徐陵遂成一代文宗。琅琊颜氏，先世崇儒明经，以孝友闻，南北朝时期则偏重于文。颜延之与谢灵运齐名，为南朝前期最负盛名的文学家；颜之推则是南北朝后期最为博学、有较高创作成就的重要文学家。

高平檀氏，在晋宋之际是颇重事功的家族，涌现过檀祗、檀韶、檀道济、檀范之、檀凭之等高级将领，功绩卓著。之后出现一些重文的人物，如檀道鸾、檀超。檀道鸾为檀超的叔父，曾任国子博士，好文学，著《续晋阳秋》二十卷；檀超少好文学，放诞任气，仕宋至国子博士，入齐与江淹共掌史职。东莞臧氏，早期人物多重事功，兼好经史，如臧焘、臧焘、臧质等；后来出现臧荣绪、臧严等比较纯粹的文人。尤其是臧严，史传记述其事迹几乎全与文事相关。

清河崔氏人物之盛，在齐鲁诸家族，唯琅琊王氏堪与相匹。崔氏人物多崇儒重事功，但也不乏好尚文史者，尤其是南北朝后期，此家族中之好文史者显然多于早期。与清河崔氏相比，清河张氏人物较少。其中生活年代较早的文人有张揖，撰《埤仓》、《广雅》、《古今字诂》。又有张彝、张始均、张烈。张始均好学有文才，曾改陈寿《魏志》为编年体，广益异闻成三十卷，撰诗赋数十篇。仕东晋的文人有张朏，官至佐著作郎；仕梁陈的文人主要有张正见、张讥。

张正见幼好学，有清才，年十三献颂，受萧纲赏识，历仕梁陈，为当时重要作家。张讥博通玄儒，仕梁为士林馆学士，仕陈官至国子博士，著有《周易义》、《尚书义》、《毛诗义》、《孝经义》、《论语义》、《老子义》、《庄子义》、《玄都通义》、《游玄桂林》等。

琅琊诸葛氏家族，先祖西汉诸葛丰，以好学明经起家，经东汉，至魏晋，渐成名族。诸葛氏家族有重事功的传统，诸葛亮、诸葛瑾、诸葛恪、诸葛诞等，仕魏蜀吴皆为重臣；诸葛恢仕晋，避乱渡江，名亚于王导、庾亮，与荀闿、蔡谟因同字而时号“中兴三明”，有政绩，历显位。而诸葛亮、诸葛恪的文章撰作也颇有成就。到了南朝，在全社会弥漫的尚文气氛中，诸葛氏家族出现诸葛勗、诸葛璩等文人。

东海鲍氏，东汉时鲍德由上党迁徙而来。《元和姓纂》卷七载云：“鲍：东海郯县，汉太尉昱子德始居东海。”东汉时东海郡治所在郯县（今山东郯城），三国时东海国治所亦在郯，西晋和东晋东海郡治所仍在郯。刘宋时东海郡已无郯县。丁福林先生指出：“而沈约《宋书》记人籍贯时仍多有称东海郯人者，如《宋书·何承天传》：‘何承天，东海郯人也。’《徐羡之传》：‘徐羡之字宗文，东海郯人也。’《虞丘进传》：‘虞丘进字豫之，东海郯人也。’皆为其例，则见《宋书》记人籍贯之东海仍指汉晋时治郯城之东海而言，而非指刘宋后期所侨立之东海。由沈约《宋书》之如此记载惯例，则其记鲍照籍贯之东海乃系汉晋时治郯城（今山东郯城县）之东海，而非此后移治涟口之东海……又按：考《宋书·临川烈武王道规传义庆附传》云：‘其余吴郡陆展、东海何长瑜、鲍照等，并为辞章之美。’《宋书·谢灵运传》亦云‘东海何长瑜’，鲍照既与何长瑜并称东海人，则二人必同籍者。《谢灵运传》又载长瑜‘尝于江陵寄书与宗人何勖’，则是长瑜、何勖又同籍。何勖，何无忌之子，事见《宋书·徐湛之传》。今复考之《晋书·何无忌传》，无忌东海郯人也。则是何长瑜与鲍照皆为原汉晋时治郯城之东海人无疑，而非今江苏之涟水人明矣。”①鲍氏先世人物如鲍昱重事功，宦至高位。而到南朝之鲍氏，则多为文人，乃至出现了鲍照这样水平极高、彪炳千古的杰出作家。

## 三

在六朝文学创作和理论批评中，颇引人注目的新气象是对文学功能及文学审美特征有了进一步的明确认识。汉代人论文，受政教功利思想的束缚，片面强调讽谕教化作用。六朝人对文学功能的认识，仍有沿袭汉代传统观念的，但毕竟没有形成大的气候；许多文人在创作中和理论批评中更重视的是文学吟咏个人感情，满足自我精神需求的作用，因而他们写得较多的是表现自己日常生活内容和情绪的作品。这种倾向的盛行，直接影响到此期文学题材的拓变，致使大量无关政治教化的写景、咏物以及抒发个人情怀的作品不断涌现。与此相应，时人对文学本身的审美特征也有了空前自觉的认识。这主要表现在两个方面：一是重视文学的抒情特征，不仅视抒情为文学创作的动因，更把抒情当作文学批评的重要标准。曹植《前录自序》表白自己“雅好慷慨”之作；陆机《文赋》强烈反对为文“言寡情而鲜爱，辞浮漂而不归”；陆云《与兄平原书》中大加称赞的是“流深情至言”的篇章；钟嵘《诗品》提倡“吟咏性情”，萧子显《南齐书·文学传论》批评“典正可采，酷不入情”；萧绎《金楼子·立言》论文、笔之分，认为“吟咏风谣，流连哀思者，谓之文”。这都是时人重情之自觉观念的代表声音。二是重视文学语言风格的华美。曹丕《典论·论文》、曹植《七启序》、《前录自序》

① 《鲍照年谱》，上海古籍出版社，2004年版，第8—9页。

皆自觉地流露出这种意识，魏晋的其他作家和批评家，大都崇尚华美之文，他们在重视文学的抒情性的同时，对辞采、偶对、用典等艺术技巧的追求也日益讲究。单就骈体文最基本的特征对偶言，其时作家已达到了很高的境界，故《文心雕龙·丽辞》有“魏晋群才，析句弥密，联字合趣，剖毫析厘”之评。南朝人继承并发展了魏晋的文学精神，在理论上和实践上更加重视文学本身的审美特征，在重视抒情性的同时，愈益刻意追求语言技巧，而尤以南朝后期为盛。刘勰《文心雕龙》数万字全用骈体写成，全书在主张“为情而造文”的前提下，设置不少篇章来论述对偶、声韵、用典等问题，可见他对骈体作品的语言美是相当重视的。范晔、沈约、萧子显、萧纲、萧绎等文论家亦如是，他们所推崇的主要是文采斐然、在骈体文学发展过程中卓有成就的作家，而对那些用散体文写作、缺乏文采的作家则比较轻视。这说明在南朝人的心目中，作品的艺术性在很大程度上表现为骈体语言之美，并且往往以这种审美趣味为标准而衡量历代作家作品。萧统《文选》收录作品重骈体，李昶《答徐陵书》盛赞徐陵之文：“丽藻星铺，雕文锦缛。风云景物，义尽缘情；经纶宪章，辞殚表奏。久已京师纸贵，天下家藏。调移齐右之音，韵改河西之俗。”皆典型地说明了这种倾向。

六朝文人崇尚骈体形式之美，往往轻视不刻意讲究偶对、辞藻、用典、声律，风格比较朴质的散体文，这种审美趣味在今天看来自是片面的，或可说是简单幼稚的。因为作品价值的高下不决定于文体的“骈”或“散”，而在于内容与形式的配合得体，只要适合所表达内容的需要，整齐对称、华丽绮靡、音韵和谐、典故络绎固然能产生美感，而自由挥洒，朴素无华，不事声律偶对，羌无故实也不可谓不美。同时也应该承认，人类的审美水平是在不断的实践过程中而逐步提高和完善的，六朝作家在理论上和实践上推崇骈体形式之美，既是时人的审美意识空前自觉和高涨的重要标志，也是我国文学走向高度繁荣过程中不可缺少的一个环节，以历史的眼光看，其进步作用是很明显的。唐代以来，六朝骈体文常被一些评论家指责为卑弱浮靡之文的标本，其卑浮之弊的根本原因在于一些作家创作视野比较狭窄，缺乏深厚的生活经历及相关的真情实感，缺乏直面现实的思想和勇气，以致作品内容空虚，而不能简单化地归之于追求形式美本身。无论哪一种文体的作品都有优劣之分，六朝骈体文自也是良莠并存的，因此不能笼统地以卑弱概称。其中的优秀作品，华实相扶，情文并茂，以独特的风姿赢得广大读者的喜爱，作为瑰宝而永远被载入文学史册。在六朝骈体文的发展过程中，以颜延之、鲍照、任昉、刘峻、刘勰、徐陵为代表人物的齐鲁籍作家起到了极为重要的推动作用。萧统《文选》选录南朝骈体文、赋共六十一篇，其中出自颜延之、鲍照、王融、任昉、刘峻等为代表作家的齐鲁文士之手的竟达三十四篇之多，所占比例超过一半。刘勰更以优美的骈文，撰成体大思精、在中国古代文学批评史上空前绝后的宏伟著作《文心雕龙》，无疑也是足以令人惊叹仰慕的奇迹。

六朝齐鲁籍文士在诗赋和其他文体的创作题材及艺术风格、技巧等方面也有重要的开拓创新。诗歌领域，左思、颜延之、鲍照等在咏史、山水、边塞等较大的题材类型上有重要的开拓创新，其中左、鲍二人对咏史诗、边塞诗范式之确立的贡献尤其重大。再譬如山水题材，鲍照诗歌的写景范围比谢灵运进一步趋于广阔，长江中下游许多地区的山川景物在他笔下得以展示。在精神旨趣上，谢灵运模山范水之后，往往要推阐老庄的遗落世累之理，如《石壁精舍还湖中作》、《登江中孤屿》等，还残存着一条玄言尾巴；鲍照山水诗则多流露贬迁之慨、羁旅之愁，说理内容微乎其微，偶尔染指，亦无关玄学义理，仅是作为深化个人情志的手段而已。在写景上，鲍照山水诗创造性地发展了谢灵运山水诗雄奇幽奥的一面，形成了崛峭险仄的艺术风格。如他笔下的庐山："千岩盛阻积，万壑势回萦。巃嵸高昔貌，纷乱袭前名。洞涧窥地脉，耸树隐天经。松磴上迷密，云窦下纵横。阴冰实夏结，炎树信冬荣。嘈囋晨鹍思，叫啸夜猿清。深崖伏化迹。穹岫闷长灵。"(《登庐山》)先总写庐山群峰峻极，众壑回旋，崔嵬纷盛，笔势奇崛矫健；接着写山涧深不可测，岩树高耸云霄，蹊径被茂密松林所掩，山洞为云海缭绕，突出庐山的幽峻；再以冬夏的植物生态、晨昏的鸟兽鸣叫展示庐山的万千奇妙。此诗写景浸染夸饰作风，时见聱牙硬语，清隽逊于谢灵运，雄健奇警则过之，直接影响到江淹《渡泉峤出诸山之顶》等诗的写法。大谢诗喜欢将纪游与写景结合，一般是先述游踪，后状景物，写景多收束于四句到六句之中；鲍诗则多略去纪游部分，径直以写景起笔，既给人以奇矫横逸的感受，也加强了写景的容量。作为多才善学的诗人，鲍照在写景上也继承了谢灵运比较清爽的一面。如"松色随野深，月露依草白"(《过铜山掘黄精》)，"鸟还暮林喧，潮上水结洑"(《还都道中》)，"日氛映山浦，暄雾逐风收"(《代阳春登荆山行》)，"木落江渡寒，雁还风送秋"(《登黄楼矶》)，此类描写从大谢"野旷沙岸净，天高秋月明"，"池塘生春草，园柳变鸣禽"一路而来，多以直觉兴悟出之，字句上略有锤炼之痕，但能归于自然，为其后谢朓山水诗风的形成提供了有益的经验。其他如王融为"永明体"的主要倡导及实践者之一；王粲、刘桢、左思为魏晋杰出诗人，钟嵘《诗品》置魏晋宋九位诗人为上品，他们就占了三席。辞赋领域，《文心雕龙·诠赋》标举"魏晋之赋首"八人，齐鲁籍文士名列其中的便有王粲、徐幹、左思三人，而鲍照则是南朝第一流的赋家。诗赋之外，六朝齐鲁籍作家在当时特别兴盛的一些其他文体，譬如杂传、地记、子书、书信、论、序、奏议、诔、祭、吊、碑、策等文体的创作方面，也有非常突出的艺术成就，在文坛上占据举足轻重的地位。至于其在文学理论与批评方面的贡献，一部《文心雕龙》便足以高视百代，彪炳千古。这些方面的有关情况，本书各章节将有具体论述。

相对而言，六朝齐鲁籍作家较多地继承了先秦儒家著述中自觉的社会责任感、强烈的政治使命感以及放言无忌的传统，务实精神比较浓重，往往对所处时代的社会重大问题、社会重大矛盾进行大胆的揭露批判。其中仲长统对东汉末期黑暗腐败政治的抨击，刘毅、王沈、左思以及鲍照对魏晋宋门阀政治的抨击，充分地流露了愤世嫉俗的主体精神，皆堪称他们所处时代最具有振聋发聩意义的社会批判强音。由于儒家思想在意识形态领域独尊地位的丧失，玄学的流行，以及偏安江左政治格局的确立等原因，六朝思想界，政教传统意识趋于淡化，崇尚玄虚、疏离实务渐成风气，士族文人沉湎其中者尤为常见，以琅琊王氏为首的齐鲁籍文士沾染此风者便不鲜见。但总体而言，源自齐鲁地区的士人身上所体现的儒家济世情怀、务实精神以及儒家文艺观较为浓重一些，此悠久的地域文化传统及与之相关的家族文化传统使然。《世说新语·言语》记载王羲之与陈郡谢安的一次对话：

> 王右军与谢太尉共登冶城，谢悠然远想，有高士之志。王谓谢曰："夏禹勤王，手足胼胝；文王旰食，日不暇给。今四郊多垒，宜人人自效，而虚谈废务，浮文妨要，恐非当今所宜。"谢答曰："秦任商鞅，二世而亡，岂清言致患邪？"

从中可见王羲之较务实的为人品格及济世情怀。同书同篇还记载了羲之叔父王导勉励南渡士人以国事为重、立志收复中原的豪言壮语："当共戮力王室，克复神州，何至作楚囚相对？"其济世情怀堪称前后相应。载于《晋书·王羲之传》的数篇文章，多涉及东晋时期军政大事，羲之往往直言不讳，实话实说，不含糊迂回，表现了他强烈的关怀国计民生的社会责任感，以及不畏权贵的勇气。明末著名学者张溥钦佩羲之文直面现实的深识与切至，称其"诚东晋君臣之良药，非同平原(陆机)辩亡，令升(干宝)论晋，追览既往，奋其纵横也”。[①] 其他齐鲁士人，如颜之推《颜氏家训·涉务》谆谆教导子孙要多接触社会实际，做于国于民有用的人，严厉批判了梁朝士大夫脱离实务、腐朽无能，显示了作为南北朝时期“最通博最有思想的学者”[②]的风范。任昉《奏弹曹景宗》尖锐揭露了曹景宗身为统帅，见危不救，怯懦自私，丧城失土的卑鄙面目，赞扬了浴血奋战、以身殉国的司州刺史蔡道恭，惩恶扬善，义愤填膺；刘峻《广绝交论》讽刺、抨击趋炎附势、忘恩负义的卑鄙小人及道德沦丧、人心败坏的炎凉世态；徐陵《司空章昭达墓志铭》表彰卫国功臣，《答诸求官人书》揭露梁陈禅代前后官场的虚滥，等等，皆表现了作者强烈的社会责任感，明辨是非的正义感，以及放言无忌的精神。齐鲁籍文论家刘勰《文心雕龙》的思想基础，是以儒家思想为主干兼融其他思想成份，罗宗强先生对此有允当的概括：“刘勰文学思想的内涵颇为复杂。自其主要之倡导言之，是宗经；然考察其文学思想之各个侧面，则又非宗经所能范围。自其思想之主要倾向言之，属儒家：儒家的文艺观，儒家的哲学思想基础。然考察其思想之渊源，则又非儒家思想所能范围。”[③]另一齐鲁籍文论家颜之推《颜氏家训·文章》的思想基础也以儒家思想为主要方面而有所变通。他们与萧纲、萧绎等疏离儒家传统的新变派的文论观念有较明显的区别。

最后对本书名略作说明，对有关先生致以谢忱。“六朝”一般是指我国中古时期在建康(建业)定都的东吴等六个朝代，但古今

① 殷孟伦《汉魏六朝百三家集题辞注》，人民文学出版社 1981 年版，第 150 页。

② 范文澜《中国通史篇编》修订本第二编，人民出版社 1978 年版，第 528 页。

③ 《魏晋南北朝文学思想史》，中华书局 1996 年版，第 267 页。

人们也有用以泛称整个魏晋南北朝的，本书名所取就是宽泛的指称。笔者紧密联系六朝文学风尚之大背景，重点是对这个时期齐鲁籍文人的有关表现展开论述，以揭示其地位和影响。本书下编第四章部分内容的初稿为邢培顺副教授协助所撰，兹说明并聊致谢意。本书在撰写与出版过程中，得到山东师范大学副校长、齐鲁文化研究中心主任王志民教授的大力帮助，得到齐鲁书社的大力支持，尤其是赵发国先生付出不少心血，在此谨表衷心的感谢！

# 上　　编

## 文章撰作

# 第一章　丰富生动的杂传

魏晋南北朝时期，各种不依附正史，独自流行的人物传记不断涌现，异常繁荣。这类作品大约从南朝起被人们统称为杂传。较早整理编集杂传作品的为宋齐间学者、文学家陆澄（425－494），《南齐书》卷二十九《陆澄传》称其："撰地理书及杂传，死后乃出。"之后是齐梁间文学家、学者任昉（460－508），《梁书》卷十四《任昉传》称其："撰《杂传》二百四十七卷，地记二百五十二卷，文章三十三卷。"目录著述设立"杂传"较早的是宋齐之际王俭（452－489），他于宋后废帝元徽元年（473 年）表上《七志》三十卷，其"经典志"囊括"六艺、小学、史记、杂传"等类图书；五十年之后的梁普通四年（523 年），阮孝绪（479－536）编撰《七录》十二卷，其"纪传录"分成十二个类，"杂传"为其中之一。唐初官修《隋书·经籍志》，在史部也立"杂传"类。其后的目录著述多继承之。

杂传之名目虽始自宋齐，但此类作品的写作则起于汉代，流传至今还有少量篇章。至魏晋，杂传创作云兴霞蔚，盛况空前。推其缘故，约有数端。其一，魏晋时期，儒学不复独尊，意识形态领域趋于多元化，人们的思想和价值观念在很大程度上得到解放，个性意识增强，形形色色的人物在广阔的人生舞台上留下异行奇迹，文人纷纷因其志向，记其行事，以为标榜。其二，魏晋取士，以门第为先，日趋强大的地方势力，竞相宣扬族姓，显示郡望，以制造舆论，于是大批"矜其乡贤,美其邦族"的区域性人物传记及家族传记应运而生。其三,魏晋人喜欢清谈,清谈的内容除玄理之外,另一项便是品题人物,这种风气对杂传的兴盛起到促进作用。

齐鲁籍文人在杂传写作及整理方面成就卓著。人物类传有魏王粲《英雄记》,晋郗超《东山僧传》,梁王巾《法师传》,北周明克让《续名僧传》,晋虞槃佑《高士传》,梁刘杳《高士传》,魏刘熙《列女传》,魏缪袭《列女传赞》,梁颜协《晋仙传》,北周明克让《古今帝王记》,晋徐广《孝子传》,晋虞槃佑《孝子传》,宋王韶之《孝子传》,王澄《孝义传》,梁刘昭《幼童传》;区域性人物传记有晋白褒《鲁国先贤传》,魏仲长统《山阳先贤传》,魏王基《东莱耆旧传》,齐崔慰祖《海岱志》;家传有北魏崔鸿《崔氏五门家传》,北周王褒《江左王氏世家传》,梁明粲《明氏世录》,晋华峤《谱叙》;同僚传有晋伏滔《大司马僚属名》;专写某个人物的传记有魏管辰《管辂别传》,晋羊祜《老子传》,魏程威等《任嘏别传》,晋王羲之《许先生传》,晋魏华存《清虚真人王君内传》,梁王僧孺《太常敬子任府君传》;自传有晋王彪之《自序》,梁王筠《自序》,梁刘峻《自序》等;其他还有晋虞溥《江表传》。在杂传整理方面,六朝文人中以齐鲁籍著名文学家、学者任昉用工尤勤,贡献尤大,他编撰了《杂传》二百四十七卷(《隋志》著录为一百四十七卷)。以上作品大多数在萧梁以后亡佚,兹就残留部分略作论述。

## 一、齐鲁文士的英雄传记

汉魏之际是乱世,乱世多出英雄。王粲《英雄记》(又称《汉末英雄记》)应运而产生。"英雄"一词较早见于战国兵书,后来又见于两汉之际动乱年代的某些记载中①，但总的来说战国至汉代的文献中此词出现的次数很少。到了汉魏之际的乱世，“英雄”概念则大量出现，或见于时人的口头谈论中，或见于时人的文章中，令人目不暇接。兹不避繁琐，举例如下。《后汉书·仇览传》载符融与人曰：“今京师英雄四集，志士交结之秋。虽务经学，守之何用？”《后汉书·许劭传》载许劭称曹操：“君清平之奸贼，乱世之英雄。”徐幹《中论·慎所从》：“王者之取天下，有大本，有仁智之谓也。仁则万国怀之，智则英雄归之。御万国，总英雄，以临四海，其谁与争？”孔融《卫尉张俭碑铭》：“当今英雄，受命殒身，以籍济君厄者，盖数十人。”《后汉书·袁绍传》载田丰谏袁绍曰：“将军据山河之固，拥四州之众，外结英雄，内修农战。”《三国志·魏书·袁绍传》载周毖等对董卓说：“袁氏树恩四世，门生故吏遍于天下，若收豪杰以聚徒众，英雄因之而起，则山东非公之有也。”又同篇注引《献帝传》载沮授说袁绍曰：“汉室陵迟，为日久矣。今欲兴之，不亦难乎？且今英雄据有州郡，众动万计，所谓秦失其鹿，先得者王。”《三国志·魏书·武帝纪》引皇甫谧《逸士传》载王俊对刘表说：“曹公，天下之英雄也，必能兴霸道，继桓、文之功者也。”吴质《魏都赋》：“我

① 战国兵书中较早出现“英雄”一词，如《六韬·龙韬·选将》载武王问太公曰：“王者举兵，欲简练英雄，知士高下，为之奈何？”《汉书·叙传》载班彪于两汉之际写《王命论》有云：“英雄陈力，群策毕举，此高祖之大略，所以成帝业也。”《后汉书·隗嚣传》载方望《辞谢隗嚣书》：“特建伊吕之业，弘不世之功，大事草创，英雄未集。”同书的《卢芳传》、《邓禹传》、《赵熹传》也语及“英雄”；又，据《三国志·蜀志·诸葛亮传》中诸葛亮谏刘备语，可知与邓禹等同时的光武名将耿纯进言光武时也语及英雄，云：“天下英雄喁喁，冀有祈望，如不从议者，士大夫各归其主，无为从从也。”此外，两汉之际文章中还出现一些与“英雄”相近的概念，如“雄桀”、“豪杰”等，譬如张玄《为隗嚣游说河西》：“今豪杰竞逐，雄桀未决。”冯衍《说廉丹》：“方今为将军计，莫若屯据大郡，镇抚吏士，砥砺其节，纳雄桀之士，询忠智之谋。”

太祖鸿飞兖豫，英雄响附。"《三国志·魏书·鲍勋传》载鲍信对曹操说："夫略不世出，能总英雄以拨乱反正者，君也。苟非其人，虽强必弊。君殆天之所启。"《三国志·魏书·程昱传》载程昱时范县令靳允说："今天下大乱，英雄并起，必有命世，能息天下之乱者，此智者之所详择也。"《三国志·魏书·钟繇传》载钟繇说李傕、郭汜曰："方今英雄并起，各矫命专制，惟曹兖州乃心王室，而逆其忠款，非所以副将来之望也。"《三国志·吴书·朱治传》注引《江表传》载朱治说孙贲说："……讨虏聪明神武，继承洪业，揽结英雄，周济世务，军众日盛，事业日隆。"《后汉书·孔融传》注引《融家传》云："客言于(何)进曰：孔文举于时英雄特杰，譬诸物类，犹众星之有北辰，百谷之有黍稷，天下莫不属目也。"《三国志·蜀书·诸葛亮传》注引《汉晋春秋》载诸葛亮对刘备说："自董卓以来，豪杰并起，跨州连郡者，不可胜数……荆州北据汉沔，利尽南海，东连吴会，西通巴蜀……益州险塞，沃野千里，天府之土，高帝因之，以成帝业……将军既帝室之胄，信义著于四海，总揽英雄，思贤如渴。"又载诸葛亮对孙权说："今操芟夷大难，略已平矣，遂破荆州，威震四海。英雄无所用武，故豫州遁逃至此。"《三国志·魏书·郭嘉传》注引《傅子》载郭嘉对曹操说："孙策并江东，所诛皆英豪雄杰，能得人死力者……以吾观之，必死于匹夫之手。"《三国志·吴书·周瑜传》注引《江表传》载周瑜曰："操虽托名汉相，其实汉贼也。将军以神武雄才，兼仗父兄之烈，割据江东，地方数千里，兵精足用，英雄乐业，尚当横行天下，为汉家除残去秽。况操自送死，而可迎之邪？"陈琳《为袁绍檄豫州》称袁绍："方收罗英雄，弃瑕录用。"《三国志·吴书·孙策传》注引《吴历》载张纮对孙策说："方今汉祚中微，天下扰攘，英雄俊士，各拥众营私，未有能扶危济乱者也。"《三国志·蜀书·刘巴传》注引《零陵先贤传》载刘巴说："大丈夫处世当交四海英雄，如何与兵子共语乎？"郤正《释讥》云："冲质不永，桓灵坠散，英雄云布，豪杰盖世，家挟殊议，人怀异计。故纵横者忽披其胸，狙诈者暂吐其舌也。"《三国志·魏书·高柔传》载高柔谓乡人曰："今者英雄并起，陈留四战之地也。"陆逊《乞息亲征公孙渊疏》曰："方今天下云扰，群雄虎争，英雄踊跃。"凡此等等，不一而足。同样是乱世，汉魏之际士人对"英雄"的关注远逾两汉之际，个中原因，在于汉魏之际盛行人物品鉴及其英雄崇拜观念的空前高涨。①

由上述诸例可见，所谓"英雄"基本是一个中性词，且内涵较为宽泛，大多是指那些身处乱世，乘时而起，奋发有为，有志于建功立业的人物，这类人物中包括拥兵割据的军阀，也包括在事业上谋求发展而辅佐他们的幕僚，或泛指其他方面的杰出人才。

生活于这样的时代氛围中，王粲撰写《英雄记》当谓顺理成章，毋庸置疑。他自己在一次重要场合的贺辞中就出现"英雄"、"俊杰"、"贤俊"、"豪杰"等词。《三国志·魏书·王粲传》记载，建安十三年，曹操平定荆州，设宴庆贺。王粲捧着酒杯祝贺说："方今袁绍起河北，仗大众，志兼天下，然好贤而不能用，故奇士去之。刘表雍容荆楚，坐观时变，自以为西伯可规。士之避乱荆州者，皆海内之俊杰也；表不知所任，故国危而无辅。明公定冀州之日，下车即缮其甲卒，收其豪杰而用之，以横行天下；及平江汉，引其贤俊而置之列位，使海内回心，望风而愿治，文武并用，英雄毕力，此三王之举也。"一百多字竟频繁地出现四次"英雄"式的词汇，堪称空前绝后，无与伦比，王粲对"英雄"的关注和执着于此显露无遗。王粲"性躁竞"（《三国志·魏书·杜袭传》），其实质是用世之心强烈，对"英雄"的关注在本质上也是其强烈的用世心的体现。

---

① 骆玉明先生指出："汉魏之际出现的从崇敬圣贤到崇敬英雄的变化，其根本意义在于显示了这一时代对人的智慧、勇敢精神和创造性才能的重视，这是一个社会的文化富于活力的表现。"《世说新语精读》，复旦大学出版社2007年版，第10页。

《英雄记》原有十卷，陈寿撰《三国志》、范晔撰《后汉书》可能参考过此书。梁代以后亡佚。清人黄奭有辑本，主要采自于《三国志》注、《后汉书》注及北宋大型类书《太平御览》所引用之文。今人俞绍初先生在此基础上又有补遗，并附录于《建安七子集》中。其中《三国志》注引用六十多段文字，《后汉书》注引用约三十段文字，二书部分内容有交叉。记述了五十多位汉末人物的事迹，涉及董卓、袁绍、袁术、曹操、吕布、孙坚、公孙瓒、刘表、刘焉、刘璋、刘备、桥瑁、杨奉、韩暹、丁原、张杨、韩馥、刘岱等拥兵割据的人物，这些人物虽势力强弱及志向大小不等，但皆属在汉末乱世不甘沉沦、乘时而起，欲有所为的人物，符合当时的"英雄"标准。辑本所存人物事迹的记述，以吕布为最多，其次以公孙瓒、董卓、袁绍较多。其中某些材料可补《后汉书》、《三国志》相关记载之缺略，具有不容忽视的史料文献价值。

再就是以上人物属下的文武幕僚，其中记述袁绍幕僚最多，有高顺、逄纪、审配、郭图、韩珩等。此外，记述有董卓属下之李傕、郭汜（董卓被杀后，二人成为独立的军阀）、胡轸，韩馥属下的刘子惠、耿武、闵纯，刘表属下的张羡，刘璋属下的庞羲，孙坚属下的周瑜，曹操属下的典韦，等等。这些人物或为主人出谋划策，或驰骋沙场，以图建功立业，故亦被以"英雄"目之。

还有一些以上二类情况（隶属关系）不能涵盖的人物，如臧洪、刘翊、刘虞、孔融、张俭、凉茂、曹纯、阎忠、周瑟、伍琼、盖勋、向栩等。从传统的伦理道德标准看，他们或为义士，或为仁人，或为名士，或为忠臣，或为良吏，或为学士，或为隐士，或为策士。其中阎忠属于策士类型的人物。《英雄记》辑本"阎忠"条仅寥寥数语："凉州贼王国等起兵，共劫忠为主，统三十六部，号车骑将军。忠感慨发病而死。"据《后汉书·皇甫嵩传》载，阎忠为凉州刺史部汉阳郡人，当过县令。灵帝中平元年（184年），他曾游说击破黄巾、威震天下的皇甫嵩乘势而起，推翻刘氏，诛除宦官，南面称帝，建立新朝，辞云：

难得而易失者，时也；时至不旋踵者，几也。故圣人顺时以动，智者因几以发。今将军遭难得之运，蹈易骇之机，而践运不抚，临机不发，将何以保大名乎？……天道无亲，百姓与能。今将军受钺于暮春，收功于末冬。兵动若神，谋不再计，摧强易于折枯，消坚甚于汤雪。旬月之间，神兵电扫，封尸刻石，南向以报。威德震本朝，风声驰海外，虽汤武之举，未有高将军者也。今身建不赏之功，体兼高人之德，而北面庸主，何以求安乎？……昔韩信不忍一餐之遇，而弃三分之业，利剑已揣其喉，方发悔毒之叹者，机失而谋乖也。今主上势弱于刘项，将军权重于淮阴，指扮足以振风云，叱咤可以兴雷电。赫然奋发，因危抵颓，崇恩以绥先附，振武以临后服。征冀方之士，动七州之众，羽檄先驰于前，大军响震于后。蹈流漳河，饮马孟津，诛阉官之罪，除群凶之积。虽僮儿可使奋拳以致力，女子可使褰裳以用命，况厉熊罴之卒，因迅风之势哉！功业已就，天下已顺。然后请呼上帝，示以天命，混齐六合，南面称制。移宝器于将兴，推亡汉于已坠，实神机之至会，风发之良时也。夫既朽不雕，衰世难佐。若欲辅难佐之朝，雕朽败之木，是犹逆坂走丸，迎风纵棹，岂云易哉？且今竖宦群居，同恶如市，上命不行，权归近习。昏主之下，难以久居。不赏之功，谗人侧目。如不早图，后悔无及！

汉末时期许多士人，往往有所谓“品核公卿，裁量执政”，“危言深论，不隐豪强”的风节，但其目的在于匡扶汉室，整肃朝纲，而阎忠之说辞显然在鼓动皇甫嵩弃汉自立，“臣事君，犹子事父”之类封建伦理纲常在他身上已丧失了作用，战国纵横策士的气概豁然再现。斥汉帝为“庸主”、“昏主”，称推翻汉室，成就大业为“混齐六合，南面称制，移宝器于将兴，推亡汉于已坠”。如果说陈蕃、李膺、范滂以及孔融等是以其信义携持民心，挽汉室于将亡的代表，那么阎忠则是匡汉之心已绝，鼓吹改朝换代的典型。《英雄记》所载阎忠不愿与贼盗同流，但他愿意劝说皇甫嵩这位击破黄巾的名将弃汉自立。王粲把此类人物也视为汉末英雄，尤具有时代特色。

《英雄记》还有不可忽视的文学价值。作者在一定程度上继承和借鉴了以往传记善于捕捉传主一定场合中之言行以表现其性格特征的优良传统，某些片断写得鲜活逼真，读来给人以栩栩如生的深刻印象，如写董卓无视君臣之礼的跋扈专横：

> 河南中部掾闵贡，扶帝及陈留王上至洛舍止。帝独乘一马，陈留王与贡共乘一马，从洛舍南行。公卿百官奉迎于北芒阪下，故太尉崔烈在前导。卓将步骑数千来迎，烈呵使避。卓骂烈曰："昼夜三百里来，何云避，我不能断卿头邪？"前见帝曰："陛下令常侍小黄门作乱乃尔，以取祸败，为负不小邪？"又趋陈留王曰："我董卓也，从我抱来。"乃于贡抱中取王。（《三国志·魏志·董卓传》注引）

写吕布为曹操所擒，乞求刘备求情援救，被刘备拒绝：

> 曹操擒吕布，布顾刘备曰："玄德，卿为上坐客，我为降虏，绳缚我急，独不可一言邪？"操曰："缚虎不得不急。"曹公欲缓之，备曰："不可！公不见布事丁建阳、董太师乎？"操憾之。布目备曰："大耳儿最叵信！"（《艺文类聚》卷十七引）

写刘翊舍身济人的至仁至义：

> 刘翊字子相，颍川人。迁陈留太守，出关数百里，见士大夫病亡道次，翊以马易棺，脱衣殓之。又逢知故困饿于路，不忍委去，因杀所驾牛以救之。众人止之，翊曰："视没不救，非志士。"遂俱饿死。（《太平御览》卷四百一十九引）

写李昊、张安二人临刑还不忘幽默，亦令人难忘："董卓攻得李昊、张安毕圭苑中，生烹之，二人临入鼎，相谓曰：'不同日生，乃同日烹。'"《世说新语》记潘岳、石崇临刑言"白首同所归"庶几近之。又如记述吕布设宴调解袁术与刘备之间一触即发的战争：

> 袁术遣将纪灵率步骑三万攻刘备。吕布遣人招备，并请灵等飨饮，谓灵曰："布性不喜合斗，但善解斗耳。"乃令植戟营门，弯弓曰："诸君观布射戟小枝，中者，当解兵；不中，留决斗。"布一发中戟支，遂罢兵。(《太平御览》卷七百四十六引)

吕布以艺解斗之智慧，以及对射术的自信，得以真切展示。又如记吕布遣陈登向曹操求为徐州牧而未得，陈登归来向吕布转述他与曹操的谈话：

> 吕布使陈登诣曹操，求徐州牧，不得。登还，布怒，拔戟斫几曰："吾所求无获，但为卿父子所卖耳！"登不为动容，徐对曰："登见曹公，言'养将军譬如养虎，当饱其肉，不饱则将嗜人。'公曰：'不如卿言。譬如养鹰，饥则为用，饱则飏去。'其言如此。"布意乃解。(《太平御览》卷三百五十二引)

陈登把吕布比作虎，当喂饱，否则吃人，意在提醒曹操：吕布英勇善战，当满足他欲为徐州牧的请求，否则与之处于交战状态，就要付出代价。曹操把吕布比作鹰，饥则为主人所用，饱则高翔而去，意在暗示吕布现在地盘小，实力弱，尚能为我所用，而一旦其当上徐州牧，地盘扩张，势力增强，必将自立门户，不为我用。两个比喻立意不同，但皆生动传神。

有的片断不仅刻划了有关人物的鲜明性格，而且对交战情形有细致真切的叙述，如写袁绍幕僚审配在袁曹交战中的表现：

> 袁尚使审配守邺。曹操进军攻邺，审配将冯礼为内应，开突门内操兵三百余人。配觉之，从城上以大石击门，门闭，入者皆死。操乃凿堑，围迴四十里。初令浅示，若可越。配望见，笑而不出。操令一夜浚之，广深二丈，决漳水灌之。自五

月至八月，城中饿死者过半。尚闻邺急，将兵万余人还救，操逆击，破之……尚奔中山，人尽收其辎重，得尚印绶、节钺及衣物，以示城中，城中奔沮。审配命士卒曰："坚守死战，操军疲矣，幽州方至，何忧无主！"以其兄子荣为东门校尉。荣夜开城门内操兵，配犹距战。城陷，生获配。操意活之，配意气壮烈，终无挠辞，见者莫不叹息，遂斩之。(《太平御览》卷三百一十七引。按同书卷四百三十八引略异，记有审配被俘后与曹操对话等细节，录以参照："审配守邺，曹操攻之。操出行围，配伏弩射之，几中。及城陷，生获配，操谓曰：'吾近行围，弩何多也？'配曰：'犹恨其少！'操曰：'即忠于袁氏，不得不尔。'志欲活之……")

审配坚守邺城的尽心尽力，紧张激烈的战况以及城陷被俘后的宁死不屈，写得颇为生动传神，堪与《三国志》中的佳篇媲美。又如写公孙瓒与袁绍的军事对峙与冲突：

公孙瓒每闻边警，辄厉色作气如赴仇。尝乘白马，又白马数十匹，选骑射之士，号为"白马义从"，以为左右翼。胡甚畏之，相告曰："当避白马长史。"……公孙瓒击青州黄巾贼，大破之。还屯广宗，改易守令，冀州长史无不望风呼应，开门受之。绍自往征瓒，合战于界桥南二十里。瓒步兵三万余人为方阵，骑为两翼，左右各五千余匹，白马义从为中坚，亦分作两校，左射右，右射左，旌旗铠甲，光照天地。绍令鞠义以八百兵为先登，强弩千张夹承之。绍自以步兵数万结陈于后。义久在凉州，晓习羌斗，兵皆骁锐。瓒见其兵少，便放骑欲陵蹈之。义兵皆伏楯下不动，未至数十步，乃同时俱起，扬尘大叫，直前冲突，强弩雷发，所中必倒，临陈斩瓒所署冀州刺史严纲甲首千余级。瓒军败绩，步骑奔走，不复还营。义追至界桥，瓒殿兵还战桥上，义复破之，遂到瓒营。拔其牙门，营中余众皆复散走。绍在后，未到桥十数里，下马发鞍，见瓒已败，不为设备，惟帐下强弩数十张，大戟士百余人自随，瓒部迸骑二千余匹卒至，便围绍数重，弓矢雨下。别驾从事田丰扶绍欲却入空垣，绍以兜鍪扑地曰："大丈夫当前斗死，而入墙间，岂可得活乎？"强弩乃乱发，多所杀死。瓒骑不知是绍，亦稍引却，会鞠义来迎，乃散去。(《三国志·袁绍传》注引)

汉末两大军阀在特定时刻表现出来的超人的意志、胆量、活力，以及激烈的战斗场面跃然纸上，鲜活生动，堪补《三国志》之缺略。

## 二、齐鲁文士的佛道、孝子、幼童、高士传记

六朝道教、佛教兴盛，故出现不少有关的人物传记，齐鲁籍作家所撰有《清虚真人王君内传》(魏华存)、《许先生传》(王羲之)、《东山僧传》(郗超)、《法师传》(王巾)、《续名僧记》(明克让)；郗、明之作已佚。王羲之撰许先生传，见《唐书·经籍志》和《新唐书·艺文志》著录。[①] 许先生，即王羲之同时期的著名道教人物许迈。《晋书·王羲之传附许迈传》："许迈字叔玄，一名映，丹杨句容人……初采药于桐庐县之桓山……永和二年，移入临安西山，登岩茹芝，眇尔自得，有终焉之志。乃改名玄，字远游。玄遗羲之书云：'自山阴南到临安，多有金堂玉室，仙人芝草，左元放之徒，汉末诸得道者皆在焉。'羲之自为之传，述灵异之迹甚多，不可详记。"

今存佚文数则，如：

---

① 朱东润先生云："《隋书·经籍志》有《仙人许远游传》一卷，不著撰者，两《唐志》皆作王羲之《许先生传》。案《晋书·王羲之传》，言羲之与许迈游，自为之传，述灵异之迹甚多。不可详记。则羲之曾有此传无疑。《御览》诸览引《许迈别传》，疑即是书。"(《八代传叙文学述论》，复旦大学出版社 2006 年版，第 136 页)朱先生所言近是，兹从。

迈好养生，遣妾归家，东游采药于桐庐山，欲断谷，以山近人，不得专一，移入临安，自以无复返期，乃改名远游，书与妇别。(《太平御览》卷四百八十九卷引)

迈少名暎，高平阎庆等皆就暎受学，暎曰："阎君可服气以断谷，彭君宜饵药以益气。"庆等将去，暎为烧香，有五色烟出，暎亦自去，莫知所在。(《太平御览》卷八百七十一卷引，又见《初学记》卷二十五，文字稍略)

迈小名映。有鼠啮映衣，乃作符占鼠，莫不毕至于中庭。映曰："啮衣者留，不啮衣者去。"群鼠并去，唯一鼠独住，伏于中庭而不敢动。(《太平御览》卷九百一十一引)

篇幅短小，情节简单，但趣味性还是较浓的，风格类似某些志怪笔记。

《隋书·经籍志》史部杂传类著录有魏华存《清虚真人王君内传》①，系一篇较长的道教人物传记。六朝道教兴盛，道教人物传记亦呈水涨船高之势，其代表性作品，专书如葛洪《神仙传》，单篇如华存此文及王羲之的《许迈别传》。为弘道明教，道教(包括佛教)人物传记往往虚饰情节，以建构神奇境界，追求耸人听闻的效果。华存此作亦不例外，譬如开篇一段关于王褒身世的记述，看上去采用的是坐实的笔法，实际上却经不起推敲，颇多谬误。传记的主要部分记述王褒学道修炼成仙的经历，则更充溢虚诞不经的内容，且善于吸收借鉴辞赋华丽的语言风格和铺张扬厉的描摹手法，如：

君体六和之妙烝，挺自然之嘉质，含岳秀以植韵，秉灵符而标贵，晖灼焕于三晨，峻逸超于玄风……峨峨焉若望庆云之

① 魏华存(252—334)，晋代著名道教人物，字贤安，任城(今山东济宁)人。司徒魏舒之女。后被尊奉为道教上清派第一代宗师，称"紫虚元君上真司命南岳夫人"。其《清虚真人王君内传》载《云笈七籤》第一百零六卷，齐鲁书社1988年版。

杳轸，浩浩焉似泛沧溟之无极。神栖万物之岭，气迈霄汉之津。鸿渐邓林，展翮东园。将藏凤以翳于南风，匿龙华以沉于幽源……一日夜半，忽闻林泽中有人马之声，箫鼓之音，须臾之间，渐近此山，仰而望之，见千骑万乘，浮虚空而至。神人乘三素云輂，手把虎符，朱钺启途，握节执旄，曲晨倾荫，锦林蔽虚……于是龙腾云崖，飞凤鸣啸，山阜洪鲸，涌波凌涛，云起太虚，风生广辽，灵歌九真，雅吟空无，玉华作唱，西妃折腰。尔乃众仙挥袂，万神迁延，羽童拊节，庆云缠绵……

行文讲究辞藻华美，整齐用韵，富于想象，大肆铺饰，气势宏伟，宛若辞赋。在魏晋齐鲁作家之杂传中，华存此文与管辰《管辂别传》的行文风格比较接近，堪称辞赋化追趋颇为浓重的代表性作品。而作为道教上请派的第一代宗师，华存此文直接影响到道教经书《真诰》的文风。日本学者吉川忠夫、麦谷邦夫《真诰校注》中文本之译者朱越利先生说："《真诰》绘声绘色地描述了真人云轮绿軿、锦帔玉佩，月夜下凡，与人相会，恍惚迷离，来去无踪的场面，极尽想象、铺张之能事……'真诰'主要来自魏夫人……魏夫人命令儿子刘璞传法于弟子杨羲……杨羲将魏夫人的口授继承了下来。杨羲成年时，魏夫人已经去世。所谓继承口授，可能是刘璞转述魏夫人的口授，杨羲记录；也可能是刘璞或其他弟子记录了魏夫人的口授，杨羲抄录他们的记录。杨羲诡称魏夫人亲自降授给他。杨羲将记录或抄录的'真诰'传授给许谧、许翙，二人又重新抄录。这三人合称'一杨二许'，他们记录、抄录的'真诰'，人称'三君手书'。'三君手书'既是宗教经典，又是书法佳品，在江浙一代流传了150余年，为信徒所珍重。中经传授、转移、散乱、收集、整理，难免混入其他上清派道士的少量伪作。最后由陶弘景（456－536）整理为《真诰》一书，故志书多著录为陶弘景撰。今本《真诰》第1卷至18卷正文为杨羲、许谧、许翙手书，陶弘景注。第19卷至第20卷为陶弘景述。”[①]指出了《真诰》的文章风貌、成书过程及其与魏华存的紧密关系。

《孝子传》系列，有东莞姑幕（今山东安丘）徐广《孝子传》[②]，琅邪临沂（今山东临沂）王韶《孝子传》[③]，高平（今山东金乡）虞槃佑《孝子传》[④]。

徐广《孝子传》记吴猛：“吴猛年七岁，时夏日，伏母床下，恐蚊虽及父母。”

王韶之《孝子传》记周青：

周青，东郡人，母患积年，青扶持左右，身体羸瘦，村里乃敛钱，营助汤药。母痊，许嫁同郡周小君，疾未获成礼，乃求见青，属累父母，青许之。俄而命终，青供养为务。十年中翁姑感之，劝令更嫁，青誓以匪石。翁姑并自杀，女姑告青害杀，收考，遂以诬款，七月刑青于市。青谓监杀者曰：“乞树长竿，系白旛，青若杀翁姑，血入泉；不杀，血上天。”既斩，乃缘竿上天。

我国传统儒家伦理提倡孝道，罢黜百家、表彰六经的汉代如此，儒学不复独尊、思想多元化的魏晋南北朝也是如此。魏武帝曹操以“不孝”为借口杀害孔融；晋司马氏更大力提倡孝道，也往往以“不孝”的罪名屠戮士人。研治儒家《孝经》的著作迭出，与之相呼应，大量《孝子传》产生。王韶之《孝子传》、徐广《孝子传》便是此种创作背景下的代表著作。此类著作在当时产生了不小的影响，不

---

① 《真诰校注》之“译者前言”，中国社会科学出版社 2006 年版。

② 徐广（351—425），字野民。字世好学，至广尤精，百家数术，无不研览。仕宋，曾任散骑常侍、秘书监、中散大夫等职。撰有《晋纪》、《史记音义》等。

③ 王韶之（380—435），字休泰。以好史籍，博涉闻名。曾任东晋著作佐郎、中书侍郎、黄门侍郎。仕宋，曾任侍中、吴兴太守，勤于职守，有政绩。

④ 陆德明《经典释文》：“虞槃佑，字弘猷，高平人，东晋处士。”吴承仕《经典释文序录疏证》，中华书局 2008 年版，第 120 页。

仅在下层民众中有读者，且引起帝王的关注、感动。譬如梁武帝萧衍《孝思赋序》云："每读《孝子传》，未尝不终轴，辍书悲恨，拊心呜咽。"萧衍第七子萧绎(梁元帝)合众家《孝子传》，编为大部头的《孝德传》(三十卷)。

六朝时期人们特别关注天分卓异的少年，刘义庆主编之《世说新语》颇多记载这类少年的事迹。之后，平原高唐(今山东章丘北)刘昭则专门撰《幼童传》十卷[①]，成为此类著述的集大成之作。今存佚文片断见于唐宋类书《初学记》、《太平御览》及《后汉书》注征引。

> 杨氏子者，梁国人也，九岁甚聪慧。孔君平诣其父，父不在，乃呼儿出，为设果，果有杨梅，指以示儿："此君家果。"儿即答曰："未闻孔雀是夫子家禽。"(《初学记》卷十七引。按：此段记载亦见《世说新语·言语》，文字略异。)
>
> (蔡)邕夜鼓琴，弦绝，琰曰："第二弦"。邕曰："偶得之耳。"故断一弦而问之，琰曰："第四弦"。并不差谬。(《后汉书·列女·董祀妻传》注引)
>
> 魏太祖幼而智勇，年十岁，尝浴于谯水，有蛟来逼，自水奋，蛟乃潜退，于是毕浴而还，弗之言也。后有人见大蛇奔逐，太祖笑之曰："吾为蛟所击而未惧，斯畏蛇而恐邪!"众问乃知，咸惊异焉。(《太平御览》卷四三六引)

一写杨氏之子九岁便聪慧善辩，幽默风趣；一写蔡琰年少便具备非凡的辨别乐律的素质，其水平不让作为资深音乐家的父亲蔡邕；一写曹操幼年智勇超群，极其自信。简略勾勒，类似笔记，能较好地

---

① 刘昭，字宣卿，晋太尉刘寔九世孙。自幼聪颖，七岁通《老》《庄》义，及长，勤学善属文，为外兄江淹所称誉。仕梁，曾任无锡令，豫章王、临川王记室，郯令。集诸家《后汉书》同异，以注范晔《后汉书》世称博悉。范书无志，以司马彪《续汉书》之《志》八篇续之，并为作注。为研究后汉制度重要资料。另撰有《幼童传》十卷、文集十卷，已佚。

把握少年传主的性格特征。

六朝道家思想广被士林，隐逸之风盛行，人们往往视隐逸为高，大量《高士传》应运而生，成为杂传的一大题材类型①，且对当时文坛产生重要影响②。其中属于齐鲁籍作家所撰的有两种，一为东晋时高平(今山东金乡)虞盤佑《高士传》二卷，一是南朝梁平原(今山东平原南)刘杳(487—536)《高士传》二卷。惜二书未流传下来，今存仅虞作佚文数则，记述皇甫谧、朱冲、刘兆、伍朝、郭文举等隐逸人物的事迹，见《太平御览》卷五一〇引。兹录二则，以窥一斑：

皇甫士安，少执冲素，以耕稼为业，专心好学，每改服以行，兼日而食。得风痹，或多劝修名，士安答曰："居畎亩之中，亦可以为乐尧舜之道，何必崇势利而后名乎?"诏以太子中庶子、著作郎，并不应也。

郭文举，河内轵县人。年十三，有怀隐志，每行山林，旬日忘归。父母丧，终辞家，不娶，入陆浑嵩山少室，乃隐华阴之崖，以观石室之石函。洛下将没，步担入吴兴余杭大辟山穷谷无人之地，倚木于树，苫覆其上，亦无壁障。时多暴虎，而文独宿积十余年，恒着鹿皮裘葛巾。司徒王公迎置西园中，众人问文曰："饥而思食，壮而思室，自然之性，先生安独无情乎?"文

① 据下东坡考察，六朝撰作《高士传》之类作品的有嵇康、皇甫谧、葛洪、孙绰、孙盛、张显、习凿齿、虞槃佐、虞孝叔、袁淑、宗测、刘杳、阮孝绪、沈约、周弘让、钟离儒、竺法济等，见南京大学古典文献研究所编，凤凰出版社 2004 年出版之《古典文献研究》第七辑。

② 如陆云《与兄平原书》说："前省皇甫士安《高士传》，复作《逸民赋》。"《宋书·袁粲传》："尝著《妙德先生传》，以续嵇康《高士传》。"《世说新语·品藻》："王子猷、子敬兄弟共赏《高士传》及《赞》。子敬赏'井丹高洁'，子猷云：'未若长卿慢世。'"《真诰》卷十七杨羲称："嵇公撰《高士传》，如为清约。辄写嵇所撰季主事状赞，如别谨呈。"

曰："情由意生，意息则无情。"又问："先生独处穷山，若疾病遭命，终则为乌鸟所食，顾不酷乎？"文曰："藏埋者亦为蝼蚁所食，复何异哉？"又曰："虎狼害人，先生独不畏乎？"文曰："人无害兽之心，兽亦不害人耳。"居园七年，逃归余杭。

记述均言事兼顾，第一则较粗略，但所表现的人物性格还算鲜明；第二则较详细，而所表现的人物性格非常鲜明，能给读者留下深刻的印象，后为唐修《晋书·隐逸传》全部采纳。

## 三、齐鲁文士家传、地域人物传和自传

六朝文人为本家族人物或本家乡人物作传也渐成风气，一批家族人物传或家乡人物传应运而生，而开风气之先的是山东平原人管辰为其兄管辂所撰的《管辂别传》(又名《管辂传》)。近代学者刘咸炘《文学述林》指出："管辂弟辰作辂《别传》，则家传之权舆也。"①

管辂精于筮术，事迹与华佗等俱载于《三国志·魏书·方技传》中，陈寿在传末评曰："华佗之医诊，杜筮之声乐，朱建平之相术，周宣之相梦，管辂之术筮，诚皆玄妙之殊巧，非常之绝技矣，昔司迁著扁鹊、仓公、日者之传，所以广异闻而表奇事也，故存录云尔。"把管辂视为一个身怀绝技的方术之士，故依司马迁之例，记述这类人物的异闻奇事。今人高怀民所采立场与陈寿不同，他从易学史的角度指出："他(指管辂)的不屑于文字注易，实为时代对象数易注经派所产生的反动；他的以数术合易，实为自两汉以来数术家的最高成就，而对易学来说，毋宁说是一个新的开拓；尤其是对

① 王水照主编《历代文话》第十册，复旦大学出版社2007年版，第9775页。

后世而言,遥接后世宋邵雍一派的易学。是一位不可多得的奇才,应是易学史上关键人物之一。”①

管辂之弟管辰的《管辂别传》,因被南朝裴松之《三国志注》所引用,故保存至今。此传近一万字,所记述内容之丰富,远超陈寿《三国志·魏书·方技传》,是今见三国单篇杂传中篇幅最长的作品。

裴松之注引《管辂别传》之材料近二十条,各条内容在衔接上不免有些跳跃,但基本脉络连贯。传文通过诸多具体而典型的事例,描述了管辂其人禀受天才,明阴阳之道,察吉凶之情,得源涉流,出神入化,善于谈辩的卓越才能,文笔生动,引人入胜。如写其年少至成人时的不凡表现:

> 辂年八九岁,便喜仰视星辰,得人辄问其名,夜不能寐。父母尝禁之,犹不可止。自言“我年虽小,然眼中喜视天文”。常云:“家鸡野鹄,犹尚知时,况于人乎?”与邻比儿共戏土壤中,辄画地作天文及日月星辰。每答言说事,语皆不常,宿学耆人不能折之,皆知其当有大异之才。及成人,果明《周易》。仰观、风角、占、相之道,无不精微。体性宽大,多所含受;憎己不雠,爱己不褒,每欲以德报怨。尝谓:“忠孝信义,人之根本,不可不厚;廉介细直,士之浮饰,不足为务也。”自言:“知我者稀,则我贵矣,安能断江汉之流,为激石清。乐与季主论道,不欲与渔父同舟,此吾志也。”其事父母孝,笃兄弟,顺爱士友,皆仁爱发中,终于所阙。臧否之士,晚亦服焉。

传主有关的事迹、言论兼而述之,辅之以作者的论断,管辂的兴趣所在、基本为人态度得以揭示。又如写管辂十五岁时在琅邪太守单子春府上的谈辩,作者较细致逼真地再现了此次论辩场面,管辂

① 《两汉易学史》,广西师范大学出版社 2007 年版,第 190 页。

年少嗜酒而多才善辩的形象得以栩栩如生的展示。其中述及琅邪太守单子春称赞管辂言论之雄辩性及感染力，以汉大赋之杰出作家司马相如的游猎之赋（即《子虚上林赋》）为比拟，事关曹魏时期人们对汉大赋的推重态度，可谓汉大赋接受史上的一条相当重要的材料：

琅邪太守单子春雅有材度，闻辂一黉之俊，欲得见，辂父即遣辂造之。大会宾客百余人，坐上有能言之士，辂问子春："府君名士，加有雄贵之姿，辂既年少，胆未坚刚，若欲相观，惧失精神，请先饮三升清酒，然后言之。"子春大悦，便酌三升清酒，独使饮之。酒尽之后，问子春："今欲与辂为对者，若府君四坐之士邪？"子春曰："吾欲自与卿旗鼓相当。"辂言："始读《诗》、《论》、《易本》学问微浅，未能上引圣人之道，陈秦汉之事，但欲论金木水火土鬼神之情耳。"子春言："此最难者，而卿以为易邪？"于是唱大论之端，遂经于阴阳，文采葩流，枝叶横生，少引圣籍，多发天然。子春及众士相共攻劫，论难锋起，而辂人人答对，言皆有余。至日向暮，酒食不行。子春语众人曰："此年少盛有才器，听其言论，正似司马犬子游猎之赋，何其磊落雄壮，英神以茂，必能明天文地理变化之数，不徒有言也。"于是发声徐州，号之神童。

《管辂别传》的某些片断，长于铺张渲染，在一定程度上借鉴了大赋的写作手法，如写管辂与诸葛原（魏馆陶令，迁新兴太守）等人的谈辩，运用军事术语描摹论辩的场面、气氛，使人感受其紧张、激烈，如闻如睹，传主之高超的清谈技巧，又一次得以生动形象的展示，从而给读者留下更加鲜明的印象：

诸葛原字景春，亦学士。好卜筮，数与辂共射覆，不能穷之。景春与辂有荣辱之分，因辂饯之，大有高谭之客。诸人多闻其善卜、仰视，不知其有大异之才，于是先与辂共论圣人著作之原，又叙五帝、三王受命之符。辂解景春微旨，遂开张战地，示以不固，藏匿孤虚，以待来攻。景春奔北，军师摧衄，自言吾睹卿旌旗，城池已坏也。其欲战之士，于此鸣鼓角，举云梯，弓弩大起，牙旗雨集。然后登城曜威，开门受敌，上论五帝，如江如汉，下论三王，如翮如翰；其英者若春华之俱发，其攻者若秋风之落叶。听者眩惑，不达其意，言者收声，莫不心服，虽白起之坑赵卒，项羽之塞濉水，无以尚之。于时客皆欲面缚衔璧，求束手于军鼓之下。辂犹总干山立，未便许之。

传文所叙管辂深明阴阳之道，天分过人，亦文笔生动，情节神奇，如写其与清河倪太守谈论雨期一节：

辂与倪清河相见，既刻雨期，倪犹未信。辂曰："夫造化之所以为神，不疾而速，不行而至。十六日壬子，直满，毕星中已有水气，水气之发，动于卯辰，此必至之应也。又天昨檄召五星，宣布星符，刺下东井，告命南箕，使召雷公、电母、风伯、雨师，群岳吐阴，众川激精，云汉垂泽，蛟龙含灵，烨烨朱电，吐咀杳冥，殷殷雷声，嘘吸雨灵，习习谷风，六合皆同，欬唾之间，品物流形。天有常期，道有自然，不足为难也。"倪曰："谭高信寡，相为忧之。"于是便留辂，往请府丞及清河令。若夜雨者当为啖二百斤犊肉，若不雨当住十日。辂曰："言念费损！"至日向暮，了无云气，众人并嗤辂。辂言："树上已有少女微风，树间又阴鸟和鸣。又少男风起，众鸟和翔，其应至矣。"须臾，果有艮风鸣鸟。日未入，东南有山云楼起。黄昏之后，雷声动天。到鼓一中，星月皆没，风云并兴，玄气四合，大雨河倾。倪调辂言："误中耳，不为神也。"辂曰："误中与天期，不亦工乎！"

其中所记人物语言，或整齐用韵，音调谐美，或富于风趣，耐人寻味；作者的叙述语言，则颇为简洁自然，隽永有致。

总体而言，管辰此传记述管辂与人的论难时，往往浸染了赋体文的表现手法，刘季高评此传特色云：

> 谈"风"一段，几于全部用韵。其刻画风处，变无形为有形，气派壮阔，有动地惊天之概。以视宋玉风赋，令人有少许胜多许之感！……管公明与刘长仁及徐季龙的两场论难，可以使人看出管氏学术性谈辞的特征：引经据典，一也；铺陈重叠，二也；语言骈偶，三也；句多用韵，四也。①

魏晋人承汉人之习，仍很重视辞赋创作，辞赋作品铺陈渲染、词采华美、讲究用韵的特点影响到其他文体，就杂传而言，管辰的《管辂别传》应该说是较早、较多浸染辞赋作风的一个典型例子。由此传中琅邪太守单子春以汉赋之英杰司马相如的作品比况管辂的谈论，可知当时人已意识到赋体对论辩文的渗透，论辩需要出言成章而朗朗适口、辞藻缤纷而滔滔不绝的素质，这正与辞赋的特色相契合，《管辂别传》记述的主要内容是关于传主的论难场面，故自然而然地成为杂传浸染赋风的先行之作。此后，杂传作品屡见浸染赋风的，如阮籍《大人先生传》、佚名《汉武内传》、葛洪《神仙传》。此类杂传作品之所以浸染赋风较显，也有其内容上的原因，类似于管辰极言其兄的"殊巧绝技"，阮籍极言大人先生的超越境界，抨击世俗的卑劣浅陋，《汉武内传》中极言汉武帝所羡慕的神仙世界及葛洪极言神仙世界，都需借助铺采摛文的赋法。总之，管辰《管辂别传》是杂传赋化进程中开风气之先的作品。

西晋时期齐鲁士人的家传有平原高唐（今山东禹城西南）华峤②所撰的《谱叙》，这是一种华氏家族人物的传记。此书已佚，《三

---

① 《东汉三国时期的谈论》，上海古籍出版社1999年版，第126－127页。

② 华峤（？－293），字叔骏，华歆之孙，华表之子。仕晋曾任尚书、秘书监等职。撰《汉后书》九十七卷，起于光武，终于献帝，其中《十典》未就，由其子华彻、华畅续成。

国志·魏书·华歆传》裴松之注引保留下来五则,前四则记华歆,后一则记华歆子华表。兹录关于华歆的二则,以窥一斑:

歆少以高行显名。避西京之乱,与同志郑泰等六七人,间步出武关。道遇一丈夫独行,愿得俱,皆哀欲许之。歆独曰:"不可。今已在危险之中,祸福患害,义犹一也。无故受人,不知其义。既已受之,若有进退,可在弃乎!"众不忍,卒与俱行。此丈夫中道堕井,皆欲弃之。歆曰:"已与俱矣,弃之不义。"相率共还出之,而后别去。众乃大义之。

孙策略有扬州,盛兵徇豫章,一郡大恐。官属请出郊迎,教曰:"无然。"策稍进,复白发兵,又不听。及策至,一府皆造阁,请出避之。乃笑曰:"今将自来,何遽避之?"有顷,门下白曰:"孙将军至。"请见,乃前与歆共坐,谈议良久,夜乃别去。义士闻之,皆长叹息而心自服也。策遂亲执子弟之礼,礼为上宾。是时四方贤士大夫避地江南者甚众,皆出其下,人人望风。每策大会,坐上莫敢先发言,歆时起更衣,则论议哗哗。歆能剧饮,至石余不乱,众从微察,常以其整衣冠为异,江南号之曰"华独坐"。

前者以乱离中一事例,表现华歆始终以义的品格。后者则记其临危不惧、处变不惊以及善谈议、能剧饮的名士风度。作者长于通于对比烘托来刻画人物,此二则主要是以华歆与众人的对比,凸显其个性。

此类家传性质的作品,内容多记本家族中杰出人物的优点,主观性比较强。齐鲁士人所撰此类作品还有崔鸿《崔氏五门家传》、王褒《王氏江左世家传》、明粲《明氏世录》、佚名《王朗王肃家传》、佚名《孔氏家传》、佚名《颜延之家传》等,均佚。

《崔氏五门家传》,《隋书·经籍志》著录为二卷,《新唐书·艺文志》著录为《崔氏世传》七卷。《北堂书钞》、《太平御览》征引此书，皆名为《崔氏家传》。实则同书异名也。关于崔氏五门所指，清人姚振宗《隋书经籍志考证》卷二十说："按《唐世系》云：'崔氏定著十房：一曰郑州，二曰鄢陵，三曰南祖，四曰清河大房，五曰清河小房，六曰清河青州房，七曰博陵安平房，八曰博陵大房，九曰博陵第二房，十曰博陵第三房。总其实，则止于郑州、鄢陵、南祖、清河、博陵五房也。'魏崔光、崔鸿，清河人；汉崔瑗、崔寔，博陵人。所谓五门者，即《唐表》所载是也。"

此作今存佚文五条，见《北堂书钞》、《太平御览》征引。四条写崔瑗，一条写崔寔。如"崔瑗为汲令，乃为开沟，造稻田，薄卤之土，更为沃壤，民赖其利。长老歌曰：天降神明君，锡我慈仁父。临民布德泽，恩惠施以序。穿沟广灌溉，决渠作甘雨"。[①] "崔寔除五原太守，郡处边陲，不知耕桑之业，民多饥寒之患。于是乃劝人农种，教其织纴，以赈贫穷，民用获济，号曰神惠焉。"[②]皆突出刻划传主施德政于民的循吏形象。

六朝齐鲁作家的本籍人物传有魏山阳仲长统《山阳先贤传》，见两唐《志》著录，已佚；魏东莱王基[③]《东莱耆旧传》，见《隋志》著录，已佚；晋佚名《济北先贤传》一卷，见《隋志》著录，已佚；佚名《兖州先贤传》一卷，见《隋志》著录，已佚；齐清河崔慰祖《海岱志》二十卷，见《隋志》著录，已佚；晋鲁郡白褒《鲁国先贤传》（又名《鲁国先贤志》）二卷，见《隋志》著录，已佚。又有佚名《青州先贤传》，见章

---

① 《太平御览》卷二百六十八引，上海古籍出版社 2008 年版，第三册第 503 页。

② 《太平御览》卷二百六十二引，上海古籍出版社 2008 年版，第三册第 457 页。

③ 王基（？—261），生活于汉魏之际，东莱（治所在今山东龙口东）人，字伯舆，曾从郑玄学，著名于世。入魏，先后为中书侍郎、安平太守、荆州刺史、镇南将军、征东将军、封常乐亭侯、安乐乡侯、东武侯，卒后追赠司空，谥曰景侯。

宗源《隋书经籍志考证》著录。

《鲁国先贤传》佚文，隋唐宋类书《北堂书钞》、《艺文类聚》、《初学记》、《太平御览》等引用十则，记述鲁地人物申培、黄伯仁、鲍吉、孔翊、东门奂、叔孙通等的事迹，如写鲍吉及其家族云：

汶阳鲍氏，起于鲍吉。吉，字利主。桓帝初为蠡吾侯，吉为书师。及桓帝立，历位至河南尹。诏曰："吉与朕有龙潜之旧，其封西乡侯。"宗族以吉势力，至刺史二千石者五。①

又如写鲁国某恭士：

鲁有恭士者，名曰汜。行年七十，其恭益甚。冬日行阴，夏日行阳，一食之间三起。鲁君问曰："子年甚长矣，何不释恭？"汜对曰："君子好恭，以成其名；小人学恭，以除其刑。誉人者少，恶人者多，行年七十，常恐斧锧之加于汜者，何释恭焉！"②

前者写鲍吉因与桓帝有旧交而得高位，鲍氏家族仗其势力被封高位者达到五人。史称桓帝朝政治黑暗腐败，任人唯亲，白褒此则记述亦可为佐证也。后者通过鲁恭士与鲁君的对话，写恭士年七十，为人尚恭谨益甚，原因是恐怕官府的刑罚加于其身，从而揭示了鲁君为政之严苛。文字则以简洁明快见长。

《鲁国先贤传》的某些记述还涉及一些文学作品，并在有关评价中流露了白褒的审美趣味。如其记述黄伯仁所撰《龙马颂》云：

黄伯仁不知何县人，安顺之世为《龙马颂》，其文甚丽。③

黄伯仁《龙马颂》曰："扬镳鸾兮，挥红沫之播飘。"④

---

① 《太平御览》卷二百零一，上海古籍出版社 2008 年版，第三册，第 36 页。

② 《初学记》卷十七，中华书局 1962 年版，第 427 页。

③ 《北堂书钞》卷一百零二，天津古籍出版社 1988 年版，第 426 页。

④ 《太平御览》卷三百五十八，上海古籍出版社 2008 年版，第四册，第 293 页。

汉晋时期颂与赋义常可互通，人们往往赋颂混称，如《汉书·王褒传》称王褒《洞箫赋》为《洞箫颂》，《后汉书·马融传》称马融《广成赋》为《广成颂》，嵇康《琴赋序》称“然八音之器，歌舞之象，历代才士，并为之赋颂”，等等。白褒这里的记述亦属此种情况，所谓《龙马颂》，实即《龙马赋》。目前收罗汉赋较全的两种著作，即费振刚先生主编的《全汉赋》与龚克昌先生主编的《全汉赋评注》①，皆未辑录此作，当补入。再，白褒对《龙马颂》“其文甚丽”的评价，也与魏晋时期在文学批评方面较为普遍的尚丽意识极为契合。

《济北先贤传》，《北堂书钞》、《后汉书》注等引其佚文数则；清人姚振宗《隋书经籍志考证》卷二十据《群辅录》辑得一则，兹录以窥一斑：“胶东令卢氾昭，字兴先；乐城令刚戴祈，字子陵；颍阴令刚徐晏，字孟平；泾令卢夏隐，字叔世；州别驾蛇丘刘彬，字文曜。右济北五龙，少并有异才，皆称神童，当桓、灵之世，时人号为五龙。”②由此可见汉末济北人才颇盛的情况。

崔慰祖(465—499)，清河东武城(今山东武城)人。好学，聚书至万卷。著《海岱志》，记自西周太公起至西晋时的齐鲁人物，本四十卷，完成一半。临终与从弟崔纬书，言已常欲注《史记》、《汉书》，采二书所漏二百余事，嘱检写之；又嘱以《海岱志》写数通，付友人任昉等，以“令后世知吾微有素业也”。《海岱志》，《隋书·经籍志》著录为二十卷，规模宏大，不仅堪称六朝时期有关齐鲁人物事迹的集大成之作，也是当时部头最大的区域性人物杂传。已佚。

自传这种人物传记形式，兴起于汉代。著名者如司马迁《史记·太史公自序》、班固《汉书·叙传》、王充《论衡·自序》，这些自

---

① 《全汉赋》，北京大学出版社 1993 年版；《全汉赋评注》，花山文艺出版社 2003 年版。

② 《二十五史补编》，中华书局 1958 年版，第 5344 页。

叙依附于作者大部头的著述之中，其内容往往是介绍家世渊源、生平事迹，撰作缘由等。魏晋南北朝此类自叙亦层出不穷，如某些史书自叙，还有曹丕《典论·自叙》、葛洪《抱朴子·自叙》、萧绎《金楼子·自序》等子书自叙①；但其时最有时代特色的是那些不依附于大部头著述而存在的单篇自叙。其中有虚构人名托以自寓的，如阮籍《大人先生传》、陶渊明《五柳先生传》，乃至袁粲《妙德先生传》等。而数量较多的则是径直以"自序"或本人姓名为题的单篇传记，如赵至《自叙》、法显《法显传》、江淹《自序传》等。

此类自序流传于今的，多数已残缺，除《法显传》等少量作品属于长篇外，多为短篇，但往往能反映作者撰作时的兴趣、感情、个性，如《艺文类聚》卷五十五所引江淹《自序传》："（淹）为建安吴兴令，地在东南峤外，闽越之旧境也，爰有碧水丹山，珍木灵草，皆淹平生所至爱，不觉行路之远也。山中无事，专与道书为偶，及悠然独往，或日夕忘归，放浪之际，颇著文章自娱。"说明自己的情趣、爱好在于奇异的山水草木，并研读道教典籍，撰作文章以自娱。寥寥数十个字，便昭示了南朝文人文学活动的重要信息或者说是重要转变，即题材上多关注山水景物，观念上疏离了传统的政教说，而彰显自娱说。

山东平原人刘峻《自序》是六朝文坛自传类的佳作。此作已残缺，今存者乃《梁书·刘峻传》及《南史·刘峻传》所引录之片断：

> 余自比冯敬通，而有同之者三，异之者四。何则？敬通雄才冠世，志刚金石。余虽不及之，而节亮慷慨，此一同也。敬

---

① 日本学者川合康三对汉魏晋书籍序言类的自传有所论述，涉及四篇：一、外于众人的我——司马迁《史记》太史公自序；二、异于众人的我——王充《论衡》自纪篇；三、优于众人的我——曹丕《典论》自叙；四、劣于众人的我——葛洪《抱朴子》自叙。参见川合氏《中国的自传文学》一书，中央编译出版社，1999年版。

通值中兴明君，而终不试用。余逢命世英主，亦摈斥当年，此二同也。敬通有忌妻，至于身操井臼。余有悍室，亦令家道轗轲，此三同也。敬通当更始之世，手握兵符，跃马食肉。余自少迄长，戚戚无欢，此一异也。敬有一子仲文，官成名立，余祸同伯道，永无血胤，此二异也。敬通膂力方刚，老而益壮。余有犬马之疾，溘死无时，此三异也。敬通虽芝残蕙焚，终填沟壑，而为名贤所慕，其风流郁烈芬芳，久而弥盛。余声尘寂漠，世不吾知，魂魄一去，将同秋草，此四异也。所以自力为叙，遗之好事云。

冯衍为东汉初著名士人，胸怀建功立业之宏志，而仕途坎坷，功业未遂，故被后世视为此类士人的典型，晋宋时期的后汉史名著华峤《汉后书》、范晔《后汉书》皆有《冯衍传》，对其坎坷身世有详细记述，并流露了同情惋惜。比刘峻略早的著名作家江淹所撰《恨赋》，其中写才士之恨，列举的代表人物便是冯衍，云："至乃敬通见抵，罢归田里。闭关却扫，塞门不仕。左对孺人，顾弄稚子。脱略公卿，跌宕文史。赍志没地，长怀无已。"由于刘峻在遭遇上与冯衍更为接近，故其《自序》不仅对冯氏之遭际怀有共鸣，而且通过对比流露了自己的满腹牢骚和怨愤不平。

朱东润先生称此文充满了刘峻"那种骯髒的精神"。[①] 刘峻借与古人对比以述身世抒愤懑的写法，为"自序"文别开生面，遂成一格，而引发后世文人的效仿。谭家健先生指出："自西汉东方朔、扬雄以来，自嘲以讽世之作甚多，但往往只讲自己如何倒霉而已。刘峻忽发奇想，与古人较同论异，十分风趣，虽属激愤之言，却在很大程度上反映了封建社会不少壮志难酬者的委曲心态，于是引起后

① 《八代传叙文学述论》，复旦大学出版社 2006 年，第 142 页。

人的普遍共鸣。”[①]如唐代刘知几《史通内篇·自叙》云：“昔梁征士刘孝标作叙传，其自比于冯敬通者有三，而予窃不自揆，亦窃比于扬子云者有四。”清代汪中《自序》将自己与刘峻比较，概括为四同五异，末云：“嗟乎！敬通穷矣，孝标比之，则加酷焉。余于孝标，抑又不逮。”李慈铭“远览梁代刘子自序，近感江都汪生继述之文”而撰《自序》，为“五悲”、“五穷”之说。民国时期学者李详《自序》，远效刘峻而近比迹于汪中，概括为三同四异。比李详稍晚的学者黄侃亦仿刘孝标、汪中而撰《自序》，情调凄婉，富有六朝抒情文遗风，兹录于下，以窥其借鉴之迹：

刘峻自序，比迹冯衍，而汪中作文拟刘，文辞之工，私淑久矣。窃慕三君，略陈同异；至于慷慨之节，金石齐刚，依彼当仁，夫何敢让。少好玄理，粗识菀枯。寄命危邦，得全为幸，本不干进，谁能斥之？三君皆遇悍妻，勃豀诟谇，余中年鳏处，罔罔无聊；亲爱仳离，惭魂吊影，唯此一事，仿佛前文。若乃握符之愿，久绝胸怀；伯道之嗟，廑而获免。持校往者，亦有参差。敬通膂力方刚，老而益壮，刘、汪并称多疾，恶死忧生；然刘则年过指使，汪亦寿半期颐，以视敬通，知非悬绝。余岁才三十，羸病已成，卷葹拔心，差堪为比，六芝延命，未见其征，此不类者一也。三君文学，诚有等差，而郁烈芬芳，同为后来所慕。余幼承庭诰，长事大师，六艺百家，皆非墙面，一吟一咏，劣足自娱。然著书不行，解人难索，一归蒿里，永闷修名，此不类者二也。三君虽俱历艰屯，亦俱逢盛世，衡门高咏，可以忘饥。余遭离世变，狼狈迁流，避地乱乡，扶携老幼，萍漂蓬转，税驾无时，上象还家，徒存梦想；而且穷年迫于忧栗，终岁不免劳

① 《六朝文章新论》，北京燕山出版社2002年版，第66页。

勤，乐生之心，凄然已尽，此不类者三也。诗曰："我不见兮，言从之迈。"今之自序，聊欲瞻望古人。非必遗之好事也。①

刘峻《自序》之影响深远，由此可见。

## 四、齐鲁文士的其他传记

六朝时期还有不少为同僚或朋友写的传记，齐鲁籍作家所撰有：《任嘏别传》，东郡东阿（今山东阳谷东北）程咸等作。② 传主任嘏，为时人所推重的人物，《三国志·魏书·王昶传》载王昶《戒子书》中便把任嘏视为应当效法的为人处世榜样，云："乐安任昭先，淳粹履道，内敏外恕，推逊恭让，处不避洿，怯而义勇，在朝忘身。吾友之善之，愿儿子遵之。"皆概括评价性的语言，相对于具体实事而言，此为虚笔。《任嘏别传》则虚实兼备，其中记述具体事例颇为细致，如：

遂遇荒乱，家贫卖鱼，会官税鱼，鱼贵数倍，嘏取直如常。又与人共买生口，各雇八匹。后生口家来赎，时价直六十匹。共买者欲随时价取赎，嘏自取本价八匹。共买者惭，亦还取本价。比居者擅耕嘏地数十亩种之，人以语嘏，嘏曰："我自以借之耳。"耕者闻之，惭谢还地。（《三国志》卷二十七《王昶传》注引）

所陈三事，一写任嘏家贫卖鱼、不乘鱼价数倍涨而捞钱；二写

---

① 张晖《量守庐学记续编》，三联书店 2006 年版，第 52 页。

② 《三国志·魏书·王昶传》注引《任嘏别传》末云："嘏卒后，故吏东郡程咸、赵国刘固、河东上官崇，录其事行及所著书。"《三国志》称士籍，多数情况下作××郡（国）××县，程咸等三人皆称其郡国名，未出县名，检《三国志》及裴注所及东郡程氏人物，皆云东郡东阿，而程咸独称东郡，我以为省。程咸等记录任嘏行事，当为此传。

任昉买了牲口，后来原主人来赎，他不以时价趁机赚钱；三写任昉对擅耕其田者的宽厚态度，这就很自然地揭示出传主清廉正直、宽容厚道的为人品格与境界。

六朝是骈体文盛行的时代，但由于传记的功能主要在于记述人物事迹，运用骈体不大适宜，故此期杂传作品一般来说仍以散体为之，只有少数作品是例外。

王僧孺的《太常敬子任府君传》可谓此类例外作品的代表篇章。此文传主任府君，即齐梁间大文豪任昉，王僧孺与之交往甚密，故为之作传。文已残缺，《艺文类聚》卷四十九录其片断云：

> 耻一物之不知，惜寸阴之徒靡。下帷闭户，投斧悬梁。虽玄晏书淫，文胜经溢，康成之忽忘所往，公叔之颠坠硎岸，无以异也。若夫天才卓尔，动称绝妙。辞赋极其清深，笔记尤尽典实。若问金石，似注河海，少孺速而未工，长卿工而未速。孟坚辞不逮理，平子意不及文。孔璋伤于健，仲宣病于弱。其有集论尚书，穷文质之敏。驻马停信，极亹亹之功，莫尚于斯焉。君职等曹、张，声高左、陆。时乃高辟雪官，广开云殿。秋窗春户，冬燠夏清。九醞斯浮，百羞并荐。云销月朗，聿兹游客，朋来旅见，辞人才子，辩圃学林，莫不含毫咀思，争高竞敏，乃整袂端襟，翰飞纸落。豪人贵仕，先达后进，莫不心服貌惭，神气将尽。顾余不敏，厕夫君子之末，可称冥契，是为神交。二三君子，唯以从游日暮，亭号昭仁，庶子云咫尺，康成斯在。借此嘉言，将无绝乎千载。

讲求对偶与大量用典是骈体文的重要特征。此文在这些讲求方面有上佳的表现。其对偶工整，且形式多样，或四言对，或五言对，或六言对；或单句对，或当句对。用典繁富，令读者在目不暇接的同时，还要思接千载、视通万里，驰骋丰富的联想力。

《江表传》二卷，清人章宗源《隋书经籍志考证》补录于杂传类，晋高平昌邑(今山东金乡西北)虞溥撰。[①] 江表,指长江以南地区。从中原看,江南地在长江之外,故称江表。孙吴立国江南,故此书记述三国史事,以孙吴较详细。书完本今已不存,可见者为《三国志》注、《后汉书》注、《世说新语》注及《太平御览》引用此书的一些片断。有清王仁俊辑本。其中以《三国志·吴书》注引为多,下面主要据此予以论述。

检《三国志·吴书》,共有一百零九处注引用了《江表传》,这一百零九条材料或短或长,短者一二十字,长者逾千字,对陈寿所记内容有所补充,史料价值较高,或兼有文学色彩。兹略举数例。如孙策被袁术表为折冲校尉后,与扬州刺史刘繇所部的交战情形,陈寿并无具体记载,而《江表传》曰:

> 策渡江攻繇牛渚营,尽得邸阁粮谷、战具,是岁兴平二年也。时彭城相薛礼,下邳相笮融依繇为盟主,礼据秣陵城,融屯县南。策先攻融,融出兵交战,斩首五百余级,融即闭门不敢动。因渡江攻礼,礼突走,而樊能、于麋等复合众袭夺牛渚屯。策闻之,还攻破能等,获男女万余人。复下攻融,为流矢所中,伤股,不能乘马,因自舆还牛渚营。或叛告融曰:"孙郎被箭已死。"融大喜,即遣将于兹向策。策遣步骑数百挑战,设伏于后,贼出击之,锋刃未接而伪走,贼追入伏中,乃大破之,斩首千余级。策因往到融营下,令左右大呼曰:"孙郎竟云何!"贼于是惊怖夜遁。融闻策尚在,更深沟高垒,缮治守备。策以融所屯地势险固,乃舍去,攻破繇别将于海陵,转攻湖孰、江乘,皆下之。(《三国志》卷四十六《孙策传》注引)

---

① 虞溥,字允源,虞秘子。少专心坟籍。郡察孝廉,除郎中,补尚书都令史,迁公车司马令,除鄱阳内史。在郡大修学校,广招生徒,为政严而不猛,风行天下。注《春秋》经传,撰《江表传》及诗赋文章数十篇行于世。年六十二卒于洛阳。

孙策能征善战的英雄气概得以真切的展示。陈寿记载孙皓即帝位后，“粗暴骄盈，多忌讳，好酒色，大小失望”。而《江表传》曰：

皓初立，发优诏，恤士民，开仓廪，振贫乏，科出宫女以配无妻，禽兽扰于苑者皆放之。当时翕然称为明主。（《三国志》卷四十八《孙皓传》注引）

又，陈寿未记述孙皓将败时给人写书信事，《江表传》则记载了孙皓将败时给其舅何植写了一信，又给群臣写了一信，信中主要作了承担亡国罪责的表态，且有一定的文采：

皓将败与舅何植书曰：“昔大皇帝以神武之略，奋三千之卒，割据江南，席卷交广，开拓洪基，欲祚之万世。至孤末德，嗣守成绪，不能怀集黎元，多所咎阙，以违天度。暗昧之变，反谓之祥，致使南蛮逆乱，征讨未克。闻晋大众，远来临江，庶竭劳瘁，众皆摧退，而张悌不反，丧军过半。孤甚愧怅，于今无聊。得陶濬表云武昌以西，并复不守。不守者，非粮不足，非城不固，兵将背战耳。兵之背战，岂怨兵邪？孤之罪也。天文县变于上，士民愤叹于下，观此事势，危如累卵，吴祚终讫，何其局哉！天匪亡吴，孤所招也。瞑目黄壤，岂复何颜见四帝乎！公其勖勉奇谟，飞笔以闻。”皓又遗群臣书曰：“孤以不德，忝继先轨。处位历年，政教凶勃，遂令百姓久困涂炭，致使一朝归命有道，社稷倾覆，宗庙无主，惭愧山积，没有余罪。自惟空薄，过偷尊号，才琐质秽，任重王公，故《周易》有折鼎之诫，诗人有彼其之讥。自居宫室，仍抱笃疾，计有不足，思虑失中，多所荒替。边侧小人，因生酷虐，虐毒横流，忠顺被害。暗昧不觉，寻其壅蔽，孤负诸君，事已难图，覆水不可收也。今大晋平治四海，劳心务于擢贤，诚是英俊展节之秋也。管仲极雠，桓公用之，良、平去楚，入为汉臣，舍乱就理，非不忠也。莫以移朝改朔，用损厥志。嘉勖休尚，爱敬动静。夫复何言，投笔

而已。”(《三国志》卷四十八《孙皓传》注引)

可见孙皓虽昏庸无道,但其并非全无人性,在亡国前夕才表示忏悔虽已无济于事,但终究是一种正常心态的流露,比起至死不悟或推卸责任或文过饰非来,总算还有点人文情怀及正视现实的勇气。这就在一定程度上弥补了陈寿书的缺憾,给读者提供了一个较完整的孙皓。关于孙皓好美色,陈寿未记典型事例,《江表传》则有颇细致的记载:

皓以张布女为美人,有宠,皓问曰:“汝父所在?”答曰:“贼以杀之。”皓大怒,棒杀之。后思其颜色,使巧工刻木作美人形象,恒置座侧。向左右:“布复有女否?”答曰:“布大女适故卫尉冯朝子纯。”即夺纯妻入宫,大有宠,拜为左夫人,昼夜与夫人房宴,不听朝政,使尚方以金作华燧、步摇、假髻以千数。令宫人著以相扑,朝成夕败,辄出更作,工匠因缘偷盗,府藏为空。会夫人死,皓哀愍思念,葬于苑中,大作冢,使木匠刻柏作木人,内冢中以为兵卫,以金银珍玩之物送葬,不可称计。已葬之后,皓治丧于内,半年不出。国人见葬太奢丽,皆谓皓已死,所葬者是也。皓舅子何都颜状似皓,云都代立。临海太守奚熙信伪言,举兵欲还诛都,都叔父植时为备海督,击杀熙,夷三族,伪言乃息,而人心犹疑。(《三国志》卷五十《妃嫔传》注引)

刻画一个昏君嗜好并沉溺于美色之中竟到如此地步,无疑富有典型意义。

写孙策与太史慈相互诚信以待,陈寿略微点到而已,《江表传》则有详细记载;对孙权、刘备联合拒曹之原委的记述,《江表传》在某些方面也比陈寿所记详细。此不一一赘述。

周瑜病危时给孙权写的书疏,陈寿载,周瑜病困,上书曰:

当今天下,方有事役,是瑜乃心夙夜所忧,愿至尊先虑未然,然后康乐。今既与曹操为敌,刘备近在公安,边境密迩,百姓未附,宜得良将以镇抚之。鲁肃智略足任,乞以代瑜。瑜陨踣之日,所怀尽矣。(《三国志》卷五十四《周瑜传》)

《江表传》载云:

初瑜疾困,与权笺曰:"瑜以凡才,昔受讨逆特殊之遇,委以腹心,遂荷荣任,统御兵马,志执鞭弭,自效戎行。规定巴蜀,次取襄阳,凭赖威灵,谓若在握。至以不谨,道遇暴疾,昨自医疗,日加无损。人生有死,修短命矣,诚不足惜,但恨微志未展,不复奉教命耳。方今曹公在北,疆场未静,刘备寄寓,有似养虎,天下之事,未知终始,此朝士旰食之秋,至尊垂虑之日也。鲁肃忠烈,临事不苟,可以代瑜。人之将死,其言也善,倘或可采,瑜死不朽矣。"(《三国志》卷五十四《周瑜传》注引)

二者相较,内容基本相同,但《江表传》的文采及抒情性显然要比《吴书·周瑜传》浓重、感人。

陈寿书略言及吕蒙为鲁肃出谋划策,而《江表传》的记载颇详细,更能显示吕蒙的儒将风范:

初,权谓蒙及钦曰:"卿今并当涂掌事,宜学问以自开益。"蒙曰:"在军中常苦多务,恐不容复读书。"权曰:"孤岂欲卿治经为博士邪?但当令涉猎见往事耳。卿言多务孰若孤,孤少时历《诗》、《书》、《礼记》、《左传》、《国语》,惟不读《易》。至统事以来,省三史、诸家兵书,自以为大有所益。如卿二人,意性朗悟,学必得之,宁当不为乎?宜急读《孙子》、《六韬》、《左传》、《国语》及三史。孙子言'终日不食,终夜不寝以思,无益,不如学也。'光武当兵马之务,手不释卷。孟德亦自谓老而好学。卿何独不自勉勖邪?"蒙始就学,笃志不倦,其所览见,旧儒不胜。后鲁肃上代周瑜,过蒙言议,常欲受屈。肃拊蒙背曰:"吾谓大弟但有武略耳,至于今者,学识英博,非复吴下阿蒙。"蒙曰:"士别三日,即更刮目相待。大兄今论,何一称穰侯乎。兄今代公瑾,既难为继,且与关羽为邻。斯人长而好学,读《左传》略皆上口,梗亮有雄气,然性颇自负,好陵人。今与为对,当有单複以向待之。"密为肃陈三策,肃敬受之,秘而不宣。权常叹曰:"人长而进益,如吕蒙、蒋钦,盖不可及也。富贵荣显,更能折节好学,耽悦书传,轻财尚义,所行可迹,并作国士,不亦休乎!"(《三国志》卷五十四《吕蒙传》注引)

这节文字提供的信息是相当丰富的。其中有东吴君臣知识构成的一份较详细的清单,由"宜急读《孙子》、《六韬》、《左传》、《国语》及三史(指《史记》、《汉书》、《东观汉纪》)"的告诫,可知他们尤其清楚兵书、史书在那个三国鼎立的时代重要的实用价值。记述吕蒙就学后的长进,既有虚笔概括,又有人物对话的真切摹写,还有独白式的感慨评价,富于一唱三叹的韵味。在人物对话及其情态的摹写中,东吴君臣间、大臣间关系的融洽和谐得以自然的展示,亦令人倾慕向往。

《江表传》写孙权在一次宴会上,动情地述说和周泰在疆场上结下的生死与共的君臣之谊,情溢于辞,不能不令人感动:

权把其臂,因流涕交连,字之曰:"幼平,卿为孤兄弟战如熊虎,不惜躯命,被创数十,肤如刻画,孤亦何心不待卿以骨肉之恩,委卿以兵马之重乎!卿吴之功臣,孤当与卿同荣辱,等休戚。幼平意快为之,勿以寒门自退也。"(《三国志》卷五十五《周泰传》注引)

而陈寿书正缺乏如此深于情的文字。

三国时期士风通脱放达,君臣宴集的场合也往往相互戏谑,如《江表传》记载东吴大臣间的一次戏谑云:

曾有白头鸟集殿前,权曰:"此何鸟也?"恪曰:"白头翁也。"张昭自以坐中最老,疑恪以鸟戏之,因曰:"恪欺陛下,未尝闻鸟名白头翁者，试使恪复求白头母。”恪曰：“鸟名鹦母，未必有对，试使辅吴复求鹦父。”昭不能对，坐中皆欢笑。（《三国志》卷六十四《诸葛恪传》注引）

如此轶事的记载，显然增加了书的趣味性和可读性。

齐鲁文人所撰的具有时代特色的类似杂传的某些杂史，在此值得附带提及的有乐资的《春秋后传》及《山阳公载记》。乐资，晋代文史作家，山东曲阜人。其《春秋后传》已佚，零星残文片断见《太平御览》等书征引，如关于郑客的故事：

秦始皇使郑客将入函关，见华山上有素车白马，疑是鬼神，熟视稍近，问郑客曰：“安之？”答曰：“之咸阳。”素车人曰：“吾华山使，愿托一牍书致镐池君所。子之咸阳，道过镐池，见一大梓树，有文石，以款树，当有应者，即以书与之。”郑客如其言，以石击梓树，果有人来，取书与之。①

内容似志怪笔记，风格则恍惚迷离。晋代志怪书籍风行，某些文人身为史家而为志怪书，如干宝。乐资生平事迹不详，似乎也属此类文人。

乐资《山阳公载记》已散佚，裴松之《三国志》注征引了九条片断。其中一条记载曹操败走华容道，一条记载曹操处理丞相长史王必营被焚事，一条记载董卓势压皇甫嵩，一条记载刘备评论孙权，一条记载马超待刘备先随便后恭敬，一条记许靖由献帝三皇子封王对曹操用心的评价，一条记陈瑀单骑投奔袁绍，一条记董卓与长史刘艾谈话中的狂妄自信，一条记曹操与马超、韩遂对峙，较生动的有：

初卓为前将军，皇甫嵩为左将军，俱征韩遂，各不相下。

---

① 《太平御览》卷五十一引，上海古籍出版社 2008 年版，第一册，第 568 页。

后卓征为少府并州牧，兵当属嵩，卓大怒。及为太师，嵩为御史中丞，拜于车下。卓问嵩："义真服未乎?"嵩曰："安知明公乃至于是!"卓曰："鸿鹄固有远志，但燕雀不知耳。"嵩曰："昔与明公俱为鸿鹄，不意今日变为凤凰耳。"卓笑曰："卿早服，今日可不拜也。"①

(马)超因见(刘)备待之厚，与备言，常呼备字，关羽怒，请杀之。备曰："人穷来归我，卿等怒，以呼我字故而杀之，何以示于天下也!"张飞曰："如是，当示之以礼。"明日大会，请超入，羽、张并杖刀立直，超顾坐席，不见羽、张，见其直也，乃大惊，遂一不复呼备字。明日叹曰："我今乃知其所以败。为呼人主字，几为关羽、张飞所杀。"自后乃尊事备。②

裴松之以为乐资后一条记载"言不经理，深可忿疾"，并由此引出对乐资、袁暐(《献帝春秋》作者)之书的整体不满，云："袁暐、乐资等诸所记载，秽杂虚谬，若此之类，殆不可胜言也。"③从讲求史料的真实性而言，裴氏的指责有其道理；此后《隋书·经籍志》及刘知几《史通·品藻》皆持这种态度，《隋志》云："……魏文帝又作《列异》，以序鬼神奇怪之事；嵇康作《高士传》，以叙圣贤之风。因其事类，相继而作者甚众，名目转广，而又杂以虚诞怪妄之说……今取其见存，部而类之，谓之杂传。"刘氏云："……若乃旁求别录，侧窥杂传，诸如此谬，其累实多。"而从叙事写人的生动性言之，乐资的记述则不必非议。若将视野进一步放开，我们可以这样认为，裴松之对乐资的指责正点出了史传与杂传及杂史的差异。与史传相比，杂传是一种很个人化的写作体裁，史传写作需态度严肃、作风严谨，杂传写作则显然轻松、随便的多，作者对有关材料的处理上

① 《三国志》，中华书局1959年版，第178页。
② 《三国志》，中华书局1959年版，第947页。
③ 《三国志》卷三十六，中华书局1959年版，第947页。

有较大较自由的取舍、选择、加工空间，可以猎奇搜异，可以驰骋文采，可以想象虚构，可以随意表达倾向性，可以尽情张扬个性。程千帆先生曾比较二者之差异云："史家自马迁以次，多本《春秋》之旨以著书，故多微婉志晦之衷，惩恶劝善之笔。而史传人物，遂每以此而成定型。杂传则如《隋志》所云：'率尔而作，不在正史'，褒贬之例，不甚谨严。虽其中不免杂以虚妄之说，恩怨之情，然传主个性，反或近真。"①此说较为宏通、合理。

① 见《俭腹抄》，上海文艺出版社 1998 年版，第 69 页。

# 第二章　清新有趣的地记

## 一、六朝地记的繁荣和齐鲁文士的地记著述

魏晋南北朝地记(或称地志)著作繁荣,或为州记,或为郡记,或为县记,或为山记,或为水记。本时期地记著述中较有文学性的内容是山水描写与传说故事的记述。其中的写景内容在六朝山水文学发展史上具有重要地位。较早的地记著作,有东汉辛氏《三秦记》、杨孚《交州异物志》、卢植《冀州风土记》,三国谯周《巴蜀异物志》、顾启《娄地记》、薛莹《荆扬已南异物志》,西晋潘岳《关中记》等,数量不多,所记内容包括物产、风俗、地理沿革等,偶尔涉及自然景色,但在书中所占比例甚小。东晋建都江南,至宋齐梁二百余年间,地记著作渐趋繁荣。章宗源《隋书经籍志考证》记载东晋至宋齐梁地志一百多种,今存佚文多见于《艺文类聚》、《太平御览》等类书的节录,其中写景文字之多呈水涨船高之势。兹将涉及自然山水描写较多的作品胪列于下:东晋张玄之《吴兴山墟名》,袁山松《宜都记》(又名《宜都山川记》),阙名《汉中记》,罗含《湘中记》,刘欣期《交州记》,裴渊《广州记》,顾微《广州记》,袁休明《巴蜀志》,魏完《南中志》;宋刘损(一作“桢”)《京口记》,山谦之《南徐州记》、《丹阳记》、《吴兴记》,孔灵符《会稽记》,谢灵运《永嘉记》,郑缉之《永嘉记》、《东阳记》,刘道真《钱塘记》,孙诜《临海记》,刘澄之《豫州记》、《梁州记》,郭仲产《南雍州记》(又名《襄阳记》)、《秦州记》,盛弘之

《荆州记》，邓德明《南康记》，王韶之《南康记》、《始兴记》，雷次宗《豫章记》，荀伯之《临川记》，任预《益州记》，段国《沙州记》，沈怀远《南越志》；齐黄闵《武陵记》、《沅陵记》；梁萧子开《建安记》，鲍至《南雍州记》，萧绎《荆南志》，李膺《益州记》，等等。综观以上地记著作中的写景文字，其价值应该提及的约有数项。一是所描写的自然山水的范围空前广泛，几乎遍及淮水、秦岭为界的南中国，兼涉中原与西北关陇地区，在此方面，不仅当时其他文类难以比拟，而且就连山水诗、山水赋也望尘莫及。可以毫不夸张地说，它们是中国多姿多彩之山水美的最早的大规模展示。二是描写生动传神，语言不假偶对，不事雕饰，简洁自然，如袁山松《宜都山川记》写长江流域黄牛滩至西陵峡一带的自然风光："自黄牛滩东入西陵界，至峡口百许里，山水纡曲，而两岸高山重障，非日中夜半，不见日月。绝壁或千许丈，其石彩色形容，多所像类。林木高茂，略尽冬春。猿鸣至清，山谷传响，泠泠不绝。"①孔灵符《会稽记》写赤城山："赤城山，土色皆赤，岩岫连沓，状似云霞，悬溜千仞，谓之瀑布。飞流洒散，冬夏不竭。"②孙诜《临海记》写白鹤山："山上有池，泉水悬溜，遥望如倒挂白鹤，因名挂鹤泉。"③写天台山："超然秀出，山有八重，视之如一帆。高一万八千丈，周回八百里。又有飞泉，悬流千丈似布。"④王韶之《南康记》写归美山："山石红丹，赫若彩绘，峨峨秀上，切霄邻景，名曰女娲石。大风雨后，天澄气静，闻弦管声。"⑤段国《沙州记》写敦煌地区风光："自龙涸至大浸川，一千九百里。昼夜萧萧，常有风寒。七月，雨便是雪，遥望四山，皓然皆白。"⑥皆能给读者留下深刻印象。相较之下，写景水平更高的是盛

---

① 郦道元《水经注》卷三十四，上海古籍出版社1990年版，第648页。

②③④⑤⑥ 《太平御览》卷四十一、卷四十七、卷五十二、卷十二，上海古籍出版社2008年版，第一册，第476页、第533页、第475页、第571页，第260页。

弘之《荆州记》，《太平御览》卷五十三引录此书“三峡七百里中，两岸连山”至“渔者歌曰：巴东三峡巫峡长，猿鸣三声泪沾裳”一段文字，早在北魏时期即被郦道元《水经·江水注》采用，尤为脍炙人口。其他如写衡山：“衡山有三峰。其一名紫盖，每见有双白鹤回翔其上；一峰名石囷，下有石室，寻山径闻室中有讽诵声；一曰芙蓉，上有泉水飞流，如舒一幅白练。”①写九疑山：“盘基数郡之界，连峰接岫，竞远争高，含霞卷雾，分天隔日。”②亦相当优美。三是诸地记作者在描写上往往自觉地相互借鉴吸收，且基本达到后出转精的效果。这种情况较明显地表现在先后描写相同地域的作者身上，如刘宋盛弘之《荆州记》描写九疑山时借鉴吸收了东晋范汪《荆州记》的相关内容，写长江三峡时借鉴吸收了东晋袁山松《宜都山川记》的相关内容，但盛弘之在描写上更趋于娴熟生动，优美传神；特别是描写长江三峡一段，径直为郦道元《水经注》全部采录，赢得其他晋宋地记作者难以比肩的名声。四是普遍用审美的眼光、欣赏热爱的态度对待山水。《宜都山川记》的作者袁山松游历三峡，被秀异景色吸引，“流连信宿，不觉忘返”，“自欣得此奇观”③。其他如盛弘之《荆州记》写临沮县青山“风泉传响于青林之下，岩猿流声于白云之上，游者常若目不周玩，情不给赏。是以林徒栖托，云客宅心”；④雷次宗素有山水之好，其《豫章记》称豫章地方千里，山川特秀，西山鹤岭“云景鲜美，草木秀润”，⑤更异于他山，都显示了自觉的审美意识。有的则通过引用别人的评价，间接流露自己的山

①②⑤ 《太平御览》卷三十九、卷四十一、卷五十四、卷五十，上海古籍出版社 2008 年版，第一册，第 446 页、第 481 页、第 593 页、第 558 页

③ 《水经注》卷三十四，上海古籍出版社 1990 年版，第 648 页。

④ 《水经注》卷三十四，上海古籍出版社 1990 年版，第 620 页。

水审美观念，如孔灵符《会稽记》写会稽风光引王子敬语云："山川之美，使人应接不暇"；[①]段龟龙《凉州记》写契吴山时引赫连勃勃语云："美哉！斯阜。临广泽而带清海。吾行地多矣，自岭已北，大河以南，未有若斯之壮丽矣。"[②]作者对自然美的一往情深，于此可见。由于他们对某地区自然山川的热烈赏爱，不免在描写上有一些言过其实，唐人刘知几《史通·杂述》不满这种情况，谓其"人自以为乐土，家自以为名都，竞美所居，谈过其实。"[③]但这恰从反面说明了晋宋地记作者自觉的山水审美态度与表现热情。这种现象与其他文体有关晋宋齐梁人的山水审美意识高涨之记载的整体态势相呼应，无疑是我们考察彼时文章写景功能之强化的一个窗口。

齐鲁籍文人的地记著述，计有王彪之《庐山记》，王珣《虎丘记》，伏滔《游庐山序(记)》，乐资《九州记》，晏谟《齐地记》，伏琛《齐记》，王韶之《南康记》、《始兴记》、《神境记》，王僧虔《吴地记》，王筠《云阳记》，鲍至《南雍州记》、鲍坚《武陵记》，张朏《三齐记》，崔鸿《西京记》，白褒《鲁记》等。任昉则是六朝地记整理方面最大的功臣之一，经他整理编撰的地记著述有一百四十四种，二百五十二卷。可以说，他在这方面的贡献，整个六朝无出其右者。

崇尚隐逸、热爱自然山水之风在曹魏西晋已渐趋浓重，至东晋南北朝则更为盛行，山水诗、山水赋、山水文应运而生，水涨船高。琅邪临沂王氏多性好山水者，如王羲之、王珣、王彪之、王韶之、王敬弘、王僧虔等，其中《晋书·王羲之传》所记羲之好游山水，尤为脍炙人口。又山谦之《丹阳记》记琅邪王舒，甚爱溧阳山水，令其子曰：死则欲葬于此。王敬弘"山郡无事，恣其游适，累日不回，意甚

---

① 余嘉锡《世说新语笺疏》，中华书局1983年版，第145页。

② 《太平御览》卷三十九、卷四十一、卷五十四、卷五十，上海古籍出版社2008年版，第一册，第446页、第481页、第593页、第558页。

③ 浦起龙《史通通释》，上海古籍出版社1978年版，第276页。

好之”。(《宋书·王敬弘传》)泰山羊欣前后十三年,“游玩山水,甚得适性”。(《宋书·羊欣传》)另一大族曲阜孔氏,亦不乏性好山水者,如《宋书》载孔粲子谆之(371－430),爱好文史,居会稽剡县,性好山水,每有所游,必穷其幽峻,或十数日忘返。曾游山,遇僧人法崇,因留处三年。

不独文士,武人也沾染此风。南朝地记《新安记》载云:“(新安县)锦沙村傍山依壑,素波澄映,锦石舒文。冠军吴喜闻而造焉,鼓枻游泛,弥旬忘反,叹曰:名山美石,故不虚赏,使人丧朱门之志。”[①]吴善(？－471),仕宋孝武帝、宋明帝,为英勇善战之著名将领,曾任建武将军、右军将军、骁骑将军、都督豫州诸军事;而当游览新安山水,则生使人丧失朝廷事功之志向的感叹,可见赏好山水之社会风气的浓重。平原刘氏亦多崇尚隐逸山林者,刘歊、刘订隐居研习道佛,听讲于钟山诸寺,因共卜筑宋熙寺东涧,有终焉之志。刘孝标“自昔厌喧嚣,执志好栖息”,欣赏“香风鸣紫莺,高梧巢绿翼。泉脉洞杳杳,流波下不极”[②]的美景;喜欢与隐逸之士交往,《梁书》本传称孝标游东阳紫岩山,筑室居焉,撰《山栖志》,其文甚美。《山栖志》收录《广弘明集》卷二十四,较完整。

《山栖志》或名《东阳金华山栖志》,记述金华山一带山水田园景色,其中表现了自觉的山水审美趣味和田园生活的惬意,作者描绘自己居所周围的自然环境及沉湎其间的欢乐心情:“予之葺宇,实在斯焉。所居三面回山,周绕有象郛郭。南则平野萧条,目极通望。东西带二涧,四时飞流泉。清澜微霆,滴沥生响;白波跳沫,汹涌成音……至于青春受谢,萍生泉动,则有都梁含馥,蘹香送芬,长乐负霜,宜男泫露,芙蕖红华照水,皋苏缥叶从风,凭轩永眺,蠲忧

① 《太平寰宇记》卷九十五引,中华书局2007年版,第1913页。

② 《艺文类聚》卷三十六,上海古籍出版社1982年版,第642页。

亡疾……若乃鸡日伺辰，响类钟鼓；鸣蛇候曙，声像琴瑟。玄猿薄雾清啭，飞鼯乘烟咏吟，嘈嗷嘹亮，悦心娱耳。”水声之细柔、之洪亮，花草之芬香、之披霜泫露、之从风摇曳，即字可睹可闻；尤其是“若乃”以下数句，写蛇鸣、猿啭等的美妙动听、愉悦心志胜于钟鼓琴瑟，高标大自然之音胜过人工之音，可谓继左思《招隐诗》“何必丝与竹，山水有清音”之观念的进一步具体的展示。

《山栖志》还描写了田家在农闲季节生活的乐趣：“岁始年季，农隙时闲，浊醪初酝，清醥新熟，则田家有野老，提壶共至。班荆林下，陈罇置爵。酒酣耳热，屡舞欢呶。晟论箱庾，高谈谷稼。嘔噱讴歌，举杯相挹。人生乐耳，此欢岂訾。”六朝士族文人大多未有田园生活经历，更不屑于写。陶渊明及同期个别江州文人是特例。陶渊明之后，南朝文人涉及田园生活情景者，先有东海（治所在今山东郯城）鲍照之《园葵赋》，之后便是孝标此作，故值得珍视。

《山栖志》文风与一般地记有明显的差异。地记一般来说行文随便，不讲究整齐、对偶、声律，语言或通俗易懂，或自然雅洁，给人的感觉是白话口语基础上的提炼。孝标是骈文名家，此作也自觉追趋整齐、骈偶等形式美感，在描写中，则借鉴辞赋之铺采摛文手法，赋化特征得以凸显，[①]在一定程度上较接近于谢灵运的《山居赋》。但它毕竟是文不是赋，故整体而言比谢赋文字简括，重点突出。如其从宏观上描写金华形势：“群峰叠起，则接汉连霞；乔林布濩，则春青冬绿；回溪泱流，则十仞洞底；肤寸云合，则千里雨散。”

---

① 按：六朝地记借鉴辞赋铺排手法者不能说没有，但的确较少见，西晋周处《风土记》可为一例。如《太平御览》卷九百零五载其写犬云：“犬则青鹳白雀，飞龙虎子。驯良捷警，难狎易使。”《北堂书钞》卷一百二十一载其写舟曰：“若乃越腾百川，济江泛海，其舟则温麻五会，东甄晨凫，青桐梧樟，航疾乘风，轻帆电驱。”显然为大赋笔法。《梁书・刘峻传》称《山栖志》：“其文甚美”，即着眼于此。

描写金华之巅紫岩山:"金华之首,有紫岩山,山色红紫,因以为称。靡迤坡陀,下属深渚。巑岏隐嶙,上亏日月。登自山麓,渐高渐峻。垄路迫隘,鱼贯而升。路侧有绝涧,闸痾㾐豁。俯窥木杪,焦原石邑,匪独危悬。至山将半,便有广泽大川,皋陆隐赈。"其中虽杂糅一些《子虚上林赋》等汉晋大赋的生僻字词,但略加点染而已,异于辞赋的大肆胪列。

综言之,《山栖志》对铺采摛文之赋体手法的借鉴较为适度,在较为适度的铺排描写中往往流露着作者对自然山川风物的赏爱,对远离官场的单纯而自由生活的向往,这种情感,往往为汉晋大赋所缺乏,这无疑是孝标之作的优胜处。

王羲之为人崇尚自然,热爱山水,他历任临川内史、吴兴太守、江州刺史、会稽内史等职,所历之域饶名山胜水,为他游赏提供了机会。关于他在临川、吴兴、江州任上的情况,《晋书》本传缺载,笔者搜检六朝地记,获得一些有关记载。南朝宋荀伯之《临川记》有云:"王羲之尝为临川内史,置宅于郡城东高坡,名曰新城。旁临回溪,特据层阜,其地爽垲,山川如画。"[①]山川如画处为宅所,见其对山水的钟爱。在吴兴,羲之亦于风景佳处建宅,并好游山水,山谦之《吴兴记》云:"市亭山,王逸少莅郡,欲于此立宅,以其面溪背山也。"[②]又吴均《入东记》云:"王羲之为太守,常游践,尝升此山,顾谓宾客曰:'百年之后,谁知王逸少与诸卿游此乎!'因有升山之号,立乌亭于山上。"[③]数十年前,泰山南城(在今山东新泰)人羊祜登襄阳岘山,顾谓宾客,曾有类似慨叹。《晋书·羊祜传》载云:"祜乐山水,每风景,必造岘山,置酒言咏,终日不倦。尝慨然叹息,顾谓从

① 《太平寰宇记》卷一百一十,中华书局 2007 年版,第 2234 页。

② 《太平寰宇记》卷九十四,中华书局 2007 年版,第 1896 页。

③ 《太平寰宇记》卷九十四,中华书局 2007 年版,第 1882 页。

事中郎邹湛等曰：'自有宇宙，便有此山。由来贤达胜士，登此远望，如我与卿者多矣，皆湮灭无闻，使人悲伤。如百岁后有知，魂魄犹应登此也。'湛曰：'公德冠四海，道嗣前哲，令闻令望，必与此山俱传。至若湛辈，乃当如公言耳。'"自然的山水是永恒的，个体的人生则短暂易逝，羊祜、王羲之在对美好山水的游赏中，生此感悟，而发慨叹，流露出自觉而深沉的生命意识。这种意识，王羲之在其名作《兰亭诗序》也有流露："夫人之相与，俯仰一世，或取诸怀抱，悟言一室之内；或因寄所托，放浪形骸之外。虽取舍万殊，静躁不同，当其欣于所遇，暂得于己，快然自足，不知老之将至。及其所之既倦，情随事迁，感慨系之矣。向之所欣，俯仰之间，已为陈迹，犹不能不以之兴怀。况修短随化，终期于尽。古人云：'死生亦大矣。'岂不痛哉！"

关于王羲之在江州的活动，王缜之《寻阳记》载云："王羲之喜畜鹅，观其转脰以得运笔之势。往来浔阳，爱庐山多松，可以制墨。每曰：'纸取东阳鱼卵，墨取庐阜烟煤，皆极选也。'时有梵僧耶舍尊者，一名达摩多罗，来自西域，羲之雅与游。及殷浩遗书，强起为右军将军、会稽内史，乃施宅为寺，以奉耶舍。今归宗寺有墨池、鹅池。"①

王羲之在会稽任职时间较长，那里山水绝佳，顾恺之概称："千岩竞秀，万壑争流，草木蒙茏其上，若云兴霞蔚"，故名士多聚游焉。他卸任后亦居于此域，《晋书》本传载云："羲之既去官，与东土人士尽山水之游，弋钓为娱。又与道士许迈共修服食，采药石千里之远，遍游东中诸郡，穷诸名山，泛沧海，叹曰：'我卒当以乐死。'"游踪之广、游兴之浓堪与沈约《宋书·谢灵运传》所记谢灵运游赏山水之激情相比。顾野王《舆地记》曰："南湖在城南百许步，东西二

① 马蓉等《永乐大典方志辑佚》，中华书局 2004 年版，第 1503 页。

十里，南北数里，萦带郊郭，连属峰岫，白水翠岩，互相映发，若鉴可图，故王逸少云：'从山阴路上行，如在鉴中游。'"[1]南朝地记《永嘉记》有一条涉及羲之在永嘉郡的游赏活动："昔王右军游恶溪道，叹其奇绝，遂书'突星濑'于石。"[2]在遍游东中诸郡过程中，羲之撰《游四郡记》。此游记已佚，仅残存片断于类书中，如："永宁县界海中有松门，西岸及屿上皆生松，故曰松门。"[3]

王僧虔《吴地记》，又名《吴郡地理志》，已佚，残文数条见《太平寰宇记》、《太平御览》征引，记述有关人物轶事，兼及自然景物。

> 吴人造剑二，阳曰干将，阴曰莫耶。莫耶者，干将之妻名也。[4]

> 处士陆著，字文伯。汉桓灵之际，州府交辟，并不就，唯事栖遁。临卒，诫诸子弟云："吾少未尝官，勿苟仕浊世。"子弟遵训，遂终身不仕，并有盛名。[5]

> 桐庐县东有大汉溪，九里注庐口，溪南通新安，东出富阳，青山绿波，连霄亘壑。昔征士散骑常侍戴勃游此，自言山水之极致也。勃字长云，谯国铚人。父散骑常(侍)逵，字安道。弟子常侍国子祭酒颙，并高蹈俗外，三叶肥遁，为海内所称。[6]

文笔简洁平易，令人读之有亲切感、舒适感。

---

① 祝穆《方舆胜览》卷六，中华书局2003年版，第108页。

② 《太平寰宇记》卷九十九，中华书局2008年版，第1983页。

③ 《艺文类聚》卷八十八，上海古籍出版社1982年版，第1512页。《太平御览》卷九百五十三亦引，文字稍异。

④ 《太平寰宇记》卷一百二十八引，中华书局2007年版，第2530页。

⑤⑥ 《太平御览》卷五百一十引，上海古籍出版社2008年版，第五册，第641页。

王筠《云阳记》仅存数句："车箱阪下有黎园一顷，树数百株，青翠繁密，望如车盖。"写景简洁生动，不事雕琢，具有六朝地记之文的一般特征。

王韶之《神境记》记述景物，采择有关传闻故事。如：

荥阳南有石室，室后有孤松万丈。常有双鹄，晨必接翮，夕辄偶影。传云：昔有夫妇二人，俱隐此室中，年既数百，化为双鹄。一者失之，寻为人所害；一者独栖此松，茕立哀哭。①

荥阳郡南百余里有兰岩，常有双鹤，素羽皎然，日夕偶影翔集。传云：昔夫妇俱隐此，年数百岁，化为此鹤。②

荥阳郡有孤山，直长百余丈，东北有二穴，寥寥然，杳杳然，便是云霞中馆矣。③

荥阳郡北三十里有何家岩，傍有一穴，始入幽狭，而甚暗，昔有采钟乳者至此，见有书三卷，竹一枝。④

九疑，是舜之葬处也。有青涧，中有黄色莲花，芳气盈谷。此山之表，复有一峰，望之似人形，映出云端如积玉，高于诸山，顶有飞泉如带。舜庙在山之阳。⑤

兰岩山，其路阻险，绝人行迹。有石室，尝有双白鹊翔集其上。复有孤松万丈，石路松隥，乃云霞之中馆宇矣。⑥

---

① 《太平御览》卷九百五十三引，上海古籍出版社 2008 年版，第九册，第 466 页。

② 《太平御览》卷九百一十六引，上海古籍出版社 2008 年版，第九册，第 198 页。

③④ 《太平御览》卷五十四引，上海古籍出版社 2008 年版，第一册，第 589 页。

⑤ 《太平御览》卷四十一引，上海古籍出版社 2008 年版，第一册，第 481 页。

⑥ 《太平寰宇记》卷一百一十六引，中华书局 2007 年版，第 2348 页。

相对而言，较可观的是王韶之关于始兴和南康的两部地记。始兴，亦为郡名，治所在曲江，辖曲江、桂阳、始兴、含洭、浈阳、中宿六县，相当于今广东四会以北的北江流域。韶之《始兴记》为记载始兴郡的一部地志著作，今存长短不等的佚文片断约三十条，内容涉及始兴郡的山水景观、人文景观，以及有关民间传说等。所记载某些民间传说，或有一定的志怪性质，如：

冷君西北有小首山。宋元嘉元年，夏霖雨，山崩，自颠及麓，崩处有光耀，有若星辰焉。居人聚观，皆是银铄，铸得银也。①

梁鲜二水口下流，有滇阳峡，长二十余里。山岭纡郁，丛流曲勃。中宿县有贞女峡，峡两岸水际，有石如人形，状似女子，是曰贞女。父老相传：秦世有女数人，取螺于此，遇风雨昼昏，而一女化为此石。②

中宿县有浈阳观峡，横峦交枕，绝崖峠崿。护水口有贞女峡，峡西岸水际有石如人形，高可七尺，状似女子，是曰贞女。父老相传，秦世有女数人，取螺于此，遇风雨昼昏，而一女化为此石。③

卢水合武水甚险，名曰新陇，有太守周昕庙，二即开此陇者。行者放鸡散米以祈福，而忌着湿衣入庙。④

城西百余步有栖霞楼，临川王营置，清暑游焉，罗君章居之，因名为罗公洲，楼下洲上，果竹交荫，长杨傍映，高梧前竦，

① 《太平御览》卷八百一十二引，上海古籍出版社 2008 年版，第八册，第 248 页。

② 《艺文类聚》卷六引，上海古籍出版社 1982 年版，第 106 页。

③ 《太平御览》卷五十三引，上海古籍出版社 2008 年版，第一册，第 582 页。

④ 《太平御览》卷五十六引，上海古籍出版社 2008 年版，第一册，第 603 页。

虽即城隍,趣同丘壑。①

营口北有逃石,一名灵石。晋永和中,有三飞仙衣冠自来憩此、此石旬日乃去之。②

晋中朝,有质子将归,忽有人寄其书,告曰:"吾家在观亭,庙石间有悬藤。君叩藤,家人必自出。"归者如言,果有二人出水取书,并曰:"江伯令君前。"入水,见屋舍甚丽。今俗咸言,观亭有江伯神也。③

泉岩河,一日十盈十竭,若湘水焉。又曰泉山,峭壁高竦,瀑布飞流。④

秋水源山盘石上,罗列十瓮,皆盖以青盆,其中悉是银瓶。人有遇之者,但得开观之,不可取,取辄迷闷。晋太元初,林驱家仆窃三饼,有蛇伤而死。其夜,林驱梦神语曰:"君奴不良,盗银三瓶,已受显戮。愿以银相备。"驱觉,奴死,银在其旁。有徐道者,自谓能致。乃集祭酒,盛奏章书,击鼓吹,入山。须臾,雷震雨石,倒树折木,道遂惧走。⑤

虽为残章,但文字简洁轻灵,富于可读性。《南康记》文字简洁清秀,也颇引人喜爱。南康,郡名,治所雩都,永和五年迁赣县,义熙七年迁葛姥城,辖赣、雩都、宁都、平固、南康、陂阳六县,相当于今江西新干以南的赣江流域。王韶之《南康记》是关于南康郡的一部地记著作,今存片断见于《北堂书钞》、《初学记》、《艺文类聚》、《太

① 《太平御览》卷六十九引,上海古籍出版社 2008 年版,第一册,第 690 页。

② 《太平御览》卷五十二引,上海古籍出版社 2008 年版,第一册,第 572 页。

③ 《太平御览》卷九百九十五,上海古籍出版社 2008 年版,第九册,第 738 页。

④ 《太平寰宇记》卷一百一十七,中华书局 2007 年版,第 2366 页。

⑤ 《太平御览》卷 812,上海古籍出版社 2008 年版,第八册,第 248 页。

平御览》等唐宋类书，多为描写自然山水景物，如写螺亭石山：

昔有贫女，采螺为业，与伴侣暮宿此亭，忽夜中闻风雨之声，见众螺张口乱嘬其肉，伴侣惊走，贫女乃死。明旦往视之，但有骨存，因报其家，遂殡水滨，其冢化为巨石。螺壳无数，故号曰螺亭石山。①

写储潭祠：

晋咸和二年，刺史朱伟率兵赴江州讨苏峻，行至此山，忽有神人曰："余常弋钓于此百余年，帝以我司此山水府，君幸能为立祠宇，当有报焉。"伟即为置庙山下。江山回洑，濬而成潭，故名曰储潭君庙。及至建业，果有功。百姓祈祷，于今不绝。②

写归美山：

归美山，山石红丹，赫若彩绘，峨峨秀上，切霄邻景，名曰女娲石。大风雨后，天澄气静，闻弦管声。③

山四面险峻，自然有石城，高数十丈，周回三百步。又有石峡，左右高五六十丈，迥若双阙，其势入云。复有古石室，色如黄金，号为金室。有鷃鸟，形色鲜洁，自然毛羽，其只者或鉴水向影，悲鸣自绝。山顶有杉枋数百片，高危悬绝，非人力所及焉。④

写梓潭山：

其山有大梓树，吴王令都尉萧武伐为龙舟艚，斫成而牵引

---

① 《太平寰宇记》卷一百零八引，中华书局2007年版，第2175页。《太平御览》卷四十八亦引，文字略异。

② 《太平寰宇记》卷一百零八引，中华书局2007年版，第2178页。

③ 《太平御览》卷五十二引，上海古籍出版社2008年版，第一册，第571页。

④ 《太平寰宇记》卷一百零八引，中华书局2008年版，第2179页。

不动。占云:"须童男女数十人为歌乐,乃当得下。"乃以童男女牵拽,艚没于潭中,男女皆溺。其后天晴朗净,仿佛若见人船焉。夜静,潭边或闻歌唱之声,因号梓潭焉。①

写柴侯峡山:

汉灵帝时,有刘叔乔避地于此,死葬村侧,白云柴侯墓。晋末丧乱,有发其冢者,忽有大风雨,棺及松柏悉飞渡水,移上此峰。其棺乃化为石。②

写君山:

其山奇丽鲜明,远若台榭,名曰娲宫,亦曰女娃石,山去盘固山北五十里。上有玉台,方广数十丈,又有自然石室如屋形。风雨之后,景气明静,颇闻山上鼓吹之声,山都、木客为其舞唱之节。③

写盘固山:

其山有石井,井侧有大铜人常守之。按此石井,五百年水一涌起,高数丈,铜人以手掩之,其水即止。其山盘纡嶒峻,因号为盘固山焉。④

写蛟龙窟:

神源下流百里有峡,两岸皆高山,峡下数十里有蛟龙窟,时时有雾气。耆宿云:此通南康县,去北穴由百余里。尝有宿其口者,夜遇暴雨水,器物乃流出彼,此如其然。⑤

刘纬毅先生《汉唐方志辑佚》从《史记正义》、《后汉书·郡国志》、《太平寰宇记》、《太平御览》诸书辑得《三齐记》文字16条,据尤袤《遂初堂书目》著录,断其作者为张胐,称"其人始末不详,佚文

①②③ 《太平寰宇记》卷一百零八引,中华书局2007年版,第2180页。

④ 《太平寰宇记》卷一百零八引,中华书局2007年版,第2181页。

⑤ 《太平寰宇记》卷108引,中华书局2007年版,第2180页。

既已语及魏孝昌三年，当为齐周或隋代人”。笔者检北朝史料，寻得张朏其人。《北史》卷七十八载，张朏为清河东武城（今山东武成西北）人，仕东晋官至佐著作郎。《三齐记》语及魏孝昌三年，可知此书在流传中经后人增饰。

《三齐记》，或称《三齐略记》，内容多记述齐地有关的故事传说，如：

青城山，始皇登此山，筑石城，入海三十里射鱼，水四里变赤如血，于今犹尔。①

南有蹲犬山，山似犬蹲，有神。刘宠出西都，经此山，山犬吠之，宠曰：山神谓我人也。（《后汉书·郡国志四》东莱郡）

《三齐记》：县西有奎山公神，似猪头戴珠。殷时有道士在县隐，野火四发，道士祈天，即时降雨。今人遇旱，烧山乞雨，多验。②

其水平地涌出为小渠，与四望湖合流入州，历诸廨署西入泺水。耆老传云：昔有孝子事母，取水远，感此泉涌出，故名孝水。③

郑玄刊注《诗》《书》日，栖迟于此山。上有古井不竭，独生细草，叶形似韰，俗谓“郑公书带草”。④

郑玄教授于不其山，山下生草大如韰，叶长一尺余，坚刃异常，土人名曰“康成书带”。⑤

始皇造石桥，渡海观日出处。有神人召石下，城阳一十三山石遣东下，岌岌相随如行状，石去不驶，神人鞭之皆见血。

① 《太平御览》卷九百三十六引，上海古籍出版社 2008 年版，第九册，第 350 页。

②③ 《太平寰宇记》卷十九引，中华书局 2007 年版，第 384 页。

④ 《太平寰宇记》卷十九引，中华书局 2007 年版，第 378 页。

⑤ 《太平寰宇记》卷二十引，中华书局 2007 年版，第 420 页。

今验召石山之色，其下石色尽赤焉。①

平昌城内有台，高六丈，台上有井，井与荆水通，失物与井，或得于荆水。有神龙出入其中，故名龙台城。②

鲍至(一作鲍坚)《南雍州记》，已佚，残文见《太平御览》、《太平寰宇记》、《舆地纪胜》、《太平广记》诸书征引，有二十多条。兹引几条，以窥一斑：

南阳县西十里有梅溪，源发紫山，南经百里奚故宅。③

石梁山形如桥梁也，白云起，即崇朝而雨，人以为准。④

(望楚山)凡三名，一名马鞍山，又名灾山。宋元嘉中，武陵王骏为刺史，屡登陟焉，因其旧名，以望见鄢城，改为望楚山。后遂龙飞，为孝武帝所望之处，时人号为凤岭，高处有三磴，是刘弘、山简等九日宴赏之所。⑤

卫敬瑜妻，年十六而夫亡。父母舅姑欲嫁之，乃截耳为誓，不许。户有巢燕，常双飞，后忽孤飞，女感其偏栖，乃以缕系脚为志。后岁，此燕果复来，犹带前缕。妻为诗曰："昔年无偶去，今春又独归。故人恩义重，不忍更双飞。"⑥

襄阳金城南门外道东，有参佐廨，旧传甚凶，往者不死必病。梁昭明太子临州，给府寮吕休蒨。休蒨常在厅事北头眠。鬼牵休蒨，休蒨坠地，久之悟。俄而休蒨有罪赐死。后今萧腾

---

① 《太平寰宇记》卷二十引，中华书局2007年版，第408页，《太平御览》卷五十一引文有异，录以对照："始皇作石塘，欲过海看日出处。时有神人驱石下海，石去不速，神辄鞭之，皆流血，至今石悉赤。阳城山尽起立，嶷嶷东倾，状如相随行。"

② 《太平寰宇记》卷二十四引，中华书局2007年版，第498页。

③ 《太平寰宇记》卷一百四十二引，中华书局2007年版，第2753页。

④⑤ 《太平寰宇记》卷一百四十五引，中华书局2007年版，第2814页。

⑥ 《太平广记》卷二百七十引，中华书局2006年版，第2117页。

初上，至羊口岸，忽有一丈夫著白纱高室帽，乌布裤，披袍造腾。疑其服异，拒之。行数里复至，求寄载。腾转疑焉，如此数回。而腾有妓妾数人，举止所为，稍异常日，歌笑悲啼，无复恒节。及腾至襄阳，此人亦经日一来，后累辰不去，好披袍縳裤，跨狗而行。或变易俄顷，咏诗歌谣，言笑自若，自称是周瑜，恒止腾舍。腾备为禳遣之术，有时暂去，寻复来。腾又领门生二十人，拔刀砍之，或跳上室梁，走入林中，来往迅速，竟不可得。乃入妾屏风里，作歌曰："逢欢羊口岸，结爱桃林津，胡桃掷去肉，讶汝不识人。"顷之，有道士赵昙义为腾设坛，置醮行禁，自道士入门，诸妾并悲叫，若将远别。俄而一龟径尺余，自到坛而死，诸妾亦差，腾妾声貌悉不多。谘议参军韦言辩善戏谑，因宴而启云："常闻世间人道：'黠如鬼。'今见鬼定是痴鬼，若黠，不应魅萧腾妓，以此而度，足验鬼痴。"①

或记自然山水，或记怪异故事。后者一记卫敬瑜夫亡寡居而感慨户前巢燕孤飞偏栖，一记萧腾妓妾遭遇鬼魅，鬼为痴情之鬼；情节虽简单，但故事性较强，能打动读者，尤其是所作两首五言短诗，简而入情，宛若南朝乐府民歌风味，颇为感人。

《南雍州记》唐代尚存，《隋书·经籍志》著录其书有六卷。唐人所撰《襄沔记》便是集录《南雍州记》等书而成，陈振孙《直斋书录解题》卷八云："《襄沔记》三卷，唐吴从政撰，删宗懔《荆楚岁时纪》、盛弘之《荆州记》……鲍坚《南雍州记》等，集成此书。其纪襄汉事迹详矣。"北宋初《太平御览》等几大类书有所征引，可见其书当时尚未亡佚。其亡佚，大约在南宋时期。

征记，即行记，地记之一种，属乃广义的地记，一般史志目录对其不单列目，而归于地记。

---

① 《太平广记》卷四百六十九引，中华书局2006年版，第3866、3867页。

伏滔《北征记》已佚，残文见《太平御览》、《太平寰宇记》及《艺文类聚》、《文选》李善注等征引，约三十多条，如：

九井山在丹阳山南，有九井，五井干，四井通大江。昔有人卸马鞍，乃从牛渚得之，即知通江。①

皇天坞北，古时陶穴。晋时有人逐狐入穴，行十里许，得书二千余卷。②

河水厚数丈，冰始合，车马未过，须狐先行，此物善听，听水无声，乃过。③

晏谟《齐地记》，又名《齐记》，已佚。残文见《太平寰宇记》、《太平御览》等书，如：

东莱牛岛上，常以五月，海牛产乳。海牛形似牛而无角，骍色，虎声，爪牙亦如虎。脚似鼍鱼，尾似鳣鱼，尾长尺余。其皮甚软，可供百用。牛见人奔入水，以杖击鼻则得之。④

（百脉水）源出亭山县东界，水源方百步，百水之脉俱合流，因以名。西北入县界，屈曲六十里入济。⑤

卫国县西有鸡山，人云昔有神鸡，晨鸣于此，有人候之，获一石，洁白如玉，因以为名。⑥

晋永嘉五年，东莱曹嶷为刺史所筑，有大涧甚广，因之为固，谓之广固城。初，南燕慕容德议所都，尚书潘聪曰："青齐沃壤，号曰东秦，土方二千，户余十万，四塞之固，负海之饶，可

---

① 《太平寰宇记》卷一百零五，中华书局 2007 年版，第 2081 页。

② 《太平御览》卷六百一十八，上海古籍出版社 2008 年版，第九册，第 149 页。

③ 《太平御览》卷九百零九，上海古籍出版社 2008 年版，第九册，第 149 页。

④ 《太平御览》卷九百，上海古籍出版社 2008 年版，第九册，第 91 页。

⑤⑥ 《太平寰宇记》卷十九引，中华书局 2007 年版，第 390 页。

谓用武之国。广固者，曹嶷所营，山川阻峻，为帝王之都。”德从之，及宋武征慕容超于广固，城侧有五龙口，险阻难攻，兵力疲乏，河间人玄文说裕曰：“昔赵攻曹嶷，望气者以为渑水带城，非可攻拔，若塞五龙口，城当必陷。石季龙从之，嶷请降。后五日，大雨震雷，复开。后冉闵之乱，段龛被慕容恪攻围数月，不克，又塞五龙口，龛遂降，无几，又震开之。今旧基犹存，宜亟修塞。”裕从之。超城中男女皆患脚弱，病者大半，超遂出奔，为裕所擒。①

成山有牛岛，常于五月有海狸上岛产乳，逢人则化鱼入水。②

伏琛《齐地记》，亦称《齐记》，所记内容与晏谟近似，如：

曲城东七十里有温水，水如汤沸，可疗百病，煮物无不熟也。③

始皇造桥，欲渡海观日出处，海神为之驱石竖柱，始皇感其惠，通敬于神，求与相见。神曰：“我丑，莫图我形，当与帝会。”始皇从石桥入海四十里，与神相见，帝左右有巧者，潜以足画神形。神怒曰：“帝负约，可速去。”始皇转马，马之前脚犹立，后脚随崩，仅得登岸。今验成山东入海道可广二十步，时有竖石，往往相望，似桥柱状。海中又有石桥柱二所，乍出乍入，俗云汉武帝所作也。④

山极灵，刘宠微时途由此石，犬吠之，后为太尉。⑤

委粟山，孤立如聚粟也。⑥

① 《太平寰宇记》卷十八引，中华书局 2007 年版，第 354 页。
② 《太平寰宇记》卷二十引，中华书局 2007 年版，第 417 页。
③ 《太平御览》卷七十一引，上海古籍出版社 2008 年版，第一册，第 701 页。
④ 《太平寰宇记》卷二十引，中华书局 2007 年版，第 410 页。
⑤ 《太平寰宇记》卷二十引，中华书局 2007 年版，第 413 页。
⑥ 《太平寰宇记》卷二十三引，中华书局 2007 年版，第 487 页。

泰山自言高，不如东海劳。昔郑康成领徒于此。[①]

东亭、西亭西北七十里有宁戚冢，因山为坟，俗呼鸣角阜。[②]

东武城卢水侧有胜火木，方俗多为铤子，烧之成炭而不灰，东方朔曰不灰之木。[③]

白褒《鲁记》："鹿门有两井：稍小于季桓子井，在鹿门西四里；一为季桓子所穿者。"[④]

崔鸿《西京记》，已佚，残文为《初学记》所引四条，《太平寰宇记》引一条，《白帖》引一条。如"昆明池，刻石为鲸鱼，每至雷雨，鱼常鸣吼"。[⑤]"吐谷浑观垫江源问鲁和曰：此水经仇池而过晋寿山沱渠，始号垫江。至巴郡入大江。"[⑥]

《初学记》、《艺文类聚》、《太平寰宇记》、《太平御览》诸书征引王孚（或署王烈之）《安成记》文字大约二十条。刘纬毅先生《汉唐方志辑佚》"安城（即安成）记"条下注云王孚为南朝人，里籍未详。笔者近检南朝史籍，得知南朝有二王孚，皆见于沈约《宋书》。一王孚见于《宋书》卷一百《自序》，他生活于刘宋前期，安成郡（今江西安福东南人），有学业，志行见称乡里。一王孚见于《宋书》卷八十五《王景文传》，他生活于刘宋中后期，琅邪临沂（今属山东）人，王景文侄子，大明末为海盐令，泰始初支持朝廷平叛，官至司徒记室

① 《太平寰宇记》卷二十引，中华书局2007年版，第421页。

② 《太平寰宇记》卷二十引，中华书局2007年版，第423页。

③ 《太平寰宇记》卷二十四引，中华书局2007年版，第495页，《太平御览》卷九百六十引作伏琛《齐地记》云："东武城东南有胜火木，方俗音曰挺子。其木经野火烧，炭不灭，故东方朔谓之不灰之木。"文字略异。

④ 《太平寰宇记》卷二十一引，中华书局2007年版，第440页。

⑤ 《初学记》卷五引，中华书局1962年版，第109页。

⑥ 《初学记》卷六引，中华书局1962年版，第124页。

参军。由此可以断定,《安成记》为南朝宋代安成郡人王孚所撰。附记于此,以省同道翻检之劳。

伏滔《游庐山序》、王珣《虎丘记》皆佚,残文略存,亦可见其简洁生动的写景风貌。伏滔《游庐山序》:"庐山者,江阳之名岳。其大形也,背岷流,面彭蠡,蟠根所据,亘数百年,重岭桀嶂,仰插云日,俯瞰川湖之流焉。"①

王珣《虎丘记》:"山大势,四面周岭。南则是山径,两面壁立,交林上合,蹊路下通,升降窈窕,亦不卒至。"②

## 二、六朝地记的影响及其评价

以齐鲁作家之著述为重要组成部分的六朝地记,不仅对当时山水文学的兴盛起到积极的推动作用,而且对后世的地记、游记的发展产生了巨大而深远的影响。朱谋玮提及《水经注》与六朝地记的密切关系,其《水经注笺序》曰:"在昔志地者,《禹贡》而下,代有撰述,迄于齐梁,至二百四十四家。陆常侍澄,任太常昉,先后集为一部,名《地理书》,极称赅博。隋唐之际,图史散失,陆、任所纂,已不可得,而别集自行者,犹五十余家。乃今所传,仅《山海》、《佛国》、《十洲》、《神异》数种而已。然奇编奥记,往往散见《水经注》中。造语命辞,殊为彪炳,则知《水经》一注,撷彼二百四十四家菁英居多,岂不诚为六朝异书哉?"郦道元《水经注》不但征引六朝地记丰富,而且他本人的记述文字也继承借鉴了六朝地记的语言风格和描写技巧,故清人陈运溶在所整理的《荆州记》的序中说:"郦注精博,集六朝地志之大成。"③唐代地记显然直接承自六朝,从《太

---

① 《艺文类聚》卷七引,上海古籍出版社 1982 年版,第 133 页。

② 《艺文类聚》卷八引,上海古籍出版社 1982 年版,第 141 页。

③ 王谟《汉唐地理书钞》,中华书局 1961 年版,第 379 页。

平御览》、《太平寰宇记》、《方舆胜览》等较大著作所征引即可知晓。《太平御览》征引汉至唐地记逾二百种，其中唐代地记多承自六朝地记。初唐太宗李世民第四子魏王李泰主持编写的大型地理总志《括地记》，在文献材料来源上及写法上皆与六朝有密不可分的关系，清人孙星衍对《括地记》评价颇高，称云："其书称述经传，山川城冢，皆本古说。载六朝时地理书甚多，以此长于《元和郡县图志》而在其先……按(李)泰第以四年成此书，当极精博。"①

宋人编撰的《太平寰宇记》、《方舆胜览》作为大型地理总志，不仅大量征引了六朝地记，而且二书作者自己的记述也借鉴了六朝地记的写法，如《太平寰宇记》记南剑州之七台山、七朵山，峡州之清江：

> 七台山，在县西四十八里。其山磊落相连，莫知其几何。有高峰峭壁，动逾千丈。山有微云当雨，土人以为候。又有大溪，在县南一里。有徊村岭，高五十丈，险峻鸟道，至岭头坦坪路，寻小溪而入。其山徘徊掩映，谓之徊村。四面皆绝道，独处一村。其水自沙县疵源分为界，又沿流此岭头，顿落石崖两处，成瀑布各长十丈，其下成石井，深不可测，每天欲风雨，其水作声，风雨随其声大小也。②
>
> 七朵山，在县前水南。山分七峰，踊成石壁，岩面生石椎、青阳、卢木等树，春冬长青翠，上有木栖花，每深秋竞发，馨香散漫市郭，人咸有美色。③
>
> 清江，一名夷水，东自施州开夷县界流入。昔巴蛮有五姓，未有君长，俱事鬼神。又各令乘土船，约浮当以为君。唯

---

① 谭其骧主编《清人文集地理类汇编》第一册，浙江人民出版社 1986 年版，第 139 页。

②③ 《太平寰宇记》卷一百，中华书局 2007 年版，第 1999 页。

务相独浮，因共立之，是为廪君。乃乘土舟，从夷水下至阳盐。盐水有神女，谓廪君曰："此地广大，鱼盐所出，愿留共居。"不许，盐神暮辄来宿，旦化为虫，群飞蔽日，天地晦冥。积十余日，廪君因伺便射杀之，天乃开明。廪君乘土船，下及夷城。夷城山石险曲，其水亦曲，廪君望之而叹，山崖为崩。廪君登之，上有平石，方二丈五尺，因立城其傍而居之，四姓臣之。后死，精魂亦化为白虎也。①

《方舆胜览》写五泄山："五泄山，在诸暨。山西南四十里沿历五级，始下注溪壑，故曰五注。飞沫如雪，淙激之声雄于雷霆，俗谓之小雁荡。下有龙湫，祷雨辄应。"②写寒石山："寒石山，在天台县西北七十里。其山深邃，当暑有雪，亦名寒岩。南有泉如屋霤，寺僧縻竹绠引之。转西二里，乱泉洒流岩窦间，散若虬髯，因号髯洞，盖天台胜绝处也。"③写缙云山："缙云山在丽水县，旧传黄帝游仙之处。有孤石持起，高二百丈。峰数石，或如羊角，或如莲花。有龙须草，云是群臣攀龙须所坠者。"④写榴花洞："榴花洞，在闽县之东山。唐永泰中，樵者蓝超遇白鹿逐之，渡水入石门，如极窄，忽豁然，有鸡犬人家。主翁谓曰：'吾避秦人也，留卿可乎？'超云：'欲与亲旧诀乃来。'与榴花一枝而出，恍若梦中。再往，竟不知所在。"⑤

明代巩珍因随郑和下西洋，撰成《西洋番国志》一书，有关记述的取材视角及写法颇接近于三国吴沈莹《临海水土异物志》、晋王范《交广二州记》、裴渊《广州记》（又名《南海记》）、顾微《广州记》、魏完《南中志》、佚名《异物志》等六朝地记。

---

① 《太平寰宇记》卷一百四十七，中华书局 2007 年版，第 2865 页。

② 《方舆胜览》卷六，中华书局 2003 年版，第 108 页。

③ 《方舆胜览》卷八，中华书局 2003 年版，第 139 页。

④ 《方舆胜览》卷九，中华书局 2003 年版，第 156 页。

⑤ 《方舆胜览》卷十，中华书局 2003 年版，第 166 页。

清代情况亦基本如是，而与六朝地记尤为接近的是清初屈大均的《广东新语》。此书洋洋洒洒四十万言，凡二十八卷，每卷述一类事物，依次为天语、地语、山语、水语、石语、神语、人语、女语、事语、学语、文语、诗语、艺语、食语、货语、器语、宫语、舟语、坟语、禽语、兽语、鳞语、介语、虫语、木语、香语、草语、怪语，"凡广东之天文地理、经济物产、人物风俗，无所不包"。[①] 屈氏在撰述中广泛涉猎参考了前代的地记类作品，并进行了实地考察。

潘耒《广东新语序》云：

> 粤东有天南奥区，人文自宋而开，至明乃大盛。名公巨卿，词人才士，肩背相望。翁山既已掇其精英，为广东文选矣。又以山川之秀异，物产之瑰奇，风俗之推迁，气候之参错，与中州绝异，未至其地者不闻，至其地者不尽见，不可无书以叙述之。于是考方舆，披志乘，验之以身经，征之以目睹，久而成新语一书。其察物也精以核，其谈义也博而辨，其陈辞也婉而多风，思古伤今，维风正俗之意，时时见于言表。游览者可以观土风，仕宦者可以知民隐，作史者可以征故实，摛词者可以资华润，视《华阳国志》、《岭南异物志》、《桂海虞衡》、《入蜀记》诸书，不啻兼有其美。善哉！可以传矣。

潘氏对此书的概括中特别拈出六朝地记《华阳国志》、《岭南异物志》及宋代之《桂海虞衡》、《入蜀记》进行类比，这是颇有眼光的。就与六朝地记的关系言，应该说《广东新语》与之颇为接近，如卷五写贞女峡之望夫石：

"清远县有贞女峡，西岸一石状女子，是曰贞女。相传秦世有女数人，采螺于此，风雨昼昏，一女化为此石，即今望夫石也。"这直

① 《广东新语》出版说明，中华书局1985年版。

接取自南朝琅邪临沂文人王韶之《始兴记》的记述。

又如卷二十五记树木："山桃，大于寻常桃。陆贾云：'罗浮山顶有梅杨、山桃，海人时登采拾，止于饱食，不得持下。'罗浮固多异木，不知贾当时何以知之，岂尝一自罗浮耶？广中又有冬桃，似橄榄而圆，色绿味甘酸。有扁桃似桃而扁，一曰偏桃，大者若鸭卵，色青黄，味酸微甜，皆山桃之属。"

又"蜜望，树高数丈，花开繁盛，蜜蜂望而喜之，故曰蜜望。花以二月，子熟以五月，色黄味甜酸，能止船晕，飘洋者兼金购之"。

又"杜鹃花，以杜鹃啼时开，故名。西樵岩谷间，有大粉红黄者、千叶者，一望无际。罗浮多蓝紫者、黄者。香山、凤凰山有五色者。是花故多变，而殷红为正色"。

又"女青，一名万年枝，一名冬青，亦曰女贞木。身大合抱，肉厚皮粗，经冬不谢。结子青黑色有瓤核，飞鸟嗜之，亦名冻青"。

又"山丹，一曰山大丹。其花四出，自根开自杪。一树作数千百大花、有四叶承之。一大花又作数千百小花，攒簇为一大球，微有丝缕，类马首繁缨，数月不落。色大绛，入夜光艳如火，名不夜花。盛夏当烈日种之易生，终岁皆花；五月得太阳之正，花尤大，殷红若玛瑙盘，日照弥鲜。儿女多戴之，取其不易凋落。经久变黄尚可爱"。

又"油葵，生阳江、恩平大山中，树如蒲葵，叶稍柔，亦曰柔葵。取以制蓑，御雨耐久"。

又"朱槿，一名日及，亦曰舜英，叶如桑，光润而厚，树高止四、五尺，而枝叶婆娑。自仲春花至仲冬，一丛之上，日开数百朵，朝开暮落，色深红五出。大如蜀葵，瓣卷起，势若飞飐，层出如楼子，有蕊一条，比瓣稍长，上缀金屑，日光所烁，疑有火焰"。

名称、形状、色彩乃至用途等一一记述，显然与六朝地记为同一路数。王士禛《长白山录》、《蜀道驿程记》也征引了六朝地记，并借鉴其写作手法，如其《长白山录》自序云："长白山在济南邹平县西南，本属长山县，县所得名也，高二千九百丈，周六十里。晏谟《述征记》云：'云雨常白，故又名常白。'"①俞志燮《黟县山水记》亦承此流风余韵，如其记石门岭、牛泉山："羊栈岭南有石门岭，岩石深峭，春雨后，瀑布悬飞，有胜致。羊栈岭东行，为牛泉山，山在县东北五十七里。《志》(按指《新安志》)云：高九百五十仞。《寰宇记》引《舆地志》云：牛泉峤通广阳县，自下上，九里一顿，凡九顿。山常风，树合抱而高不至丈，当顶有泉，方丈余，俗云牛跑所致，亦犹牛跑泉也。"记吉阳山："吉阳山亦曰三姑山，《黟县山水纪略》云：昔有三女飞行吉阳水上，或叩之，曰余石埭人也，遂不见，水上有三鲤鱼。余按陶潜《搜神后记》、任昉《述异记》、《文选·刘孝标重答刘沼书》注引《宣城记》并云：宣城临城县，盖山上有池。舒姑者，性嗜声音，化为水，闻歌则泉涌洄流，有朱鲤一双。以图证之，为今石石埭舒姑山，吉阳水上三女子，殆舒姑欤？"②

某些游记也不同程度地受到六朝地记的影响。唐代前期，由玄奘口述，辩机撰文，最后经玄奘校订而成的《大唐西域记》问世。此书体裁非地记，属于游记，但在一定程度上仍然借鉴了地记的笔法，尤其是在写景方面。如卷一记述凌山及大清池(今伊塞克湖)：

> (跋禄迦)国西北行三百余里，度石碛，至凌山。此则葱岭北原，水多东流矣。山谷积雪，春夏含冻，虽时消泮，寻复结冰……山行四百余里，至大清池。周千余里，东西长，南北狭，四

① 见谭其骧主编《清人文集地理类汇编》第五册，浙江人民出版社1988年版，第760页。

② 见谭其骧主编《清人文集地理类汇编》第五册，浙江人民出版社1988年版，第711—713页。

面负山，众流交凑，色带青黑，味兼咸苦，洪涛浩汗，惊波汩淴。龙鱼杂处，灵怪间起，所以往来行旅，祷以祈福，水族虽多，莫敢渔捕。

记述千泉（今吉尔吉斯山脉北麓一带）：

素叶城西行四百余里，至千泉。千泉者，地方二百余里，南面雪山，三垂平陆。水土沃润，林树扶疏，暮春之月，杂花若绮。泉池千所，故以名焉。

卷十二记述斫句迦国（国都故址在今新疆叶城西南）南境之大山："崖岭嵯峨，峰峦重叠，草木凌寒，春秋一贯，溪涧浚濑，飞流四注，崖龛石室，棋布岩林。印度果人，多运神通，轻举远游，栖止于此。"元结《右溪记》、柳宗元《永州八记》等也收到六朝地记的影响。宋明游记日益繁荣，名著如陆游《入蜀记》、范成大《吴船录》、徐宏祖《徐霞客游记》等皆不同程度地受六朝地记的沾溉。

《入蜀记》借鉴并发展了六朝地记的写法，融自然景观与人文景观为一体，《四库全书总目》卷五十八陆游《入蜀记》提要云："游本工文，故于山川风土，叙述为雅洁。而于考订古籍，尤所留意……其他搜寻金石，引据诗文，以参证地理者，尤不可殚数，非他家行记，徒流连风景、记载琐屑者比也。"是书卷七十一四库馆臣关于《徐霞客游记》之提要云："自古名山大泽，秩祀所先，但以表望封圻，未闻品题名胜。逮典午而后，游迹始盛。六朝文士无不托兴登临，史册所载，若谢灵运《居名山志》、《游名山志》之类，撰述日繁，然未有累牍连篇，都为一集者。宏祖耽奇嗜僻，刻意远游，既锐于搜寻，尤工于摹写，游记之夥，遂莫过于斯编。虽足迹所经，排日纪载，未尝有意于为文。然以耳目所亲，见闻较确，且黔滇荒远，舆志多疏。此书于山川脉络，剖析详明，尤为有资考证。是亦山经之别乘，舆记之外篇矣。存兹一体，于地理之学未尝无补也。"亦指出其与六朝地记的继承关系。

与史书地理志相比,六朝地记作者的"实录"观念是淡薄的,他们在记述中往往讲究形象性、生动性、趣味性,喜欢猎奇,乃至采纳为正统史家所不屑的虚诞不经的故事。这种创作倾向,由前面所列举齐鲁籍作家的地记作品中可以清晰地体会出来。他们在描写自然景物方面追求生动传神,记述人文掌故时多关注并采用有关民间传说。这样,记述山川、物产、风俗等,并附以有关民间传说,便顺理成章地成为六朝地记的主要内容,故作品的文学性得以凸显。

唐代以来的某些学者,因为用要求史书地理志的标准去衡量并要求六朝地记,所以对多数六朝地记持明显的批评态度。如刘知几《史通·杂述》云:"九州土宇,万国山川,物产殊宜,风化异俗,如各志其本国,足以明此一方,若盛弘之《荆州记》,常璩《华阳国志》,辛氏《三秦》,罗含《湘中》,此之谓地理书也……地理书者,若朱赣所采,浃于九州;阚骃所书,殚于四国。斯则言皆雅正,事无偏党者矣。其有异于此者,则人自以为乐土,家自以为名都,竞美所居,谈过其实。又城池旧迹,山水得名,皆传诸委巷,用为故实,鄙哉!"这里仅肯定了朱赣和阚骃二人之书"言皆雅正,事无偏党";而否定异于此的著述"竞美所居,谈过其实"、"传诸委巷,用为故实"。"竞美"二句指责其不真实、不客观,"传诸"二句指责其采用民间传说,内容不雅正。朱赣[①],西汉颍川(今河南禹州)人,成帝时为丞相张禹属吏,奉命博采各地风俗,按地区条贯编之,其内容为班固《汉书·地理志》所采。阚骃,十六国至北魏敦煌人,《魏书》卷五十二本传称其博通经传,三史群言,经目则诵,时人谓之宿读。撰《十三

---

① 《隋书·经籍志》写作"朱贡",中华书局1973年版,第988页。

州记》行于世，西凉君主沮渠蒙逊甚重之，常侍左右，又主持典校经籍，刊定诸子三千余卷。其《十三州志》因真实性强而受到唐代学者的称道，刘知几之后，颜师古也青睐此书。颜氏注《汉书·地理志》时，弃而不采用众多的六朝地记，他明确指出："中古以来，说地理者多矣，或解释经典，或撰述方志，竞为新异，妄有穿凿，安处互会，颇失其真。后之学者，因而祖述，曾不考其谬论，莫能寻其根本。今并不录，盖无尤焉。"[①]但却大量征引了《十三州志》，可见在颜师古心目中，《十三州志》异于其他地志，未沾染竞为新异，妄有穿凿，安处互会，颇失其真的毛病。杜佑、李元甫的基本立场、观念同于刘知几、颜师古，主真实而斥虚妄，而进一步突出强调地记之体国经野有裨于治的实用功能。杜佑《通典》卷一百七十一《州郡序》点名批评了辛氏《三秦记》、常璩《华阳国志》、罗含《湘中记》、盛弘之《荆州记》等四部地志采纳杂说，诞而不经，"参以他书，则多纰缪"。李元甫的言论则更为旗帜鲜明，其《元和郡县图志》序云："古今言地理者凡数十家，尚古远者或搜古而略今，采谣俗者多传疑而失实，饰州邦而叙人物，因丘墓而征鬼神，流于异端，莫切根要。至于丘壤山川，功守利害，本于地理者，皆略而不书，将何以佐明王扼天下之吭，制群生之命，收地保势胜之利，示形束壤制之端，此微臣之所以精研，圣后之所宜周览也。"以如此观念、立场看待六朝地

① 需要指出，颜师古所注《汉书》的其他篇章中，或有征引《十三州志》以外之六朝地记者。如《汉书·张耳传》："北为长城以役，南有五岭之戍。"颜师古注云："服虔曰：'山领有五，因以为名。交趾、合浦界有此领。'师古曰：'服说非也。领者，西自衡山之南，东穷于海，一山之限耳。而别标名，则有五焉。裴氏《广州记》云：'大庾、始安、临贺、桂阳、揭阳是为五岭。'邓德明《南康记》曰：'大庾领一也，桂阳骑田领二也，九真都庞领三也，临贺萌渚领四也，始安越城岭五也。'裴说是也。"由此可见颜氏对六朝地记的看法是存在矛盾的。

记，当然会得出否定的判断。[①] 相反，冲破崇真实尚实用的观念，从文学价值的角度看待六朝地志，则会得出与唐代某些学者截然不同的判断，他们否定的，其实正是我们要肯定的，譬如曾被杜佑点名批评的盛弘之《荆州记》、罗含《湘中记》，若以文学眼光看，谁能不称赞其水平之高呢？如明代杨慎《升庵集·论文》"诸家地理"条，就从文学的视角，对六朝几部篇幅较大的地志著作进行了直接而高度的评价，辞云："地志诸家，予独爱常璩《华阳国志》，次之则盛弘之《荆州记》。《荆州记》载鹿门事云：'庞德公居汉之阴，司马德操定州之阳，望衡对宇，欢情自接，泛舟褰裳，率尔体畅。'记沮水

① 参见胡宝国先生《汉唐间史学的发展·州郡地志》，商务印书馆 2003 年版。按类似的立场、观念，唐以后也时有所见，如清人姚鼐《泰山道里记》序云："余尝病天下地志谬误，非特妄引古记，至纪今时山川、道里、远近、方向，率与实舛，令人愤叹……余疑《水经注》于汶水左右水源流方面颇有舛误。"载谭其骧先生主编《清人文集地理类汇编》第五册，浙江人民出版社 1988 年版，第 778 页。洪亮吉《万刺史廷兰重校刊〈太平寰宇记〉序》则持折衷态度，他一方面肯定北宋乐史所撰《太平寰宇记》大量征引六朝地记、保存文献之长，另一方面则对其广载人物琐事、征奇尚异的作风表示了不满，辞云："《太平寰宇记》二百卷，宋太常博士直史馆乐史所撰……盖史官南唐及宋初，其时汉、晋以来载籍尚未散佚，故太宗修《御览》等三大书，及史撰此《志》，征引繁富，多南宋以后所未见本。即以地志论，《晋太康土地记》、《宋永初山川古今记》、阚骃《十三州记》、顾野王《舆地记》、魏王泰《括地志》、贾耽、李吉甫《十道志》，以迄圈称、谯周、鲍坚、李克、周处、陆机、晏谟、张勃、邓基、任昉诸人所札录者，多至百数十种。史虽不善抉择，然另篇断简，藉是书以存者实多，此其所长也。至若地理外又编入姓氏、人物、风俗数门，因人物又详及官爵及诗辞杂事，遂至祝穆等撰《方舆胜览》，宁略建置沿革，而人物琐事必登载不遗，实即滥觞于此，此其所短也……（乐史）性顾嗜杂家小说，于洛阳下则载樊元宝为洛水神，附书润州下载高骊山海神以酒醴聘外夷女等事，意在征奇，罔知传信，是又非史例矣……然地理书自吉甫以后，藉以考镜今古，联缀前后，实无逾此书，宜其传之久而必不能废矣。"见谭其骧主编《清人文集地理类汇编》第一册，浙江人民出版社 1986 年版，第 156 页。

幽胜云：'稠木傍生，凌空交合，危崚倾岳，恒有体势。风泉传响于青林之下，岩猿流声于白云之上。游者常苦目不周玩，情不给赏。'若此二段，读之使人神游八极，信奇笔也。记三峡水急云：'朝发白帝，暮宿江陵，凡一千二百余里，虽飞云迅鸟，不能过也。'李太白诗：'朝发白帝彩云间，千里江陵一日还。'杜子美云：'朝发白帝暮江陵'，皆用盛弘之语也。"①清人谭莹对继承六朝地记好掌故、贵辞章传统的宋人王象之所撰的《舆地纪胜》进行了肯定，实际上也是对六朝地记的一种间接肯定，其辞云："夫山川能说，风俗当知，土宜田赋之必须，国计民生之攸系，贵征文以考献，宜博古以通今。考核研求，固折衷之至当；登临题咏，仍沾溉之靡穷。流览八荒，盱衡千古，实有裨于掌故，独兼益乎词章，此王氏之书所以不可废也。"②

① 王水照主编《历代文话》第二册，复旦大学出版社 2007 年，第 1667 页。

② 《重刊宋王象之〈舆地纪胜〉序》，见谭其骧主编《清人文集地理类汇编》第一册，浙江人民出版社 1986 年版，第 184 页。

# 第三章　异彩纷呈的子书

## 一、汉末以来子书的兴盛与齐鲁文士的子书撰作

受思想解放与多元文化发展态势的推动，以及书写条件的逐渐进步，汉末魏晋子书撰作呈现春秋战国以来又一次极为活跃的局面。兹从《隋书·经籍志》子部的有关著录，以及《隋志》未著录的子书，以见其繁盛情况。

### （一）《隋书·经籍志》著录东汉以来子书①

儒家类

1. 唐初尚存的

《桓子新论》十七卷，东汉桓谭撰。

《潜夫论》十卷，东汉王符撰。

《申鉴》五卷，汉魏之际荀悦撰。

《魏子》三卷，东汉魏朗撰。

《牟子》二卷，东汉牟融撰。

《典论》五卷，魏曹丕撰。

---

① 其中小说家、兵家、天文家、历数家、五行家、医方家等一概不录。子书注疏一概不录。《隋志》所录杂家子书太宽泛，此择录之。

《中论》六卷，汉魏之际徐幹撰。

《王子正论》十卷，魏王肃撰。

《杜氏体论》四卷，魏杜恕撰。

《顾子新语》十二卷，吴顾谭撰。

《谯子法训》八卷，蜀谯周撰。

《袁子正论》十九卷，魏袁准撰。

《新论》十卷，晋夏侯湛撰。

《志林新书》三十卷，晋虞喜撰。

《要览》十卷，晋吕竦撰。

《正览》六卷，梁周舍撰。

2.梁尚存、唐初已亡佚的

《正部论》八卷，东汉王逸撰。

《后序》十二卷，东汉应奉撰。

《周生子要论》一卷，录一卷，魏周生烈撰。

《文检》六卷，东汉末人撰。

《去伐论集》三卷，汉魏之际王粲撰。

《新书》五卷，魏王基撰。

《周子》九卷，吴周昭撰。

《通语》十卷，吴殷兴(殷基)撰。

《典语》十卷，吴陆景撰。

《典语别》二卷，吴陆景撰。

《谯子五孝志》五卷，蜀谯周撰。

《袁子正书》二十五卷，魏袁准撰。

《孙氏成败志》三卷，晋孙毓撰。

《古今通论》二卷，王婴撰。

《蔡氏化清经》十卷，晋蔡洪撰。

《通经》二卷，晋王长文撰。①

《杨子物理论》十六卷，晋杨泉撰。

《杨子太元经》十四卷，晋杨泉撰。

《新论》十卷，晋华谭撰。

《梅子新论》一卷，晋梅陶。②

《广林》二十四卷，晋虞喜撰。

《后林》十卷，晋虞喜撰。

《干子》十八卷，晋干宝撰。

《闳论》二卷，晋蔡韶撰。

《顾子》十卷，晋顾夷撰。

《三统五德论》二卷，梁曹思文撰。

道家类

1. 唐初尚存的

《任子道论》十卷，魏任嘏撰。

《唐子》十卷，吴唐滂撰。

《杜氏幽求新书》二十卷，晋杜夷撰。

《抱朴子内篇》二十一篇，音一卷，晋葛洪撰。

《孙子》十二卷，晋孙绰撰。

《符(苻)子》二十卷，晋苻朗撰。

《夷夏论》一卷，齐顾欢撰。

《简文谈疏》六卷，晋简文帝撰。

《无名子》一卷，张太衡撰。

---

① 《晋书》卷八十二，《王长文传》称王长文"著书四卷，拟《易》，名《通玄经》。"

② 《梅子新论》撰者不详，或推测为东晋梅赜之弟梅陶。

《玄子》五卷。[1]

《游玄桂林》二十一卷,陈张讥撰。

《广成子》十三卷,商洛公撰。张太衡注,疑近人作。

2.梁尚存、唐初已亡佚的

《浑舆经》一卷,魏桓威撰。

《苏子》七卷,晋苏彦撰。

《宣子》二卷,晋宣舒撰。

《陆子》十卷,晋陆云撰。

《顾道士新书论经》三卷,晋顾谷撰。

《贺子述言》十卷,宋贺道养撰。

《少子》五卷,齐张融撰。

《养生论》三卷,魏嵇康撰。

《摄生论》二卷,晋阮侃撰。

《无宗论》四卷。

《圣人无情论》六卷。

《谈众》三卷。

法家类

1.唐初尚存的

《正论》六卷,东汉崔寔撰。

《世要论》十二卷,魏桓范撰。

2.梁尚存、唐初已亡佚的

《法论》十卷,魏刘劭撰。

《政论》五卷,魏刘廙撰。

---

① 姚振宗《隋书经籍志考证》卷二十五云:"案《北齐书》、《北史·李公绪传》:公绪雅好著书,撰《玄子》五卷,似即此书。"《二十五史补编》,中华书局1958年版,第5485页。

《阮子正论》五卷，魏阮武撰。

《世要论》二十卷，魏桓范撰。

《陈子要言》十四卷，吴陈融撰。

《蔡司徒难论》五卷，晋黄命撰。

名家类

1.唐初尚存的

《士品》一卷，魏曹丕撰。

《人物志》三卷，魏刘劭撰。

2.梁尚存，唐初已亡佚的

《刑声论》一卷。

《士纬新书》十卷，吴姚信撰。

《姚氏新书》二卷，吴姚信撰。

《九州人士论》一卷，魏卢毓撰。

《通古人论》一卷。

杂家类

1.唐初尚存的

《论衡》二十九卷，东汉王充撰。

《风俗通义》三十一卷、录一卷，汉魏之交应劭撰。

《仲长子昌言》十二卷、录一卷，汉魏之交仲长统撰。

《蒋子万机论》八卷，魏蒋济撰。

《傅子》一百二十卷，晋傅玄撰。

《默记》三卷，吴张俨撰。

《裴氏新言》五卷，吴裴玄撰。

《时务论》十二卷，晋杨伟撰。

《立言》六卷，苏道撰。

《抱朴子外篇》三十卷，晋葛洪撰。

《金楼子》十卷，梁萧绎撰。

《述政论》十三卷，梁陆澄撰。

《政论》十三卷，梁陆澄撰。

2.梁代尚存、唐初已亡佚的

《洞序》九卷，录一卷，东汉应奉撰。

《笃论》四卷，魏杜恕撰。

《刍荛论》五卷，魏钟会撰。

《诸葛子》五卷，吴诸葛恪撰。

《新义》十八卷，吴刘廞撰。

《析言论》二十卷，晋张显撰。

《桑丘先生书》二卷，晋杨伟撰。

《古世论》十七卷。

《桓子》一卷。

《秦子》三卷，吴秦菁撰。

《刘子》十卷。①

《何子》五卷。②

《孔氏说林》二卷，晋孔衍撰。

《抱朴子外篇》五十一卷，晋葛洪撰。

农家类

1.唐初尚存的

《汜胜之书》二卷，汉汜胜之撰。

《四人(民)月令》一卷，东汉崔寔撰。

《禁苑实录》一卷。

《春秋济世六常拟议》五卷，杨瑾撰。

《齐民要术》十卷，北魏贾思勰撰。

---

① 《隋志》不著撰人，今人一般以为乃北齐刘昼所撰。

② 新旧《唐志》以为何楷撰，楷仕东晋，官至侍中。

2.梁代尚存、唐初已亡佚的

《陶朱公养鱼法》一卷。

《卜式养羊法》一卷。

《养猪法》一卷。

《月政畜牧栽种法》一卷。

**(二)《隋书·经籍志》未著录的东汉以来子书**

《韦卿子》二十二篇,东汉韦彪撰。

《唐子》二十八篇,东汉末唐檀撰。

《陈子》数十篇,东汉末陈纪撰。

《郅子》,又名《郅恽书》八篇,郅恽撰。

《七序》,东汉梁竦撰。

《崇德正论》数十篇,汉魏之际荀悦撰。

《宪论》十六篇,或说十二篇,东汉刘毅撰。

《明世论》十五篇,东汉杜笃撰。

《邹子》,又名《检论》,东汉邹伯奇撰。

《王子》五篇,王灌、王祐撰。

《周党书》二篇,周党撰。

《讥俗书》十二篇,东汉王充撰。

《杨由书》十篇,杨由撰。

《许子》十卷。①

《傅子》五卷,东汉傅燮撰。

《释问》七篇,陈述撰。

---

① 见崔瑗《与葛元甫书》。顾櫰三《补后汉书艺文志》卷八:"《许子》不署名,以时考之,疑是南阁祭酒许叔重(许慎)之撰述也。"《二十五史补编》,中华书局1958年版,第2253页。

《恪论》十五篇，吕稚撰。

《辨说》一卷，吴韦昭撰。

《玄言新记》二卷，魏王弼撰。

《刘氏正论》五卷，魏刘劭撰。

《暂论》五卷，吴张俨撰。

《新议》八篇，吴薛莹撰。

《矫非论》三十篇，范慎撰。

《私载》一卷，吴薛综撰。

《姚氏新书》二卷，吴姚信撰。

《孙炎书》十余篇，魏孙炎撰。

《治论》二十篇，魏王昶撰。

《荀爽新书》百余篇，东汉末荀爽撰。

《政事书》七篇，东汉李尤撰。

《梁鸿书》十余篇，东汉梁鸿撰。

《王粲书》数十篇，汉魏之际王粲撰。

《郭林宗书》一卷，东汉末郭泰撰。

《刘陶书》数十万言，东汉末刘陶撰。

《要言》，张茂撰。

《曹羲书》三篇，魏曹羲撰。

《道论》二十篇，魏钟会撰。

《续尸子》九篇，佚名。

《辨道》三十卷，晋华谭撰。

《索子》二十卷，晋索靖撰。

《要览》一卷，晋陆机撰。

《黄容家训》，黄容撰。

《明氏家训》一卷，前燕明岌撰。

《颜氏家训》，北齐颜之推撰。

《古今善言》三十卷，宋范泰撰。

《竹谱》一卷，戴凯之撰。

《补阙子》十卷，梁萧绎撰。

《圣贤杂语》，南齐刘善明撰。

《要雅》五卷，梁刘杳撰。

《教诫》二十余篇，北魏刁雍撰。

《家诲》二十篇，北魏甄琛撰。

《家诫》，北魏张烈撰。

《石子》十卷，北齐石曜撰。

《古今略记》二十卷，北齐李公绪撰。

《鉴诫》二十四篇，北齐王纮撰。

《金箱壁言》，北齐刘昼撰。

《谏苑》四十一卷，北周乐运撰。

《政训》二十卷，周隋辛德源撰。

《内训》二十卷，周隋辛德源撰。

除思想解放与多元文化发展态势的推动外，汉末魏晋子书创作的繁荣，还与当时人较普遍而自觉的追求立言不朽的观念，以及把子书创作视为实现立言不朽之最佳途径的风气有紧密关系。

早在春秋时期就出现立德、立功、立言的“三不朽”之说。[①] 西汉司马迁父子把立言不朽的观念推向自觉。迁父临终时嘱咐迁坚守立言不朽的信念，继承其修史遗志，光大家声，扬名后世。司马迁《报任少卿书》称自己经历李陵之祸，“所以隐忍苟活，幽于粪土之中而不辞者”，是“恨私心有所不尽，鄙陋没世而文采不表于后世

---

① 《左传》襄公二十四年：“豹闻之：太上有立德，其次有立功，其次有立言。虽久不废，此谓三不朽。”

也”。此后的著名文士扬雄、桓谭、王充等遵循此方向，撰作子书，冀获不朽名声。汉末魏晋，立言不朽观念愈益深入人心。身处帝王之尊位的曹丕可谓坚执此观念的一个代表人物，其《与王朗书》云：“生有七尺之形，死惟一棺之土，惟立德扬名，可以不朽。其次莫如著篇籍，故论撰所著《典论》、诗赋，盖百余篇。”他的《典论·论文》的态度则更加明确：“盖文章，经国之大业，不朽之盛事。年寿有时而尽，荣乐止乎其身，二者必至之常期，未若文章之无穷。是以古之作者，寄身于翰墨，见意于篇籍，不假良史之辞，不托飞驰之势，而声名自传于后。”作为文士，晋代王隐对立言不朽的表白亦如同曹丕一样旗帜鲜明，《晋书》卷八十二《王隐传》载王隐与祖纳云：“盖古人遭时，则以功达其道；不遇，则以言达其才，故否泰不穷也……君少长五都，游宦四方，华夷成败皆在耳目，何不述而裁之！应仲远作《风俗通》，崔子真作《政论》，蔡伯喈作《劝学篇》，史游作《急就章》，犹行于世，便为没而不朽。当其同时，人岂少哉？而了无闻，皆由无所述作也。故君子疾没世而无闻。”

汉末魏晋人追求立言不朽，尤重子书著述。曹丕《与吴质书》赞扬徐幹撰就子书，可谓不朽，痛惜应玚有撰作子书的才学与志向但未遂愿，云：“观古今文人，类不护细行，鲜能以名节自立。而伟长独怀文抱质，恬淡寡欲，有箕山之志，可谓彬彬君子者矣。著《中论》二十余篇，成一家之言，辞义典雅，足传于后，此子为不朽矣。德琏斐然有述作之意，其才学足以著书，美志不遂，良可痛惜。”钱穆先生《读〈文选〉》一文认为魏文帝曹丕“心中所追向，亦仍以古人著书成一家言者为其最高之准则”。[1] 章太炎先生认为，汉晋诸子比之于周秦诸子，“说理固不逮，文笔亦较逊矣。然魏文帝论文，不

① 《中国学术思想史论丛》卷三，安徽教育出版社2004年版，第99页。

数宴游之作，而独称徐幹为不朽者，盖犹视著作之文尊于独行者也”。[①] 曹丕对自己撰写的子书《典论》，更为珍重，曾作为贵重礼品赠与吴帝孙权及吴元老重臣张昭[②]，丕子睿诏三公，称“先帝昔著《典论》，不朽之格言，其刊石立于庙门之外”。[③]

“建安之杰”曹植于撰作活动，亦以子书为重。其《与杨德祖书》自述建功立业志向及此志不遂的打算，特别重视的便是子书撰作，有云：“辞赋小道，固未足以揄扬大义，彰示来世也。昔杨子云先朝执戟之臣耳，犹称壮夫不为也。吾虽德薄，位于藩侯，犹庶几戮力上国，流惠下民，建永世之业，流金石之功，岂徒以翰墨为功勋，辞赋为君子哉？若吾志未果，吾道不行，则将采庶官之实录，辩时俗之得失，定仁义之衷，成一家之言。虽未能藏之于名山，将以传之于同好。”可见，子建人生理想志向的首选目标是辅国惠民，建立不朽功业，传于后世；对于撰作活动，他显然重视成一家之言的子书，而视辞赋为不足以揄扬大义，彰示来世的“小道”。徐幹虽未言辞赋为“小道”，但在诗赋类韵文与子书之间，也显然是重视子书而轻视诗赋。佚名《中论序》称他：“见辞人美丽之文，并时而作，曾无阐弘大义，敷散道教，上求圣人之中，下救流俗之昏者，故废诗赋颂铭赞之文，著《中论》之书二十二篇。”王粲亦重子书，萧绎《金楼子·杂记篇》曰：“王仲宣昔在荆州，著书数十篇，荆州坏，尽焚其书。今存者一篇，知名之士咸重之。”

有“太康之英”之誉的陆机，亦特别重视子书，乃至临终遗言，以此为憾。葛洪《抱朴子外篇》载：

朱淮南尝言：……陆平原作子书未成。吾门生有在陆君

---

① 《国学讲演录》，华东师范大学出版社 1995 年版，第 236 页。

② 《三国志》卷二《文帝纪》，裴松之注引胡冲《吴历》，中华书局 1959 年版。

③ 《三国志》卷二《文帝纪》，裴松之注引，中华书局 1959 年版。

军中，尝在左右，说陆君临亡曰：“穷通，时也；遭遇，命也。古人贵立言，以为不朽。吾所作子书未成，以此为恨耳。”①

其他重视子书者，如魏之桓范。桓范撰《世要论》十二卷，其书《序作篇》云：“夫著作书论者，乃欲阐弘大道，述明圣教，推演事义，尽极情类，记事贬非，以为法式，当时可行，后世可修。且古者富贵而名贱废灭，不可胜记，惟篇论倜傥之人为不朽耳。”又东晋初著名文士葛洪，才华杰出，《晋书》本传称其“博闻深洽，江左绝伦，著述篇章，富于班马”。在丰富绝伦的著作中，他最看重的是子书，《抱朴子》反复致意于此。该书《自叙篇》云：“先所作子书内外篇，幸已用功夫，聊复撰次，以示将来云尔……洪年二十余，乃计作细碎小文，妨弃功日，未若立一家之言，乃草创子书。”可见在他心目中，能够传示将来，以为不朽的，首先是他的《抱朴子》内外篇，而将诗赋类作品视为细碎小文。此种态度亦见于其他篇章，如《抱朴子外篇·尚博》云：“拘系之徒，桎梏浅隘之中……或贵爱诗赋浅近之细文，忽薄深美富博之子书，以切磋之至言为騃拙，以虚华之小辩为妍巧，真伪颠倒，玉石混淆。”《抱朴子外篇·百家》亦云：“子书披引玄旷，眇邈泓窈，总不测之源，扬无遗之流，变化不系于规矩之方圆，旁通不沦于违正之邪径，风格高严，重刃难尽……狭见之徒，惑诗赋琐碎之文，忽子论深美之言。”

刘永济先生述汉晋诸子云：“且魏晋子书，皆文士之篇章，非学人之述造。其间或杂以求名后世之心，或参以争胜前贤之意，故曹子建以藩侯之重，鄙辞赋不足传世，欲别成一家之言。萧世诚以帝子之尊，亦欲著子书以传不朽。士衡临没，至恨所作子书未成。葛洪自叙：‘思精治五经，著一部子书，令后知其为文儒。’此数子者，

---

① 《太平御览》卷六百零二引，上海古籍出版社2008年版，第六册，第534页。

虽其重学遗荣，有足多者，然有意于为文，与不得已而著书，其间差别甚远。”[①]这里的判断虽失于绝对，有以偏概全之嫌[②]，但指出魏晋子书作者“或杂以求名后世之心，或参以争胜前贤之意”，则大体上是妥当的。在魏晋南北朝子书中，齐鲁作家之书是其中重要的组成部分。据前面所列书目，属于齐鲁作家所撰的有徐幹《中论》、王肃《王子正论》、王粲《去伐论集》、王基《新书》、孙毓《孙氏成败志》、任嘏《任子道论》、张讥《游玄桂林》、仲长统《昌言》、诸葛恪《诸葛子》、孔衍《孔氏说林》、贾思勰《齐民要术》、王弼《玄言新记》、孙炎《孙炎书》、王粲《王粲书》、明岌《明氏家训》、颜之推《颜氏家训》、刘善明《圣贤杂语》、刘杳《要雅》、张烈《家诫》等。

以上著作，仅有徐幹《中论》、贾思勰《齐民要术》、颜之推《颜氏家训》三书较完整地流传于今；其他书已佚，但情况有所差别，或全佚，或有部分残文流传下来。

## 二、文质彬彬：徐幹《中论》

徐幹《中论》与仲长统《昌言》是魏晋最负盛名的两部子书。先述《中论》。《中论》内容较广泛，思想较深刻，在汉魏晋子书中是相当突出的。现代学者刘咸炘(1896—1932)先生征引清人评价并继以己之评价云：

> 龚自珍曰：“《中论》论儒者之蔽，既见要害，击而中之，七十子殁，不数数遇斯言。异哉，吾乃遇之于汉与魏之交也。汉初至孝武，能成一家之言者甚众，昭、宣以降，书不逮古，下讫

---

① 《文心雕龙校释》，中华书局1962年版，第62页。

② 刘氏所谓魏晋子书“皆文士之篇章，非学人述造”颇谬，一个“皆”字下得太绝对，其实魏晋子书作者中文士身份者只是一部分而已，还有为数不少的其主要身份则显然属于学者。

魏世，合而论之，譬适于野焉，或千里鼠壤，不逢可材，则《法言》《申鉴》是也。平芜生之，灌木丛之，剔而薙之，乃觌瑶草，如《盐铁论》《说苑》《潜夫论》是也。若倾筐量芝，到橐载大药，其《中论》耶?"谭献曰:"《中论》冲和古秀，潜气内转、东汉人未见其偶，宜张皋文叹绝伦也。"又曰:"良金美玉，可以追配《董子繁露》。"又曰:"伟长汉末巨儒，造就正大，微言正义，昭若发矇，贯串群经，当与康成相揖让。文体醇深翔实，笔兼导顿，义精单复，寓意托讽，如《法象》《审大臣》《慎所从》《智行》《考伪》诸篇，汉魏之际，上下群伦，皆如烛照数计也。"二人推许是书，皆非过也。其书篇次相承，《治学》言学师，《法象》言礼敬，《备本》言求己，《虚道》言取人，《贵验》兼申人己，《贵言》言教，承上之言学也，《艺纪》言艺，承上之言德也。《覈辩》言辩，《智行》言智，《爵禄》言仕，《考伪》贬伪儒，《谴交》贬浮交，《历数》《夭寿》各明一义，《务本》以下言君道。《群书治要》所载今本所无者。《制役》《复三年丧》宜在末，上接《审民》数篇。是书之美，龚、谭赞之已详，自《爵禄》以下，精纯与宋大儒同，西汉儒者自韩、戴外皆不能及，惟《智行》一篇稍纵而偏，盖由当时儒者徒立节而不知奸，故箴之;《务本》以降，大抵归本于任贤明是非，文势疏达，不及前诸篇之精密，然皆切当世之务，不杂法术之说。而吾所尤服膺者，《考伪》《谴交》二篇，盖自周末以来未尝闻此言，岂独剀切当世虚声标傍之习哉? 战国诸子，两汉经师，皆在其所讥矣。尝论汉以降儒家之书罕见精卓，自韩、戴、贾、董外，桓宽体大而不切，扬雄文滥而无质，惟荀氏《申鉴》可比是书后半……《申鉴》文法扬雄，《杂言》上下多泛语陈言，与雄书同，惟《时政》《时事》精切正当，虽未探大本，而皆可见施行……此编后半虽不及荀之详切，而指切身心，综贯

> 经义，则贾、董亦将逊之。①

在与汉魏儒家类数种著名子书的比较中，强调《中论》的价值与地位，视野宏通。徐仁甫先生《读〈中论〉札迻》则以孟、荀为比，强调徐幹《中论》的重要价值与地位："昔杨墨之言盈天下，孟氏辟而辟之。昌黎韩氏，以为孟子之功不在禹下。予窃谓战国纵横每况愈下，诸子之言，纷然淆乱，荀氏作《非十二子》以攻之。荀子之功亦不在孟子之下。伟长生于汉末，世道交衰，风俗日浮，朋党交游，好名之弊，甚至洪水猛兽。伟长上求圣人之中，下救流俗之颇，著《考伪》、《谴交》以箴之，其功又不在荀子下矣。"②见解亦宏通、扼要。

相对而言，今本徐幹《中论》二十篇中，尤富时代意义的是《智行》、《孝伪》、《谴交》诸篇。汉魏之际是社会动荡、人命危浅的乱世，急需智慧超群、能力卓著的人物拨乱反正，济民于水火之中。徐幹《智行》应时而撰。文中大力强调"智"的重要性，认为才智杰出能安邦富民的明智睿哲之士优于志行纯笃之士，指出"圣人之可及，非徒空行也，智也"。举例说，伏羲、文王乃至尧、禹，之所以为圣人，乃由于他们皆具穷神知化之智，绝不只是行善事而已。有的人节操有瑕，但具备成就大业的才智并取得盖世功业；有的人固守节操，品德美好，却无才智成就强国拯民的宏伟业绩，作者列举的是关于管仲、召忽、张良、商山四皓的事例，并引孔子的评价为已之价值观的佐证：

> 且管仲背君事仇，奢而失礼，使桓公有九合诸侯、一匡天下之功，仲尼称之曰："微管仲，吾其被发左衽矣！"召忽伏节死难，人臣之美义也，仲尼比为匹夫匹妇之为谅矣！是故圣人贵

① 《刘咸炘学术论集》(子学编)，广西师范大学出版社2007年版，第450—452页。

② 徐湘霖《中论校注》附录，巴蜀书社2000年版，第328页。

才智之特能，立功立事益于世矣……汉高祖数赖张子房权谋以成帝业，四皓虽美行，而何益夫倒悬？此固不可同日而论矣！

通过管仲与召忽、张良与四皓两组人物的对比，凸显了管仲、张良成就宏伟功业的人生价值，相当鲜明地表达了推崇才智的思想。由此进一步，作者对历史上所谓行仁蹈善而无权变之智略的人物显然持否定态度：

殷有三仁，微子介于石不终日，箕子内难而正其志，比干谏而剖心。君子以微子为上，箕子次之，比干为下。故春秋大夫见杀，皆讥其不能以智自免也。且徐偃王智修仁义，而不知用武，终以亡国；鲁隐公怀让心，而不知佞伪，终以致杀；宋襄公守节，而不知权，终于见执；晋伯宗好直，而不知时变，终以陨身；叔孙豹好善，而不知择人，终以凶饿。此皆蹈善而少智之谓也。

文末，作者揭示他心目中的明智睿哲之士所具有的素质为：

夫明哲之士者，威而不慑，困而能通；决嫌定疑，辨物居方；禳祸于忽杪，求福于未萌；见变事则达其机，得经事则循其常；巧言不能推，令色不能移；动作可观则，出辞为师表。比诸志行之士，不亦谬乎？

在徐幹生活的时代，崇才尚智乃普遍的社会风气。曹操《求贤》诸令之重才智轻德行，众所周知。建安诸子如王粲、陈琳等亦有推崇才人俊士的言论。徐幹本人在《七喻》写及战国时期苏秦、张仪等智略之士，今存残文云："战国之际，秦仪之徒，智略兼人，辩利轶轨，倜傥挟义，观衅相对，图爵位则佩六绂，谋货财则轮海内，一怒而诸侯惧，安居而天下憩。人主见弄于股掌之上，而莫之知恶也。"徐幹对苏秦、张仪所持态度，从此段文字中是看不出来的，但我们起码可以由此段话推测当时有人推重苏、张，称他们为"智略兼人"

之士。而在汉魏之际相当兴盛的子书著述中，推重才智之声音最响亮的无疑当属徐幹《中论·智行》。此外，徐幹在《中论·审大臣》一文也强调了才智杰出之大臣对于治国的重要意义，有云："大臣者君之股肱耳目也，所以视听也，所以行事也。先王知其如是也，故博求聪明睿哲君子，措诸上位，执邦之政令焉。执政聪明睿哲，则其事举。"《慎所从》亦指出王天下须既仁且智："王者之取天下也，有大本，有仁智之谓也。仁则万国怀之，智则英雄归之。御万国，总英雄，以临四海，其谁与争？"其与《智行》篇推重才智的思想倾向是一致的。《孝伪》抨击当代伪儒的欺世盗名，指出伪儒之徒"因夫民离圣教日久也"，"假先王之遗训以缘饰之"，但"文同而实违，貌合而情远"，其对社会人心的危害性甚于杨、墨、申、韩等的异端学说。原因在于伪儒欺世盗名行径往往以圣人为幌子，多方缘饰，追逐名利，极具隐蔽性、欺骗性：

昔杨朱、墨翟、申不害、韩非、田骈、公孙龙，汩乱乎先王之道，诪张乎战国之世，然非人伦之大患也，何者？术异乎圣人者易辨，而从之者不多也。今为名者异乎圣人也微，视为难见，世莫之非也；听之难闻，世莫之举也，何则？勤远以自旌，托之乎疾固；广求以合众，托之乎仁爱；枉直以取举，托之乎随时；屈道以弭谤，托之乎畏爱；多识流俗之故，粗诵诗书之文，托之乎博文；饰非而言好，无伦而辞察，托之乎通理；居必人才，游必帝都，托之乎观风；然好变易姓名，求之难获，托之乎能静；卑屈其体，辑柔其颜，托之乎煴恭；然而时有距绝，击断严厉，托之乎独立；奖育童蒙，训之以己术，托之乎勤诲；金玉自待，以神其言，托之乎说道：其大抵也。苟可以收名，而不必获实，则不去也；可以获实，而不必收名，则不居也。汲汲乎常惧当时之不我尊也，皇皇尔又惧来世之不我尚也。心疾乎内，形劳于外，然其智调足以将之，便巧足以庄之，称托比类，足以

> 充之，文辞声气，足以饰之。是以欲而如让，躁而如静，幽而如明，跛而如正，考其所由来，则非尧舜之律也，核其所自出，又非仲尼之门也。其回遹而不度，穷涸而无源，不可经方致远，甄物成化，斯乃巧人之雄也，而伪夫之杰也。然中才之徒，咸拜手而赞之，扬声以和之，被死而后论其遗烈，被害而犹恨己不逮。悲夫！人之陷溺如此乎！……以此毒天下之民，莫不离本趣末，事以伪成，纷纷扰扰，驰骛不已。其流于世也，至于父盗子名，兄窃弟誉，骨肉相诒，朋友相诈，此大乱之道也。

《谴交》抨击衰世追名逐利之徒，寡廉鲜耻，结党权门，交援求荣的丑恶嘴脸与不良社会风气，而对东汉末桓、灵时期风靡天下之利交风气尤为深恶痛绝：

> 桓、灵之世，其甚者也。自公卿大夫，州牧郡守，王事不恤，宾客为务，冠盖填门，儒服塞道，饥不暇餐，倦不获已。殷殷沄沄，俾夜作昼。下及小司，列城墨绶，莫不相商以得人，自矜以下士，星言夙驾，送往迎来，亭传堂满，吏卒传向，炬火夜行，阍寺不闭；把臂捩腕，扣天矢誓，推托恩好，不较轻重。文书委于官曹，系囚积于囹圄，而不遑省也。详察其为也，非欲忧国恤民，谋道讲德也，徒营己治私，求势逐利而已。有策名于朝，而称门生于富贵之家者，比屋有之。为师无以教训，弟子亦不受业。然其于事也，至乎怀丈夫之容，而袭婢妾之态，或奉货而行赂，以自固结；求志属托，规图仕进，然掷目指掌，高谈大语，若此之类，言之犹可羞，而行之者不知耻。嗟乎！王教之败，乃至于斯乎！

对于东汉后期日渐严重的欺世盗名，结党私营，竞为交游之不良社会风气，徐幹以前的某些有识之士也有所不满与抨击，如安定人王符《潜夫论·务本》云："今世多务交游以结党助，偷世窃名以取济渡。夸夫之徒，从而尚之，此逼贞士之节，而眩世俗之正者也。"东平(今属山东)人刘梁“常疾世多利交,以邪曲相党,乃著《破群论》。世之览者,以为‘仲尼作《春秋》’,乱臣知惧,今此论之作,俗士岂不愧心”。[①] 惜乎此论已佚。与王符相比,徐幹《考伪》、《谴交》对伪儒及利交者的种种伎俩、丑态的揭露抨击,显然更加细致、辛辣,淋漓酣畅。[②] 前所提及刘咸炘、徐仁甫二先生对此二篇的高度评价,当不为过。

徐幹《中论》之《审大臣》、《慎所从》、《亡国》诸篇,涉及选贤、知贤、用贤、尊贤、信贤等问题,强调了贤人政治对于国家兴衰的重要作用,在汉末乱世也很有时代意义。东汉后期,剧烈的天灾人祸导致人口急剧减少,史书称灵帝、献帝之世“京室为墟,海内萧条”[③];子书称“以及今日,名都空而不居,百里绝而无民者,不可胜数”[④],“今王室大坏,九州幅裂,乱靡有定,生民无几”[⑤];其他如曹操《军谯令》云:“吾起义兵,为天下除暴乱。旧土人民,死丧略尽,国中终日行,不见所识,使吾凄怆伤怀。”今本《中论》二十篇中有一篇为《民

---

① 《后汉书·文苑·刘梁传》,中华书局1965年版。

② 徐幹同时或稍后,亦有抨击以交游趋利求名者,如济阴定陶(今属山东)人董昭在魏太和四年上疏陈末流之弊曰:“窃见当今年少,不复以学问为本,专更以交游为业,国士不以孝悌清修为官,乃以趋势游利为业,合党连群,互相褒叹……”徐幹稍后的桓范在《世要论·辨能》亦不满“听声用名者众,察实审能者寡”,“或委任下吏,听浮游之誉,或受其戚党贵势之托,其整顿传舍,待望迎宾,听其请谒,供其私求”的社会风气。与徐幹为异时同声,但抨击之酣畅则远逊徐幹。徐幹同时期人王昶在《诫子书》称赞徐幹云:“北海徐伟长不治名高,不求苟得,澹然自守,唯道是务……吾敬之重之,愿儿子师之。”并批评浮华朋党之风说:“人若不笃于至行,而背本逐末,以陷浮华焉,以成朋党焉。浮华则有虚伪之累,朋党则有彼此之患。”其立场与徐幹类似。

③ 三国吴薛莹《后汉记·灵帝纪赞论》,周天游《八家后汉书辑注》,上海古籍出版社1986年版,第290页。

④ 仲长统《昌言·理乱》,载《后汉书·仲长统传》,中华书局1965年版。

⑤ 应劭《风俗通义·序》,天津古籍出版社1980年版。

数》，当为有感于人口急剧减少的悲惨现实而作。徐幹指出，准确掌握人口数字是治国的前提和根本："治平在庶功兴，庶功兴在事役均，事役均在民数周，民数周为国之本也。"而后从土地分配、赋税、徭役等方面论述审民数的重要意义，并指责乱君为政，疏于审民数等种种弊病。有论者指出《中论·民数》，"是中国历史上第一篇专论人口问题的著作，尽管篇幅不长，内容比较简略，但在中国人口思想史上仍有其不容忽视的地位"。[①]"在徐幹以前的许多思想家和政治家谈到人口问题时，大都在谈论政治、经济和其他问题时附带涉及，而徐幹在他的《中论》中却有专门一篇《民数》论述人口，这是前所未有的。"[②]

徐幹对周代儒家，孔子之外，特推崇荀子，其《审大臣》云："昔荀卿生于战国之际，而有睿哲之才，祖述尧、舜，宪章之武，宗师仲尼，明拨乱之道。"故《中论》屡引述荀况言论。《中论》文风受《荀子》的影响较重[③]，文中大量运用对比，君子与俗士、君子与小人，有道之君与无道之君，等等。有些篇章长于将对比和比喻融合在一起，富于形象性，如《亡国》篇写统治者不同的所作所为招致的不同后果：

> 故人君苟修其道义，昭其德音，慎其威仪，审其教令，刑无颇僻，狱无放残，仁爱普殷，惠泽流播，百官乐职，万民得所。则贤者仰之如天地，爱之如亲戚，乐之如埙篪，歆之如兰芳，故其归我也，犹决壅道滞注之大壑，何不至之有乎？苟粗秽暴

① 吴申元《两汉至唐的人口思想初探》，载《复旦学报》1982年第2期。

② 张敏如《中国人口思想简史》，中国人民大学出版社1982年版，第89页。

③ 徐仁甫先生云："伟长法荀卿为文，缛而不繁，徐而不迫，雍容静穆，蔼然儒者之度。盖入而能出者，故虽有摹拟，不可得而寻其迹，斯善撷属文采者矣。"徐湘霖《中论校注》附录，巴蜀书社2006年版，第327页。

虐，馨香不登，谗邪在侧，佞媚充朝，杀戮不辜，刑罚滥害，宫室崇侈，妻妾无度，撞钟舞女，淫乐日纵，赋税繁多，财力匮竭，百姓冻饿，死莩盈野，矜己自得，谏者被诛，内外震骇，远近怨悲。则贤者之视我容貌也如魍魉，台殿也如狴犴，采服也如衰绖，弦歌也如号哭，酒醴也如滫涤，肴馔也如粪土。从事举错，每无一善。彼之恶我也如是，其肯至哉？

对比鲜明且比喻叠出，作者的是非观念与感情倾向得以毫不掩饰地倾吐出来，并能给读者留下深刻的印象。

相对于东汉中后期以来诸如王符的《潜夫论》，尤其是建安年间仲长统的《昌言》，徐幹《中论》的文风典雅有余，而情韵欠足。大体言之，作者的创作状态比较理性、冷静，近乎温文尔雅，异于王符、尤其是仲长统在行文中随处流露浓重的愤激之情。这种状况，与他们各自的个性特点有关，也与他们对东汉中后期以来盛行的社会批判思潮的认同或追趋的程度有关。《中论》语言风格比较整练，作者喜欢运用大致整齐的排偶句式，且用法多样化，如“于是乎闿张以致之，因来以进之，审谕以明之，杂称以广之，立准以正之，疏烦以理之，疾而勿迫，徐而勿使，杂而勿结，欲其自得之也。……昔仓梧丙娶妻美，而以与其兄，欲以为让也，则不如无让焉；尾生与妇人期于水边，水暴至，不去而死，欲以为信也，则不如无信焉；叶公之党，其父攘羊，而学证之，欲以为直也，则不如无直也；陈仲之不食母兄之食，出居于陵，欲以为洁也，则不如无洁也；宗鲁受齐豹之谋，死孟絷之难，欲以为义也，则不如无义焉”。（《贵言》）类似大量运用排偶句式的情况，在《中论》二十篇中随处可见。排偶句趋多，句式趋整，是两汉子书发展中的一个趋势，从刘安《淮南子》、桓宽《盐铁论》到王充《论衡》、王符《潜夫论》皆如此，到东晋葛洪《抱朴子》臻于高峰，徐幹《中论》是此趋势中的一部过渡作品。

受《荀子》文风的影响，尤其是受东汉日益浓重的骈俪文风的影响，《中论》大量运用排偶句，刘师培《论文杂记》称汉魏之际骈俪文风的加剧发展云："建安之世，七子继兴，偶有撰著，悉以排偶易单行，即非有韵之文，亦用偶文之体。"《中论》是此文风中的样本。徐幹往往灵活多样地变换排偶句式，如：

君子者，无尺土之封，而万民尊之；无刑罚之威，而万民畏之；无羽籥之乐，而万民乐之；无爵禄之赏，而万民怀之。（《法象》）

人性之所简也，存乎幽微；人情之所忽也，存乎孤独。夫幽微者，显之原也；孤独者，见之端也。胡可简也，胡可忽也。（同上）

昔晋惠公以慢端而无嗣，文公以肃命而兴国；郤犨以傲享征亡，冀缺以敬妻受服；子围以大明绍乱，薳罷以既醉保禄；良霄以敦奔丧家，子展以草虫昌族。（同上）

君子之治之也，先务其本，故建德而怨寡；小人之治之也，先近其末，故功废而仇多。孔子之制《春秋》也，详内而略外，急己而宽人，故于鲁也小恶必书，于众国也大恶始笔。夫见人而不自见者谓之矇，闻人而不自闻者谓之聩，虑人而不自虑者谓之瞀。故明莫大乎自见，听莫大乎自闻，睿莫大乎自虑。（《修本》）

故君子不恤年之将衰，而忧志之有倦，不寝道焉，不宿义焉。言而不行，斯寝道矣；行而不时，斯宿义矣。夫行异乎言，言之错也，无周于智；言异乎行，行之错也，有伤于仁。（同上）

琴瑟鸣，不为无听而失其调；仁义行，不为无人而减其道。故弦绝而宫商亡，身死而仁义废……夫路不险，则无以知马之良；任不重，则无以知人之德。君子自强其所重，以取福；小人日安其所轻，以取祸。（《修本》）

故夫才敏过人，未足贵也；博辩过人，未足贵也；勇决过

人，未足贵也。（《虚道》）

谤之为名也，逃之而愈至，距之而愈来，讼之而愈多。明乎此，则君子不足为也；闇乎此，则小人不足道也。帝舜屡省，禹拜昌言，明乎此者也；厉王蒙戮，吴起刺之，堕乎此者也。（《贵验》）

是以君子将与人语大本之源，而谈性义之极者，必先度其心志，本其器量，视其税气，察其堕衰。然后唱焉以观其和，导焉以观其随。随和之征发乎音声，形乎视听，著乎颜色，动乎身体，然后可以发幽而步远，功察而治微……（《贵言》）

爵禄之贱也，由处之者不宜也，贱其人斯贱其位矣；其贵也，由处之者宜之也，贵其人斯贵其位矣。（《爵禄》）

大道远数者，为仁足以覆帱群生，惠足以抚养百姓，明足以照见四方，智足以统理万物，权足以变应无端，义足以阜生财用，威足以禁遏奸非，武足以平定祸乱。详于听受，而审于官人；达于兴废之原，通于安危之分，如此则君道毕矣。（《务本》）

今使人君视如离娄，聪如师旷，御如王良，射如夷羿，书如史籒，计如隶首，走追驷马，力折门键。有此六者，可谓善于有司之职矣，何益于治乎？无此六者，可谓乏于有司之职矣，何增于乱乎？（《务本》）

昔桀奔南巢，纣踣于京，厉流于彘，幽灭于戏。当是时也，三后之典尚在，良谋之臣犹存也。下及春秋之世，楚有伍举、左史倚相、右尹子革、白公子张，而灵王丧师；卫有太叔仪、公子鱄、蘧伯玉、史鰌，而献公出奔；晋有赵宣子、范武子、太史董狐，而灵公被杀；鲁有子家羁、叔孙婼，而昭公野死；齐有晏平仲、南史氏，而庄公不免弑；虞虢有宫子奇、舟之侨，而二公绝祀。由是观之，苟不用贤，虽有无益也。（《亡国》）

赏罚不可以疏，亦不可以数；数则所及者多，疏则所漏者多。赏罚不可以重，亦不可以轻；赏轻则民不劝，罚轻则民亡惧；赏重则民徼幸，罚重则民无聊。(《赏罚》)

或短句排比，或长句排句；或单句排比，或复句排比，多样化的句式不仅使说理愈益严密、周全，而且致使文章往往具有洋洋洒洒、波澜壮阔的气势。

整体言之，《中论》的抒情性不够浓重，显得理智有余，情韵欠足。但其绝非无情，作者的情感在书中时有所流露，徐幹在这方面较擅长的是大量运用疑问句、诘问名、感叹句来凸显情感色彩，如在议论的转折、停顿处往往出现"哀哉"、"胡之简也，胡可忽也"(《法象》)、"其敢谤之乎"、"信矣哉"、"惑亦甚矣"、"可无慎欤"(《贵验》)、"岂不哀哉"(《核辩》)、"不亦谬乎"(《智行》)、"惑甚矣"(《考伪》)、"嗟乎"(《谴交》)、"惜哉"(《历数》)、"岂不甚矣乎"(《务本》)、"不其然耶，不其然耶"(《务本》)、"何其缪之甚欤"、"岂不哀哉"、"将何益欤"(《亡国》)、"善哉言乎"(《亡国》)、"岂不惜哉"等。

某些片断抒情性还比较强烈，能给读者留下深刻印象，如：

虽然，求之有道，得之有命。舜、禹、孔子可谓求之道矣，舜、禹得之，孔子不得之，可谓有命矣。非惟圣人，贤者亦然……故良农不患疆场之不修，而患风雨之不节；君子不患道德之不建，而患时世之不遇。《诗》曰："驾彼四牡，四牡项项。我瞻四方，蹙蹙靡无骋。"伤道之不遇也。岂一世哉！岂一世哉！(《爵禄》)

至乎怀丈夫之容，而袭奴婢妾之态，……若此之类，言之犹可羞，而行之者不知耻。嗟乎！王教之败，乃至于斯乎？(《谴交》)

故人君多技艺，好小智，而不通于大道者，适足以距谏者之说，而钳忠直之口也，祇足以追亡国之迹，而背安家之轨也。

不其然耶，不其然耶！（《务本》）

王昶《诫子》称徐幹："其有所是非，则托古人以见意，当时无所褒贬。""托古人以见意"是徐幹《中论》写作上的一个特色，全书引述古人古事上百人次，而于古齐国的人事引述最为频繁，这大抵与作者生于齐，长于齐，对齐国人物事件比他国更熟悉有关。其次是齐之近邻鲁，《中论》中引述的鲁国人物事件也显然多于他国。其引述齐国人事，对姜子牙、管仲、鲍叔、齐桓公再三致意，且字里行间流露自豪，如《爵禄》篇为证明爵禄的重要性，引齐姜太公事云：

> 太公亮武王克商宁乱，王封之爽鸠氏之墟，东至于海，西至于河，南至于穆陵，北至于无棣，五侯九伯，汝实征之，世祚太师，抚宁东夏。当此之时，孰谓富贵不为荣宠者乎？自时厥后，文武之教衰，黜陟之道废，诸侯僭恣，大夫世位，爵人不以德，禄人不以功，窃国而贵者有之，窃地而富者有之，奸邪得愿，仁贤失志，于是则以富贵相诟病矣。

徐幹对古人掌故的引述，多依据《左传》、《史记》、《汉书》等典籍的记载，不为增饰，更不作虚构，显示了谨重求实的学术态度；因此，《中论》未像某些子书一样，借助神话传说或寓言故事以说理论政，这在一定程度上影响了它的文学性的拓展。

## 三、激情洋溢：仲长统《昌言》

仲长统（180—220），字公理，山阳高平（今山东邹城市西）人。《后汉书》有传，称其年少好学，擅长文辞。献帝建安中，游学青、徐、并、冀之间，与之交游者多异之，并州刺史高幹干善遇之，询以当世之事，统直言幹"有雄志而无雄才，好士而不能择人"。后来，高幹为曹操所破，并、冀之士以此重统。统性倜傥，敢直言，不拘小节，默语无常，时人或谓之狂生。每州郡命召，辄称疾不就。尚书令荀彧闻其名，召至许昌，举为尚书郎，后参丞相曹操军事。建安二十五年卒。

仲长统颇推崇崔寔《政论》，说："凡为人主，宜写一通，置之坐侧。"他每论说古今及时俗行事，恒发愤叹息，因著《昌言》，凡三十四篇，十余万言。《昌言》之"昌"，《后汉书·仲长统传》注曰："昌，当也。"又《尚书·皋陶谟》"禹拜昌言"，孔颖达疏："昌，当也。禹乃拜受其当理之言。"由此可知，昌言即当理直言。友人缪袭称其才学文章足继西汉董（仲舒）、贾（谊）、刘（向）、扬（雄）。《昌言》原编为十二卷，后散佚，其佚文，严可均《全后汉文》辑为两卷，《理乱》、《损益》、《法诫》三篇辑自《后汉书·仲长统传》，其余无篇名者数十条辑自《群书治要》、《意林》、《抱朴子·内篇》、《齐民要术》、《文选》注、《太平御览》等书。

对社会治乱问题的探讨是《昌言》的重要内容，仲长统认为，社会治乱的根本原因在人不在天。针对神学化的"天道"观念、谶纬附会以及各种世俗迷信，仲长统明确提出"人事为本，天道为末"，指责"信天道而背人事"的统治者是"昏乱迷惑之主，覆国亡家之臣"；并说："昔高祖诛秦、项而陟天子之位，光武讨篡臣而复已亡之汉，皆受命之圣主也。萧、曹、丙、魏、平、勃、霍光之等，夷诸吕，尊大宗，废昌邑而立孝宣，经纬国家，镇安社稷，一代名臣也。二主数子之所以威震四海、布德生民、建功立业、流名百世者，唯人事之尽耳，无天道之学焉。"指出刘邦、刘秀二位"受命之圣主"以及萧何、曹参等安邦治国名臣之所以成功扬名，唯在尽人事，而与所谓"天道"无关。反之，如果统治者不"尽人事"，政治黑暗腐败，"所官者，非亲属则宠幸也；所爱者，非美色则佞巧也，以同异为善恶，以喜怒为赏罚，取乎丽女，怠乎万机，黎民冤枉，庶类残贼"，无论他如何虔诚于"天道"，迷信于鬼神，"犹无益于败亡也"。仲长统还探讨了治乱变化的规律。纵观历史上各个王朝的兴亡盛衰，他认为都经历了“乱世——治世——再乱世”的治乱循环。各个王朝的开国之君，在乱世的斗智角力中力挫群雄而登基，可谓尽人事而非天命，故得以由乱而治，社会走向稳定。但在稳定中逐渐滋生着腐败，社会又由治而乱：

彼后嗣之愚主，见天下莫敢与之违，自谓若天地之不可亡也，乃奔其私嗜，骋其邪欲，君臣宣淫，上下同恶，目极角觝之观，耳穷郑卫之声，入则耽于妇人而不反，出则驰于田猎而不还，荒废庶政，弃亡人物，澶漫弥流，无所底极，信任亲爱者，尽佞谄容说之人也；宠贵隆丰者，尽后妃姬妾之家也。使饿狼守庖厨，饥虎牧牢豚，遂至熬天下之脂膏，斫生人之骨髓，怨毒无聊，祸乱并起，中国扰攘，四夷侵叛，土崩瓦解，一朝而去。昔之为我哺乳之子孙者，今尽是我饮血之寇仇也。至于运徙势去，犹不觉悟者，岂非富贵生不仁，沉溺致愚疾邪？存亡以之迭代，政乱从此周复，天道常然之大数也。又政之为理者，取一切而已，非能斟酌贤愚之分，以开盛衰之数也。日不如古，弥以远甚，岂不然邪？

说明社会的动乱是由统治者的骄奢淫逸、贪婪暴虐造成的，并非天意。继而批判了汉代社会的黑暗腐败，矛头直指末世君主的罪恶；最后叙述东周至汉末“乱世长而化世短”的乱世演变史：

昔春秋之时，周氏之乱世也。逮乎战国，则又甚矣。秦政乘并兼之势，放虎狼之心，屠裂天下，吞食生人，暴虐不已，以招楚、汉用兵之苦，甚于战国之时也。汉二百年而遭王莽之乱，计其残夷灭亡之数，又复倍于秦、项矣。以及今日，名都空而不居，百里绝而无民者，不可胜数，此则又甚于亡新之时也。悲夫！不及五百年，大难三起，中间之乱尚不数焉。变而弥猜，下而加酷，推此以往，可及于尽矣！嗟夫！不知来世圣人救此之道将何用也？又不知天若穷此之数欲何至邪？

对于乱世灾难的愈演愈烈，作者发了沉重的悲叹，也很迷茫、疑惑、无奈。经历汉末大动乱，目睹“名都空而不居，百里绝而无民”的惨状，对未来之历史表现出悲观失望，这是完全可以理解的，而作者对五百年历史发展趋势之负面现象的概括性分析，视野宏阔，深度是空前的。

与东汉后期王符《潜夫论》、崔寔《政论》一样，仲长统《昌言》是一部愤世嫉俗之作，由于他所处的时代愈益崩坏，他的思想中道家的成分愈益浓重，异端精神愈益突出（有诗云：“判散五经，灭弃风雅，百家杂碎，请用从火”），又由于他“性俶傥，好直言”的个性特征以及对“英辞雨集，妙句云来”的认同，比之王、崔，仲长统文感慨愈深，而又爽利明快，有声有色，前面节引文字皆可为例证，在此方面，东汉的大部头著作罕有可匹者。故清人何焯称其“慷慨激昂，挟有悍气。此为乱世之文”（《义门读书记》卷二十二）。又，严可均《全后汉文》卷八十八《昌言》“谨案”：“闿陈善道，指诃时弊，剀切之忱，踔厉震荡之气，有不容摩灭者。”刘熙载《艺概·文概》说：“《昌言》俊发，略近贾长沙。”钱钟书说仲长统“笔致骏发腾踔，在桓宽、王符之上”。①

清初思想家王夫之对仲长统有较高的评价，他将仲长统的《昌言》与同时期荀悦的《申鉴》进行了对比，认为二人同处乱世，著书以矫汉末之失，而统胜于悦，云：

> 荀悦、仲长统立言于纷乱之世，以测治理，皆矫汉末之失也，而统为愈。悦之言专以绳下，而操之已亟，申、韩之术也，曹操终用之以成乎严迫之政，而国随亡。统则专责于上，而戒慆淫以清政教之原，故曰统为愈也。
>
> 悦之言曰：“教化之废，推中人而坠于小人之域，教化之

① 《管锥篇》，中华书局1979年版，第1031页。

> 行，引中人而纳于君子之途。”是也。顾其所云正俗者，听言责事，举名察实，则固防天下之胥为小人而督之也。故曰申、韩之术也。统切切焉以奔私嗜、骋邪欲、宣淫同恶为戒，诚戒此矣，越轨改制之俗，上无与倡，而下恶淫荡哉？汉之亡也，积顺、桓、灵帝三君之不道，而天下相效以相怨，非法制督责之所可救，而悦何仅责之于末也！①

仲长统之所以胜于荀悦，在于他指出汉之灭亡的根源在于桓、灵诸帝的骄奢淫逸引发的上行下效，世风大坏，从而揭示了乱自上作的道理，同时告诉人们一个王朝要摆脱覆灭的命运，须正本清源。而荀悦则主要从如何驭下的角度矫汉末政治之失，是离本而责之末也。概言之，二人的区别在一专责上，一专绳下，责上为本，绳下为末，正本胜于责末。这种见解大体上指出二人的差异与优劣，其眼光之敏锐，是值得称道的。

仲长统认为做帝王要有做帝王的才智：“一国之君，才足以君一国者，天下之王，才足以王天下者。”汉代帝王多无德无才之辈，《昌言》抨击汉代君主措施失准，外戚、宦官得以专权，“权移外戚之家，宠被近习之竖”，“漏神明于媟近，输权重于妇党，算十世而为之八九焉，不此之罪而彼之疑，何其诡邪？”“汉兴以来，皆引母妻之党为上将，谓之辅政，而所赖以治理者甚少，而所坐以危乱者甚众。”在他笔下，有“文景之治”之誉的汉文帝、汉景帝的弊病也不为隐讳，而批判尤严厉的是汉元帝、桓帝、灵帝在用人上的昏庸腐朽，祸国殃民：“后暨孝元，常抱病而好于音乐，悉以枢机委之石显，则昏迷雾乱之政起，而仇忠害正之祸成矣……孝桓皇帝起自蠡吾，而登至尊，侯览、张让之等以乱承乱，政令多门，权利并作，迷荒帝王，浊乱海内……灵皇帝登自解犊，以继孝桓，中常侍曹节、侯览等，造为

① 《读通鉴论》卷九，中华书局 2002 年版，第 251 页。

维纲，帝终不寤，宠之日隆，唯其所言，无求不得。凡贪淫放纵，僭凌横恣，扰乱内外，螫噬民化，隆自顺、桓之时，盛极孝灵之世，前后五十余年，天下亦何缘得不破坏邪？”

他还大力抨击当代皇帝在生活上的骄奢淫逸：“今为宫室者，崇台数十层，长阶十百仞，延袤临浮云，上树九丈旗，珠玉翡翠以为饰，连帏为城，构帐为宫。起台榭则高数十尺，鞶带加珠玉之物，木土被绨绵之饰。不见夫之女子，成市于宫中；未曾御之妇人，生幽于山陵。”

一部《昌言》充满批判的声音，除矛头指向皇帝、外戚、宦官外，仲长统对衰世之不良士风及社会恶习满怀义愤，予以鞭挞，他指出：

> 天下士有三俗：选士而论族姓阀阅，一俗；交游趋富贵之门，二俗；畏服不接于尊贵，三俗。天下士有三可贱：慕名而不知实，一可贱也；不敢正是非于富贵，二可贱；向盛背衰，三可贱。
>
> 天下学士有三奸焉：实不知，详(佯)不言，一也；窃他人之记，以成已说，二也；受无名者，移知者，三也。
>
> 今嫁娶之会，捶杖以督其戏谑，酒醴以趣之情欲，宣淫佚于广众之中，显阴私于族亲之间，污风诡俗，生淫长奸，莫此之甚，不可不断者也。

仲长统强烈反对严刑峻法，指出：“昔秦用商君之法，张弥天之网，然陈涉大呼于沛泽之中，天下响应。人不为用者，怨毒结于天下他。”主张治国之常道，德教为主，乃“人君之常任也”，“而刑罚为佐助焉”。但在政治衰乱，社会秩序大坏，面临改朝换代的特殊时期，德教不合时宜，则非征战、刑罚不能变革之，仲长统指出：“至于革命之期运，非征伐用兵，则不能定其业，奸宄之成群，非严刑峻法，则不能破其党。时势不同，所用之数亦宜异也……常道行于百世，权宜用于一时。”行德教的循吏与尚峻法的酷吏，咸得时宜，方逞其效；否则，适得其反：“任循吏于大乱之会，必有恃恩之败；用酷吏于清治之世，必有杀良民之残，此其大数也。”这种因时权变的政治思想显然吸收了综合了法家的学说。章太炎先生《訄书》曾云：“东京之衰，刑赏无章也。儒不可任，而发愤者变之以法家，王符之为《潜夫论》也，仲长统之造《昌言》也，崔寔之述《政论》也，皆辨章功实，而深嫉淫靡，比于‘五蠹’；又恶夫以宽舒之政，治衰敝之俗。《昌言》最恢广。”[①]章氏高度评价仲长统，正是从此角度立论的。

仲长统对传统孝道的理解，异于世俗之人。他崇尚作为人伦秩序基础的孝道，但并不认可无是非原则的孝道，他心目中的孝道，是具有明确的原则性的：“父母怨咎人，不以正，已审其不然，可违而不报也；父母欲与人以官位爵禄，而才实不可，可违而不从也；父母欲为奢泰侈靡，以适心快意，可违而不许也；父母不好学问，疾子孙之为之，可违而学也；父母不好善士，恶子孙交之，可违而友也；士友有患，故待己而济，父母不欲其行，可违而往也。故不可违而违，非孝也；可违而不违，亦非孝也。好不违，非孝也；好违，亦非孝也。其得义而已也。”父母亲的观念、行为不正确，做儿子不可顺之，而要违之，这是真正的孝道，为“得义（宜）”之举。在当时能发如此异俗超拔之语，是难能可贵的。

东汉后期，政体失序，民心混乱，士林中人物，出现较多不近情理的现象，仲长统对此表示了不满，并就形成原因加以具体的剖析，还设想纠正措施：

> 在位之人，有乘柴马弊车者矣，有食菽藿者矣，有亲饮食之蒸烹者矣，有过客不敢沽酒市脯者矣，有妻子不到官舍者

---

① 朱维铮编校《章太炎全集》(三)，上海人民出版社 1984 年版，第 144 页。

矣，有还奉禄者矣，有辞爵赏矣，莫不称述以为清劭。非不清劭，而不可以言中也。好节之士，有遇君子而不食其食矣，有妻子冻馁而不纳善人之施者矣，有茅茨蒿屏而上漏下湿矣，有穷居僻处而不可得见者矣，莫不叹美以为高洁。此言不高洁，而不可以言中也。

夫世之所以高此者，亦有由然。先古之制休废，时王之政不平，直正不行，诈伪独售，于是世俗同共知节义之难复持也，乃舍正从邪，背道而驰奸，彼独能介然不为，故见贵也。

如使王度昭明，禄除从古，服章不中法则诘之以典制，货财不及礼则问之以志故，向所称以清劭者，将何以矫哉！向所叹高洁者，将以何厉哉！故人主能使违时诡俗之行，无所复剀摩，困苦难为之约无所复激切，步骤乎平夷之涂，偃息乎大中之居，人享其宜，物安其所，然后足以称贤盛之王公，中和之君子矣。

这样的视角，方之同时期子书，疏于徐幹《中论》而近于应劭《风俗通义》。《中论》之《谴交》、《考伪》诸篇，重在抨击游士交援权门、求荣逐利，以及俗儒的欺世盗名，此类游士、俗儒一般来说有很强的名利欲望，社会舆论一般也不把他们看作清高之士。而仲长统在这节文字关注的，则是汉末社会中与官场名利保持距离、或行为狷介怪异的人物类型，他连用十二个“有”字，胪述其种种异于常情的行径，并指出世俗舆论称此类型人物为“清劭”、“高洁”的原因，在于这类人能与“舍正从邪，背道而驰奸”的世风保持距离：“彼独能介然不为，故见贵也。”①值得注意的是，仲长统并未追随或附和世俗舆论，而指责此类人物的种种行为“不可以言中也”，即不符合无过与不及的中正之道，属于“违时诡俗之行”，并建议统治者依据典

① 《后汉书》设《独行列传》专述此类人物，可见其已进入史家视野。

志对其行为加以抑制，使之“步骤乎平夷之涂，偃息乎大中之居”。此所谓“平夷之涂”“大中之居”，即中正之道、中正之域。① 就学理而言，此主张与徐幹《中论》所谓“君子之辩也，欲以明大道之中也”(《核辩》)类似，皆为儒家先师孔孟之“中庸”观的继承。同时期的应劭《风俗通义》也持此种观念，书中《愆礼》篇对违背正常人情的狷介人物持否定态度，如关于郝子廉的故事：

太原郝子廉，饥不得食，寒不得衣，一介不取诸人。曾过姊饭，留十五钱，默置席下去。每行饮水，常投一钱井中。

谨按……孔子食于施氏，未尝不饱，何有同生之家而顾钱者哉！伤恩薄礼，弊之至也。孟轲讥仲子吐鶂鶂之羹而食井上之苦李，鲍焦耕田而食，穿井而饮，非妻所织不衣，饿于山中食枣。或问：“此枣子所种耶？”遂呕吐立枯而死。世不乏异，惟其似旃。

又，关于汝南袁夏甫的故事：

公车征士汝南袁夏甫，少举孝廉，为司徒掾，人间之事，无所关也。其后闭户塞牖，不见宾客，清旦东向再拜朝其母。母念，时往就之，子亦不得见，复逾拜耳。夫不著巾，身无单衣，足常木跻，食止壇菜。云：“我无益家事。”莫之能强，及母终亡，不列服位。

谨按《孝经》：“生事爱敬，死事哀戚。”一家之中，谕若异域，下床阖拜，远于爱敬者矣。祖载鄘遂，又不能送，远于哀戚者矣。巾所以饰首，衣所以蔽形，此乃士君子所以自别于夷狄者也。唯丧者、讼者露首草舍，馀曷有哉！长沮、丈人避世之

① 仲长统晚期有隐逸之思。但早期重于用世，故对所谓清劭高洁之士表示不满，除此处外，又如《文选》曹植《与杨德祖书》李善注引仲长统《昌言》云：“清如冰碧，洁如霜露，轻贱世俗，高立独步，此士之次也。”

士，由讯子路，杀鸡黍见其子焉。何有藏一室中，不出户庭，以此为高，斯亦婞婞。

其态度与仲长统颇相似。所异者，一为概括现象，一为举例批驳而已。就对这类人物种种“违时诡俗之行”胪列的覆盖面而言，仲长统则显然胜于应劭。

《昌言》涉及官吏俸禄与其为政是否清廉的关系，仲长统提出厚禄养廉的主张，他说：

彼君子居位，为士民之长，固宜重肉累帛，朱轮四马，今反谓薄屋者为高，藿食者为清，既失天地之性，又开虚伪之名，使小智居大位，庶绩不咸熙，未必不由此也。得拘洁而失才能，非立功之实也；以廉举而以贪去，非士君子之志也。夫选用必取善士，善士富者少而贫者多，禄不足以供养，安能不少营私门乎？从而罪之，是设机置阱以待天下之君也。

官员为政清廉与否，取决于很多因素，有个人品德、素质等主观因素，也有官场体制、社会风气等客观因素，说起来是一个相当复杂的问题。仲长统这里重点从禄不足以供养则生贪的角度谈此问题，无疑是片面的。但不可否认，其中也包含着部分真实。汉魏之际子书罕有涉及此问题的，《昌言》及之，应该说是有意义的。从学术渊源上看，《墨子·尚贤》提出国君招揽贤才，“必且富之，贵之，敬之，誉之，然后国之良士，亦将可得而众也”。墨翟与仲长统里籍毗邻，仲长统的主张与之较为接近，似乎不能排除受其影响的可能性。

《昌言》还涉及养生与神仙道教之事，可见仲长统的学术视野相当开阔，如：“行气可以不饥不病，吾始者未之信也，至于为之者尽乃然矣。养性之方，若此至约，而吾未之能也，岂不以心驰于世务，思锐于人事哉！他人之不能者，又必与吾同此疾也。”“河南密县有卜成者，学道经久，乃与家人辞去，其始步稍高，遂入云中不复见。此所谓举形轻飞，白日升天，仙之上者也。”

与徐幹《中论》相比，仲长统《昌言》的思想内容较为驳杂，其综合性、包容性较为鲜明，故《隋书·经籍志》等书将其归于子部杂家，相沿至今。

《昌言》还涉及对人物才性之弱点的辨析：

> 人之性，有山峙渊停者，患在不通；严刚贬绝在，患在伤士；广大阔荡者，患在无检；和顺恭慎者，患在少断；端悫清洁者，患在拘狭；辩通有辞者，患在多言；安舒沈重者，患在后时；好古守经者，患在不变；勇毅果敢者，患在险害。

这种辨析与仲长统稍后刘劭所撰《人物志·体别》近似。《人物志》撰于刘劭晚期的魏正始年间，比《昌言》的撰作大约迟二十多年，其有关论述很有可能受到《昌言》启发或影响。《隋书·经籍志》将《人物志》归于子部名家类，由此而推，《昌言》也有一些名家思想的因子。

比之徐幹《中论》，仲长统《昌言》语言的骈俪化程度要轻微一些，但他毕竟生活在一个骈俪文风急剧发展的时代，故为文不可能不受时代风气的浸染，笔下大致整齐对偶的语句段落亦随处可见，如写豪门之家的富贵奢靡：

> 豪人之室，连栋数百，膏田满野，奴婢千群，徒附万计。船东贾贩，周于四方；废居积贮，满于都城。琦赂宝货，巨室不能容；马牛羊豕，山谷不能受。妖童美妾，填乎绮室；倡讴妓乐，列乎深堂。宾客待见而不敢去，车骑交错而不敢进。三牲之肉，臭不可食；清醇之酎，败不可饮。睇盼则人从其目之所视，喜怒则人随其心之所虑。

单句对偶与复句对偶交互出现，错落有致。还有更长的复句对偶，如：

> 和神气，惩思虑，避风湿，节饮食，适嗜欲，此寿考之施，不

幸而有疾，则针石汤药之所去也。肃礼容，居中正，康道德，履仁义，敬天地，恪宗庙，此吉祥之术也，不幸而有灾，则克己责躬之所复也。

此皆有意为之，显示了作者骈俪化追趋之意识的自觉。

《昌言》残存佚文，多不成段落，今人无法从整体上理解其义。但这些残存佚文中，或有简练精妙者，类似箴言，如："同于我者，何必可爱；异于我者，何必可憎"，"附者不党，疏者不遗"，"鲍鱼之肆，不自以气为臭；四夷之人，不自以食为异，生习然也"，"故裁国之无利器，犹镂于铅刀，而望其切，不亦疏乎"，"负我者，我又加厚焉；疑我者，我又加信焉"，"难必相恤，利必相及"，"盖食鱼鳖而薮泽之形可见，观草木而肥垸之势可知"，等等，洋溢着人生的经验与智慧，读来能给人留下深刻的印象。

## 四、任嘏《道论》与其他齐鲁文士的子书撰作

任嘏，字昭先，乐安博昌（今山东博兴南）人，仕魏，历任东郡、赵郡、河东太守。王昶《戒子书》称："乐安任昭先，淳粹履道，内敏外恕，推逊恭让，处不避洿，怯而义勇，在朝忘身。吾友之善之，愿儿子遵之。"对任嘏为人品格评价颇高。嘏著书三十八篇，凡四万余言①，《隋书·经籍志》著录此书，名曰《任子道论》，归于道家，十卷；后世或称其为《任子》。此书已佚，清人马国翰《玉函山房辑佚书》据《意林》、《太平御览》等书辑得残文近三十条。多似精妙的格言警句，如：

学所以治己，教所以治人。不勤学则无以为智，不勤教则无以为仁。

① 《三国志》卷二十七《王昶传》注引《任嘏别传》，中华书局1959年版。

一人之智，不如众人之愚；一目之察，不如众目之明。

生于治，长于治，知世之所以治者，君子也。生于乱，长于乱，知世之所以乱者，君子也。若不知治乱之所因者，凡民也。

道德之怀民，犹春阳之柔物也，履深冰而不寒，结木条而不折。

天之圆也不中规，地之方也不中矩。山必有阜，河必有曲。江汉东流，必有迴复。

直木无阴，直士无徒，是以贤人直士，常不容于世。

登泰山见天下之大，不察细微者，视远故也；处高位知人主之贵，不恤卑贱者，意满故也。

水可干而不可夺湿，火可灭而不可夺热，金可柔而不可夺重，石可破而不可夺坚。

神龙不处网罟之水，凤凰不翔罻罗之乡。贤人不入危国，智者不辅乱君。

一真起而万伪动，一利立而万诈生。

夫贤人者，至德以为己心，行道以为己任，处则不求私名，仕则不求私宠，不为其身，不阿其君，积礼义于朝，播仁风于民。

凤为羽族之美，麟为毛类之俊，龟龙为介虫之长，梗楠为众材之最，是物之贵也。

日月为天下眼目，人不知德；山川为天下衣食，人不能谢。

火佚焚家，家不罪火；食过伤人，人不罪食。

洋溢着生活的经验与智慧，文辞雅淡隽永，刘咸炘称其"无愧于《淮南》"。[①] 按刘安主撰《淮南子》的《说山训》和《说林训》，计有四百多

---

① 《刘咸炘学术论集》(子学编)，广西师范大学出版社 2006 年版，第 461 页。

则格言，其中不乏精言妙语，如"兰生幽谷，不为莫服而不芳；舟在江海，不为莫乘而不浮；君子行义，不为莫知而止休"，"走不以手，缚手走不能疾；飞不以尾，屈尾飞不能远"（《说山训》）；"圣人之于道，犹葵之于日也，虽不能与终始哉，其向之诚也"，"百梅足以为百人酸，一梅不足以为一人和"，"凡用人之道，若以燧取水，疏之则弗得，数之则弗中，正在疏数之间"（《说林训》），任嘏《任子道论》与之风神相似，刘咸炘以无愧评之，甚当。在汉魏之际子书中，这方面的特色，以任嘏为最。

王肃（195—256），字子雍，东海郯（今山东郯城）人。王朗子。仕魏，历任散骑黄门侍郎、散骑常侍、秘书监、广平太守、议郎、任中、太常、中领军等职。肃为著名经学家，精于贾逵、马融之学，而不喜郑玄之学。勤于著述，当时罕有可比。

《隋书·经籍志》子部儒家类著录有王肃《王子正论》十卷，已佚。清人马国翰《玉函山房辑佚书》辑得其佚文一卷，主要辑自陈寿《三国志·王肃传》及杜佑《通典》。马氏序云："《王子正论》一卷，魏王肃撰。隋唐《志》俱载十卷，入儒家类，今佚。考《晋书·礼志》引王景侯之论，《三国志》肃本传载其对帝及司马宣王语，当从本书采取。又《通典》引王肃议及诸答问，《太平御览》引王肃议理，虽不显标书目，要是佚说之散见者，并据辑录。其说于礼制加详，多所驳纠，盖在当日欲与郑氏角胜，拔帜自成一队，抗颜高论一足名家矣。"①

王肃的"抗颜高论"，较有意义的是以下二则记述：

帝尝问曰："汉桓帝时白马令李云上书言：'帝者，谛也，是帝欲不谛。'当何得不死。"肃对曰："但为言失逆顺之节，原其本意，皆欲尽心，念存补国。且帝者之威，过于雷霆，杀一匹

① 马国翰《玉函山房辑佚书》，广陵书社2005年影印本，第2571页。

夫，无异蝼蚁。宽而宥之，可以示容受切言，广德宇于天下。故臣以为杀之未必为是也。”

帝又问曰：“司马迁以受刑之故，内怀隐切，著《史记》非贬孝武，令人切齿。”对曰：“司马迁记事，不虚美，不隐恶。刘向、扬雄服其善叙事，有良史之才，谓之实录。汉武帝闻其述《史记》，取孝景及己本纪览之，于是大怒，削而投之，于今此两纪有录无书。后遭李陵事遂下迁蚕室，此为隐切在孝武，而不在史迁也。”

魏帝以高高在上的立场，气势凌人的态度，斥责李云、司马迁之非，而为汉桓帝、武帝之残暴行径辩护，“何得不死”，“令人切齿”二问句，其毫无人文情怀的恶劣本质显露无遗。相反，王肃则以直言切谏的勇敢精神，以高度的政治良心和人文情怀，为李云、司马迁做辩护，明确肯定其或为诤臣或为良史的不朽价值，公然指责桓帝、武帝之非，这是难能可贵的。其中关于司马迁和汉武帝之是非的评说，尤能显示王肃思想境界在当时的不同凡响。

王基《新书》五卷，梁代以后已佚。《三国志》卷二十七《徐胡二王传》称徐邈、胡质、王昶、王基四位大臣，为人或清尚弘通，或素业贞粹，或开济识度，或学行坚白，“皆掌统方任，垂称著绩，可谓国之良臣，时之彦士矣”。评价颇高。关于王基学术及著述，本传云：“散骑常侍王肃著诸经传解及论定朝仪，改易郑玄旧说，而基独特玄义，常与抗衡。”可知在汉魏之际郑学与王学之争，王学势头压过郑学的学术背景下，王基是郑学的认同者、维护者，乃至独持郑学之义而与王学抗衡。本传又云：“时曹爽专柄，风化陵迟，基著《时要论》以切世事。”《隋志》所著录的王基《新书》五卷，当包括他以上学术著述及切讽时事等具体内容。① 清人马国翰《玉函山房辑佚

① 姚振宗《隋书经籍志考证》卷二十四云：“案本传称著《时要论》，又王肃论定朝仪，改易郑玄旧说，而基持玄义，常与抗衡，当皆在《新书》中，特散佚已久，无由考见耳。”见《二十五史补编》，中华书局 1958 年版，第 5454 页。

书》据《三国志》本传辑录王基奏议、书牍八篇，编为《王氏新书》一卷，马氏序云："《王氏新书》一卷，魏王基撰……散佚已久。考《魏志》基本传载其谏明帝、答司马景王及料敌策战之言，凡七节，又裴松之注引《司马彪战略》载有论胡烈表降一节，虽多谈兵事，而具有儒术，知皆从本书采取也，并据补录篇序，体格无由尽循其旧，而史称学行坚白，可于此想见矣。"①本人以为《魏志》王基本传所录基之奏议、书牍诸文，原来未必就是《新书》中之内容，马氏乃一家之言，录此存疑。

诸葛恪《诸葛子》五卷，梁代以后亡佚。马国翰《玉函山房辑佚书》据《三国志》卷六十四《诸葛恪传》所录恪之书、论数篇，以及《北堂书钞》、《太平御览》所引，辑为《诸葛子》一卷。其序云："《诸葛子》一卷，诸葛恪撰……佚已久。《北堂书钞》、《太平御览》引三节。考恪传载其与陆逊及弟公安督融二书，又诸大臣谏伐魏，恪著论谕众意一篇，恪无文集，当皆采自本书中。夫恪抱才气而以骄矜致败，陈寿评云：'若躬行所与陆逊及弟融之书，则悔吝不至，何尤祸之有哉？'盖惜其人，未尝不取其言也。论旨以及时为主，语意多从叔父亮《出师表》化出，虽欲必为之辞，而持义近正，众人莫敢复难也，宜哉！"②对诸葛恪文有较深切的理解及较高的评价。但认为史书恪本传所录恪之文，皆采自《诸葛子》一书中，仍属一己之见，事实未必如是，兹录以存疑。《北堂书钞》卷十一引《诸葛子》佚文一条："鼓洪炉以燎毛发，倾五岳以压枯朽。"《太平御览》卷三百五十引《诸葛子》佚文一条："若能力兼三人，身与马如胶漆，手与箭如飞虻，诚宜宠异。"王仁俊《玉函山房辑佚书续编》辑有《诸葛子》佚文一条："纵盗饮酒非剪恶之法，绝缨加赐非防邪之萌。"（《意林》卷

① 《玉函山房辑佚书》，广陵书社 2005 年版，第 2580 页。

② 《玉函山房辑佚书》，广陵书社 2005 年版，第 2821 页。

六）

由此三条佚文大约可以推测，《诸葛子》中的部分内容长于运用比喻、夸张，或兼有格言性质。

孙毓《孙氏成败志》三卷①，梁代以后亡佚。马国翰《王函山房辑佚书》据唐马总《意林》采得二条佚文，又据杜佑《通典》采得毓之《五礼驳》二节为附录，编为《孙氏成败志》一卷。其序云："此书以成败立名，盖欲昭法戒以训世也……又杜佑《通典》引孙毓奏议十余条，兹取其论冠服二条附录，以与成人之义有关也。"马氏将毓之论冠服二条附录于《孙氏成败志》中，似欠妥。今人孙启治、陈建华《古佚书辑本目录》子部儒家类"孙氏成败志一卷"条下针对此考证云："按此书名'成败'者，当指立身与事业之成败而言，与礼家成人之说似无涉，马氏牵合之，非是。"②所言谨慎，兹从。

马总《意林》所引孙毓《孙氏成败志》二条云：

> 水性虽能流，不导则不通；人性虽能智，不教则不达。学犹植也，不学将落。

> 密者，天地之际会，成败之机要。故阴阳不密，则寒暑不能以成岁；栋宇不密，则九层不可以庇身。

前一条旨在劝学，由水性起兴而及人性，强调了学习的重要性。从荀况起，子书之劝学，时有所见，孙毓承之，言简意赅，读来有亲切感。后一条以天地、阴阳、寒暑、栋宇作比，主旨大抵是讲为人处世要周密，勿疏漏，将之强调为成败的关键。二条佚文皆好用比喻，

① 唐陆德明《经典释文》："晋豫州刺史孙毓为《诗评》，评毛、郑、王肃三家同异，朋于王。"又云："毓字休朗，北海平昌人，长沙太守。"杜佑《通典》卷四十八及卷九十三引孙毓礼议皆西晋初咸宁间事。《隋书·经籍志》集部别集类列孙毓于皇甫谧、司马彪之间。由此可知孙毓为西晋前期人，历任豫州刺史、长沙太守。参见《经典释文序录疏证》，中华书局 2008 年版，第 185、186 页。

② 《古佚书辑本目录》，中华书局 1997 年版，第 225 页。

且讲究语句工整对偶,具有汉晋子书的普遍风貌。

## 五、口语化的追趋:贾思勰《齐民要术》

贾思勰《齐民要术》十卷①,九十二篇,近十二万字,它"不仅是我国,也是世界上现存最早、最完整、最全面、最系统的一部农业科学知识集成。它最能反映我国魏晋南北朝时期农业耕种的水平,是我国农业遗产宝库中的一颗璀粲的明珠"。②

《齐民要术》在魏晋南北朝散文发展史上也有不容忽视的价值,其尤引人瞩目的是口语化、通俗化的文风。

我国较早的农家著述,著名者如西汉末的《氾胜之书》、东汉末崔寔《四民月令》,详细记述了百姓在一年各个季节所要进行的生产及其他活动,以农事为主,所用语言通俗本色,比之其他学派,读来颇能给人以浅白如话家常的印象。

---

① 《隋书·经籍志》、《唐书·经籍志》均著录《齐民要术》。原书原刻本署名题为后魏高阳太守贾思勰撰。《魏书》等文献无贾思勰传,故其里籍、事迹无直接材料可证。后人比较一致的看法是贾思勰为北魏齐郡益都人(旧治在今山东寿光),如清代姚振宗《隋书经籍志考证》卷三十一云:"《魏书》有贾思伯,字士休,齐郡益都人;弟思同,字士明。孝明帝时并为侍讲授静帝《杜氏春秋》。思伯谥文贞,思同谥文献,已在魏之季世,当南朝梁武帝天监、普通、大同之时。思勰或与之同时同族,为郡守以后,不仕而农者欤!"《二十五史补编》,中华书局1958年版,第5531页。清嘉庆四年《寿光县志》云:"贾思勰亦元魏人,与思伯、思同亦兄弟行。"《齐民要术》一书较多出现齐郡、齐俗、齐人、青州、西安(今山东青州一带)、广饶等名称及有关农业生产情况的记述,如卷四"种枣"说:"青州有乐氏枣,丰肌细核,多膏肥美,为天下第一。父老相传云:'乐毅破齐时,从燕赍所种也。'齐郡西安、广饶二县所有名枣,即是也。"亦可以证作者为此地人。

② 安作璋、王志民二先生主编《齐鲁文化通史》(魏晋南北朝卷),中华书局2004年版,第669页。

作为同一学派的著述，贾思勰自觉地继承了前代农书朴实自然的文风。缪启愉先生称《齐民要术》“文词表达朴实明爽，摒弃冷词僻语，没有一句转弯抹角，或者意义含糊不白的……行文给人的总的感觉是有一种明白、朴素、直爽、紧凑的风格，娓娓道来，接近口语，如说家常，跟当时的浮靡文风大相径庭”。① 周祖谟先生在《汉语发展的历史》一文中说：“接近口语文字的出现，在书面语的发展上代表了一种新的趋向，是值得我们注意的。比较重要的作品和著作有南北朝的乐府民歌，晋《法显传》，宋刘义庆的《世说新语》，北魏贾思勰的《齐民要术》和一些佛经的译文。”②缪、周二先生将《齐民要术》放在六朝这个骈体文风弥漫的撰作大背景中，显示其迥异于时风的独特价值，视野颇为宏通。

如卷四“栽树”云：

> 凡栽树，正月为上时，谚曰：“正月可栽大树。”言得时则易生也。二月为中时，三月为下时。然枣——鸡口，槐——兔目，桑——虾蟆眼，榆——负瘤散，自余杂目，鼠耳、虻翅，各其时。此等名目，皆是叶生形容之所象似，以此时栽种者，叶皆即生。早栽者，叶晚出。虽然，大率宁早为佳，不可晚也。

此段记述使用了栽树、上时、中时、下时、虾蟆眼、自余、负瘤散、虻翅、象似、栽种等当时流行的口头词语，有的比喻非常通俗，《齐民要术》研究专家缪启愉、缪桂龙二先生译释“枣——鸡口”等数句说：“枣树是叶芽像鸡嘴时移，槐树像兔子眼时移，桑树像虾蟆眼时移，榆树像‘负瘤散’时移，其他各种树，像老鼠耳朵、牛虻翅膀等，各按它们的物候来移。”③

---

① 《齐民要术校释·前言》，上海古籍出版社 2001 年版。

② 香港《中国语文研究》，1980 年创刊号。

③ 《齐民要术译注》，上海古籍出版社 2006 年版，第 252、253 页。“负瘤散”，缪先生云不明所指；据上下文义，应为流行当时民间的通俗词语。

类似的例子又如卷六“养羊”的记述：

牧羊必须大老子，心性宛顺者，起居以时，调其宜适。卜式云：牧民何异于是者。若使急性人及小儿者，拦约不得，必有打伤之灾，或劳戏不看，时有狼犬之害；懒不驱行，无肥充之理；将息失所，有羔死之患也。

此段记述使用了大老子、心性、宛顺、急性、拦约、打伤、劳戏、不看、驱行、肥充、将息等口头词语。① 众所周知，六朝的书面文章，风行骈体，散体次之。骈体文讲究典雅远离口语，散体文使用口语也较少见，故更显《齐民要术》行文大量使用口头词语的独特风貌。与此相关，《齐民要术》不仅大量使用口语，还引用了数十条流行于民间的谚语及歌谣，如：

谚曰：“一年之计，莫如树谷，十年之计，莫如树木。”（《齐民要术》序）

谚曰：“家贫无所有，秋墙三五堵。”（卷一“种谷”）

谚曰：“夏至后，不没狗。”或答曰：“但雨多，没橐驼。”（卷二“种麻”）

谚曰：“木奴千，无凶年。”（卷四“种梅杏”）

歌曰：“高田种小麦，稴䅟不成穗。男儿在他乡，那得不憔悴。”（卷二“大小麦”）

贾思勰在《齐民要术》序中概括其编撰原则或材料来源为“采捃经传，爰及歌谣，询之老成，验之行事”。他既重视前代书本文献有关农业生产的各种记载，也不忽视民间歌谣，还向富有经验的老农采访，然后加以亲身实践验证。作者序文的最后指出编撰此书，是教导家中从事生产劳动者的，而不是给有学识的人看的，故书中详尽

① 参见汪维辉《齐民要术词汇语法研究》上编第一章，上海教育出版社2007年版。

叙述,反复叮嘱,行文直接明了,不尚浮华之辞:“鄙意晓示家童,未敢闻之有识,故丁宁周至,言提其耳,每事指斥,不尚浮辞。览者无或嗤焉。”浓重的下层民间性、实践指导性形成《齐民要术》文风异于他书的通俗化特色。推而广之,这也是汉魏六朝农家学派子书的共同特色,惟《齐民要术》保存完整、集其大成而已。

## 六、家训之集大成:颜之推《颜氏家训》

颜之推所撰《颜氏家训》,为汉魏六朝家训类著述的集大成之作。以子侄后辈为教诫对象,以讲说处世立身道理或勉学论学为主要内容的家训类文章,是汉魏六朝文章中的一个较重要的类型,此类文章有“诫子书”、“家诫”、“家训”、“庭诰”、“门律”、“遗令”等多种名目,今见录于严可均辑《全上古三代秦汉三国六朝文》的约一百五十篇,其中出自齐鲁作家之手的便有诸葛亮《诫子》、郑玄《诫子益恩书》、颜延之《庭诰》、王僧虔《诫子书》等或长或短的名篇。但洋洋洒洒而能成为一部系统性的专著,却以《颜氏家训》篇幅最大,且最著名,故宋代陈振孙《直斋书录解题》卷十称:“古今家训,以此为祖。”

《颜氏家训》之所以能形成如此规模,大抵与他在北朝的经历有密切关联。前面提及,以家训为主旨的作品,较早多以单篇的形式出现,但大抵从晋代起出现了一些较大部头的家训著述,如黄容《家训》,清代某些补撰《三国艺文志》、《晋书艺文志》的学者便视其为子书而加以著录。十六国至北朝时期,较大部头的被后世看做子书的家训著述明显增多,如明岌撰有《明氏家训》、甄琛撰有《家诲》二十篇,刁雍著《家诫》二十余篇。颜之推从二十四岁起流落北朝,一直生活到六十一岁死,可以说他的一生中的大部分时间是在北朝度过的,流传于北方的某些较大部头的家训著述他不可能没

出之光；老而学者，如秉烛夜行。”

颜氏家族重视对家中子弟从小进行善恶是非等为人的根本问题的引导和教育。儒家先师提倡“杀身成仁”，“杀身取义”，“士可杀，不可辱”，此信念之推铭刻于心，故在记述有关事实时自觉地予以发扬，并以之为是非美丑价值评判的准则，因为事关大节，作者的情感倾向表现得格外明显，如《养生》篇：

> 夫生不可不惜，不可苟惜。涉险畏之途，干祸难之事，贪欲以伤生，谗慝而致死，此君子之所惜哉；行诚孝则见贼，履仁义而得罪，丧身以全家，泯躯而济国，君子不咎也。自乱离以来，吾见名臣贤士，临难求生，终为不救，徒取窘辱，令人愤懑。侯景之乱，王公将相，多被戮辱，妃主姬妾，略无全者。唯吴郡太守张嵊，建义不捷，为贼所害，辞色不挠；及鄱阳王世子谢夫人，登屋诟怒，见射而毙。夫人，谢遵女也。何贤智操行若此之难？婢妾引决若此之易？悲夫！

《省事》篇主张为人要谨慎，对汉代几位上书陈事的士人加以指责，有浓重的明哲保身思想；但接下来又说：

> 然而穷鸟入怀，仁人所悯，况死士归我，当弃之乎？伍员之托渔舟，季布之入广柳，孔融之藏张俭，孙嵩之匿赵岐，前代之所贵，而吾之所行也，以此得罪，甘心瞑目……亲友之迫危难也，家财己力，当无所吝。

充满为义理所激而甘愿倾家财己力的承担精神，甚至不惜牺牲的勇决果敢精神。

《慕贤》篇对身系国家安危存亡之贤士充满赞扬倾慕之情，如对侯景之乱中经略台城、拒逆百日之功臣泰山羊侃的赞扬：“侯景初入建业，台城虽闭，公私草扰，各不自全。太子左卫率羊侃坐东掖门，部分经略，一宿皆办，遂得百余日抗拒凶逆。于时，城内四万许人，王公朝士，不下一百，便是恃侃一人安之，其相去如此。”对北齐名将斛律明月(斛律金之子)的勇略过人更满怀深深的敬慕之情:"斛律明月,齐朝折冲之臣,无罪被诛,将士解体,周人始有吞齐之志,关中至今誉之。此人用兵,岂止万夫之望而已也!国之存亡,系其生死。"

毋庸讳言,《颜氏家训》的历史局限性也是明显的,书中有不少消极的东西,如歧视妇女的男性中心观念,因果报应的观念,过分的明哲保身思想等等。兹就颜氏对历代文人的态度,略说一下过分的明哲保身思想。其《文章》篇云:

> 至于陶冶性灵,从容讽谏,入其滋味,亦乐事也。行有余力,则可习之。然而自古文人,多陷轻薄:屈原露才扬己,显暴君过;宋玉体貌容冶,见遇俳优。东方曼倩,滑稽不雅;司马长卿,窃赀无操。王褒过章《僮约》,扬雄德败《美新》。李陵降辱夷虏,刘歆反覆莽世。傅毅党附权门,班固盗窃父史。赵元叔抗竦过度,冯敬通浮华摈压。马季长佞媚获诮,蔡伯喈同恶受诛。吴质诋忤乡里,曹植悖慢犯法。杜笃乞假无厌,路粹隘狭已甚。陈琳实号粗疏,繁钦性无检格。刘桢屈强输作,王粲率躁见嫌。孔融、祢衡,诞傲致殒;杨修、丁廙,扇动取毙。阮籍无礼败俗,嵇康凌物凶终。傅玄忿斗免官,孙楚矜夸凌上。陆机犯顺履险,潘岳干没取危。颜延年负气摧黜,谢灵运空疏乱纪。王元长凶贼自诒,谢玄晖侮慢见及。凡此诸人,皆其翘秀者,不能悉纪,大较如此。至于帝王,亦或未免。自昔天子而有才华者,唯汉武、魏太祖、文帝、明帝、宋孝武帝,皆负世议,非懿德之君也。

读了这段文字,不能不令人感到吃惊、迷惑,颜氏自己就是一个文士,却对战国至南朝三十六位著名文士的人品一一加以抹杀,其覆盖面之广在唐前有关议论中可谓无与伦比。应该说,就《家训》全书及《观我生赋》看,颜之推是一个富于人文情怀、悲悯意识而通情达理的作家，然而在这段话中却难以体会到他的人文情怀，体会到的是他的不通情达理，他的极端苛求。一个文人明哲保身的态度到了如此极端的地步，不能不说是可悲的。颜之推以前，刘勰在《文心雕龙·程器》中云："而近代词人，务华弃实，故魏文以为：'古今文人，类不护细行。'韦诞所评，又历诋群才；后人雷同。混之一贯。吁，可悲矣！略观文士之疵：相如窃妻而受金，扬雄嗜酒而少数；敬通之不修廉隅，杜笃之请求无厌；班固谄窦以作威，马融党梁而黩货；文举傲诞以速诛，正平狂憨以致戮；仲宣轻脱以躁竞，孔璋偬恫以粗疏；丁仪贪婪以乞贷，路粹铺啜而无耻；潘岳诡祷于愍怀，陆机倾仄于贾、郭；傅玄刚隘而詈台，孙楚很愎而讼府。诸如此类，并文士之瑕累。文既有之，武亦宜然。古之将相，疵咎实多。至如管仲之盗窃，吴起之贪淫，陈平之污点，绛灌之谗嫉。沿兹以下，不可胜数。孔光负衡据鼎，而仄媚董贤，况班、马之贱职，潘岳之下位哉？王戎开国上秩，而鬻官嚣俗，况马、杜之磬悬，丁、路之贫薄哉？然子夏无亏于名儒，浚冲不尘乎'竹林'者，名崇而讥减也。若夫屈、贾之忠贞，邹、枚之机觉，黄香之淳孝，徐幹之沉默，岂曰文士，必其玷欤？"仔细体会这段文字的意思，可知刘勰在为文人抱不平。他虽列举司马相如等文人在品行上的瑕疵，但在实质上不认同并批驳了所谓"文人无行"说。其一，他明确指出"文既有之，武亦宜然"，不只是文人在品行上有瑕疵，身居高位的将相在品行上亦有瑕疵，且程度更严重。其二，他明确指出并非所有的文人在品行上都有瑕疵。平心而论，刘勰的看法较全面、通达、深刻，而颜之推则显得片面、狭隘。

与其内容的广泛性相关，或者说是对此特色的具体化的展示，《颜氏家训》关于子孙后辈的教诫，除了部分直接的说教之外，更善于借助具体可感的事例，作者采择的事例，有亲身经历的，也有一些有关的遗闻轶事，还有前代史事，从而不仅增强了作品的可信性和说服力，也提升了作品的可读性，使家训著述真正得以与我国论说文重经验、重实证的传统有机结合。如《养生》篇，作者在陈述人不可冒险轻生，亦不可苟且偷生的教诫之后，便借助实例以补充说明，鞭挞了在侯景之乱中妄图苟且偷生的王公将相，赞扬了宁死不屈的张嵊、谢夫人。《教子》篇陈述人喜爱自己的孩子，应当一视同仁，若偏宠某个孩子，反而会因此害了他；然后举引史事以证之："共叔之死，母实为之。赵王之戮，父实使之。刘表之倾宗覆族，袁绍之地裂兵亡，可为灵龟明鉴也。"书中所采择的事实往往可以使人窥见南北朝某些社会风气，如《风操》篇写南北方人们对待离别的不同态度及情状：

> 别易会难，古人所重。江南饯送，下泣言离。有王子侯，梁武帝弟，出为东郡，与武帝别，帝曰："我年已高，与汝分张，甚以恻怆。"数行泪下。侯遂密云，赧然而出，坐此被责。飘飖舟渚，一百许日，卒不得去。北间风俗，不屑此事，歧路言离，欢笑分首(手)。①

描绘生动、对此鲜明，其情景给读者以如闻如睹的鲜活印象。像这样通过对比，来写南北方不同状况的，全书共有近三十条记载，《治家》篇对比南北方妇女的不同风貌：

> 江东妇女，略无交游，其婚姻之家，或十数年，未相识者，惟以信命赠遗，致殷勤焉。邺下风俗，专以妇持门户，争讼曲直，造请逢迎。车乘填街衢，绮罗盈府寺，代子求官，为夫诉屈。此乃恒代之遗风乎？

---

① 周一良先生《〈颜氏家训〉札记》："《风操篇》记江南饯送下泣言离，北间风俗歧路言离，欢笑分首。案此盖南朝末年风习。《世语·方正篇》载周谟出为晋陵，颉与嵩往别。谟涕泗不止。嵩恚曰，斯人乃妇女，与人别唯啼泣，便舍去。颉独留言话，临别流涕。是东晋时饯送犹不必以涕泪为尚也。"见《魏晋南北朝史论集》，北京大学出版社 1997 年版，第 310 页。

《风操》篇对比南北方不同的礼俗：

南人冬至岁产，不诣丧家；若不修书，则过节束带以申慰。北人至岁之日，重行吊礼；礼无明文，则吾不取。南人宾至不迎，相见捧手而不揖，送客下席而已；北人迎送并至门，相见则揖，皆古之道也，吾善其迎揖。

江南丧哭，时有哀诉之言耳；山东重丧，则唯呼苍天，期功以下，则唯呼痛深，便是号而不哭。

《文章》篇对比南北方文人对诗歌不同的审美趣味：

王籍《入若耶溪》诗云："蝉噪林逾静，鸟鸣山更幽。"江南以为文外独绝，物无异议。简文吟咏，不能忘之；孝元讽味，以为不可复得，至《怀旧志》载于《籍传》。范阳卢询祖，邺下才俊，乃言："此不成语，何事于能？"魏收亦然其论。

某些反面事例，较尖锐地揭露、抨击了南北朝士大夫的腐朽无耻、不学无术，以及重男轻女等不良现象，文笔亦颇精采，如《涉务》篇写梁朝士大夫的柔弱腐朽：

梁世士大夫，皆尚褒衣博带，大冠高履。出则车舆，入则扶持，郊郭之内，无乘马者。周弘正为宣城王所爱，给一果下马，常服御之，举朝以为放达。至乃尚书郎乘马，则纠劾之。及侯景之乱，肤脆骨柔，不堪行步，体羸气弱，不耐寒暑，坐死仓猝者，往往而然。建康令王复，性既儒雅，未尝乘骑，见马嘶喷陆梁，莫不震慑，乃谓人曰："正是虎，何故名为马乎？"其风俗至此！

其他如写某贵人居丧服礼期间，"以巴豆涂脸，遂使成疮，表哭泣之过"的虚伪情状(《名实》)；写某士族文才低劣而好招延声誉，毫无自知之明："近在并州，有一士族，好为可笑诗赋，誂擎邢、魏诸公，众共嘲弄，虚相赞说，便击牛酾酒，招延声誉。其妻，明鉴妇人也，泣而谏之。此人叹曰：'才华不为妻子所容，何况行路！'至死不觉。"(《文章》)虽寥寥数笔,但刻画人物形象颇为传神。之推笔下的正面人物形象的描述也具有一定的可读性,如《文章》篇描述席毗、刘逖二人相互戏答的机智敏捷:

齐世有席毗者,清干之士,官至行台尚书,嗤鄙文学,嘲刘逖云:"君辈辞藻,譬若荣华,须臾之玩,非宏才也,岂比吾徒千丈松树,常有风霜,不可凋悴矣!"刘应之曰:"既有寒木,又发春华,何如也?"席笑曰:"可哉!"

文字简约,而人物形象栩栩如生。又如《治家》篇记述的某些故事,文字简短而刻画人物形象鲜明生动,其中写性格温柔从不生气发怒的辛文烈,乐于助人的裴子野,贪得无厌的邺下领军,性殊俭吝的南阳某公:

齐吏部侍郎房文烈,未尝嗔怒,经霖雨绝粮,遣婢籴米,因尔逃窜,三四许日,方复擒之。房徐曰:"举家无食,汝何处来?"竟无捶挞。尝寄人宅,奴婢撤屋为薪略尽,闻之颦蹙,卒无一言。

裴子野有疏亲故属饥寒不能自救者,皆收养之。家素清贫,时逢水旱,二石米为薄粥,仅得遍焉,躬自同之,常无厌色。

邺下有一领军,贪积已甚。家童八百,誓满一千。朝夕每人肴膳,以十五钱为率,遇有客旅,更无以兼。后坐事伏法,籍其家产,麻鞋一屋,弊衣数库,其余财宝,不可胜言。

南阳有人,为生奥博,性殊俭吝。冬至后女婿谒之,乃设一铜瓯酒,数脔獐肉;婿恨其单率,一举尽之。主人愕然,俛仰命益,如此者再。退而责其女曰:"某郎好酒,故汝常贫。"及其死后,诸子争财,兄遂杀弟。

人间百态,娓娓道来,不加褒贬,任由读者体味,风神接近《世说新语》。又如《风操》篇记述一女子伤心过度、断肠而死的凄婉故事:

思鲁等第四舅母,吴郡张建女也,有第五妹,三岁丧母。

灵床上屏风，平生旧物，屋漏沾湿，出曝晒之，女子一见，伏床流涕。家人怪其不起，乃往抱持，荐席淹渍，精神伤怛，不能饮食。将以问医，医诊脉云："肠断矣！"因尔便吐血，数日而亡。中外怜之，莫不悲叹。

之推选取的某些有关文坛好尚的遗闻轶事，也为本书行文生色不少，兹录《文章》篇二则，以窥其风貌：

沈隐侯曰："文章当从三易：易见事，一也；易识字，二也；易诵读，三也。"邢子才常曰："沈侯文章，用事不使人觉，若胸臆语也。"深以此服之。

邢子才、魏收俱有重名，时俗准的，以为师匠。邢赏服沈约而轻任昉，魏爱慕任昉而毁沈约，每于谈燕，辞色以之。邺下纷纭，各有朋党。祖孝徵尝谓吾曰："任、沈之是非，乃邢、魏之优劣也。"

行文随便自然，简短明了，类似笔记之文。综上所述，从艺术渊源上看，《颜氏家训》的记事写人风格，受汉末应劭的《风俗通义》、汉末魏晋的杂传，乃至宋代刘义庆的《世说新语》等著述的影响较为明显。

《家训》为文，语言风格谦和恳切，平易动人。作者情感的表达，往往借助感叹词、语气词反复咛叮，予以强调。

如《后娶》篇写后妇婢仆之劣行：

其后，假继惨虐孤遗，离间骨肉，伤心断肠者，何可胜数。慎之哉！慎之哉！

悲夫！自古奸臣佞妾，以一言陷人者众矣！况夫妇之义，晓夕移之，婢仆求容，助相说引，积年累月，安有孝子乎？此不可不畏。

《止足》篇写乘机逐权，侥幸富贵者早不保夕的严重后果：

自丧乱以来，见因托风云，徼幸富者，旦执机权，夜填坑谷，朔欢卓郑，晦泣颜原者，非十人五人。慎之哉！慎之哉！

《颜氏家训》中直接教诫性的议论文字，也基本呈现不重华彩，不求骈俪，朴素自然，平易简约的风格，如《涉务》篇中的一段议论：

古人欲知稼穑之艰难，斯盖贵谷务本之道也。夫食为民天，民非食不生矣，三日不粒，父子不能相存。耕种之，茠鉏之，刈获之，载积之，打拂之，簸扬之，凡几涉手，而入仓廪，安可轻农事而贵末业哉！江南朝士，因晋中兴，南渡江，卒为羁旅，至今八九世，未有力田，悉资俸禄而食耳。假令有者，皆信僮仆为之，未尝目观起一坺土，耕一株苗；不知几月当下，几月当收，安识世间余务乎？故治官则不了，营家则不办，皆优闲之过也。

句式参差错落，文字通俗如口语，显示了相当自觉的"朝自己人，讲家常话"，随便质直、朴实无华的创作趋向。之推在议论说理中还自觉采用一些民间谚语，如《勉学》篇有云：

梁朝全盛之时，贵游子弟，多无学术，至于谚云："上车不落则著作，体中何如则秘书。"①

——父兄不可常依，乡国不可常保，一旦流离，无人庇荫，当自求诸身耳。谚曰："积财千万，不如薄伎在身。"

邺下谚云："博士买驴，书券三纸，未有驴字。"使汝以此为师，令人气塞。

---

① 周一良先生《〈颜氏家训〉札记》："《勉学篇》载梁朝全盛时贵游子弟多无学术，至于谚云：'上车不落则著作，体中何如则秘书。'……案上车不落盖指年龄劣足照管自身，体中何如则当时尺牍习语，见《广弘明集》二八上梁王筠与长沙王别书，《文苑英华》六八六徐陵在北齐与宗室书、六八七与王吴郡僧智书、八七八答族人梁东海太守长卿书、六八五报尹义尚书等皆有是语。伯希和三四四二号写本《书仪》记尺牍套语，亦有体中何如字样。"见《魏晋南北朝史论集》，北京大学出版社 1997 年版，第 312 页。

《教子》篇有云：

生子咳㖇(一作“孩提”)，师保固明孝仁礼义，导习之矣……俗谚曰：“教妇初来，教儿婴孩。”

《杂艺》篇有云：

真草书迹，微须留意。江南谚云：“尺牍书疏，千里面目也。”

通俗、生动，且富于风趣，点缀书中，显然增强了文章的说服力和可读性。

《颜氏家训》共二十篇，是一部规模较大的著述，故各篇行文风格难免有所差异，这种情况在议论文字中表现得较为突出。譬如有的篇章的某些段落，作者自觉采用了汉晋以来赋体文章假设主客问答以展开论辩的形式，如《勉学》的一个片断：

有客难主人曰：“吾见强弩长戟，诛罪安民，以取公侯者矣……”主人对曰：“夫命之穷达，犹金玉木石也；修以学艺，犹磨莹雕刻也。金玉之磨莹，自美其矿璞，木石之段块，自丑其雕刻；安可言木石之雕刻，乃胜金玉之矿璞哉？不得以有学之贫贱，比于无学之富贵也……”

《书证》的一个片断：

客有难于主人曰：“今之经典，子皆谓非，《说文》所言，子皆云是，然则许慎胜孔子乎？”主人拊掌大笑，应之曰：“今之经典，皆孔子手迹邪？……”

这种形式，是对东方朔《答客难》、扬雄《解嘲》、蔡邕《释诲》之类作品的有意识的继承。某些篇章的片断，则自觉运用排偶句式，以加强文章气势与说服力，如《涉务》：

吾见世中文学之士，品藻古今，若指诸掌，及有试用，多无所堪。居承平之世，不知有丧乱之祸；处庙堂之下，不知有战陈之急；保俸禄之资，不知有耕稼之苦；肆吏民之上，不知有劳役之勤，故难可以应世经务也。

《勉学》更以长隔排偶句行文，且讲究用典，如：

世人但见跨马被甲，长稍强弓，便云我能为将；不知明乎天道，辨乎地利，比量逆顺，鉴达兴亡之妙也。但知承上接下，积财聚谷，便云我能为相；不知敬鬼事神，移风易俗，调节阴阳，荐举贤圣之至也。但知私财不入，公事夙办，便云我能治民；不知诚己刑物，执辔如组，反风灭水，化鸱为凤之术也。但知抱令守律，早刑晚舍，便云我能平狱；不知同辕观罪，分剑追财，假言而奸露，不问而情得之察也……

“执辔”句采自《诗经·邶风·简兮》，是为语典；“反风”句本于《后汉书·儒林传》载江陵令刘昆事，“化鸱”句本于《后汉书·循吏传》载仇览为蒲亭长时事，“分剑”句本于应劭《风俗通义》所记何武断讼事，等等，此为事典。假设主客问答，尤其是讲究排偶、用典，为南北朝许多作家撰文时所热衷追趋，看来之推也不免有所沾染，以上举引文字可以为证。他在《文章》篇有云：“古人之文，宏材逸气，体度风格，去今实远；但缉缀疏朴，未为密致耳。今世音律谐靡，章句偶对，讳避精详，贤于往昔多矣。宜以古文制裁为本，今之辞调为末，并须两存，不可偏弃也。”主张参酌古今，兼取其长。《家训》行文，在一定程度上可说是如此理论主张的具体实践。

和许多六朝文人一样，颜之推除信奉儒家思想外，还信奉佛教思想，《颜氏家训》之《归心》篇便是写其归心于佛教的。作者在文中主张儒佛兼修，认为崇儒而违佛是走上迷途：“归周、孔而背释宗，何其迷也！”在驳斥世俗指责佛教神秘离奇、迂阔荒诞时，颜氏笔下的一段文字自学地借鉴了屈原《天问》的写法，基本运用四言句式，针对天地自然的莫测难晓现象，提出一系列的疑问：

星有坠落，乃为石矣；精若是石，不得有光，性又质重，何所系属？一星之径，大者百里，一宿首尾，相去数万；百里之物，数万相连，阔狭从斜，常不盈缩。又星与日月，形色同尔，但以大小为其等差；然而日月又当石也？石既牢密，乌兔焉容？石在气中，岂能独运？日月星辰，若皆是气，气体轻浮，当与天合，往来环转，不得错违，其间迟疾，理宜一等；何故日月五星二十八宿，各有度数，移动不均？宁当气坠，忽变为石？地既滓浊，法应沈厚，凿土得泉，乃浮水上；积水之下，复有何物？江河百谷，从何处生？东流到海，何为不溢？归塘尾闾，渫何所到？沃焦之石，何气所然？潮汐去还，谁所节度？天汉悬指，那不散落？水性就下，何故上腾？天地初开，便有星宿；九州未划，列国未分，翦疆区野，若为躔次？封建已来，谁所制割？国有增减，星无进退，灾祥祸福，就中不差；乾象之大，列星之伙，何为分野，止系中国？昴为旄头，匈奴之次；西胡、东越，雕题、交趾，独弃之乎？以此而求，迄无了者，岂得以人事寻常，抑必宇宙外也。

六朝文人效仿屈原《天问》，较早的为西晋傅玄《拟天问》，已佚。宋齐之际，江淹撰《遂古篇》，在一定程度上也模仿屈原《天问》，其序云："仆尝为《造化篇》，以学古制，今触类而广之，复有此文，兼象《天问》，以游思云尔。"文云："闻之遂古，大火然兮。水亦溟涬，无涯边兮。女娲炼石，补苍天兮。共工所触，不周山兮。河洛交战，宁深渊兮？黄炎共斗，涿鹿川兮。女岐九子，为先氏兮。蚩尤铸兵，几千年兮？十日并出，尧之间兮。羿乃毙日，事岂然兮？常娥奔月，谁所传兮？丰隆骑云，为灵仙兮。夏开乘龙，何因缘兮？傅说托星，安得宣兮？……"与屈作相比，自我判断较多，而疑问较少。颜作皆以疑问出之，比江作更接近于《天问》风貌。这段文字在《家训》中虽属例外，但联系上述书中叙述文字与议论文字风格之差异的情况，我们可以说，《颜氏家训》行文风格不拘执一端，呈现较自觉的多样化的追趋态势。

# 第四章　挥洒人间百态的书信文

## 一、孔融与建安齐鲁文士书信

钱穆先生《读〈文选〉》一文评议汉魏之际文章，对其中趋于生活化、抒情化、随意化、平易性的书札作品颇为青睐，指出："窃谓当时新文佳构，尤秀出者，当推魏文、陈思之书札。此等尤属眼前景色，口边谈吐，极平常，极真率，书札本非文，彼等亦若无意于为文，而遂成其为千古之至文焉。至是而文章与生活与心情，三者融浃合一，更不见隔阂所在。盖文章之新颖，首要在于题材之择取，而书札有文无题，无题乃无拘束，可以称心欲言也。"[①]特别关注并强调了当时某些书札作品真率地抒写日常生活情怀的特色，眼光是很敏锐的。郑振铎先生扩而广之，将视野进一步投向其他抒情性浓重的短篇文章，指出抒情小品的大量涌现，"是六朝的最特异的最光荣的一点，足以和她的翻译文学、新乐府辞，并称为鼎立的三大奇迹的"。[②] 但若再把视野进一步放宽，我们便可知晓，这种以书札为代表，在题材内容上趋于平常生活化、抒情化，艺术风格上趋于随意性、平易化的文风，在东汉后期桓帝、灵帝时已形成一定的气候。

---

① 《中国学术思想史论丛》卷三，安徽教育出版社，2004 年版，第 99 页。

② 《插图本中国文学史》，见《郑振铎全集》第八卷，花山文艺出版社 1998 年版，第 222 页。

篇幅简短，具有浓重的抒情性是东汉后期桓灵时书信比较普遍的特点。这与当时政治衰败加剧，文人对官场的疏离心越来越浓有关，也是由其表现内容之日常化、生活化的性质所决定的。相对于那些关涉社会政治和个人平生重大事件的作品，此类书信一般来说写得比较随便，无须劳心费神斟酌构思，文字简短，而喜怒哀乐之情自然流出。如延笃《答张奂书》："离别三年，梦想言念，何日有违。伯英来，惠书盈四纸，读之反复，喜不可言。"《与李文德书》："朝则诵羲、文之《易》，虞、夏之《书》，历公旦之典礼，览仲尼之《春秋》。夕则消摇内阶，咏《诗》南轩，百家众氏，投间而作。洋洋乎其盈耳也，涣烂兮其溢目也，纷纷欣欣兮其独乐也。当此之时，不知天之为盖，地之为舆；不知世之有人，己之有躯也。虽渐离击筑，傍若无人；高凤读书，不知暴雨，方之于吾，未足况也。"着墨无几，但展读友人书信之欣喜或陶醉于读书的情态毕现，可谓栩栩如生，鲜活可爱。又如窦玄妻《与窦玄书》诉被弃之哀怨，若四言抒情诗；徐淑《答夫书》、秦嘉《重报妻书》写夫妇间的相互想念，情感或哀怨，或缠绵，真实自然，娓娓而出。其他如马融《与谢伯世书》写对游猎闲适生活的向往，朱穆《与刘伯宗绝交书》斥责刘伯宗的势利，简朴的文辞间流淌着鲜明的感情。郦炎于狱中"裂裳"而写遗书，感情真挚，颇为动人，如他请求母亲节哀自重："白老母：无怀忧，怀忧何？无增悲，增悲何施？寒必厚衣，无炎，谁为母厚衣？暑必轻服，无炎，谁为母轻服？弃炎无念，此常厚衣；不尤不怨，此常轻服矣。"与母将诀而牵挂不已的至情，使人泫然。凡此种种，为魏晋书信进一步蓬勃发展奠定了坚实的基础。

汉魏之际齐鲁文人的书信创作相当繁荣，甚至某些齐鲁的军政重臣也大量写作书信，兹择要论述。先述郑玄、王修等。郑玄（127—200），字康成，北海高密（今属山东）人。少为乡啬夫，好学，不愿为吏。遂造洛阳太学受业，师事第五元先，通《京氏易》、《公羊春秋》、《三统历》、《九章算术》，又从东郡张恭祖受《周官》、《礼记》、《左氏春秋》、《韩诗》、《古文尚书》。西入关师事马融。游学十余年，乃归乡里，客耕东莱。时年四十。及党锢事起，被禁锢，杜门不出，作诸经注。灵帝中平时，大将军何进辟之，一宿逃去。后补博士，不到。献帝时，董卓举为赵相，不行。客于徐州。后归乡里。公车征为大司农，以病乞还家。建安五年，袁绍逼从军，到元城，病卒。年七十四。郑玄为东汉经学殿军，以古文为根本而兼容今文，一扫数百年来今古文学樊篱。《后汉书》本传称其"网罗众家，删裁繁芜"，盖为一代学人，影响后世者极大。其经注撰述凡六十多种，二百八十多卷。今传《十三经注疏》，郑注有四种。其单篇文章，严可均《全后汉文》卷八十四收录七篇，较有文学性的是《戒子益恩书》：

> 吾家旧贫，不为父母群弟所容，去厮役之吏。游学周、秦之都，往来幽、并、兖、豫之域，获觐乎在位通人，处逸大儒，得意者咸从奉手，有所受焉。遂博稽《六艺》，粗览传记，时睹秘书纬术之奥。年过四十，乃归供养，假田播殖，以娱朝夕。遇阉尹擅势，坐党禁锢，十有四年。而蒙赦令，举贤良方正有道，辟大将军三司府。公车再召，比牒并名，早为宰相。惟彼数公，懿德大雅，克堪王臣，故宜式序。吾自忖度，无任于此，但念述先圣之元意，思整百家之不齐，亦庶几以竭吾才，故闻命罔从。而黄巾为害，萍浮南北，复归邦乡。入此岁来，已七十矣。宿素衰落，仍有失误，案之礼典，便合传家。今我告尔以老，归尔以事，将闲居以安性，覃思以终业。自非拜国君之命，问族亲之忧，展敬坟墓，观省野物，胡尝扶杖出门乎？家事大小，汝一承之。咨尔茕茕一夫，曾无同生相依。其勖求君子之道，研钻勿替，敬慎威仪，以近有德。显誉成于僚友，德行立于己志。若致声称，亦有荣于所生，可不深念邪！可不深念邪！

吾虽无绂冕之绪，颇有让爵之高。自乐以论赞之功，庶不遗后人之羞。末所愤愤者，徒以亡亲坟垄未成，所好群书率皆腐敝，不得于礼堂写定，传与其人。日西方暮，其可图乎！家今差多于昔，勤力务时，无恤饥寒。菲饮食，薄衣服，节夫二者，尚令吾寡恨。若忽忘不识，亦已焉哉！

据书信中"入此岁来，已七十矣"之语，可知此文写于公元197年。书信用差不多一半的篇幅叙述自己的经历，采用的基本是高度概括的行文风格，手法近似于蔡邕的某些碑传文。书信的后部分转移至"戒子"，表达真挚朴实，具有一定的抒情性。陈衍《石遗室论文》卷二指出，郑玄《戒子书》"著墨不多，而自亲切有味。康成湛深经学，故文字气息醇茂，不务为峥嵘气势，极似西汉匡、刘诸作。且此篇乃对子之言，尤贵朴实自道，毫无假饰。在东汉末，视蔡中郎、孔北海辈之肤廓，迥不相侔矣。晋陶渊明《与子俨俟佚佟疏》，笔意颇相近，以其恬退不仕，与世无竞同也。两文前半篇自叙生平，尤为相似，自系陶之著意效郑，而绝无一字蹈袭处"。①

王修，字叔治，北海营陵（今山东昌乐东）人。献帝初平中，被北海相孔融召为主簿，守高密令，迁为胶东令。袁绍子袁谭掌青州，辟王修为治中从事，历任即墨令、别驾。袁氏败，曹操辟王修为司空掾，行司金中郎将，迁魏郡太守。建安十八年曹操封魏公后，王修为大司农郎中令，迁奉常。病卒。有集三卷。严可均《全后汉文》录其文三篇，值得一读的是《诫子书》：

自汝行之后，恨恨不乐。何者？我实老矣，所恃汝等也，皆不在目前，意遑遑也。人之居世，忽去便过。日月可爱也。故禹不爱尺璧，而爱寸阴。时过不可还，若年大不可少也。欲汝早之，未必读书，并学作人。汝今逾郡县，越山河，离兄弟，

① 见《历代文话》第七册，复旦大学出版社2007年版，第6714页。

去妻子者，欲令见举动之宜，效高人远节，闻一得三，志在善人。左右不可不慎，善否之要，在此际也。行止与人，务在饶之。言思乃出，行详乃动。皆用情实道理，违斯败矣。父欲令子善，唯不能杀身，其余无惜也！

着墨不多，但父亲对儿子的殷殷教诫颇真实感人，尤其是"我实老矣，所待汝等也，皆不在目前，意遑遑也"，"父欲令子善，唯不能杀身，其余无惜也"等言简情深的表述，以及"人之居世，忽去便过"数句珍惜时光之语，使人读来倍觉亲切。

孔融书信，传于今的有《与王朗书》、《遗张纮书》、《又遗张纮书》、《答虞仲翔书》、《与韦修甫书》、《喻邴原举有道书》、《遗问邴原书》、《与曹公书荐边让》、《与曹公书论盛孝章》、《嘲曹公为子纳甄氏书》、《与曹公书啁征乌桓》、《难曹公表制酒禁书》、《又难曹公表制酒禁书》、《报曹公书》、《答路粹书》、《与宗从弟书》、《与诸卿书》、《与许博士书》等，其数量在齐鲁文人中是较多的。

在汉魏之际乱世中，孔融衷心拥戴汉室，痛惜百姓流离，在此情势下，他尤期望贤士乘时而起，出仕以辅佐朝廷，安定天下，拯民于水火之中。如《喻邴原举有道书》劝邴原出仕云："国之将殒，嫠不恤纬；家之将亡，缇萦跋涉。彼匹妇也，犹执此义，实望根矩，仁为己任。授手援溺，拯民于难。乃或晏晏居息，莫我肯顾，谓之君子，固如此乎？根矩，根矩，可以来矣。"邴原，字根矩，北海朱虚（今山东临朐东）名士，孔融做北海相，欲辟其为佐吏，故撰此书，以激其出仕。书先以周汉妇女深明大义，重于救济家国事为喻以激之，劝邴原以仁为己任，在国家危难之际，出仕以济民；反之，若执意乡居修己，不恤国事，这难道算是作为君子的本分吗？正反并举，情理豁然。最后满怀热望殷切呼唤邴原早日出仕。《与王朗书》则盼望王朗早日从会稽回归许昌，辅翼朝廷，有云："主上宽仁，贵德宥过。曹公辅政，思贤并立。策书屡下，殷勤款至。"边让和盛孝章皆为汉末才士，孔融意欲二人为朝廷效力，故荐之于曹操，冀重用之，其中《与曹公书论盛孝章》尤为后世推重，被收录于萧统《文选》。此文的写作背景，虞预《会稽典录》载云："盛宪，字孝章……举孝廉，补尚书郎，迁吴郡太守，以疾去官。孙策平定吴会，诛其英豪。宪素有名，策深忌之。初，宪与少府孔融善，(融)忧其不免祸，乃与曹操书……"可见，此文实际上是请求曹操援救盛孝章性命的。作者开篇先渲染浓烈的情感氛围，凄伤叹逝，即己即人，发自肺腑，动人以情：

岁月不居，时节如流，五十之年，忽焉已至：公为始满，融又过二；海内知识，零落殆尽。惟有会稽盛孝章尚存。其人困于孙氏，妻孥湮没，单孑独立，孤危愁苦，若使忧能伤人，此子不得永年矣。

接下来明之以理：

《春秋传》曰："诸侯有相灭亡者，桓公不能救，则桓公耻之。"今孝章，实丈夫之雄也，天下谈士，依以扬声，而身不免于幽絷，命不期于旦夕，是吾祖不当复论损益之友，而朱穆所以绝交也。公诚能驰一介之使，加咫尺之书，则孝章可致，友道可弘矣。

今之少年，喜谤前辈，或能讥评孝章，孝章要为有天下大名，九牧之人，所共称叹。燕君市骏马之骨，非欲以骋道里，乃当以招绝足也。惟公匡复汉室，宗社将绝，又能正之；正之之术，实须得贤。珠玉无胫而自至者，以人好之也。况贤者之有足乎？昭王筑台以尊郭隗，隗虽小才而逢大遇，竟能发明主之至心，故乐毅自魏往，剧辛自赵往，邹衍自齐往。向使郭隗倒悬而王不解，临难而王不拯，则士亦将高翔远引，莫有北首燕路者矣。凡所称引，自公所知，而复有云者，欲公崇笃斯义，因表不悉。

前半以交情论，则当致孝章以弘友道，后半以国事论，则当尊孝章以招众贤，于公于私，面面俱到，事理周全，并且语语切中人心，道及利害攸关，不由人不动容。综言之，此文从情感与理智两个方面入手，双管齐下，动之以情，晓之以理，取得使人心悦诚服的效果，达到了预期的写作目的。曹操为融文所打动，以朝廷名义诏令征盛孝章为骑都尉，但遗憾的是在诏令未到之时，盛孝章已为孙权所害。

曹操是汉末政坛的强势人物，由拥护汉室基本立场出发，孔融对曹操的态度是有所变化的。他对建安初曹操的勤王举动持肯定和赞扬态度，故有“梦想曹公归来”的企盼；而对之后曹操日益专横跋扈、挟天子以令诸侯的行为则极其反感，于是在某些书信中借题发挥，杂以嘲戏，以流露他的不满。《后汉书·孔融传》载，曹操击败袁绍父子，攻屠其大本营邺城，“袁氏妇子多见侵略，而曹子丕私纳袁熙妻甄氏，融乃与操书，称‘武王伐纣，以妲己赐周公’，操不悟，后问出何经典，对曰：‘以今度之，想当然耳。’”借古人影射今事，以泄对曹氏的不满。[①]《后汉书·孔融传》又载：“时年饥兵兴，操表制酒禁，融频书争之，多侮慢之辞。”今存孔融《难曹公表制酒禁书》云：

> 公当初来，邦人咸抃舞踊跃，以望我后。亦既至止，酒禁施行。酒之为德久矣，古先哲王，类帝禋宗，和神定人，以济万国，非酒莫以也。故天垂酒星之耀，地列酒泉之郡，人著旨酒之德。尧不千钟，无以建太平；孔非百觚，无以堪上圣。樊哙解厄鸿门，非豕肩钟酒，无以奋其怒；赵之厮养，东迎其王，非引卮酒，无以激其气。高祖非醉斩白蛇，无以畅其灵。景帝非

① 吴云先生《孔融集校注》说：“武王伐纣，以妲己赐周公事，并非史实，乃孔融见到曹操攻下邺城，曹丕把袁熙妻归了自己之后推想出来的，并以此为理由，进而攻击曹操的大胆行为。”见《建安七子集校注》，天津古籍出版社2005年版，第88页。

醉幸唐姬，无以开中兴。袁盎非醇醪之力，无以脱其命；定国非酣饮一斛，无以决其法。故郦生以高阳酒徒，著功于汉；屈原不餔糟歠醨，取困于楚。由是观之，酒何负于治者哉！

《又难曹公表制酒禁书》云：

昨承训答，陈二代之祸，及众人之败，以酒亡者，实如来诲。虽然，徐偃王行仁义而亡，今令不绝仁义；燕哙以让失社稷，今令不禁谦退；鲁因儒而损，今令不弃文学；夏、商亦以妇人失天下，今令不断婚姻。而将酒独急者，疑但惜谷耳，非以亡王为戒也。

二书不以庄言，信笔写来，极尽嘲谑，此颇异于东汉后期的书信。孔融为人坦率真诚，光明磊落，疾恶如仇，充满阳刚之气，视虚伪欺诈粉饰如仇。三国吴人秦菁《秦子》载云："孔文举为北海相，有遭父丧，哭泣墓侧，色无憔悴，文举杀之。又有母病瘥，思食新麦，家无，乃盗邻熟麦而进之，文举闻之特赏曰：'无有来讨，勿复盗也。'盗而不罪者，以为勤于母饥；哭而见杀者，以为形慈而实否。"①此条记载未必真实可靠，大概来自传闻，但它说明在当时人们的心目中孔融的个性特征。又三国吴人姚信《士纬》则从五行与士人才性相配的层面，指出孔融充沛的阳刚个性："孔文举金性太多，木性不足，背阴向阳，雄倬孤立。"②曹操之禁酒，目的在于节约粮食，但其禁令却未说明节粮的目的，而说什么夏桀、商纣因好酒而亡国云云，孔融本来对曹操的诡诈专横极为反感，又见其禁酒令如此言不由衷，便写下以上两篇书信，借助嘲谑笔调，使气任性，以宣泄厌恶不满。正如刘桢所谓"孔氏卓卓，信含异气，笔墨之性，殆不可胜，

---

① 《艺文类聚》卷八十五，上海古籍出版社 1982 年版，第 1456 页。

② 唐马总《意林》卷四，见清马国翰《玉函山房辑佚书》子编名家类，广陵书社 2003 年版，第 2755 页。

并重气之旨也”。(《文心雕龙·风骨》引)

《魏志·陈矫传》载陈矫说:“博闻强记,奇逸卓荦,吾敬孔文举。”物以类聚,人以群分,在待人接物上,孔融特别注重对方博闻强记、奇逸卓荦的为人风采,他将辟为佐吏的邴原,“性刚直,清议以格物”(傅玄《傅子》);他荐举的边让,“英才俊逸,天下知名,直言正色,论不阿谄”(陈琳《为袁绍檄州郡》)。他对人物的评价,在能否忧国忘家方面特别予以强调,《蜀志·先主传》载徐州牧陶谦死,人们迎刘备为州牧,刘备未敢当,提及袁术堪为之,孔融劝刘备说:“袁公路岂忧国忘家者耶?冢中枯骨,何足介意:今日之事,百姓与能。天与不取,悔不可追。”在原始儒学舍生取义、杀身成仁思想的熏陶下,在汉末党人奋不顾身以清扫天下之精神的浸染下,孔融早年便有忧国忘家的行动,他十六岁时为保护与宦官作斗争而遭通缉的党人而甘受罪罚。建安初,曹操以太尉杨彪与在淮南自立为天子的袁术为姻亲,下彪于狱,将杀之;孔融闻讯,未及穿朝服即找曹操理论此事,袁宏《后汉纪》卷二十九载云:

> (融)曰:“杨彪累世清德,四叶重光。《周书》:‘父子兄弟,罪不相及。’况袁氏之罪乎?《易》称:‘积善余庆’,但欺人耳。”操曰:“国家之意也。”融曰:“假使成王欲杀召公,则周公可得言不知耶?今天下缨緌缙绅之士所以仰瞻明公者,以辅汉室,举直措枉,置之雍熙也。今横杀无辜,则海内观听,谁不解体?孔融,鲁国之男子,明日便当拂衣而去,不复朝也!”

面对强势人物,孔融毫不妥协,孟子所谓“富贵不能淫,贫贱不能移,威武不能屈”的大丈夫精神,在他身上有明显的体现。他的言论掷地有声,直斥曹操之专横跋扈,妄杀无辜,充分显示了他好打抱不平,好援救人于危难之中,刚烈不屈、风骨凛然的为人性格。时人所敬佩的,也往往是针对他的这种独特的人格魅力,《吴志·太史慈传》载,太史慈为解孔融之难,求救于平原相刘备,其辞曰:

"慈，东莱之鄙人，与孔北海亲非骨肉，比非乡党，特以名志相好，有分灾共患之义。"太史慈为汉末三国时期不甘庸碌，奋发有为的轻身重义之士，故对孔融如此推崇。孔融的书信，情感的表达自然真率，鲜明强烈，或悲或喜，或嘲或戏，往往随时流淌而出，无斧凿雕饰之痕迹。如《与王朗书》："世路隔塞，情问断绝，感怀增思。前见章表，知寻汤武罪己之迹，自投东裔同鲧之罚，鉴省未周，涕陨潸然……知棹舟浮海，息驾广陵，不意黄熊突出羽渊也。谈笑有期，勉行自爱。"情感由悲到泣到喜的变化随文而呈现，在悲泣与喜悦之间，以"不意"句开了轻松活跃的玩笑，作者将王朗比作鲧，变为黄熊，突然从东南方向出现，极为幽默风趣。汉魏之际士人盛行人物品评，人物品评的习气在孔融书信中多有体现。如其《与韦修甫书》称韦端（字修甫）子韦康（字元将）和韦诞（字仲将）曰："前日元将来，渊才亮茂，雅度弘毅，伟世之器也。昨日仲将复来，懿性贞实，文敏笃诚，保家之主也。不意双珠近出老蚌，甚珍贵之。"《答虞仲翔书》称虞翻曰："曩闻延陵之理乐，今睹吾子之治《易》，乃知东南之美者，非但会稽之竹箭焉。又观象云物，察应寒温，原其祸福，与神会契，可谓探赜穷通者已。"汉魏之际，大一统政治结构的解体，经学独尊的崩溃，使得思想意识领域呈现自由的多元的发展趋向。体现在文章创作上，便是尚通脱，也就是想怎么写就怎么写，想写多少就写多少。这种风尚与孔融本人刚傲磊落的个性及其以气运词、称性而为的撰作状态结合之后，被推到了极致。

许寿裳《亡友鲁迅印象记》提到鲁迅素所爱诵汉魏文章，尤看重孔融和嵇康的文章，"为什么这样称许呢？就因为鲁迅的性格，严气正性，宁愿覆折，憎恶权势，视若蔑如，皓皓焉坚贞如白玉，凛凛焉烈烈如秋霜，很有一部分和孔、嵇二人相类似的缘故"。①

① 《挚友的怀念：许寿裳忆鲁迅》，河北教育出版社 2000 年版，第 23 页。

刘桢的书信曾受到刘勰的肯定，《文心雕龙·书记》云："公幹笺记，丽而规益。"今存较完整的两篇。一篇题为《谏曹植书》，是规劝曹植厚遇家丞邢颙的，言辞诚恳，显示了成人之美，与人为善的宽厚性格。一篇题为《答魏太子丕借廓落带书》，据《三国志》卷二十一裴松之注引鱼豢《典略》，曹丕曾赐刘桢廓落带，后又想要还，作书嘲桢云："夫物因人为贵，故在贱者之手，不御至尊之侧。今虽取之，勿嫌其不反也。"刘桢便写下此书以答复，文云：

> 桢闻荆山之璞，曜元后之宝；随侯之珠，烛众士之好；南垠之金，登窈窕之首；鼲貂之尾，缀侍臣之帻。此四宝者，伏朽石之下，潜污泥之中，而扬光千载之上，发彩畴昔之外，亦皆未能初自接于至尊也。夫尊者所服，卑者所修也；贵者所御，贱者所先也。故夏室初成，而大匠先立其下；嘉禾始熟，而农夫先尝其粒。恨桢所带，无他妙饰。若实殊异，尚可纳也。

文辞整饬华美，语气则不卑不亢，颇为得体，展示了作者耿直高傲的个性与捷思善对的才华。

王粲今存书信两篇，今题为《为刘荆州谏袁谭书》、《为刘荆州与袁尚书》，均作于建安八年（203 年），王粲依荆州刺史刘表之时。当时，以冀州、青州等地为主要割据区域的军阀袁绍已死，在继承权归属的问题上，袁氏集团发生内讧，众僚臣有支持绍长子谭的，也有拥护绍少子尚的，且矛盾激化到同室操戈、举兵相向的地步。这种情势发展下去，袁氏集团危矣。袁氏集团危，北方袁曹两大军事集团的力量均衡局面便将不复存在，曹操集团势必成为名副其实的北方霸主，这对割据荆州的刘表来说是不利的。于是，刘表使王粲操毫代笔，分别致书于袁谭、袁尚，劝其勿听谗人挑拨而同室操戈，当以大局为重，兄弟和好，共建王业。二书既有直接的劝导，也有史事的引证及物象的比喻，长于铺陈事理，旨在打动谭、尚兄弟之心。其中既流露了传统的以礼让亲和为贵的儒家思想，也显示了纵横家长于权衡形势，分辨利害、援譬引类、反复陈说的特点。

兹作节录，以窥一斑：

太公殂陨，贤胤承统，以继洪业。宣奕世之德，履丕显之祚，摧严敌于邺都，扬休烈于朔土，顾定疆宇，虎视河外，凡我同盟，莫不景附。何悟青蝇飞于竿旗，无忌游于二垒，使股肱分成二体，匈膂绝为异身……夫欲立竹帛于当时，全宗祀于一世，岂宜同生分谤，争校得失乎？若冀州有不弟之傲，无惭顺之节，仁君当降志褒身，以济事为务。事定之后，使天下平其曲直，不亦为高义邪？今仁君见憎于夫人，未若郑庄之于姜氏；昆弟之嫌，未若重华之于象敖。然庄公卒崇大隧之乐，象敖终受有鼻之封。愿捐弃百痾，追摄旧义，复为母子昆弟如初。今整勒士马，瞻望鹄立。

正如明人张溥《汉魏六朝百三家集·王侍中集题辞》所说："王仲宣为刘荆州移书苦谏，今读其文，非独词章纵横，其言诚仁人也。"惜乎谭、尚兄弟执迷不悟，争而不让，终于两败俱亡，曹操独擅其利。对此，张溥云："仲宣二书，疾呼泣血，无救阋墙。袁氏将丧，顽子执兵，即苏(秦)、张(仪)复生何益哉!"

## 二、吴质与三国齐鲁文士书信

建安及三国时期齐鲁籍人物中，某些政坛重臣亦擅长写作书牍文，当提及的有董昭、王朗、吴质等。先从济阴定陶(今山东定陶西北)董昭说起。① 董昭富有权谋智略，为曹操父子出谋划策，多被采纳，建立卓越的功绩，故陈寿《三国志》卷十四将他与程昱、郭嘉

① 董昭(156－236)，三国时魏重臣。字公仁。初举孝廉，除瘿陶长、柏人令，袁绍以为参军事。继任巨鹿太守、魏郡太守。后归曹操，从定河北，任冀州牧、徐州牧、魏郡太守、谏议大夫，倡议建封操魏公、魏王。曹丕称帝，任大鸿胪，封右乡侯。又授太常、光禄大夫，从丕东征。明帝即位，进爵乐平侯，转卫尉，迁司徒。年八十一卒于官，谥定。

并列同传。昭在文章撰作上长于书牍,他的书牍文善于分析当前形势,揣摩对方的心态,衡量利害短长,有浓重的纵横策士风采。早在中平年间,他就为曹操作书安抚长安诸将李傕、郭汜等,能根据对象、亲疏的不同把握好不同的分寸,颇得史家好评。建安元年,董昭为扩大曹操势力,修书与拥重兵于献帝居处洛阳的军阀杨奉,辞云:

吾与将军闻名慕义,便推赤心。今将军拔万乘之艰难,反之旧都,翼佐之功,超世无畴,何其休哉!方今群凶猾夏,四海未宁,神器至重,事在维辅;必须众贤以清王轨,诚非一人所能独建。心腹四支,实相恃赖,一物不备,则有阙焉。将军当为内主,吾为外援。今吾有粮,将军有兵,有无相通,足以相济,死生契阔,相与共之。

信中对杨奉护卫献帝返还洛阳的功劳做了高度赞扬,然后转向当今天下局势。由"必须众贤以清王轨,诚非一人所能独建"引出与杨奉结援之意向,并辅之以"心腹四支(肢),实相恃赖"之喻,最后直接点明结援之效益,并发出誓言式的生死与共的诚信表白。文虽简短,但情理兼备。杨奉得书喜悦,与诸将共表曹操为镇东将军。在曹操和袁绍的军事较量中,为争取袁绍同族袁春卿(时任魏郡太守)反戈投附,曹操遣人将春卿父从扬州接回许昌,董昭则直接修书与袁春卿,辞云:

盖闻孝者不背亲以要利,仁者不忘君以徇私,志士不探乱以徼幸,智者不诡道以自危……况足下今日之所托者乃危乱之国,所受者乃矫诬之命乎?苟不逞之与群,而厥父之不恤,不可以言孝。忘祖宗所居之本朝,安非正之奸职,难可以言忠。忠孝并替,难以言智。又足下昔日为曹公所礼辟,夫戚族人而疏所生,内所寓而外王室,怀邪禄而叛知己,远福祚而近危亡,弃明义而收大耻,不亦可惜邪!若能翻然易节,奉帝养父，委身曹公，忠孝不坠，荣名彰矣。宜深留计，早决良图。

言忠，言孝，言智，权衡轻重，对比得失，处处为对方的切身利害着想，措辞爽利，富于感染力和说服力。有的书信则充溢激情，流露出不容置辩的霸气，如建安中董昭与列侯诸将议，认为曹操宜进爵国公，九锡备物，以表彰其殊勋。于是他致书与荀彧曰：

> 昔周旦、吕望，当姬氏之盛，因二圣之业，辅翼成王之幼，功勋若彼，犹受上爵，锡土开宇。末世田单，驱强齐之众，报弱燕之怨，收城七十，迎复襄王；襄王加赏于单，使东有掖邑之封，西有菑上之虞。前世录功，浓厚如此。今曹公遭海内倾覆，宗庙焚灭，躬擐甲胄，周旋征伐，栉风沐雨，且三十年，芟夷群凶，为百姓除害，使汉室复存，刘氏奉祀。方之曩者数公，若太山之与丘垤，岂同日而论乎？今徒与列将功臣，并侯一县，此岂天下所望哉！

文章通过鲜明的对比而凸显旨意：周公、吕望、田单因盛驱强，建功易而封赏重；曹公遭逢海内倾覆、宗庙焚灭、群凶割据的乱世，戎马倥偬，挽汉室于将亡，功勋宏伟而封赏轻微，若不重封，则失天下人民所望。文短意豁，富有一锤定音的气魄。

吴质(178—230)，字季重，济阴(今山东鄄城)人。初为曹操幕僚，以文才为曹丕、曹植所重。曹丕与诸僚属文士聚会于南皮，高谈畅论，弹棋博弈，质亦参与。建安十六年，质出为朝歌长。二十二年迁元城令。曹丕代汉，移都洛阳，征质入都，拜中郎将，封列侯，持节督河北军事。黄初五年入朝。七年，曹丕卒，质作《思慕诗》。太和四年，召质入为侍中，夺其兵权。同年卒。今存文数篇，见严可均《全三国文》卷三十。其中完整的是被萧统《文选》收录的《答魏太子笺》、《在元城与魏太子笺》及《答东阿王书》。

《答魏太子笺》是对曹丕建安二十二年来信的回复。吴质为曹丕的心腹故交之一，曹丕在《与吴质书》中抒发了人生短暂、故交多逝的悲伤情绪，评价了建安诸子的文才学问，最后落笔自我的人生慨叹，笔致随便，毫不雕琢，真挚情怀得以自然地流出。作为与依附之上司的交流及心灵的回应，吴质此书表情也颇自然得体。其文首先回应曹丕对故交亡逝的感伤："日月冉冉，岁不我与。昔侍左右，厕坐众贤，出有微行之游，入有管弦之欢，置酒乐饮，赋诗称寿，自谓可终始相保，并骋材力，效节明主。何意数年之间，死丧略尽。臣独何德，以堪久长？"接着由悲痛陈琳、徐幹、刘桢、应玚诸子的早逝，引出对他们才质的品评。在品评中，显示了吴质为人相当自傲的一面，也折射了他与曹丕间颇为亲密的关系。文末是对曹丕的很得体的颂扬，说丕之文才学问超人，"优游典籍之场，休息篇章之囿，发言抗论，穷理尽微，握藻下笔，鸾龙之文奋矣"。还夸耀当今曹丕年龄与东汉开国帝王刘秀创业时差不多，而才能却百倍于秀，所以众望所归，同声拥戴。这当然是素有帝王之志的曹丕喜欢听的。而后又表了一番忠于曹丕戮力以报的决心。史称吴质以文才为曹氏兄弟所善，是也。之后，吴质迁元城令。赴任途中，经过邺城，向曹丕辞行。到任之后，与曹丕一笺。《文选》题名为《在元城与魏太子笺》。此作文采斐然，典故繁富，其中胪述元城周围地理形势，借鉴了前代京都赋、畋猎赋的空间铺列式描写，以及纪行赋的因地怀古手法，尤引人注目，如：

> 然观地形，察土宜，西带常山，连冈平代。北邻柏人，乃高帝之所忌也。重以泜水，渐渍疆宇，喟然叹息，思淮阴之奇谲，亮成安之失策。南望邯郸，想廉蔺之风。东接巨鹿，存李齐之流。都人士女，服习礼教，皆怀慷慨之节，包左车之计。

如此综合地借鉴吸收辞赋的艺术营养，于书笺可谓别具一格。孙梅《四六丛话》卷二十一引《野客丛书》：

> 《月观记》曰："尝与子四顾而望之：其东曰海门，鸱夷子皮之所从遁也；其西曰瓜步，魏太武之所尝至也。若其北广陵，

则谢太傅之所筑埭而居也。江中之流，则祖豫州之所击楫而誓也。"《壮观亭记》曰："尝试与客指天末之叠巘，望林表之平陆，曰：此吴蜀之所争也；此六朝之所都也；此曹孟德、刘玄德之所摧败奔北，而陆逊、周瑜之所得志而长驱也；此梁武之所不能有，而侯景之所陆梁而睢盱也；此孙皓、陈叔宝穷侈极丽，惟日不足，而今日之荒墟也。"渔隐谓："东坡《超然台记》其略曰：'南望马耳常山，出没隐见，若近若远，庶几有隐君子乎？其东则庐山，秦人卢敖之所从遁也。西望穆陵，隐然如城郭，师尚父、齐威公之遗烈犹有存者。北俯潍水，慨然太息，思淮阴之功，而吊其不终。'此语本祖习凿齿书意。其后《月观记》等从而效之。习书曰：'吾来襄阳，从北门入，西望隆中，想卧龙之吟；东眺白沙，思凤雏之声；北临樊墟，存邓老之高；南眷城邑，怀羊公之风。'"

而后孙梅云："案《文选》，吴质《在元城与魏太子笺》亦有此一段文意，是又在习氏之前。"① 揭示了吴质此手法开风气之先的意义。此外，作者还好用典故以表达曹丕对他的盛情款待，以及自己不愿久出外任，希望早日返回京城的心情："前蒙延纳，侍宴终日，燿灵匿景，继以华灯。虽虞卿适赵，平原入秦，受赠百金，浮觞旬日，无以过也。……往者严助释承明之欢，受会稽之位，寿王去侍从之娱，统东都之任。其后皆克复旧职，追寻前轨。今独不然，不亦异乎？张敞在外，自谓无奇，陈咸愤积，思入京城。"所用事典，或出于战国，或出于西汉，风格典雅，表情委婉。而且，此文讲究句式整齐偶对的趋向也很明显。这都是作者文采斐然的具体表现。

《答东阿王书》作于吴质任朝歌令的后期。之前，曹植撰《与吴季重书》，其中称赞了吴质的才能，描述了他们暂聚邺城宴饮的欢

---

① 《历代文话》，复旦大学出版社 2007 年版，第 4664 页。

欣豪壮之情，有云：“若夫觞酌凌波于前，萧笳发音于后，足下鹰扬其体，凤叹虎视，谓萧（何）曹（参）不足俦，卫（青）霍（去病）不足侔也。左顾右盼，谓若无人，岂非吾子壮志哉！过屠门而大嚼，虽不得肉，贵且快意。当斯之时，愿举太山以为肉，倾东海以为酒，伐云梦之竹以为笛，斩泗滨之梓以为筝，食若填巨壑，饮若灌漏卮。其乐固难量，岂非大丈夫之乐哉？”还写了希企时光不流，欢乐常在的心愿：“然日不我与，曜灵急节……思欲抑六龙之首，顿羲和之辔，斩若木之华，闭蒙汜之谷。天路高邈，良久无缘。”夸张渲染，词采富美，感情充沛，气势磅礴。雄笔奇才，给人以抑扬天地、气凌云汉的感受。文末勉励吴质在原有政绩的基础上把朝歌治理得更好。吴质收书，启函展读，首先的感受是子建文采瑰丽，情意深厚，并比喻说只有登上东岳泰山，方知众山的平缓，只有事奉过地位最尊贵的人，方知管辖百里之具令的卑微：“发函伸纸，是何文采之巨丽也，而慰喻之绸缪乎！夫登东岳者，然后知众山之逦迤也；奉至尊者，然后知百里之卑微也。”对子建气扬采飞之书信言，吴质表达的感受应该说是发自肺腑的敬佩，而非言不由衷的吹捧。以下承“知百里之卑微”意，说自己归朝歌后，“精致思越，惘若有失”，其原因，非敢羡慕公子您恩宠殊遇的荣耀，也不敢羡慕公子您有猗顿那样丰厚的财富，实在是因为自身的地位比犬马还要低贱，自己的德行比鸿毛还要轻微。然后运用典故以表达情意，说曹植有平原君、孟尝君、信陵君等声震遐迩的贵公子的礼贤下士的美好品德，而自己却无毛遂、冯谖、侯嬴的才能以报答公子的礼遇恩德，因此满腔积愤，怀念眷顾且忧愁郁闷。其文云：“虽恃平原养士之懿，愧无毛遂耀颖之才；深蒙薛公折节之礼，而无冯谖三窟之效；屡获信陵虚左之德，又无侯生可述之美。凡此数者，乃质所以愤积于胸臆，怀眷而悁邑者也。”如此寓情方式，增强了文章的典雅含蓄之美，又启人思接千载，驰骋联想的翅膀，在更加广阔的时空中深化感受。而后继续“卑微”自己，说：“倾海为酒，并山为肴，伐竹云梦，斩梓泗滨，然后极雅意，尽欢情，信公子之壮观，非鄙人之所庶几也。”自己的志向是“钻仲父之遗训，览老氏之要言，对清酤而不酌，抑嘉肴而不享，使西施出帷，嫫母侍侧”。为何呢？“斯盛德之所蹈，明哲之所保也。”吴质针对曹植推许的豪壮的大丈夫之志，显得相当冷静、收敛。但曹植的兴致他不能扫，也不敢扫，于是把与曹植观赏之音乐的声势做了夸张渲染：“若乃近者之观，实荡鄙心。秦筝发徵，二八迭奏，埙箫激于华屋，灵鼓动于座右，耳嘈嘈于无闻，情踊跃于鞍马。谓可北慑肃慎，使贡其矢；南震百越，使献其白雉。又况权、备，夫何足视乎！”接下来推许子建及众贤撰著之文辞，“实赋颂之宗，作者之师”。最后针对曹植勤于朝歌政事的劝勉，借助比喻，委婉地提出朝歌令不足以发挥自己的才能，希望进一步得到升迁重用而效其力：“然一旅之众，不足以扬名；步武之间，不足以骋迹。若不改易御，将何以效其力哉？今处此而求大功，犹绊良骥之足，而责以千里之任；槛猿猴之势，而望其巧捷之能者也。”看来，作者前面自谓“卑微”，不单纯是为了推扬曹植之尊贵，也隐含自己才大任小的牢骚在，文末数语，可谓道破天机。如此跌宕起伏的行文风格，亦可见吴质才华不凡。

王朗为曹魏重臣，位至三公。陈寿《三国志·魏志·王朗传》称王朗“文博富赡”，“诚一时之俊伟”。汉魏之际喜好谈论人物，王朗谈辞之美，深受时人推重。兹引一例以证其谈论水平。《汉晋春秋》载：

> 建安三年，太祖（曹操）表征朗，（孙）策遣之。太祖问曰：“孙策何以得至此邪？”朗曰：“策勇冠一世，有俊才大志。张子布，民之望也，北面而相之。周公瑾江淮之杰，攘臂而为其将。谋而有成，所规不细，终为天下大贼，非徒狗盗而已。”（《魏志·王朗传》注引）

要言不繁，简而能当，寥寥数言便捕捉住孙策及其幕僚张昭、周瑜的才能、志向，并对其终成大事的前景作出准确预料，可谓目光如炬。刘季高先生评曰："王景兴（王朗字景兴）品题孙伯符君臣，典重简要，如转大石，步步有声。"①

王朗书札文颇有文采，且呈现多样化的特色。《与钟繇书》是写给地位相等的同僚钟繇的：

> 朗白：近闻室人孙氏归，或曰大归也。共经忧乐既久矣，曷为一旦离析，以至于归而不返乎？不得面谈，裁书叙心。

据钟繇少子钟会为其母张氏写的传记《张夫人传》记述，钟繇另一妾孙氏嫉恨张氏之贤，屡谗毁，不择手段，甚至见张氏怀孕，竟于食中放有毒之药。张氏觉而吐之，昏眩数日，脱离危险。真相大白后，孙氏因罪被出。王朗此信中所谓孙氏归，即指此事。因二人既是老同僚又是老朋友，故信中言辞很随便，很诚恳，纯然朋友间拉家常、谈心的风格。斟酌此信之意，似乎王朗并不了解"孙氏归"的原因，故有"共经忧乐既久矣，曷为一旦离析，以至于归而不返"的惋惜。或许王朗当时听到的传闻与后来钟会所记并不一样，故有此种惋惜；如果是那样的话，钟会《张夫人传》关于孙氏被出事的记载的真实性便值得怀疑了。

曹丕与王朗关系特别融洽，故往来书信亲切、随便，感情自然流淌而出，不刻意雕琢、拿腔作调，如王朗《与魏太子书》："不遗惠书，所以慰沃。奉读欢笑，以藉饥渴。虽复萱草忘忧，皋苏择劳，无以加也。"写得到曹丕书信的快乐，朴实自然，简而情浓。

汝南名士许靖是王朗的老朋友，汉末动乱中由中原至会稽，又由会稽至交州，后由交州至益州，流离颠沛，备尝艰辛，终仕于蜀。在蜀曾撰《与曹公书》，其中抒写了他的艰辛经历和对中原的怀念，

① 刘季高著《东汉三国时期的谈论》，上海古籍出版社，第56页。

感情相当沉痛:“会稽倾覆,景兴失据,三江五湖,皆为虏庭。临时困厄,无所控告。便与袁沛、邓子孝等浮涉沧海,南至交州。经历东瓯、闽、越之国,行经万里,不见汉地,漂薄风波,绝粮茹草,饥殍荐臻,死者大半。即济南海,与领守兒孝德相见,知足下忠义奋发,整敕元戎,西迎大驾,巡省中岳。承此休问,且悲且喜,即与袁沛及徐元贤复共严装,欲北上荆州。会苍梧诸县夷、越蜂起,州府倾覆,道路阻绝,元贤被害,老弱并杀。靖寻循渚岸五千余里,复遇疾疠,伯母殒命,并及群从,自诸妻子,一时略尽。复相扶侍,前到此郡,计为兵害及病亡者,十遗一二。生民之艰,辛苦之甚,岂可具陈哉!惧卒颠仆,永为亡虏,忧瘁惨惨,忘寝与食……倘天假其年,人缓其祸,得归死国家,解逋逃之负,泯躯九泉,将复何恨!若时有险易,事有利钝,人命无常,陨没不达者,则永衔罪责,入于裔土矣。”信的后面许靖希望曹操“远览载籍废兴之由,荣辱之机,弃忘旧恶,宽和群司,审量五材”。王朗于是撰《与许文休书》,今存三则。其一云:

文休足下:消息平安,甚善甚善。岂意脱别三十余年而无相见之缘乎!诗人比一日之别于岁月,岂况悠悠历累纪之年哉!自与子别,若没而复浮,若绝而复连者数矣。而今而后,居升平之京师,攀附于飞龙之圣主;侪辈略尽,幸得老与足下并为遗种之叟,而相去数千里,加有邅蹇之隔,时闻消息于风声,托旧情于思想,眇眇异处,与异世无以异也。……故乃猥以原壤之朽质,感夫子之情听,每叙足下,以为谋首,岂其注意,乃复过于前世,《书》曰“人惟求旧”,《易》称“同声相应,同气相求”。刘将军之与大魏,兼而两之。……久阔情慉,非夫笔墨所能写陈,亦想足下同其志念。今者亲生男女,凡有几人,年并几何?仆连失一男一女。今有二男,大男名肃,年二十九,生于会稽;小儿裁岁余。临书怆恨,有怀缅然。

其二云:

过闻“受终于文祖”之言于《尚书》，又闻“历数在躬，允执其中”之文于《论语》。岂自意得于老耄之齿，正值天命受于圣主之会，亲见三让之弘辞，观众瑞之总集，睹升堂穆穆之盛礼，瞻燔燎焜曜之青烟。于时忽自以为处唐虞之运，际于紫微之天庭也。徒慨不得携子之手，并列于世有二子之数，以听有唐钦哉之命也。子虽在裔土，想亦极目而回望，侧耳而遐听，延颈而鹤立也。昔汝南陈公初拜，不依故常，让上卿于李元礼。以此推之，吾宜退身以避子位也。苟得避子以窃让名，然后绥带委质，游谈于平勃之间，与子共陈往时避地之艰辛，乐酒酣宴，高谈大噱，亦足遗忧而忘老。捉笔陈情，随以喜笑。

其三云：

前夏有书而未达，今重有书，而并致前问。皇帝既深悼刘将军之早逝，又愍其孤之不易，又惜使足下孔明等士人气类之徒，遂沉溺于羌夷异种之间，永与华夏乖绝，而无朝聘中国之期缘，瞻睎故土桑梓之望也。故复运慈念而劳仁心，重下明诏，以发德音，申敕朗等。使重为书与足下等，以足下聪明，揆殷勤之圣意，亦足悟海岱之所常在，知百川之所宜注矣。昔伊尹去夏而就殷，陈平违楚而归汉，犹曜德于阿衡，著功于宰相。若足下能弼人之遗孤，定人之犹豫，去非常之伪号，事受命之大魏，客主兼不世之荣名，上下蒙不朽之常耀，功与事并，声与勋著，考绩效足以超越伊吕矣。既承诏直，且服旧之情，情不能已。若不言足下之所能，陈足下之所见，则无以宣明诏命，弘光大之恩，叙宿昔梦想之思，若天启众心，子导蜀意。诚此意有携手之期。若险路未夷，子谋不从，则惧声问或否，复面何由！前后二书，言每及斯，希不切然有动于怀。足下周游江湖，以暨南海，历观夷俗，可谓遍矣。想子之心，结思华夏，可谓深矣。为身择居，犹愿中土；为主择居安，岂可以不系意于京师，而持疑于荒裔乎？详思愚言，速示还报也。

王朗既为曹魏政权重臣，又系许靖老友[1]，故曹操病故，曹丕即位后命他致信于许靖，这种背景，便使三则书信在内容上呈现兼顾公私的特色。从公的方面看，王朗在颂扬曹魏政权的同时，希望许靖也侍奉曹魏，并劝说蜀汉政权归附曹魏。从私的方面看，王朗表达了对许靖的思念、牵挂，希望他叶落归根，回到中原，以叙旧情。应该说，这三则半公半私性质的书信，写得还是较为得体的，故被史家记载，流传于今。

王朗书信中行文较为讲究整饬的是《答太祖遣咨孙权称臣》。曹操进位魏王后，孙权向曹操上疏称臣，并进献贡物，曹操咨问王朗对孙权之言行的看法，王朗便写此信以答：

孙权前笺，自诡躬讨虏以补前愆。后疏称臣，以明无二。牙兽屈膝，言鸟告欢，明珠南金，远珍必至。情见乎辞，效著于功。三江五湖，为治于魏，西吴东越，化为国民。鄢郢既拔，荆门自开，席卷巴蜀，形势已成。重休累庆，杂沓相随。承旨之日，抚掌击节。情之畜者，辞不能宣。

信中对曹操当时威武强盛的形势进行了赞扬，情调欢快。刘季高称曰："（王朗）答孟德短笺，则如珠走盘，光彩流动。谈辞之美，当时推为华夏独步，诚信而有征矣。"[2]全文共24句，其中23句为四言句，句式运用如此整饬，在王朗书信中别具一格，在当时唯孔融《喻邴原举有道书》可以相匹。此类书信在创作上显然受到四言诗的影响，具有诗歌整饬、简洁的特色，可谓魏晋某些文章诗化之尝试的代表成果。

---

① 《蜀志·许靖传》："始靖兄事颍川陈纪，与陈郡袁焕、平原华歆、东海王朗等亲善。"

② 刘季高著《东汉三国时期的谈论》，上海古籍出版社，第56页。

作为蜀、吴重臣，诸葛亮与其侄诸葛恪的书信也颇可读。诸葛亮较好的是诫子书。此类作品前代或当时的名作如马援《诫兄子严、敦书》、郑玄《戒子益恩书》、王昶《家诫》等，规诫的对象为自家人，所讲内容主要是关于立身处世的人生经验，或设身处地，谆谆劝导，或设譬取喻，格言警句迭出，大体而言，形成一种平易自然、不事雕琢的文体风格。诸葛亮承此方向，他广为人们传诵的名文《诫子书》、《诫外生书》，是长教幼、父训子的书信，篇幅短小，言简意赅，殷殷之语、切切之情两相融合，令人动容。《诫子书》是教导儿子诸葛瞻如何求学治道、立志修身的，文中突出一个“静”字，与“躁”字相对比，多用格言式的警句，发人深省：

> 夫君子之行，静以修身，俭以养德，非澹泊无以明志，非宁静无以致远。夫学须静也，才须学也，非学无以广才，非志无以成学。淫慢（一作“慆慢”）则不能励精，险躁则不能治性。年与时驰，意与日去，遂成枯落，多不接世，悲守穷庐，将复何及！

对后代的要求严格，希望殷切，别有一番深情流注其间，感人颇深。诸葛亮此类精粹书简不少，如陆机《要览》引诸葛亮书曰：“势利之交，难以经远。士之相知，温不增华，寒不改叶，能贯四时而不衰，历夷险而益固。”①境界高尚，堪称至理名言。诸葛亮的不少书信是写给其兄诸葛瑾的，瑾仕吴为重臣，亮与之多书信往来，或评说人物，或言军事，皆短章，如《与兄瑾言子瞻书》评说儿子诸葛瞻：“瞻今已八岁，聪慧可爱，嫌其早成，恐不为重器耳。”古人或有早慧者将来未必能成大器的说法，如《老子》：“大器晚成，大音希声”，《后汉书·孔融传》：“夫人小而聪了，大未必奇”云云，从诸葛亮的担心中，可见他对儿子乃至国家的前途命运抱有多么殷切的期望。

诸葛亮与其他人的书信也多为短篇，读来往往有简洁明快，开

---

① 《太平御览》卷四百六十引，上海古籍出版社 2008 年版。

诚布公，与人为善，谦和切情的印象。或重在品评人物，为朝廷延揽人才，如《与张裔蒋琬书》称道凉州青年才俊姜维："忠勤时事，思虑精密……其人凉土上士也……敏于军事，既有胆义，深解兵意。此人心存汉室，而才兼于人。"或重于化解臣僚间的矛盾误会，营造人际关系之和谐氛围，以共辅王室，如《报关羽书》通过周到得体的措辞，化解了关羽对马超受到重用的不服气和嫉妒："孟起兼资文武，雄烈过人，一世之杰。黥彭之徒也。当与孟德并驱争先，犹未及髯之绝伦逸群也。"虽仅寥寥几句，但对马超、张飞、关羽三人的评骘极有分寸，简而切要，不仅可使当事人心服口服，即使局外人也不得不拍案称绝。晚明张溥对此类短书称赏有加，云："赫蹏（小幅纸）数字，能使悍夫解仇，壮士刎颈，开诚布公，集思广益，一生靖献之本，施于僚佐，贤愚悉心，所自然尔。"①

诸葛恪（203—253），字元逊。诸葛瑾长子。少知名，弱冠拜骑都尉。后自荐招抚丹杨山民，遂拜抚越将军、丹杨太守。到任，巧施计谋，恩威并用，一方顺化。以功拜威北将军，封都乡侯。丞相陆逊卒，迁大将军，驻武昌，代领荆州事。吴王孙权临终，托孤于恪。孙亮即位，拜太傅，总揽朝政，兴利除弊，革新内外，一时民心大悦、政绩斐然。进封阳都侯，加荆州、扬州牧，督中外诸军事。此后，因功滋骄，致上下愁怨。建兴二年，武卫将军孙峻设计谋杀之，年五十一。有《诸葛子》五卷，佚。严可均辑《全三国文》卷六十五收录其文六篇。恪任太傅辅孙亮时，不欲诸王处江滨兵马之地，徙齐王孙奋（孙权少子）于豫章南昌。奋怒，不从命，又数越法度，恪乃撰《谏齐王孙奋笺》。文章从"帝王之尊，与天同位"，"仇雠有善，不得不举；亲戚有恶，不得不诛。所以承天理物，先国后身，盖圣人

① 《汉魏六朝百三家集·诸葛武侯集题辞》，见殷孟伦《汉魏六朝百三家题辞注》，人民文学出版社 1981 年版，第 61 页。

立制，百代不易之道”的道理谈起。然后以汉代刘氏皇族诸王及汉末袁绍、刘表事证之，说同姓王太强，必致灾难；有所节制，则可全安；袁、刘在嗣位问题上嫡庶不分，遂灭其宗祀。先皇帝（指孙权）览古鉴今，防芽遏萌，虑于千载，临终之际，分遣诸王就国，诏策殷勤，科禁严峻，目的就在于上安宗庙，下全诸王，使百世相承，无凶国害家之悔。接下来转入劝谏孙奋之正题，让其裁抑骄恣荒乱，以失行致败之王为戒，好自为之，“若弃忘先帝法教，怀轻慢之心，臣下宁负大王，不敢负先帝遗诏；宁为大王所怨疾，岂敢忘尊主之威，而令诏敕不行于藩臣耶？此古今正义，大王所照知也”。态度不卑不亢，出语柔刚相济，明显地表现一个辅政大臣坚定的政治责任感及言辞妥切到位的撰作素质。行文至此，作者意犹未尽，语重心长地说：

> 夫福来有由，祸来有渐，渐生不忧，将不可悔。向使鲁王（奋兄霸，图危太子，被赐死）早纳忠直之言，怀惊惧之虑，享祚无穷，岂有灭王之祸哉？夫良药苦口，惟疾者能甘之；忠言逆耳，惟达者能受之。今者恪等慺慺，欲为大王除危殆于萌芽，广福庆之基原，是言不自知言至，愿蒙三思。

既有哲理的点染，又有最切近之事例的明示，还有一切为对方好的忠告，行文简洁得体。之前，恪撰有《与丞相陆逊书》。吴大帝赤乌（238—250）中，魏司马懿谋攻吴，吴人杨敬叔向孙权传述清论，以为方今人才凋尽，应当大胆提拔。恪书即为此论而言，全文的中心意思说对待人物不能苛求，凡本性大节无亏而有志为国陈力者，便当奖掖提拔，予以施展才能的机会；在此基础上，批评了世俗好相谤毁的不良现象。作为支撑观点的具体的材料，作者以孔氏门徒之见异者七十二人为例，说他们犹各有所短，但仲尼却引以为友，不以人所短，弃其所长。在时务纵横纷乱、国家急需人才的当今，取士宜宽于往古，“苟令性不邪恶，志要陈力，便可奖就，骋其所任”。作者认为，汉末以来某些士大夫更相谤讪，或至于祸，究其缘起，非为大仇，只因“克己不能尽如礼，而责人专以正义”，乃至相互怨恨；相互怨恨，则小人得其间。从前张耳、陈余等至交好友最终交恶而血刃相残，本由于此而已。总之，取士宜宽，责人宜宽，否则，“不赦（一作‘舍’）小过，纤微相责，久乃至于家户为怨，一国无复全行之士也”。全文摆事实，讲道理，推因致果，文短而理周。

孙权去世不久，诸葛恪撰《与弟融书》。诸葛融当时驻守公安，公安为长江中游吴控制区之重镇，驻守此地责任重大。恪与弟书中先述对孙权死的悲痛，次述自己在京辅佐幼主孙亮压力尤大，有云：“今以顽钝之姿，处保傅之位，艰多智寡，任重谋浅，谁为唇齿？近汉之世，燕盖交遘，有上官之变，以身值此，何敢怡豫邪？”兄弟交心，实话实说，概括当时复杂的形势言简意赅。最后告诫弟融奋不顾身，勤于国事：“当于今时整顿军具，率厉将士，警备过常，念出万死，无顾一生，以报朝廷，无忝尔先。”

## 三、王羲之与晋代齐鲁文士书信

琅琊王氏书信文，以王羲之最为丰富。王氏书信文的显著特色是抒情信浓重。六朝是一个重情的时代，琅琊王氏无疑是此时有代表性的一个重情的家族。《世说新语》有如下记载：

> 王戎丧儿万子，山简往省之，王悲不自胜。简曰：“孩抱中物，何至于此！”王曰：“圣人忘情，最下不及情。情之所钟，正在我辈。”简服其言，更为之恸。①（《伤逝》第四条）
>
> 王东亭（王珣）与谢公交恶。王在东闻谢丧，便出都，诣子

① 《晋书》卷四十三《王衍传》载为王衍与山简的对话，中华书局 1974 年版。

敬,道欲哭谢公。子敬始卧,闻其言,便惊起曰:"所望于法护(珣小字)。"王于是往哭。督师刁约不听前,曰:"官平生在时,不见此客。"王亦不与语,直前哭,甚恸,不执末婢(谢安少子谢琰小字)手而退。(《伤逝》第十五条)

王子猷、子敬俱病笃,而子敬先亡。子猷问左右:"何以都不闻消息?此已丧矣。"语时了不悲。便索舆来奔丧,都不哭。子敬素好琴,便径入坐灵床上,取子敬琴弹,弦既不调,掷地云:"子敬,子敬,人琴俱亡!"因恸绝良久。月余亦卒。(《伤逝》第十六条)

此王家人,或伤子逝,或伤弟逝,甚至伤及曾有隔阂的外人之逝,都悲恸不已。或径直言己终当为情而死,如:

王长史登茅山,大恸哭曰:"琅邪王伯舆,终当为情死。"(《任诞》第五十四条)

千年之下,犹可见其一往情深的风范。与《世说新语》所记载之言行相副,王氏子弟之书信文往往富于抒情性。王羲之(303—361)撰文尤富,情味尤浓。载于《晋书·王羲之传》的数篇文字,多涉及东晋中期军政大事,羲之往往直言不讳,实话实说,不扭捏作态,不含糊迂回,显示了他关怀国计民生的社会责任感,以及磊落坦诚的人格境界。书中往往流露了忧国忧民的情怀,在其位谋其政的承担精神,以及公平忘身的为吏原则。针对会稽百姓的困境,羲之采取开仓赈贷、减免赋税、禁酒节粮、停止征役、惩治贪官等一系列措施,颇见成效。《报殷浩书》针对扬州刺史殷浩的劝仕之书,羲之以即刻准备为国效命之志作回应,有云:"若蒙驱使,关陇、巴蜀皆所不辞。吾虽无专对之能,直谨守时命,宣国家威德,固当不同于凡使,必令远近咸知朝廷留心于无外。"充溢着一股激昂奋发之气,使人不由地联想到汉之终军,魏之曹植。在此以国事为重之思想的基础上,羲之勇于发表与权贵相悖的政见。永和八、九年,殷浩出于与桓温争功的动机，未冷静权衡当时形势，将遣师北伐；羲之以为必败，以书阻止，“言甚切至”。浩一意孤行，果为姚襄所败。但浩未汲取教训，复图再举，羲之撰《又遗殷浩书》，对包括殷浩在内的东晋当权者的昏庸刚愎，国家面临形势之严峻，进行了大胆揭露，有云："自寇乱以来，处内外之任者，未有深谋远虑，括囊至计，而疲竭根本，各从所志，竟无一功可论，一事可纪，忠言嘉谋弃而莫用，遂令天下将有土崩之势，何能不痛心悲慨也。任其事者，岂得辞四海之责！”又云："自顷年割剥遗黎，刑徒竟路，殆同秦政，惟未加参夷之刑耳，恐胜、广之忧，无复日矣。”对当权者的批评相当激烈，又将东晋政治与暴秦之政相提并论，危言耸听，胆识非凡。还劝说殷浩莫执迷不悟，重蹈覆辙，宜改弦更张，“修德补阙，广延群贤”，否则，“宇宙虽广，自容何所！”明末张溥佩服其深识与切至，称此数札，“诚东晋君臣之良药，非同平原辩亡、令升论晋，追览既往，奋其纵横也”。[①] 在《与谢尚书》中说："顷所陈论，每蒙允纳，所以令下小得苏息，各安其业。若不耳，此一郡久以蹈东海矣。”宋人洪迈《容斋四笔》称："王逸少在东晋时，盖温太真、蔡谟、谢安石一等人也，直以抗怀物外，不为人役，故功名成就，无一可言，而其操履识见，议论闳卓，当世亦少其比。”清包世臣《艺舟双楫·论文》卷二指出王羲之《上会稽王笺》等文“树义甚高”；麦华三对王羲之《遗殷浩书》、《与会稽王书》有高度的评价，称云："其经国抱负，抗衡谢安。至于披肝沥胆，剀切陈辞，其辞则憨，其意则诚。两笺词清，荡气回肠，与《兰亭》一序，为一生三大杰作。”[②]

王羲之书信文更多的为依赖书法以传的杂帖。其杂帖，清人

① 殷孟伦《汉魏六朝百三家集题辞注》，人民文学出版社 1981 年版，第 150 页。

② 麦华三《王羲之年谱》，国家图书馆藏(油印本)，第 41 页。

严可均《全晋文》辑录有600余则，严氏辑本主要依据唐代张彦远《法书要录》卷十《右军书记》，补以《淳化阁帖》等其他杂帖。

以王羲之为代表作家的晋人书帖，由于种种原因，后世人们读来颇觉费解。如余嘉锡指出："晋人书帖语，率多不可解，甚者至不可句读。固缘当时文体不同，亦由临摹失真，加以草书难辨，释者不能无误故也。"①揭示了古今文体差异、后世临摹失真、草书难辨等原因。钱钟书《管锥编》、启功《启功丛稿·题跋卷》既指出王氏杂帖文体的特殊性，更进一步指出造成这种文体特殊性的原因，是授受双方在当时对有关内容无需多言便能心知肚明，如钱氏云："王羲之杂帖……有煞费解处。此等太半为今日所谓'便条'、'字条'，当时受者必到眼即了；后来读之，却常苦思而尚未通。"②今人王茂辰等《王羲之王献之全集笺注》在清人严可均辑本的基础上，对号称费解的王氏杂帖中的数百则尺牍进行了笺释整理，用功颇勤，为读者提供了较大的便利。

羲之书帖涉及多为东晋当代人物，以家人、亲戚、朋友为主，还有帝王及少数民族君长。略计如下：帝王有晋哀帝司马丕、会稽王司马昱，本家族人物有王导、王旷、王兴之、王胡之、王彪之、王恬、王协、王劭、王耆之、王洽、王荟、王籍之、王穆松、王玄之、王凝之、王涣之、王徽之、王操之、王献之、王桢之、王静之、王临之等，庾氏家族人物庾亮、庾翼、庾羲，桓氏家族人物桓温、桓云、桓景、桓伊、桓冲、桓嗣，谢氏家族人物谢安、谢万、谢尚、谢奕、谢邈、谢铁、谢据，郗氏家庭人物郗鉴、郗愔、郗昙、郗超、郗道茂（献之夫人）；其他家族人物有孙统、孙绰，阮裕、阮宁，蔡谟、蔡邵、蔡系，许询、许迈，范汪、范宁，虞潭、虞谷，孔严、孔坦，诸葛厷，殷浩，周翼、周抚，刘

① 《余嘉锡论学杂著》上册，中华书局2007年版，第197页。

② 《管锥篇》第三册，中华书局1979年版，第1108页。

惔，王述，温峤，袁宏，贺循，卞壶，张彭祖，冯怀，刘遐（羲之亲家，女婿刘畅父），卫铄（羲之姨母），羊孚等；少数民族首领姚襄、苻健。

这六百余条书帖，内容丰富，生活气息及抒情性浓重。王羲之为人颇为重情，在与人书帖中自谓："省足下前后书，未尝不忧。欲与事地相与，有深情者，何能不恨。"其书帖中有关家人或友朋及眷属病丧吊唁，自身衰病者抒情性强烈，尤为感人。如写后辈童稚夭折的心境，作者那白发送黑发的至悲至痛跃然纸上："期小女四岁，暴疾不救，哀愍痛心，奈何奈何！吾衰老，情之所寄，唯在此等，奄失此女，痛之缠心，不能已已，可复如何？临纸情酸。"又如：

> 官奴小女玉润，病来十余日，了不令民知。昨来忽发痼，至今转笃，又苦头痈，头痈以溃，尚不足忧。痼病少有差者，忧之焦心，良不可言！顷者艰疾未之有，良由民为家长，不能克己勤修训化，上下多犯科诫，以至于此。民唯归诚待罪而已。此非复常言，常辞。想官奴辞以具，不复多白。上负道德，下愧先生，夫复何言？

> 羲之顿首，二孙女夭伤，悼痛切心，岂意一旬之中，二孙至此，伤惋之甚，不能已已！可复如何？羲之顿首。

> 延期、官奴小女并得暴疾，遂至不救，愍痛贯心，奈何！吾以西夕，至情所寄，惟在此等，以荣慰余年。何意旬日之中，二孙夭命！旦夕左右，事在心目，痛之缠心，无复一至于此，可复如何？临纸咽塞。

> 得长风书，灵柩幽隔三十年，心想平昔，痛慕崩绝，岂可居处？抽裂不能自胜！谢书已具日安措，即其情事长毕，奈何！松等殡恸，哀情顿泄，亦难可言！郗还未卜，聊示及。中郎相

忧不去心。感远怀近，增伤惋！每见范母子哀号，使人情悲！

顿首顿首：亡嫂居长，情所钟奉，始获奉集，冀遂至诚，展其情愿，何图至此？未盈数旬，奄见背弃，情至乖丧，莫此之甚！追寻酷恨，悲惋深至，痛切心肝，当奈何奈何！兄子荼毒备婴，不可忍见，发言痛心，奈何奈何！王羲之顿首顿首。

庾新妇入门未几，岂图奄至此祸，情愿不遂，缅然永绝，痛之深至，情不能已！

对朝廷辅臣庾亮等人的逝去，他非常悲哀，书帖中写道“庾虽笃疾，谓必得治力，岂图凶问奄至，痛惋情深。半年之中，祸毒至此，寻念相摧，不能已已。况弟情何可任，遮等荼毒备尽，当何可忍视，言之酸心，奈何奈何！”“群从雕落将尽，余年几何，而祸为至此，举目摧丧，不能自喻。且和方左右时务，公私所赖，一旦长逝，相为痛惜，岂惟骨肉之情，言及摧惋，永往奈何？”“司马虽笃疾久，顷转平除，无他感动，奄忽长逝，痛毒之深，惊惋摧恸，痛切五内，当奈何奈何！省书感哽。”对国事维艰，不得祭拜祖先坟墓的悲哀：“羲之顿首：丧乱之极，先墓再离荼毒，追惟酷甚，号慕摧绝，痛贯心肝，痛当奈何，奈何！虽即修复，未获奔驰，哀毒益深，奈何奈何！”可见作者之悲痛，不仅仅缘于与死者私交之深厚，也缘于对人生短促问题的关注和敏锐感受激发下的生命情怀，还缘于对国事的牵挂。在此基础上，有的书帖表现了羲之对百姓艰难处境的同情，对中原故国的怀念以及对破敌之良将的敬佩，兹引二则：“年荒，百姓之命倒悬，吾夙夜忧此。时既不能开仓庾赈之，因断酒以救民命，有何不可？而刑犹至此，使人叹息。”“桓公（桓温）以至洛，即摧破羌贼。贼重命，想必禽之。王略始及旧都，使人悲慨深。此公威略实在，自当求之于古，真可以战，使人叹息。”“虞义兴适送此，桓公摧寇罔不如志。今以当平定(姚襄)。古人之美,不足比踪,使人叹慨,无以为喻。"皆真情充溢,仿佛从肺腑中流淌而出。故宋人欧阳修对以王羲之为代表作家的此类作品评价颇高,云:"余尝喜魏晋以来笔墨遗迹,而想前人之高致也。所谓法帖者,其事率皆吊丧、候病,叙睽离,通讯问,施于家人、朋友之间,不过数行而已。盖其初非用意,而逸笔余兴,淋漓挥洒,或妍或丑,百态横生。披卷发函,烂然在目,使骤见惊绝,徐而视之,其意态如无穷尽。使后世得之,以为奇玩,而想见其为人也。"(《欧阳修全集·集古录跋尾卷四》)以今人的眼光,羲之的许多法帖文字可当出色的抒情小品来读。

王羲之崇尚自然,"好尽山水之游"(《晋书》本传),游览山水给他带来极大的精神满足与愉悦,他在会稽内史任上,还曾游临海、建安、东阳、永嘉等地,撰有《游四郡记》,惜乎已佚,我们不能一睹他笔下优美的自然景色及其纵情山水的高雅怀抱。但今存之杂帖,也为我们了解羲之热爱大自然,憧憬山水之游的生活理想提供了一些信息。他曾致书帖于友人益州刺史周抚云:

省足下别疏,具彼土山川诸奇,扬雄《蜀都》、左太冲《三都》,殊为不备。悉彼故为多奇,益令其游目意足也。可得果,当告卿求迎。少人足耳,至时示意。迟至期,真以日为岁。想足下镇彼土,未有动理耳。要欲及卿在彼,登汶岭、峨眉而旋,实不朽之盛事。但言此,心以驰于彼矣。

周抚在写给王羲之的信中描绘了益州奇异的山川景物,且描绘的很详备,超过当年扬雄《蜀都赋》、左思《三都赋》(之一为《蜀都赋》)的有关描写,故使羲之更多地了解到蜀中山川之"多奇",萌生了从会稽而往蜀中,登临岷山、峨眉山,饱览山川胜景而返的愿望,且将此视为不朽之盛事。古人以立德、立功、立言为三不朽,羲之又视游历名山为不朽,可见东晋人对自然山川的热恋之情空前高涨。羲之最后说,给你写此书时,我的心仿佛已飞向满目奇异景象的蜀中了。崇尚自然，憧憬漫游名山大川的满腔热情溢于言表。六朝人崇尚隐逸，羲之也有这种思想，其《与谢万书》向友人谢万述说了辞官为逸民的愉悦，有云："今仆坐而获逸，遂其宿心，其为庆幸，岂非天赐！违天不祥。顷东游还，修植桑果，今盛敷荣，率诸子，抱弱孙，游观其间，有一味之甘，割而分之，以娱目前……比当与安石东游山海，并行田视地利，颐养闲暇。衣食之余，欲与亲知时共欢宴，虽不能兴言高咏，衔杯引满，语田里所行，故以为抚掌之资，其为得意，可胜言邪！"摆脱官场拘束的轻松、惬意，跃然纸上。像这样洋溢着生活气息的书帖，还有的述及田园果木栽种乐趣，亲友馈赠，疗疾药物，儿女情长，读书治学等等，汉末以来书信文的日常生活化、率性随意化的趋向，在王羲之的作品中有进一步的发展，兹录几则，以窥一斑：

青李、来禽、樱桃、日给藤子皆囊盛为佳，函封多不生。足下所疏，云此果佳，可为致子，当种之。此种彼胡桃皆生也。吾笃喜种果，今在田里，惟以此为事，故远及。足下致此子者，大惠也。

奉橘三百枚，霜未降，未可多得。

吾有七儿一女，皆同生。婚娶以毕，唯一小者尚未婚耳。过此一婚，便得至彼。今内外子孙十六人，足慰目前。足下情至委曲，故具示。

彼盐井、火井皆有不？足下目见不？为欲广异闻，具示。

比日寻省卿文集，虽不能悉周遍，寻玩以为佳者，名固不虚。序述高士，所传小有异同。见卿一一问。应止杨王孙。

前以共及，意同。可试述叙之耶？暇日无为，想不念之。

裹鲊味佳，今致君，所须可示，勿难，当以语虞令。

服足下五色石膏散，身轻，行动如飞也。足下更与下比致之不？治多少，寻面言之。委曲之事，实系□人。寻过江言散。

石脾入水即干，出水便湿。独活有风不动，无风自摇。天下物理，岂可以意求？惟上圣乃能穷理。

刘熙载《艺概·文概》指出："陶渊明为文不多，且若未尝经意。然其文不可学而能，非文之难，有其胸次为难也。"此可移评王羲之也。

王羲之同族人王洽，亦为书法高手，其书帖流传下来的虽少，但风格一如王羲之，如：

恰顿首言：不孝祸深，备豫婴荼毒，荫恃仁兄仁爱之训，冀终百年永有凭奉，何图慈兄一旦背弃，悲号哀摧，肝心如抽，痛毒烦冤，不自堪忍，酷当奈何！重告恻至，感增断绝，执笔哽涕，不知所言。恰顿首言。

竺僧度，俗姓王，名晞，字玄宗，东莞（治莒，在今山东莒县）人。后为僧，改名。严可均《全晋文》卷一百六十五据《高僧传》录其文一篇，题为《答杨苕华书》。苕华，竺僧度之妻也，曾致书于竺僧度，此为竺僧度给妻子的回信。信中首先对为僧弘道作了至高的评价、肯定："夫事君以治一国，未若弘道以济万邦；事亲以成一家，未若弘道以济三界。"在此基础上，又表明了矢志不移的为僧信念："且披袈裟，振锡杖，饮清流，咏般若，虽王公之服，八珍之膳，铿锵之声，炜晔之色，不与易也。"最后说人各有志，不可勉强，你与我缘分既已断绝，当趁盛年之时结缘于可慕之人。语气虽然平静，但却隐然流淌着对妻子的十分真挚的关怀之情，辞云：

> 且人心各异，有若其面。卿之不乐道，犹我之不慕俗矣！杨氏，长别离矣！万世因缘，于今绝矣！岁聿去暮，时不我与。学道者当以日损为志，处世者当以及时为务。卿年德并茂，宜速有所慕，莫以道士经心，而坐失盛年也。

竺法汰，东莞（晋郡名，治莒，在今山东莒县）人，少与释道安同学。晋太元中卒于瓦官寺。严可均《全晋文》卷一百五十九录其文两篇，其中《与释道安书追论竺僧敷》录自《高僧传》，篇幅简短，但富于抒情性，辞云：

> 每忆敷上人，周旋如昨，逝彼奄复多年。与其清谈之日，未尝不相忆，思得与君共覆疏其美，岂图一旦，永为异世，痛恨之深，何能忘情？

以上二僧之书信的风格与王羲之的某些法帖文字相似，文字简洁而深于情，读来很感人。

魏晋南北朝抒情散文繁荣，首先表现在抒情色彩浓重的散文作品腾涌，数量达到空前的地步；其次表现在抒情范围扩大，抒情性质有所变化，既有抒发政坛上受挫、怀才不遇或尽忠报国之情的，也有抒发日常生活中亲情、友情及生离死别之情等各种各样情绪的；而从数量上看，后者已绝对取代前者，成为抒情散文的主流。其原因，一方面在于以修齐治平为人生价值取向的儒家思想丧失独尊的地位，走向衰微，士人思想得到春秋战国以来又一次巨大的解放。这种解放影响到文学观念的变化，汉代盛行的政教功利主义文学观受到巨大的冲击，文学的情感特征、形象特征受到前所未有的重视，表现日常生活内容与情怀，显示自我才华与个性，成为文人在创作上的普遍追求；另一方面在于书写物质条件的进步和便利，即纸成为主要的文字载体，极大地解放与强化了人们的写作热情。不必依赖简帛，无关政教的抒情文字可随时书写。齐鲁籍作家的书信文显然代表了这一趋势。

王羲之从叔王导(276—339)较有文采的书信是《遗王含书》。王含，王敦之兄，王导从兄。永昌六年(322年)王敦起兵，含时为光禄勋，叛奔于敦，以为卫将军。后又自任征南大将军，荆州刺史。太宁元年(323年)，由敦任为征东大将军、都督扬州江西诸军事。二年，又由敦矫诏拜为骠骑大将军。七月，敦以其为元帅，率水陆军队五万进攻建康。当时晋明帝司马绍以王导为总指挥保卫建康，为缓和王氏与朝廷皇权的矛盾，尤其是为保全王氏家族的门户计，便以堂兄弟的名义代表朝廷给王含写了此信，晓之以理，动之以情，规劝其效忠朝廷，西还武昌，尽力藩任，断绝非分之心，以求皇上宽大。由于作者与对方为同一宗族的特殊关系，故特意将王敦、王含与朝廷敌对的行动归于其幕僚钱凤的挑唆，有云："先帝中兴，遗爱在人。圣主聪明，德洽朝野，思与贤哲，弘济艰难。不北面而执臣节，乃私相树建，肆行威福，凡在人臣，谁不愤叹！此直钱凤不良之心，面于远近，自知无地，遂唱奸逆。"从而达到在一定程度上为王含等开脱罪过的目的。同时，王导在字里行间透露了朝廷的兵力部署情况，以及刘遐、陶瞻、苏峻等深怀忧虑，不谋同辞的"勤王"动态，以暗示王含心中有数，谨慎从事，早为之计，否则追悔莫及。而在行文中尤为动情是表明自己忠诚朝廷的立场及对王敦等之逆行的痛心疾首的指责：

导门户小大，受国厚恩，兄弟显宠，可谓隆矣。导虽不武，情在宁国。今日之事，明目张胆，为六军之首，宁忠臣而死，不无赖而生矣。但恨大将军桓、文之勋不遂，而兄一旦为逆节之臣，负先人平素之志，既没之日，何颜见诸父于黄泉，谒先帝于地下邪？执省来告，为兄羞之，且悲且惭。愿速建大计，惟取钱凤一人，使天下获安，家国有福，故是竹素之事，非惟免祸而已。

吐辞畅达而情理兼胜。“愿速建大计”数句规劝对方认清形势，改弦更张，下笔极有分量，可谓用心良苦。

王猛(325—375)，字景略，北海剧(今山东寿光)人。为人瑰姿俊伟，博学好兵书，谨重严毅，气度雄远。早年桓温入关，王猛被褐而诣之，言当世之事，扪虱而谈，旁若无人。后为氐人苻坚谋士，历官辅国将军，司隶校尉，累迁至司徒，率前秦军灭前燕，镇邺。旋入为丞相。晋孝武帝宁康三年，即前秦苻坚建元十一年(375年)，疾笃，劝苻坚勿攻东晋。坚不从，卒败亡。有集九卷，佚。严可均《全晋文》卷一百五十二辑录其文数篇，皆属应用文。其中较有文采的是《谕张天赐书》。天赐为十六国前凉末代君主，前秦军欲攻伐前凉，天赐拒之，王猛便为书谕之，规劝其认清秦、凉实力之悬殊，归附于秦，免招亡国灭族之祸，辞云：

> 昔贵先公称藩于刘、石者，惟审于强弱也。今论凉土之力，则损于往时。语大秦之德，则非二赵之匹。而将军翻然自绝，无乃非宗庙之福也欤？夫以秦之威，旁振天外，可以回弱水使东流，返江河使西注；关东既平，将移兵河右，恐非六郡士民所能抗也！刘表谓汉南可保，将军谓西河可全，吉凶在身，元龟不远，宜深算妙虑，自求多福，无使六世之业，一旦而坠地也。

较少两军对垒，炫此贬彼的谴责恐吓之辞，而多为心平气和，设身处地的劝导，语气恳切，体现了一位成熟的政治家的外交素质与谈吐风度。

## 四、鲍照与宋齐齐鲁文士书信

刘宋前期著名的齐鲁籍文士为颜延之。颜延之书信较有抒情

色彩的是《吊张茂度书》,有云:

薄莫之人,冀其方见慰说,岂谓中年,奄为长往,闻问悼心,有兼恒痛。足下门教敦至、兼实家宝,一旦丧失,何可为怀?

文短情长,风格颇类东晋王羲之的抒情杂帖。

鲍照今存书信文较少,但有最杰出的《登大雷岸与妹书》,亦足以彪炳千古。此书受到历代读者的喜爱、传诵,其影响之大,堪与《芜城赋》比肩。

书信涉及较细致的自然景物描写,见于东晋时期。《全晋文》卷一百三十三所收喻希的《与韩豫章笺》可为代表作品,此书主要记述了林邑(故城在今越南中南部)的自然景物,并抒发了思乡之情,艺术水平虽较一般,但它为书信文大量描写自然景物开了先河,值得肯定。鲍照《登大雷岸与妹书》循此方向,以书信体写景抒情,艺术水平极高,在书信文发展史上具有里程碑的意义。

《登大雷岸与妹书》是鲍照在元嘉十六年秋赴任临川国侍郎旅途中写给妹妹鲍令晖的。面对长江、庐山一带气象万千的山水景观,作者借鉴了辞赋所追趋的空间对称的结构形式和铺采摛文的描写技巧,运之以"慷慨任气,磊落使才"的自我创作精神,造成了雄奇瑰丽的艺术境界:

南则积山万状,争气负高,含霞饮景,参差代雄。凌跨长陇,前后相属,带天有匝,横地无穷。东则砥原远隰,亡端靡际,寒蓬夕卷,古树云平。旋风四起,思鸟归群。静听无闻,极视不见。北则陂池潜演,湖脉通连,苎蒿攸积,菰芦所繁。栖波之鸟,水化之虫,智吞愚,强捕小,号噪惊聒,纷牣其中。西则回江永指,长波天合,滔滔何穷,漫漫安竭。创古迄今,舳舻相接。思尽波涛,悲满潭壑。烟归八表,终为野尘,而是注集,长泻不测。修灵浩荡,知其何故哉!

西南望庐山,又特惊异。基压江潮,峰与辰汉相接。上常积云霞,雕锦缛。若华夕曜,岩泽气通,传明散彩,赫似绛天。左右青霭,表里紫霄。从岭而上,气尽金光,半山以下,纯为黛色。信可以神居帝郊,镇控湘、汉者也。若潀洞所积,溪壑所射……其中腾波触天,高浪灌日,吞吐百川,写泄万壑。轻烟不流,华鼎振涾,弱草朱靡,洪涟陇蹙,散涣长惊,电透箭疾,穹溘崩聚。坻飞岭覆,回沫冠山,奔涛空谷……

铺饰淋漓,气势纵荡,长江、庐山灵异蓬勃、丰富多彩、亘古常新的特质与生命力,跃然纸上,扣人心弦,诚可谓气扬采飞之作。许梿激赏说:"烟云变灭,尽态极妍","惊涛骇浪,恍然在目","即使李思训数月之功,亦恐画所难到"。①

作者在写景时,往往能与抒情结合,如"思尽波涛,悲满潭壑,烟归八表,终为野尘","仰视大火,俯听波声,愁魄胁息,心惊慄矣","夕景欲沉,晓雾将合;孤鹤寒啸,游鸿远吟;樵苏一叹,舟子再泣。诚足悲忧,不可说也",或慨叹山川的永久、人生的无常,或抒发羁旅的悲凉心境,皆富于情韵。对后代有较大影响:清刘嗣绾《答许藕舲书》,王闿运《至广州与妇书》等不同程度受其影响,如刘嗣绾《答许藕舲书》有云:"昨辞维扬,重迫家累,茅生奉母,向子婚男,坐是饥驱,更靡宁日。清秋买棹,行指婺州,荐蒲星饭,折荷露饮,访水识路,寻烟知村,柁楼歌声,不辨吴越……风鸦掠岸,霜鸿叫天,渔子一吟,樵夫再叹,忧思之来,不可说也。"

鲍照是六朝书信之赋化的重要推动者。在他之前,某些书信已经借鉴辞赋铺采摛文的笔法,较早的如繁钦《与魏文帝笺》写薛

① 《六朝文絜译注》卷七,上海古籍出版社 1999 年版,第 133 页。

访车子"能喉啭引声,与笳同音",谭献认为其描摹"妙绝古今,遂乃抗手傅毅《舞赋》"。[①]曹丕《与钟大理书》,谭献评:"书已似赋。"[②]西晋陆云《答车茂安书》写鄮县的地理形势、物产及游猎,铺张扬厉,车茂安读后非常兴奋,称其"虽《山海经》、《异物志》、《二京》、《两都》,殆不复过也"。[③]赵至《与嵇茂齐书》写景抒情,更加讲究铺张渲染,譬如以下片段:"惟别之后,离群独逝,背荣宴,辞伦好,经迥路,涉沙漠。鸣鸡戒旦,则飘尔晨征;日薄西山,则马首靡托。寻历曲阻,则沉思纡结;乘高远眺,则山川悠隔。或乃回飙狂厉,白日寝光,崎岖交错,陵隰相望,徘徊九皋之内,慷慨重阜之巅,进无所依,退无所据,涉泽求蹊,披榛觅路,啸咏沟渠,良不可度。斯亦行路之艰难,然非吾心所惧也……飘飖远游之士,托身无人之乡。总辔遐路,则有前言之艰;悬鞍陋宇,则有后虑之戒;朝霞启晖,则身疲于遄征;太阳戢曜,则情劬于夕惕;肆目平隰,则辽廓而无睹;极听修原,则淹寂而无闻。吁其悲矣!心伤悴矣!然后乃知步骤之士,不足为贵也。若乃顾影中原,愤气云踊,哀物悼世,激情风烈,龙睇大野,虎啸六合,猛气纷纭,雄心四据,思蹑云梯,横奋八极,披艰扫秽,荡海夷岳,蹴昆仑使西倒,蹋泰山令东覆,平涤九区,恢廓宇宙,斯亦吾之鄙愿也。时不我与,垂翼远逝,锋钜靡加,翅翮摧屈。自非知命,谁能不愤悒者哉…… "高步瀛评其云:"源出建安诸子,而更恢廓。气势雄迈,有振衣千仞冈之概,但词稍失之繁。"[④]鲍照生活的时代,文人在诗文撰作中普遍倾心于辞采的张扬,"情必极貌以写物,辞必穷力而追新,此近世之所竞也"。(《文心雕龙·明诗》)鲍照本人又藉其"发唱惊挺,操调险急,雕藻淫艳,倾炫心

①② 李兆洛《骈体文钞》卷三十,中州古籍出版社 1990 年版,第 669 页、660 页。

③ 《答陆云书》,黄葵点校《陆云集》卷十,中华书局 1994 年版。

④ 《魏晋文举要》,中华书局 1989 年版,第 140 页。

魄”(《南齐书·文学传论》)的独特艺术个性,故而成为刘宋后期大肆张扬文采之艺术审美风气中的领军人物。其书信文写作中,自觉继承前代文采派的传统,变本加厉,《登大雷岸与妹书》在情景的表现上更为铺张扬厉,强化了渲染的力度,将书信文的辞赋化发挥到了后人无以复加的极致地步,[①]故更为惊采绝艳,彪炳千古。清人孙梅云:“若乃赵至入关之作,鲍照大雷之篇,叔庠擢秀于桐庐,士龙吐奇于鄮县,莫不摹山水,绘烟岚,列土毛,覃海错,跌宕以行吟,迤逦而命笔。实皆记体,曲被书称。假尺牍以寄才情,因怀人而蜚藻思,抑独何哉。”[②]指出鲍照、赵至等的写景抒情书信“假尺牍以寄才情,因怀人而蜚藻思”的特色,很有见地。顺带当提及,与鲍照同时代的盛弘之,亦曾仕为临川王侍郎,撰有地志著作《荆州记》。《隋书·经籍志二》著录:《荆州记》三卷,宋临川王侍郎盛弘之撰。此作写景水平颇高,某些片断与鲍照相似,如其写九疑山“边峰接岫,竟远争高,含霞卷雾,分天隔日”便略似前引鲍书“积山万状”以下数句,虽文体不同,但他们相互间产生影响却是有可能的。

鲍照之外,刘宋时期齐鲁籍文士的书信,较重要的作家是琅琊王氏之王微、王僧达。王微书信的佳作是抒情性颇浓的《以书告弟僧谦灵》,文中多忆及与其弟王僧谦亲密无间的生活情景,反复抒写了对其弟早逝的沉重悲痛,如:

寻念平生,裁十年中耳,然非公事,无不相对,一字之书,必共咏读,一句之文,无不研赏,浊酒忘愁,图籍相慰,吾所以穷而不忧,实赖此耳。奈何罪酷,茕然独坐。忆往年散发,极

---

① 梁陈时期张充《与王俭书》,王僧孺《与何炯书》,徐陵《与王僧辩书》等,行文虽也特重铺张扬厉,但整体而言,赋化程度已远逊鲍照此文。

② 《四六丛话》卷二十一,见《历代文话》,复旦大学出版社 2007 年版,第 4660 页。

目流涕，吾不舍日夜，又恒虑吾羸病，岂图奄忽，先归冥冥。反覆万虑，无复一朝，音颜仿佛，触事历然，弟今何在，令吾悲穷。昔仕京师，分张六旬耳，其中三过，误云今日何意不来，钟念悬心，无物能譬。方欲共营林泽，以送余年……（弟）常云："兄文骨气，可推英丽以自许。又兄为人矫介欲过，宜每中和。"道此犹在耳，万世不复一见，奈何！唯十纸手迹，封拆俨然，至于思恋不可怀。及闻吾病，肝心寸绝，谓当以幅巾薄葬之事累汝，奈何反相殡送……阿谦，何图至此！谁复视我，谁复忧我。他日宝惜三光，割嗜好以祈年，今也唯速化耳。吾岂复支，冥冥中竟复云何。弟怀随、和之宝，未及光诸文章，欲收作一集，不知忽忽当办此不？今已成服，吾临灵，取常共饮杯，酌自酿酒，宁有仿像不？冤痛！冤痛！

感人弥深，如此大幅度地忆往昔而哀悼逝者的写法，当时罕有其匹，不禁使读者联想到数百年后中唐古文大师韩愈的杰作《祭十二郎文》。《宋书·王微传》称王微"少好学，无不通览，善属文，能书画，兼解音律、医方、阴阳术数"，在文章撰作方面，他尤善写书信，除上述悼弟之书外，《宋书》本传还收录其《与江湛书》、《报何偃书》、《与从弟僧绰书》；并记述其与始兴王刘濬有书笺往来，"辄饰以辞采"，此亦可证王微对书信文写作的重视。六朝书信文日益趋向重抒情、重辞采，在刘宋时期，王微堪称一个代表作家。

王僧达虽热中用世，但也沾染时人崇尚隐逸的风气，他出为吴郡太守，曾礼致高逸之士褚伯玉。伯玉山居三十余年，隔绝人物，僧达"苦礼致之，伯玉不得已，停郡信宿，裁交数言而退"。宁朔将军丘珍孙也想礼致之，僧达撰《答丘珍孙书》云：

褚先生从白云游旧矣。古之逸民，或留虑儿女，或使华阴成市，而此子索然，唯朋松石，介于孤峰绝岭者，积数十载。近故要其来此，冀慰日夜，比谈讨芝桂，借访荔萝，若已窥烟液，临沧洲矣。知君欲见之，辄当申譬。

王僧达《上表解职》自谓“性狎林水，偏爱禽鱼”，此书所表白的礼邀隐士以赏谈自然山水的行为，也间接地流露了这种好尚。

王僧虔文完整者为撰于刘宋时期的《诫子书》。此类文章自汉晋以来逐渐兴盛，内容也逐渐丰富，但其中关于勉学、修身、慎行等内容的尤为常见。僧虔此文的中心内容仍是勉学，特点是设身处地，以研谈玄学之难为主要话题而展开教诫。信中追忆自己由史而玄且酷爱之的学习经历及其对玄理难精、谈玄之难的看法：“往年有意于史，取《三国志》，聚置床头，百日许，复徙业就玄，自当小差于史，犹未近仿佛。曼倩有云：‘谈何容易！’见诸玄，志为之逸，肠为之抽。专一书，转诵数十家注，自少及老，手不释卷，尚未敢轻言。”在此现身说法的基础上，告诫其子：“汝开《老子》卷头五尺许，未知辅嗣何所道，平叔何所说，马、郑何所异，《指》、《例》何所明，便称盛于麈尾，自呼谈士，此最险事。设令袁令命汝言《易》，谢中书挑汝谈《庄》，张吴兴叩汝言《老》，端可复言未尝看邪？”谈到《老》、《庄》、《易》“三玄”以及从魏晋王弼、何晏至南朝张融等玄学家。接着告诫其子：“谈故如射，前人得破，后人应解，不解即输赌矣。且论注百氏，荆州(指殷仲堪)《八帙》，又《才性四本》，《声无哀乐》，皆言家口实，如客至之有设也。汝皆未经拂耳瞥目。岂有庖厨不修，而欲延大宾者哉？就如张衡思侔造化，郭象言类悬河，不自劳苦，何由至此？汝曾未睹其题目，未辨其指归。六十四卦，未知何名；《庄子》众篇，何者内外？《八帙》所载，凡有几家？《四本》之称，以何为长？而终日欺人，人亦不受汝欺也。”诫子甚为严厉，旨在敦促、激发其勤奋以学，堪称用心良苦；而作为对六朝玄学清谈之有关议题和辩论方法的记录，尤受研究者的重视。

东莞臧质(400—454)书信也值得提及，其《答魏主拓跋焘书》写于南北交战背景下，极尽嘲讽怒斥之能事，语言不讲究华美，而

鄙夷痛恨之感情的表达则淋漓酣畅,辞云:

> 省示,具悉奸怀。尔自恃四脚,屡犯国疆,诸如此事,不可具说。王玄谟退于东,梁坦散于西,尔谓何以不闻童谣言邪:“虏马饮江水,佛狸死卯年。”此期未至,以二军开饮江之径尔,冥期使然,非复人事。寡人受命相灭,期之白登,师行未远,尔自送死,岂容复令生全,飨有桑干哉!但尔住攻此城,假令寡人不能杀尔,尔由我而死。尔若有幸,得为乱兵所杀。尔若不幸,则生相锁缚,载以一驴,直送都市。我本不图全,若天地无灵,力屈于尔,齑之粉之,屠之裂之,如此未足谢本朝。尔识智及众力,岂能胜苻坚邪?顷年展尔陆梁者,是尔未饮江,太岁未卯年故尔。斛兰昔深入彭城,值少日雨,只马不返,尔岂忆邪!即时春雨已降,四方大众,始就云集,尔但安意攻城莫走。粮食阙乏者告之,当出廪相饴。得所送剑刀,欲令我挥之尔身邪!甚苦,人附反,各自努力,无烦多云。

在当时的书牍文中别具一格,能给读者留下深刻的印象,《宋书·臧质传》称质“涉猎文史,尺牍便敏”,由此书来看,所评属实。

高平金乡(今属山东)檀氏,在南朝多为武将,显赫史乘的是刘宋著名将领檀道济。但在尚文的时代风气中,这个家族也逐渐产生了以能文闻名的人物。如名列《南齐书·文学传》十一人中的檀超便是擅氏家族中能文的代表人物,他少好文学,放诞任气,嗜酒,好言咏,举止和靡,自比晋郗超,为“高平二超”。惜其作品今全然不存。稍早于超的檀珪,虽不以能文称,却有文流传下来。珪字伯玉,仕宋,为沅南令。元徽(473—476)中,为安成郡丞。《南齐书·王僧虔传》录其文两篇,严可均《全宋文》卷五十六据以移录,题为《与王僧虔书》,《又与王僧虔书》。二文皆为求禄之书,《南齐书·王僧虔传》载其事云:元徽中,僧虔迁吏部尚书,檀珪罢沅南令,僧虔以珪为征北板行参军;珪诉僧虔求禄不得,乃与僧虔书。此第一书也。书开头说，文则经纬天地，武则拨乱定国，檀氏家族“虽谢文通，乃忝武达，群从姑叔，三媾帝室，祖兄二世，糜躯奉国，而致子侄饿死草壤”，总之，无论与皇室的姻亲，还是奉国的功勋，檀氏皆不缺。接着主要抒写在官场上“屡见蹉夺”的愤懑，文辞犀利劲健，有云：

饥虎能吓，人遽与肉。饿麟不噬，谁为落毛。去冬乞豫章丞，为马超所争；今春蒙敕南昌县，为史偃所夺。二子勋荫、人才有何见胜？

继而在胪列檀氏男女不凡的“姻媾仕宦”的基础上，将埋怨的矛头指向出身于琅邪王氏、现为吏部尚书的王僧虔云：

仆于尚书，人地本悬，至于婚宦，不至殊绝。今通塞虽异，犹忝气类，尚书何事乃尔见苦？

僧虔复信，大意说：足下积屈至此，一朝超升，不好办；我与足下素无怨憾，何以相侵苦？檀珪无奈，又与僧虔书。此第二书也。书采用援古以喻今的方式开头，说荀攸、夏侯惇、羊祜、卞望之等有功于汉魏晋，易代之后，他们的子孙乃享封爵褒宠，由此而下功臣后裔“不以年代远而被弃，年世疏而见遗”之判断。接下来直点自己求禄的正题，言辞切至，使人动心：“檀珪百罹六极，造化罕比，五丧停露，百口转命，存亡披迫，本希小禄，无意阶荣……若使日得五升禄，则不耻执鞭。”结果，僧虔用珪为安城郡丞。

刘善明（432—480），平原（今属山东）人。少好静处读书。初仕于宋孝武帝大明五年。宋明帝泰始三年为屯骑都尉，出为海陵太守。后废帝元徽二年，出为辅国将军西海太守，行青冀二州刺史。与萧道成交好。道成杀后废帝，立顺帝，征善明为冠军将军、骠骑大将军咨议、南东海太守。齐代宋，善明为淮南、宣城二郡太守。上表议政，颇为采纳。建元二年卒。撰《圣贤杂语》，又有集十卷，皆佚。严可均《全齐文》卷十八录其文数篇。较有文采的是《遗崔祖思书》，为抒情言志之作。《南齐书·刘善明传》记载，善明生活俭朴，不好声色，所居茅屋，床榻几案不加雕饰。少与崔祖思友善，祖思出为青冀二州刺史，善明给他写了这封书信。开端追忆往日之游，思为来日之会，简笔点染迁逝之慨，抒情性很浓：

昔时之游，于今邈矣。或携手春林，或负杖秋涧，逐清风于林杪，追素月于园垂。如何故人，徂落殆尽！足下方拥旄北服，吾剖竹南甸，相去千里，间以江山。人生如寄，来会何时？

此种手法，略似曹丕的《与吴质书》，读来颇为感人。中间抒写俭朴的生活态度及其志向：

藿羹布被，犹笃鄙好，恶色憎声，暮龄尤甚。出蕃不与台辅别，入国不与公卿游，孤立天地之间，无猜无托，唯知奉主以忠，事亲以孝，临民以洁，居家以俭。

最后希望友人崔祖思在青冀二州刺史任上，勤政抚民，“令泗上归业，稷下还风”，对北方故乡的怀念、牵挂之情隐然寓含其中。

清河东武城崔氏能为文者，有崔慰祖从兄崔慧景及其子崔觉、崔偃，宗人崔祖思、崔元祖等，文集或多至二十卷，今佚。严可均《全齐文》卷二十一辑录他们的文章数篇，水平尚可。如永元二年(500年)，崔慧景称宣德太后旨，废东昏侯为吴王，并举兵围建康，兵败被杀；其子崔觉受株连，临刑，撰《与妹书》云：

舍逆旅，归其家，以为大乐，况得从先君游太清乎？古人有力扛周鼎，而有立锥之叹，以此言死，亦复何伤！平生素心，士大夫皆知之矣。既不得附骥尾，安得施名于后世？慕古竹帛之事，今皆亡矣。

文字虽特简短，但作者临终之时的那种一切皆归于虚无，从功名中解脱的情绪，读者还是能够真切地体会出来的。

## 五、徐陵与梁陈齐鲁文士书信

任昉的某些书信值得提及。其中《与沈约书》表现了对知交范云之人品的肯定、敬重，抒发了对范云逝世的哀伤，感情深沉真挚；《吊乐永世书》性质与前者相似，篇幅略短，富于抒情性。刘峻书信文，有《与何炯书》、《与宋玉山元思书》、《与举法师书》、《答郭峙书》、《答刘之遴借〈类苑〉书》、《重答刘秣陵沼书》等篇。其中尤受人们推重的是收录于《文选》的《重答刘秣陵沼书》。刘秣陵沼，即刘沼，曾任秣陵令。当初，刘峻作《辨命论》，刘沼不认同其中的观点而致书驳难；刘峻申析以答，反复再三。刘沼又作书驳难，但文未寄出而病亡。后来，有人于刘沼家得其书以示刘峻，峻览之，深有感慨，故作此文以悼念刘沼。刘峻睹文思人，非常哀痛。他不但直接抒发悲情，而更善于运用比喻和典故来寄托宣泄绵绵哀思。其中“冀东平之树，望咸阳而西靡；盖山之泉，闻弦歌而赴节。但悬剑空垅，有恨如何”数句，用汉东平思王墓树西倾及盖山泉水闻乐而喷两个典故，以抒写对刘沼死而灵魂永存的希望；又用春秋时延陵季子重友情而悬剑于徐君墓的典故，以示与刘沼友情的生死不渝，表情深沉真挚、凄楚缠绵，特别感人。清人许梿《六朝文絜》卷七评云：“答死者书甚是创格，属辞特凄楚缠绵，俯仰徘徊，无限悲切。”王文濡《南北朝文评注读本》评云：“痛故人之沦亡，悲诤友之长逝，哀情自泻，凄韵欲流。末幅音节苍凉，九原有知，亦当流涕。”高步瀛《南北朝文举要》评云：“情词悱恻，使人味之不尽。”皆指出其情韵深沉的特色和魅力。

由于社会的动乱，以及道家思想的逐渐深入人心，六朝崇尚隐逸的风气很盛。刘峻《与何炯书》已佚，今存残文片断，内容是品评他的崇尚隐逸的族孙刘讦和刘歊的：“讦超超越俗，如半天朱霞。

歊矫矫出尘，如云中白鹤。皆俭岁之粱稷，寒年之纤纩。”汉末以来士林盛行人物品评，编于刘宋时期的《世说新语》对此多有记载，孝注学问渊博，其《世说新语注》引用各种文献近五百种，通晓汉晋人物品评风尚，故此文深受其影响，其尚简要、善比喻的特色与汉晋时人物品评之精言妙语一脉相承。而他品评的对象，不仅仅着眼于他们是平原刘氏族人，而主要在于他们为人处世之精神境界。《南史·刘訏传》称刘訏为人纯孝，安贫，避征召，喜游山泽；同书《刘歊传》称刘歊幼有识慧，六岁通《论语》、《毛诗》，十二岁解《庄子·逍遥篇》，及长，博学有文才，不娶不仕，与族弟訏并隐居求志，遨游山泽，以山水书籍相娱。这种情况与刘峻本人的好尚颇为相似，故能引起他感情上的共鸣，并借鉴汉晋人物品评的简要话语，予以高度评价。《与宋玉山元思书》也流露了刘峻崇尚隐逸的思想。宋玉山元思，即宋元思，字玉山，其事迹未见史书记载。与刘峻同时期的吴均有《与宋元思书》，写山水景物之美，刘峻此文以古隐士方之。由此可以推测，宋元思大概也是一位崇尚隐逸的人物，刘峻亦有相同的崇尚，故此书中以古隐士羊仲、求仲、疏广、疏受、渔父等方之而加以勉励。

刘峻早年研习佛学，造诣颇高，故后来对某些高僧心怀敬意。他的《与举法师书》是写给高僧释惠举的，信中以崇敬的心情赞扬了释惠举清绝的起居环境和超逸的风神：“苍星昏昊，凉云送秋。道胜则肥，固应颐摄。衣裳虹霓，帷幕霄露。饵黄菊之落蕊，酌清涧之毖流。旦候归雁晨凫，暮听羁雌独鹤。神影彯尔，盖象萧史之骑鸣凤，列子之御长风。”还赞扬了释惠举高超的文章才华：“藻思内流，英华外发，葳蕤秋竹，照曜春松。《爵颂》息明珠之誉，《长门》滥黄金之赏。盛矣美矣，焕其丽乎！”崇尚隐逸，赞扬高僧，是六朝文坛颇为响亮的声音，一大批高士传、逸民传、高僧传应运而生。齐鲁文士以书信的形式表现这种声音，较早的为郗超《与亲友书论支道林》:“林法师神理所通,玄拔独悟,数百年来,绍明大法,令真理不绝者,一人而已。”支遁为东晋本土高僧中在学术造诣、文章才华等方面表现最杰出者,故郗氏对其有如此高的概括评价。东晋佛学昌盛,高僧大受推重,郗氏之文很有时代特色。刘峻继之而作,但文采洋溢,远远超越郗氏。

刘峻学识淹博,为时人推重。萧衍弟安成王萧秀留心学术,喜交文士,尤钦佩刘峻的博学。萧秀出任荆州刺史,引峻为户曹参军,命其抄录事类,编撰大型类书,名曰《类苑》,此书工程浩繁,刘峻编了一百二十卷,便受到时人高度赞扬。刘之遴《与刘孝标书》称赞刘氏《类苑》:“括综百家,驰骋千载,弥纶天地,缠络万品,撮道略之英华,搜群言之隐赜……义以类聚,事以群分。述征之妙,扬、班俦也。擅此博物,何快如之……自非沉郁澹雅之思,安能闭志经年,勤成若此!吾尝闻为之者劳,观之者逸,足下已劳于精力,宜令吾见异书。”①刘峻于是撰《答刘之遴借〈类苑〉书》,说自己闲暇时间编撰《类苑》,沉湎游思于书圃,意在以书消忧,故用心专致,足不出户,忘却身外之物;而没有什么重大目的和意义,“岂冀藏山之石,播于士大夫哉!”六朝时期文人往往张扬文采,或炫耀博学,孝标编撰洋洋一百二十卷的《类苑》,本有炫耀博学的资本,但他却相当低调,这在当时是难能可贵的。

---

① 近现代学者对《类苑》的编撰及其与孝标佛学经历、当时文坛风尚之关系的论述,以陈垣先生为详:“孝标逃还江南后,有两大著述,其一为《世说新语注》……其一为《类苑》,一百二十卷,隋唐三《志》皆著录。南宋陈氏撰《书录解题》时,始说不存。以今日观之,孝标之注《世说》及撰《类苑》,均受其在云冈石窟时所译《杂宝藏经》之影响。印度人说经,喜引典故;南北朝人为文,亦喜引典故。《杂宝藏经》载印度故事,《世说》及《类苑》载中国故事。当时谈佛教故事者,多取材于《杂宝藏经》;谈中国故事者,多取材于《世说新语注》及《类苑》,实一时风尚也。”《云冈石窟寺之译经与刘孝标》,载《陈垣学术论文集》(第一集),中华书局1980年版。

何逊文今存数篇，较有时代特色的是《为衡山侯与妇书》。衡山侯，指建安王萧伟的儿子萧恭，此书乃何逊代萧恭写给其妻的。辞云：

> 昔人遨游洛汭，会遇阳台，神仙讶仿佛，有如今别。虽帐前微笑，涉想犹存；而幄里余香，从风且歇。掩屏为疾，引领成劳。镜想分鸾，琴悲《别鹤》。心如膏火，独夜自煎；思等流波，终朝不息。始知萋萋萱草，忘忧之言不实；团团轻扇，合欢之用为虚。路迩人遐，音尘寂绝。一日三秋，不足为喻。聊陈往翰，宁写款怀！迟枉琼瑶，慰其杼轴。

其中运用不少关于男女相会、相思的故实，但不深奥，风格艳丽委婉，代言而不苍白，婉丽而有情致，故许梿有"情绪绵牵"①之评。

伏知道《为王宽与妇义安主书》，乃代王宽写给其妻的书信，与何逊《为衡山侯与妇书》性质相同，属典型的代言之作："昔鱼岭逢车，芝田息驾，虽见妖嫿，终成挥忽。遂使家胜阳台，为欢非梦；人惭萧史，相偶成仙。轻扇初开，欣看笑靥；长眉始画，愁对离妆。犹闻徙佩，顾长廊之未尽；尚分行幰，冀迥陌之难回。广摄金屏，莫令愁拥；恒开锦幔，速望人归。镜台新去，应余落粉，熏炉未徙，定有余烟。泪滴芳衾，锦花长湿；愁随玉轸，琴鹤恒惊。已觉锦水丹鳞，素书稀远；玉山青鸟，仙使难通。彩笔试操，香笺遂满；行云可托，梦想还劳。九重千日，讵想倡家，单枕一宵，便如荡子。当令照影双来，一鸾羞镜；勿使窥窗独坐，嫦娥笑人。"信中有对初识及新婚的回忆，有对美满的家庭生活的渴盼，尤多的是离别的思念，使事用典，风格绮媚缠绵。许梿称此文"柔情绮语，黯然消魂"，"几回搔首，一声长叹"（《六朝文絜》卷七）；谭献则进一步将此文与后世艳

---

① 《六朝文絜译注》卷七，上海古籍出版社 1999 年，第 154 页。

词并评，称其“娇娆欲语”，“六朝小启，五代填词”（《骈体文钞》卷三）。梁陈时期，宫体诗描写艳情的风气浸染其他文体，“志铭书札，亦多哀思之音，绮靡之词”。[①] 何、伏之作，便属这种风气下的产物。

王筠《与诸儿书论家世集》论及琅邪王氏家族文才相继之盛况，颇为治六朝文史者所重。《与东阳盛法师书》将官场比作“樊笼”，不由地令人联想到陶渊明。

王僧孺（463—521），东海郯（今山东郯城）人。六岁能作文，好学。家贫，常为人抄书以养母。齐时仕为王国左常侍、太学博士。竟陵王萧子良开西邸，僧孺也是门下文人之一。梁天监初，出为南海太守，还京，迁尚书左丞、御史中丞，又任尚书吏部郎，不受请谒。天监十年，出为南康王萧绩长史。其后历为诸王参军、记室。普通二年（521年）卒。僧孺善楷隶，好聚书，多至万余卷，与沈约、任昉为梁代三大藏书家。有集三十卷，佚。严可均《全梁文》辑录其文二卷。

《梁书》本传称僧孺作品“丽逸”，“好用新事”。喜欢并大量隶事用典是僧孺文的一般特点，这既与晋宋以来用事趋繁的整体文学发展趋势有关，也与他本人藏书至万余卷之多、为撰作时随处用典提供便利条件有关。兹引其《谢齐竟陵王使撰众书启》以证：

> 伏惟陛下：铜雀始成，早摛从后之句；柏梁初构，首属骖驾之辞。楚史所受，曾不云述；沛献斯陈，良未足采。徒以愿托后车，以望西园之客；摄齐下坐，有糅南皮之游。谬服同于鲁儒，窃吹等乎齐乐。

除首句为称谓外，皆由隶事用典的文句组成。大体言之，僧孺之隶

① 刘师培《中国中古文学史讲义》第五课，陈引驰编校《刘师培中古文学论集》，中国社会科学出版社1997年版，第91页。

事用典不算深奥，读者较易于理解，如上例所用有关汉武帝、魏文帝等的典实。其他如“董生伟器，止相骄王；贾子上才，爰傅卑主”（《奉辞南康王府笺》）等，也不深奥。

僧孺书信水平较高的首推《与何炯书》，主要写他被谮罢官后的抑郁心情。其中写自己无经国济世、建功铭勋之能，唯有雕虫薄技；又拙于钻营，未尝阿谀奉承皇亲国戚，故久沉下僚时，已寓含着牢骚不平：“非有奇才绝学，雄略高谟，吐一言可以匡俗振民，动一议可以固邦兴国。全璧归赵，飞矢救燕，偃息藩魏，甘卧安郢，脑日逐，髓月支，拥十万而横行，提五千而深入，将能执圭裂壤，功勒景钟，锦绣为衣，朱丹被毂，斯大丈夫之志，非吾曹之所能及已。直以章句小才，虫篆末艺，含吐缃缥之上，蹁跹樽俎之侧，委曲同之针缕，繁碎譬之米盐，孰致显荣？何能至到？加性疏涩，拙于进取，未尝去来许、史，遨游梁、窦，俯首胁肩，先意承旨，是以三叶靡遘，不与运并，十年未徙，孰非能薄？”接着直接抒写自己被谮罢官的悲伤：

> 而窃自有悲者，盖士无贤不肖，在朝在嫉；女无美恶，入宫见妒。家贫，无苞苴可以事朋类，恶其乡原，耻彼戚施，何以从人，何以徇物？外无奔走之友，内乏强近之亲。是以构市之徒，随相媒蘖。及一朝捐弃，以快怨者之心，吁可悲矣。……又迫以严秋杀气，万物多悲，长夜展转，百忧俱至。况复霜销草色，风摇树影。寒虫夕叫，合轻重而同悲；秋叶晚伤，离黄紫而俱坠。蜘蛛络幕，熠燿争飞，故无车辙马声，何闻鸣鸡吠犬？俯眉事妻子，举手谢宾游。方与飞走为邻，永用蓬蒿自没。忾其长息，忽不觉生之为重。

被谮罢官，使作者精神受到很大创伤，陷入极度悲哀之中，乃至于觉得活得没意思。“严秋杀气”一段，以晚秋衰飒的自然景象的描写，浓笔渲染人的悲伤意绪，情景浑融一片，富于艺术感染力。在六朝书信文中，此文情景交融的水平颇突出，亦颇有代表性，近人高步瀛《南北朝文举要》称赞丘迟《与陈伯之书》中"暮春三月"数句写景："秀绝古今，文能移情，端属此等"，可以移评王僧孺此文。如此片断，作为全文的点睛之笔，其抒情效果与艺术感染力，不借助景物点染者是难以比肩的。对于自然景物在撰述中的作用，晋宋齐梁人有自觉的认识，《南史·王诞传》载，晋孝武帝卒，诞从叔珣为哀册文，以少叙节物，久而未就，诞揽笔，于"秋冬代变"后益云："霜繁广除，风回高殿。"珣叹其清拔。可见"叙节物"是当时人们为文时颇为重视的环节，王珣因此而踌躇，王诞因此而获誉。以至于出现刘勰《文心雕龙·物色》、萧纲《答张缵谢示集书》等系统论述心物交融问题的文章。

有着由南入北经历的王褒，为琅琊王氏家族在南北朝后期颇有文学才华的作家，他的文章最受传诵的是《与周弘让书》，其中抒写与周弘让南北隔绝，以及自己年岁衰老、南归无期的悲伤云：

> 嗣宗穷途，杨朱歧路。征蓬长逝，流水不归。舒惨（一作"南北"）殊方，炎凉异节。木皮春厚，桂树冬荣……倾年事遒尽，容发衰谢，芸其黄矣，零落无时。还念生涯，繁忧总集。视阴惕日，犹赵孟之徂年；负杖行吟，同刘琨之积惨。河阳北临，空思巩县；霸陵南望，还见长安。所冀书生之魂，来依旧壤；射生之鬼，无恨他乡。白云在天，长离别矣！会见之期，邈无日矣！援笔揽纸，龙钟横集。

流落异乡，时至暮年仍难预归期，适有故友作为倾诉对象，悲恸乃至绝望之情油然而生，读之或有凄凉彻骨之感。全文或直诉，或用典，与作者的名诗《渡河北》相比，此文的抒情深度强度似更上一层；与庾信、徐陵的同类诗文相较，也不逊色。

徐勉，幼孤贫，勤学不倦。仕梁，历任吏部尚书、尚书右仆射、右光禄大夫等。居高谨慎，博通经史、朝仪，与范云在梁代同称贤相。善属文，勤于著述。所撰文章，编为《前集》三十五卷，《后集》十六卷；又编录《妇人集》十卷，并佚。王僧孺《詹事徐府君集序》称其“汎游群籍，菁华无弃，搦札含毫，必弘靡丽。摛绮縠之思，郁风霞之情，质不伤文，丽而有体”。徐勉文今存十余篇，行文以随便自然见长。《报伏挺书》针对伏挺欲求举荐之旨，娓娓答复，态度谦和宽厚，显示一派与人为善、成人之美的良吏风范、气度。《诫子崧书》标举“以清白遗子孙”的古训，教导其子“先物后己”，“见贤思齐”，思想境界亦属可贵。并述及自己的生活愿望，对亲人，拉家常话，随便朴实，其音容笑貌，仿佛可见。

徐陵是南朝后期书信文大家。今存徐陵的书信多作于他的中后期。梁武帝太清二年，四十二岁的徐陵出使东魏，未归而梁朝发生侯景之乱，遂暂留邺。之后，北齐代东魏，萧绎即位于江陵，南北通使。在此期间，徐陵遭受妻子离散、国家残破、不得南返的悲痛，以及有机会南返却受到北齐方面阻挠的心灵创伤。兴废系乎时序，文变染乎世情。徐陵的诗文创作由此而发生了较大的变化。这主要表现在以前文胜于质、代他人言、有宫体印迹的作品沉寂了，文质兼胜、说自己心里话，情辞并茂的作品则应运而生。这方面的佳作首推《与齐尚书仆射杨遵彦书》。北齐代魏，徐陵要求南归，北齐则以种种借口加以阻挠拖延；徐陵归心不已，乃致书北齐尚书仆射杨愔（字遵彦），一一驳斥北齐方面拖延他南归的种种借口，并抒发了对家乡的强烈思念之情。全文二千多字，洋洋洒洒，述事畅达，说理透辟，辞气时而婉转恳切，时而慷慨激昂，跌宕起伏，“波翻浪涌，自具潆洄盘礴之势，故非无气者所能，亦非直下者可比”（蒋士铨《四六法海》评）。如反驳北齐方面所谓归途艰阻、不安全的借口：

又闻晋熙等郡，皆入贵朝，去我寻阳，经途何几？至于铛铛晓漏，的的宵烽，隔溆浦而相闻，临高台而可望。泉流宝盌，遥忆湓城；峰号香炉，依然庐岳。日者鄱阳嗣王范治兵汇派，屯戍沦波，朝夕笺书，春秋方物。吾无从以蹑屐，彼何路而齐镳？岂其然乎？斯不然矣。又近者邵陵王通和此国，郢中上客，云聚魏都，邺下公卿，风驰江浦，岂卢龙之径，于彼新开；铜驼之街，于我长闭？何彼途甚易，非劳于五丁；我路为难，如登于九折？地不私载，何其爽欤……如其境外，脱殒轻躯，幸非边吏之羞，何在匹夫之命。又此宾游，通无货殖。忝非韩起聘郑，私买玉环；吴札过徐，躬要宝剑。由来宴锡，凡厥囊装，行役淹留，皆已虚罄。散有限之微财，供无期之久客，斯可知矣。且据图刎首，愚者不为；运斧全身，庸流所鉴。何则？生轻一发，自重千钧，不以贾盗明矣！骨肉不任充鼎俎，皮毛不足入货财，盗有道焉，吾无忧矣！

孙梅赏叹曰："议论曲折，情词相赴，气盛而物之浮者大小毕浮，不意骈俪有此奇观。"①篇末抒写思归之情，尤为凄楚动人：

岁月如流，人生何几？晨看旅雁，心赴江淮；昏望牵牛，情驰扬越。朝千悲而下泣，夕万绪而回肠，不自知其为生，不自知其为死也！……若一理存焉，犹希矜眷，何故期令我等必死齐都，足赵魏之黄尘，加幽并之片骨？遂使东平拱树，长怀向汉之悲；西洛孤坟，恒表思乡之梦！千祈已屡，哽恸良深！

造语平易自然，用典贴切而不生僻，"声情激越，顿挫低徊，尤神来之笔"（同上）。其艺术感染力，在南北朝后期骈体书启中是相当突出的。近似的思念故国的真挚感情，在徐陵的其他篇章中也时有流露，如《与王僧辩书》写道：

惟桑与梓，翻若天涯，杖柏栽松，悠然长绝。明明日月，号

① 《四六丛话》卷十七，《历代文话》第五册，复旦大学出版社 2007 年版，第 4601 页。

叫无闻；茫茫宇宙，容身何所？……瞻望风云，朝夕呜咽。固乃游魂已谢，非复全生；余息空留，非为全死。同冰鱼之不绝，似蛰虫之犹苏。良可哀也！良可哀也！……虽复孤骸不返，方为漠北之臣；营魂知归，终结江南之草。

悠思远怀，梦魂萦绕，家国之情永存，回归之志弥坚，读来感人颇深。晚明张溥曾称赞徐陵这类作品说："至羁旅篇牍，亲朋报章，苏李悲歌，犹见遗则；代马越鸟，能不凄然？"[①]可谓说出了一种具有代表性的感受。

与回归之情紧密相绾的是对侯景之乱江陵之祸给社会带来灾难的愤懑，以及对讨平侯景、保卫江南之人物的称颂。《为梁贞阳侯(萧渊明)与王太尉僧辩书》虽为代言书启，但字里行间也流露了作者对局势的看法、思想倾向与感情，其中有对侯景叛乱及西魏入侵的憎恨悲愤，有对萧绎平叛的称颂："屯亨有数，剥极为灾，枭獍豺狼，肆逞凶逆。后主诞资上圣，光启中兴，大剪仇雠，方平宗社……岂图天未悔祸，丧乱荐臻，羌虏无厌，乘此多难，虔刘我南国，荡覆我西京。奉问惊号，肝胆崩溃。"有对宗室萧渊明心存故国、志雪仇耻精神的认同高扬："孤宗室之长……所以徐彭之役，不吝轻躯，哀荷之诚，久闻朝听。况复邦家不造，至此横流，宗社无依，何所逃责？固以提戈负剑，卧泣行号，言念荆巫，志雪仇耻。"《与王僧辩书》以极为夸饰的笔调称颂了王僧辩的平叛复梁之功："去岁凶徒不骋，言次巴丘，鼓声闻一柱之台，烽火照三休之殿。公则悬麾羽扇，犹对投壶，戎羯咸奔，鲸鲵俱剪。楼舡万轴，还击孔明；胡马千群，皆输长乐。于是乎夏首西浮，云行电迈，彭波东汇，谷静山空，扼鹊尾而据王畿，登石头而扫天阙。渐台伪帅，仍传首于帝京；

① 殷孟伦《汉魏六朝百三家集题辞注》，人民文学出版社 1981 年版，第264 页。

郿坞元凶，咸刳肠于军市。青羌赤狄，同畀豺狼，胡服夷言，咸为京观……劬劳王室，大拯生民，自开辟以来，未之有也……中宗佐命，俱画丹青；光武功臣，皆悬星象。栈道木阁，田单之奉霸齐；绾玺将兵，周勃之扶强汉。壤虫之比黄鹄，辙鲋之仰河宗，未足云也。”相同的性质，采用类似的笔法，但称颂对象为陈霸先的，徐陵有《为梁贞阳侯与陈司空书》，亦掺和一些悲慨梁室屡经丧乱的片断，张溥对此类内容评价很高，云：“感慨兴亡，声泪并发。”①甚至在《与李那书》中也间接流露了这样的情绪：“昔魏武虚帐，韩王故台，自古文人，皆为词赋。未有登兹旧阁，叹兹幽宫。标句清新，发言哀断。岂止悲闻帝瑟，泣望羊碑。一咏歌梁之言，便掩盈怀之泪。”

《为武皇帝作相时与岭南酋豪书》的相关内容亦写得气势壮大，酣畅淋漓：

> 叛臣任约、徐嗣徽等，屡引齐虏，前年末既践京师，江畔边城，皆为戎戍。赖貔貅骋力，卫霍同心，歼厥胡夷，不日清殄。去年将夏，倾国大来，铁骑八千许匹，甲士二十余万，胡尘飞于北阙，虏鼓震于南宫，躬率偏裨，聊与挑战，虏便土崩瓦解，投险赴坑，大小皆擒，鲸鲵尽戮。三江之上，塞水无流；千里之间，伏尸相枕……屡破关西之兵，频取淮右之地，一朝俘斩，无复孑遗。远迩惊欣，华夷怖慑。如闻彼虏，稍是危亡，寻命熊罴，欲就征讨，方可以雷行赵魏，电扫幽并，混一车书，势在朝暮。

此篇结尾部分，作为一定的气氛调节，出现了一个颇有抒情味道的片断：

> 但昔缘王事，游践贵乡。日想山川，依然旧识。既忝荷朝私，位逾台衮，身持帝王之柄，手握天下之图。故乡如此，诚为

---

① 殷孟伦《汉魏六朝百三家集题辞注》，人民文学出版社1981年版，第264页。

衣绣；故人不见，还同宵锦。天涯藐藐，地角悠悠，言面无由，但以情企。

可谓意态纵横，舒卷自如，气劲而辞畅。《为武皇帝作相时与北齐广陵城主书》渲染长江天险的巨大防御作用，紧健有力，亦能给读者留下深刻的印象：

长江渺渺，巨浪汤汤，如斗舰舟师，讵有深利？近梁山之战，即是前车；芜湖之役，可为明镜。昔晋侯不能乘郑马，赵将不能用楚兵，一非水土，难为骋力。扬州卑湿，厥土涂泥，如遇秋霖，杳同江汉。假令蚩尤重出，白起还生，控代马而陵波，蹑胡靴而漰水，终难逞效，讵有成功？六州勇士，虽有百万，十姓豪杰，徒劳千亿，不能为患，断可知矣！

此乃地利因素。然后强调、渲染人的因素，其中有对以往忘战致祸的反思，也有对现在尚武之风盛行的夸张式概括：

昔我平世，天下乂安，人不识于干戈，时无闻于桴鼓。故得凶人侯景，济我横江，天步中危，实由忘战。自乱离已久，人解用兵，女子无愧于韩、彭，童儿不殊于卫、霍。吴钩甚利，蜀甲殊轻，槊动风霜，弩穿金石。高楼大舰，概日陵云，叱咤而起风雷，吹嘘如倒山岳……以此众战，谁能御之？

欲以此威慑北齐，使其打消侵略野心，停止入侵行动，可谓用心良苦。

徐陵晚年撰《与诸求官人书》，揭示梁陈禅代前后官场的虚滥，故有云："托节将而求官，因时人以买位，卖官既贱，皆为清显。故员外、常侍，路上比肩；咨议、参军，市中无数；四军、五校，车载斗量。"接下来说："(今)时既清矣，时既平矣，何可犹作乱世意，而觅非分之官邪？"对诸求官人进行了讥刺指责，从中可见徐陵为人正派、耿直的性格。但关于佛教高僧的更多一些，有《与释智𫖮书》、《又与释智𫖮书》、《五愿上智𫖮师书》、《谏仁山深法师罢道书》等。

其中《又与释智𫖮书》较为简短,但具有一定的抒情性,如:

> 弟子二三年来,溘然老至,眼耳聋暗,心气昏塞,故非复在人。兼去岁第六儿夭丧,痛苦成疾,犹未除愈。适今月中,又有哀故。频岁如此,穷虑转深。自念余生,无复能几,无由礼接,系仰何言!

叹老嗟衰,不事对仗,出语自然,在作为一代骈体宗师的徐陵的作品中,别具一格。其他几篇,或短或长,流露的基本是笃信佛教,向往出世的思想。如《谏仁山深法师罢道书》开章明义,云"窃闻出家闲旷,犹若虚空,在俗笼樊,比于牢狱。非但经有明文,亦自世间共见"。以为深法师为僧三十年,造莫大之业,一旦罢道还俗,"舍已成之功,深为可惜!"并具体胪述出家为僧的"十种大利",告诫深法师,倘若还俗,此十种大利将化为乌有;还以男女姻缘之难以长久,晓谕世俗人情之不足恋慕,有云:"眉如细柳,何足关怀?颊似红桃,讵能长久?同衾分枕,犹有长信之悲;坐卧忘时,不免秋胡之怨。洛川神女,尚复不惑东阿;世上班姬,何关君事?"最后说"法师非是无智,遂为愚者所迷","幸速推排,急登正路"。总之,徐陵晚年作品的宗教情结的流露较多而且浓重。究其原因,有时代的,也有个人的。东晋时期佛学初盛,到南朝则达到鼎盛,文人多笃信之,徐陵也不例外。但徐陵晚年对佛教的崇信程度远胜于他的早年及中年,这又与他个人晚年厌倦仕途生活、希企宁静闲适的思想日益突出紧密相关。相对于中年时期关心国事,伤乱思治,称颂卫国功臣等内容的作品,他晚年的笃佛之作显然失于消沉,但也正由这种消沉,使我们看到一个比较完整的徐陵。

以书牍体为主的徐陵文以其高超的成就而产生了巨大的影响,李那《答徐陵书》对此情况有简要概括:"丽藻星铺,雕文锦缛。风云景物,义尽缘情;经论宪章,辞殚表奏。久以京师纸贵,天下家藏。调移齐右之音,韵改河西之俗。"后世人们亦高度评价徐陵之书信，清孙梅云："抑书之为说，直达胸臆，不拘绳墨。纵而纵之，数千言不见其多；敛而敛之，一二语不见其少。破长风于天际，缩九华于壶中。或放笔而不休，或藏锋而不露。孝穆使魏求还诸篇，推波助澜，万斛之源泉也。刘峻《追答刘沼》一书，一波三折，云中之寸爪也。"[①]李兆洛云："孝穆文惊采奇藻，摇笔波涌，生色远出，有不烦绳削而自合之意。书记是其所长也。"[②]今人钱钟书先生指出，徐陵集中"《与杨仆射》、《与王僧辩》、《报尹尚义》、《在北齐与宗室》等书，意致纵横，词气愤激，曲折尽意，亦本家国交集之感，作声泪俱下之文，如子山之有《哀江南赋》、《拟连珠》也……摛文振金石之声，怀叹极禾黍之感，庾所寄于诗赋者，徐则尽见诸文焉。老而更成，徐亦同然"。[③] 钱先生认为《与齐尚书仆射杨遵彦书》是徐陵集中的压卷之作，"使陵无他文，亦堪追踪李陵报苏武、杨恽答孙会宗，皆祗以一《书》传矣。非仅陈吁，亦为诘难，析之以理，复动之以情，强抑气之愤而仍山涌，力挫词之锐而尚剑铓。'未喻'八端，援据切当，伦脊分明，有物有序之言；彩藻华缛而博辩纵横，譬之佩玉琼琚，未妨走趋；隶事工而论事畅"。[④] 瞿兑之认为，徐陵诸书"都是剖陈利害反复尽致的，这种说事理的书札，几乎古今无第二手。惟有唐朝的李商隐，学他可算到家。而陆贽也能运用他的长处，而不袭取他的形式。此外宋明人固然赶不上，清人虽然善于学古，也从不见有能学他的"。[⑤]

---

① 《四六丛话》卷十七，《历代文话》，复旦大学出版社 2007 年版，第 4587 页。

② 高步瀛《南北朝文举要》，中华书局 1998 年版，第 595 页。

③ 《谈艺录》，中华书局 1999 年版，第 301 页。

④ 《管锥编》，中华书局 1979 年版，第 1473 页。

⑤ 《骈文概论》，海南出版社 1994 年版，第 52 页。

# 第五章　风格多样的论、序文

## 一、六朝齐鲁文士的论体文

论是六朝时期相当重要的一种文体。曹丕《典论论文》涉及八种文体，陆机《文赋》涉及十种文体，其中皆包括论体；其他如李充《翰林论》论文体，也涉及论体。《隋书·经籍志》集部总集类著录有“论集七十三卷”、“杂论十卷”。就较知名的具体作家言，可以说没写过论体文的是很少见的。史籍记述某些人物的创作活动，是凭藉论文支撑起来的，如《晋书》卷三十五《裴頠传》载，裴頠深患时俗放荡，不尊儒术，乃著《崇有》之论以解其弊；又著《辩才论》，古今精义皆辩释焉，未成而遇祸。本时期论体文数量极多，论题亦富：有政论、史论、政区论、地理论、天文论、人物论、刑法论、宗教论、三玄诸论、人性论、养生论、形神论、夷夏论、金钱论、奢俭论、隐逸论、丧葬论、文论、艺术论（书法、音乐、围棋论等）、植物论、动物论、交友论等。有关作品或思想解放，言论大胆；或分析细密，思辩精微，见解新颖；或铺张渲染，汪洋恣肆，文采斐然；或平和朴实，温文尔雅。风格多样，各有所擅。

魏晋南北朝论辩文兴盛的原因，在于本时期社会剧烈动荡，儒家思想相对衰微，道、法、名、兵、纵横等诸子学说及佛教思想流行弥漫开来，清谈之风及三教论争盛行，社会思想呈现春秋战国以来又一次极其解放与活跃的局面，形之于文字，论辩文便勃尔兴盛。

日本学者蜂屋邦夫在《六朝时代的知识分子》一文指出:“一般认为,中国思想的一个很大的特点即具有很强的现实性,但是,我认为,若仅就六朝时代而言则未必如此。在门阀贵族制的形成和发展这一总的社会趋势的影响下所产生的六朝思想,其基调可以说是一种消极的天命论。这一时代精神的具体表现就是知识分子无心参与社会,他们或热衷于抽象论题的清谈,或为了求得安身立命而倾向于佛教,或沉醉于山水之美和诗作,以寻求精神的自由。简言之,六朝知识分子的思想有明显的逃避现实(如果‘逃避’一词太极端的话,也可以称之为‘游离’)的倾向。然而,思想与现实相游离这一点本身对其思想价值并不意味着负面的意义,正是因为思想与现实之间拉开了距离,才有可能构筑了一个并不隶属于政治的、独立的精神世界。这一精神世界不仅是当时人们的精神支柱,并且还以其深度和广度对后人也给予了很深的影响。在这一意义上又可以说,与现实完全无关的思想本来是不可能存在的。”①再则,魏晋士人往往在谈论中寻求言辞的快乐,也刺激了论体文的兴盛。颜之推《颜氏家训·勉学》认为,对于何晏、王弼等玄学人物的学说,“直取其清谈雅论,剖玄析微,宾主往复,娱心悦耳,非济世成俗之要也”。今人骆玉明先生则进一步指出,“在魏晋这样一个思想解放、个体意识觉醒的时代,追求思辨的力量,享受语言的快乐,驰骋才华,较量智慧,难道不是比逃避政治压迫更重要的缘由吗?”②其视野是颇为开阔的。《世说新语·文学》载:

> 王逸少作会稽,初至,支道林在焉。孙兴公谓王曰:“支道林拔新领异,胸怀所及乃自佳,卿欲见不?”王本自有一往隽

① 《道家思想与佛教》,隽雪艳、陈捷等译,辽宁教育出版社 2000 年版,第 31 页。

② 《世说新语精读》,复旦大学出版社 2006 年版,第 79 页。

> 气，殊自轻之。后孙与支公共载往王许，王都领域，不与交言。须臾支退，后正值王当行，车已在门。支语王曰："君未可去，贫道与君小语。"因论《庄子·逍遥游》。支作数千言，才藻新奇，花烂映发。王遂披襟解带，留连不能已。

同篇又载：

> 殷中军、孙安国、王、谢能言诸贤，悉在会稽王许。殷与孙共论《易》象，妙于见形。孙语道合，意气干云。一坐咸不安孙理，而辞不能屈。会稽王慨然叹曰："使真长来，故应有以制彼。"既迎真长，孙意已不如。真长既至，先令孙自叙本理。孙粗说己语，亦觉殊不及向。刘便作二百许语，辞难简切，孙理遂屈。一坐同时拊掌而笑，称美良久。

由这两则记载可见，王羲之、支遁、孙绰、殷浩、孙盛、司马昱、刘惔等参与的论辩中，的确享受到语言的快乐，感受到思辨的美和思辨的力量。

齐鲁籍文人的作品是六朝论体文之繁荣的重要组成部分。兹从建安诸子说起。作为孔门后裔，孔融自小就受到儒家修齐治平的理想教育，故他虽然生逢汉魏之际这个枭雄横行、皇权旁落的特殊时期，仍然对桓、灵时期"驱驰险厄之中，与刑人腐夫同朝争衡"，勇于取义殉道的人物满怀钦佩，并时时以之为榜样，奋不顾身，与强权抗争，浩然正气，存乎其身。在此儒家思想衰微，异端学说纷起的大气候下，齐鲁先贤孟子所谓大丈夫品格，孔融当之无愧。正如范晔《后汉书·孔融传论》所云："若夫文举之高志直情，其足以动义概而忤雄心。故使移鼎之迹，事隔于人存；代终之规，启机于身后也。夫严气正性，覆折而已。岂有员园委屈，可以每其生哉！懔懔焉，皓皓也，其与琨玉秋霜比质可也。"明清人则进一步把孔融的人品与文品联系起来，明张溥称"东汉词章拘密，独少府诗文，豪气直上、孟子所谓浩然，非邪?”[①]清刘熙载称其“遒文壮节”，独步汉季。[②] 皆为中肯之评。孔融将自我不同凡庸的凛凛壮节不加掩饰地表现出来，在此基础上，才有了他之气势雄迈的篇篇遒文。汉魏之际名士间盛行人物品评，孔融参与其中。东汉以来，汝南、颍川二郡人才济济，有“汝颍固多奇士”之称。《三国志·魏书·荀彧传》裴注引《荀氏别传》：“陈群与孔融论汝颍人物，群曰：‘荀文若、公达、休若、友若、仲豫，当今并无过。”陈群，颍川人，祖、父陈实、陈纪俱为汉末名士。陈群所列举荀氏数人，亦颍川人，属事功派。荀攸字公达，荀彧字文若，荀悦字仲豫(荀彧堂兄)，荀谌字友若(荀彧四兄)，荀衍字休若(荀彧三兄)，皆侍奉曹氏。孔融则以汝南士为优，其《汝颍优劣论》对汝南郡和颍川郡的士人进行了一系列的比较：

> 融以汝南士胜颍川士，陈长文难曰：“颇有芜菁唐突人参也。”融答之曰：“汝南戴子高，亲止千乘万骑，与光武皇帝共揖于道中；颍川士虽抗节，未有颉颃天子者也。汝南许子伯，与其友人共说世俗将坏，因夜起，举声号哭；颍川士虽颇忧时，未有能哭世者也。……汝南李洪，为太尉掾，弟杀人当死，洪自劾诣阁，乞代弟命，便饮酖而死，弟用得全；颍川士虽尚节义，未有能杀身成仁如洪者也。汝南翟文仲为东郡太守，始举义兵，以讨王莽；颍川士虽疾恶，未有能破家为国者也。汝南袁公著为甲科郎中，上书欲治梁冀；颍川士虽慕忠谠，未有能投命直言者也。”

范晔《后汉书·陈蕃传》称赞汝南士陈蕃等云：“桓灵之世，若陈蕃

---

① 殷孟伦《汉魏六朝百三家集题辞注》，人民文学出版社 1981 年版，第 57、58 页。

② 《艺概·文概》，上海古籍出版社 1978 年版，第 16 页。

之徒，咸能树立风声，抗论惛俗，而驱驰险陒之中，与刑人腐夫同朝争衡……功虽不终，然其信义足以携持民心。汉世乱而不亡，百余年间，数公之力也。”许多正直人士同情理解“党人”，拥护之，支持之，乃至在“党人”危难之际不惜身家性命救助之。《后汉书·张俭传》载“党人”张俭躲避缉捕过程曰：“俭得亡命，困迫遁走，望门投止，莫不重其名行，破家相容。后流转东莱，止李笃家……笃因缘送俭出塞，以故得免。其所经历，伏重诛者以十数，宗亲并皆殄灭，郡县为之残破。”孔融自少就敬慕与朝廷邪恶势力作斗争的“党人”，张俭逃亡中他曾不惜身家性命予以掩护，事觉，与母、兄争死。终成为汉魏之际不可多得的一位关心国政、刚强仗义、凛然不屈之士，他以为汝南士人在颉颃天子、忧时哭世、杀身成仁、破家为国、抗命直言等方面优于颍川士人，无疑是寄托着自己的人格理想及精神风貌的。东汉中后期与朝廷腐朽邪恶势力进行抗争的名士，汝南籍的较多，除以上所举数人外，还有应奉、范滂、陈蕃等。范滂之杀身成仁，尤为壮烈，《后汉书·范滂传》记述其事颇详，不知感动了多少人。孔融赞扬汝南士人，向往其风采，继承其精神。

王粲以善于撰论著称于时，他的论体文今存《难钟荀太平论》、《爵论》、《儒吏论》、《三辅论》、《安身论》、《务本论》。其中《安身论》的真实性有问题，可能不是王粲所作。略考于下。

《安身论》是研究中古时期文人思想的一篇重要文章，写得也很有文采。关于此文的作者，成书于唐代的《晋书》与《艺文类聚》的说法不一致。《晋书》卷二十五系于潘尼，并载有全文；《类聚》卷二十三系于王粲，并按其“弃其浮杂，删其冗长”（欧阳询《艺文类聚》序）的编写体例，节录此文开头一段。明张溥辑《汉魏六朝百三家集》，采取折衷态度，在《王侍中集》与《潘太常集》都收录《安身论》。王应麟《困学纪闻》十七翁元圻注：“《晋书·潘尼传》载尼著《安身论》，与此文同，《类聚》王粲著，未知孰是。”提出问题，但没有解决。直到当代,《安身论》究竟谁作,似乎仍是一个悬而未决的问题。有的论著从《晋书》,有的论著从《类聚》,都没有进行考述。

兹从文章本身出发,结合王粲、潘尼所处时代创作倾向及其各自的创作实际、性格特征来考察这个问题。

《安身论》的创作意图,《晋书》卷二十五云:"(尼)性静退不竞,唯以勤学著述为事,著《安身论》以明所守。"此卷末史臣曰:"著论(按指《安身论》)究人道之纲。"《类聚》将此文收于"人部"的"鉴诫"目。可见对文章内容本身的理解,两书的编者并无分歧,皆认为此文是阐述立身处世道理的。考察思想倾向,可以发现其是以道家思想为主,并糅合儒家思想为理论武器来宣扬处世法则的。作者劈头就定了此调:"盖崇德莫大乎安身,安身莫尚乎存正,存正莫重乎无私,无私莫深乎寡欲。"把"寡欲"放在"安身"问题至关重要的位置上。下文多袭用、融化《周易》、《老子》、《庄子》中语句,如"君子安其身而后动,易其心而后语,定其交而后求"云云,几乎照搬《易·系辞下》的原话;"自私者不能成其私,有欲者不能济其欲",融自《老子》七章"以其无私,故能成其私"。作者认为:"忧患之接,必生于自私,而兴于有欲",因此,只有"寡欲"方能避免争夺与祸乱,只有"寡欲"才能"济欲"。如何才能做到"寡欲"呢?作者反复强调"远绝荣利","犯而不校","遗意虑,没才智,忘肝胆,弃形器。貌若无能,志若不及"。最后一节描绘了"寡欲"的最高境界:"邪气不能干其度,外物不能扰其神,哀乐不能荡其守,死生不能易其真,而以造化为工匠,天地为陶钧,名位为糟粕,势利为埃尘。"《老子》的无为弱用之术,《易》的明哲保身,《庄子》的逍遥旷达,在此文都有迹可寻。

王粲他所处的汉末,是动乱的时代,亦是奋发有为的时代;饱经乱离的作家,唱出了苦难的时代哀歌,更迸发着建功立业的壮怀之音。通览王粲集,找不到文意与《安身论》相通或相近的作品。

其诗赋，"志深笔长，慷慨任气"，表现的积极用世之情在"建安七子"中最为浓烈。他的五篇论，皆是涉及有关治国兴邦的建设性主张，或重农，或主文治武功不可偏废，或倡儒（儒吏）吏（法吏）互补兼融，充分体现着当时参杂儒法刑名的多元思想倾向。在《七释》，王粲批判"潜虚丈人"的"无为无欲"；在《吊夷齐文》，他一反传统看法，对夷齐不顾国事的隐遁行为颇有微词，这不仅与《安身论》没有一点相似之处，而且存在着对立的水火不容的创作倾向。王粲还撰有《英雄记》，记述汉末许多拥兵割据的军阀的事迹，这些军阀虽在兼并战争中结局不同，但王粲仍把他们作为乱世中乘时而起的英雄看待。

《安身论》表现的思想，也与王粲的性格特征不相符合。王粲为人"通脱"（《三国志・本传》），他不是谨小慎微的彬彬君子，因此为颇重儒饰的刘表所轻。王粲"性躁竞"（《三国志・杜袭传》），其实质是用世之心强烈，譬如其代表作《登楼赋》云："冀王道之一平兮，假高衢而骋力，惧匏瓜之徒悬兮，畏井渫之莫食。"要求施展抱负之心溢于言表。曹植《王仲宣诔》提及王粲在荆州时期的境况："翕然凤举，远窜荆蛮。潜处蓬室，不干权势。"荆州是曹氏所征服的敌土，故曹植在这里不无贬意，他的这几句诔词，给人的错觉是王粲在荆州的行为是随遇而安、不图进取。事实不是这样，王粲在仕途上绝非超脱之人，《登楼赋》、《七哀诗》之二等皆为此时所作，愤愤之情隐约可见。这一点，沈玉成先生说得很中肯："所谓不干，对热中仕进的王粲来说，自然不是'不为'而是'不能'。"①其实，王粲本人对自己在荆州依刘表时所作所为的认识也不若曹植所言。公元208年，曹操率军南征荆州，未至荆，刘表病卒。曹军至荆，刘

① 山东大学文史哲研究所主编《中国历代著名文学家评传》第一卷"王粲"，山东教育出版社1983年版。

表次子刘琮举州投降，王粲是主降派的重要人物。曹操封赏包括王粲在内的功臣，并在汉水滨置酒祝贺，在这次盛会上，王粲说："刘表雍容荆楚，坐观时变，自以为西伯可规，士之避乱荆州者，皆海内之俊杰也，表不知所任，故国危而无辅。"（《三国志·本传》）本为乱世之"俊杰"，欲有所作为，但不得"所任"，这是王粲对自己在荆州之境况的客观总结，符合他的性格特征，而与《安身论》所宣扬的"寡欲"之旨大相径庭。

将宣扬处世哲理作为一个重要的创作主题，始于魏晋易代之际，兴盛于西晋，绵延于东晋南朝。这种情况是政治形势使然。魏晋易代之际，农民起义运动处于低潮，当时的主要矛盾表现为曹氏与司马氏两大统治集团的激烈争夺。司马氏集团凭借武力优势，采取血腥的屠杀手段消灭异己，形成"名士少有全者"（《晋书·阮籍传》）的恐怖局面。于是，如何在险恶的现实中存身立命，自然成为人们普遍关注的问题。适应魏晋易代形势发展的玄学思潮，又为一部分士大夫奉行保身之道提供了理论依据，譬如玄学代表人物王弼说："夫安身莫若不竞，修己莫若自保，守道则福至，求禄则辱来。"（《周易·颐卦》注）阮籍创作《通易论》、《达庄论》等，都在一定程度包含着阐述保身之道的因素。

《安身论》的思想倾向，与上述情况正相吻合，而且从标题到主题更加明确。鉴于这种时代创作潮流的考察，我们就有理由认为《晋书》的记载要比《类聚》可靠。《安身论》与潘尼其它作品对照，精神实质极为一致。《晋书》卷二十五载其《乘舆箴》，其中他反复推崇"无私""寡欲"，认为"有欲"是争伐劫杀的根源。傅咸性格耿直，喜褒贬人物，潘尼担心其由此遭祸，就"作诗以规"（《答傅咸诗》序）。其《怀退赋》云："穷独善以全质"；《东武馆赋》云："嘉大雅之洪操，美明哲之保身"；很明显，潘尼的创作思想是具有一贯性的。

傅咸在《答潘尼诗》序以"才高识通"评价潘尼，"才高"此不置论,"识通"之评,潘尼可说是当之无愧。"识通"当指其善于在纷乱世界的夹缝中存身立命。西晋一代,文士死于非命者司空见惯,而潘尼独能善终,其"安身"术可谓发挥了效用。《晋书》卷二十五:"时三王战争,皇家多故,尼职居显要,从容而已。"观其言行,潘尼确是西晋文人中最擅"安身"者,《安身论》非尼莫属。

从语言方面考察,魏晋文章总的情况是渐趋骈俪,但这两个时代对此追求的程度是不同的。建安文章,基本上是散偶并用,文势较为疏荡,西晋文章则刻意追求对偶,许多文章发展到通篇采用骈体句型。譬如曹植文章在同期作家中最讲究形式的工整,但把其《七启》与西晋张协《七命》相比,使用对称句型的密度,《七命》显然是后来居上。以《王粲集》其它文章与《安身论》比较,语言风格显然不同,很难使人首肯这是一人之手笔。《安身论》行文整饬,全篇属对,其凝炼强度为建安文章所无。这一特征,也是我们辨别《安身论》作者应考虑的因素。

今存王粲诸论中有明显文学性的是《三辅论》。此文效仿汉大赋作家司马相如《子虚赋》、《上林赋》的结构方式,虚拟"湘潜先生"、"江滨逸老"、"云梦玄公"三个人物展开论辩,且随处用韵。其文今存片断,兹录以窥一斑:

> 湘潜先生、江滨逸老将集论,云梦玄公豫焉。先生称曰:"盖闻戎不可动,兵不可扬。今刘牧建德垂芳,名烈既彰矣,曷乃称兵举众,残我波灵?"逸老曰:"是何言与?天生五材,金作明威。长沙不轨,敢作乱违。我牧睹其然,乃赫尔发愤,且上征下战,去暴举顺。州牧之兵,建拂天之旌,鸣振地之鼓,玄胄曜日,犀甲如堵。以此众战,孰能婴御?刘牧之懿,子又未闻乎?履道怀智,休迹显光,洒扫群虏,艾拔秽荒。走袁术于西境,馘射贡乎武当,遏孙坚于汉南,追杨定于析商。"

从这些文字看,此文大抵是称扬刘表平定长沙等三郡叛乱而一统荆湘的。建安三年(198 年),长沙、零陵、桂阳三郡叛离刘表,刘表举兵平叛成功,控制了荆州全境,《后汉书》本传称其"开土遂广,南接五岭,北据汉川,地方数千里,带甲十余万"。当时王粲正寓居荆州,依附刘表,故虚拟人物论辩以歌颂这种大好局面,是情理中事。此文的文学性构思显然是自觉的,读之很容易使人联想到司马相如的《子虚赋》、《上林赋》,其中不光虚拟三个人物的路数一脉相承,某些语句也是相如式的,如"建拂天之旌,鸣振地之鼓",俨然为《上林赋》"建翠华之旗,树灵鼍之鼓"之句式的嫡传。刘勰《文心雕龙·论说》对王粲的论文有高度评价,有云:"魏之初霸,术兼名、法,傅嘏、王粲,校练名理……详观兰石之《才性》,仲宣之《去伐》……并师心独见,锋颖精密,盖人伦之英也。"惜此《去伐论》已佚,我们不得窥其"师心独见,锋颖精密"的面貌。

汉魏之际,政治混乱,道家思想渐趋活跃,士人疏远官场、优游山水田园的思想逐渐兴盛,仲长统有较突出的流露。《后汉书》本传记载仲长统常以为凡游帝王者,欲以立身扬名,而名不常存,人生易灭,优游偃仰,可以自娱,故想卜居清旷,以乐其志,论之曰:

> 使居有良田广宅,背山临流,沟池环匝,竹木周布,场圃筑前,果园树后。……蹰躇畦苑,游戏平林,濯清水,追凉风,钓游鲤,弋高鸿。讽于舞雩之下,咏归高堂之上。安神闺房,思老氏之玄虚;呼吸精和,求至人之彷佛……消摇一世之上,睥睨天地之间。不受当时之责,永保性命之期。如是,则可以凌霄汉,出宇宙之外矣,岂羡夫入帝王之门哉!

后人习称为《乐志论》,其中表现了向往归田隐居,优游于自然山水中以乐志怡情的生活理想,前此张衡《归田赋》曾流露这种思想,仲长统承之,对六朝文人希企隐逸,亲近山水之观念的自觉有更为直接的影响。余英时先生在讨论汉魏以来士大夫怡情山水之意识时说:"《乐志论》又极言山水林木之自然美,此亦关系士之内心自觉而开魏晋以下士大夫怡情山水之情怀者也"，"此一精神启自仲长统之《乐志论》，经魏晋名士如应休琏辈之发扬，下迄西晋南朝，而未尝中断也。"[①]谢灵运迷恋自然山水，尤为知名，《宋书·谢灵运传》载其《山居赋》有云："昔仲长愿言，流水高山。"可见他对仲长统思想有所继承。东汉中后期文人的隐逸之思，是与对衰朽之现实政治的失望相伴而生的，正如《后汉书·陈寔传论》所说："汉自中世以下，阉竖擅恣，故俗遂以遁身矫絜放言为高。……故时政弥惛，而其风愈往。"也与道家思想的浸染有关，仲长统所谓"思老氏之玄虚"、"消摇一世之上"等便明确道出这一信息。此文讲究用韵，还长于铺陈，有较浓重的赋化色彩，与王粲《三辅论》等文共同显示了汉魏之际文的辞赋化追趋。

诸葛恪之论也值得提及。建兴元年冬，恪率吴师击败魏军。次年春，复欲出军，诸大臣以为数出疲劳以谏恪，恪不听，乃著《出军论》谕众。文以"夫天无二日，土无二王，王者不务兼并天下，而欲垂祚后世，古今未之有也"的判断发端，然后援古为证。说战国时诸侯自恃兵强地广、互有救援，谓此足以传世，人莫能危，恣情纵怀，惮于劳苦，致使秦国逐渐强大，终于兼并六国；近世刘表在荆州拥兵十万，财谷如山，但不趁曹操势力微弱时与之力竞，坐观其强大，终于为其所吞。又说当年吴王夫差不听伍子胥的忠告，未乘势灭掉越国，结果为越所败，到头来连叹悔都来不及。所以，当今要务，便是趁司马懿陨毙，其子幼弱而伐之，"圣人急于趋时，诚谓今日"。在此基础上，针对谏阻其出军的僚臣，明确表示自己的不以为然和感叹："若顺众人之情，怀偷安之计，以为长江之险，可以传世，不论魏之终始，而以今日遂轻其后，此吾所以长叹息者也……今恪无具臣之才，而受大吴萧、霍之任，智与众同，思不经远，若不

① 余英时《士与中国文化》，上海人民出版社1987年，第339－340页。

及今日为国斥境，俯仰年老，而仇敌更强，欲刎颈谢责，宁有补邪？”继而针对众人或以百姓尚贫，欲务闲息，指出此乃“不知虑其大危而爱其小勤者也”，并以汉高祖刘邦据有三秦之地后不闭关守险、以自娱乐，出军攻楚，身被创痍，介胄生虮虱，将士厌困苦为例，明示其“岂甘锋刃而忘安宁哉？虑于长久不得两存者耳！”最后总结说：“每览荆邯说公孙述以进取之图，近见家叔父表陈与贼争竞之计，未尝不喟然叹息也。夙夜反侧，所虑如此。”“家叔父表陈”云云，乃指诸葛亮在世时伐魏前给刘禅所陈的《出师表》，抒发了作者北伐中原，复兴汉室，鞠躬尽瘁，死而后已的赤诚情志，诸葛恪此《出军论》性质近似其叔父的表文，故拈来以佐其志，以励其志，且做得自然得体，恰到好处。通篇而观，该作引证允当，情理兼备。

刘勰《文心雕龙·论说》称汉末三国时期，“务欲守文，何晏之徒，始盛玄论。于是聃周当路，与尼父争途矣。详观兰石之《才性》，仲宣之《去伐》，叔夜之《辨声》，太初之《本玄》，辅嗣之《两例》，平叔之《二论》，并师心独见，锋颖精密”。刘勰对包括王粲、王弼在内的几位论体文作家予以高度评价。王弼“两例”指其《周易略例》和《老子指略》，二作骈句迭出，文采飞扬，在当时的说理文中，其骈化程度是较高的。前者提出“得意忘象”之说：

> 夫象者，出意者也。言者，明象者也。尽意莫若象，尽象莫若言。言生于象，故可寻言以观象；象生于意，故可寻象以观意。意以象尽，象以言著。故言者所以明象，得象而忘言；象者所以存意，得意而忘象。犹蹄者所以在兔，得兔而忘蹄；筌者所以在鱼，得鱼而忘筌也。然则，言者，象之蹄也；象者，意之筌也。是故存言者，非得象者也；存象者，非得意者也。象生于意而存象焉，则所存者乃非其象也；言生于象而存言焉，则所存者乃非其言也。然则忘象者，乃得意者也；忘言者，乃得象者也。得意在忘象，得象在忘言。故立象以尽意，而象

可忘也。重画以尽情，而画可忘也。

语句回环婉转，朗朗适口，很好地显示出了作者善于论辩的素质和魅力。

王沈（生卒年不详），生活于西晋，字彦伯，高平（今山东巨野）人。出身寒素，少有俊才，不随俗沉浮，为豪族所抑。仕郡文学掾，郁郁不得志，乃作《释时论》，依仿东方朔《答客难》、扬雄《解嘲》等设论之体，假托“东野大人”与“冰氏之子”的对话，对西晋元康前后选官择吏“计门资之高卑，论势位之轻重”的门阀制度进行了有力的抨击，如：

> 百辟君子，奕世相生，公门有公，卿门有卿。指秃腐骨，不简蚩儜。多士丰于贵族，爵命不出闺庭。……贱有常辱，贵有常荣，肉食继踵于华屋，疏饭袭迹于耨耕。

笔锋犀利尖锐，几越左思《咏史诗》之上。作者还写到门阀政治下士风的堕落和官场的腐败：

> 谈名位者以谄媚附势，举高誉者因资而随行……京邑翼翼，群士千亿，奔集势门，求官买职，童仆窥其车乘，阍寺相其服饰，亲客阴参于靖室，疏宾徙倚于门侧。时因接见，矜厉容色，心怀内荏，外诈刚直，谭道义谓之俗生，论刑政以为鄙极。高会曲宴，惟言迁除消息，官无大小，问是谁力。

皆切中时弊，剖析入里，刻画生动。史称“元康初，松滋令吴郡蔡洪字叔开，有才名，作《孤奋论》，与《释时》意同，读之者莫不叹息焉”，①可见《释时论》在当时曾引起颇强烈的反响和共鸣。到东晋，著名作家干宝撰《晋纪·总论》，分析西晋倾覆的历史教训，也明显受到此作的影响。平原高唐刘寔《崇让论》，洋洋数千言，收录《晋书》卷四十一《刘寔传》，亦为魏晋之际名论。

---

① 《晋书》卷九十二《文苑传》，中华书局1974年版。

西晋平原(今属山东)人华峤的史论对六朝史论有重要影响，值得提及。其《后汉书》(又称《汉后书》)，唐代杰出史学家刘知几称其“言辞简质，叙致温雅”①，今人周天游先生认为“其论尤为精绝，所以范晔往往全部或部分袭用之。今可考者，有李贤注所言之《肃宗章帝纪》论、《马武传》论、《冯衍传》论、《刘赵淳于江刘周赵传》序、《班彪传》论、《袁安传》论，章宗源《隋书经籍志考证》所言之《王允传》论、阅袁宏《纪》所知之《丁鸿传》论、《皇甫嵩传》论、《襄楷传》论。而尚未注明的恐怕还有若干。”②

东晋伏滔，字玄度，平昌安丘(今属山东)人。有才学，少知名。州举秀才，辟别驾，皆不就。大司马桓温引为参军，深加礼接。与袁宏、习凿齿等友善。袁真叛于寿阳，滔从温伐之。以淮南屡叛，乃著《正淮论》二篇。寿阳平，以功封闻喜县侯，除永兴令。温薨，征西将军桓豁引为参军，领华容令。孝武帝太元中，拜著作郎，专掌国史，领本州大中正。迁游击将军。卒于官。有集十一卷，佚。严可均《全晋文》辑录其文数篇。

《论青楚人物》为伏滔与襄阳习凿齿相互矜夸本籍人物之作，其中所涉青土人物，显然盛于楚地人物。综观之，有助于人们了解春秋至魏晋青楚两地的历史人文景观。西汉司马相如《子虚赋》中楚人子虚与齐人乌有先生相互夸耀齐、楚土地物产之博富，齐王、楚王畋猎之壮观，而伏滔此作别出心裁，变为矜夸两地的历史人文景观，这无疑是有创新意义的。伏滔文更著名的是载于《晋书》本传的《正淮论》上下篇。此作虽为有关地域政治的论文，但由于作者在行文中往往以气运词，致使较浓的感情灌注其间，读来给人留

① 刘知几《史通·序传》，浦起龙《史通通释》，上海古籍出版社 1978 年版。

② 周天游《八家后汉书辑注》前言，上海古籍出版社 1985 年版。

下较深的印象，如上篇开端一段对妄图拥兵割据淮南者皆覆灭之现象的困惑：

爰自战国，至于晋之中兴，六百余年，保淮南者九姓，称兵者十一人，皆亡不旋踵，祸溢于世，而终莫戒焉。其天时欤？地势欤？人事欤？何丧乱之若是也！

又如下篇开头一段写淮南屡叛给社会带来沉重的灾难，平叛所付的巨大代价：

昔高祖之诛黥布也，撮三策之要，驰赦过之书，乘人主之威，以除逆节之虏，然犹决战陈都，暴尸横野，仅乃克之，害亦深矣！长安之谋，虽兵未交于山东，祸未遍于天下，而驰说之士与阖境之人，幽囚诛放者，亦已众矣！光武连兵于肥、舒，魏祖驰马于蕲、苦，而庐、九之间，流溺兵凶者十而七八焉。……文皇挟万乘之威，杖伊、周之权，内举京畿之众，外征四海之锐，云合雨集，推锋以临淮浦，而诞、钦晏然，方婴城自固，凭轼以观王师。于是筑长围，起棼橹，高壁连堑，负戈击柝以守之。自夏及春。而后始知亡焉。然则屠城之祸，其可极言乎？约之出奔，淮左为墟，悲夫！

可谓情辞流畅！另外，作者在上篇胪述淮南之地利时，借鉴了大赋铺陈土地物产时擅长的全方位的空间描写手法，亦为本文增添了文学性。

东晋时期有关佛教的论辩已经不少，齐鲁文人郗超、王谧等参与了有关论辩，王谧撰《沙门不敬王者论》。到南朝时期此风愈盛，大量文人参与佛教论辩。齐鲁籍文人何承天、颜延之是刘宋文人参与佛论的著名人物，梁释慧皎《高僧传》卷七曰："渊（释道渊）弟子慧琳……善诸经及庄老，排谐好语笑，长于制作……宋世祖雅重琳，引见常升独榻，颜延之每以致讥，帝辄不悦。后著《白黑论》，乖于佛理。衡阳太守何承天，与琳比狎，雅相击扬，著《达性论》，并拘滞一方，诋呵释教。颜延之及宗炳捡（一作'难'）驳二论各万余言。"①何承天持抑佛立场，颜延之持扬佛立场，皆善于撰文展开论辩。

何氏《达性论》对佛教的神不灭论进行了较有力的批驳，有云："生必有死，形毙神散，犹春荣秋落，四时代谢，奚有于更受形哉？"基本继承汉代王充的唯物主义思想，但当年王充针对的是本土世俗迷信，而今承天针对的是外来宗教，所以他直接为稍后的反佛斗士范缜的理论开了先河。承天还对佛教因果报应说做了批驳，他的《报应问》发端便下断言，指责报应说"其言奢而寡要，其譬迂而无征"，接着列举人们在生活中所见事实予以批驳："夫鹅之为禽，浮清池，咀春草，众生蠢动，弗之犯也，而庖人执焉，鲜有得免刀俎者。燕翻翔求食，唯飞虫是甘，而人皆爱之，虽巢幕而不惧。非直鹅燕也，群生万有，往往如之。是知杀生者无恶报，为福者无善应。"作者的鹅燕之喻，简明易晓地驳斥了佛教的报应说，显然比那些不借助于物象之喻的理论文章生动活泼，富于可读性。

何承天还撰有《安边论》，长达三千字，作者在冷静地权衡当时南北对峙之形势的基础上，主张在南北交界地带坚壁清野，寓兵于农，积蓄实力，徐图收复。行文挥洒自如，说事剀切细致，属于六朝论体文的上乘之作。

王僧虔（426—485），弱冠善隶书，为宋文帝赏识。除秘书郎、太子舍人。与袁淑、谢庄友善。元嘉后期，为义阳王刘昶文学、太子洗马，迁司徒江夏王刘义恭左西属。孝武帝孝建初，为武陵太守。还为中书郎，转黄门郎，太子中庶子。时孝武帝欲擅书名，僧虔作书常用掘笔书，以此见容。大明初，出为抚军将军豫章王刘子尚长史，迁散骑常侍；五年，又为新安王刘子鸾北中郎长史，南东海

① 《高僧传》卷七，汤用彤校注，中华书局1992年版，第268页。

太守，行南徐州事，寻为豫章内史，入为侍中，迁御史中丞。明帝泰始中，出为吴兴太守，徙会稽太守，以失意于明帝宠臣阮佃夫，被免官。寻以白衣兼侍中，出为吴郡太守、湘州刺史等。后废帝元徽中，为吏部尚书，转尚书右仆射。顺帝升明元年为尚书仆射，迁中书令左仆射，二年为尚书令。萧齐时，曾任左光禄大夫、湘州刺史等。永明三年卒。今存文见严可均《全齐文》卷八。

僧虔善书法，尝为《书赋》，今存片断，文辞、句式略仿陆机《文赋》，如“情凭虚而测有，思沿想而图空”，“沉若云郁，轻若蝉扬”，“或具美于片巧，或双竞而两份。形绵靡而多态，气陵厉其如芒。故其委貌也必妍，献体也贵壮，迹乘规而骋势，志循检而怀放”。又撰《论书》，评骘汉晋以来书家，乃“承阅览秘府，备睹群迹”后所作，今存若干片断，为研究中国古代书学的珍贵资料。文笔颇洒脱轻灵，活泼有趣，兹略引录，以窥一斑：

> 亡从祖中书令珉书，笔力过于子敬，《书旧品》云：“有四匹素绢，自朝操笔，至暮便竟，首尾如一，又无误字。”子敬戏云：“弟书如骑骡，骎骎恒欲度骅骝前。”
>
> 庾征西翼书，少时与右军齐名。右军后进，庾犹不忿，在荆州与都下人书云：“小儿辈乃贱家鸡，皆学逸少书，须吾还，当比之。”
>
> 亡高祖丞相导，亦甚有楷法。以师钟、卫，好爱无厌，丧乱狼狈，犹以钟繇尚书《宣示贴》衣带过江。后在右军处。右军借王敬仁，敬仁死，其母见脩平生所爱，遂以入棺。

平原（今属山东）人刘怀慰（447—491）亦能文。怀慰历仕宋齐，顺帝升明中，尝以书戒喻沈攸之，为萧道成所赏。及道成封齐公，以瓜步为齐郡，乃以怀慰为辅国将军，齐郡太守。在郡不受礼谒，作《廉吏论》，齐高帝闻之，手敕褒赏。永明九年卒。《南齐书》本传称：“怀慰与济阳江淹、陈郡袁彖善，亦著文翰。”永明初，曾献

《皇德论》。二论皆佚。

徐勉文较好的还有《答客喻》。此类"设论"体文章，自西汉东方朔《答客难》、扬雄《解嘲》，乃至晋人夏侯湛《抵疑》、郭璞《客傲》等，所论大率为宦途荣悴及相关的处世态度、思想倾向，徐文则用以写人之常情，可谓"设论"体之变格也。《梁书》本传载，勉次子悱卒，痛悼甚至，乃撰《答客喻》。其中写到他伤悼儿子，"心情如陨"，乃出于父子天性，下面一段文字富于抒情性：

> 自出闽区，政存清静。冀其旋反，少慰衰暮。言念今日，眇然长往。加以阖棺千里之外，未知归骨之期，虽复无情之伦，庸讵不痛！于昔夷甫孩抱中物，尚尽恸以待宾；安仁未及七旬，犹殷勤于词赋。况夫名立宦成，半途而废者，亦焉可已哉！

萧梁为骈文鼎盛之世，为文浸染骈俪者甚众，成为时代风气，徐勉此文却不著意偶对、藻饰，行文朴素自然，仿佛自胸臆中流淌而出，感人颇深。

在南北朝文人中，刘峻出身贫寒，长期生活在社会下层，对当时社会种种黑暗及人民的苦难体会颇深，内心充满愤懑，因而撰论以宣泄，流传于今的有《广绝交论》和《辨命论》两篇名文。

《辨命论》借论性命穷通以寄托自己对现实的不满。正如李善《文选注》所说："孝标植根淄右，流寓魏庭，冒履艰危，仅至江左，负材矜地，自谓坐致云霄，岂图逡巡十稔，而荣惭一命，因兹著论，故辞多愤激。"表面上孝标似乎认为一切都是"定于冥兆，终然不变"的，实际上却通过现实和历史的事例表现了对吉凶得失、成败利钝与贤愚善恶之不能相称的深切怀疑和无比悲愤。文中一针见血地揭露并强烈地抨击了"高才而无贵仕，饕餮而居大位"，"天下善人少，恶人多；暗主众，明君寡"的黑暗现状，使读者不禁联想到刘峻轗轲一生的原因。

《广绝交论》乃有感于任昉在世时好汲引文士，死后家境贫困，当年受他汲引者却罕有加以周济的浇薄世风而作，旨在讥其旧交。其文增广的是后汉朱穆《绝交论》。东汉末朱穆“感俗浇薄，慕尚敦笃，著《绝交论》以矫之”。刘文较之朱文，气更盛而辞更锐。作者对“素交尽，利交兴”的世风深恶痛绝，因而主张绝交。文中一一展示形态各异的势利之交：趋附权贵的“势交”，贪恋财富的“贿交”，标榜吹嘘的“谈交”，不得意时引为同类、一旦得意便忘了旧情的“穷交”，最后是权衡利弊得失的“量交”。对每种结交的情状都作了绘声绘色的刻画，如写“势交”与“量交”：

若其宠均董、石，权压梁、窦，雕刻百工，炉捶万物，吐漱兴云雨，呼噏下霜露，九域耸其风尘，四海叠其熏灼。靡不望影星奔，藉响川骛，鸡人始唱，鹤盖成阴，高门旦开，流水接轸。皆愿摩顶至踵，隳胆抽肠，约同要离焚妻子，誓殉荆卿湛七族。是曰势交。其流一也。

驰骛之俗，浇薄之伦，无不操权衡，秉纤纩。衡所以揣其轻重，纩所以属其鼻息。若衡不能举，纩不能飞，虽颜、冉龙翰凤雏，曾、史兰薰雪白，舒、向金玉渊海，卿、云黼黻河汉，视若游尘，遇同土梗，莫肯费其半菽，罕有落其一毛。若衡重锱铢，纩微影撇，虽共工之蒐慝，谨兜之掩义，南荆之跋扈，东陵之巨猾，皆为匍匐委蛇，折枝舐痔，金膏翠羽将其意，脂韦便辟导其诚。故轮盖所游，必非夷、惠之室；苞苴所入，实行张、霍之家。谋而后动，毫芒寡忒。是曰量交。其流五也。

最后由任昉身后凄凉，孤子朝不谋夕，发出“呜呼！世路险巇，一至于此。太行孟门，岂云崭绝？是以耿介之士，疾其若斯；裂裳裹足，弃之长骛。独立高山之巅，欢与麋鹿同群，皦皦然绝其氛浊，诚耻之也，诚畏之也”的慨叹。文章情采飞扬，气盛辞锐，极富艺术魅力。汉末以来，针对人际交往而发的议论，除朱穆《绝交论》以外，还有蔡邕《正交论》、曹丕《交友论》等，甚至大部头的子书中也有专篇围绕此问题展开，如徐幹《中论·谴交》，但其中流露愤世嫉俗之情绪最浓重，对势利之交的虚伪、丑恶状态描摹得最为淋漓酣畅的，显然首推刘竣的《广绝交论》，故萧统《文选》于此类文章独录《广绝交论》而舍弃他作。

论体文之铺张扬厉在汉代即初露头角，贾谊《过秦论》、王褒《四子讲德论》为其显例。伴随者辞赋对其他文体之渗透的日益加剧，以及文人对华丽文风的日益认同与推崇，魏晋南北朝的论体文进一步加剧了向辞赋之铺采摛文技艺的靠拢。曹植《魏德论》、阮籍《达庄论》、嵇康《养生论》、陆机《辩亡论》、潘尼《安身论》、王沈《释时论》、鲁褒《钱神论》等即为这种追趋中颇有代表性的作品。至南北朝，此种风尚更加迅猛发展，刘峻之论堪称典范。《辨命论》和《广绝交论》讲究整齐骈偶，浓重地浸染铺张扬厉的辞赋作风，词汇丰富，夸饰渲染，辞采飞扬，超越前贤。《辨命论》从六个方面写人之穷达不决定于命运论者的"六蔽"，极其铺排张扬之能事。兹引其一，以窥一斑："空桑之里，变成洪川；历阳之都，化为鱼鳖；楚师屠汉卒，睢河鲠其流；秦人坑赵士，沸声若雷震；火炎昆岳，砾石与琬琰俱焚；严霜夜零，萧艾与芝兰共尽。虽游、夏之英才，伊、颜之殆庶，焉能抗之哉？其蔽三也。"前引《广绝交论》中写"势交""量交"之文字更为显例。清人孙梅对六朝某些论体文有高度评价，而尤激赏刘峻之作，他指出："《博弈》、《养生》之俊迈，《辨命》、《劳生》之奇伟，而《广绝交》一篇，云谲波诡，度越数子……此皆艺苑之琼瑶，词林之脍炙。"[①]孝标一生笔耕不辍，从他仅存的文章来看，我们能感受到他刚直不阿、愤世嫉俗的人品和博学真诚的气度。对其

① 《四六丛话》，《历代文话》，复旦大学出版社2007年版，第4668页。

文章总体地位的评价，钱钟书先生的概括较为允当："梁文之有江淹、刘峻，犹宋文之有鲍照，皆俯视一代。"①

## 二、六朝齐鲁文士的序体文

序体文起初大抵介绍书籍写作缘起，或兼提要功能。到魏晋南北朝，由于崇尚抒发感情之创作思潮的影响，序体文的抒情性日益得到凸现，因而成为当时文章抒情性强化的一种主要载体。

晋代序体文最为后世传诵的是王羲之《兰亭集序》。永和九年，羲之在会稽内史任上，邀谢安、孙绰、支遁等四十余人在兰亭聚会宴饮作诗，其诗结集，遂撰此序云：

> 永和九年，岁在癸丑，暮春之初，会于会稽山阴之兰亭，修禊事也。群贤毕至，少长咸集。此地有崇山、峻岭、茂林、修竹；又有清流激湍，映带左右，引以为流觞曲水，列坐其次。虽无丝竹管弦之盛；一觞一咏，亦足以畅叙幽情。是日也，天朗气清，惠风和畅。仰观宇宙之大，俯察品类之盛，所以游目骋怀，足以极视听之娱，信可乐也。
>
> 夫人之相与俯仰一世，或取诸怀抱，晤言一室之内，或因寄所托，放浪形骸之外。虽趣舍万殊，静躁不同；当其欣于所遇，暂得于己，快然自足，曾不知老之将至。及其所之既倦，情随事迁，感慨系之矣。向之所欣，俯仰之间，以为陈迹。犹不能不以之兴怀；况修短随化，终期于尽。古人云："死生亦大矣。"岂不痛哉！每览昔人兴感之由，若合一契，未尝不临文嗟悼，不能喻之于怀。固知一死生为虚诞，齐彭殇为妄作。后之视今，亦犹今之视昔，悲夫！故列叙时人，录其所述。虽世殊

① 《管锥编》，中华书局1979年版，第1406页。

事异，所以兴怀，其致一也。后之览者，亦将有感于斯文。

文的前半部分以简笔勾勒自然节候物色，寥寥数句，点染传神，与辞赋擅长的极声貌以穷文的写景风格相比，别具异趣。并将令人心旷神怡的优美景色与群贤毕至、游目骋怀的名士欢宴浑融一片，运笔挥洒自如，无雕琢之痕。后半部分转入人生意义的思索及感慨。人生万殊，修短随化，而终归于尽，与永恒的宇宙相比，其生命何其短暂，作者的迁逝之慨油然而生。他思接千载，联想到古人对生死存亡的重视，体悟到古人作品对人生的感叹往往与己契合，故未尝不临文嗟悼，悲情沉郁，感慨良深。由此，自然地引出"一死生为虚诞，齐彭殇为妄作"的认识。综言之，如作者所言，此部分"感慨系之"，给读者留下较深的印象。钱钟书先生称其"低徊慨叹，情溢于辞，殊有悱恻缠绵之致"[①]。20 世纪 60 年代郭沫若先生发表一篇怀疑《兰亭序》之真实性的论文，题为《由王谢墓的出土论到〈兰亭序〉的真伪》[②]，以为从内容上看，王羲之当时与朋友子侄们游于大好春光，兴高采烈，毫无悲伤气息，诗作乐观豁达；可是《兰亭序》的后半部突然悲伤起来，这与当时的气氛不符，也与王羲之的性格不符。故此文的真实性是不可靠的。这只是一种推测而已。如果把视野放宽一些，便可知这种推测是难以站住脚的。其实，类似的在游宴场合中写的文章多有此种情感的流露，如曹丕在《与朝歌令吴质书》中回忆过去与众文士南皮之游的情景："每念昔日南皮之游，诚不可忘……高谈娱心，哀筝顺耳，驰骋北场，旅食南馆，浮甘瓜于清泉，沉朱李于寒水。白日既匿，继以朗月，同乘并载，以游后园。舆轮徐动，参从无声，清风夜起，悲笳微吟，乐往哀来，怆然伤怀。余顾而言，斯乐难常，足下之徒，咸以为然。"习凿齿《襄阳

① 《管锥编》，中华书局，1979 年版，第 1116 页。

② 《文物》1965 年第 6 期，《光明日报》6 月 11、12 日转载。

耆旧记》卷五“羊祜”条记载羊祜游岘山情景云:“祜乐山水,每风景,必造岘山,置酒谈咏,终日不倦。尝慨然叹息,顾谓从事中郎将邹湛等曰:‘自有宇宙,便有此山。由来贤达胜士,登此远望,如我与卿者多矣!皆湮灭无闻,使人悲伤。如百岁后有知,魂魄犹应登此也。’”石崇《金谷集诗序》记载他与众文士游宴金谷涧时情景云:“昼夜游宴,屡迁其坐,或登高临下,或列坐水滨……感性命之不永,惧凋落之无期。”又,与王羲之同游的孙绰针对此次兰亭盛会也撰有《兰亭诗后序》,其中记当时情景,有云:“高岭千寻,长湖万顷……乃席芳草,镜清流,览卉木,观鱼鸟……曜灵纵辔,急景西迈,乐与时去,悲亦系之。”

晋宋间的王叔之《伤孤鸟诗序》、《怀旧序》饶有情韵。《伤孤鸟诗序》云:“偶得二鸟,将欲放之,俄顷而一者死。一者既放,屡顾悲鸣。感微禽之有心,遂为诗以伤之。”《怀旧诗序》云:“余与从甥道济,交好特至。昔寓荆州,同处一室。冬多闲暇,长共学书,余收而录之,欲以为索居之爱。道济因记纸末曰:‘舅还山之日,览此相存。’阅书见其手迹,皎然平日,凄怆伤心。”或同情微禽,或睹物怀人,皆文短情长,感人颇深。

王珣(349—400),生活于东晋中后期,与殷仲堪等并以才学文章见知。简文帝卒,哀册谥议,皆出珣手,时人目为大手笔。在桓温府,曾与同僚评论袁宏《北征赋》,又作《黄公酒垆下赋》,甚有才情。有集十一卷,佚。严辑《全晋文》卷二十录其文数篇,多残缺不全。较好的是《林法师墓下诗序》:

> 余以宁康二年命驾之剡石城山,即法师之丘也。高坟郁为荒楚,丘陇化为宿莽,遗迹未灭,而其人已远。感想平昔,触物凄怀。

魏晋时文短而情浓的诗序赋序不断涌现,此作即为此种文体发展背景下,产生于东晋中后期的一篇优秀抒情序文。

据《南史·颜延之传》记载，鲍照对颜延之诗有“铺锦列绣，雕缋满眼”之评。此评亦可移评他的《三月三日曲水诗序》，此文讲究偶对，雕饰辞藻，不遗余力；大量用典，多多益善。在骈体流行的南朝文坛，这类作品备受青睐，赢得极大的名声。元嘉十一年三月丙申，宋文帝与众僚臣禊饮于京都建康乐游苑，兼为江夏王刘义恭、衡阳王刘义季饯行，命与宴者赋诗，并命时为太子中庶子的颜延之撰此《三月三日曲水诗序》。序文记游乐，颂功德，讲求对偶、用典，藻采缛丽。六朝文人在遣辞上为了避陈趋新，往往运用代字，近人骆鸿凯《文选学·余论》针对这种现象举例述云：“六代人好用代语，触手纷纶，举‘日’言之，曰曜灵，曰灵晖，曰悬景，曰飞辔，曰阳乌，皆替代之词也；此外言‘月’则曰素娥，曰望舒，曰玄兔，曰蟾魄，此以典故代也。言山则曰峦，岑，巘，冈，陵；言舟则曰航，舫，舸，舻；言池塘则曰涿，沼；言车则曰轺，辕，此以训诂代也。……溯其源起，大抵由文人厌黩旧语，欲避陈而趋新，故课虚以成实。抑或嫌文辞之坦率，故用替代之词，以期化直为曲，易迳成迂……”颜延之是此种风尚中的一个代表人物，如其《三月三日曲水诗序》中“赫茎素毳，并柯共穗之瑞，史不绝书”数语，李善注云：“赫茎，朱草也。素毳，白虎也。并轲，连理也。共穗，嘉禾也。”可见这是典型的运用代字的例子。所以骆氏《文选学》强调说：“颜延年《三月三日曲水诗序》用字避陈翻新，开骈文雕绘之习。李申耆谓‘织词之缛，始于延之’，即以此篇为例。”

鲍照《河清颂序》也是一篇名作。《河清颂》，旨在歌功颂德，撰于宋文帝元嘉中，为当时名文，被收录于《宋书》。此文前面的序，借鉴吸收了汉魏以来大赋铺张扬厉的描写手法，风格典雅弘丽，其中某些片断，与《芜城赋》描写昔日广陵繁盛气象的语句比较接近，兹引录，以资比较：“冀马南金，填委内府；驯象栖爵，充罗外苑。阿纨纂组之饶，衣覆宗国；渔盐杞梓之利，傍赡荒遐。士民殷富，繁轶五陵；宫宇宏丽，崇冠三川。闾闬有盈，歌吹无绝。朱轮叠辙，华冕重肩……”与其他刘宋著名文士相较，此作大体上接近颜延之《三月三日曲水诗序》等歌颂之作，属于浸染辞赋作风甚深的代表作品。清人孙梅《六朝丽指》十九“文有赋心”条云：“颜延之、王元长《曲水诗序》两篇……其中词句，皆近赋体，盖可见矣。刘彦和《诠赋》云：‘六艺附庸，蔚为大国。’是殆风、骚之后，汉之文人，胥工于赋，而猎其才华者，不能不取赋为规范。故六朝大家，宜其文有赋心也。即鲍明远《大雷与妹书》，此乃纪游之作，篇中‘南则积山万状’云云，与‘则有江鹅、海鸭，鱼鲛、水虎之类’，此等句法，岂不尽从京都诸赋而来？即《河清颂》亦复如是。余向谓鲍深于赋，至此益信。”[1]这里论述六朝文的赋化现象，所举代表作家鲍照、颜延之、王融等三位，竟全部是齐鲁籍作家，由此可见他们的影响之大。

王融《三月三日曲水诗序》，乃歌颂齐武帝萧赜之作。其文对仗精工，用典频繁，风格凝重，如开头一段写上古帝王的“独适”：“臣闻出豫为象，钧天之乐张焉；时乘即位，御气之驾翔焉。是以得一奉宸，逍遥襄城之域；体元则大，怅望姑射之阿。然窅眇寂寥，其独适者已。至如夏后两龙，载驱璇台之上；穆满八骏，如舞瑶水之阴，亦有飨云，固不与万民共也。”四六偶对句式，刻意运用且颇为工整。《庄子》、《周易》、《老子》、《山海经》、《穆天子传》诸书之语典的化用或事典的吸收，络绎而至。又如写芳林园的景观：“飞观神行，虚檐云构，离房乍设，层楼间起。负朝阳而抗殿，跨灵沼而浮荣。镜文虹于绮疏，浸兰泉于玉砌。幽幽丛薄，秩秩斯干。曲拂邅回，潺湲径复。新萍泛沚，华桐发岫。杂夭采于柔荑，乱嘤声于绵羽。”风格典雅凝重，接近于汉晋的京殿赋。清人何焯评云：“序记杂文，遂与辞赋混为一途，自此作俑。”(《义门读书记》卷四十九)此

① 《历代文话》，复旦大学出版社 2007 年版，8438 页。

序在齐梁颇负盛名，据《南齐书·王融传》载，北魏使者称其胜过颜延之的同题之作，还说："昔观相如《封禅》，以知汉武之德；今览王生《诗序》，用见齐王之盛。"萧统《文选》选录宋齐"序"文二篇，王融此序便得以入选。后世对其也有较高的评价，如明末张溥称其"玄黄金石，斐然盈篇。即词涉比偶，而壮气不没，其焜耀一时，亦有由也"。①

徐陵序体文最著名的是《玉台新咏序》。陵出入梁宫廷，与太子萧纲等竞为艳诗；所编《玉台新咏》，收罗艳诗颇盛。其序说明编纂这部诗集的宗旨，但实际上主要篇幅描写了宫女的美貌、丽饰、才华，以及她们的寂寞生活，等等。属对精工，辞采富艳，用典繁密，声律谐美：

> 夫陵云概日，由余之所未窥；千门万户，张衡之所曾赋。周王璧台之上，汉帝金屋之中，玉树以珊瑚作枝，珠帘以玳瑁为柙，其中有丽人焉。其人也，五陵豪族，充选掖庭；四姓良家，驰名永巷。亦有颍川、新市、河间、观津，本号娇娥，曾名巧笑。楚王宫里，无不推其细腰；卫国佳人，俱言讶其纤手。阅诗敦礼，岂(一作"非直")东邻之自媒；婉约风流，异(一作"无异")西施之被教。弟兄协律，生小学歌；少长河阳，由来能舞。琵琶新曲，无待石崇；箜篌杂引，非关曹植。传鼓瑟于杨家，得吹箫于秦女。至若宠闻长乐，陈后知而不平；画出天仙，阏氏览而遥妒。至如东邻巧笑，来侍寝于更衣；西子微颦，得横陈于甲帐。陪游驭娑，骋纤腰于结风；长乐鸳鸯，奏新声于度曲。妆鸣蝉之薄鬓，照堕马之垂鬟。反插金钿，横抽宝树。南都石黛，最发双蛾；北地燕支，偏开两靥。亦有岭上仙童，分丸魏帝；腰中宝凤，授历轩辕。金星与婺女争华，麝月共嫦娥竞爽。

① 殷孟伦《汉魏六朝百三家集题辞注》，人民文学出版社 1981 年版，第 193 页。

惊鸾冶袖，时飘韩掾之香；飞燕长裾，宜结陈王之佩。虽非图画，入甘泉而不分；言异神仙，戏阳台而无别。真可谓倾国倾城，无对无双者也。

加以天情开朗，逸思雕华，妙解文章，尤工诗赋。琉璃砚匣，终日随身；翡翠笔床，无时离手，清文满箧，非惟芍药之花；新制连篇，宁止蒲萄之树。九日登高，时有缘情之作；万年公主，非无累德之辞。其佳丽也如彼，其才情也如此。既而椒宫宛转，柘馆阴岑，绛鹤晨严，铜蠡昼静。三星未夕，不事怀衾；五日犹赊，谁能理曲。优游少托，寂寞多闲。厌长乐之疏钟，劳中宫之缓箭。纤腰无力，怯南阳之捣衣；生长深宫，笑扶风之织锦。虽复投壶玉女，为观(欢)尽于百骁；争博齐姬，心赏穷于六箸。无怡神于暇景，惟属意于新诗。庶得代彼皋苏，蠲兹愁疾。

以往的诗赋里曾有过一些关于后宫女子或其他身份之女子的描写，或涉及其容貌之美，妆饰之艳，姿态之婀娜，或涉及其心灵的寂寞哀怨，但像徐陵这样集中地描写后宫妇女是颇为罕见的，故可谓此类内容的集大成之作。尤其在对偶、用典、藻采、声律等骈文艺术技巧的追求及把握运用上，徐陵此文显得游刃有余，得心应手，故历来备受推重。或曰："云中彩风，天上石麟。即此一序，惊才绝艳、妙绝人寰。序言'倾国倾城，无双无对'，可谓自评其文。"①许梿称其"声偶皆到"，"炼格炼词，绮绾绣错，几乎赤城千里霞矣"。② 孙梅称其"美意泉流，佳言玉屑。其烂熳也若蛟蜃之嘘云，其鲜新也如兰茗之集翠。洵足仰苞前哲，俯范来兹矣"。③

---

① 吴兆宜《玉台新咏笺注》引齐召南评语，四部备要本。

② 《六朝文絜译注》卷八，上海古籍出版社 1999 年版，第 205 页。

③ 《四六丛话》卷二十，《历代文话》第五册，复旦大学出版社 2007 年版，4641 页。

# 第六章　情理兼备的奏议文

## 一、三国齐鲁文士的奏议

奏议类文章在汉代已至高境，名家名作迭出。魏晋南北朝书写条件日趋便利，此类文章亦水涨船高，作家作品之纷盛又超越前代。齐鲁文人在这方面有卓越的表现。先述孔融。

坚定的政治原则，负气不屈、刚直不阿的个性，喜欢正道而行的人生选择，表现在孔融的文章撰作上，便是富于遒壮的气势。正如曹丕《典论·论文》称“孔融体气高妙，有过人者”。刘勰《文心雕龙·才略篇》亦称：“孔融气盛于为笔。”其代表作是《荐祢衡表》。

《荐祢衡表》撰于建安元年，孔融被征为将作大匠后。此年，曹操将处于危难流亡状态的献帝君臣迎到许昌，重建汉廷，需要人才。孔融素好贤爱士，故荐祢衡于朝廷，这不仅出于友情，更出于对汉朝的忠心。文章先从儒家经典《尚书》所载上古洪水横流，尧帝期待有人才辅佐治理，广求于四方以招纳贤才俊士的故事谈起，以见非常时期急需非常之才，为下文称道祢衡之才华做好铺垫。接着云：

> 窃见处士平原祢衡，年二十四，字正平，淑质贞亮，英才卓跞。初涉艺文，升堂睹奥。目所一见，辄诵于口，耳所暂闻，不忘于心。性与道合，思若有神，弘羊潜计，安世默识，以衡准之，诚不足怪。忠果正直，志怀霜雪，见善若惊，疾恶若仇。任

座抗行，史鱼厉节，殆无以过也。鸷鸟累百，不如一鹗。使衡立朝，必有可观。飞辩骋辞，溢气坌涌，解疑释结，临敌有余。昔贾谊求试属国，诡系单于；终军欲以长缨，牵致劲越。弱冠慷慨，前代美之。近日路粹、严象，亦用异才，擢拜台郎，衡宜与为比。如得龙跃天衢，振翼云汉，扬声紫微，垂光虹霓，足以昭近署之多士，增四门之穆穆。

钧天广乐，必有奇丽之观；帝室皇居，必畜非常之宝。若衡等辈，不可多得。激楚阳阿，至妙之容，掌技者之所贪；飞兔騕褭，绝足奔放，良乐之所急也。臣等区区，敢不以闻。陛下笃慎取士，必须效试。乞令衡以褐衣召见，无可观采，臣等受面欺之罪。

行文充溢着一股热烈而真挚的激赏之情，极富感染力。由于祢衡为人，无论从性格还是从处世态度来说，都与孔融较为接近，同声相应，同气相求，孔融欣赏祢衡，仿佛欣赏他自己。尤其是在当时，“每朝会访对……公卿大夫皆隶名而已”，①居位者各怀私心，为避祸全身，对于朝政大事缄口不语，不愿发表意见，孔融认为像祢衡这样敢于放言无忌的人便更弥足珍贵。这种强烈的主观化倾向赋予文章一种明显的理想化色彩。其中塑造的祢衡形象几乎集中了孔融心目中封建士大夫所应具备的一切优秀品质：述其才识，则聪明睿智，广见博闻；论其德行，则好恶分明，忠贞正直，有勇有谋，近乎完人。其揄扬赞美之情溢于言表，虽然从荐人的功利角度来看有失公允，但这种强烈的主观感情却滚涌如潮，形成文章的内在气势，所谓情至之语，气在其中。从形式上看，此文具有较明显的骈化趋向，不仅旁征博引，频繁用典，而且大量地造成骈俪对偶句式，但整齐之中又不失跌宕流畅，更兼辞采富美、节奏铿锵。故刘勰

① 《后汉书》卷七十《孔融传》，中华书局1965年版。

《文心雕龙·章表篇》称："至于文举之《荐祢衡》，气扬采飞……并表之英也。"孔融《荐祢衡表》开了后世同类作品张扬文采的先河。晋代杨方《为虞领军荐道顺文》、桓温《荐谯元彦表》等文借鉴了孔融的作风，兹录杨方《为虞领军荐张道顺文》以窥一斑："盖闻骊龙之珠，必沉紫泉之里；垂天之翼，必翔青冥之表。窃见处士吴国张道顺，天挺珪璋，明达清秀，下笔掩雕龙之文，发言吐谈天之藻，慕西道之阳生，希北巷之颜回。若得清水淬其锋，越砥敛其锷，必腾跃天路，出现圣世。"作者显然自觉地继承了孔文喜欢张扬声势炫耀文采的路数。

王朗以通经起家，是汉魏之际的名臣，今存奏议类文章多撰于仕魏期间。较有意义的有《劝育民省刑疏》、《谏文帝游猎疏》、《谏东征疏》、《谏明帝营修宫室疏》、《奏宜节省》、《议不宜复肉刑》诸篇。《劝育民省刑疏》和《奏宜节省》是劝谏魏文帝曹丕施行宽缓之政，减省刑罚，杜绝奢华，重农抑商以耕养战的；指出如此则可得民心，在此基础上，攻伐残民不化之敌，便可战无不胜。二文相较，《劝育民省刑疏》多用排比句增加行文气势，读来富于感染力，如：

> 昔曹相国以狱市为寄，路温舒疾治狱之吏。夫治狱者得其情，则无冤死之囚；丁壮者得尽地力，则无饥馑之民；穷老者得仰食仓廪，则无馁饿之殍；嫁娶以时，则男女无怨旷之恨；胎养必全，则孕者无自伤之哀；新生必复，则孩者无不育之累；壮而后役，则幼者无离家之思；二毛不戎，则老者无顿伏之患。医药以疗其疾，宽繇以乐其业，威罚以抑其强，恩仁以济其弱，赈贷以赡其乏。十年之后，既笄者必盈巷。二十年之后，胜兵者必满野矣。

曹丕颇好游猎，或昏夜还宫，王朗撰《谏文帝游猎疏》予以劝阻，辞甚委婉，未涉及游猎荒政、有损教化之类教训，而以其尊严与安全为关注的焦点，以期引起当事者的警觉，改弦更张，勤于政务。此类题材的奏议作品汉代即多有之，创作目的皆为劝谏统治者不要耽于游猎，而勤于政务，但在表达风格上或激烈，或委婉。激烈派的代表是贾谊，委婉派的代表是司马相如。① 王朗此文显然是继承了司马相如的文风。这种文风上的联系曹丕已经察觉，他阅览此文后回复王朗说："览表，虽魏绛称虞箴以讽晋悼，相如陈猛兽以戒汉武，未足以喻。方今二寇未殄，将帅远征，故时入原野以习戎备。至于夜还之戒，已诏有司施行。"

孙权打算遣其子孙登赴洛阳侍奉文帝，未至；曹丕遂徙许昌，大兴屯田，欲率军东征孙权，王朗撰《撰东征疏》以阻之。

> 昔南越守善，婴齐人侍，遂为冢嗣，还君其国。康居骄黠，情不副辞，都护奏议以为宜遣侍子，以黜无礼。且吴濞之祸，萌于子入，隗嚣之叛，亦不顾子。往者闻权有遣子之言而未至，今六军戒严，臣恐舆人未畅圣旨，当谓国家愠于登之逋留，是以为之兴师。设师行而登乃至，则为所动者至大，所致者至细，犹未足以为庆。设其傲狠，殊无入志，惧彼舆论之未畅者，并怀伊邑。臣愚以为宜敕别征诸将，各明奉禁令，以慎守所部。外曜烈威，内广耕稼，使泊然若山，澹然若渊，势不可动，计不可测。

文章引用西汉南越王、康居王、刘邦兄子吴王刘濞、东汉初割据西北地区军阀隗嚣遣子入侍等事例，意在为曹丕提供类似性的历史材料，期望他回顾并汲取其中蕴含的经验教训。接着以推测的语调指出贸然兴师东征，大军出行后的两种可能："设师行而登乃至，则为所动者大，所致者细，犹未足以为庆。设其傲狠，殊无入志，惧

---

① 参见王琳、刑培顺著《西汉文章论稿》，齐鲁书社 2006 年版，第 185 页。

彼舆论之未畅者，并怀伊邑。”表明此时不该东征。然后提出暂不出军，强化军备的建议：“臣愚以为宜敕别征诸将，各明奉禁令，以慎守所部。外曜烈威，内广耕稼。使泊然若山，澹然若渊。势不可动，计不可测。”后来曹丕接受了王朗的意见，车驾临江而还，诏三公曰：“三世为将，道家所忌；穷兵黩武，古有成戒。况连年水旱，士民损耗，而功作倍于前，劳役兼于昔，进不灭贼，退不和民。夫屋漏在上，知之在下，然迷而知反，失道不远，过而能改，谓之不过。”①

魏明帝即位，营修宫室，大兴土木，劳民伤财，王朗撰《谏明帝营修宫室疏》。此文由扬发端，称赞明帝即位以来，恩诏屡布，百姓莫不欣悦。接下来转入正题，说自己近来奉使北行，往返过程中，耳闻目睹百姓繇役繁重，其中可得免除省俭者甚多，因此希望皇上勤于政务，接纳臣下的意见和建议。由此转入谏阻营修宫室的题旨。但在具体写法上，王朗没有像同僚高堂隆那样感情激愤，列举奢欲亡国的反面事例对统治者加以警告，而是列举大禹、句践、汉文帝、汉景帝、霍去病等正面典型来引导明帝以此为榜样，遵循节俭为君的正道，有云：“昔大禹将欲拯天下之大患，故乃先卑其宫室，俭其衣食，用能尽有九州，弼成五服。句践欲广其御兒之疆，馘夫差于姑苏，故亦约其身以及家，俭其家以施国，用能囊括五湖，席卷三江，取威中国，定霸华夏……霍去病中才之将，犹以匈奴未灭，不治第宅。明恤远者略近，事外者简内。”措辞委婉而良苦用心蕴蓄其中。

魏明帝时，与王朗、华歆并列为“三公”的钟繇，撰《请复肉刑代死刑疏》。明帝诏令众臣评议之。王朗遂撰文，表示了不同的看法。他认为，废除肉刑已数百年了，再恢复这种残酷的刑罚，恐怕无法使天下归心。他提出，对于钟繇认为可以减死刑为肉刑的罪

① 《三国志·魏志·王朗传》，中华书局 2008 年版，第 412 页。

犯，即免死刑，也不施肉刑，而是增加他们服刑的时间，这样做，可以称得上既免除了肉刑这种酷刑，又施恩于人的上佳选择。应该说，从人文情怀的角度言，王朗的意见要胜于钟繇。从地域文化思想渊博上看，王朗出生东海，受儒家文化影响较浓，而钟繇出生颍川，乃三晋故地，所以受法家文化影响较浓。

王朗之子王肃（195－265）亦乃魏代士林名流，他的奏疏也值得提及。魏明帝太和四年，遣大司马曹真率师征伐蜀国，王肃撰《谏征蜀疏》。辞云：

前志有之："千里馈粮，士有饥色，樵苏后爨，师不宿饱。"此谓平涂之行军者也。又况于深入阻险，凿路而前，则其为劳必相百也。今又加之以霖雨，山坂峻滑，众逼而不展，粮悬而难继，实行军者之大忌也。闻曹真发已逾月而行才半谷，治道功夫，战士悉作。是贼偏得以逸而待劳，乃兵家之所惮也。言之前代，则武王伐纣，出关而复还；论之近事，则武、文征权，临江而不济。岂非所谓顺天之时，通于权变者哉！兆民知圣上以水雨艰剧之故，休而息之，后日有衅，乘而用之，则所谓悦以犯难，民忘其死者矣。

文章先借助前代关于千里行军不易的格言比况、衬托今事，指出长途征伐粮草不济之患。接下来，以曹真率师行军中的艰难实况做佐证。再以周武王及魏文、魏武二帝为例，说明行军用兵须通于权变。最后指出罢兵必顺民心，将来国家有事，民当冒死赴难。全篇言简理周，剀切明快。朝廷采纳，魏军遂罢。

魏明帝景初年间，朝廷修宫室，徭役繁兴，失信于民，草菅人命，王肃撰《上疏请恤役平刑》。与前篇相似，作者在开头亦不作迂回，而是直截了当，指出问题，表明以仁政治民的基本观点：

大魏承百王之极，生民无几，干戈未戢，诚宜息民……诚愿陛下发德音，下明诏，深愍役夫之疲劳，厚矜兆民之不赡。

接着强调，朝廷应该取信于民：

夫信之于民，国家大宝也。仲尼曰："自古皆有死，民非信不立。"夫区区之晋国，微微之重耳，欲用其民，先示以信，是故原虽将降，顾信而归，用能一战而霸，于今见称。前车驾当幸洛阳，发民为营，有司命以营成而罢。既成，又利其功力，不以时遣。有司徒营其目前之利，不顾经国之体。臣以为自今以后，倘复使民，宜明其令，使必如期。若有事以次，宁复更发，无或失信。

这些皆表现了王肃的儒学情怀，以及直言敢谏精神。《三国志·王肃传》记载王肃与魏明帝的一次谈话，涉及汉桓帝与李云、汉武帝与司马迁，但二人表现了不同的倾向性，从中可见王肃不阿附帝王之意，敢为古倜傥士人鸣不平的勇气。兹录于下：

(明)帝尝问曰："汉桓帝时，白马令李云上书言：'帝者，谛也。是帝欲不谛。'当何得不死？"肃对曰："但为言失逆顺之节。原其本意，皆欲尽心，念存补国。且帝者之威，过于雷霆，杀一匹夫，无异蝼蚁。宽而宥之，可以示容受切言，广德宇于天下。故臣以为杀之未必为是也。"帝又问："司马迁以受刑之故，内怀隐切，著《史记》非贬孝武，令人切齿。"对曰："司马迁记事，不虚美，不隐恶。刘向、扬雄服其善叙事，有良史之才，谓之实录。汉武帝闻其述《史记》，取孝景及己本纪览之，于是大怒，削而投之。于今此两纪有录无书。后遭李陵事，遂下迁蚕室。此为隐切在孝武，而不在于史迁也。"

魏明帝的倾向性在于专制帝王，而王肃的倾向性却在被暴君残害的李云、司马迁。这种不顺从专制帝王意志的精神，是王肃敢于上疏批评朝政的基石。比王肃稍早的汉末重臣王允曾惋惜汉武帝没杀司马迁，使得司马迁写下《史记》这部"谤书"；清初王夫之也曾针对司马迁对汉武帝的态度大加指责，相较之下，更能显示王肃境界之高、之可贵。

诸葛亮的《出师表》更是声溢古今之作，被刘勰称赞为“志尽文畅”，“表之英也”。诸葛亮于蜀汉建兴五年率兵北伐之时，上表后主刘禅，是为《前出师表》。文章前半部分为临行的进谏，情真意切，语意含蓄；后半部分表明此次出师夺胜的决心，勤恳忠贞，感情真挚。公元221年刘备即帝位后却遭彝陵之败，死前“白帝托孤”，曰：“君才十倍曹丕，必能安国，终定大业。若嗣子可辅，辅之；如其不才，君可自取。”诸葛亮涕答曰：“臣敢竭股肱之力、效忠贞之节，继之以死。”刘备叮嘱其子刘禅：“汝与丞相从事，事之如父。”君臣相遇相知如此，堪称千载难得！但刘禅继位后却昏庸无能，胸无大志，亲佞远贤，苟且偷安。因此，诸葛亮决定乘曹丕在黄初七年病亡之机出师击魏的同时，针对后主的弊病加以规劝，用政治家军事家的眼光和头脑及“相父”的身份侃侃陈词，忠贞爱心和国家大义双管齐下来疗治后主的顽愚，又力排众议，主张出兵北进。文章以“先帝创业未半而中道崩殂”一句领起，既沉痛追怀刘备创业未竟而身先死，又借此启发和激励后主继承父亲遗志。继而分析天下大势，“三国鼎立”，相互吞并，大声疾呼“此诚危急存亡之秋也”。“然”字一转，进入主旨，勉励后主广开言路，严明赏罚，亲贤远佞，善理国政。从各个方面规箴后主，动之以情，晓之以理，既循循善诱，又不失君臣上下的分寸，主次分明，肌理缜密。表文的后半部分“臣本布衣”以下，由叙自己的身世经历而言及伐魏的重大意义和坚定决心。宕开笔墨追述二十余年的先帝殊遇，自陈其忠贞之心，回顾“受命”后的坷坎历程，启发后主效法先帝，奋发图强。此处笔势稍起波澜，由进言转为自叙生平，又属临行前的自陈心迹。其忠诚贞信之心洋溢于字里行间，读来令人感动。其后说“受命以来，夙夜忧叹，恐托付不效，以伤先帝之明，故五月渡泸，深入不毛”。前面之论天下，进忠言，述平生，在此归结，并顺水推舟、因势利导，交待此次出师的历史根源和思想准备，以及“兴复汉室，还于旧都”的坚定决心。后又将“愿陛下托臣以讨贼兴复之效”与“陛下亦宜自谋，以谘诹善道”的出师与进言两意合一，强调前言，语重心长。表文以“今当远离，临表涕零，不知所云”作结，虽属套语，但也饱含着诸葛亮勤勤恳恳，鞠躬尽瘁的忠贞之情。全文针对收表对象刘禅的特点，将叙事、议论、抒情结合在一起，文字朴实，语气恳切，不卑不亢。全文先后十三次称先帝，七次提到陛下，不忘先帝，勉励后主，浸透着其发自肺腑的忠贞为国、至死不渝的勤恳之情。真可谓“出师一表真名世，千载谁堪伯仲间”。方苞《古文约选·评文》评诸葛亮《出师表》云：“孔明早见后主躬自菲薄，性近小人，恐其远离师保，志趣日迁，故宫府营阵悉属之贞良，以谨持其政柄；又恐不能倾心信用，故首言国势危急，使知负荷之难；中则痛恨桓、灵，以为倾颓之鉴；终则使之自谋以警其昏蒙，而皆称先帝以临之，使知沮忠良之气，必堕先帝之业；蹈桓、灵之辙，实伤先帝之心；弃善道，是悖先帝之遗命……东汉之文滞而繁，惟孔明此表高朗切至。”[①]此文对后世，尤其是六朝影响很大，清人蒋彤《李申耆先生年谱》指出：“《出师表》，晋宋诸奏疏之蓝本也。”[②]羊祜、郗鉴、桓温等名臣的有关军政的奏疏，往往以《出师表》为典范，其他如臧质、王僧达等的奏疏也往往自觉地效法诸葛亮之作。具体篇目有羊祜《让开府表》，应詹《为江州临行上疏》、《启呈杜弢书并上言》，陶侃《上表逊位》，张骏《上疏请讨石虎李期》，谢玄《疾笃上疏》、《病久不差又上疏》，周嵩《谏疏忌王导等疏》，刘琨《为并州刺史到壶关上表》、《谢拜大将军都督并州表》，郗鉴《上疏逊位》，桓温《辞参朝政疏》、《上疏自陈》、《请还都洛阳疏》等。

① 《历代文话》第四册，复旦大学出版社 2007 年版，第 3961 页。

② 《历代文话》第八册，复旦大学出版社 2007 年版，第 7293 页。

由于此次出师未能成功，建兴六年，诸葛亮再次上表，进一步阐明伐魏进军的必要性和迫切性，即《后出师表》。文中精辟地分析了“攻”与“守”，“和”与“战”，“安”与“危”的关系，说理透辟，情真词切，因而与《前出师表》一同成为历代传颂的名篇。是时魏曹休中孙权计而大败，魏军纷纷东调，关中空虚，作者认为机不可失，决定再次出师北伐。驳斥“今岁不战，明年不征”之坐以待毙的做法，以为和未必安，战未必危。议论有理有据，直言不讳，振聋发聩。最后总结全文：

夫难平者，事也。昔先帝败军于楚，当此时，曹操拊手，谓天下已定。然后先帝东连吴、越，西取巴、蜀，举兵北征，夏侯授首，此操之失计而汉事将成也。然后吴更违盟，关羽毁败，秭归蹉跌，曹丕称帝。凡事如是，难可逆见。臣鞠躬尽力，死而后已，至于成败利钝，非臣之明所能逆睹也。

以历史事实论证抓住时机大举北伐的必要性和紧迫性。文章列述缘由，循序渐进，层次分明，尤其令人感动的是他“鞠躬尽瘁，死而后已”的尽忠国事的品质和坚韧不拔的奋斗精神。

华歆(157－231)，字子鱼，平原高唐(今山东禹城西南)人。汉灵帝末举孝廉，除郎中，以病去官。献帝初为尚书郎，后为豫章太守，政务清静不烦，吏民爱之。建安五年，征拜议郎，参司空军事。入为尚书，转侍中，代荀彧为尚书令。曹操征孙权，歆为军师。后为御史大夫、相国，封安乐乡侯。曹丕称帝，以歆为司徒。明帝即位，进封博平侯，转拜太尉。太和五年卒。今存文四篇，见《全三国文》卷二十二。其中较有时代特色的是写于文帝黄初三年的《奏讨孙吴》一文。作者先陈强干弱枝的道理，以为“枝大者披心，尾大者不掉，有国有家之所慎也”。然后举引西汉初期藩王反叛事以证之，说汉承秦弊，天下新定，大国之王，臣节未尽，中央朝廷没有及时制裁，至使六王前后叛乱，已而伐之，戎车不辍。之后，文、景守成，忘战戢役，骄纵吴、楚、养虺成蛇，遂为社稷之忧。此盖前事之不忘，后事之师也。在此认识的基础上，围绕“奏讨孙吴”而展开陈述。作者对吴王孙权的抨击诋毁之辞络绎而出，甚至不惜夸饰以耸人听闻。如说孙权为“幼竖小子，无尺寸之功，遭遇兵乱，因父兄之绪，少蒙翼卵昫伏之恩，长含鸱枭返逆之性，背弃天地，罪恶极大”。还说先帝曹操待权厚重，曾将讨伐关羽之任委权，权不尽心，欲因大丧（指曹操死），寡弱王室，乃致擅取襄阳；“及见驱逐，乃更折节，邪辟之态，巧言如流，虽重驿累使，发遣（于）禁等，内包隗嚣顾望之奸，外欲缓诛，支仰蜀贼”。但我大魏圣朝含弘不忍，优而赦之，使南面称孤，兼官累位，礼备九命，名马百驷，以成其势，光宠显赫，古今无二。“权为犬羊之姿，横被虎豹之文，不思静力致死之节，以报无量不世之恩……愚意采察权旨，自以阻带江湖，负固不服，狃忕累世，诈伪成功，上有尉佗、英布之计，下诵伍被屈强之辞，终非不侵不叛之臣。”对此侵叛之人，当即刻予以揭露征伐，作者借助典故述曰：“晁错不发削弱王侯之谋，则七国同衢，祸久而大；蒯通不决袭历下之策，则田横自虑，罪深变重。”最后加以简明扼要的总结，以为“权所犯罪衅明白，非仁恩所养，宇宙所容”；所以，“臣请免权官，鸿胪削爵土，捕治罪，敢有从，移兵进讨，以明国典好恶之常，以静三州元元之苦”。总之，在华歆笔下，大魏对孙权已做到仁至义尽，而孙权则奸逆不臣，奏讨之为名正言顺。虽为奏议，却有一定程度的檄文特征。

高堂隆，字升平，泰山平阳（今山东新泰）人。善占天象，初任泰山守薛悌督邮。黄初中为堂阳县长。明帝即位，任陈留太守，散骑常侍，赐爵关内侯。青龙中，帝大治宫殿，隆上疏切谏。后迁侍中、太公令、光禄勋。其奏议有一定文学性的是《切谏增崇宫室疏》与《疾笃口占上疏》。魏明帝在位期间，吴蜀两国力量渐衰，基本上对中原构不成大的威胁，魏氏统一全国的可能性增强了。但曹魏内部存在着一些不利于这个政权发展的隐患，一是明帝腐化多欲，大兴土木，沉湎宫馆美色，二是司马氏渐握重权。高堂隆二疏即不同程度地针对这些现实情势而发。《切谏增崇宫室疏》是谏止魏明帝劳民伤财，修建宫殿的。作者之劝谏，并非讲一些陈旧的抽象的圣贤古训，而是长于让明帝设身处地地思考治理国家的根本原则。他以现实中与曹魏三足鼎立的吴、蜀作为例子，说如果有人向陛下报告，吴蜀统治者"并修德政，复履清俭，轻省租赋，不治玩好，动咨耆贤，事遵礼度"，"陛下闻之，岂不惕然恶其如此，以为难卒讨平，而为国忧乎？"然后做又一种假设说，如果吴、蜀的孙权、刘禅"并为无道，崇侈无度，役其士民，重其征赋，下不堪命，吁嗟日甚"，"陛下闻之，岂不勃然忿其困我无辜之民，而欲速加之诛，其次岂不幸彼疲弊而取之不难乎？"而后下断语说："苟如此，则可易心而度"，即吴、蜀之君也可对魏作出这样的假设。如此对比鲜明，说理剀切的表述，使是非曲直毕现，有不容置辩的说服力与感染力。接下来借秦、汉以为喻：

且秦始皇不筑道德之基，而筑阿房之宫，不忧萧墙之变，而修长城之役。当其君臣为此计也，亦欲立万世之业，使子孙长有天下，岂意一朝匹夫大呼，而天下倾覆哉？故臣以为使先代之君，知其所行必将至于败，则弗为之矣。是以亡国之主自谓不亡，然后至于亡；贤圣之君自谓将亡，然后至于不亡。昔汉文帝称为贤主，躬行约俭，惠下养民，而贾谊方之，以为天下倒县，可为痛哭者一，可为流涕者二，可为长叹息者三。况今天下凋弊，民无儋石之储，国无终年之畜，外有强敌，六军暴边，内兴土木，州郡骚动，若有寇警，则臣惧版筑之士不能投命虏庭矣。

对照反衬，明快畅达，而浓烈的忧患意识自然地吐露出来。《疾笃口占上疏》亦为激荡着忧国忧民情怀的佳作。作者先以前贤疾笃时所谓“鸟之将死，其鸣也哀；人之将死，其言也善”为引子，然后说：“臣常疾世主莫不思绍尧、舜、汤、武之治，而蹈踵桀、纣、幽、厉之迹，莫不嗤笑季世惑乱亡国之主，而不登践虞、夏、殷、周之轨。悲夫！以若所为，求若所致，犹缘木求鱼，煎水作冰，其不可得，明矣！”在此概括性的断语的基础上，举引具体史事以证以喻云：

> 寻观三代之有天下也，圣贤相承，历载数百……然癸、辛之徒，恃其旅力，知足以拒谏，才足以饰非，谄谀是尚，台观是崇，淫乐是好，倡优是说，作靡靡之乐，安濮上之音。上天不蠲，眷然回顾，宗国为墟，下夷子隶，纣县白旗，桀放鸣条，天子之尊，汤、武有之，岂伊异人，皆明王之胄也。且当六国之时，天下殷炽，秦既兼之，不修圣道，乃构阿房之宫，筑长城之守，矜夸中国，威服百蛮，天下震竦，道路以目；自谓本枝百叶，永垂洪晖，岂悟二世而灭，社稷崩圮哉？近汉孝武乘文、景之福，外攘夷狄，内兴宫殿，十余年间，天下嚣然。乃信越巫，怼天迁怒，起建章之宫，千门万户，卒致江充妖蛊之变，至于宗室乖离，父子相残，殃咎之毒，祸流数世。

感情愤激，言多切实，交错运用短句排比，造成充畅有力的行文气势。文末提醒曹魏统治者防止异姓重臣擅权，祸起萧墙。此时，作者不忘汉代盛行的灾异谴告观念，且认同之，说“臣观黄初之际，天兆其戒，异类之鸟，育长燕巢，口爪胸赤，此魏室之大异也”。所以应“防鹰扬之臣于萧墙之内”，措施是选择同姓诸王，“使君国典兵，往往棋跱，镇抚皇畿，翼亮帝室”。并引史为证，说“周之东迁，晋、郑是依；汉吕之乱，实赖朱虚，斯盖前代之明鉴”。与汉代人一样，以某些异常自然现象比附国家政治，当然是荒谬的，但作者拈灾异谴告说于此，亦如同汉人，用意在于警示魏氏帝王，既然“天兆其戒”，便要有所防范措施，便捷的措施就是强宗固本，选用同姓王典兵以成藩辅之势，不给鹰扬之臣以可乘之机。这个道理及担心曹植也作过表白，其《陈审举表》有云："盖取齐者田族，非吕宗也；分晋者赵魏，非姬姓也……今反公族疏而异姓亲，臣窃惑焉。"之后，曹冏撰《六代论》，更剀切地涉及这个关系到魏氏政权兴衰存亡的严重问题，而主张强宗固本，其文有云："大魏之兴，于今二十有四年矣。……宗室窜于闾阎，不闻邦国之政，权均匹夫，势齐凡庶，内无深根不拔之固，外无盘石宗盟之助，非所以安社稷为万世之业也。且今之州牧郡守，古之方伯诸侯，皆跨有千里之土，兼军武之任，或比国数人，或兄弟并据；而宗室子弟，曾无一人间厕其间，与相维持，非所以强干弱枝，备万一之虞也。"曹植、曹冏为同姓宗亲，表述如此担忧是情理中事，而作为异姓臣的高堂隆陈说这种忧患并明示防范的措施，则更难能可贵。当然，作者认为，一个政权要长久维持下去，根本在于施行仁德政治，而非其他，文章结尾点出这层意思："夫皇天无亲，惟德是辅。民咏德政，则延期过历，下有怨叹，则掇录授能。由此观之，天下之天下，非独陛下之天下也。"对于骄奢之君来说，算得上是当头棒喝、振聋发聩之语了。高堂隆的忠谏，东晋史学家习凿齿《汉晋春秋》给予高度评价云："高堂隆可谓忠臣矣。君侈每思谏其恶，将死不忘忧社稷，正辞动于昏主，明戒验于身后，謇谔足以励物，德音没而弥彰，可不谓忠且智乎！"西晋史学家陈寿《三国志·明帝纪》批评曹睿云："于时百姓凋弊，四海分崩，不先聿修显祖，阐拓洪基，而遽追秦皇、汉武，宫馆是营，格之远猷，其殆疾乎！"直到齐梁及唐人仍把曹睿视为典型的奢侈之君，如萧绎《金楼子·箴戒》及李世民《帝京篇序》，后者有云："至于秦皇、周穆，汉武、魏明，峻宇雕墙，穷侈极丽，征税殚于宇宙，辙迹遍于天下。"高堂隆较早针对此发表议论，我们不能不说他的政治眼光是相当敏锐的。文章发于诚恳，激情洋溢，当时罕有可比。

王基，东莱曲城人，字伯舆。仕魏，官至荆州刺史，封常乐亭侯。今存《上明帝疏谏盛修宫室》，在同类作品中属于上乘。有云：

臣闻古人以水喻民，曰“水所以载舟，亦所以覆舟。”故在民上者，不可以不戒惧。夫民逸则虑易，苦则思难，是以先主居之以约俭，俾不至于生患。昔颜渊云东野子之御，马力尽矣而求进不已，是以知其将败。今事役劳苦，男女离旷，愿陛下深察东野之弊，留意舟水之喻，息奔驷于未尽，节力役于未困。昔汉有天下，至孝文时唯有同姓诸侯，而贾谊忧之曰：“置火积薪之下而寝其上，因谓之安也。”今寇贼未殄，猛将拥兵，检之则无以应敌，久之则难以遗后，当盛明之世，不务以除患，若子孙不竞，社稷之忧也。使贾谊复起，必深切于曩时矣。

陈说事理切实而明快，毫不吞吞吐吐，直言切谏，有贾谊的风范。

诸葛瑾(174－241)，字子瑜。东汉末避乱江东，初为孙权宾客，擢为长史。后从讨关羽，封宣城侯，以绥南将军领南郡太守。孙权立国，迁左将军，督公安，封宛陵侯，旋拜大将军、左都护，领豫州牧。军国大政，多所咨谋，为主所重。赤乌四年卒，年六十八，遗令薄葬。今存文三篇，见严可均辑《全三国文》卷六十五。其中《上疏请为周胤复爵》乃为周瑜子周胤求情之作。胤以罪徙庐陵郡，诸葛瑾、步骘连名上疏，即此文。文章先从朝廷待周胤不薄写起，说他“昔蒙粉饰，受封为将”，但其辜负了朝廷的厚爱，“不能养之以福，思立功效，至纵情欲，招速罪辟”。说明周胤获罪，咎在自己。随后文意陡转，写周瑜捍卫国家的丰功伟绩，言简意赅，饶有气势：“臣窃以瑜昔见宠任，入作心膂，出为爪牙，衔命出征，身当矢石，尽节用命，视死如归。故能摧曹操于乌林，走曹仁于郢都，扬国威德，华夏是震，蠢尔蛮荆，莫不宾服。虽周之方叔，汉之信、布，诚无以尚也。”接着自然而然地引出凡出生入死，捍卫国家的功臣，自古帝王，莫不贵重，爱及其后代，世世相踵，非徒子孙；这样做的目的，欲以劝诫后人，使用命之臣死而无悔。如此表述，不动声色地呼应了文章开端的意思。最后导入正题，为瑜子胤求情，希望朝廷还兵复爵于周胤，给他一次重新做人，抱罪立功的机会："使失旦之鸡，复得一鸣，抱罪之臣，展其后效。"全文表达委婉得体，可见作者有较强的撰作素质。

## 二、两晋南北朝齐鲁文士的奏议

羊祜(221—278)，字叔之，泰山南城(今山东新泰)人。蔡邕外孙。博学能属文，善谈论。魏末，曾与荀勖共掌机密，又迁中领军。司马炎代魏，迁尚书左仆射，处事退让。泰始五年，出为都督荆州诸军事，以备灭吴。加车骑将军，开府仪同三司，上表固让。善抚士卒，与吴人或和或让，皆重以信义。吴将陆抗病，馈之以药，抗服而不疑。咸宁二年加征南大将军，四年，患病，举杜预自代。卒赠太傅。祜立身清俭，余禄皆以赡亲友，赐军士。性乐山水，常造岘山，置酒言咏，终日不倦。尝慨然叹息，顾谓从事中郎邹湛等说："自有宇宙，便有此山。由来贤达胜士，登此远望，如我与卿者多矣！皆湮灭无闻，使人悲伤。如百岁后有知，魂魄犹应登此也。"卒后，襄阳百姓于岘山建庙立碑，望碑者多流涕，杜预因名为"堕泪碑"。以立碑甚多，后人辑录碑文，《隋书·经籍志》著录《羊祜堕泪碑》一卷。祜撰《老子注》二卷，《老子解释》四卷，佚。有集二卷，佚。严可均《全晋文》卷四十一辑录其文数篇。其中《请伐吴疏》分析形势言辞剀切，笔势遒炼畅达，文采斐然，如通过吴蜀对比力陈伐吴而一统天下之可行："蜀之为国，非不险也，高山寻云霓，深谷肆无景，束马悬车，然后得济，皆言一夫荷戟，十人莫当。及进兵之日，曾无藩篱之限，斩将搴旗，伏尸数万，乘胜席卷，径至成都，汉中诸城，皆鸟栖不敢出。非皆无战心，诚力不足相抗。至刘禅降服，诸营堡者索然俱散。今江淮之难，不过剑阁；山川之险，不过岷汉；孙皓之暴，侈于刘禅；吴人之困，甚于巴蜀。而大晋兵众，多于前世；资储器械，盛于往时。今不于此平吴，而更阻兵相守，征夫苦役，日寻干戈，经历盛衰，不可长久，宜当时定，以一四海。”分辨形势，较量短长，言简意赅；短句、排句连贯而下，笔挟气势，足以打动人心。后司马炎下诏伐吴，一举成功。于此统一大业，积极而有效地谋其事者，羊祜为首也。《与从弟琇书》表述自己尽人臣之责，毕力吴会，功成之后告老还乡的志向，精神境界之高，迥异于当时多数朝廷重臣。作者深谙《老子》，曾撰《老子解释》等著作二种，对老氏持虚戒盈，“知足不辱，知止不殆，可以长久”之思想可谓心领神会，故云：“年已朽老，既定边事，当有角巾东路，还归乡里，于坟墓侧为容棺之墟，假日视息，思与后生味道，此吾之至愿也。以凡才而居重位，何能不惧盈满以受责邪！疏广是吾师也。”同样的思想也表现在他的名文《让开府表》中。泰始八年，朝廷加封都督荆州诸军事的羊祜为车骑将军，开府仪同三司。羊祜上表让封，有云：

> 臣自出身已来，适十数年，受任内外，每极显重之地。常以智力不可强进，恩宠不可久谬，夙夜战栗，以荣为忧。臣闻古人之言，德未为众所服而受高爵，则使才臣不进；功未为众所归而荷厚禄，则使劳臣不劝。今臣身托外戚，事遭运会，诚在宠过，不患见遗，而猥超然降发中之诏，加非次之荣，臣有何功可以堪之？何心可以安之？以身误陛下，辱高位，倾覆亦寻而至，愿复守先人弊庐，岂可得哉！违命诚忤天威，曲从即复若此。盖闻古人申于见知，大臣之节，不可则止。臣虽轻小，敢缘所蒙，念存斯义。……今道路未通，方隅多事，乞留前恩，使臣得速还屯。不尔留连，必于外虞有阙。臣不胜忧惧，谨触冒拜表，惟陛下察匹夫之志不可以夺。

言辞平和自然，绵中有刚，而又入情入理，颇显其高风亮节。西晋官场，多奔竞贪鄙之徒，羊祜之言行迥异于时辈，堪称难能可贵。萧统《文选》收录此文，是很有眼光的。就整体评价而言，西晋名士孙楚称羊祜“文为辞宗，行作世表”，[①]较为允当。

刘毅（？—285），字仲雄，东莱掖（今山东莱州）人。少厉清节，好臧否人物，王公贵人望风惮之。侨居平阳，太守杜恕请为功曹，沙汰郡吏百余人，三魏称焉。为之语曰：“但闻刘功曹，不闻杜府君。”魏末，本郡察考廉，辟司隶都官从事，京邑肃然。将弹河南尹，司隶不许，去职。司马昭辟为相国掾，辞疾，积年不就；后应命，转主簿。司马炎即帝位，为尚书郎、驸马都尉，迁散骑常侍、国子祭酒，累迁至尚书，坐事免官。咸宁初，复为散骑常侍、博士祭酒。转司隶校尉，豪右为之敛迹。司马炎尝喟然问毅曰：“卿以朕方汉何帝也？”毅对曰：“可方桓灵。”炎曰：“吾虽德不及古人，犹克己为政，又平吴、会，混一天下。方之桓、灵，不已甚乎！”毅对曰：“桓、灵卖官，钱入官库；陛下卖官，钱入私门。以此言之，殆不如也。”其耿介不阿、直言无忌如此。在职六年，迁尚书左仆射。以光禄大夫致仕。后司徒举毅为青州大中正。卒赠仪同三司。有集二卷，佚。严可均《全晋文》卷三十五辑录其文数篇。属于大块文字的是作为魏晋奏议名文的《上疏请罢中正除九品》。魏文帝曹丕为求得士族的支持，而推行的九品中正制，到西晋时进一步沦为维护门阀统治的选官制度，刘毅此文猛烈抨击了这种腐朽制度，揭露它对国家政治祸害极大：“职名中正，实为奸府；事名九品，而有八损”，“古今之失，莫大于此”，故应即刻罢中正，除九品。作者放言无忌、义愤填膺的创作状态，体现在行文中，便是洋洋洒洒，气势充畅，因而具有较强的说服力和感染力。兹节引一段，以窥一斑：

---

① 《故太傅羊祜碑》，《全上古三代秦汉三国六朝文》，中华书局 1958 年版，第 1804 页。

今之中正，不精才实，务依党利；不均称尺，务随爱憎。所欲与者，获虚以成誉；所欲下者，吹毛以求疵。高下逐强弱，是非由爱憎。随世兴衰，不顾才实。衰则削下，兴则扶上，一人之身，旬日异状。或以货赂自通，或以计胁登进，附托者必达，守道者困悴。无报于身，必见割夺；有私于己，必得其欲。是以上品无寒门，下品无势族。暨时有之，皆曲有故。慢主罔时，实为乱源。损政之道一也。

言辞尖锐，直截了当，愤激之情流淌其间，虽不如鲁褒《钱神论》、王沈《释时论》那么诙谐幽默，文采飞扬，但大体上风格近之。

王敦(266－324)的奏议文也颇有文采。《晋书》卷九十八《王敦传》载云："(元)帝初镇江东，威名未著，敦与从弟导等同心翼戴，以隆中兴，时人为之语曰：'王与马，共天下。'"又云："(敦)手控强兵，群从贵显，威权莫贰，遂欲专制朝廷，有问鼎之心。帝畏而恶之，遂引刘隗、刁协等以为心膂。敦益不能平，于是嫌隙始构矣。"敦虽为一大军阀，但亦颇近文雅，其《辞荆州牧疏》、《上疏言王导》、《与刘隗书》等，行文风格清简晓畅。篇幅较长、较有文采的是《上疏罪状刘隗》，敦欲加罪于隗，便借助古人古事以比附，夸饰之气流注其间，如云："密知机要，潜行险慝，进人退士，高下任心，奸狡饕餮，未有隗比。虽无忌、宰嚭、弘恭、石显，未足为喻。是以遐迩愤慨，群后失望。"在此基础上，接着陈述其"清君侧"的意向，亦不忘援古以喻今："愿陛下深垂省察，速斩隗首，以谢远近。则众望厌服，皇祚复隆。隗首朝悬，诸军夕退。昔太甲不能遵明汤典，颠覆厥度，幸纳伊尹之训，殷道复昌。汉武雄略，亦惑江充谗佞邪说，至乃父子相屠，流血丹地，终能克悟，不失大纲。今日之事，有逾于此。愿陛下深垂三思，咨询善道，则四海乂安，社稷永固矣！"既不满元帝重用刘隗，且执意置刘隗于死地，又颇能顾全元帝的面子，为之提供妥协的台阶，将其与知错而纠、先失后得的雄主太甲、汉武相比，言辞老到得体。最后对元帝谆谆劝导云：

> 陛下昔镇扬州，虚心下士，优贤任能，宽以得众。故君子尽心，小人毕力……自从信隗已来，刑罚不中，街谈巷议，皆云如吴之将亡。闻之惶惑，精魂飞散，不觉胸臆摧破，泣血横流。陛下当全祖宗之业，存神器之重，察臣前后所启，奈何弃忽忠言，遂信奸佞？谁不痛心！

富于感情色彩，尤为可读。

郗鉴，字道徽，高平金乡（今属山东）人。少孤贫，好读书。以儒雅著名，不应州命。惠帝反正，参司空军事，累迁太子中舍人，中书侍郎。及京师寇难蜂起，逃归，率千余家避难于鲁之峄山。元帝初镇江左，承制假鉴龙骧将军、兖州刺史。后加辅国将军，都督兖州诸军事。明帝初，拜安西将军，兖州刺史、都督扬州江西诸军、假节，镇合肥。王敦乱平后，迁车骑将军、都督徐兖青三州军事、兖州刺史、假节，镇广陵。明帝崩，与王导等受遗诏，辅佐成帝，进位车骑大将军、开府仪同三司，加散骑常侍。成帝咸和初，领徐州刺史，平苏峻、祖约之乱，拜司空，加侍中，解八郡都督，更封南昌县公。进位太尉，后以寝疾，上疏逊位。寻卒，年七十一。有集十卷，佚。《全晋文》存其文数篇。其中撰于成帝咸和初的《讨苏峻誓师文》（《艺文类聚》卷三十三以为庾阐作，兹据《晋书》卷六十七《郗鉴传》，断定为郗鉴所撰），慷慨激昂，表现了大义凛然、矢志保卫东晋江山社稷的忠肝、赤胆和坚定信念，有云："今主上幽危，百姓倒悬，忠臣正士志存报国。凡我同盟，既盟之后，戮力一心，以救社稷。若二寇不枭，义无偷安。有谕此盟，明神殛之！"不过，郗文感人甚深的还是他临终前所撰的《上疏逊位》，节引一段于下：

> 臣疾弥留，遂至沉笃，自忖气力，差理难冀。有生有死，自然之分。但忝让过才，曾无以报，上惭先帝，下愧日月。伏枕哀叹，抱恨黄泉。臣今虚乏，救命朝夕，辄以府事付长史刘遐，

乞骸骨归丘园。惟愿陛下崇山海之量，弘济大猷，任贤使能，事从简易，使康哉之歌复兴于今，则臣虽死，犹生之日耳。

作为几乎毕生戮力王室的股肱之臣，郗鉴在生命的最后时刻仍不失为“人之将死，其言也善”的典范，感情流露之诚恳厚重，颇为动人。《晋书》本传赞云：“道徽忠劲，高芬远映”，可谓的评。

何承天《为谢晦奉表自理》、《又为谢晦上表》等文，皆为洋洋洒洒的大块文字，长于铺陈，饶有气势，且含一定的感情色彩。如写谢晦对元嘉初刘义隆剪灭徐羡之、傅亮的怨恨，以及“清君侧”的决心：

> 臣窃惧王室，小有皇甫之患，大有阎乐之祸，夙夜殷忧，若无首领。夫周道浸微，桓、文称伐，君侧乱国，赵鞅入诛。况今凶祸滔天，辰极危逼，台辅拏戮，岳牧倾陷。臣才非绛侯，安汉是职，人愧博陆，而奉遗诏。国难既深，家痛亦切。辄简徒缮甲，军次巴陵，萧欣窘慑，望风奔迸。臣诚短劣，在国忘身，仰凭社稷之灵，俯厉义勇之气，将长驱电扫，直入石头，枭剪元凶，诛夷首恶，吊二公之冤魂，写私门之祸痛。然后分归司寇，甘赴鼎镬，虽死之日，犹生之年。（《又为谢晦上表》）

用典而不深奥，论事而含激情，颇有文采。

晋宋之际东海郯徐氏家族的能文者，是仕至权臣的徐羡之(364—426)。徐羡之东晋末追随刘裕，裕称帝，被封为南昌县公。永初三年刘裕死，太子刘义符继位，以徐羡之与傅亮、谢晦等辅政。徐等策划废少帝刘义符，贬庐陵王刘义真为庶人，迎立宜都王刘义隆为帝。元嘉三年，文帝刘义隆下诏严加惩办徐羡之等，徐自缢死。严可均《全宋文》卷十六辑录其文八篇，皆为奏议，较有文采的是《奏废庐陵王义真》。此文以议论周、汉史事开端，云：“臣闻二叔不咸，难结隆周；淮南悖纵，祸兴盛汉。莫不义以断恩，情为法屈。二代之事，殷鉴不远，仁厚之主，行之不疑。故共叔不断，几倾郑国，刘英容养，衅广难深，前事之不忘，后王之成鉴也。”一连列举西周管叔、蔡叔，东周郑国共叔段，西汉淮南王刘安，东汉楚王刘英等宗室谋逆祸害，强调以义断恩，以法屈情，平定宗室叛乱，作者显然是要达到以古鉴今的目的。比之直截了当地就事论事，这种写法使文章风格趋于渊雅，启人联想。接下来基本运用整齐的四言句胪述刘义真的罪恶，不免夸大其辞，欲废之而后快，有云：“凶忍之性，爰自稚弱，咸阳之酷，丑声远播……至乃委弃藩屏，志还京邑，潜怀异图，希幸非冀，转聚甲卒，征召车马。”文末结题，点出奏废主旨，犹不忘佐以古人形象性的比喻：“臣闻原火不扑，蔓草难除，青青不伐，终致寻斧，况忧深患著，社稷虑切。”可见徐羡之具有一定的文学素质。

徐湛之（410－453），字孝源，东海郯人，仕宋，官至奋威将军，迁黄门侍郎，撰有《还郡自陈表》、《上范晔等谋反表》，前者多四言句，善夸饰，有气势，且含抒情色彩。臧质（400－454），字含文，东莞莒人，臧焘弟之子。仕宋，官至江州刺史，封始兴郡公。后与南郡王刘义宣通谋，举兵发，欲拥立刘义宣为帝，兵败被杀。撰有《举兵上表》。王僧达（423－458），王弘少子。仕宋，官至尚书右仆射。撰有《上表解职》、《求徐州启》。王僧达《上表解职》、《求徐州启》二作之旨，前者为求仕，后者为致仕。写求仕时辞气激昂，类似汉魏时之贾谊、终军、曹植；写致仕意志消沉，流露一派风烛残年的样子，前后之精神状态判若两人。由此可见王僧达基本属性情中人，情绪往往易于起伏波动，乃至大起大落。作为奏议类作品，王僧达相当讲究辞藻的富赡华美，夸饰渲染，这种情况在以前是较为罕见的。刘宋时期的诗赋创作，“情必极貌以写物，辞必穷力而追新”，其风气也波及包括奏议在内的实用性强的文体，便形成王僧达之奏议对炫耀文采的热衷。当时将奏议作品引向炫耀文采之极致的，是袁淑的《防御索虏议》，僧达之作的炫耀程度逊于袁淑，但基本追趋态势是一致的。王敬弘(368—447),严可均《全宋文》卷十七录其文三篇。其中《又辞左光禄大夫开府仪同三司表》。四人之表疏的基本特色是善于陈说事理,语言或简练恳切,抒情性较浓。他们的为人思想境界当然不能与诸葛亮相提并论,但为文则明显地受到诸葛亮之表的影响。

王融(467—493)一生志在功名,《南齐书》本传录其《画〈汉武北伐图〉上疏》、《上疏乞自效》、《求自试启》诸作便比较集中地表现了他的这种人生追求。诸作志气高迈,情绪昂扬,如《画〈汉武北伐图〉上疏》有云:

> 臣乞以执殳先迈,式道中原,澄瀚海之恒流,扫狼山之积雾,系单于之颈,屈左贤之膝,习呼韩之旧仪,拜銮舆之巡幸。然后天移地动、勒封岱宗……

《上疏乞自效》有云:

> 臣每览史传,见忧国忘家,捐生报德者,未尝不抚卷叹息,以为古今共情也……臣少重名节,早习军旅,若试而无绩,伏受面欺之诛;用且有功,仰酬知人之哲。

均有气势,兼贯注感情,颇能打动读者。被《文选》所收录的《永明十一年策秀才文》虽为代言体性质的作品,但也间接地流露了王融志在功名的思想。《南齐书·王融传论》谓王融"其贾谊、终军之流亚乎",大抵即是从其相似的志气、激情立论的。

王僧虔是南朝书法名家,他给萧齐皇帝上的奏疏是关于书法的,君臣之交流由政事转向艺术,这在奏议文发展史无疑为前所未有的新鲜现象。这是南朝书法艺术气氛空前浓重的反映,很有时代意义。其《条疏古来能书人名启》云①:

① 关于此文的作者有争议,或以为王僧虔撰,或为羊欣(370—442,泰山南城人)撰王僧虔录,兹从前者。

臣僧虔启,昨奏敕须古来能书人名,臣所知局狭,不辨广悉,辄条疏上呈羊欣所撰录一卷,寻案未得,续更呈闻。谨启。

秦丞相李斯,秦中车府令赵高。(右二人善大篆)

秦狱吏程邈善大篆,得罪始皇,囚于云阳狱,增减大篆体,去其繁复。始皇善之,出为御史。名书曰"隶书"。

扶风曹喜,后汉人,不知其官,善篆隶,篆小异李斯,见师一时。陈留蔡邕,后汉左中郎将,善篆隶,采斯、喜之法,真定直父碑文,犹传于世,篆者师焉。杜陵陈遵,后汉人,不知其官,善篆隶,每书一座皆惊,世人谓为"陈惊座"。

上谷王次仲,后汉人,作八分楷法。

师宜官,后汉人,不知何许人、何官,能为大字方一丈,小字方寸千言。耿球碑是宜官书,甚自矜重。或空至酒家,先书其壁,观者云集,酒因大售,俟其饮足,削书而退。

安定梁鹄,后汉人,官至选部尚书,得师宜官法。魏武重之,常以鹄书悬帐中,宫殿题署,多是鹄书也。陈留邯郸淳,为魏临淄侯文学,得次仲法,名在鹄后。毛弘,鹄弟子,今秘书八分,皆传弘法义。有左子邑,与淳小异,亦有名。

京兆杜度,为魏齐相,始有草名。

安平崔瑗,后汉济北相,亦善草书。平苻坚得摹崔瑗书,王子敬云"极似张伯英"。瑗子寔,官至尚书,亦能草书。

弘农张芝,高尚不仕,善草书,精劲绝伦。家之衣帛,必先书而后练。临池学书,池水尽墨。每书云:"匆匆不暇草书。"人谓为"草圣"。弟昶,汉黄门侍郎,亦能草,今世云"芝草"者,多是昶作也。

姜诩、梁宣、田彦和及司徒韦诞,皆伯英弟子,并书草。诞书最优,诞字仲将,京兆人,善楷书。汉魏宫馆宝器,皆是诞手写。魏明帝起凌云台,误先钉榜而未题,以笼盛诞,辘轳长絙引之，使就榜书之，去地上二十五丈，诞甚危惧，乃掷其笔以下，焚之，仍诫子孙绝此楷法，著之家令。官至鸿胪少卿。诞子少季，亦有能称。

罗辉、赵袭，不详何许人，与伯英同时，见称西州。而矜许自与，众颇惑之。伯英与朱宽书自叙云，"上比崔、杜不足，下方罗、赵有余。"

赵壹、张超亦善草，不及崔、张。

晋齐王攸，善草行书。

太山羊忱，晋徐州刺史；羊固，晋临海太守，并善行书。江夏李式，晋侍中，善写隶草；弟定、子公府，能名同式。晋中书院李充母卫夫人，善钟法，王逸少之师。琅邪王廙，晋平南将军、荆州刺史，能章楷，谨传钟法。晋丞相王导，善稿行。王恬，晋中军将军、会稽内史，善隶书。王洽，晋中书令、领军将军，众书通善，尤能隶行，从兄羲之云："弟书遂不减吾。"王珉，晋中书令，善隶行。

王羲之，晋右将军、会稽内史，博精群法，特善草隶。羊欣云"古今莫二"。王献之，晋中书令，善隶稿，骨势不若父，而媚趣过之。兄玄之、徽之，兄子淳之，并善草行。王允之，晋卫军将军，会稽内史，亦善草行。太原王濛，晋司徒左长史，能草隶。子修，琅邪王文学，善隶行，与羲之善，故殆穷其妙。早亡，未尽其美。子敬每省修书云"咄咄逼人"。

王绥，晋冠军将军、会稽内史，善隶行。高平郗愔，晋司空、会稽内史，善章草，亦能隶。郗超，晋中书郎，亦善草。

颍川庾亮，晋太尉，善草行。庾翼，晋荆州刺史，善隶行，时与羲之齐名。陈郡谢安，晋太傅，善隶行。高阳许靖民，镇军参军，善隶草，羲之高足。

晋穆帝时，有张翼，善学人书，写羲之表，表出，经日不觉，后云“几欲乱真”。

> “飞白”本是宫殿题八分之轻者，全用楷法。吴时张弘，好学不仕，常著乌巾，时人号为张乌巾。此人特善飞白，能书者无不好之。

文中记述一些书法家的遗闻轶事，读来富有趣味性。

任昉为齐梁时期文坛具有重要地位的作家，他长于奏议写作。其作品用典较为繁密，但他往往调节适度，言辞得体，文气流畅，显示了当代名家的风范。这方面的代表作品有替朋友范云所撰的《为范尚书让吏部封侯第一表》，以及明辨是非、疾恶如仇的《奏弹曹景宗》等。后者乃弹劾曹景宗身为统帅，见危不救，怯懦自私，丧城失土的奏章，任昉将曹景宗的行经与浴血奋战、以身殉国的司州刺史蔡道恭进行鲜明的对照，以揭露展示他的卑鄙面目，扬善惩恶，义愤填膺，有云：

> 故司州刺史蔡道恭，率厉义勇，奋不顾身，全城守死，自冬徂秋；犹有转战无穷，亟摧丑虏。方之居延，则陵降而恭守；比之疏勒，则耿存而蔡亡。若使郢部救兵，微接声援，则单于之首，久悬北阙，岂直受降可筑，涉安启土而已哉！实由郢州刺史臣曹景宗，受命致讨，不时言迈，故使猬结蚁聚，水草有依。方复按甲盘桓，缓救资敌，遂令孤城穷守，力屈凶威。虽然，犹应固守三关，更谋进取，而退师延颈，自贻亏衄。疆埸侵骇，职是之由。不有严刑，诛赏安置？景宗即主。……且道恭云逝，城守累旬；景宗之存，一朝弃甲。生曹死蔡，优劣若是！惟此人斯，有靦面目。

较充分地表现了作者身上蕴含的正义感。此类文章在南朝文坛并不多见，故足称珍贵。

任昉的奏议文，善于根据不同的对象，不同的情况而造成不同的行文风格。《奏弹曹景宗》针对的是怯懦误国的败将，故行文义正辞严；而《为范尚书让吏部封侯第一表》针对的是廉洁善施，为人谦让的知交，故行文洒脱平和。在这方面更值得注意的是《奏弹刘整》。此作为弹劾侵凌寡嫂范氏之刘整的奏章，除文章首尾部分表示任昉本人对刘整的鄙视态度和弹劾意向外，中间部分详细记述了关于刘整侵凌寡嫂的具体情况，因这些记述是任昉依据范氏的诉状加工而成，故具有俚俗琐碎、口语化程度颇高的行文特色。其中对叔嫂、子侄、婢仆之间的诟骂斗殴有绘声绘色的叙述，兹引一段：

整就兄妻范求米六斗，哺食，范未得还。整怒，仍（乃）自进范所住屏风上取车帷为质。范送米六斗，整则纳受。范今年二月九日夜失车栏子、夹杖、龙牵等。范及息逡（其子刘逡）道是采音（刘整婢名）所偷。整闻声，仍（乃）打逡。范唤问："何意打我儿?"整母子尔时便同出中庭，隔箔与范相骂。婢采音及奴教子、楚王、法志等四人，于时在整母子左右。整语采音："其道汝偷车杖具，汝何不进里骂之?"既进争口，举手误查范臂。

刘师培称其"质直序事，悉无浮藻"，为"当时世俗之文"[1]；钱钟书先生以为此种文字"颇具小说笔意，粗足上配《汉书·外戚传》上司隶解光奏、《晋书·怀太子传》太子遗妃书"。[2] 又如《为卞彬谢修卞忠贞墓启》，为了突出卞彬对高祖壶之墓年久失修的悲哀，便写下这样一段文字：

臣门绪不昌，天道所昧，忠遘身危，孝积家祸，名教同悲，隐沦惆怅。而年世贸迁，孤裔沦塞，遂使碑表芜灭，丘树荒毁，

---

① 陈引驰编校《刘师培中古文学论集》，中国社会科学出版社 1997 年版，第 101 页。

② 《管锥编》，中华书局 1979 年版，第 1420 页。

狐兔成穴，童牧哀歌。感慨自哀，日月缠迫。

抒情味浓重，颇能打动人心。综言之，任昉以其杰出的创作成就，为时人及后人推崇。如时人刘峻在《广绝交论》中称其“遒文丽藻，方驾曹（植）王（粲）”；明末张溥将其与江淹、徐陵、庾信并称，云：“历观骈体，前有江、任，后有徐、庾，皆以生气见高，遂称俊畅。”①

徐陵撰有表文数篇，其中《劝进梁元帝表》辞藻富丽，夸饰渲染，气势壮大，为梁陈时期名文。

① 殷孟伦《汉魏六朝百三家集题辞注》，人民文学出版社 1981 年版，第 264 页。

# 第七章　诔、祭、吊与其他文体

## 一、齐鲁文士的诔、祭、吊文

六朝作为文章抒情性空前高涨的时代，齐鲁籍作家的诔祭吊文是其重要的组成部分。一般而言，汉代诔文重在记述死者德行，魏晋南北朝诔文则转为偏重抒写悲哀之情。萧统《文选》选录曹植《王仲宣诔》，潘岳《杨荆州诔》、《杨仲武诔》、《夏侯常侍诔》、《马汧督诔》，颜延之《阳给事诔》、《陶征士诔》，谢庄《宋孝武宣贵妃诔》等皆有较浓重的抒情性。陆机《文赋》概括诔文特色云："诔缠绵而凄怆"，突出了魏晋诔文表现悲哀的抒情功能。刘勰《文心雕龙·诔碑》亦云："详夫诔之为制，盖选言录行，传体而颂文，荣始而哀终。论其人也，暧乎若可觌；道其哀也，凄焉如可伤。"齐鲁籍作家的此类文章大部分属于私人性的情感抒发，也有少量在抒情的同时涉及作者的政治思想。

祢衡作品，虽少却精。其《吊张衡文》抒写对东汉最杰出之人才张衡的景仰，情深意长，辞云："南岳有精，君诞其姿；清和有理，君达其机。故能下笔绣辞，扬手文飞。昔伊尹值汤，吕望遇旦。嗟矣君生，而独值汉。苍蝇争飞，凤皇已散……余生虽后，身亦存游。士贵知己，君其勿忧。"在对张衡的敬重以及对其不幸遭遇的同情中，流露了作者"见善若惊，疾恶如仇"的个性。

王粲的《吊夷齐文》则在抒情的同时表现他归曹以后积极用世

的思想,辞曰:

岁旻秋之仲月,从王师以南征。济河律而长驱,逾芒阜之峥嵘。览首阳于东隅,见孤竹之遗灵。心于悒而感怀,意惆怅而不平。望坛宇而遥吊,抑悲古之幽情。知养老之可归,忘除暴之为仁。洁已躬以骋志,愆圣哲之大伦。忘旧恶而希古,退采薇以穷居。守圣人之清概,要既死而不渝。厉清风于贪士,立果志于懦夫。至于今而见称,为作者之表符。虽不同于大道,合尼父之所誉。

关于此作的背景,姚振宗《三国艺文志》卷四说:"《类聚》(《艺文类聚》)、《吊夷齐文》有王粲、阮瑀、糜元三人……寻其文,则元与王、阮从魏武西征马超、韩遂时作,建安十六年也。"王粲在赋中对夷齐有贬有褒。首先是贬,从政治伦理观念上,他认为夷齐"忘除暴之为仁","愆圣哲之大伦",是"不同于大道"的,用今天的话说,就是消极避世,对社会不负责任,对革除暴政的正义事业持冷漠态度。这种批评是正确的。所以,齐梁著名文论家称这是一篇"伤其隘"(伤叹夷齐思想狭隘),"讥呵实工"(《文心雕龙·哀吊》)的作品。汉魏之际,天下动荡不已,致使生灵涂炭,一些进步的文人希望拨乱反正,拯救世难,具体就表现为积极用世,充满向往追求功业的抱负。史称王粲"性躁竞"(《三国志·杜袭传》),实质是用世之心强烈,其《登楼赋》中"冀王道之一平兮,假高衢而骋力,惧匏瓜之徒悬兮,畏井渫之莫食"四句,渴望一展抱负之情溢于言表。《吊夷齐文》正是用吊文的形式寄托了这一思想。这种倾向在他的《七释》中也有流露,他认为"圣人在位(指曹操执政),时迈其德","登俊乂于垄亩,举贤才于仄微","是以栖林隐谷之夫,逸迹放言之士,鉴乎有道,贫贱是耻。"对追随曹氏致力于统一大业充满信心,而以隐迹穷居为耻,表述是很明白的。作者对夷齐的褒,沿袭儒家先师的传统观念,侧重于对其"厉清风于贪士,立果志于懦夫"的节操的肯定，以及其“合尼父之所誉”云云①，这是一种人格精神的评价，自不可与前面的政治伦理评价等量齐观。

东晋时济阴卞伯玉《祭孙叔敖文》，对古楚国令尹孙叔敖的人品满怀敬仰，抒情味挺浓，乃至流连墓侧不忍离去，“徘徊永念，凄矣其伤”。

刘勰《文心雕龙·情采》批评“为文而造情”，“淫丽而烦滥”的不良创作风气：“远弃风雅，近师辞赋，故体情之制日疏，逐文之篇愈盛。”把“体情”与“逐文”对立起来，将二者的存在视为一种彼消此长的关系。这是基于宗经思想的一种片面看法。事实上，六朝时期许多文学作品“体情”与“逐文”是同步并进的，二者并非处于刘勰所谓的相互消长的关系之中。

左芬《万年公主诔》便是一篇情文并茂的作品，作者先颂美，后述哀，辞云：

> 笃生公主，诞膺休祯。秀生紫微，日辉月明。红颜鬒发，金质玉形。既睇艳姿，徽音孔昭。盼倩其媚，婉曼其娇。宠玩轩陛，如琼如瑶。虽则弱齿，双德兼苞……宜终淑美，光辉日新。云何降戾，景命不振。晔晔荣曜，英蕤始芳。何辜于天，猥遇降霜。茕茕稚魂，飘飘遐翔。于戏何辜，痛兹不福。生而何晚，殁而何速。酷矣皇灵，谬哉司禄。呜呼哀哉！日月载驰，白露凝结。自主薨徂，奄离时节。吉凶乖邈，存亡异制。将迁幽都，潜神永翳。呜呼公主，魂岂是绥。岌岌灵辒，骏驷骓骓。挽僮齐唱，悲音激摧。士女歔欷，高风增哀。一日不见，采薇作歌。况我公主，形灭体讹。精灵迁逝，幽此中阿。

① 《孟子·万章下》：“孟子曰：伯夷……当纣之时，居北海之滨，以待天下之清也。故闻伯夷之风者，顽夫廉，懦夫有立志。”《论语·述而》：“子贡问孔子曰：‘伯夷叔齐何人也？’孔子曰：‘古之圣人也。’”

言思言念，涕泪滂沱。呜呼哀哉！

不仅文辞典丽，抒发哀情也真切、厚重、深沉，近人谭献称其“秀不堕纤”，[①]王珣《晋孝武帝哀策文》亦为情文并茂之作，其中述哀有云：“太山颓构，洪渎竭津。何歼之甚，何酷之殷！自罹旻凶，二气代变。霜繁广除，风回高殿。帷幕空张，肴俎虚荐。极听无闻，详视罔见……悲平昔之所幸，岂斯路之复由。挽哀唱以翼衡，驷悲鸣而顾辋。违华宇之皙皙，即长夜之悠悠。奉灵榇而长诀，緬终天而莫收。诉穹苍以叫踊，洞五内其若抽。”以冷清的环境渲染衬托哀情，或直抒哀情，谭献称其“凄淡独绝”。[②]

颜延之《祖祭弟文》：“阖棺穷野，启殡中荒，灵影夙灭，筵寝虚张。人往运来，自秋徂阳。蕃兰落色，宿草滋长。孰云不痛，辞家去乡。……六亲憧心，姻朋浩泣，我虽载奔，伊何云及！永怀在皆，追亡悼存，惟兄及弟，瞻母望昆，生无荣嬿，没望归魂。”抒写至痛至悲，辅以荒凉的物色点染，文短情深，简洁感人。《祭屈原文》：“兰薰而摧，玉缜则折。物忌坚芳，人讳明洁。曰若先生，逢辰之缺……身绝郢阙，迹遍湘干。比物荃荪，连类龙鸾。声溢金石，志华日月。如彼树芳，实颖实发。望汨心欷，瞻罗思越。”对屈子的高尚人格充满认同、赞扬及向往，并蕴含对其不幸命运的同情和悲伤，意味深长，风格近似于汉末建安齐鲁著名文士祢衡的《吊张衡文》。延之《阳给事诔》，乃哀悼刘宋永初三年在北疆前线御敌战斗中为国捐躯的烈士阳瓒之作，诔文写到敌方的侵扰，我方的坚守，军情的紧急，边疆的荒瑟，战斗的激烈，供给的缺乏，阳瓒的仁爱士卒及忠义节操等等，如：

凭巇结关，负河萦城，金柝夜击，和门昼扃。料敌厌难，时

---

① 李兆洛《骈体文钞》卷五，中州古籍出版社 1990 年版，第 95 页。

② 李兆洛《骈体文钞》卷五，中州古籍出版社 1990 年版，第 96 页。

惟阳生。凉冬气劲，寒外草衰。遢矣獯虏，乘障犯威。鸣骥横厉，霜镝高翚。轶我河县，俘我洛畿。攒锋成林，投鞍为围。翳翳穷垒，嗷嗷群悲。师老变形，地孤援阔。卒无半菽，马实拑秣。守未焚冲，攻已濡褐。烈烈阳子，在困弥达。勉慰痍伤，拊巡饥渴。力虽可穷，气不可夺。义立边疆，身终锋栝。

萧统《文选》选录此文，与晋代哀诔文章巨子潘岳的《马汧督诔》并列，良有以也！延之这段文字的思路大体与稍后鲍照的边塞乐府《代出自蓟北门行》相似，窃以为鲍诗似受到颜文的影响。颜延之与陶渊明相交甚契，情谊深厚，渊明逝世之后，延之撰《陶征士诔》，为情文兼至的佳作。诔文概括了渊明崇尚自然、弃官为隐的生活选择及安贫乐道的精神境界，追忆了彼此之间的深情厚谊，有云：

赋诗归来，高蹈独善。亦既超旷，无适非心。汲流旧巘，葺宇家林。晨烟暮蔼，春煦秋阴。陈书辍卷，置酒弦琴。居备勤俭，躬兼贫病。人否其忧，子然其命。隐约就闲，迁延辞聘。非直也明，是惟道性……深心追往，远情逐化。自尔介居，及我多暇。伊好之洽，接阎邻舍。宵盘昼憩，非舟非驾。念昔宴私，举觞相诲："独正者危，至方则碍，哲人卷舒，布在前载。取鉴不远，吾规子佩。"尔实愀然，中言而发："违众速尤，迕风先蹶。身才非实，荣声有歇。"睿音永矣，谁箴余阙？呜呼哀哉！

笔致朴实，感情真挚，堪称刘宋诔文之首。由此诔可见，颜延之对陶渊明的个性和为人境界有深切到位的理解和把握，渊明身前身后最早的真正知音，颜延之也。有渊明胸襟者，方能如此理解和把握渊明的为人性格特征，颜延之便属于这样的人物。元代的方回曾就以对陶渊明的理解与认同为话题，比较了颜延之和谢灵运胸次的高下："延之诗虽不及灵运，其胸次则过之。灵运尝入庐山，不与远法师所与，亦不闻其交于渊明。延之独与渊明交好甚深。以年计之，永初三年，渊明五十八矣，长延之二十岁，亦可谓忘年之交也。延之后作《靖节征士诔》书曰'有晋征士',虽出于众志,而延之实秉易名之笔,其知渊明盖深也。'违众速尤,迕风先蹶,身才非实,荣声有歇',延之《诔》书渊明所诲如此。又书渊明'独正者危,至方则碍',语其有得渊明也多矣。故曰:诗虽不及灵运,其胸次则过之。"①清人于光华亦从此视角评云:"作忠烈人诔文出色易,作恬退人诔文出色难。英气故易,静气故难也。陶靖节胸次高迈,性情潇洒,作者能以静气传之。"②

王氏家族中祭吊文的杰出者为王僧达文,萧统《文选》收录了他哀悼名士颜延之的《祭颜光禄文》。文的前半部分主要概括延之的才华、品性、气度、嗜好等,有云:"服爵帝典,栖志云阿。清交素友,比景共波。气高叔夜,严方仲举。逸翮独翔,孤风绝侣。流连酒德,啸歌琴绪。"文字精简,体现了晋宋作家擅长品评人物的一般特色。后半部分主要为抒情,辅以景物烘托,有云:"春风首时,爰谈爰赋。秋露未凝,归神太素。明发晨驾,瞻庐望路。心凄目泫,情条云互。凉阴掩轩,娥月寝耀。微灯动光,几牍谁照?衾衽长尘,丝竹罢调。揽悲兰宇,屑涕松峤。"情景交融,表达得体。故许梿《六朝文絜》卷十二称其:"追感凄怆,错落尽致,绝无支蔓之笔,故佳。"

王筠《昭明太子哀册文》为哀悼萧统之文,间有清新可喜及情景交融的片断,如写萧统对文学的重视及其敏捷高超才华:"吟咏性灵,岂惟薄技;属词婉约,缘情绮靡。字无点窜,笔不停纸;壮思泉流,清章云委。"渲染萧统逝世的悲哀气氛:"混哀音于箫籁,变愁容于天日。虽夏木之森阴,返寒林之萧瑟。既将反而复疑,如有求

---

① 元方回选评、李庆甲点校《瀛奎律髓汇评》附录《文选颜鲍谢诗评》卷三,上海古籍出版社2005版。

② 《文选集评》卷十四,清刊本。

而遂失。”这种写法不由地令人联想到潘岳《哀永逝文》的某些语句。

东海郯人王僧孺抒情文最值得提及的有《从子永宁令谦诔》，为哀悼其从子王谦之作。西晋文豪陆机《文赋》概括诔的特点为“缠绵而凄怆”，僧孺此文的某些片断庶几近之，前面的序便悲哀之情洋溢，诔文进一步抒写这种情绪，如：

> 义虽子道，思实友生。欢忧共日，险泰均情。如菊有芬，如兰有薰。别唯慕类，居实有群。尽日持论，遥夜披文。惭渍羲、老，祖述渊、云。唯昏及旦，自旭徂曛。人道实难，譬彼徂湍。驱车嶠嶝，执手河干。三川萦薄，七岭悠漫。自兹不见，心譬回澜。岁伫会面，日望音翰。欢无一绪，悲有万端。蒙阴遽戢，扶景易残。即斯大暮，为此一棺。山足难晓，垄首易寒。秋虫相叫，暮羽来抟，宿草行没，宰树方攒。昭途长已，大夜斯安。孰知冥默，徒此泛澜。

追昔抚今，剌剌不休，极为沉痛，不禁使人想到西晋潘岳之诔文。

## 二、策文、碑文与其他文体

六朝时期齐鲁籍作家还写过策文、碑文、连珠、檄文、铭、赞等文体，某些作品值得提及。

策文，或称诏策、册文，用于封赐王侯和爵位，旨在歌功颂德，六朝齐鲁籍文士中写作策文的，出现三位名家，即王俭、任昉和徐陵，后二位尤其著名。王俭(452—489)撰有歌颂萧道成的《策齐公九锡文》，胪述萧道成之功，极声貌以穷文，洋洋洒洒，气势壮大。任昉策文，是为萧衍由封梁公而进爵梁王，再由梁王代齐禅位称帝所撰。此类歌功颂德的文字，自汉魏以来，作者迭出，均不免夸张渲染，这是由其旨在歌颂的性质所决定的，任昉也不例外。作为一名开创新朝的统治者，萧衍的才能、人品足以与汉魏以来多数新朝创建者比肩并提，尤其是他与任昉同为“竟陵八友”中人，而此八人中任氏又素以能文著称，这种特殊的关系、特殊的地位，显然也是这些文章多从他手中撰作出来的重要原因。大体而言，任昉的这些文章夸而较有节，饰而不大诬，堂皇其辞而基本有一定的事实依据，分寸的把握比较到位。行文虽用当时流行的骈体，但气脉通畅而不乏气势，故晚明张溥在《汉魏六朝百三名家集·任彦升集题辞》中称江南“俪体行文，无伤逸气者，江文通、任彦升，庶几近之”。如《禅位梁王策》写南齐后期君主昏庸失德所导致的严重灾难：

> 嗣君丧德，昏弃纪度，毁紊天纲，凋绝地纽，茫茫九域，剪为仇雠，溥天相顾，命悬晷刻。斫涉刳孕，于事已轻；求鸡征杖，曾何足譬。是以谷满川枯，山飞鬼哭，七庙已危，人神无主。

《进梁公爵为王诏》写萧衍的显赫声威、功勋说：

> 公沿汉浮江，电激风扫，舟徒水覆，地险云倾。藉兹义勇，前无强阵，拯危京邑，清我帝畿。扑既燎于原火，免将诛于比屋。悠悠兆庶，命不在天；茫茫六合，咸受其赐。

《策梁公九锡文》则更写得气势充溢，如：

> 群竖猖狂，志在借一，豕突淮涘，武骑如云。公爰命英勇，因机骋锐，气冠版泉，势逾洹水，追奔逐北，奄有通津。熊耳比峻，未足云拟，睢水不流，曷其能及！

前后两段用典不少，但自然贴切。

徐陵册文篇幅最大的是《册陈公九锡文》，此文洋洋洒洒，达四千言以上，铺采摛文，饶有气势，但能在基本上依据梁末陈初史实，做到夸而有节，如谭献所评：“胪陈事实，尚非出于夸饰。”(《骈体文钞》卷七)大体风格与任昉的《策梁公九锡文》比较接近，兹录描写陈霸先平定任约等叛乱一段，以窥一斑：

任约叛换，枭声不悛，戎羯贪梦；狼心无改。穹庐毡幕，抵北阙而为营；乌孙天马，指东都而成阵。公左甄右落，箕张翼舒，扫是欃枪，驱其猃狁，长狄之种埋于国门，椎髻之酋烹于军市，投秦坑而尽沸，噎濉水而不流。

王俭为宋齐间重臣褚渊所作的《太宰褚彦回碑文》，叙写典雅缜密，堪与东汉末期蔡邕之作媲美，某些片断长于夸张渲染，亦饶有气势，如写褚渊辅佐萧道成平定宋末诸藩之乱，先浓笔渲染诸藩排山倒海般的反叛势头，然后举重若轻，反衬出褚渊临危不惧，组织"勤王"之师，破敌靖乱的辅臣风范，故萧统《文选》录之。

齐梁时的王巾（？—505），在鄂州撰《头陀寺碑》，被萧统《文选》收录，得以完整保存下来。此文近二千字，其中述及佛教源流、建寺始末等，基本用骈体写成，文采斐然。如写寺所处地理形势：

头陀寺者，沙门释慧宗所立也。南则大川浩汗，云霞之所沃荡；北则层峰削成，日月之所回薄。西眺城邑，百雉纡余；东望平皋，千里超忽。信楚都之胜地也。

空间布局略仿辞赋，但革除辞赋以繁富为美，极声貌以穷文的铺陈，稍事点染，笔法简洁。某些片断具有抒情色彩，如写对头陀寺未得修缮的悲叹：

后有僧勤法师，贞节苦心，求仁养志，纂修堂宇，未就而没。高轨难追，藏舟易远。僧徒阒其无人，榱椽毁而莫构，可为长太息矣。

萧齐时头陀寺得以修缮，作者笔下则流露天人共悦的欢欣：

于是民以悦来，工以心竞。亘丘被陵，因高就远。层轩延袤，上出云霓；飞阁逶迤，下临无地。夕露为珠网，朝霞为丹雘。九衢之草千计，四照之花石品。崖谷共清，风泉相涣。

又有人物碑志，如王筠《国师草堂寺智者约法师碑》，其铭文颇出色，云：

形在江湖，心超祇鹫。思协风云，量包宇宙。轩瞰苍波，窗承翠岭。须枕烟露，揽持光景。

措辞精当，气局博大，启人联想，引人入胜。王筠在《与东阳盛法师书》中将官场比作“樊笼”，而他笔下的草堂寺无疑属于天堂。

徐陵《天台山馆徐则法师碑》篇幅不长，但入道出世思想颇为浓重，作者以传说中草、木、龟、鹤之长寿，反衬人生之短促，在此基础上表现对入道出世的向往：“至如不死之草，犹称南裔；长生之树，尚挺西昆。百纪游龟，皆登莲叶；千龄寿鹤，或舞松枝。假矣生民，何其夭脆！譬彼风电，同诸泡沫。琢火之叹，闻诸往贤；逝水之悲，嗟乎前圣。樵人看博，信未始乎淹留；仙客弹琴。固不移于俄顷。然而子孙皆其数世，乡党咸为草莱。是以志士名贤，飘然长骛。臊膻荣利，恹秽风尘。服冕乘轩，其犹桎梏；朱庭紫阁，事甚笼樊。隐论岩洞，餐饵芝髓，忽矣身轻，俄然羽化……”其中“至如不死之草”至“乡党咸为草莱”间运用典故繁密，且对偶工整，可见徐陵晚年写作骈文之娴熟程度。

檄文中较有文学性的是徐陵的《移齐文》，光大元年(567年)九月，陈平定湘州刺史华皎的叛乱，北齐致檄贺捷，陈亦以移答之。作者笔下，陈军战斗力甚强，为风为火，如雷如霆，痛击敌军，敌军伤亡惨重，“弃甲则两岸同奔，横尸则千里相枕。江川尽满，譬睢水之无流；原隰穷胡，等阴山之长哭”；继而写陈军武威赫赫，长驱而入，乘胜进击：“于是卫、霍、甘、陈，虬髭瞋目，心驰陇路，志饮河源，乘胜长驱，未知所限。岂如桓温不武，弃彼关中；殷浩无能，长兹羌贼?”通过一系列典故以描述，贴切自然，恰到好处，不愧为大手笔。

六朝齐鲁籍作家撰作连珠体文水平较高的是刘祥。刘祥(451? ——489?)字显徵，东莞莒(今山东莒县)人。仕宋，曾为巴陵王刘休若征西行参军等职。齐立，入武陵王萧晔幕，除正员郎。迁长沙王萧晃镇军咨议。后为临川王萧映骠骑从事中郎，不得志，作《连珠》以寄怀，忤旨徙广州，卒。有集十卷，佚。严可均《全齐文》卷十八据《南齐书》本传辑录其文二篇。

刘祥少好文学，性韵刚疏，轻言肆行，不避高下，其《连珠》十五首展示了较鲜明的个性及愤懑不平，如：

盖闻理定于心，不期俗赏；情贯于时，无悲世辱。故芬芳各性，不待汨渚之哀；明白为宝，无假荆南之哭。（之五）

盖闻忠臣赴节，不必在朝；列士匡时，义存则干。故包胥垂涕，不荷肉食之谋，王歜投身，不主庙堂之算。（之七）

盖闻良宝遇拙，则奇文不显；达士逢谗，则英才灭曜。故坠叶垂荫，明月为之隔辉；堂宇留光，兰灯有时不照。（之九）

盖闻列草深岫，不改先冬之悴，植松涧底，无夺后凋之荣。故展禽三黜，而无下愚之誉；千秋一时，而无上智之声。（之十三）

盖闻希世之宝，违时则贱；伟俗之器，无圣必沦。故鸣玉黜于楚岫，章甫穷于越人。（之十四）

流露了对美好才华与高洁节操的赞扬，以及对怀才不遇的感慨，如《南齐书》本传所称，这些精美流畅的文辞，确为寄怀之作。陆机之后，庾信之前，刘祥此作堪称连珠这一文体中的佳品。

鲍照的《石帆铭》，在写景上以雄奇瑰丽为特色。《艺文类聚》卷七引盛弘之《荆州记》云："武陵舞阳县，有石帆山，若数百幅帆。"鲍照《石帆铭》便是描写石帆山的佳制，气局博大，风格奇崛，如："吐湘引汉，吸蠡吞沱。西历岷冢，北泻淮河。眇森泓蔼，积广连深。沦天测际，亘海穷阴。云旌未起，风柯不吟。崩涛山坠，郁浪雷沉。"又《飞白书势铭》描写飞白书势有云："鸟企龙跃，珠解泉分。轻如游雾，重似崩云。绝峰剑摧，惊势箭飞。差池燕起，振迅鸿归。"全用比喻，生动传神。

此外，王叔之《舟赞》写舟，并由赞舟及怀人，此人乃古隐者渔父:“缅彼渔父,鼓栧清讴。”流露了作者崇尚隐逸的人生态度。“鼓栧清讴”四字描写渔父形象,简洁而鲜活动人。叔之《兰菊铭》赞美兰菊:“兰既春敷,菊又秋荣。芳薰百草,色艳群英。孰是芳质,在幽愈馨。”亦折射了他崇尚隐逸的情操。传统的赞体作品在形式上属于四言韵文,与四言诗较为接近,到南朝时期则有以五言为之者,琅琊临沂颜延之的次子颜测是较早的作者,如其《栀子赞》:“濯雨时摛素,当飙独含芬。丰荣殊未尽,销落竟谁闻。”形式已同于当时的五言短诗。

# 第八章　义理、文采的发扬与文献的征引:注体文

## 一、魏晋齐鲁文士的注体文

众所周知,魏晋南北朝是继春秋战国之后又一个思想非常解放与活跃的历史阶段,经学、诸子学、史学、佛学皆呈现繁荣的态势,各种著述纷纷涌现,令人叹为观止。其中的注释类文献(或称注体文献)之纷盛多样,堪称当时学术领域格外亮丽的一道风景。

一是六朝注体文献丰富广泛,全面发展。两汉四百年,除西汉初期、东汉后期呈现思想多元化状态外,约有三百年为儒家经学昌盛时期,故注释五经为当时儒林人物的主要学术活动,儒家训诂章句之学兴焉。汉末六朝社会动荡,各种思想乘势而起,有关著述迭出,注体文献呈现前所未有的勃勃生机,经、史、子、集四部文献的注本如繁花绽放、鲜艳夺目。唐修《隋书·经籍志》,尤其是清人姚振宗的《隋书经籍志考证》为我们提供了详细的书目。此不赘述。

二是注释类型的多样化。今人黄亚平将古籍注释分成词义类、章句类、义理类、史传类、音义类等五种类型①,据此分类,六朝以前的注体文献如《诗毛传》、《郑笺》及郑玄的《三礼注》,赵岐的《孟子章句》,王逸的《楚辞章句》可归于词义类或章句类。六朝的

① 《古籍注释类型刍议》,载《西北师大学报》(社科版)1999年第5期。

注体文献也有许多属于这二种类型。但更值得关注的是六朝注体文献的三种较新的类型,即以王弼《老子注》、《周易注》,向秀、郭象的《庄子注》,张湛的《列子注》为代表的义理类,以裴松之《三国志注》,刘孝标《世说新语注》为代表的史传类,以陆德明《经典释文》为代表的音义类。义理类、史传类注体文献与齐鲁文士有较大的关系,兹论述之。

义理类注体文献滥觞于《春秋》公羊学派对"微言大义"的阐发,而成熟于魏晋的王、何、向、郭、张诸家。二者的差异,在于公羊学者之"微言大义"乃依据经典的阐发,而魏晋诸家则往往脱离经典而自我发挥,乃至炫耀文采,对此,朱熹曾指出:"汉儒解经依经演绎,晋人则不然,舍经而自作文。"近人刘师培也指出:"王、何注经,其文体亦与汉人迥异。厥后郭象注《庄子》,张湛注《列子》,李轨注《法言》,范宁注《谷梁》,其文体并出于此,而汉人笺注文体无复存矣。"朱自清亦云:"'注'原只解释字句……像王弼注《周易》,实在是发挥老、庄的哲学;郭象注《庄子》,更是藉了老庄发挥他自己的哲学。"①刘、朱二先生提及何、王、郭、张、李、范等异于汉儒的魏晋注家,皆不同程度地为变革学术风气做出了贡献。在何晏、王弼等之前,某些卓有见识的学者已经对汉儒之训诂章句之学明确地表示了不满。这方面的批评,汉末建安时北海剧(今山东昌乐)人徐幹尤为直截了当,其《中论·治学》云:"凡学者大义为先,物名为后,大义举而物名从之。然鄙儒之博学也,务于物名,详于器械,矜于诂训,摘其章句,而不能统其大义之所极。"此种声音,显然为王弼、何晏等重义理的注释文体从理论上指明了方向。

兹从文章角度略述魏晋时期几位齐鲁士人的义理类注体文。首先是王弼(226—249),字辅嗣,山阳高平(今山东金乡)人,幼而

① 《经典常谈》,上海文艺出版社1999年版,第106页。

察慧，辞才逸辩，撰有《老子》、《周易》及《论语》注，兼综儒道，自标新学，为魏晋时期最杰出的哲学家之一。

为发扬其兼综儒道之思想，王弼注文讲究语言形式、修辞手法的运用及情感的投入，故往往富于文采，如《周易·履卦》六三，王弼注云："居履之时，以阳处阳，犹曰不谦，而况以阴居阳，以柔乘刚者乎！故以此为明，眇目者也；以此为行，跛足者也；以此履危，见咥者也。志在刚健，不修所履，欲以陵武于人，为于大君，行未能免于凶。而志存于五，顽之甚也。"《论语·述而》"子温而厉，威而不猛，恭而安"，王弼注云："温者不厉，厉者不温；威者心猛，猛者不威；恭则不安，安者不恭，此对反之常名也。若夫温而能厉，威而不猛，恭而能安，斯不可名之理全矣。故至和之调，五味不形；大成之乐，五声不分；中和备质，五材无名也。"《老子》二十五章："人法地，地法天，天法道，道法自然"，王弼注云："法，谓法则也。人不违地，乃得全安，法地也；地不违天，乃得全载，法天也；天不违道，乃得全覆，法道也；道不违自然，乃得其性，法自然也。法自然者，在方而法方，在圆而法圆，于自然无所违也。自然者，无称之言，穷极之辞也。用智不及无知，而形魄不及精象。精象不及无形，有仪不及无仪，故转相法也。道法自然，天故资焉；天法于道，地故则焉；地法于天，人故象焉。王所以为主，其主之者一也。"东晋孙盛《魏氏春秋评》"王弼注易"条，已较早指出王弼注释讲究文采的倾向，称其"叙浮义则丽辞溢目"。

作者长于运用顶真、对仗、排比等手法，连贯而下，又能随势变换对偶句型，或于骈句中辅之以散句，骈散相兼，长短交错，行文自然流转，读来朗朗适口。

王弼注中不但有许多文采斐然的短论，也有少量篇幅较长的议论，如《老子》第三十八章，王弼注云：

德者，得也。常得而无丧，利而无害，故以德为名焉。何以得德？由乎道也。何以尽德？以无为用。以无为用，则莫不载也。故物，无焉，则无物不经；有焉，则不足以免其生。是以天地虽广，以无为心；圣王虽大，以虚为主。故曰以复而视，则天地之心见；至日而思之，则先王之至睹也。故灭其私而无其身，则四海莫不瞻，远近莫不至；殊其己而有其心，则一体不能自全，肌骨不能相容。是以上德之人，唯道是用。不德其德，无执无用，故能有德而无不为。不求而得，不为而成，故虽有德而无德名也。下德求而得之，为而成之，则立善以治物，故德名有焉。求而得之，必有失焉；为而成之，必有败焉。善名生，则有不善应焉。故下德为之而有以为也。无以为者，无所偏也。凡不能无为而为之者，皆下德也，仁义礼节是也。将明德之上下，辄举下德以对上德。至于无以为，极下德之量，上仁是也。足及于无以为而犹为之焉。为之而无以为，故有为为之患矣。本在无为，母在无名，弃本舍母，而适其子，功虽大焉，必有不济；名虽美焉，伪亦必生。不能不为而成，不兴而治，则乃为之，故有宏普博施仁爱之者。而爱之无所偏私，故上仁为之而无以为也。爱不能兼，则有抑抗正直而义理之者，忿枉祐直，助彼攻此，物事而有以心为矣。故上义为之而有以为也。直不能笃，则有游饰修文礼敬之者。尚好修敬，校责往来，则不对之闲忿怒生焉。故上德为之而莫之应，则攘臂而扔之，夫大之极也，其唯道乎！自此以往，岂足尊哉！故虽德盛业大，富有万物，犹各得其德，而未能自周也。

故天不能为载，地不能为覆，人不能为赡，万物虽贵，以无为用，不能舍无以为体也。舍无以为体，则失其为大矣。所谓失道而后德也。以无为用，则得其母，故能已不劳焉而物无不理。下此已往，则失用之母，不能无为，而贵博施；不能博施，而贵正直；不能正直，而贵饰敬。所谓失德而后仁，失仁而后

> 义，失义而后礼也。夫礼也，所始首于忠信不笃，通简不阳。责备于表，机微争制，夫仁义发于内，为之犹伪，况务外饰而可久乎！故夫礼者，忠信之薄而乱之首也。前识者，前人而识也，即下德之伦也。竭其聪明以为前识，役其智力以营庶事，虽得其情，奸巧弥密。虽丰其誉，愈丧笃实。劳而事昏，务而治芗，虽竭圣智，而民愈害。舍己任物，则无为而泰。守夫素朴，则不顺典制。耽彼所获，弃此所守，故前识者，道之华而愚之首。故苟得其为功之母，则万物作焉而不辞也。万事存焉而不劳也。用不以形，御不以名，故仁义可显，礼敬可彰也。夫载之以大道，镇之以无名，则物无所尚，志无所营。各任其贞事，用其诚，则仁得厚焉，行义正焉，礼敬清焉。弃其所载，舍其所生，用其成形，役其聪明，仁则善焉，义则竞焉，礼则争焉。故仁得之厚，非用仁之所能也；行义之正，非用义之所成也；礼敬之清，非用礼之所济也。载之以道，统之以母，故显之而无所尚，彰之而无所竞。用夫无名，故名以笃焉；用夫无形，故形以成焉。守母以存其子，崇本以举其末，则形名俱有而邪不生，大美配天而华不作。故母不可远，本不可失。仁义，母之所生，非可以为母。形器，匠之所成，非可以为匠也。舍其母而用其子，弃其本而适其末，名则有所分，形则有所止。虽极其大，必有不周，虽盛其美，必有患忧。功在为之，岂足处也。

洋洋千余言，挥洒自如，正如朱熹所言，已纯然一派“舍经而自作文”的状态，简直可视之为“排击汉儒，自标新学”（余嘉锡语）的独行之文。

王弼注体文在当时及后世有重要影响。《世说新语·文学》载云：“何平叔注《老子》始成，诣王辅嗣，见王注精奇，乃神伏曰：‘若斯人可与论天人之际矣!'因以所注为《道》、《德》二论。"又云:"何晏注《老子》未毕,见王弼自说注老子旨,何意多短,不复得作声,但应诺诺,遂不复注,因作《道》、《德》论。"可见何晏的某些著作撰写深受王弼注文的影响。晋代向秀《庄子注》、郭象《庄子注》、张湛《列子注》、韩康伯《系辞注》也不同程度地受到王弼注文的影响。

注体文之有文采,琅邪临沂(今属山东)人王廙也值得一提。王廙撰有《周易注》。王俭《七志》、阮孝绪《七录》并云十卷;《隋书·经籍志》著录为三卷,云:残缺,梁有十卷。其书不传已久,清人马国翰《玉函山房辑佚书》辑其佚文二十余条,编为一卷。有的富于文采,如其说贲象云:

> 山下有火,文相照也。夫山之为体,层峰峻岭,峭险参差,直置其形,已如雕饰,复加火照,弥见文章,贲之象也。

马国翰谓此段文字"自是六朝隽语",并云:"世将(王廙字)以贵族大家,复以书画擅名当代,穷经根柢宜非荀、虞、马、郑之比,然清词霏霏,亦足赏玩也。"①王廙为人个性突出,在《周易注》如此张扬文采,也在情理之中。《世说新语·仇隙》注引《王廙别传》:"廙高朗豪率。王导与庾亮游于石头,会朗至。尔日迅风飞帆,廙倚楼船长啸,神气甚逸。导谓亮曰:'世将为复识事。'亮曰:'正足舒其逸耳。'性倨傲,不合己者面拒之,故为物所疾。"江上迅风行船,长啸舒其逸,而伏案撰述则是以文采展示其逸也。

张湛,字处度,山阳高平(今山东济宁南)人。生卒年不详,东晋孝武帝太元年间任中书侍郎、光禄勋。为人率性而动,旷达不羁,他的思想糅合老庄、佛学及儒学,撰有《列子注》。

《列子注》征引了张湛之前魏晋思想家的一些著述,如何晏《无名论》、王弼《老子注》、司马彪《庄子注》、向秀《庄子注》、郭象《庄子

① 《玉函山房辑佚书》第一册,广陵书社影印本2004年版,第229页。

注》等及荀粲、傅嘏、夏侯玄的议论，其中有的文字仅见于此书征引，对于研究魏晋思想有重要的文献价值。

《列子注》亦富于文采，或以为在王弼《老子注》之上，如钱钟书先生云："余观张之注《列》，似胜王弼之注《老》。"①《列子注》多为短篇议论，窃以为全书约有四十段注文优美可人，如：

《天瑞篇》"诚然，天地万物不相离也；仞而有之，皆惑也。"注：夫天地，万物之都称；万物，天地之别名。虽复各私其身，理不相离；仞而有之，心之惑也。因此而言，夫天地委形，非我有也；饬爱色貌，矜伐智能，已为惑矣。至于甚者，横仞外物以为己有，乃标名氏以自异，倚亲族以自固，整章服以耀物，藉名位以动众，封殖财货，树立权党，终身欣玩，莫由自悟……领斯旨也，则方寸与太虚齐空，形骸与万物俱有也。

《黄帝篇》"文侯曰：'夫子奚不之为？'子夏曰：'夫子能之而能不为者也。'文侯大悦"。张湛注云：天下有能之而能不为者，有能之而不能不为者，有不能而强欲为之者，有不为而自能者。至于圣人，亦何所为？亦何所不为？亦何所能？亦何所不能？俯仰同俗，升降随物，奇功异迹，未尝暂显，体中之绝妙处，万不视一焉。此卷自始篇至此章明顺性命之道，而不系著五情，专气致柔，诚心无二者，则处水火而不焦溺，涉木石而不挂硋，触锋刃而无伤残，履危险而无颠坠，万物靡逆其心，入兽不乱群；神能独游，身能轻举，耳可洞听，目可彻照。斯言不经，实骇常心。故试论之：夫阴阳递化，五才偏育。金土以母子相生，水火以燥湿相乘，人性以静躁殊途，升降以所能异情。故有云飞之翰，渊潜之鳞，火游之鼠，木藏之虫。何者？刚柔炎凉，各有攸宜；安于一域，则困于余方。至于至人，心与元气玄合，体与阴阳冥谐；方员不当于一象，温凉不值于一器；神

① 《管锥编》，中华书局1979年版，第468页。

定气和,所乘皆顺,则五物不能逆,寒暑不能伤。谓含德之厚,和之至也;故常无死地,岂用心去就而复全哉?蹈水火,乘云雾,履高危,入甲兵,未足怪也。

《周穆王篇》题下,张湛注云:夫禀生受有谓之形,俯仰变异谓之化。神之所交谓之梦,形之所接谓之觉。原其极也,同归虚伪。何者?生质根滞,百年乃终;化情枝浅,视瞬而灭。神道恍惚,若存若亡;形理显著,若诚若实。故洞监知生灭之理均,觉梦之涂一;虽万变交陈,未关神虑。愚惑者以显昧为成验迟速而致疑,故窃然而自私,以形骸为真宅。孰识生化之本归之于无物哉?

《汤问篇》"含天地也故无极"。张湛注云:天地笼罩三光,包罗四海,大则大矣;然形器之物,会有限极。穷其限极,非虚如何?计天地在太虚之中,则如有如无耳。故凡在有方之域,皆巨细相形,多少相悬。推之至无之极,岂穷于一天,极于一地?则天地之与万物,互相包裹,迭为国邑;岂能知其盈虚,测其头数者哉?

《汤问篇》"亦吾所不知也"。张湛注云:夫万事可以理推,不可以器徵。故信其心智所知及,而不知所知之有极者,肤识也;诚其耳目所闻见,而不知视听之有限者,俗士也。至于达人,融心智之所滞,玄悟智外之妙理;豁视听之所阂,远得物外之奇形。若夫封情虑于有方之境,循局步于六合之间者,将谓写载尽于三坟五典,归藏穷于四海九州焉。知太虚之辽廓,巨细之无垠,天地为一宅,万物为游尘,皆拘短见于当年,昧然而俱终。故列子阐无内之至言,以坦心智之所滞;恢无外之宏唱,以开视听之所阂。使希风者不觉矜伐之自释,束教者不知桎梏之自解。故刳斫儒墨,指斥大方,岂直好奇尚异而徒为夸大哉?悲夫!聃周既获讥于世论,吾子亦独以何免之乎?

《汤问篇》"负二山,一措朔东,一措雍南。自此,冀之南、汉之阴无陇断焉"。张湛注云:夫期功于旦夕者,闻岁暮而致叹;取美于当年者，在身后而长悲。此故俗士之近心，一世之常情也。至于大人，以天地为一朝，亿代为瞬息；忘怀以造事，无心而为功；在我之与在彼，在身之与在人，弗觉其殊别，莫知其先后。故北山之愚与嫠妻之孤，足以哂河曲之智，嗤一世之惑。悠悠之徒，可不察欤？

《力命篇》"朕岂能识之哉？"张湛注云：此篇明万物皆有命，则智力无施；《杨朱篇》言人皆肆情，则制不由命；义例不一，似相违反。然治乱推移，爱恶相攻，情伪万端，故要时竞，其弊孰知所以？是以圣人两存而不辩。将以大扶名教，而致弊之由不可都塞。或有恃诈力以干时命者，则楚子问鼎于周，无知乱适于齐。或有矫天真以殉名者，则夷齐守饿西山，仲由被醢于卫。故列子叩其二端，使万物自求其中。苟得其中，则智动者不以权力乱其素分，矜名者不以矫抑亏其形生。发言之旨其在于斯。呜呼！览者可不察哉！

大量运用排比句，并善于变换排比句型，行文饶有铺张扬厉的气势，是以上六段注文较普遍的特色，而尤以第二段注文表现得淋漓酣畅，其铺采摛文的程度，已不压于魏晋时期许多独行的论文。作为注体文，这是前所罕见的。

再次是长于通过诘问句及感叹句加强感染效果，显示作者之强烈情感的投注，后三段注文在这方面表现得尤为明显。

其次是多有精工警拔的对偶句，点缀其中，为注文增添光彩，能给读者留下深刻的印象。如"期功于旦夕者，闻岁暮而致叹；取美于当年者，在身后而长悲"，"方寸与太虚齐空，形骸与万物俱有"，"心与元气玄合，体与阴阳冥谐"，"生质根滞，百年乃终；化情枝浅，视瞬而灭"，"写载尽于三坟五典，归藏穷于四海九州"，"智动者不以权力乱其素分，矜名者不以矫抑亏其形生"，等等；其中"方寸"二句、"心与"二句与后二百多年王勃《滕王阁序》中"落霞与孤鹜齐飞，秋水共长天一色"为同类句式，此类句式在六朝作品中可以找到不少例子，张《注》虽不是最早，但当属出现较早的例子。

王弼、张湛等重义理、尚文辞的注体文献，直接影响了南朝学者的经注，清皮锡瑞《经学历史》第六章不满南朝某些经注，曾说："名言霏屑，骋挥麈之清谈；属词尚腴，侈雕虫之余技。如皇侃之《论语义疏》，名物制度，略而弗讲，多以老庄之旨，发为骈俪之文，与汉人说经相去悬绝。"指出了其看重文采、且多浸染老庄思想的追趋态势。

征引类注体文献，六朝齐鲁作家与这种古注类型有所关联的为刘逵《蜀都赋》、《吴都赋》注，刘孝标《世说新语》注，刘昭《后汉书》注及贾思勰的《齐民要术》自注。此类注释以补充史料为中心，往往广征博引，遍搜天下异闻他说，以补原文之缺略。①

若向前追溯，这种注释类型在汉代就有人尝试，如东汉末期高诱在注《吕氏春秋》时采纳群书，以证其说，就值得关注。但《吕氏春秋》共 160 篇，是一部非常宏大的著作，高注征引文献仅仅约七十种，且多为经部文献，涉及其他文献很少，覆盖面较狭窄，故高注充其量只是进行了一些这种注释形式的尝试而已。大量征引、博采群书的注释活动大抵较早发生于西晋，而山东济南人刘逵的《蜀都赋》和《吴都赋》注即是开风气的典范之作。《晋书·文苑·左思传》云：

> (思)造《齐都赋》，一年乃成。复欲赋三都，会妹芬入宫，移家京师，乃诣著作郎张载访岷邛之事。遂构思十年，门庭藩溷皆著纸笔，遇得一句，即便疏之。自以所见不博，求为秘书郎。及赋成，时人未之重。思自以其作不谢班、张，恐以人废言，安定皇甫谧有高誉，思造而示之。谧称善，为之赋序。张载为注《魏都》，刘逵注《吴》《蜀》而序之曰："观中古以来为赋

① 黄亚平《古籍注释类型刍议》，载《西北师大学报》(社科版)1999 年第 5 期。按：以"史传"概括此种古籍注释类型，似不大确切；本书用"征引"称之。

者多矣，相如《子虚》擅名于前，班固《两都》理胜其辞，张衡《二京》文过其意。至若此赋，拟议数家，傅辞会义，抑多精致，非夫研覈者不能练其旨，非夫博物者不能统其异。世咸贵远而贱近，莫肯用心于明物。斯文吾有异焉，故聊以余思为其引诂，亦犹胡广之于《官箴》，蔡邕之于《典引》也。”陈留卫权又为思赋作《略解》，序曰：“余观《三都》之赋，言不苟华，必经典要，品物殊类，禀之图籍；辞义瑰玮，良可贵也。有晋征士故太子中庶子皇甫谧，西州之逸士，耽籍乐道，高尚其事，览斯文而慷慨，为之都序。中书著作郎安平张载，中书郎济南刘逵，并以经学洽博，才章美茂，咸皆悦玩，为之训诂，其山川土域，草木鸟兽，奇怪珍异，佥皆研精所由，纷散其义矣。余嘉其文，不能默已，聊藉二子之遗忘，又为之《略解》，祇增烦重，览者阙焉。”自是之后，盛重于时，文多不载。司空张华见叹曰：“班张之流也。使读之者尽而有余，久而更新。”于是豪贵之家竞相传写，洛阳为之纸贵。

刘逵在《晋书》无传，其生卒年及事迹不详。《晋书·文苑·左思传》围绕《三都赋》的撰作过程，社会评价而叙述，刘逵与此赋的接受、传播、评注有直接关联，故此传保留下他的一些信息，堪称珍贵。又《晋书·傅玄传》附傅祗传提及：“及（司马）伦败，齐王冏收侍中刘逵，常侍驺捷、杜育，黄门郎陆机，右丞周导、王尊等付廷尉。”可知刘逵在西晋后期卷八王内讧，赵王司马伦得势时曾任侍中，司马伦败，被齐王司马冏收付廷尉。合观二传记载，刘逵基本信息如下。

1. 刘逵是济南人，西晋时曾任中书郎、侍中等职。按：检西晋时济南刘氏人物，较著名者有济南东平（今山东东平东）刘兆，字延世，汉广川惠王之后，博学洽闻，受业者数千人，武帝时官府屡辟不就，潜心著述，数十年不出门庭。撰《春秋左氏全综》，既注《左传》

又纳《公羊》、《谷梁》解诂于经传中，以朱书别之，欲合三家之异而通之。又撰《春秋调人》及《周易训注》等。《晋书》中记述人物里籍往往有省略县名者，刘逵很可能为刘兆族人，待考。

2. 刘逵学识渊博，勤于著述，有文章才华。

3. 刘逵尤其倾倒左思《三都赋》，故为之注《蜀都》与《吴都》。

4. 刘逵与当时的著名文人左思、张载、卫权、陆机、杜育等有交往。

5. 左思《三都赋》盛重于时，不仅取决于其富淹汉晋辞赋的水平，也与刘逵等的高度揄扬有关。

济南刘逵为左思的《蜀都赋》与《吴都赋》作注①，流传至今②。此注在六朝注体文的发展过程中所起的作用颇值得重视。笔者初步统计，刘逵在阐释文意、语词及标明典故时，撰写注文共 142 条，征引书或单篇作品近百种，按照传统的四部分类形式，其所征引的主要作品属于经部的有《周易》、《毛诗》、《韩诗》、《尚书》、《周礼》、《礼记》、《春秋》、《春秋左氏传》、《春秋说题辞》、《左传注》（马融）、《论语》、《尔雅》、《孟子》、《说文》、《凡将篇》、《广雅》、《方言》、《字说》等，史部有《史记》、《汉书》、《汉书注》（苏林）、《汉书注》（应劭）、《东观汉纪》、《三国志》、《国语》、《战国策》、《蜀王本纪》、《吴越春秋》、《越绝书》、《汉书音义》（如淳）、《山海经》、《水经》、《益州志》、《巴蜀异物志》、《南裔志》、《异物志》、《南中志》、《荆扬已南异物

---

① 卫权《左思〈三都赋〉略解序》云："余观《三都》之赋，言不苟华，必经典要，品物殊类，禀之图籍，辞义瑰玮，良可贵也……中书著作郎安平张载、中书郎济南刘逵，并以经学洽博，才章美茂，咸皆悦玩，为之训诂；其山川土域，草木鸟兽，奇怪珍异，佥皆研精所由，纷散其义矣。"刘逵注亦兼训诂，而其开拓在于大量征引文献。

② 此据四部丛刊本（影印宋刊本）之《六臣注文选》，浙江古籍出版社 1999 年影印本。

志》、《扶南传》、《河图括地象》、《列女传》、《列仙传》；子部有《老子》、《管子》、《晏子春秋》、《邓析子》、《庄子》、《尸子》、《韩非子》、《吕氏春秋》、《司马法》、《师旷》、《淮南子》、《淮南子注》(许慎)、《法言》、《太玄》、《鬼谷先生书》、《阙子》、《淮南子注》(许慎)、《政论》(崔寔)、《神农本草经》、《天官星占》、《玄图》(张衡)、《朝错书》等；集部有《蜀都赋》(扬雄)、《羽猎赋》(扬雄)、《上林赋》、《西都赋》(班固)、《蜀都赋》(文立)、《楚辞》、《楚辞注》(王逸)、《羽猎赋》(张衡)、《笛赋》(宋玉)、《南都赋》(张衡)、《西京赋》(张衡)、《解嘲》(扬雄)、《哀时命》(严忌)、《过秦论》(贾谊)、《上吴王书》(枚乘)、《七说》(桓谭)、《洞箫颂》(王褒)、《吴歌曲》、《苍海赋》(曹操)、《汲郡地中古文册书》、《秦零陵令上书》等。①

其中有一些作品唯刘逵注征引，或他书也有征引但在文字上不如刘注征引的完整。如文立《蜀都赋》、曹操《沧海赋》刘注征引的片断即为他书所无。东吴薛莹的《荆杨已南异物志》及佚名的《异物志》，刘注所征引亦显然比其他书的征引完整，略引以窥一斑。

> "于是乎长鲸吞航，修鲵吐浪。跃龙腾蛇，鲛鲻琵琶……涵泳乎其中。"刘逵注："……《异物志》云：'鲸鱼，长者数十里，小者数十丈，雄曰鲸，雌曰鲵，或死于沙上，得之者皆无目，俗言其目化为明月珠。'《异物志》曰：'朱崖有水蛇，鲛鱼出合浦，长二三尺，背上有甲，珠文坚强，可以饰刀，口可以为鑢。鲻鱼形如鲵，长七尺，吴、会稽、临海皆有之。琵琶鱼无鳞，其形似琵琶，东海有之。鯸鲐，鱼状如科斗，大者尺余，腹下白，背上青黑，有黄文。性有毒，虽小，獭及大鱼不敢啖之。蒸煮啖之

① 还有干宝《搜神记》，显系后世传刻混入刘注的(干宝，东晋初人，晚于刘逵)，兹排除。

肥美，豫章人珍之。鲫鱼长三尺许，无鳞，身中正四方如印。扶南俗云：诸大鱼欲死，鲫鱼皆先封之。鳍鲳有横骨在鼻前，如斤斧形，东人谓斧斤之斤为鳍，故谓之鳍鲳。鱼二十余种，此其尤异者。此鱼所击，无不中断也。有出入鲳子，朝出求食，暮还入母腹中，皆出临海。乌贼鱼腹中有药。拥剑，蟹属也，从广二尺许，有爪，其螯偏大，大者如人大指，长二寸余，色不与体同，特正黄而生光明，常忌护之如珍宝矣，利如剑，故曰拥剑。其一螯尤细，主取食，出南海、交趾。鼋鼍，龟属也，共形如笠，四足缦胡无指，其甲有黑珠，文采如瑇瑁，可以饰物，肉如龟肉，肥美可食。鲭鱼出交趾、合浦诸郡。鳄鱼长二丈余，有四足，似鼍，喙长三尺，甚利齿，虎及大鹿渡水，鳄击之皆中断。生则出在沙上乳卵，卵如鸭子，亦有黄白，可食。其头琢去齿，旬日间更生，广州有之。'"

"草则藿蒳豆蔻，姜彙非一。江蓠之属，海苔之类，纶组紫绛，食葛香茅。石帆水松，东风扶留。"刘逵注云："《异物志》曰：'藿香，交趾有之。豆蔻生交趾，其根似姜而大，从根中生，形似益智，皮殼小厚，核如石榴，辛且香。蒳，草树也，叶如栟榈而小，三月采其叶，细破，阴干之，味近苦而有甘，并鸡舌香食之，益美。姜彙，大如累，气猛，近于臭，南土人捧之以为。薑，一名廉姜，生沙石中，姜类也。其累大，辛而香，削皮以黑梅并盐汁渍之则成也，始安有之。'"

"其上则猨父哀吟……争接悬垂，竞游远枝。"刘逵注云："《吴越春秋》曰：'越有处女，出于南林之中，越王使使聘问以剑戟之事。处女将北见于越王，道逢老翁，自称素袁公，问处女：'吾闻子善为剑术，愿一观之。'女曰：'妾不敢有所隐，唯公试之。'于是袁公即跳于林竹，槁折堕地，处女即接末，袁公操本以刺处女，女应节入，三入，因举枝击之，袁公即飞上树，化为白猿，遂引去。猝子，猿类，猿身人面，见人啸。'《异物志》曰：'狖，猿类，露鼻，尾长四五尺，居树上，雨则以尾塞鼻，建安、临海北有之。鼯，大如猿，肉翼，若蝙蝠，其飞善从高集下，食火烟，声如人号，一名飞生，飞生子故也，东吾诸郡皆有之。猓然，猿狖之类，居树，色青赤有文，日南、九真有之。'"

"其果则丹橘余甘，荔枝之林。槟榔无柯，椰叶无阴。龙眼橄榄，莲榴御霜。"刘逵注云："薛莹《荆扬已南异物志》曰：'余甘，如梅李，核有刺，初食之，味苦，后口中更甘，高凉、建安皆有之。荔枝树生山中，叶禄色，实赤，肉正白，味大甘美。槟榔树，高六七丈，正直无枝，叶从心生，大如楯，其实作房，从心中出，一房数百实，实如鸡子皆有殼，肉满殼中，正白，味苦涩，得扶留藤与古贲灰合食之，则柔滑而美，交趾、旧南、九真皆有之。椰树似槟榔无枝条，高十余寻，叶在其末，如束蒲，实大如瓠，系在树头，如挂物也。实外有皮如胡桃，核中有肤，肤白如雪，厚半寸，如猪膏，味美如胡桃，肤里有汁升余，清如水，美如蜜，饮之可以愈渴，核作饮器也。龙眼，如荔枝而小，圆如弹丸，味甘胜荔枝，苍梧、交趾、南海、合浦皆献之，山中人家亦种之。橄榄，生山中，实如鸡子，正青，甘美，味成时食之益善。始兴以南皆有之，南海常献之。棎，棎子树也。生山中，实似梨，冬熟，味酸，丹阳诸郡皆有之。榴，榴子树也，出山中，实亦如梨，核坚，味酸美，交趾献之。'"

由此可见，大量征引前人文献的注释形式在西晋已经出现，刘逵应是一个代表人物。南北朝至唐代出现裴松之《三国志注》、刘孝标《世说新语注》、郦道元《水经注》、李善《文选注》等数部名注，而刘逵开其风气之先。尤其是李善《文选注》，引用文献达 1600 种，堪称集大成之作，李注与刘逵注的关系很近，其《吴都赋》、《蜀都赋》

注即采用刘逵注。[①]

## 二、南北朝齐鲁文士的注体文

继刘逵之后，更倾心地投入并更大量地征引有关文献，以展开注释活动的是另一位齐鲁籍文士刘峻。

刘峻学识渊博，他所编纂《类苑》，被刘之遴称为“括综百家，驰骋千载，弥纶天地，缠络万品”的“异书”（《艺文类聚》卷五十八刘之遴《与刘孝标书》）。

他的《世说新语注》征引文献相当丰富，约达四百八十种。兹依据杨勇先生所撰《世说新语校笺》统计[②]，文献名称后面括号内数字为刘注征引次数。

**经部**

《礼记》(11)，《郑注》(4)，《诗经》(6)，《毛注》(4)，《郑注》(3)，《诗序》(2)，《曲礼》(2)，《周礼》(2)，《郑注》(1)，《韩诗外传》(2)，《礼》(1)，《大戴礼·劝学篇》(1)，《尚书》(3)，《孔安国注》(1)，《尚书大传》(2)，《系辞》(4)，《王廙注》(1)，《孝经》(1)，《易·中孚》(1)，《论语》(3)，《马融注》(2)，《孔安国注》(4)，《郑玄注》(2)，《包氏》(1)，《易·乾凿度》(1)，郑玄《序易》(1)，《春秋传》(16)，《春秋左氏传》(2)，《杜预注》(2)，《古今乐录》(1)，《春秋公羊传》(2)，《何休注》(1)，《琴操》(2)，《春秋考异邮》(1)，《五经要义》(1)，《说文》

---

① 在刘逵之后，东晋綦毋邃也注过左思《三都赋》，已佚；据今存数段注文，可知他亦采征引形式。罗国威先生《左思〈三都赋〉綦毋邃注发覆》一文考论綦毋邃注的成就，见中国文选学研究会、郑州大学古籍整理研究所编《文选学新论》，中州古籍出版社 1997 年版，第 351—357 页。

② 中华书局 2006 年版。

(2),《五经通义》(11),《尔雅》(2)。

**史部**

《史记》(14),《汉书》(16),《东观汉纪》(1),《续汉书》(6),谢承《后汉书》(3),薛莹《后汉书》(2),《魏书》(9),《魏志》(27),《蜀志》(4),《魏略》(13),《魏氏春秋》(19),《典略》(4),袁宏《后汉纪》(2),张璠《汉纪》(4),王隐《晋书》(48),虞预《晋书》(22),朱凤《晋书》(4),邓粲《晋纪》(26),《晋诸公赞》(73),《晋阳秋》(99),《续晋阳秋》(75),《中兴书》(113),徐广《晋纪》(16),《晋安帝纪》(28),周祇《隆安纪》(7),沈约《晋书》(27),干宝《晋纪》(10),《吴书》(3),《吴志》(4),《吴录》(6),《国语》(1),《战国策》(2),《吴越春秋》(2),《汉晋春秋》(9),刘谦之《晋纪》(6),曹嘉之《晋纪》(2),环济《吴纪》(5),《赵书》(1),《宋书》(5),《晋书》(2),车频《秦书》(2),裴景仁《秦书》(1),梁祚《梁国统》(1),《楚国先贤传》(2),《汝南先贤传》(4),《海内先贤传》(4),《先贤行状》(2),《会稽后贤记》(2),《会稽典录》(1),《陈留志名》(1),《名士传》(3),《文士传》(20),《文字志》(12),萧广济《孝子传》(2),郑缉《孝子传》(1),《高士传》(2),嵇康《高士传》(1),皇甫谧《高士传》(1),《列仙传》(5),《高逸沙门传》(10),《逸士传》(3),《江左名士传》(5),《列女传》(2),《英雄记》(1),《江表传》(2),《魏末传》(1),《竹林七贤论》(18),《东方朔传》(2),《东方朔别传》(1),《梁冀传》(1),《陈寔传》(1),《郭泰别传》(3),《嵇康别传》(3),《郗鉴别传》(1),《桓彝别传》(1),《阮光禄别传》(1),《王乂别传》(1),《刘尹别传》(2),《刘惔别传》(1),《范宣别传》(1),《陆云别传》(1),《王献之别传》(1),《桓玄别传》(3),《王恭别传》(1),《司马徽别传》(1),《孔融别传》(1),《向秀别传》(2),《陆机别传》(2),《卫玠别传》(10),《王含别传》(2),《孙放别传》(2),《佛图澄别传》(1),《庾翼别传》(2),《桓温别传》(6),《郗超别传》

(1),《高座别传》(3),《曹瞒传》(2),《王廙别传》(1),《司马无忌别传》(1),《贾充别传》(2),《司马晞传》(1),《蔡克别传》(1),《周处别传》(1),《潘岳别传》(1),《郭璞别传》(2),《陶侃别传》(2),《郗昙别传》(1),《范汪别传》(1),《桓冲别传》(1),《郗愔别传》(1),《贺循别传》(1),《陈逵别传》(1),《谢鲲别传》(2),《孟嘉别传》(1),《石勒传》(1),《王澄别传》(2),《樊英别传》(1),《左思别传》(2),《卞壶别传》(2),《殷浩别传》(2),《文孝王(司马道子)传》(1),《邴原别传》(2),《管辂别传》(3),《荀粲别传》(3),《王弼别传》(2),《郑玄别传》(1),《钟雅别传》(2),《陆玩别传》(2),《江惇传》(1),《山公启事》(3),《王珉别传》(1),《王敦别传》(1),《诸葛恢别传》(1),《罗府君(含)别传》(1),《阮孚别传》(1),《周顗别传》(1),《蔡司徒(谟)别传》(1),《王彪之别传》(1),《陶侃别传》(1),《祖约别传》(1),《羊曼别传》(1),《王荟别传》(1),《王彬别传》(1),《王舒传》(1),《王邃别传》(1),《虞光禄传》(1),《桓豁别传》(1),《阮裕别传》(1),《孔孚别传》(1),《王雅别传》(1),《王胡之别传》(5),《王述别传》(3),《孔愉别传》(2),《王国宝别传》(1),《王中郎(坦之)传》(1),《王濛别传》(6),《顾和别传》(2),《赵吴郡(穆)行状》(1),《徐江州(宁)本事》(1),《支遁传》(4),《支遁别传》(2),《支法师传》(1),《安法师传》(1),《安和上书》(1),《丞相别传》(1),《王司徒传》(1),《谢玄别传》(1),《谢车骑传》(1),《王汝南别传》(1),《顾悦传》(1),《羊秉序》、《谢车骑家传》(1),《袁氏世纪》(1),《李氏家传》(1),《褚氏家传》(1),《顾恺之家传》(1),《裴氏家传》(2),《荀氏家族》(2),《袁氏家传》(3),顾恺之《晋文帝纪》(1),《王丞相德音记》(1),《三秦记》(1),《汉南纪》(2),荀绰《冀州记》(3),《冀州记》(1),《襄阳记》(2),《扬州记》(1),《南徐州记》(3),《太康地记》(1),《吴兴记》(1),盛弘之《荆州记》(2),张资《凉州记》(2),《会稽土地志》(2),《会稽记》(1),《东阳记》(1),荀绰《兖州记》(3),《华阳国志》(2),《丹阳记》

(5),《永嘉记》(1),《寻阳记》(2),《十洲记》(1),远法师《庐山记》(1),远法师《游山记》(1),《钱塘县记》(1),《南州异物志》(1),《豫章旧志》(1),《陈留志》(1),《塔寺记》(1),《广志》(1),《永嘉流人名》(12),《晋百官名》(17),《征西寮属名》(2),《庾亮寮属名》(1),《庾亮启参佐名》(1),《齐王官属名》(1),《明帝东宫僚属名》(1),伏滔《大司马寮属名》(2),《大司马官属名》(1),《晋东宫官名》(2),《名德沙门题目》(4),《晋世谱》(2),华峤《谱叙》(2),《王祥世家》(1),《陈氏谱》(2),《(琅邪)王氏谱》(23),《(太原)王氏谱》(3),《谢氏谱》(8),《周氏谱》(2),《吴氏谱》(1),《陶氏谱叙》(1),《孔氏谱》(1),《羊氏谱》(7),《许氏谱》(4),《桓氏谱》(4),《殷氏谱》(3),《冯氏谱》(1),《陆氏谱》(2),《顾氏谱》(2),《诸葛氏谱》(1),《刘氏谱》(7),《庾氏谱》(7),《杨氏谱》(1),《傅氏谱》(1),《虞氏谱》(1),《卫氏谱》(1),《魏氏谱》(2),《温氏谱》(2),《曹氏谱》(1),《李氏谱》(1),《袁氏谱》(3),《索氏谱》(1),《戴氏谱》(1),《郝氏谱》(1),《郗氏谱》(2),《韩氏谱》(1),《张氏谱》(1),《荀氏谱》(1),《祖氏谱》(1),《阮氏谱》(1),《太原郭氏录》(1),《贾氏谱》(1),《太原王氏世家》(1),《挚氏世本》(2),皇甫谧《帝王世纪》(4),《古史考》(2),《八王故事》(14),《晋惠帝起居注》(3),《西河旧事》(1),《汉武故事》(1),《晋后略》(3),《泰元起居注》(1),《条列吴事》(1),《王朝目录》(1),《洛阳宫殿簿》(1),《搜神记》(1),《幽明录》(4),《异苑》(3),《妬记》(2),《孔氏志怪》(5)。

**子部**

《庄子》(14),并征引郭象注1次,司马彪1次。《孟子》(4),《傅子》(3),《尸子》(1),《列子》(1),《老子》(2),并征引王弼注1次。《吕氏春秋》(3),《墨子》(1),《牟子》(1),《孔丛子》(1),贾谊《新书》(1),《说苑》(1),桓谭《新论》(1),《杨子》(1),并征引李轨注1次。

杜笃《新书》(1),蒋济《万机论》(1),谯子(周)《法训》(1),《典论·自叙》(1),《论衡》(1),《风俗通》(1),《家语》(4),姚信《士纬》(1),孙盛《杂语》(1),殷羡《言行》(2),《神农书》(1),《本草》(2),《孙子兵法》(1),《周髀》(1),《裴子》(3),《语林》(3),《郭子》(1),青鸟子《相冢书》(1),《相书》(1),《相牛经》(1),伯乐《相马经》(1),《宁戚经》(1),范汪《棋品》(2),《博物志》(2),《灵鬼志谣徵》(4),《世语》(6)。

**集部**

《楚辞》(1),《西京赋》(1),嵇康《琴赋》(1),左思《魏都赋》(1),潘岳《秋兴赋序》(1),傅咸《羽扇赋序》(1),袁宏《北征赋》(1),伏滔《长笛赋序》(1),傅玄《弹棋赋叙》(1),孙绰《遂初赋序》(1),马融《自叙》,夏侯湛《周诗叙》(1),石崇《金谷诗叙》(2),王羲之《临河叙》(1),王珣《(林)法师墓下诗序》(1),谢歆《金昌亭诗叙》(1),王珣《游严陵濑诗序》(1),孙统《虞存诔叙》(1),桓玄《王孝伯诔叙》(1),孙绰《刘惔诔叙》(1),葛洪《富民塘颂叙》(1),石崇《明君词序》(1),孙统《高柔集序》(1),谢鲲《无化论序》(1),《刘瑾集叙》(1),《嵇康集叙》(2),嵇绍《赵至叙》(1),严尤《三将叙》(1),《蔡洪集序》(1),《出经叙》(2),《远法师阿毗昙叙》(1),嵇康《声无哀乐论》(1)、《养生论》(1),欧阳建《言尽意论》(1),支遁《逍遥论》(1),向秀、郭象《逍遥论》(1),习凿齿《汉晋春秋论》(1),王修《贤人论》(1),何劭《论荀粲》(1),康法畅《人物论》(2 次,又名《人物始义论》)(1),伏滔《青楚人物论》(1),秦丞祖《寒食散论》(1),《道贤论》(1),殷浩、孙安国《易象妙于见形论》(1),王隐《论杨雄〈太玄经〉》(1),顾恺之《画赞》(3),孙绰《愍度赞》(1)、《法汰赞》(1),孙绰《与庾亮笺》(1),蔡洪《与周浚书》(1),阮氏《与允书》(1),庾亮《与周邵书》(1),司马迁《与任安书》(1),支遁《书》(1),袁宏《孟处士铭》(1),张野《远法师铭》(1),《刘镇南(表)》铭(1),《张苍梧(镇)碑》(1),《陆(迈)碑》(1),孙绰《庾亮碑文》(1),《庾公诔》(1),潘岳《送王堪作诗》(1),左思《招隐诗》(1),张亮《议》(1),陶侃《临终表》(1),曹操《遗令》(1),阮籍《劝进文》(1),王隐《孙盛不与故君相闻议》(1),桓温《平洛表》(1),王右军(羲之)夫人《谢表》(1),卫恒《四体书势》(1),张敏《头责子羽文》(1),孙绰《谏迁都表》(1),李秉《家诫》(1)、《孙楚集》(1),刘向《别录》(1),挚虞《文章志》(1)、《文章叙录》(5),宋明帝《文章志》(16),丘渊之《文章录》(5),丘渊之《新集序》(1),《文章志》,《续文章志》(3),《妇人集》(5),《支道林集》,《涅盘经》(1),《维摩诘经》(1),《法华经》(1),《释氏辩空经》(1),僧肇注《维摩经》(1),《释氏经》(3),《大智度论》(1),《成实论》(2)。

周祖谟先生《世说新语笺疏》前言称刘孝标注征引弘富,"而且所引的书籍后代大都亡佚无存,所以清代的辑佚家莫不视为鸿宝"。其中许多文献为他书所无,尤其是一百多种杂传,或富有文学性,令人耳目一新,如入宝库。

贾思勰《齐民要术》自注征引文献约二百种,择其要于下。

经部有《诗经》、《诗义疏》、《尚书》、《春秋》、《春秋传》、《礼记》、《周礼》、《孝经》、《论语》、《尔雅》、《孟子》、《说文》、《广雅》、孙炎《尔雅注》、郭璞《尔雅注》、《释名》、《韩诗外传》、《大戴礼记》、《仓颉解诂》、《急就篇》、《方言》、《字林》、《春秋援神契》、《孝经援神契》、《尚书孝灵曜》、《龙鱼诃图》、《春秋考异邮》、《礼斗威仪》等。

史部有《逸周书》、《世本》、《史记》、《汉书》、《汉书》(应劭注、臣瓒注)、《东观汉纪》、《魏志》、《蜀记》、《吴志》、《西京杂记》、《晋宫阁簿》、《晋起居注》、《汉旧仪》、《晋令》、《吴记》(环氏)、《吴录·地理志》、《华阳国志》、《山海经》、郭璞注《山海经》、《风土记》、《纂文》、《永嘉记》、《广州记》、《广州记》(裴渊)、《广州记》(顾微)、《荆州土地记》、《荆州记》、《荆州记》(盛弘之)、《京口记》、《三秦记》、《嵩山记》、《嵩高山记》、《魏略》、《寻阳记》、《庐山记》（周景式）、《邺中记》、《湘中记》、《南越志》、《南中八郡志》、《林邑国记》、《西域诸国志》、《交州记》、《交州记》（刘欣期）、《临海异物志》、《异物志》、《南方异物志》、《南方草物状》（徐衷）、《南方记》、《齐地记》、《荆州地记》、《十洲记》、《外国图》、《括地图》、《西河旧事》、《南州异物志》、《魏王花木志》、《列仙传》、《神仙传》、《杜兰香传》、《汉武内传》、《汉武故事》、《夏统别传》、《东方朔传》等。

子部有《管子》、《庄子》、《庄子注》（郭象）、《淮南子》、《淮南子注》（高诱）、《吕氏春秋》、《仲长子》（仲长统）、《物理论》（杨泉）、《政论》（崔寔）、《四民月令》（崔寔）、《氾胜之书》、《盐铁论》、《文子》、《抱朴子》、《列子》、《风俗通》、《郭子》、《范子·计然》、《博物志》、《广志》（郭义恭）、《淮南万毕术》、《吴氏本草》、《葛洪方》、《养生经》、《养生要论》、《神农经》、《本草经》、《陶隐居本草》、《食经》、《食次》、《陶朱公养鱼经》、《陶朱公术》、《神仙服食经》、《搜神记》、《玄中记》、《列异传》、《甄异传》、《异苑》、《竹谱》、《笔方》（韦仲将）、《杂五行书》、《杂阴阳书》、《师旷占术》、《家政法》等。

集部有《楚辞·招魂》、《南都赋》（张衡）、《枣赋》（傅玄）、《瓜赋》（王逸）、《荔枝赋》（王逸）、《瓜赋》（张载）、《瓜赋》（陆机）、《闲居赋》（潘岳）、《闽中赋》（王彪之）、《湘中赋》（曹毗）、《朝花赋序》（傅玄）、《朝菌赋序》（潘尼）、《登罗浮山疏》（竺法真）、《与韩豫章笺》（俞益期）、《鹅赋序》（沈充）、《宜南花颂序》（曹植）、《与弟云书》（陆机）、《论贵粟疏》（晁错）、《上疏》（刘陶）、《求自试疏》（曹植）、《谢赐柰表》（曹植）、《赋》（傅玄）、《赋叙》（韦弘）等。

以上群书，征引次数超过 70 次的为《尔雅》、《氾胜之书》，超过 50 次的有郭义恭《广志》、《四民月令》，超过 30 次的有《食经》、《汉书·食货志》、《诗经》、《淮南子》，超过 20 次的有《异物志》、《广州记》、《说文》。其中征引地记及集部作品较多，或有文学性较浓的，如俞益期《与韩豫章笺》集中笔墨于异域风光，可谓现存最早的以描述山水景物为主的书信。

梁代平原高唐（今山东章丘北）人刘昭，也是征引类注体文的名家，为保存文学史料做出贡献。他曾集诸家《后汉书》同异，以注范晔《后汉书》，世称博悉。范晔《后汉书》无志，刘昭以司马彪《续汉书》之《志》八篇续之，并为作注。今传《后汉书》八篇志注，就是刘昭所注。刘昭注广征博引，共采纳前代文献一百余种，为研究东汉制度保存了重要资料，其中有一部分珍贵的文学资料。如《郊祀志》刘昭注引东汉初马第伯所撰《封禅仪记》，描写了泰山的雄伟高峻及攀登的艰险场面，附及有关的轶闻传说，颇为真切、生动、有趣，论者或称其为我国现存最早的游记。如此珍贵的文学资料，唯见于刘昭注。再如《郡国志》刘昭注引东晋释慧远《庐山记略》，郭仲产《秦州记》，罗含《湘中记》等，其写景、抒情水平较高，皆为研究六朝散文的珍贵资料。

刘峻《演连珠注》文采斐然。连珠兴于汉代，盛于六朝。它篇幅短小，骈而有韵，多用比喻，辞句连续，是一种兼有审美性和讽谕性的文体。傅玄《叙连珠》云："其文体辞丽而言约，不指说事情，必假喻以达其旨，而贤者微悟，合于古诗劝兴之义。欲使历历如贯珠，易睹而可悦，故谓连珠也。"刘勰《文心雕龙·杂文》称其"文小易周，思闲可赡。足使义明而辞净，事圆而音泽，磊磊自转，可称珠耳。"从西汉末扬雄起到魏晋南北朝，撰作此种文体者不下数十家，西晋陆机是其中之水平最为杰出者。① 萧统主编《文选》列"连珠"之体，仅收录一家作品，即陆机的《演连珠》五十首，可见其受人青睐的程度。

---

① 《文心雕龙·杂文》云："自《连珠》以下，拟者间出，杜笃、贾逵之曹，刘珍、潘勖之辈，欲穿明珠，多贯鱼目。可谓寿陵匍匐，非复邯郸之步；里丑捧心，不关西施之颦矣。惟士衡运思，理新文敏；而裁章置句，广于旧篇。岂慕朱仲四寸之珰乎？"

《演连珠》五十首，每首以“臣闻”为开头用语，由此而知其旨在讽谕君主。作为一位满怀政治热情的士人，陆机《演连珠》较多地流露了君圣臣贤，君臣相得以致太平的政治理想。这是六朝人对此作重视的一个原因。

另一方面，六朝是一个特别自觉追趋美文的时代，讲求形式美的骈体之文大行其道，臻于鼎盛，陆机《演连珠》五十首全用骈体撰成，且相当精致，这无疑是它受六朝人青睐的又一原因。

六朝人重视陆机《演连珠》，除了在总集编纂中弃他作而收录此作外，再一个表现就是为之作注。较早为陆机《演连珠》作注的是东海郯（今山东郯城）人何承天，《隋书·经籍志》载其注陆机《演连珠》，已佚。之后有平原（今属山东）人刘孝标的《演连珠》注，今存。孝标也是骈文高手，故对前代英才陆机怀有敬意而为此注。孝标注不仅阐析原作之义，也重于张扬文采，试引数例，以窥一斑：《演连珠》其二：“臣闻任重于力，才尽则困；用广其器，应博则凶。是以物胜权而衡殆，形过镜则照穷。故明主程才以效业，贞臣底力而辞丰。”

孝标注：“夫锱铢之衡，悬千斤之重；径寸之镜，照寻丈之形。用过其力，伤其本性。故在权在衡危，于镜则照暗也。由衡危镜凶，哲人所以为戒。故主则程其才而授官，臣则辞其丰而致力，此唐虞所以缉熙，稷契所以垂美也。”

《演连珠》其十：“臣闻应物有方，居难则易；藏器在身，所乏者时。是以充堂之芳，非幽兰所难；绕梁之音，实萦弦所思。”

孝标注：“此章言贤明有才，不遇知者，所以自古为难。芬芳之气罕有，而幽兰丰其气；才明之术所希，而贤人怀其术。然而萦曲之弦，无绕梁以尽妙；不世之姿，寡明时以取穷。”

《演连珠》其四十四：“臣闻理之所守，势所常夺；道之所闭，权所必开。是以生重于利，故据图无挥剑之痛；义贵于身，故临川有投迹之哀。”

孝标注:“性命之道,含灵所惜。以利方生,则生重利,不以利丧生,是理之所守,道之所闭也;以身方义,则义贵身,而以义弃身,是势之所夺,权所必开也。是以据图无挥剑之痛,以利轻于生;临川有投迹之哀,以身轻于义。”

除去“臣闻”、“是以”、“故”、“夫”等引领词,陆机、刘孝标行文的对偶水平皆很高,但由于孝标生活的时代比之前更讲究对偶之美,故他笔下的对偶形式显然进一步多样化,可见其张扬文采之意识的高度自觉。

颜之推《观我生赋》有自注文字六十则,也值得提及。其中首条自注:“晋中宗以琅邪王南渡,之推琅邪人,故称吾王。”王利器先生案云:“辞赋有自注,盖自张衡《思玄赋》始,见《文选》李善注引挚虞《文章流别》。而王逸《九思》、左思《三都赋》、谢灵运《山居赋》,俱有自注。洪兴祖《楚辞·九思补注》,以为‘逸不应自为注解,恐其子延寿之徒为之尔’。其后,清人《四库全书总目提要》袭用其说,而不知汉时自有此例也。之推此赋自注亦其流风余韵。其涉笔所及,有足补史之阙者。”[①]但李善对所谓张衡自注《思玄》已持怀疑态度,[②]洪兴祖及四库馆臣关于延寿注《九思》的看法也不可轻易否定。至于左思自注《三都》说,乃是依据刘孝标《世说新语·文学》注引晋代无名氏杂传《左思别传》如下记载:“皇甫谧西州高士,挚仲治宿儒知名,非思伦匹。刘渊林、卫伯舆并蚤终,皆不为思赋序注也。凡诸注解,皆思自为,欲重其文,故假时人名姓也。”可此段文字实难以为据。清人严可均曾驳之云:“《别传》道听途说,无

① 《颜氏家训集解》(增补本),中华书局1993年版,第660页。

② 《文选》卷十五张衡《思玄赋》题下标有“旧注”二字,李善曰:“未详注者姓名。挚虞《流别》题云衡注,详其义训,甚多疏略,而注又称愚以为疑,非衡明矣。但行既久,故不去。”上海古籍出版社1995年版,第651页。

足为凭,《晋书》汇十八家旧书,兼取小说,独弃《别传》不采,斯史识也。"今人徐传武先生在《关于皇甫谧〈三都赋序〉的真实性》一文中对此段文字也有驳论。[①] 要之,王先生所谓《思玄》自注、《九思》自注、《三都》自注,乃一家见解而已,并非学术界普遍认可之论。今存八代辞赋自注之完整可信者,当属收于《宋书·谢灵运传》的《山居赋》自注,收于《魏书·张渊传》的《观象赋》自注,以及收于《北齐书·颜之推传》的《观我生赋》自注。谢、张之自注早于颜氏一百多年,谓颜承其流风余韵可也。

《观我生赋》围绕自我身世与南北朝后期政局变迁而展开抒写,其注文与之紧密契合,亦专力于有关事实的记述,而略去对词语、典故的解释,故钱钟书先生云:"之推自注此《赋》,谨严不苟,仅明本事,不阑入典故。"还推测颜氏良苦用心云:"盖本事无自注,是使读者昧而不知;典故有自注,是疑读者陋而不学。"[②]关于对本事的注解,王利器谓其"涉笔所及,有足补史之阙者",是有道理的。如记萧绎与其侄的骨肉相残,"子既殒而侄攻,昆亦围而叔袭"数句自注:"孝元以河东不供船艎,乃遣世子方等为刺史,大军掩至,河东不暇遣拒;世子信用群小,贪其子女玉帛,遂欲攻之,故河东急而逆战,世子为乱兵所害。孝元发怒,又使鲍泉围河东,而岳阳宣言大猎,即拥众袭荆州,求解湘州之围。时襄阳杜岸兄弟怨其见劫,不以实告,又不义此行,率兵八千夜降,岳阳于是遁走,河东府褚显族据投岳阳,所以湘州见陷也。"写北齐朝政昏乱,君主骄奢,"唯骄奢之是修,亦佞臣之云使"二句自注云:"武成奢侈,后宫御者数百人,食于水陆,贡献珍异,乃至厌饱,弃于厕中。裈衣悉罗缬锦绣珍玉,织成五百一段,而后宫掖遂为旧事。后主之在宫,乃使骆提婆

---

① 参见《左思左棻研究》,中国文联出版社 1999 年版,第 141—150 页。

② 《管锥编》,中华书局 1979 年版,第 1546 页。

母陆氏为之，又胡人何洪珍等为左右，后皆预政乱国焉。”写北齐后主谋奔陈，而遭奸臣钳制，终被周军追及，“信陷谋于公主，竟受陷于奸臣”数句自注云：“丞相高阿那肱等不愿入南，又惧失齐主，则得罪于周朝，故疏间之推，所以齐王留之推守平原城，而索船度济向青州。阿那肱求自镇济州，乃启报应齐主云：‘无贼，勿忽忽。’遂道周军追齐王而及之。”所记有的细节为史书所无，此可补史书之阙者也。

# 下　编

## 诗赋创作与文学批评

# 第一章　魏与西晋齐鲁文士诗歌

## 一、王粲与建安齐鲁文士诗歌

建安时期齐鲁文人诗歌创作成就颇高，在诗坛占有重要地位。钟嵘《诗品序》云："降及建安，曹公父子，笃好斯文。平原兄弟，郁为文栋。刘桢、王粲，为其羽翼。次有攀龙托凤，自致于属车者，盖将百计。彬彬之盛，大备于时矣。……故知陈思为建安之杰，公幹、仲宣为辅。"钟氏所置于上品的三位诗人，即曹植、王粲、刘桢中，齐鲁作家就占据二席。其地位之重要，自不待多言。

先从徐幹谈起。徐幹今存诗数首，其中《室思》抒写闺妇对远方丈夫的思念，流利婉转，情致缠绵，共六章，每章十句：

> 沉阴结愁忧，愁忧为谁兴？念与君生别，各在天一方。良会未有期，中心摧且伤。不聊忧餐食，慊慊常饥空。端坐而无为，仿佛君容光。
>
> 峨峨高山首，悠悠万里道。君去日已远，郁结令人老。人生一世间，忽若暮春草。时不可再得，何为自愁恼？每诵昔鸿恩，贱躯焉足保。
>
> 浮云何洋洋，愿因通我词。飘飖不可寄，徙倚徒相思。人离皆复会，君独无返期。自君之出矣，明镜暗不治。思君如流水，何有穷已时！
>
> 惨惨时节尽，兰叶复凋零。喟然长叹息，君期慰我情。展

转不能寐，长夜何绵绵。蹑履起出户，仰观三星连。自恨志不遂，泣涕如涌泉。

思君见巾栉，以益我劳勤。安得鸿鸾羽，觏此心中人。诚心亮不遂，搔首立悁悁。何言一不见，复会无因缘。故如比目鱼，今隔如参辰。

人靡不有初，想君能终之。别来历年岁，旧恩何可期。重新而忘故，君子所尤讥。寄身虽在远，岂忘君须臾？既厚不为薄，想君时见思。

室思即闺情，周汉民歌及东汉后期文人诗歌就有抒写此类内容的，大都自然朴实，真切感人。作为文人所撰五言体思妇诗，此诗受《古诗十九首》的影响较直接而浓重，风格、情调乃至某些语句与之相似，如第二章“峨峨高山首，悠悠万里道。君去日已远，郁结令人老。人生一世间，忽若暮春草。时不可再得，何为自愁恼”，尤为酷似《古诗十九首》语言、情调。所以明人谭元春称《室思》“宛笃，有《十九首》风骨”。①《室思》一题长达六章，其中第三章尤受后人推重，如清代陈祚明称其“洵是绝唱”，“缥缈虚圆，文情生动，独绝之笔，末四句遂为千古拟作”。据郭茂倩《乐府诗集》编录，从南朝刘宋到唐代，采用“自君之出矣”句以为诗题的，计有十五人之多。此外，徐幹《答刘公幹诗》抒写友情，也颇真挚感人：“与子别无几，所经未一旬。我思一何笃，其愁如三春。虽路在咫尺，难涉如九关。陶陶朱夏德，草木昌且繁。”作者长于较多地运用虚字，造成自然流转的语势，在建安诸子中自成一格，清人陈祚明《采菽堂古诗选》卷七评曰：“以能役虚字作转语，句句动折，故健也。结法新警，睹物如此，人何离仳，意在言外。”

刘桢（？—217），字公幹，东平宁阳（今属山东）人。刘梁之孙

---

① 《古诗归》卷七，湖北人民出版社 1985 年版，第 139 页。

(一说刘梁之子)。少聪颖好学。十岁前即能诵诗赋文数万言。警悟辩捷,人有所问,应声而答,辞气锋利,莫能摧折。归附曹操,为司空军谋祭酒。建安十六年,任曹丕五官中郎将文学。为人恃才傲物,不拘礼教。丕曾宴请诸文学,酒酣,命夫人甄氏出拜,众人俯伏,而桢独平视。曹操闻之,怒,议死,减一等,输作磨石。后获赦。署吏,入平原侯曹植府为庶子。后又转入曹丕府,为五官中郎将文学。建安二十二年冬,遇疾卒。有集四卷,佚。

刘桢为建安诗坛名家,其诗颇受推重。曹丕《又与吴质书》称其"五言诗之善者,妙绝时人"。他为人正气凛然,刚直不阿,"性行不均,少所拘忌"(王昶《家诫》),基于此,其诗豪迈奔放,富有力度,但文采有所不足。钟嵘《诗品》列刘桢诗为上品,称其"仗气爱奇,动多振绝。贞骨凌霜,高风跨俗。但气过其文,雕润恨少。然自陈思以下,桢称独步"。并指出同列上品的左思诗,"其源出于公幹"。清人方东树《昭昧詹言》卷五称鲍照"诗体仗气,极似公幹",鲍诗中标明与刘桢有关的,今存有《学刘公幹体五首》。

公幹诗今存约二十首(含残篇),最为人们传诵的是《赠从弟》三首,皆用比体。第一首以蘋藻生长于澄澈环境,言其秉性清洁;第二首以松柏罹寒本性不移,言其为人正直;第三首以凤凰奋翅凌霄羞与黄雀为伍,言其志尚高远。三首诗托物写人,既嘉勉从弟,亦以为自喻,第二首尤为读者喜爱:

> 亭亭山上松,瑟瑟谷中风。风声一何盛,松枝一何劲。冰霜正惨凄,终岁常端正。岂不罹凝寒,松柏有本性。

诚可谓"贞骨凌霜,高风跨俗"。此外,公幹的赠答诗较好的还有《赠徐幹》,其中或抒写对徐幹的思念:"思子沈心曲,长叹不能言。起坐失次第,一日三四迁。"或抒写不得志的苦闷不平:"乖人易感动,涕下与衿连。仰视白日光,皦皦高且悬。兼烛八纮内,物类无颇偏。我独抱深憾,不得与比焉。"清人陈祚明称甚"直书胸臆,一往清警，缠绵悱恻"，"朴质沉顿，感慨深至"①，为允当之评。《杂诗》抒写对冗杂忙碌之文墨职务的厌烦，以及对自由生活的向往，颇见俊逸清拔的个性："职事相填委，文墨纷消散。驰翰未暇食。日昃不知晏。沉迷簿领书，回回自昏乱。释此出西城，登高且游观。方塘含白水，中有凫与雁。安得肃肃羽，从尔浮波澜。"故清人何焯《义门读书记》评曰："羁鞅官人读此诗，如六月北窗下凉风至也。'释此出西城'六句，所谓公干有逸气于此见之。"

抒写人生短促，时光飘忽的感慨，是东汉时期无名氏《古诗十九首》的重要内容，这组诗歌频繁地以比喻或对比感叹人生短促，如来去匆匆的远方过客，如倏忽飘飞的飙尘，如一经阳光照晒便消失的朝露，等等。受其影响，建安时期乃至整个魏晋这种感慨仍然是抒情诗歌中的引人注目的内容，正如王瑶先生所说："我们念魏晋人的诗，感到最普遍、最深刻、能激动人心的，便是那在诗中充满了时光飘忽和人生短促的思想与情感。"②刘桢也是参与其间的一个作家，如其《失题诗》："天地无期竟，民生甚局促。为称百年寿，谁能应此录？低昂倏忽去，炯若风中烛。"以天地之永恒比照人生之短暂，末句以风中之烛，其光一闪即灭比喻人生短促，在《十九首》外，又生一个喻例。其另一《失题诗》则写到北方初春之景，仅留存四句："初春含寒气，阳气匿其晖。灰风从天起，沙石纵横飞。"这是古代诗歌中较早的关于沙尘肆虐的记载。

仲长统（180—220），字公理，山阳高平（今山东微山北）人。《后汉书》有传，称其年少好学，擅长文辞。献帝建安中，游学青、徐、并、冀之间，与之交游者多异之。并州刺史高幹善遇之，询以当世之事，统直言幹"有雄志而无雄才，好士而不能择人"。后来，高

① 《采菽堂古诗选》卷七，清康熙丙戌刊本。

② 《中古文学史论集》，古典文学出版社 1957 年版，第 4 页。

幹为曹操所破，并、冀之士以此重统。统性俶傥，敢直言，不拘小节，默语无常，时人或谓之狂生。每州郡命召，辄称疾不就。尚书令荀彧闻其名，召至许昌，举为尚书郎，后参丞相曹操军事。建安二十五年卒。

仲长统亦有诗篇存世，《后汉书》本传载其《述志诗》二首，抒写了勇于冲决传统思想束缚的意向，言辞大胆解放，个性突出：

> 飞鸟遗迹，蝉蜕亡壳；腾蛇弃鳞，神龙丧角。至人能变，达士拔俗，乘云无辔，骋风无足。垂露成帏，张霄成幄。沆瀣当餐，九阳代烛。恒星艳珠，朝霞润玉。六合之内，恣心所欲。人事可遗，何为局促？
>
> 大道虽夷，见几者寡。任意无非，适物无可。古来缭绕，委曲如琐。百虑何为，至要在我。寄愁天上，埋忧地下。叛散五经，灭弃风雅。百家杂碎，请用从火。抗志山栖。游心海左。元气为舟，微风为柂。翱翔太清，纵意容冶。

此作在中古时期文人四言诗的演变历程中具有较重要的地位。汉代文人四言诗的演进，基本呈现两种趋势。一种是继承《诗经》雅诗颂诗传统，摹仿其典雅古奥的风格，谨遵儒家诗教以写诗的准则，汉初韦孟可谓写作这类诗的较早人物，其《讽谏诗》、《在邹诗》皆四言体，义轨讽谏，风格典正平和，温柔敦厚，颇类《诗经・大雅》中的某些篇章，因其开汉代文人四言诗规仿《诗经》的先河，故刘勰《文心雕龙・明诗》称："汉初四言，韦孟首唱，匡谏之义，继轨周人。"承此风者，有韦玄成《自劾诗》、《戒子孙诗》，傅毅《迪志诗》等，或言志，或训谏，拘于儒家说教，形式呆板僵化。另一种四言诗在写作过程中则摆脱儒家诗论较为浓重的说教传统，疏离了对《诗经》雅颂之典正诗风的机械摹拟，而走上贴近现实生活，大胆表现主观爱憎，重视抒发真挚之情，一定程度地冲破雅俗畛域，艺术上兼收并蓄，自觉地从包括民间歌曲谚谣在内的多种渠道汲取营养的健康发展之路。这类作品较明显地出现于文人思想趋于解放的东汉后期。如朱穆《与刘伯宗绝交诗》抨击官场上污卑贪婪之势利小人,用比体,以鸱(猫头鹰)比刘伯宗,讽刺其丑恶肮脏面目,以凤自比,以示志趣迥异,只能绝交。言辞辛辣犀利,感情激荡其间,图形写貌,极尽其丑。晚明钟惺称其"描写千古丑人,形态性情曲尽……诗之'刺'体有极露而妙者,此类是也"(《古诗归》卷四)。之后,一脉相承的便是仲长统此作,其思想之激进,汉魏之际文人诗歌罕有其匹者。故梁启超先生对仲长统诗有高度评价,云:"他的诗也只存这两首,但这两首在四言诗里是有特别地位的。自韦孟以下三百多年的四言诗,都是摹仿《三百篇》皮毛,陈腐质木得可厌。这两首诗命意结体选词,都自机杼,完全和《三百篇》两样,与曹孟德的《对酒》、《观沧海》诸篇,同为四言诗一大革命,这是技术上的特色。至于实质方面,他能代表那时候思想家沉寂不安的状况。他对于传统学术,一切怀疑,一切表示不满,虽不能自有建设,然而努力破坏。读他的第二首,可以知魏晋间清谈派哲学的来龙去脉。"①除"都是"之断语下得绝对了些外,其他评价基本可谓真知灼见。

王粲在建安诸子中文学成就最高,刘勰称其"文多兼善,辞少瑕累,摘其诗赋,则七子之冠冕"②,又称他为"魏晋之赋首"③;曹丕也曾称粲"长于辞赋","虽张(衡)蔡(邕)不过也"④;曹植称其"文若春华,思若涌泉,发言可咏,下笔成篇"⑤。这些评价都是公允的。

---

① 《中国之美文及其历史》,东方出版社 1996 年版,第 152、153 页。

②③ 范文澜《文心雕龙·才略》,《文心雕龙注》,人民文学出版社 1978 年版。

④ 《典论·论文》,郁沅、张明高编选《魏晋南北朝文论选》,人民文学出版社 1996 年版,第 13 页。

⑤ 《王仲宣诔》,郁沅、张明高编选《魏晋南北朝文论选》,人民文学出版社 1996 年版,第 28 页。

王粲诗，钟嵘《诗品》将其与曹植、刘桢并列于上品，可见在六朝诗论家心目中，他在诗坛的地位是颇高的。粲诗流传至今的有二十多首，最受人们称道的是那些“遭乱流寓，自伤情多”[①]的作品。此类作品中，《七哀诗》尤负盛誉，钟嵘将其与曹植《赠白马王彪》、阮籍《咏怀诗》、左思《咏史诗》等并称为“五言之警策者也”。沈约《宋书·谢灵运传论》也将其列为“直举胸情”的代表性佳制。《七哀诗》共三首，其一反映了汉末军阀混战给社会带来的巨大灾难，抒发了诗人忧时伤乱的沉重感情及企盼天下辑宁的愿望：

> 西京乱无象，豺虎方遘患。复弃中国去，委身适荆蛮。亲戚对我悲，朋友相追攀。出门无所见，白骨蔽平原。路有饥妇人，抱子弃草间。顾闻号泣声，挥涕独不还。未知身死处，何能两相完？驱马弃之去，不忍听此言。南登灞陵岸，回首望长安。悟彼下泉人，喟然伤心肝。

诗人所写为自身逃亡经历中的见闻，“感愤而作，气激于中，而横发于外”[②]，“乱世之苦，言之真切”[③]，充分显示了作者人道主义的悲悯情怀与深沉的社会忧患意识。诗篇继承发展了汉乐府民歌典型化的表现手法，“白骨蔽原”的背景概括的基础上加以“饥妇弃子”的特写镜头，勾勒出一幅惨不忍睹、震撼人心的战乱图，如吴淇所评：“盖人当乱离之际，一切皆轻，最难割者骨肉，而慈母于幼子尤甚。写其重者，他可知矣。”[④]前人或评曹操《蒿里行》等诗为“汉末实录”、“诗史”，用以移评王粲此诗，亦可谓当之无愧。《七哀诗》之二写久客荆州的忧思，长于以景衬情，真切生动，亦能给读者留下

① 谢灵运《拟魏太子邺中集·王粲诗序》，郁沅、张明高编选《魏晋南北朝文论选》，人民文学出版社 1996 年版，第 248 页。

② 方东树《昭昧詹言》卷二，人民文学出版社 1984 年版，第 77 页。

③ 陈祚明《采菽堂古诗选》卷七，清康熙丙戌(1706)刊本。

④ 《六朝选诗定论》卷六，清康熙己酉(1669)刊本。

深刻的印象：

> 荆蛮非我乡，何为久滞淫？方舟溯大江，日暮愁我心。山冈有余映，岩阿增重阴。狐狸驰赴穴，飞鸟翔故林。流波激清响，猴猿临岸吟。迅风拂裳袂，白露沾衣襟。独夜不能寐，摄衣起抚琴。丝桐感人情，为我发悲音。羁旅无终极，忧思壮难任。

诗人无法消释心中的忧思，悲情弥深，用以感知景物，景物也就自然地涂上了悲的色调，呈现一派荒凉萧瑟的形态，所谓景中寓情。而狐狸、飞鸟尚有林、穴可归，更反衬出诗人滞留异乡“羁旅无终极”的惆怅、忧伤。王粲滞留荆州期间撰作《赠蔡子笃》等几首四言赠友诗，亦涉及乡情或友情，但远不及《七哀诗》那么感人，明人孙月峰评其《赠蔡子笃》云：“古雅有则，语亦浓厚，第苦无新意耳。”[①]不过其中也有一些受人推重的佳句，如该诗中“风流云散，一别如雨。人生灾难，愿其弗与”之前二句，便曾获清人陈祚明“飘渺悲凄”[②]的称赞。

王粲归附曹操以后的诗歌，往往讴歌曹氏平定天下的历史功勋，同时抒发了追随曹氏以建功立业的抱负，重要作品有《从军行》五首。如诗人云：“从军有苦乐，但问所从谁。所从神且武，焉得久劳师？相公征关右，赫怒震天威……拓地三千里，往返速若飞”（之一），“率彼东南路，将定一举勋。筹策运帷幄，一由我圣君……虽无铅刀用，庶几奋薄身”（之四），这种颂扬统一事业并立志投身其中的积极进取精神是应该肯定的。此外，王粲与曹丕、曹植等在邺城，写下一些“怜风月，狎池苑”之作，如《杂诗》四首之一、之二，表现了自然景物的美好及欢乐忘归的情趣，对于纪游写景之作的兴

① 于光华《文选集评》引，清刊本。

② 《采菽堂古诗选》卷七，清康熙丙戌(1706)刊本。

起是有推动意义的。

王粲诗歌对后世产生了深远的影响。陆云《与兄平原书》:“仲宣文,如兄言,实得张公力。”在“建安七子中”,王粲受到特别的重视,大抵是从张华开始的。张华以前,曹丕《典论·论文》提及“七子”,并未特别重视王粲,张华却独推崇王粲而未提及其他六子,这表明他无疑是把王粲看做建安时期最有代表性之作家的,从而开了后代著名文学批评家沈约、刘勰等在“建安七子”中最推重王粲的先河。钟嵘《诗品》所列十几个大中诗人直接或间接受到王粲影响。

《诗品》上品论潘岳诗:“其源出于仲宣。”论张协诗:“其源出于王粲。”

中品论曹丕诗:“其源出于李陵,颇有仲宣之体则。”论张华诗:“其源出于王粲。”论刘琨、卢谌诗:“其源出于王粲。”论郭璞诗:“宪章潘岳,文体相辉,彪炳可玩。”论谢瞻、谢混、袁淑、王微、王僧达诗:“其源出于张华。”论鲍照诗:“其源出于二张。善制形状写物之词。得景阳之俶诡,含茂先之靡嫚。”论谢朓诗:“其源出于谢混。”论沈约诗:“详其文体,察其余论,固知宪章鲍明远也。”

又曰:“……仲宣《七哀》,公干思友……王微风月……鲍照戍边,太冲《咏史》,颜延入洛……斯皆五言之警策者也。所谓篇章之珠泽,文采之邓林。”

兹举具体诗篇数例:

阮籍《咏怀诗》其一:“夜中不能寐,起坐弹鸣琴……徘徊将何见,忧思独伤心。”显然有借鉴王粲《七哀诗》之二“独夜不能寐,摄衣起抚琴……羁旅无终极,忧思壮难任”的痕迹。张载《七哀诗》对王粲《七哀诗》的继承则更为明显。张协《杂诗》之七:“此乡非吾地,此郭非吾城。羁旅无定心,翩翩如悬旌。”亦有摹仿、改造王粲《七哀诗》之二“荆蛮非我乡,何为久滞淫。方舟溯大江,日暮愁我心……羁旅无终极，忧思壮难任”之痕迹。萧绎《金楼子·捷对篇》载云：“宋武帝（刘裕）登灞陵，乃眺西京，使傅亮等各咏古诗名句，亮诵王仲宣诗曰：‘南登灞陵岸，回首望长安。”

清人方东树《昭昧詹言》卷二称王粲《七哀诗》：“苍凉慷慨，才力豪健，陈思而下，一人而已。”“其才气喷薄，似犹胜子建。感愤而作，气激于中，而横发于外，后惟杜公有之。”沈德潜《古诗源》卷六认为，王粲《七哀诗》之一“未知身死处”二句，为“杜少陵《无家别》、《垂老别》诸篇之祖。”

缪袭（186－245），字熙伯，东海（今山东郯城一带）人。建安中，辟御史大夫府。曹丕代汉前后，参与修撰《皇览》。其友仲长统卒，遗文有《昌言》三十四篇，袭撰表奏于曹丕。明帝太和初，迁侍中。正始间，迁尚书、光禄勋。卒年六十。有集五卷，佚。其文今存十四篇，较好的是《喜霁赋》，述及夏收季节降雨不止给人民带来的灾难，以及自己的惆怅哀伤，有云：“既弊麦之方登兮，洎注潦以成川。忍下民之昏垫兮，弃嘉谷于种田……览唐氏之洪流兮，怅侘傺以长怀。日黄昏而不寐兮，思达曙以独哀。”如此忧下民之忧的悲天悯人情怀，值得称道。

缪袭诗以模仿汉代《铙歌》的《魏鼓吹曲》十二首较知名，该诗旨在歌颂曹魏功德，或措辞得体，描述真切，如写曹操在官渡之役战胜袁绍的显赫武功：“克绍官渡，由白马。僵尸流血，被原野。贼众如犬羊，王师尚寡。沙塠傍，风飞扬。战不利，士卒伤。今日不胜，后何望。土山地道，不可当。卒胜大捷，震冀方。屠城破邑，神武遂章。”（《克官渡》）作者并非以浮泛之辞一味颂扬，而是通过捕捉真实的战争之残酷场面，以突出曹操以寡克众、出奇制胜的卓越军事才能。有的涉及对阵亡者的哀悼，意绪悲凉，抒情色彩较为浓重，如：

旧邦萧条，心伤悲。孤魂翩翩，当何依。游士恋故，涕如

摧。兵起事大，令愿违。博求亲戚，在者谁。立庙置后，魂来归。(《旧邦》)

这些诗对吴韦昭的《吴鼓吹曲》及晋傅玄的《晋鼓吹曲》等有直接的影响。

缪袭还撰《挽歌辞》数首，今见若干片断，写到人生短促，死亡不必避免，死后的冷清寂寞等，如：

生时游国都，死没弃中野。朝发高堂上，暮宿黄泉下。白日入虞渊，悬车息驷马。造化虽神明，安能复存我。形容稍歇灭，齿发行当堕。自古皆有然，谁能离此者。

寿堂何冥冥，长夜永无期。欲呼舌无声，欲语口无辞。

汉乐府民歌之《蒿里》、《薤露》皆为挽歌辞，性质与此同，但形式上皆为杂言体。文人写作此类诗歌，且正式以《挽歌辞》为题，变杂言为五言，以缪袭此作为较早。它对陆机、陶渊明等同类诗歌有直接的影响。

## 二、左思与西晋齐鲁文士诗歌

左思是西晋诗坛的杰出作家，钟嵘《诗品》列之于上品，并引用谢灵运的话，称其诗"古今难比"。其诗今存十四首，尤受推重、传诵的是《咏史》八首。这组诗借咏叹古人古事，表现了诗人平生由积极用世、满怀功业理想到愤世嫉俗、绝意仕进的思想感情发展历程，展示了诗人峻洁的人格、强烈的个性意识与抗争批判精神。如其一写诗人早年豪迈自信，希望建功立业的宏伟抱负及蔑视爵禄的高风亮节：

弱冠弄柔翰，卓荦观群书。著论准《过秦》，作赋拟《子虚》。边城苦鸣镝，羽檄飞京都。虽非甲胄士，畴昔览穰苴。

长啸激清风，志若无东吴。铅刀贵一割，梦想骋良图。左眄澄江湘，右盼定羌胡。功成不受爵，长揖归田庐。

与之思想感情相似的还有其三：

吾希段干木，偃息藩魏君。吾慕鲁仲连，谈笑却秦军。当世贵不羁，遭难能解纷。功成不受赏，高节卓不群。临组不肯绁，对圭宁肯分。连玺耀前庭，比之犹浮云！

在这两首诗中，诗人意气风发，自许甚高，文才方面，他博学多能，超凡出众，可拟于西汉第一流的政论家或辞赋家贾谊、司马相如；且熟悉兵书，兼通武略，还仰慕段干木、鲁仲连二位高士的奇勋伟绩。在此基础上，诗人满怀豪情地抒写了渴望施展并实现雄伟的功业理想，当国家有难，要慷慨赴边，效命沙场，克敌安邦。更难能可贵的是，诗人明确表白了他若实现理想，建立大功之后，不受赏赐，视爵位富贵如浮云，而归于田庐的人生态度。概言之，诗歌所显现的诗人形象是才能高，志向高，情操高，在那个"学者以庄老为宗而黜六经，谈者以虚薄为辩而贱名检，行身者以放浊为通而狭节信，仕进者以苟得为贵而鄙居正，当官者以望空为高而笑勤恪……而世族贵戚子弟，陵迈超越，不拘资次。悠悠风尘，皆奔竞之士，列官千百，无让贤之举"，①士人追逐"身名俱泰"②的时代，左思流露的精神境界是极为高尚的，它后来成为盛唐诗人，尤其是李白不断讴歌的人生理想境界。但在以司马氏为最高代表的门阀大族把持朝政的时代，像左思这样出身较低微的士人，在官场上备受压抑，很难有施展远大抱负的机会，《咏史》其二，诗人借助自然现象的比喻和历史人物境遇的对比，抒发了对不合理制度的愤慨：

---

① 干宝《晋纪·总论》，《全上古三代秦汉三国六朝文》，中华书局 1958 年版，第 2191 页。

② 《晋书》卷三十三《石崇传》，中华书局 1974 年版。

郁郁涧底松，离离山上苗。以彼径寸茎，荫此百尺条。世胄蹑高位，英俊沉下僚。地势使之然，由来非一朝。金张藉旧业，七叶珥汉貂。冯公岂不伟，白首不见招。

西晋时期，对门阀统治进行大胆抨击的，较多为齐鲁士人，如东莱掖人刘毅的《上疏请罢中正除九品》，高平王沈的《释时论》，皆为情绪激昂、批判性强烈的名作，史家录之于《晋书》，可谓允当。而在诗苑，对门阀制度的抨击则以左思此作最为卓越且脍炙人口，诗人满怀激愤地吐露了寒门才士沉沦下僚有志难骋的愤慨不平，作为批判腐朽吏制的较早的声音，曾得历代具有相似处境及思想感情的才士的共鸣，如南朝宋代东海郯（今属山东）人鲍照，在《瓜步山楬文》对门阀士族无才能而窃居势要的愤慨："瓜步山者，亦江中渺小山也。徒以因迥为高，据绝作雄，而凌清瞰远，擅奇含秀，是亦居势使之然也。故才之多少，不如势之多少远矣。"其中显示的感情、理念与左思诗篇可谓一脉相承。左思在抨击门阀制度之腐朽不公、抒发自我情绪之愤懑不平的同时，也往往从所咏之某些历史人物的遭遇中获得精神上的慰藉、共鸣，如《咏史》其七接连咏述西汉主父偃、朱买臣、陈平、司马相如四人的穷困经历，然后感慨云："四贤岂不伟，遗烈光篇籍。当其未遇时，忧在填沟壑。英雄有迍邅，由来自古昔。何世无奇才，遗之在草译。"这种思路，从普遍意义上揭示了历史上许多寒门志士曾经历过的坎坷命运，使作品蕴含的社会批判精神更加增强了说服力及历史感，也在一定程度上得以使作者在与古人遭遇的共鸣中得到精神上的慰藉。左思《咏史》还表现了诗人蔑视权贵、傲岸不羁，追求独立人格及个性尊严的精神境界，以及迥异于时尚的价值观念与选择，如其六、其四对寒士荆轲、扬雄的咏赞：

荆轲饮燕市，酒酣气益震。哀歌和渐离，谓若旁无人。虽无壮士节，与世亦殊伦。高眄邈四海，豪右何足陈！贵者虽自贵，视之若埃尘。贱者虽自贱，重之若千钧。

济济京城内，赫赫王侯居。冠带荫四术，朱轮竟长衢。朝集金张馆，暮宿许史庐。南邻击钟磬，北里吹笙竽。寂寂扬子宅，门无卿相舆。寥寥空宇中，所讲在玄虚。言论准宣尼，辞赋拟相如。悠悠百世后，英名擅八区。

荆轲不畏强暴，赴"虎狼之国"刺杀秦王政，虽未成功，但其不惜自我牺牲，与暴君拼死一搏的果敢精神，足以永垂不朽，鼓舞后人。左思诗里激赏荆轲在燕市饮酒高歌、旁若无人、睥睨四海的伟岸气概，藉以表现自己虽为寒士而尘埃豪右、蔑视权贵，自尊自重的人格追求。扬雄仕汉、位不过侍郎，家产微薄，生活贫困，死后其家连安葬的费用也没有，一个著名文士，其生平可悲如此！但在扬雄身后的漫漫历史长河中，他却以其精深的学术造诣与卓越的文学成就，赢得人们的极高赞誉，成为历代寒士心目中以立言以求不朽的典范，左诗即较早从此角度高扬扬雄的作品。与扬雄形成鲜明的对比，奢侈享乐的王侯权贵，看似显赫一时，却不过是过眼云烟，瞬间即逝。左思借助对"赫赫"王侯与"寂寂扬子"的对比性的价值评判，折射了自己的价值观念及其选择。西晋不少士人重视及追求的是现世的权势荣华享乐，左思的价值评判选择颇异于时尚，无疑是其极为可贵之处。《咏史》其五，诗人抒写远离繁华的京城以隐居高蹈的意向：

皓天舒白日，灵景耀神州。列宅紫宫里，飞宇若云浮。峨峨高门内，蔼蔼皆王侯。自非攀龙客，何为欻来游？被褐出阊阖，高步追许由。振衣千仞冈，濯足万里流。

诗人想要与门阀社会决裂，振衣高冈，濯足长河，涤除世俗的尘污。末二句笔力刚劲，情调豪迈，颇能显示作者卓然不群的性格，清人沈德潜《古诗源》卷七称其"俯视千古"。综言之，左思《咏史》感情充沛激昂，作为早期的以组诗形式出现的咏史诗作，它较直接地继承了建安诗人及阮籍诗的慷慨任气的创作精神，不愧是当时诗坛最富于抒情力度、最具感染力的产品。钟嵘《诗品》指出，左诗源出于"仗气爱奇，动多振绝，贞骨凌霜，高风跨俗"的刘桢诗，还指出陶渊明诗"又协左思风力"；今人徐公持先生说："在平庸风气弥漫的两晋诗坛上，《咏史诗》以强烈的情绪特色，独标风格……此为《咏史诗》的主要价值所在。"①均为允当之评。左思《咏史诗》之慷慨任气的情绪特色，基于他对传统"咏史"诗歌的革新。左氏之前的咏史诗，"概以咏写历史人物事件为主，可以有所寄托，但描写的主体是不容改易的，自班固、王粲到傅玄、陆机等，无不如此"，"至左思则情况有所改变，他将咏史与咏自我情绪体验熔为一炉，亦将咏史变成了咏怀"。② 如其组诗之一，纯为自我才华志向的表白；其他如"吾希段干木"、"吾幕鲁仲连"（之三），"世胄蹑高位，莫俊沉下僚"（之二），"被褐出阊阖，高步追许由。振衣千仞冈，濯足万里流"（之五），"贵者虽自贵，视之若埃尘。贱者虽自贱，重之若千钧"（之六），"英雄有迍邅，由来自古昔。何世无奇才，遗之在草泽"（之七）等，也是将诗人的思想与感情直接倾泻出来。此皆可证左氏之作"名为咏史，实为咏怀"，"咏古人而己之性情俱见"的性质，因此也就造成了其强烈的情绪特色。左思《咏史诗》把"我"摆到历史与现实之间，其表现方式丰富多变，正如清人张玉穀说："太冲《咏史》，初非呆衍史事，特借史事以咏己之怀抱也。或先述己意，而以史事证之。或先述史事，而以己意断之。或止述己意，而史事暗合。或止述史事，而己意默寓。"③而且为后世诗人写作咏史诗所借鉴继

①② 《魏晋文学史》，人民文学出版社 1999 年版，第 400 页。

③ 《古诗赏析》卷十一，上海古籍出版社 2000 年版，第 251 页。

承,如晋宋之际伟大诗人陶渊明的咏史之作的表现方式便较显著地受到左诗的影响。还影响到鲍照和江淹的咏史诗。左思《咏史》云:“济济京城内,赫赫王侯居。冠盖荫四术,朱轮竟长衢。朝集金张馆,暮宿许史庐。南邻击钟磬,北里吹笙竽。寂寂杨子宅,门无卿相舆。”鲍照《咏史》云:“京城十二衢,飞甍各鳞次。仕子彯华缨,游客竦轻辔。明星晨未稀,轩盖已云至。宾御纷飒沓,鞍马光照地……君平独寂寞,身世两相弃。”江淹《左记室咏史》云:“金张服貂冕,许史乘华轩。王侯贵片议,公卿重一言。太平多欢娱,飞盖东都门。顾念张仲蔚,蓬蒿满中园。”三诗一轨也。颜之推《古意》:“十五好诗书,二十弹冠仕……作赋凌屈原,读书夸左史”,显然仿效了左思《咏史八首》之一。

西晋隐逸之风渐盛,招隐诗应运呈水涨船高的发展势头。左思有《招隐诗》二首,其一表现对隐士生活的企慕及弃官归隐山林的意向,颇为后世传诵:

杖策招隐士,荒途横古今。岩穴无结构,丘中有鸣琴。白云停阴冈,丹葩曜阳林。石泉漱琼瑶,纤鳞或浮沉。非必丝与竹,山水有清音。何事待啸歌,灌木自悲吟。秋菊兼糇粮,幽兰间重襟。踌躇足力烦,聊欲投吾簪。

其中“白云”四句描写山间自然景色的美好怡人,生动传神;“非必”四句揭示泉水漱石、风吹林木的自然之声胜于丝竹啸歌等人为之音,奇警有力,尤其是“非必”二句,往往被后世论者视为魏晋人钟情自然山水之观念表白中的典型音调。《世说新语·任诞》:“王子猷居山阴,夜大雪,眠觉,开室,命酌酒,四望皎然。因起仿徨,咏左思《招隐诗》。”可见其影响之大。左思还有《娇女诗》一首:

吾家有娇女,皎皎颇白皙。小字为纨素,口齿自清历。鬓发覆广额,双耳似连璧。明朝弄梳台,黛眉类扫迹。浓朱衍丹唇，黄吻澜漫赤。娇语若连琐，忿速乃明愇，握笔利彤管，篆刻未期益。执书爱绨素，诵习矜所获。其姊字蕙芳，面目粲如画。轻妆喜楼边，临镜忘纺绩。举觯拟京兆，立的成复易。玩弄眉颊间，剧兼机杼役。从容好赵舞，延袖像飞翮。上下弦柱际，文史辄卷襞。顾眄屏风画，如见已指摘。丹青日尘暗，明义为隐赜。驰骛翔园林，果下皆生摘。红葩缀紫蒂，萍实骤抵掷。贪华风雨中，眒忽数百适。务蹑霜雪戏，重綦常累积。并心注肴馔，端坐理盘槅。翰墨戢闲案，相与数离逖。动为垆钲屈，屣履任之适。止为荼荈据，吹嘘对鼎䥶。脂腻漫白袖，烟熏染阿锡。衣被皆重地，难与沉水碧。任其孺子意，羞受长者责。瞥闻当与杖，掩泪俱向壁。

描写其二女天真活泼、淘气十足的日常生活情态，栩栩如生，故得明清"古诗"选家的青睐，如清人成书称其"写小儿女性情举动，无不入微"，"寻常笔头刻画不能到此"。① 从题材到笔法都对后世有明显影响。

左棻（？—276年以后），左思之妹。少好学，善文辞，武帝闻而纳之。初封修仪，后为贵嫔，世称左贵嫔。姿陋无宠，以才华文辞见重。左芬具有杰出的文学才华，其兄左思《悼离赠妹诗》称赞她云："厥声伊何，日新其誉。幽思泉涌，乃诗乃赋。飞翰云浮，摛藻星布。光曜邦族，名驰时路。翼翼群媛，是瞻是慕。"

左棻诗较好的是《感离诗》："自我去膝下，倏忽逾再期。邈邈浸弥远，拜奉将何时？披省所赐告，寻玩悼离词。仿佛想容仪，欷歔不自持。何时当奉面，娱目于书诗。何以诉辛苦？告情于文辞。"诗篇使读者仿佛感受到一个想见至亲而不得、处于无休止的企待中的女性形象，理解她心灵世界的悲恻。左棻对兄长的思念，

① 《多岁堂古诗存》卷四，清乾隆刻本。

其实是对自由生活的憧憬的一种体现，厌弃貌似华贵却无自由可言的宫廷而怀恋往日与兄长切磋诗书的欢娱，显示了这位女诗人清峻高朗的志尚。然而，这向往最终只能归之于梦想，与梦想相对立的现实是在宫廷枷锁下的“辛苦”。“何以诉辛苦？告情于文辞”，这两句包揽了女诗人入宫后的不幸、思念，言简意丰，隐含着她点点斑斑的血泪。

# 第二章　东晋南北朝齐鲁文士诗歌

## 一、东晋南朝琅琊王氏诗歌

东晋南朝琅琊王氏在诗坛也有一定的地位及成就。这首先应当提及的是王羲之在会稽内史任上，招引诸多文士集会于兰亭的宴饮赋诗活动。时在东晋永和九年(353年)三月三日，地在会稽之兰亭，参与者有王羲之、谢安、孙绰等四十一人，有关盛况，羲之《兰亭集序》作了简洁生动的概括，前已述及。《兰亭诗集》今存“戏鸿堂”帖本，又《诗纪》也录之，作者二十六人，诗作四十一首(四言十四首，五言二十七首)。

东晋玄风弥漫，文人“谈不离玄”，①玄言诗得以昌盛。据今存这类诗篇考察，有相当一部分是作者在游览山水时写成的，而数量众多且集中的便是此次王羲之组织诸文士于兰亭雅集所撰的诗篇。玄言与山水杂糅，是这批诗作的重要特征，借助山水体悟玄理是其基本精神旨趣。所谓“以玄对山水”②，“山水以形媚道”③，可

---

① 孙绰《赠谢安诗》，见逯钦立辑《先秦汉魏晋南北朝诗》，中华书局1983年版，第900页。

② 孙绰《太尉庾亮碑》，《全上古三代秦汉三国六朝文》，中华书局1958年版，第1814页。

③ 宗炳《画山水叙》，《全上古三代秦汉三国六朝文》，中华书局1958年版，第2545页。

谓人们对此的简明概括。它说明一个问题的两个方面,从创作主体而言,是以玄思观照山水,从山水客体而言,是以其丰富多彩的风貌使抽象的玄理具有了形象性。兰亭雅集参与撰作此类诗篇者多,从而"为山水诗在短时期内大量涌现,迅速蔚为大国作好了舆论准备"。[1] 王羲之酷好游览山水景物,他笔下的自然山水在发挥"媚道"作用的同时,也可使诗人豁畅情志,获得精神的清朗超迈。其五言《兰亭诗》之二云:"三春启群品,寄畅在所因。仰望碧天际,俯磐绿水滨。寥朗无崖观,寓目理自陈。大矣造化功,万殊莫不均。群籁虽参差,适我无非新。"诗人浏览春天山川景物的盎然气象,既悟出自然之道生生不息造化万殊的玄理,也表现了"适我无非新"的精神为之豁畅的欣慰之情,体道与适情并融于一体。故清人沈德潜评云:"清超越俗。'寓目'、'适我',非学道有得者不能言也。"[2]东晋玄言诗人的诗篇,那些纯乎体道的作品往往很少写景,枯燥乏味,而写景较多的作品则往往是既寄托玄理又流露自我情性,可见若没有创作主体之情的介入,山水之美既不会被感知,更不会被自觉地表现出来。兹录王羲之儿子们的《兰亭诗》佚句以证。"松竹挺岩崖,幽涧激清流。消散肆情志,酣畅豁滞忧"(王玄之),"嘉会欣时游,豁尔畅心神。吟咏曲水濑,渌波转素鳞"(王肃之),"散怀山水,萧然忘羁。秀薄粲颖,疏松笼崖。游羽扇霄,鳞跃清池。归目寄欢,心冥二奇"(王徽之),皆抒写了作者精神、心灵与自然山水冥合交流状态下的萧散和怡情致。从中可见他们在观照自然景物时,往往保持一种清虚闲脱的心境,涤除包括人世忧伤在内的尘网俗累,以澄静的胸怀来体味山水,与之相应,其笔下的自然景色多呈现清朗明净的风貌。除上引数例《兰亭诗》外,当时王

---

① 葛晓音《山水方滋,庄老告退》,载《学术月刊》1985 年第 2 期。

② 《古诗源》卷八,吉林人民出版社 1999 年版,第 153 页。

氏子弟的其他一些涉及写景的诗作也基本呈现如是风貌，如王彪之《登会稽刻石山诗》："隆山嵯峨，崇峦岧峣。傍睹沧洲，仰佛玄霄……青阳曜景，时和气淳。修岭增鲜，长松挺新。飞鸿振羽，腾龙跃鳞。"王叔之《游罗浮山诗》："菴蔼灵岳，开景神封……风云秀体，卉木媚容。"这在一定程度上影响到谢灵运山水诗审美品格的形成。

东晋南朝吴歌兴盛，受其影响，琅琊王氏亦有写作短篇情歌者，如王献之《桃叶歌三首》：

桃叶复桃叶，渡江不用楫。
但渡无所苦，我自迎接汝。

桃叶复桃叶，桃叶连桃根。
相怜两乐事，独使我殷勤。

桃叶映红花，无风自婀娜。
春花映何限，感郎独采我。

据郭茂倩《乐府诗集》引《古今乐录》，桃叶是王献之妾名，献之很爱他，所以写作此歌。诗歌表情热烈缠绵，语言朴素明朗，颇为生动感人。六朝文人在诗歌创作方面自觉学习吴地民歌内容及风格情调的，此为较早的具有开风气之先意义的作品。

刘宋时期，王氏在诗歌创作上较有名气的是王微、王僧达。王微《杂诗二首》之二描写闺妇对征夫的思念及其孤寂痛苦的处境与情绪，长于借助景物环境的烘托渲染，有云："日暗牛羊下，野雀满空园。孟冬寒风起，东壁正中昏。朱火独照人，抱景自愁怨。"王僧达《和琅琊王依古诗》抒发兴亡更替、盛衰无常、圣贤往矣的感慨，亦富于以景衬情，情景交融的艺术魅力，有云："仲秋边风起，孤蓬卷霜根。白日无精景，黄沙千里昏。显轨莫殊辙，幽途岂灵魂。圣贤良已矣，抱命复何怨。”其中“仲秋”四句，清人吴淇《六朝选诗定论》称其“可抵一篇绝妙边塞诗”。

南齐王氏诗歌，值得提及的有王俭、王融。王俭存诗很少，较可读的是《春夕诗》：“露华方照岁，彩云复经春。虚闺稍叠草，幽帐日凝尘。”还有《后园饯从兄豫章诗》：“兹夕竟何夕，念别开曾轩。光风转兰蕙，流月泛虚园。”前者见于《初学记》卷三，后者见于《艺文类聚》卷二十九，疑非全篇。但从各自残存的四句，仍可看出其基本内容或写闺妇春怨，或写送别的惆怅。此皆齐梁诗歌经常咏吟的内容。风格委婉轻巧，亦显露时代气息。王融诗今存相对多一些，较好的是一些写景抒情的小诗，如《江皋曲》：“林断山更续，洲尽江复开。云峰帝乡起，水源桐柏来。”勾勒了山林绵延起伏，江水源远流长的景象，篇制虽短，局面却大。又如《思公子》：“春尽风飒飒，兰凋木修修。王孙久为客。思君徒自忧。”此写女子相思之情，语言风格既有民歌的浅易流畅，又具文人诗的含蓄婉转，与谢朓的同类短诗相似。其篇幅略长的佳作有《古意二首》：

> 游禽暮知反，行人独未归。坐销芳草气，空度明月辉。嚬容入朝镜，思泪点春衣。巫山彩云没，淇上绿条稀。待君竟不至，秋雁双双飞。
>
> 霜气下孟津，秋风度函谷。念君凄已寒，当轩卷罗縠。纤手废裁缝，曲鬓罢膏沐。千里不相闻，寸心郁纷蕴。况复飞萤夜，木叶乱纷纷。

诗歌抒写闺妇由春至秋思念游子的绵绵哀怨，或以自然景物烘托映衬其情，或借助典故的化用传达其情，颇真切细腻。“秋雁双双飞”、“木叶乱纷纷”二结句，以景寓情，言虽尽而情韵无穷，尤富艺术魅力。南齐永明年间，伴随着汉语言文字平上去入四声的发现，某些诗人开始把声律理论运用到诗歌创作中，论者称为“永明体”，又名“新体诗”，王融便是其中一个积极的倡导者、参与者。据钟嵘

《诗品》记载,“永明体”的创立,与王融有密切关系,他称:“王元长创其首,谢朓、沈约扬其波。”《梁书·庾肩吾传》亦云:“齐永明中,文士王融、谢朓、沈约文章始用四声,以为新变。”有关情况的评价,曹道衡、沈玉成先生说得很中肯:“声律论和新体诗的出现,是古典诗歌形成发展过程中的一件大事,它标志着一个阶段的结束和另一个阶段的开始。这一转变是在前人经验的基础上,加上永明诗人的钻研探索所取得的一次重大突破。由永明时期再继续前进,近体诗的格律到梁、陈时代被运用得更加得心应手,然后又从四声而发展为平仄,并由反面的忌避声病到正面的规定格律,终于水到渠成地出现了完整的近体诗—律诗和绝句。”①梁王籍《入若耶溪》是一篇写景抒情的佳作。其辞曰:“艅艎何泛泛,空水共悠悠。阴霞生远岫,阳景逐回流。蝉噪林逾静,鸟鸣山更幽。此地动归念,长年悲倦游。”若耶溪在会稽,《水经注》称其“水至清,照众山倒影,窥之如画”。诗人泛舟溪上,明丽阳光照耀水面,层峦叠嶂,云霞缭绕。“蝉噪”二句从听觉入笔,以动衬静,写沿溪而行周围环境的幽寂。最后抒发了倦于宦游、希企归隐山林的情怀。南朝某些写景抒情的作品往往表现这种情怀,就连吴均《与宋元思书》、陶弘景《与谢中书书》等书札亦是如此。此诗在梁代颇受推重,颜之推《颜氏家训?文章篇》载云:“王籍《入若耶溪》诗云:‘蝉噪林逾静,鸟鸣山更幽。’江南以为文外独绝,物无异议。简文吟咏,不能忘之;孝元讽味,以为不可复得,至《怀旧志》载于《籍传》。”

## 二、鲍照与刘宋齐鲁文士诗歌

与谢灵运相比,颜延之的诗成就不算高。他的诗流传于今的

① 《南北朝文学史》,人民文学出版社1991年版,第139—140页。

有近三十首，其中较多流露真情实感且在艺术上较成功的是《北使洛》、《还至梁城作》和《五君咏》等行役、咏史之作。晋末义熙十二年，刘裕率军北伐，克复洛阳，被封为宋公，颜延之奉命去前线祝贺，往返途中写下《北使洛》与《还至梁城作》二诗，《北使洛》云：

> 阴风振凉野，飞云瞀穷天。临途未及引，置酒惨无言。隐悯徒御悲，威迟良马烦。游役去芳时，归来屡徂諐。蓬心既已矣，飞薄殊亦然。

《还至梁城作》云：

> 故国多乔木，空城凝寒云。丘垄填郛郭，铭志灭无文。木石扃幽闼，黍苗延高坟。惟彼雍门子，吁嗟孟尝君。愚贱同堙灭，尊贵谁独闻。曷为久游客，忧念坐自殷。

诗中既有中原萧条残破景象的刻画，又有行役之苦、黍离之悲和古今之慨的流露，意脉连贯，造成了悲凉沉重的气氛，与“世极迍邅而辞意夷泰”的东晋玄言诗风迥然不同。

《五君咏》共五首，分咏魏晋之际“竹林七贤”中阮籍、嵇康、刘伶、阮咸、向秀等五人（山涛、王戎二人因仕晋贵显，被摒除在外），系颜延之在宋文帝元嘉中不曲阿刘湛等权要，被黜为永嘉太守后怨愤不平之作。诗以品题式的简要语言为阮籍等五人传神写照，同时也寄托或隐喻了作者耿介傲岸、嗜酒任诞、肆意直言等个性精神以及被放外任的处境。总体上看，颜延之此作侧重于咏赞历史人物的内在风神，而异于左思《咏史》之侧重于历史人物的生活境遇，这是《五君咏》在中古咏史诗创作发展史的重要创变。所以，后世论者或称其“善言林下风”①。五首诗中《阮步兵》、《嵇中散》二首尤为出色：

> 阮公虽沦迹，识密鉴亦洞。沉醉似埋照，寓辞类托讽。长

① 刘熙载《艺概》，上海古籍出版社 1978 年版，第 56 页。

啸若怀人，越礼自惊众。物故不可论，途穷能无恸！

中散不偶世，本自餐霞人。形解验默仙，吐论知凝神。立俗迕流议，寻山洽隐沦。鸾翮有时铩，龙性谁能驯！

历来人们对其评价甚高，如清人陈祚明云："五篇则为新裁，其声坚苍，其旨超越，每于结句凄婉壮激，余音诎然，千秋乃有此体。"①关于此诗的寄托或隐喻性质，以明人王世贞所评较为具体，王氏云："延年《五君》忽自秀于他作，如'沉醉似埋照，寓辞类托讽'，'鸾翮有时铩，龙性谁能驯'，以比己之骯髒也；'韬精日沉饮，谁知非荒宴'，以解己之任诞也；'屡荐不入官，一麾乃出守'，以感己之濡滞也。"②

《秋胡行》也是颜诗中历来颇受称道的作品。此诗本事出于汉代刘向《列女传》，叙春秋时鲁人秋胡娶妻数日即往陈国为官，五年而归，将至家，见道旁有美妇采桑，下车赠金挑之，对方不受；至家，才发现那位美妇就是自己的妻子；妻子责以大义，然后投河而死。诗共九章，具有结构谨严有序，笔致曲折绵密，抒情性浓重的特点，为六朝同题之作的翘楚。

鲍照（？—466），字明远，祖籍东海（治所在今山东郯城）。出身寒微。文帝时，自负才学，想干一番事业，向爱好文义的临川王刘义庆献诗言志，得到赞赏，被任为国侍郎。刘义庆卒，一度在家闲居。后又在始兴王刘濬幕下任侍郎。孝武帝时，为中书舍人，不久离京外任秣陵令、永安令等职；临海王刘子顼移镇荆州，被任为前军刑狱参军。明帝即位，晋安王刘子勋举兵反，兵败，刘子顼因站在刘子勋一边，被赐死；照亦为乱兵所害。

---

① 《采菽堂古诗选》卷十六，清康熙丙戌刊本。

② 《艺苑卮言》卷三，《历代诗话续编》，中华书局1983年版，第995页。

鲍照"才秀人微",虽在艰难的仕途上苦苦挣扎,但最终死于统治集团内讧的斧钺之下,他的一生是极其不幸的。贫寒的家世、低贱的社会地位和坎坷的遭遇使他较多地认识到时代政治的黑暗腐朽,体会到下层人民生活的痛苦,因而也就决定了他异于谢灵运等士族文人的创作风貌。

鲍照的诗歌,乐府诗的地位尤为突出。他流传于今的二百多首诗中,乐府诗就占八十多首,其中的大量诗篇继承和发扬了汉乐府民歌"感于哀乐,缘事而发"及建安文人"慷慨任气"的传统精神,多方面地反映了当时的社会生活,尤其是尽力咏吟征夫、思妇以及像他那样在仕途上极不得意的贫士的生活和思想感情,并在艺术上有积极大胆的开拓创新。

用七言和杂言体写成的《拟行路难》十八首是鲍照乐府诗中最为古今读者称道的作品。这十八首诗非一时所作,内容比较丰富,有的抒写对腐朽的门阀制度的不满及自己备受压抑的悲愤,如第四首:

> 泻水置平地,各自东西南北流。人生亦有命。安能行叹复坐愁!酌酒以自宽,举杯断绝歌《路难》。心非木石岂无感?吞声踯躅不敢言。

诗以泻水于地、流向不一起兴,比喻社会生活中人之命运如何,亦无法由己掌握,流露出作者在仕途上受尽挫折之后的无奈情绪;因此要以酒浇愁,宽解痛苦;但不公平的世道给予他的心灵创伤实在太重,非酒所能消解,"心非"二句蕴藏着多么深沉的悲愤!在第六首,诗人的满腔愤懑不平终于像火山爆发似地腾涌而出:

> 对案不能食,拔剑击柱长叹息!丈夫生世会几时,安能蹀躞垂羽翼?弃檄(一作"弃置")罢官去,还家自休息。朝出与亲辞,暮还在亲侧。弄儿床前戏,看妇机中织。自古圣贤尽贫贱,何况我辈孤且直。

诗劈空而下，以对案不食、拔剑击柱、长叹息等相连贯的行为动作充分展示内心的愤激不平，又以反问的强烈语气，形象化的比喻叙说之所以愤激不平的原因；中间数句设为决绝官场之辞，表明既有志难伸，则宁肯罢官归家，与亲人朝夕团聚，而不能忍受官场之蹀躞垂翼的屈辱生活；最后发为直接的控诉，抨击了社会的黑暗不公。整篇诗披心见意、气势充沛，使人不但看到作者的失意和痛苦，更看到了他的不屈和抗争。抒写征夫思乡和闺妇独居的痛苦也是《拟行路难》的重要内容。如第十三、第十四写征夫从军多年不得归乡的悲愁：

我初辞家从军侨，荣志溢气干云霄。流浪渐冉经三龄，忽有白发素髭生。今暮临水拔已尽，明日对镜复已盈。但恐羁死为鬼客，客思寄灭生空精。

君不见少壮从军去，白首流离不得还。故乡窅窅日夜隔，音尘断绝阻河关。朔风萧条白云飞，胡笳哀急边气寒。听此愁人兮奈何！登山远望得留颜。将死胡马迹，能见妻子难。男儿生世轗轲欲何道？绵忧摧抑起长叹。

这类诗篇前代文人亦偶有所作，但都不及鲍照写得真挚生动，其主要原因在于鲍照本人长期过着“去亲为客”的生活，又颇不得志，饱经忧患，能更多地结合自身的遭际去体验从军士卒的情绪，所以，我们把它视为鲍照自己长期游宦和不得志的写照也未尝不可。与征人之悲相呼应的是思妇之泪，第八、十二首写到这种情景，第八首云：

初送我君出户时，何言（一作“何意”）淹留节回换。床席生尘明镜垢，纤腰瘦削发蓬乱。人生不得恒称意，惆怅徙倚至夜半。

此外，这组诗的第二首写到被负心郎抛弃的女子的哀怨，第三首写一个女子不愿为贵人姬妾、向往贫贱而充满爱情的生活，说明了作者对妇女的命运有较深刻的了解并投入了较多的同情，在男尊女卑的封建社会，这无疑是难能可贵的。《拟行路难》十八首中的某些篇章，往往抒发大自然永恒而人生短暂，盛况无常，痛苦多于欢乐，故当及时行乐的思想与感慨，如："君不见河边草，冬时枯死春满道。君不见城上日，今暝没尽去，明朝复更出。今我何时当得然？一去永灭入黄泉。人生苦多欢乐少，意气敷腴在盛年。且愿得志数相就，床头恒有沽酒钱。功名竹帛非我事，存亡贵贱付皇天。"（其五）"君不见柏梁台，今日丘墟生草莱；君不见阿房宫，寒云泽雉栖其中。歌妓舞女今谁在？高坟垒垒满山隅。长袖纷纷徒竞世，非我昔时千金躯。随酒逐乐任意去，莫令含叹下黄垆。"（其十五）这种思想和情绪汉末魏晋人即多有流露，尤其是陆机，其《叹逝》、《感丘》诸赋反复抒发人生无常的感慨；鲍照继承陆机，借助乐府这种比较通俗的诗歌形式，将此种感慨淋漓尽致地表现出来，读来更具有震撼力。

《拟行路难》十八首，有五首是整齐的七言体，其余十三首则是以七言句为主的杂言体，在七言诗的发展过程中起到十分重要的推动作用。在鲍照以前，采用七言体的主要是一些民间歌谣；一般文人则很少采用这种形式，创作上长期处于萌芽状态，较完整的作品如张衡《四愁诗》、曹丕《燕歌行》也是寥若晨星，而《四愁诗》每章首句都带"兮"字，《燕歌行》逐句押韵，都带有不成熟的痕迹。其后傅玄作《拟四愁诗》，序中称七言是一种"体小而俗"的形式，这说明在西晋时七言仍不能登大雅之堂。《行路难》本属汉魏中原民歌，但在鲍照拟作之前无其他作品流传下来，由此也可以推想它不受文人的重视。鲍照大胆地采用了七言和以七言为主的杂言形式，以丰富的内容充实了这种形式，以革新的精神改造了这种形式，他的诗隔句用韵，改变了过去七言诗每句用韵的传统，并且常常换韵，加强了节奏和变化，增进了表现力，从而为七言诗的进一步发展奠定了基础，树立了榜样，开拓了宽广的道路。自他以后，七言体在南北朝文人诗中日益繁荣起来了。鲍照对社会生活的丰富体验以及抗音吐怀的激情，与这种音节错综、变化自如、流转奔放的形式有机结合，特别容易使人产生耳目一新的印象，南朝及后世文人读他的诗感到"发唱惊挺"、"倾炫心魂"、"如五丁凿山，开人世未有"，并不是偶然的。

鲍照的五言乐府也颇多名篇，其中的一些诗篇表现了广泛的边塞战争的内容。如《代出自蓟北门行》，既写到边防军情的紧急，从军将士不畏艰难险阻疾速救援的行动，也写到塞上战场苦寒的景色及将士们视死如归的英雄气概：

羽檄起边亭，烽火入咸阳。征骑屯广武，分兵救朔方。严秋筋竿劲，虏阵精且强。天子按剑怒，使者遥相望。雁行缘石径，鱼贯度飞梁。箫鼓流汉思，旌甲被胡霜。疾风冲塞起，沙砾自飘扬。马毛缩如猬，角弓不可张。时危见臣节，世乱识忠良。投躯报明主，身死为国殇。

全诗情调高亢、慷慨悲壮，具有强烈的爱国主义激情。鲍照边塞乐府的另一类作品则表现了从军将士有功于国却得不到应有之奖赏的不幸遭遇，如《代苦热行》写一位将领经历酷热瘴疠之地，浴血奋战，换来的只是极其微薄的赏赐。而士卒的命运则更为悲惨，《代东武吟》通过一个退伍老兵的自述，典型地概括了边塞战士晚境凄凉的遭遇，控诉了统治者对他们毫不体恤、刻薄寡恩：

主人且勿喧，贱子歌一言：仆本寒乡士，出身蒙汉恩。始随张校尉，召募到河源；后逐李轻车，追虏穷塞垣。密涂亘万里，宁岁犹七奔，肌力尽鞍甲，心思历凉温。将军既下世，部曲亦罕存，时事一朝异，孤绩谁复论？少壮辞家去，穷老还入门。腰镰刈葵藿，倚杖牧鸡豚。昔如鞲上鹰，今似槛中猿。徒结千载恨，空负百年怨。弃席思君幄，疲马恋君轩。愿垂晋主惠，不愧田子魂。

鲍照五言乐府的另一重要内容是表现贫苦士人生活中的种种艰难困苦处境。如《代东门行》写贫士为谋生而离别亲人奔波他乡的悲哀:"遥遥征驾远,杳杳白日晚。居人掩闺卧,行子夜中饭。野风吹草木,行子心肠断";《代贫贱苦愁行》写贫士穷愁潦倒、饱尝屈辱、生不如死的情状:"湮没虽死悲,贫苦即生剧……贫年忘日时,黯颜就人惜。俄顷不相酬,恧怩面已赤,或以一金恨,便成百年隙,心为千条计,事未见一获。运圮津涂塞,遂转死沟洫。以此穷百年,不如还窀穸";皆为直面惨淡人生之作,所述极为悲痛,非亲身经历和体会是难以道出的。

乐府诗之外,鲍照的其他诗歌也有自己的特色。其中的一些拟古诗在思想内容和艺术手法上都和他的乐府诗比较相近,如《拟古八首》之三("幽并重骑射")抒写企望立功边塞的壮志,笔力劲健,格调激昂,一如《代出自蓟北门行》;之六("束薪幽篁里")抒写对下层人民备受剥削压迫的同情及怀才不遇的悲慨,感情沉痛,语言浑朴,则近似《代贫贱苦愁行》。其中的一些写景纪行之作往往呈现与谢灵运不同的风貌。谢诗在描绘山水的同时经常带有玄言尾巴,鲍照诗写景则脱尽玄言气息。谢灵运拥有依山傍水的庄园,有充裕的时间游山玩水,其山水诗着力表现的是生机盎然,令人心旷神怡的清美境界,鲍照既没有谢氏的优越的生活条件,也较少谢氏那样的游赏山水的闲情逸致,为生活所迫,他的一生不得不到处奔波、故写景纪行之作主要描写的是道路的艰险、景物的萧条和羁旅的凄伤。如《行京口至竹里》:"高柯危且竦,锋石横复仄。复涧隐松声,重崖伏云色。冰闭寒方壮,风动鸟倾翼。斯志逢凋严,孤游值曛逼";《登翻车岘》:"高山绝云霓,深谷断无光。昼夜沦雾雨,冬夏结寒霜。淖坂既马领,碛路又羊肠……游子思故居,离客迟新乡";《登黄鹤矶》:"木落江渡寒,雁还风送秋。临流断商弦,瞰川悲棹讴”;《上浔阳还都道中作》:“鳞鳞夕云起,猎猎晚风遒。腾沙郁黄雾,翻浪扬白鸥。登舻眺淮甸,掩泣望荆流”;《玩月城西门廨中》:“归华先委露,别叶早辞风。客游厌苦辛,仕子倦飘尘”;他笔下的山川,往往是险峻的,而且多笼罩着秋冬的肃杀气氛,诗中出现的自我形象,往往是风尘仆仆、饱含旅途风霜的游子,而且心情比较沉郁。①

鲍照的诗歌尤其是乐府诗对后代作家的影响是很深的。在南朝,受他影响较明显的有江淹和吴均,江淹的部分拟古和写景之作模仿鲍照之迹甚浓。吴均诗歌,在题材取向、思想感情,乃至语言形式、风格上,皆深受鲍照的影响。如写仕途坎坷的牢骚不平:“游侠少年游上路,倾心颠倒想恋慕……大才大辩尚如此,何况我辈轻薄人。”(《行路难》其二);写富贵难永、盛年无常的感慨:“君不见西陵田,从横十字成陌阡。君不见东郊道,荒凉芜没起寒烟。尽是昔日帝王处,歌姬舞女达天曙。今日翩妍少年子,不知华盛落前去……”(《行路难》其三)写憧憬立功边塞,报效国家的壮志和激情:“羽檄起边庭,烽火乱如萤。是时张博望,夜赴交河城。马头要落日,剑尾掣流星。君恩未得报,何论身命倾!”(《入关》)“男儿亦可怜,立功在北边。阵头横却月,马腹带连钱。怀戈发陇坻,乘冻至辽边。微诚君不爱,终自直如弦。”(《从军行》)“剑头利如芒,恒持照眼光。铁骑追骁虏,金羁讨黠羌。高秋八九月,胡地早风霜。男儿不惜死,破胆与君尝。”(《胡无人行》)凡此等等,与前面所述鲍照的诗篇显然一脉相承。初唐四杰之一的卢照邻及盛唐大诗人李白《将进酒》、《行路难》等豪迈奔放的诗篇,与鲍照《拟行路难》的内容及风格颇为相近。高适、岑参、杜甫的边塞诗也不同程度地受到鲍

---

① 参见刘文忠先生《鲍照和庾信》,上海古籍出版社1986年版,第23、24页。

照的影响。清人王士禛《带经堂诗话》卷一指出：盛唐“边塞之作，则出鲍照、吴均也”。

何承天诗歌今存《鼓吹铙歌十五首》，为拟乐府诗，撰于东晋末义熙年间。大量写作拟古诗或拟乐府诗，是晋宋之际文人变革玄言诗风的一个途径，为摆脱和扭转弥漫近一个世纪之玄言诗忽视文学的抒情言志功能，乃至“世极迍邅而辞意夷泰”的不良倾向，这类诗歌力图恢复汉魏西晋古诗和乐府诗重视抒发情志的传统。在拟乐府诗的写作方面，何承天是此文学背景下较早出现的一个作家。其《朱路篇》、《雍离篇》、《战城南篇》、《巫山高篇》，写到从军将士为国奋战、立功沙场的豪情壮志，凌厉克敌、势不可挡的雄伟气概，以及战场的紧张激烈氛围等，兹录《战城南篇》：

> 战城南，冲黄尘，丹旌电熛鼓雷震。勍敌猛，戎马殷，横阵亘野若屯云。仗大顺，应三灵，义之所感士忘生。长剑击，繁弱鸣，飞镝炫晃乱奔星。虎骑跃，华毦旋、朱火延起腾飞烟。骁雄斩，高旗搴，长角浮叫响清天。夷群寇，殪逆徒，余黎沾惠咏来苏。奏凯乐，归皇都，班爵献俘邦国娱。

作者善于捕捉并渲染两军交战的特殊情景，浓墨重彩，绘声绘色，极富动感，使人眼花缭乱，惊心动魄。《巫山高篇》则有具体的针对性及较强的写实性，其中涉及巴蜀一带的自然环境，商旅的悲情，桓温克平李氏割据政权，对欲凭险纵逆者的警告，等等，内容较丰富，而且诗歌句式参差错落，比《战城南篇》的三、三、七式重叠更多变化：

> 巫山高，三峡峻，青壁千寻，深谷万仞。崇岩冠灵林冥冥，山禽夜响，晨猿相和鸣。洪波迅澓，载逝载停。凄凄商旅之客，怀苦情。在昔阳九皇纲微，李氏窃命，宣武耀灵威，蠢尔逆纵，复践乱机，王旅薄伐，传首来至京师。古之为国。唯德是贵，力战而虐（一作“虚”）民，鲜不颠坠，翙乃叛戾，伊胡能遂？

咨尔巴子无放肆！

糅合三、四、五、六、七言句式于一篇，在南朝文人乐府中，如此句式变化多样的杂言诗篇相对比较少见。其《上陵者篇》由登临陵峦，联想及齐景公牛山之叹，抒发了岁月流逝、人生短促的悲伤，结之以生必有死、及时取乐的感悟。这种内容及情调，汉末至西晋文人诗赋中屡见，且往往写得悲慨淋漓，承天此作庶几近之，显然是对前代文人创作抒情言志传统的自觉复归。《君马篇》先述骏马驰骋，企遇伯乐；然后转移诗境，斥责汉魏统治者纵情营私，人畜错位，流露了关心民瘼的正义情怀，云："奈何汉魏主，纵情营所私，疲民甘藜藿，厩马患盈肥，人畜贸厥养，苍生将焉归！"如此跳跃变换的谋篇构思，增加了作品的思想内涵的容量。

## 三、徐陵与齐梁陈齐鲁文士诗歌

任昉诗的成就不及其文，萧统《文选》收录其文达十七篇，而收录其诗仅二篇，即为明证。大体言之，任诗可谓"典质有余，风神不足"①，但也有少量颇佳的篇章，如悼念亡友范云的《出郡传舍哭范仆射》之三："与子别几辰，经途不盈旬。弗睹朱颜改，徒想平生人。宁知安歌日，非君撤瑟晨。已矣余何叹，辍舂哀国均。"寥寥八句，遣辞相当简括得体，一往情深，哀婉动人，诚如清人张玉穀所评："前四，以别未盈旬，宛然心目翻起。五、六，痛其死出意外，以上句跌出下句，疑真疑假，愈觉难堪。后二，反将已叹撇开，就国人皆哀，显出斯人关系之重，切范身分。"②

何承天子何翼，曾为员外郎。何翼子何询，官至齐太尉中兵参

① 胡应麟《诗薮·外编》卷二，上海古籍出版社1979年版，第152页。

② 《古诗赏析》卷十九，上海古籍出版社2000年版，第452页。

军。何询子何逊，年轻时即以诗名，沈约说他读何逊的诗，“一日三复，犹不能已”①；梁元帝萧绎说：“诗多而能者沈约，少而能者谢朓、何逊。”②

何逊今存诗歌多为入梁以后所作。诗歌的内容或抒发对游宦生活的厌倦，或表现羁旅乡愁，以及同僚、友朋间的酬答、伤别。还有少量咏怀言志之作，抒写了诗人孤高傲俗的品格和仕途坎坷的郁愤不平，如《扬州法曹梅花盛开》等。

何逊诗作中酬答、伤别之诗艺术性较高；为后人称道的佳句，大多在这类作品中。如《酬范记室云》：

> 林密户稍阴，草滋阶欲暗。风光蕊上轻，日色花中乱。相思不独欢，伫立空为叹。清谈莫共理，繁文徒可玩。高唱子自轻，继音予可惮。

《与胡兴安夜别》：

> 居人行转轼，客子暂维舟。念此一筵笑，分为两地愁。露湿寒塘草，月映清淮流。方抱新离恨，独守故园秋。

《临行与故游夜别》：

> 历稔共追随，一旦辞群匹。复如东注水，未有西归日。夜雨滴空阶，晓灯暗离室。相悲各罢酒，何时更促膝！

《相送》：

> 客心已百念，孤游重千里。江暗雨欲来，浪白风初起。

皆情景相生、以景写情，有的篇章达到了情景交融的境界。

何逊的个别山水诗仍属前代雄奇诗风的遗绪，如《渡连圻》，写景密实，笔势雄健奇崛。但多数诗篇，如《慈姥矶》、《下方山》、《日夕出富阳浦口和朗公》，在题材的净化方面取得成功。但相对于沈

① 《梁书》卷四十九《何逊传》，中华书局 1973 年版。

② 《南史》卷三十三《何承天传》附《何逊传》，中华书局 1975 年版。

约、范云，何逊更长于名章迥句的琢炼，如“林密户稍阴，草滋阶欲暗。风光蕊上轻，日色花中乱”（《酬范记室》），“游鱼乱水叶，轻燕逐风华”（《赠王左丞》），“水底见行云，天边看远树”（《晓发》），“黄鹂隐叶飞，蛱蝶萦空戏”（《石头答庾郎丹》），“薄云岩际出，初月波中上”（《入西塞示南府同僚》），“岸花临水发，江燕绕樯飞”（《赠诸游旧》），“探景每入幽微”（陆时雍《诗境总论》），谢朓以后，可称雄杰。他对后世的影响，也以这类迥句为深，“佳句实开唐人三昧”（叶矫然《龙性堂诗话初集》）“集中警句，每见规模”（陈祚明《采菽堂古诗选》卷二十六）之类称誉已是定评。

何逊也是“永明”新体诗的重要作家之一，王闿运《八代诗选》载录其新体诗十四首。自沈约等人倡导声病之说，王融、范云、谢朓、吴均等竞为新体诗，即所谓“永明体”。这种诗体讲求对偶、声律，反映了诗歌讲究格律的趋势。在“声韵之道大行”的风气影响下，谢朓之后，何逊的诗歌重视审音炼字、工偶精对，取得较高成就，有的诗篇，已初具唐律规模。如《日夕出富阳浦口和朗公》：

> 客心愁日暮，徙倚空望归。山烟涵树色，江水映霞辉。独鹤凌空逝，双凫出浪飞。故乡千余里，兹夕无寒衣。

俨然是唐人五言律诗。除声律略有不合外，其他各方面及表现方法，都是一首律诗。何逊的某些绝句，写得尤为工致，与唐人绝句放在一起，简直能以假乱真。如《相送》造语精工，俨然五绝。他如《伤徐主簿》、《送司马长沙》两首，前者类似截取中间两联的律绝，全部对仗，且合乎平仄；后者则为截取首尾两联的律绝，完全不对仗。宋人洪迈将《送司马长沙》一诗，误收入《万首唐人绝句》，“亦其声调酷类，遂成后世笑端”。①

① 胡应麟《诗薮・外编》卷二，上海古籍出版社 1979 年版，第 155 页。

唐代伟大诗人杜甫十分推重何逊，自云“颇学阴(铿)何(逊)苦用心”(《解闷十二首》之三)。他所赞赏的，就是何逊精于造语的艺术努力。而其诗作中，也常将何逊诗句采为己句，或化用何逊诗意另铸新词。如宋人黄伯思指出，“集中若‘团团月隐洲’，‘轻燕逐风花’，‘野岸平沙合，连山远雾浮’，‘岸花临水发，江燕绕樯飞’，‘游鱼上急濑’、‘薄云岩际宿’等，子美皆采为己句，但小异耳”。① 自唐之后，直至清代，诗人及评家对何逊都有较高评价。如清代著名诗人王士禛认为谢朓在齐“独步一代”，在梁“则江淹、何逊足为两雄”。②

何思澄(483－534?)亦为何逊宗人，少勤学，工文辞，今存诗三首，较佳的是《奉和湘东王教班婕妤》：“寂寂长信晚，雀声喧洞房。蜘蛛网高阁，驳藓被长廊。虚殿帘帷静，闲阶花蕊香。悠悠视日暮，还复拂空床。”班婕妤(前48－前6)，汉成帝妃。赵飞燕姐妹得宠于成帝，班姬恐日久见危，于是自愿退居长信宫，曾撰《自悼赋》，抒及自己孤居的凄楚。六朝宫怨题材的诗歌趋盛，受班赋的影响，《班婕妤》、《婕妤怨》、《长信怨》、《玉阶怨》遂为诗人们喜用的诗题，何思澄此作即为一例。由诗题可知，思澄此诗乃为奉和梁湘东王萧绎之作。诗人选取女主人公“最难消遣是黄昏”的内心感受而予以表现，着力于借助渲染长信宫晚暮的冷寂气氛，以映衬烘托班婕妤寂寞黄昏、度夕如年的惆怅苦闷，委婉深切，颇见功力。

徐孝嗣为徐湛之孙，父祖皆为刘劭所杀，孝嗣在孕得免。官至尚书令。有集十卷，佚。今存诗三首，较好的是《白雪歌》，乃五言四句的短诗，抒写月夜闺怨之情：“风闺晚翻霭，月殿夜凝明。愿君早流眄，无令春草生。”诗篇由景入情，情景契合自然。末句化用西

---

① 胡仔《苕溪渔隐丛话》后集卷二引《东观余论》，人民文学出版社1984年版，第9、10页。

② 王士禛《古诗选凡例》，清刊本。

汉淮南小山《招隐士》“王孙游兮不归，春草生兮萋萋”，情致委婉得体，与谢朓的五言四句短诗《王孙游》近似。

徐勉今存诗八首，较好的是《采菱曲》，抒写江南水乡少女对爱情的憧憬；语言自然明快，略似乐府民歌。

徐悱，幼聪明，能属文。徐勉《答客喻》称其“文章之美，得之天然，好学不倦，居无尘杂，多所著述，盈帙满笥”。可惜没有保存下来。今存诗四首，其中《古意酬到长史溉登琅邪城》，前半描写了京都建康北边琅邪城雄伟险要的形势，兼及京都的繁华风貌，进一步地突出了琅邪城作为京都屏障的重要战略地位。后半抒发作者心系国运，意欲建功立业的抱负，以及对良将受压抑的感慨：

> 少年负壮气，耿介立冲冠。怀纪燕山石，思开函谷丸。岂如霸上戏，羞取路傍观。寄言封侯者，数奇良可叹。

辞气慷慨，笔力刚健，情调高昂，颇有“建安风骨”，与梁代某些诗篇的纤弱作风形成鲜明对照、故论者或称其“在尔时已为高响”。（沈德潜《古诗源》卷十三）徐悱的情诗也有佳作，如其《对房前桃树咏佳期赠内》抒写外任晋安（今福州）时对留居京城的妻子刘令娴的思念：

> 相思上北阁、徙倚望东家。忽有当轩树，兼含映日花。方鲜类红粉，比素若铅华。更使增心意，弥令想邪狭。无如一路阻，脉脉似云霞。严城不可越，言折代疏麻。

诗人由思念妻子而登阁徙倚北望，忽见北阁轩前桃花盛开，色彩鲜艳，美好怡人，禁不住联想到远方那美如桃花的妻子。鲜美的花瓣仿佛就是妻子脸上的胭脂和香粉，主观情思与客观景物的渗透融合，仿佛使眼前朵朵鲜花，也显得情意绵绵，于是脱口吟出“更使”二句，直接表现由花及人的此时此刻对妻子的愈益热恋。末四句抒写空间阻隔、归期未卜、夫妇难以团聚的痛苦。“言折”句，典出《楚辞·九歌·大少命》“折疏麻兮瑶花，将以遗兮离居”，“疏麻”是传说中的神麻，花色洁白如玉，屈辞作为离居寄赠之物，后世诗人写离情别绪往往用此典故,徐悱这里以桃花代神麻,寄赠离居的妻子,便是一例。全诗思绪缠绵,感情真挚,堪称佳篇。

徐君蒨,性聪明,好学,尤熟于集部书。在荆州为湘东王萧绎镇西谘议参军,善音乐,捷于辞令,诗文为王府之冠,特有轻艳之才,新声巧变,人多讽诵习学。今存诗四首,其中“草短犹通屐,梅香渐著人”(《初春携内人行戏》),可推名句。

徐摛,初为晋安王萧纲侍读,萧纲镇襄阳,摛随往,在郡与刘孝威、庾肩吾等十人抄撰典籍,号“高斋学士”。大通初,参赞军务,教命军书,多出其手。中大通三年,萧纲立为太子, 摛为太子家令,兼掌管记室。参与修纂《法宝联璧》。摛作诗好为新变,诗风靡丽,在萧纲属官中年又最长,因而影响极大,其他文士纷纷仿效,至萧纲入东宫而有“宫体”之号。梁武帝召见责备,摛应对明敏,经史百家及释氏之学无不应答如响,因更被宠信。萧纲宴集儒玄之士,令摛驰骋大义,间以剧谈,辞辩纵横,众难答抗。侯景攻陷台城,入萧纲居所,众皆走散,摛独侍立不动,斥景无礼,景乃下拜。萧纲即位为简文帝,授左卫将军,固辞。大宝二年,侯景囚简文帝,摛气愤而卒。今存诗五首,优秀之作为《胡无人行》:

> 列楹登鲁殿,拥絮拭胡妆。犹将汉闺曲,谁忍奏毡房?遥忆甘泉夜,闇泪断人肠!

这是一曲颇感人的流落异域的汉宫女子的悲歌。徐摛的同时期人钟嵘,在其《诗品》中论及某些社会生活内容最能感动人心,故有抒情诗歌之撰作,云:“至于楚臣去境,汉妾离宫;或骨横朔野,魂逐飞蓬;或负戈外戍,杀气雄边;塞客衣单,孀闺泪尽;或士有解佩出朝,一去忘返;女有扬蛾入宠,再盼倾国:凡此种种,感荡心灵,非陈诗何以展其义?非长歌何以骋其情?”其中之“汉妾离宫”,即属“感荡心灵”之社会生活内容的一种,故历来吟咏不断,如吟咏西汉宫女王昭君出塞之事的,在今存南朝诗歌中便可找出十几首来。更多的诗篇并未局限于某个宫女出塞境遇的吟咏，而是从普遍意义上诉说“汉妾离宫”，流落异域的悲痛，徐摛此作即为一例。诗篇通过胡妆、毡房与汉曲、甘泉等意象的对照、反衬，突出了女主人公在异域生活的孤寂、凄凉，寥寥六句，情韵悠长，启人联想。另外几首皆为咏物诗，其中《咏笔》一首，对仗平仄已与唐律无异。

徐陵诗的成就、地位逊于其文，但在梁陈时期亦属诗坛一名家。

南朝诗歌，尤其是南朝后期诗歌，以咏物写景及表现艳情者为多，徐陵诗作也不例外。其《咏雪》、《咏日华》、《斗鸡》、《奉和咏舞》等咏物诗水平一般，没有什么特色。相对而言，写景诗水平较高一些，如“细萍时带楫，低荷乍入舟。猿啼知谷晚，蝉咽觉山秋”（《山池应令诗》），“竹密山斋冷，荷开水殿香”（《奉和简文帝山斋诗》），“桃源惊往客，鹤峤断来宾。复有风云处，萧条无俗人。山寒微有雪，石路本无尘，竹径蒙笼巧，茅斋结构新……砌水何年溜，簷桐几度春。云霞一已绝，宁辨汉将秦？”（《山斋诗》）描绘山中景象的幽雅宁静，可谓简洁生动，而后者旨在标榜隐逸之士的居住环境，故颇有潇洒出尘之致。又，“荷开水殿香”句，明人杨慎《升庵诗话》指出，李白诗“风动荷花水殿香”全用其语。表现艳情的诗篇，或五言，或七言，或杂言，采用形式灵活多样，思想大胆解放，受南朝乐府民歌的影响较为浓重，如“绣帐罗帷隐灯烛，一夜千年犹不足。惟憎无赖汝南鸡，天河未落犹争啼”（《乌栖曲》之二），“龙城远，雁门寒，愁来瘦转剧，衣带自然宽，念君今不见，谁为抱腰看”（《长相思》之一）。又，同为艳歌，《杂曲》则宫廷味显著，作者铺写陈叔宝宠妃张丽华的美丽容貌及华贵居饰等，共二十句，四句一转韵，把梁代开始盛行的整齐的七言歌行发展成一种规范体式。

徐陵还有一些边塞诗及送别诗，所写内容比以上诗篇较多社会意义，艺术风格也有所变化。其边塞诗，或写从军将士的思乡之情，或写边塞环境及将士戍边的豪壮气概，建功立业的抱负，等等，如《关山月》二首：

关山三五月，客子忆秦川。思妇高楼上，当窗应未眠。星旗映疏勒，云阵上祁连。战气今如此，从军复几年！

月出柳城东，微云掩复通。苍茫萦白晕，萧瑟带长风，羌兵烧上郡，胡骑猎云中。将军拥节起，战士夜鸣弓。

《出自蓟北门行》：

蓟北聊长望，黄昏心独愁，燕山对古刹，代郡隐城楼。屡战桥恒断，长冰堑不流。天云如地阵，汉月带胡秋。渍土泥函谷，挼绳缚凉州。平生燕颔相，会自得封侯。

南北朝时期边塞诗逐渐兴盛，这当然与南北政权分立、彼此战争频繁有所关联，但更重要的原因，在于当时人们认为闺中的思念与塞上的寒苦，以及征战之险、为国捐躯之壮烈、有功难赏之愤懑不平等有关边塞生活的情形，是最能激动人心而最适合于诗的表现内容。这种现象论者或有旗帜鲜明的确认，如钟嵘《诗品》。在边塞诗的创作方面，以鲍照、吴均的成就较为杰出，其形式依旧多是借用乐府旧题。吴均稍后的徐陵，边塞乐府也写得相当出色，上引三首便是代表作，其风格宛转而遒劲，结尾处尤显壮健之气骨，不像同时人的某些边塞之作最后往往儿女情长，流于纤弱。

徐陵的送别诗有《别毛永嘉》、《秋日别庾正员》、《征虏亭送新安王应令》及《新亭送别应令》等，后二首虽属应命之作，但间有渲染离别气氛的佳句，如“野燎村田黑，江秋岸荻黄。隔城闻上鼓，回舟隐去樯”（《新亭送别应令》）。而历来更受称道的是作者逝世前不久所作的《别毛永嘉》：

愿子厉风规，归来振羽仪。嗟余今老病，此别空长离。白马君来哭，黄泉我讵知。徒劳脱宝剑，空挂陇头枝。



毛永嘉，指毛喜（516—587），陈宣帝时执掌军国机密，官至吏部尚书,封东昌县侯;他为人正直,言无回避,因得罪后主,至德元年(583年)被外放为永嘉太守。离京赴永嘉时,徐陵在卧病之中写下这首送别诗。诗首二句是对毛喜的勉励,期望他在任上有所作为,有益朝纲,既流露了友谊,又显示了对国运的关心。后六句抒写离别之情,其中"嗟余"二句直言其既老且病,此一别将成永诀;"白马"四句运用东汉范(式)、张(劭)之交及春秋时吴国大臣季札和徐君之交两个关于知己好友情深意诚的典故,抒写了自己在"老病"境遇中与友人毛喜离别的无限沉痛。全诗感情真挚深沉,堪称徐陵今存诗中的冠冕,清人张玉穀《古诗赏析》称,读此诗"觉一切生离苦语,皆属肤浮矣"。①

梁朝诗歌创作气氛极为浓重,王褒也是一个重要的参与者,其诗风在入北前已经定型,较著名的作品有七言边塞乐府《燕歌行》,《周书》本传称此诗"妙尽关塞寒苦之状,元帝及诸文士并和之,而竞为凄切之词"。

诗云:

初春丽景莺欲娇,桃花流水没河桥。
蔷薇花开百重叶,杨柳拂地数千条。
陇西将军号都护,楼兰校尉称嫖姚。
自从昔别春燕分,经年一去不相闻。
无复汉地关山月,唯有漠北蓟城云。
淮南镜中明月影,流黄机上织成文。
充国行军屡筑营,阳史讨虏陷平城。
城下风多能却阵,沙中雪浅讵停兵。
属国小妇犹年少,羽林轻骑数征行。
遥闻陌头采桑曲,犹胜边地胡笳声。

① 《古诗赏析》卷二十一,上海古籍出版社2000年版,第490页。

胡笳向暮使人泣，长望闺中空伫立。

桃花落地杏花舒，桐生井底寒叶疏。

试为来看上林雁，应有遥寄陇头书。

同许多南朝的边塞诗作者一样，王褒写作此诗时并无边塞生活的亲身经历，但他以诗人的敏锐感知，自觉调动并展开设身处地的时空背景、人物情态等方面的联想，将江南的明丽、塞漠的苦寒以及征人思乡，闺妇怀远的心绪予以动态的穿插对照，艺术感染力还是颇强的，故引发梁元帝及诸文士群起而和之的热情。王褒还有一些边塞诗，题目分别为《关山篇》、《从军行》、《出塞》、《入塞》、《饮马长城窟》、《关山月》等，篇幅一般较短，往往通过寥寥数笔，就能刻画、渲染边塞或苍凉或雄浑或壮阔的景象特征，如"关山夜月明，秋色照孤城。影亏同汉阵，轮满逐胡兵。天寒光转白，风多晕自生"（《关山月》），"关山恒掩霭，高峰白云外，遥望秦川水，千里如长带"（《关山篇》），"雪深无复道，冰合不生波。尘飞连阵聚，沙平骑迹多"（《饮马长城窟》），"荒戍唯看柳，边城不识春"（《从军行》之二），这对后世边塞诗是有所影响的。王褒的某些送别诗也有较强的可读性，如《始发宿亭》：

送人亭上别，被马枥中嘶，漠漠村烟起，离离岭树齐。落星侵晓没，残月半山低。

《别陆子云》：

解缆出南浦，征棹且凌晨。还看分手处，唯余送别人。中流摇盖影，边江落骑尘。平湖开曙日，细柳发新春。沧波不可望，行云聊共因。

皆写清晨送别，诗人善于通过景物刻画寄托或渲染暗示惜别之情，语言平易自然，感情流露真切，能给读者留下深刻的印象。与此二首性质近似，但表情较为直露的有《送别裴仪同》，录备参读："河桥望行旅，长亭送故人。沙飞似军幕，蓬卷若车轮。边衣苦霜雪，愁貌损风尘。行路皆兄弟，千里念相亲。”王褒诗尤为人们传诵的是《渡河北》：

秋风吹木叶，还似洞庭波。常山临代郡，亭障绕黄河。心悲异方乐，肠断陇头歌。薄暮临征马，失道北山阿。

抒写他流落北方的羁旅之悲和乡关之思，风格接近庾信《拟咏怀》诸作，具有萧瑟苍凉的特色。前四句景中寓情，境界开阔，“秋风”二句化用屈原诗句的意境，表达对江南故国的悠思远怀，相当生动传神。后四句，情境真切感人，“异方乐”、“陇头歌”、“薄暮”、“征马”、“失道”、“北山阿”，在这里都委婉切情，恰到好处。此外，王褒有个别诗篇涉及“末代”社会政治的腐败，如其《墙上难为趋》有云：“末代多侥幸，卿相尽经由。台郎百金价，台司千万求。当朝少直笔，趋代皆曲钩。廷尉十年不得调，将军百战未封侯。”卖官之风盛行，社会的黑暗腐败可想而知。葛晓音先生根据《资治通鉴》卷一十二关于北齐后主和幼主时权奸“各引亲党，超居非次，官由财进，狱以贿成”的记载，以为王褒“这首诗可能是为配合北周灭齐的形势而作。但对现实仍有批判意义，可为史料之补证”。①

北朝清河崔氏乃名声最显赫的高门大族，族内不乏好文者。其中北魏重臣崔光著述颇丰，诗作尤富，《魏书》本传载光在太和年间，依宫商角徵羽本音而为《五韵诗》，以赠李彪，彪为《十二次诗》以报光。光又为《百三郡国诗》以答之，国别为卷，为百三卷焉。光还曾以散骑常侍兼侍中的身份，持节为陕西大使，巡方省察，所经述叙古事，因而赋诗三十八篇。所作数百首诗，关涉音乐、艺术、地理、区域、咏史怀古等内容，可见作者渊博的学识和非凡的创作才华。尤其是能写出部头浩繁的《百三郡国诗》，当时无与伦比。可惜已佚，无以睹其风貌。

---

① 《八代诗史》，陕西人民出版社 1989 年版，第 309 页。

# 第三章　六朝齐鲁文士的辞赋

魏晋南北朝辞赋创作承前代之盛势，继续向前发展，在此过程中，齐鲁作家有卓越的表现，刘勰《文心雕龙·诠赋》在论述魏晋重要赋家时曾指出："及仲宣靡密，发端必遒；伟长博通，时逢壮采；太冲安仁，策勋于鸿规；士衡子安，底绩于流制；景纯绮巧，缛理有余；彦伯梗概，情韵不匮：亦魏晋之赋首也。"所述魏晋之优秀赋家王粲、徐进幹、左思、潘岳、陆机、成公绥、郭璞、袁宏等八人，其中徐幹、王粲、左思为齐鲁作家，占了全国的八分之三。魏晋之后的南北朝时期，著名赋家中也不乏齐鲁士人，如鲍照、颜延之、颜之推等。下面以题材内容分类论述之。

## 一、序志抒情赋

魏晋南北朝辞赋成就颇高的是序志抒情之作，齐鲁文人的这类赋具有举足轻重的地位。先从被刘勰誉为"魏晋之赋首"的王粲论起。

王粲赋今亦存二十余篇，大抵言之，题材多样，体制短小，内容丰富，情感充沛，体现了由汉赋到魏晋赋的重要转变。写于归附曹操以前的《登楼赋》是其压卷之作，辞云：

登兹楼以四望兮，聊暇日以销忧。览斯宇之所处兮，实显敞而寡仇。挟清漳之通浦兮，倚曲沮之长洲。背坟衍之广陆兮，临皋隰之沃流。北弥陶牧，西接昭丘。华实蔽野，黍稷盈畴。虽信美而非吾土兮，曾何足以少留。遭纷浊而迁逝兮，漫逾纪以迄今。情眷眷而怀归兮，孰忧思之可任。凭轩槛以遥望兮，向北风而开襟。平原远而极目兮，蔽荆山之高岑。路逶迤以修迥兮，川既漾而济深。悲旧乡之壅隔兮，涕横坠而弗禁。昔尼父之在陈兮，有归欤之叹音。钟仪幽而楚奏兮，庄舄显而越吟。人情同于怀土兮，岂穷达而异心。惟日月之逾迈兮，俟河清其未极。冀王道之一平兮，假高衢而骋力，惧匏瓜之徒悬兮，畏井渫之莫食。步栖迟以徙倚兮，白日忽其将匿。风萧瑟而并兴兮，天惨惨而无色。兽狂顾以求群兮，鸟相鸣而举翼。原野阒其无人兮，征夫行而未息。心凄怆以感发兮，意忉怛而憯恻。循阶除而下降兮，气交愤于胸臆。夜参半而不寐兮，怅盘桓以反侧。

汉献帝初平元年(190年)到建安十三年(208年)，刘表任荆州牧，“爱民养士，从容自保”，使荆州成为当时一个相对安定的地区。王粲就是在这种背景下寄寓荆州的。但他在荆州未受到刘表重视，不免有思归之心；建安中，中原故土逐渐趋于安定，更加强了他的这种情绪。而且，这也是许多流寓荆州之中原人的普遍情绪。《三国志》卷二十一《魏书·卫觊传》载卫觊与荀彧书说：“关中膏腴之地，顷遭荒乱，人民流入荆州者十万余家。闻本土安宁，皆企望思归。”由此可见北方人士浓郁的中原情结。应该说《登楼赋》是在这种情形下产生的。作者所登为麦城城楼(一说为当阳城楼)。作为一位才高志迈的士人，当中原战乱不息之际，久滞荆州而未被刘表重用，登高览景，便情思勃发，抒写郁积心底的久客异地之乡愁和怀才不遇之悲慨，真实而明晰地表现了当时文人的基本精神风貌：乱离飘零的悲慨惆怅和渴望建功立业的进取抱负。这是一种极其可贵的忧患意识与功业意识浑融渗透的时代风貌。全赋“无幽奥之辞、雕镂之字，期于自摅胸臆，书尽言、言尽意而止，无取乎富丽也。首因登楼而极目四望，因极目四望而动其忧时感事去国怀乡一片愁思。首尾凡三易韵，段落分明，行文低徊俯仰，尤为言尽而意不尽。”①其主要特色是通过风貌不同的景物描写来烘托表现自己内心复杂的情感，达到情与景的默契。开头为配合登楼销忧之情思，作者笔下俨然出现一幅绮丽富庶的沃野图；中间述遭乱迁逝逾纪，以路遥山高川深之景烘托有乡难归之忧；最后在一幅萧瑟苍凉的薄暮图中则隐含着年华流逝、壮志难酬及前程未卜的怅惘。景物的勾画完全适应情感发展的需要，显示了高超的艺术匠心。至于运用平易的典故表达深婉的情理，也脱尽了汉赋中习见的艰涩之弊。综言之，它标志着汉魏之际抒情小赋在艺术上的完全成熟，在赋史上理应占据重要地位。

继承王粲《登楼赋》题材较明显的魏晋作家作品有枣据《登楼赋》、孙楚《登楼赋》、郭璞《登百尺楼赋》等②，但在抒情之真切及整体艺术感染力上则远逊粲作。宋代文人李季允效仿王粲《登楼赋》较成功，得到时人称许。③

琅邪王氏乃六朝最显赫的高门大族，吟诵经典诗赋为王氏子弟文化素养的一种表现，其所看重者便有王粲《登楼赋》。《宋书·

① 于光华《文选集评》卷二引，清刊本。

② 清人浦铣《复小斋赋话》：“王仲宣《登楼赋》，情真语至，使人读之泪下，文能动人如此。晋枣据亦有此赋，皆脱胎于粲。”其中枣据《登楼赋》模仿之迹尤显，有云：“怀离客之远思，情惨悯而惆怅。登兹楼而逍遥，聊因高以遐望。感斯州之厥域，实帝王之旧疆。挹呼沱之浊河，怀通川之清漳。原隰开辟，荡臻夷薮。桑麻被野，黍稷盈亩。礼仪既度，民繁财阜。怀桑梓之旧爱，信古今之同情。钟仪惨而南音，庄舄感而越吟。情戚戚于下国，意乾乾于上京。”

③ 宋吴子良《荆溪林下偶谈》卷四：“悦斋李季允《和王仲宣登楼赋》不特语言工，其爱君恋国，感事忧时，忠操过仲宣矣。”《历代文话》第一册，复旦大学出版社 2007 年版，第 578 页。

王华传》载，王华"常诵王粲《登楼赋》，曰：'冀王道之一平，假高衢而骋力。'"不是偶尔吟诵，而是经常吟诵，可见其对王粲赋的格外钟情。

《登楼赋》的思想内涵，既有大我，也有小我。对国家治乱形势的关怀，对个人遭际的伤叹，大我与小我有机地融为一体，自然无隙。但其之所以成为历代抒情赋中最负盛名的作品，还主要在赋中流露的浓重的思乡怀土的情感，正契合于中国古代农业社会人们极为普遍的怀土意识，用王粲自己的概括就是"人情同于怀土兮，岂穷达而异心"。思乡怀土是人之常情，是最普遍的情感，人人皆有，无论你是穷还是达。正如王玫先生所言："《登楼赋》之所以有如此高的接受效应，与其表达思乡怀土的题旨显然极有关系，在中国赋史上可谓别开生面……《登楼赋》接受史给我们的启示是：艺术作品要获得长久的生命力，就必须揭示人类共有的心理感受。离家在外、思乡怀土，本是一种人生的普遍情怀。只要世间有别离，乡情就是永远表白不尽的主题。《登楼赋》无非以文学的形式写出世世代代人们的这种情感经历，它是世俗人生经验的艺术总结。其次，在读者接受过程，《登楼赋》已不单纯是一部文学作品，它的身上已凝结着历代读者的审美经验，随着时代推移，它也将作为一种艺术经验存留于我们民族心理深处。"①

刘勰《文心雕龙·明诗》以"慷慨以任气，磊落以使才。造怀指事，不求纤密之巧；驱辞逐貌，唯取昭晰为能"概括建安诗风，强调其抒情化、个性化、平易化的艺术趣味。大体言之，赋亦如是。王粲《登楼赋》之巨大艺术魅力，不仅得自于浓重的思乡怀土情感内涵，而且得自于其抒情方式真切动人及语言风格的平易自然。汉代的述志抒情赋，如贾谊《鹏鸟赋》，崔篆《慰志赋》，冯衍《显志赋》，

① 《建安文学接受史》，上海古籍出版社2005年版，第273—274页。

班彪《北征赋》，班固《幽通赋》，张衡《思玄赋》，蔡邕《述行赋》等，作者情志的抒发，往往涉及或借助较多的经书、子书、史书的内容，用语典雅，故一般读者读起来障碍重重。王粲此赋较少用典，偶尔用之也非生僻之典，而多为直抒胸臆的情感表现，用语则平浅流畅，通俗易懂。钱穆先生《读〈文选〉》一文述汉魏六朝赋风的变化，即以王粲为转折人物，云："逮及建安，王仲宣《登楼赋》一出，而始格貌全新，体态异旧。此犹美人罢宴，卸冠佩，洗芳泽，轻装宜体，颦笑呈真。虽若典重有减，而实气韵生动……古人著述，六艺百家，途辙分明，存在其胸怀间，其辞则仿扬马，其情则追孔老，固未能空所依傍，豁见己真也。王粲《登楼》则不然，即就目前之景色，直抒心中之存抱，非经非子，不老不孔，而粹然惟见其为文人之文焉。"①我以为现代学者对王粲《登楼赋》意义的评价，钱先生这段话最为宏通、中肯。

在语言风格方面，魏晋赋较汉代赋趋于平易通俗，王粲是开风气之先的一个标志性作家，《登楼赋》是其引领风气的代表作，稍后的赋家，往往继承其通俗赋风。如曹丕，他不但高度评价王粲赋虽张衡、蔡邕不能超越，而且在创作中自觉地向王粲靠拢，如同为登览之作的《登台赋》与《登城赋》。

登高台以骋望……步逍遥以容与，聊游目于西山。溪谷纡以交错，草木郁其相连。风飘飘而吹衣，鸟飞鸣而过前。申踌躇以周览，临城隅之通川。(《登台赋》)

驾言东迈，陟彼城楼。逍遥远望，乃欣乃娱。平原博敞，中田辟除。嘉麦被垄，缘路带衢。流茎散叶，列倚相扶。水幡幡以长流，鱼裔裔而东驰。风飘飘而既臻，日掩薆以而西移。(《登城赋》)

---

① 《中国学术思想史论丛》卷三，安徽教育出版社 2003 年版，第 98 页。

显然与王粲一脉相承。曹丕胞弟曹植，亦高度赞扬王粲的文学才华，其《王仲宣诔》称王粲“文若春华，思若涌泉，发言可咏，下笔成篇”，还在创作上效法王粲，兹仍以与登览有关的题材为例，其《临观赋》云：

登高墉兮望四泽，临长流兮送远客。春风畅而气通灵，草含干兮木交茎。丘陵崛兮松柏青，南国蔓兮果载荣。乐时物之逸豫，悲予志之长违。叹《东山》之诉勤，歌《式微》以咏归。进无路以效公，退无隐以营私。俯无鳞以游遁，仰无翼以翻飞。

在情景交融、语言浅显等方面与《登楼赋》类似。

钟嵘《诗品》述五言诗流变，称西晋张华、潘岳等出于王粲。不独诗风，张华、潘岳的平易赋风也与王粲较为接近。[1] 张华《鹪鹩赋》借物咏怀，言浅托深，类微喻大，如：“飞不飘扬，翔不翕习。其居易容，其求易给。巢林不过一支，每食不过数粒。栖无所滞，游无所盘。匪陋荆棘，匪荣茝兰。动翼而逸，投足而安。委命顺理，与物无患。伊兹禽之无知，何处身之似智？不怀宝以贾害，不饰表以招累。静守性而不矜，动因循以简易，任自然以为资，无诱慕于世伪。”文字浅易，近乎白话口语。潘岳《秋兴赋》用语“轻清爽利，出口如脱”[2]，兹录刻画秋天景色的一节：

嗟秋日之可哀兮，谅无愁而不尽。野有归燕，隰有翔隼。游氛朝兴，槁叶夕殒……庭树槭以洒落兮，劲风戾而吹帷。蝉嘒嘒而寒吟兮，雁飘飘而南飞。天晃朗以弥高兮，日悠阳而浸微。何微阳之短晷，觉凉夜之方永。月朣胧以含光兮，露凄清

① 在建安诸子中，张华尤推崇王粲，陆云《与兄平原书》称：“仲宣文，如兄言，实得张公（张华）力。”严可均《全上古三代秦汉三国六朝文》，中华书局1958年版，第2042页。

② 清于光华《文选集评》卷三引陈尹梅评语，清刊本。

以凝冷。熠燿粲于阶闼兮，蟋蟀鸣于轩屏。听离鸿之晨吟兮，望流火之余景。

语言清新流畅、平易自然，与枚乘、司马相如、杨雄、班固诸家之赋风迥异，而很接近王粲赋风。

东晋南北朝赋，尤其是某些写景抒情小赋，也往往顺着王粲引领的方向继续发展，袁宏《北征赋》、王邵之《悼艰赋》、陶渊明《归去来兮辞》、谢灵运《归途赋》、江淹《别赋》、谢朓《临楚江赋》、萧绎《荡妇秋思赋》等皆属此类篇章。兹节录《荡妇秋思赋》以窥一斑。

荡子之别十年，倡妇之居自怜。登楼一望，唯见远树含烟。平原如此，不知道路几千？天与水兮相逼，山与云兮共色，山则苍苍入汉，水则涓涓不测……相思相望，路远如何！鬓飘蓬而渐乱，心怀愁而转叹，愁萦翠眉敛，啼多红粉漫。已矣哉！秋风起兮秋叶飞，春花落兮春日晖，春日迟迟犹可至，客子行行终不归。

浅易流畅，声情摇曳，在通俗化、诗化的道路上比王粲走得更远了。方之汉赋，六朝赋的主要艺术魅力正在于此，而王粲作为先行者，其示范作用是不可小视的。

王粲《登楼赋》以外的赋作大抵都写于归附曹氏之后，题材包括行旅、游览、哀伤、艳情等，基本可统为抒情、叙事、咏物和写景几大类。其抒情赋多数是伤夭念丧及同情妇女不幸命运的作品，《出妇赋》抒发了弃妇的哀怨及其对负心郎的谴责："君不笃兮终始，乐枯荑兮一时。心摇荡兮易变，忘旧姻兮弃之"，在男尊女卑的封建社会，这无疑是有进步意义的。《寡妇赋》通过对生活场面和景物环境的描绘，表现寡妇的孤苦凄哀，情思缠绵，感人颇深。《伤夭赋》直抒对夭亡者的幽思："求魂神之形影，羌幽冥而弗迕。淹低徊以想像，心弥结而纡萦。昼忽忽其若昏，夜炯炯而至明"，显得一往情深。《思友赋》以简洁的景物烘托怀旧之情："夏木兮结茎，春鸟兮愁鸣。平原兮泱漭，绿草兮罗生。超长路兮逶迤，实旧人兮所经，身既逝兮幽翳，魂眇眇兮藏形”，意境清远生动。后世的抒情赋，尤其是晋代潘岳的怀旧悼亡之赋，如《寡妇赋》、《怀旧赋》、《悼亡赋》等，受王粲这类作品的影响是比较深的。钟嵘《诗品》称潘岳五言诗源自王粲，实际上他的抒情赋亦然。王粲的抒情赋还有抒写男女爱情的《闲邪赋》，已残缺，今存部分写到美女之美好无比及其盛年未嫁的迟暮之悲：“夫何英媛之丽女，貌洵美而艳逸！横四海而无仇，超遐世而秀出。发唐棣之春华，当盛年而处室。恨年岁之方暮，哀独立而无依。情交挈以交横，意惨凄而增悲。”颇为简洁生动。

左思赋抒情性较强的为《白发赋》，假托白发与主人对话的寓言形式，抒写了作者在门阀社会中备受压抑的愤懑不平和痛苦情绪：

> 白发将拔，惄然自诉：“禀命不幸，值君年暮，逼迫秋霜，生而皓素。始览明镜，惕然见恶，朝生暮拔，何罪之故。子观桔柚，一鬠一晔，贵其素华，匪尚绿叶。愿戢子之手，摄子之镊。”“咨尔白发，观世之途，靡不追荣，贵华贱枯。赫赫闾阖，蔼蔼紫庐，弱冠来仕，童髫献谟。甘罗乘轸，子奇剖符，英英终贾，高论云衢。拔白就黑，此自在吾。”
>
> 白发临欲拔，瞑目号呼：“何我之冤，何子之误！甘罗自以辩惠见称，不以发黑而名著；贾生自以良才见异，不以乌鬓而后举。闻之先民，国用老成。二老归周，周道肃清；四皓佐汉，汉德光明。何必去我，然后要荣！”“咨尔白发，事各有以，尔之所言，非不有理。曩贵耆耋，今薄旧齿。皤皤荣期，皓首田里。虽有二毛，河清难。随时之变，见叹孔子。”

赋大致可分为三部分。第一部分写主人将拔白发的理由：“虽非青蝇，秽我光仪，策名观国，以此见疵。”意谓主人在仕途上欲有所作为，但白发损害了其形象，因而被当权者所疵，故须拔之。第二部分是全赋的主体，纯用对话展开情节、深化思想感情，“白发”的申诉，一声比一声强烈；“主人”的驳难，一句比一句沉痛。前者无辜，后者无奈，真正该诅咒的是那腐朽的门阀社会，这与作者《咏史诗》的思想倾向是很一致的。第三部分以“白发”被拔结束全文，其中“昔临玉颜，今从飞蓬，发肤至昵，尚不克终”四句，作者借为“白发”鸣不平，婉曲地抒发了自己在门阀制度摧残下年华零落的切肤之痛。

左思妹左棻作为宫妃，其文学的一大主题是抒写闭锁深宫、骨肉离异的痛苦，代表作品为载于《晋书·后妃传》的《离思赋》：

> 怀思慕之忉怛兮，兼始终之万虑。嗟隐忧之沈积兮，独郁结而靡诉。意惨愦而无聊兮，思缠绵以增慕。夜耿耿而不寐兮，魂憧憧而至曙。风骚骚而四起兮，霜皑皑而依庭。日晻暧而无光兮，气憀慄以冽清。怀愁戚之多感兮，患涕泪之自零。昔伯瑜之婉娈兮，每綵衣以娱亲。悼今日之乖隔兮，奄与家为参辰。岂相去之云远兮，曾不盈乎数寻。何宫禁之清切兮，欲瞻睹而莫因。仰行云以歔欷兮，涕流射而粘巾。惟屈原之哀感兮，嗟悲伤于离别。彼城阙之作诗兮，亦以日而喻月。况骨肉之相于兮，永缅邈而两绝。长含哀而抱戚兮，仰苍天而泣血。

全篇围绕与亲人隔绝的遭遇而尽力宣泄孤独凄苦之情，声声泣下，字字感人，反复咏叹中悲情层层推进，颇有《楚辞》遗风，在魏晋抒情赋中，庶几可与王粲《登楼》、潘岳《哀永逝》、《寡妇》诸作媲美。关于这篇赋，钱钟书先生有很好的论述：“宫怨诗赋多写待临望幸之怀，如司马相如《长门赋》、唐玄宗江妃《楼东赋》等，其尤著者。左芬不以侍至尊为荣，而以隔‘至亲’为恨，可谓有志。即其文论，亦能‘生迹’而不‘遁迹’矣。《红楼梦》第18回贾妃省亲，到家见骨肉而‘垂泪呜咽’，自言：‘当日既送我到那不得见人的去处，……今虽富贵，骨肉分离，终无意趣’。……即斯《赋》所谓‘忝侧紫庐’、‘相去不远’、‘宫禁清切’、‘骨肉长辞’。辞章中宣达此段情境，莫早于左《赋》者。”①从“宫怨”题材源流方面，指明《离思赋》的价值。在这篇赋中，我们能听到作者企求摆脱人身束缚、追求独立人格的呼唤。我们还可发现它包蕴着很现实的社会内容，《资治通鉴·晋纪二》说，公元 273 年至 274 年，“诏选公卿以下女备六宫，……采择未毕，权禁天下婚娶”，“诏又取良家及小将吏女五千人入宫选之，母子号哭于宫中，声闻于外”，这些材料充分说明西晋统治者的荒淫和残暴，为了满足他们的腐朽生活，使无数女子离别亲人而如囚徒一样闭锁深宫。左棻在宫中有较高的地位，尚且如此痛苦，其他普通宫女内心之痛苦就可想而知了。此赋虽非专为泰始年间采择宫女事而作，但从左棻的痛哭呼唤，不正可以听到成千上万宫女的凄楚心声？

伏系之《秋怀赋》。伏滔子伏系之，亦有文才。系之仕晋，历任黄门郎、侍中、尚书、光禄大夫。有集十卷，佚。今存赋两篇，皆残。《雪赋》咏雪，为刘宋谢惠连同题之作的先导。《秋怀赋》在凄清的物色描写中融会了人生短暂的感伤，有云：

> 景宇肃澄，风高木敛，凄风夕衰，零露晨湛。泽收润而草枯，叶骤坠而庭掩。雁偕来以希阳，燕游逝而投险。岂微物之足怀，伤颓龄之告渐。

纯用简洁的白描，极平易流畅。

徐广（352—425），字野民，东莞姑幕（今山东诸城西北）人。家世好学，与兄邈并博学多闻。虽贫，未尝以产业为意。孝武帝太元二年（374 年），谢玄为兖州刺史，辟广为从事。旋转谯王恬镇北参

① 《管锥编》，中华书局 1979 年版，第 1103 页。

军。征入为秘书郎,典校秘书省。迁员外散骑侍郎、祠部郎。司马元显专朝政,引为中军参军。桓玄杀元显,自称大将军,以广为文学祭酒。义熙初,又为刘裕镇军谘议,领记室,转员外散骑常侍,领著作郎,奉诏撰国史。六年,迁骁骑将军,累迁散骑常侍,大司农。十二年,《晋纪》成,表上,迁秘书监,及刘裕受禅,恭帝逊让,广独哀感,涕泗交流。因辞衰老,乞归晋陵。年七十四,卒于家。《秋赋》、《悼亡赋》、《钓赋》,涉及节候、悼亡、隐逸等魏晋较盛行的题材内容,惜皆为残篇。兹录《秋赋》佚文,以窥一斑:

> 于时招摇西建,天高气清,飞霜凝洒,悴叶飘零……高风萧条以遐振兮,游云掩翳而罥林。昆虫随阳而坏穴,鹰隼顺阴而威棱。

风格清疏,略似潘岳《秋兴赋》的有关描写。可见徐广虽以史学、礼学著名,而文学才能也还是说得过去的。徐广《晋纪》对文人的有关创作情况记载较详,如其所记卢湛的情况:"谌善属文,西晋之末,天下丧乱,北投刘琨,琨以为从事中郎,后为段匹磾别驾。尝览史籍,至蔺相如传,睹其志,思其人,故咏之。"(《文选》卷二十一《览古诗》吕延济注引)作为文学史料,是颇为珍贵的。

王廙《春可乐赋》,写景抒情较有文采,辞云:"春可乐兮,乐孟月之初阳。冰泮涣以微流,土昌橛而解刚,野暄卉以挥绿,山葱蒨以发苍。"描写简洁生动。

颜延之尚有两篇抒情小赋,均残缺不全,但可看出其风格明显不同于《赭白马赋》。如《行殣赋》云:

> 嗟我来之云远,睹行殣于水隅。崩朽棺以掩圹,仰枯颡而枕衢。资砂砾以含实,藉水草之毯储。抚躬中途,太息兰渚。行徘徊于永路,时悄怆于川侣。

这是写他旅途中目击被水流冲刷、暴露旷野的尸体而产生的悲伤之情,语言平易,饶有情韵。

鲍照赋水平颇高，为南北朝最优秀作家之一，在刘宋时期则堪称第一。《游思赋》和《伤逝赋》是两篇以行旅和悼亡为题材的抒情赋，在写景抒情上均有一些出色的句子，达到情景交融的较高境界，如《伤逝赋》：

晨登南山，望美中阿。露团秋槿，风卷寒萝。凄怆伤心，悲如之何！尽若穷烟，离若翦弦。如影灭地，犹星殒天。弃华宇于明世，闭金扃于下泉。永山河以自毕，眇千龄而弗旋。思一言于向时，邈众代于古年。

“晨登”六句写凄景悲情，情景已浑融一片；“尽若”数句写亡人之一去不返，设譬多样，不落俗套。《游思赋》写旅途之思情，前半部分“鸿晨”两句暗示江上旅行时间之长，“结中洲”两句以比兴手法抒写绵绵思绪，“瞻荆吴”六句写千里孤征之悲愁，用夸张的笔法来渲染气氛，可谓“驱迈苍凉之气”。

颜之推《观我生赋》，载于《北齐书·颜之推传》，长达二千字。其题名来自《周易》“观卦”中之“观我生，君子无咎”。此赋基本是作者平生经历的实录，堪称用赋体写成的自传。赋中并夹有比较详细的自注，为南北朝赋中继刘宋谢灵运《山居赋》、北魏张渊《观象赋》以后又一篇带有自注的辞赋作品。赋文、注文组成一个有机的整体，为后世研究之推生平事迹提供了第一手的珍贵资料。与庾信《哀江南赋》相似，之推此赋并不仅仅局限于对自我不幸遭遇的表现，而且对侯景之乱、江陵之陷两次兵祸给社会带来的深重灾难进行了真实的揭露，表示了极大的愤慨。他描写到自东晋以来一直为南朝汉民族政权统治中心的建康地区经侯景之乱后“野萧条以横骨，邑阒寂而无烟”的残破景象，也描写到江陵沦陷于西魏的深重灾难：

惊北风之复起，惨南歌之不畅……民百万而囚虏，书千两而烟炀。溥天之下，斯文尽丧。怜婴孺之何辜，矜老疾之无状。夺诸怀而弃草，踣于涂而受掠。冤乘舆之残酷，轸人神之无状，载下车以黜丧，掩桐棺之藁葬。云飞心以容与，风怀愤而憀恨。井伯饮牛于秦中，子卿牧羊于海上。留钏之妻，人衔其断绝；击磬之子，家缠其悲怆。

颜之推早年便亲身经历侯景之乱、江陵之祸，故对战乱中人民的悲惨遭遇感受弥深，往往能捕捉最令人心灵震撼的场面，"怜婴孺之何辜"数句的描述不由地让读者联想到汉末山东作家王粲《七哀诗》之一"出门无所见，白骨蔽平原，路有饥妇人，抱子弃草间"。而之推《冤魂志》有一条记载，堪为此赋中"夺诸怀而弃草"等句的注脚，其云："江陵陷时，有关内人梁元晖，俘获一士大夫，姓刘。此人先遭侯景丧乱，失其家口，唯余小男，始数岁，躬自担负，又值雪泥，不能前进。梁元晖监领入关，逼令弃儿，刘甚爱惜，以死为请，遂强夺取，掷之雪中。杖捶交下，驱蹙使去。刘乃步步回顾，号叫断绝，辛苦顿毙，加以悲伤，数日而死。"由此可见赋的写实性之强。

刘勰《文心雕龙·诠赋》概括汉魏晋宋赋的题材类型，将围绕统治者生活场所而展开的称为"京殿苑猎"赋，围绕文人自身思想行事的称为"述行序志"赋。以此衡之，之推《观我生赋》属于序志赋。序志赋由来已久，或长或短。篇幅较长的远源为屈原《离骚》，汉魏晋则有冯衍《显志赋》、班固《幽通赋》、张衡《思玄赋》、陈琳《大荒赋》、挚虞《游思赋》等，大抵言之，这些作品写实性较薄弱，而幻想性较浓重，有关作者抒写自我理想的境界的内容，多神幻的想象，富于浪漫主义色彩。而南北朝的某些序志赋，则表现出写实性浓重的特色，如沈炯《归魂赋》、李骞《释情赋》、李谐《述身赋》、庾信《哀江南赋》等。这些作品的作者往往以自己的身世为线索，以反映社会动荡的图景，写作时间均早于颜之推《观我生赋》，因而对颜赋的影响是显而易见的，尤其是李谐（496－544）《述身赋》、庾信《哀江南赋》。

描述这段历史惨剧的名篇，历来首推庾信《哀江南赋》，此外，就该数颜氏之作了。南方国土之沦丧，生灵之涂炭，与萧梁宗室的昏庸自私，内讧骤起，引狼入室有直接关系，之推对此进行了一定的揭露抨击，他的批判涉及到勾结侯景，图谋皇位，“初召祸于绝域，重发衅于萧墙”的萧正德；也涉及利令智昏，“养傅翼之飞兽”的萧衍；还写到萧绎与其侄萧誉、萧詧“间王道之多难，各私求于京邑”，“子既殒而侄攻，昆亦围而叔袭”，揭示了其同室操戈、骨肉相残的行径。这与庾信《哀江南赋》相似。但其中对萧绎的批判较轻、较含蓄，远不如庾作那么义愤填膺、酣畅淋漓，这大概与之推及其父协两代人较长时间为萧绎幕僚，交往较多，感情较深有所关系。

之推自叙身世，不像庾信《哀江南赋》那样对自己的材质禀赋充满自信，大力张扬，而很低调。这种低调与他在《颜氏家训》中所流露的态度是一致的。但他对自己苟且求生，由南而北的流离颠沛经历，也有一些真切沉痛的抒写片断，如赋中写由江陵北上入关的痛苦：“小臣耻其独死，实有愧于胡颜。牵痾疻而就路，策驽蹇以入关。下无景而属蹈，上有寻而亟搴，嗟飞蓬之日永，怅流梗之无还。”又如赋末慨叹云：

> 予一生而三化，备荼苦而蓼辛。鸟焚林而铩翮，鱼夺水而暴鳞。嗟宇宙之辽旷，愧无所而容身……委明珠而乐贱，辞白璧以安贫。尧舜不能荣其素朴，桀纣无以汙其清尘。此穷何由而至，兹辱安所自臻。而今而后，不敢怨天而泣麟也。

点出了“观我生，君子无咎”的题旨。“予一生”两句，之推自注曰：“在扬都值侯景杀简文而篡位，于江陵逢孝元覆灭，至此（指周灭齐）而三为亡国之人。”这寥寥数句，简括地总结了自己一生遭乱颠沛，备经苦楚的不幸命运，作为全篇的点睛之笔，意绪沉重苍凉，耐人寻味。

比之李谐《述身赋》、沈炯《归魂赋》、庾信《哀江南赋》，颜之推《观我生赋》自悔自责的情感较为浓重，由以上引文可以明显地觉察这种情绪的差异。“小臣耻其独死，实有愧于胡颜”，“嗟宇宙之辽旷，愧无所而容身”，“而今而后，不敢怨天而泣麟”云云，充溢着受自悔自责煎熬的精神痛苦，以及对人生的无奈、绝望，使读者的心灵颇受震撼，或生发格外的理解与同情。如清人任豫《秋阴杂记》卷八云：“有说《哀江南赋》，情词悱恻，子山独步一时。然云：‘宰相以干戈为儿戏，缙绅以清谈为庙略。’全是责人，而致命遂志之语，一无流露，读颜之推《观我生赋》，其哀音苦节，与子山同遭侯景之难，而其词则曰：‘小臣耻其独死，实有愧于胡颜。’较信颇为悃欵。”①

## 二、都邑赋

都邑赋是汉赋的一大类型，魏晋南北朝仍不断有人撰作。较早的有徐幹《齐都赋》和刘桢《鲁都赋》，今存为残篇，凭此已难窥二赋之原貌，这是略需说明的。

齐为周王朝分封的大国，齐都临淄是春秋战国时期著名的大都市，《战国策·齐策》载苏秦说齐宣王曰：“齐南有太山，东有琅琊，西有清河，北有渤海，此所谓四塞之国也。齐地方二千里，带甲数十万，粟如丘山。齐车之良，五家之兵，疾如锥矢，战如雷电，解如风雨。即有军役，未尝倍太山、绝清河、涉渤海也。临淄之中七万户，臣窃度之：下户三男子，三七二十一万，不待发于远县，而临淄之卒，固以二十一万矣。临淄甚富而实，其民无不吹竽鼓瑟、击筑弹琴、斗鸡走犬、六博蹹鞠者。临淄之涂，车毂击，人肩摩，连衽成帷，举袂成幕，挥汗成雨。家敦而富，志高而扬。”《史记·货殖列传》亦云：“齐带山海，膏壤千里，宜桑麻，人民多文采布帛鱼盐。临

① 王利器《颜氏家训集解》引，中华书局 1993 年增补本，第 658 页。

菑亦海岱之间一都会也。”但秦汉大一统王朝的政治中心或在长安,或在洛阳,长安和洛阳于是成为汉赋的重点描写对象。汉末魏晋社会动荡,国家大一统的盛况不再,地方势力、地区观念增强,各地士人纷纷夸耀家乡,出现不少标榜地区风土、人物的作品,如卢毓《冀州论》、周斐《汝南先贤传》、谢承《会稽先贤传》、陆凯《吴先贤传》、伏滔《青楚人物论》、习凿齿《襄阳耆旧记》等;在赋体方面,齐人徐幹《齐都赋》与鲁人刘桢《鲁都赋》可谓较早的代表,开创了魏晋南北朝时期地方都邑赋的先河,颇有时代特色。《齐都赋》描写赞美家乡临淄地理环境、自然景物之美好,人文传统之深厚,宫观建筑之壮丽等等,极声貌以穷文,辞藻富赡,气势宏壮。《鲁都赋》与徐幹《齐都赋》相类,通过写鲁都曲阜,以颂扬故乡一带地理、景色、物产之雄奇富美,宫观之壮丽,美女之妖娆,畋猎之威武,等等。其中描写岱宗周围崇山峻岭的雄奇景色,是较好的片断。

此外,《齐都》、《鲁都》二赋的出现,也与当时学风的变化有所关联。伴随着儒学的衰微,东汉后期舆地之学盛行,精通舆地之学者颇受重视与称赞。谢承《后汉书·臧旻传》记载,臧旻曾任匈奴中郎将,讨贼有功,征拜议郎,还京城,“见太尉袁逢,逢问其西域诸国土地风俗、人物种数,旻具答言西域本三十六国,后分为五十五,稍散至百余国。其国大小,道路近远,人数多少,风俗燥濕,山川草木鸟兽异物名种不与中国同者,悉口陈其状,手画地形。逢奇其才,叹息曰:‘虽班固作《西域传》,何以至此?”今人刘高季先生指出,汉末名士“除政略兵谋外,未有不兼治舆地之学者,如荀文若论‘颍川四战之地’,说‘河济天下之要地’,释古之冀州所统。诸葛孔明论荆益之形势,鲁子敬谈荆楚有金城之固,周公瑾之谋据襄阳以蹙操,张子纲之劝城秣陵以为都。莫不于历史之沿革,烂熟胸中;山川之形势,了如指掌。”①

① 刘季高著《东汉三国时期的谈论》,上海古籍出版社 1999 年版,第 74 页。

最著名的是左思《三都赋》。左思早年便爱好辞赋，其《咏史》之一自谓“作赋拟《子虚》”，可见他立志甚高，要以历史上第一流的赋家司马相如的创作为楷模。曾用一年时间写成《齐都赋》，大抵是继承徐幹《齐都赋》的，乃讴歌故乡之作，是今可考知他最早的文学创作，赋失传，今仅存佚文数条，散见于《水经注》等书。又有《七讽》，也是追踪前人的大赋，作年不明，今仅存数则佚文。他的赋完整保存下来的有《三都赋》和《白发赋》，皆为入洛阳后所作。

《三都赋》素被视为左思的代表作，颇受推重。可以说，《晋书·文苑·左思传》主要是围绕《三都赋》的撰作和影响而展开叙述的。其中载云：“（左思）造《齐都赋》，一年乃成，复欲赋三都，会妹芬入宫，移家京师，乃诣著作郎张载访岷邛之事。遂构思十年，门庭藩溷皆著纸笔，遇得一句，即便疏之。自以所见不博，求为秘书郎。及赋成，时人未之重。思自以其作不谢班张，恐以人废言，安定皇甫谧有高誉，思造而示之。谧称善，为其赋序。张载为注《魏都》，刘逵注《吴》《蜀》而序之……陈留卫权又为思赋作《略解》，序曰：‘余观《三都》之赋，言不苟华，必经典要，品物殊类，禀之图籍，辞义瑰玮，良可贵也’……自是之后，盛重于时，文多不载。司空张华见而叹曰：‘班（固）张（衡）之流，使读之者尽而有余，久而更新。’于是豪贵之家竞相传写，洛阳为之纸贵。初，陆机入洛，欲为此赋，闻思作之，抚掌而笑，与弟云书曰：‘此间有伧父，欲作《三都赋》，须其成，当以覆酒瓮耳。’及思赋出，机绝叹服，以为不能加也，遂辍笔也。”[①]齐梁时，刘勰在《文心雕龙》称左思“尽锐于《三都》”（《才略》），“策勋于鸿规”，为“魏晋之赋首”（《诠赋》）之一。

关于这篇赋的写作年代，意见不一。或认为撰成于公元280



① 均见《晋书》卷九十二《左思传》，中华书局1974年版。

年西晋兴师灭吴前夕；[①]或以为撰于灭吴后的太康二年(281 年)[②]，或以为撰于元康初期(291 年左右)[③]，或以为撰于元康中期(295 年左右)[④]；或以为撰于太安二年(303 年)[⑤]笔者以为姜剑云的看法较为合理。

《三都城》之所以受到时人及后人的推崇，主要在于它内容富赡，以三个京都为中心，描写了三国时期三个区域的地理形势、自然物产与人文习俗的完整风貌。左思以前的都邑赋，主要的是描写长安、洛阳两大都会，其次也有描写临淄(徐幹《齐都赋》)、曲阜(刘桢《鲁都赋》)、邯郸(刘劭《赵都赋》)、许昌(杨修《许都赋》)、南阳(张衡《南都赋》)，蜀都成都与魏都邺城也有人写过，如汉代扬雄有《蜀都赋》、三国时文立有《蜀都赋》、吴质有《魏都赋》，扬雄赋今存基本完整，但内容远不如左思《蜀都赋》丰富，文立与吴质的赋则被历史淘汰。吴都建业在左思以前似乎还未有人写过，故其《吴都赋》具有开创意义。至于创作态度之严肃认真，左思显然对前人有所超越，《晋书》本传载他欲撰《三都》，"乃诣著作郎张载访岷邛之事。遂构思十年，门庭藩溷皆著笔纸，遇得一句，即便疏之"。所以能在丰富的材料的基础上，自铸新局，既把汉末以来三大行政区域联结在一起，又各具特色，形成"三赋并列，有各出机杼之奇，有互相呼应之妙"，"《蜀都》精密，《吴都》宏博，《魏都》工丽"，"恰好三分鼎足，各自争奇"[⑥]的创作风貌。在古代交通不便的条件下，人们得

① 傅璇琮《左思〈三都赋〉写作年代质疑》，载于《中华文史论丛》1979 年第 2 期。

② 见姜剑云《太康文学研究》，中华书局 2003 年版，第 267 页。

③ 见姜亮夫《陆平原年谱》，古典文学出版社 1957 年版，第 54 页。

④ 见牟世金、徐传武《左思文学业绩新论》，载《文学遗产》1988 年第二期。

⑤ 见陆侃如《中古文学系年》，人民文学出版社 1985 年版，第 803 页。

⑥ 于光华《文选集评》卷一引孙月峰、何义门评语，清刊本。

以通过赋中之传神妙笔一览魏、蜀、吴三地的独特风姿，增长了知识，开阔了眼界，对祖国的壮丽河山更加神驰魂往。今人朱晓海以为《三都赋》“实乃《齐都》、《鲁都》彼等歌颂地方都邑赋作之集大成并拔乎庶类者。”①大抵是从这个角度理解的。

《蜀都》、《吴都》二赋，作者把主要笔墨用于地理形势、山水景物、风土人情的描写。在山水景物的刻画中，颇多炼语迥句，如《蜀都赋》写群山峻岭及草木的繁茂缤纷：“经途所亘，五千余里。山阜相属，含溪怀谷，岗峦纠纷，触石吐云。郁葐蒀以翠微，崛巍巍以峨峨。干青霄而秀出，舒丹气而为霞……擢修干，竦长条，扇风云，拂轻霄，羲和假道于峻岐，阳乌回翼乎高标”，“青珠黄环，碧砮芒消。或丰绿荑，或蕃丹椒。蘼芜布濩于中阿，风连莚蔓于兰皋。红葩紫饰，柯叶渐苞。敷蕊葳蕤，落英飘飖”。皆清新秀美，生动传神。《吴都赋》写长江中下游的山水形势：“尔其山泽，则嵬嶷峣屼，巊冥郁岪，溃渱泮汗，滇淼漫。或涌川而开渎，或吞江而纳汉，磈磈磈磈，滮滮涆涆，磤硫乎数州之间，灌注乎天下之半。”笔势流走，遒劲雄健，造语奇警。这些描写不仅为木华《海赋》、郭璞《江赋》之先导，也影响到唐代文苑巨星李白的诗赋。《蜀都赋》、《吴都赋》对人文景观的描写也往往精彩，如《蜀都赋》中将司马相如、王褒、严君平、杨雄并列，赞扬他们的高超的子书著述和文学才华：“近则江汉炳灵，世载其英。蔚若相如，皭若君平，王褒炜晔而秀发，扬雄含章而挺生。幽思绚道德，摛藻掞天庭。”之前，《汉书·地理志》曾将此四人并列，但在文学作品中左思则是较早将此四人并列的，因而它直接为后世文学家并咏四人开了先河，如南北朝时期鲍照《蜀四贤咏》、常景《蜀四贤赞》就直接受到左赋的启发。在《魏都赋》，左思侧重于对宫室规模制度的铺写，但文风比较平实，与汉代人的同类

① 朱晓海著《汉赋史略新证》，陕西人民出版社 2004 年版，第 347 页。

描写相比，注意把握分寸，较少夸饰。这方面的情况，当时著名文人张载在注释赋中有关铜雀台等建筑物的高峻时，已经进行了细致的对比抉发：

班固《西都赋》说凤阙曰："上觚稜而栖金雀。"凡鸟之栖也，羽翼戢弭。以今揆古，言"栖"，非所睹之形也。张衡《西京赋》曰："凤骞翥于甍标，感翋风而欲翔。"此凤之住有定向，而风无一方，则不宜言"翋风"也。但鸟跱则形定翼往，飞则敛足绝据，踶则举羽翩用势，若将飞而尚住，故言"云雀甍而矫首"也。……《王吉传》曰："进退步趋以实下。"言人不行，则膝胫以下虚弱不实也。……王褒《甘泉赋》曰："十分未升其一，增惶惧而目眩。若播岸而临坑，登木末以窥泉。"扬雄《甘泉赋》说台曰："鬼魅不能自逮，半长途而下颠。"班固《西都赋》说台曰："攀井干而未半，目眩转而意迷。舍灵槛而却倚，若颠坠而复稽。"张衡《西京赋》说台曰："将乍往而未半，怵悼栗而竦矜。非都庐之轻跻，孰能超而究升。"此四贤所以说台榭之体，皆危峣悚惧，虽轻捷与鬼神，由莫得而自逮也，非夫王公大人聊以雍容升高，弥望得意之谓也，异乎《老子》曰若春升台之为乐焉。故引习步顿以实下，称八方之究远，适可以围于径寸之眸子，言其理旷而当情也。

通过具体的比较，揭示左思在描写上对汉赋浮夸失实作风的扬弃，抉发入微，堪称左赋的知音。《三都赋》由于题材传统的局限，不可能从根本上摆脱汉人的程式，但作者这种自觉地避免过分夸饰的努力在一定程度上是值得肯定的。

《三都赋》受到推重的另一因素是作者颂扬了天下归于一统的政治形势。公元280年，司马氏平定东吴，自汉末以来长达近百年的分裂局面结束了，社会出现非常繁荣的景象，干宝《晋纪·总论》述云："太康之中，天下书同文，车同轨，牛马被野，余粮栖亩，行旅草舍，外间不闭。民相遇者如亲，其匮乏者取资于道路，故于时有‘天下无穷人’之谚。虽太平未洽，亦足以明吏奉其法，民乐其生，百代之一时也。”显然，这种繁荣景象来自于天下归于一统的政治形势。故反对分裂、讴歌统一也就自然成为作于太康盛世的《三都赋》的重要思想倾向。左思抑吴蜀而颂扬魏，他在《魏都赋》针对蜀吴凭借地理形势之险而割据批驳云：“长世字甿者，以道德为藩，不以袭险为屏也……剑阁虽嶛，凭之者蹶，非所以深根固蒂也；洞庭虽浚，负之者北，非所以爱人治国也。”以儒家思想为支撑，在颂扬统一的观念的前提下，提出治国在德不在险。赋的结尾颂扬魏："日不双丽，世不两帝。天经地纬，理有大归。”晋禅魏，颂扬魏即颂扬晋。皇甫谧《三都赋序》说：“曩者汉室内溃，四海圮裂。孙刘二氏，割有交益；魏武拨乱，拥据函夏。故作者先为吴蜀二客，盛称其本土险阻瑰琦，可以偏王；而却为魏主述其都畿弘敞丰丽，奄有诸华之意。言吴蜀以擒灭比亡国，而魏以交禅比唐虞；既以著逆顺，且以为鉴戒。盖蜀包梁岷之资，吴割荆南之富，魏跨中区之衍，考分次之多少，计殖物之众寡，比风俗之清浊，课士人之优劣，亦不可同年而语矣。二国之士各沐浴所闻，家自以为我土乐，人自以为我民良，皆非通方之论也。作者又因客主之辞，正之以魏都，折之以王道。”王鸣盛《十七史商榷》卷五十一则直接指出：“左思于西晋初、吴蜀始平之后，作《三都赋》，抑吴蜀而申魏都，以晋承魏统耳。”《文选集注·左思三都赋》下《钞》引王隐《晋书》曰：“左思少好经术，尝习钟胡书不成，学琴又不成。貇口讷，期有大才，博览诸经，遍通子史。于时天下三分，各相夸竞，当思之时，吴国为晋所平，思乃赋此三都以极眩曜，其蜀事访于张载，吴事访于陆机，后乃成也。”①

此外，自东汉以来，以邺为中心的冀州在全国的地位呈上升趋



① 《唐钞文选集注汇存》，周勋初先生编，上海古籍出版社 2000 年版。

势，刘秀由此而兴，到汉魏之际则先后成为袁绍、曹操两大政治集团的大本营。讴歌此地域的作品，左思之前著名者有吴质《魏都赋》、刘邵《赵都赋》；还有卢毓《冀州论》云："冀州乃圣贤之渊薮，帝王之宝地……膏壤千里，天地之所会，阴阳之所交，所谓神州也。"左思之扬魏都，也不能排除在一定程度上受到这种背景的影响。

东晋王彪之较有开拓意义的都邑赋是《闽中赋》。闽中，郡名，治侯官，即今福州，辖区相当今福建及浙江部分地区，彪之以前，尚未有人写此题目，彪之撰作，是对都邑赋表现范围的进一步拓展。

都邑赋到鲍照手里发生了巨大的变化。《芜城赋》描写一座城市的昔盛今衰，清人陈元龙《历代赋汇》列之为"都邑"赋一类。广陵作为江淮间的一个重要城市和历史名城，它的鼎盛阶段是西汉文景时吴王刘濞建都于此的时期。《汉书·吴王濞传》载，"吴有豫章郡铜山，(濞)招致天下亡命者盗铸钱，东煮海水为盐"，"国用饶足"，为当时实力最强的藩国。在此基础上，广陵城得以大规模的经营，鲍照此赋中所描写的广陵往昔的全盛景象，便是指那一时期的广陵：

> 沵迤平原，南驰苍梧涨海，北走紫塞雁门。柂以漕渠，轴以昆冈，重江复关之隩，四会五达之庄。当昔全盛之时，车挂车轊，人驾肩，廛闬扑地，歌吹沸天。孳货盐田，铲利铜山，才力雄富，士马精妍。故能侈秦法，佚周令，划崇墉，刳浚洫，图修世以休命。是以板筑雉堞之殷，井干烽橹之勤。格高五岳，袤广三坟。崒若断岸，矗似长云。制磁石以御冲，糊赪壤以飞文。观基扃之固护，将万祀而一君。

"沵迤"七句概写广陵所处的地理形势之胜；"当昔全盛"以下写城市的繁盛、城池的险固、设防的森严及统治者的贪婪意愿。然而这一切早就成为过去，生活于五世纪中叶的鲍照面对着的是在不断变动的社会中夷为一片废墟的广陵故城：

泽葵依井，荒葛罥涂。坛罗虺蜮，阶斗麏鼯。木魅山鬼，野鼠城狐。风嗥雨啸，昏见晨趋。饥鹰厉吻，寒鸱吓雏。伏甝藏虎，乳血飧肤。崩榛塞路，峥嵘古馗。白杨早落，塞草前衰。棱棱霜气，蔌蔌风威。孤蓬自振，惊沙坐飞，灌莽杳而无际，丛薄纷其相依。通池既已夷，峻隅又已颓。直视千里外，唯见起黄埃。凝思寂听，心伤已摧。

如此荒芜、凄凉、恐惧的景象，是过去赋家的笔下未曾有过的。清代桐城派古文领袖人物姚鼐编选《古文辞类纂》，在历代数不胜数的辞赋杰构中，最赞叹《芜城赋》，因而选之，并评云："驱迈苍凉之气，惊心动魄之辞，皆赋家之绝境也。"鲍照进一步联想到那伴随芜城废墟而灭绝沉沦的王侯之家：

若夫藻扃黼帐，歌堂舞阁之基；璇渊碧树，弋林钓渚之馆，吴蔡齐秦之声，鱼龙爵马之玩，皆薰歇烬灭，光沉响绝。东都妙姬，南国丽人，蕙心纨质，玉貌绛唇，莫不埋魂幽石，委骨穷尘，岂忆同舆之愉乐，离宫之辛苦哉？

那些曾经"图修世以休命"的王侯，连同他们游宴歌舞的宫馆、园林、器物及艳后美姬都如过眼云烟，不复存在！对此沧海桑田的巨变，作者最后发出迷茫的感叹，吟出沉重的悲歌：

天道如何？吞恨者多。抽琴命操，为芜城之歌。歌曰：边风急兮城上寒，井径灭兮丘陇残。千龄兮万代，共尽兮何言！

鲍照的《芜城赋》的创作倾向，与扬雄《蜀都赋》、班固《两都赋》、阮籍《东平赋》等三种都邑赋都无雷同之处，其主旨在于通过对一座历史名城昔盛今衰的鲜明对比，抒发千秋万代盛衰无常的感慨，从而为都邑之赋，又开拓了一种崭新的境界，这是作者在赋史上的一大贡献。此赋虽然情调比较低沉，但却深刻地展示了历代统治者的贪婪意愿将最终化为泡影的必然命运，相比于那些为统治者捧场的歌颂之赋，无疑是有进步意义的。《芜城赋》所流露的哀叹悲思，与魏晋以来尤其是作者所处的刘宋时期的急剧动荡的社会历史紧密相关。魏晋宋的战乱，给社会带来“苍生殄灭，百不遗一”、“井堙木刊，阡陌夷灭”[①]的巨大破坏。元嘉二十七年，北魏统治者拓跋焘亲率大军南侵，直至瓜步。包括广陵在内，军旅所到之处，遭受极其严重的破坏，《宋书·索虏传》记载北魏军队烧杀抢掠，刘宋人民“强者为转尸，弱者为系虏，自江、淮至于清、济，户口数十万，自免湖泽者，百不一焉。村井空荒，无复鸣鸡吠犬……六州荡然，无复余蔓残构，至于乳燕赴时，衔泥靡托，一枝之间，连窠十数，春雨既至，增巢已倾。虽事舛吴宫，而歼亡非异。甚矣哉，覆败之至于此也！”“（魏军）凡所经过，莫不残害。初，太祖闻虏寇逆，焚烧广陵城府船乘，使广陵、南沛二郡太守刘怀之率人民一时渡江。”帝王公侯在剧烈的社会变动中，受到翻天覆地的冲击，被篡、被诛之事件数不胜数，以致时人有“王侯就第宁有得保妻子者乎”[②]之叹。刘宋时期，统治集团内部争夺屠戮之风愈演愈烈，先是剪除徐羡之、傅亮、谢晦、檀道济等异姓大臣，后又把斧钺转向宗室诸王。据清人汪中《补宋书宗室世系表序》统计，刘宋一代，皇族 129 人，被杀者 121 人，而骨肉自相屠害者达 80 人，屠戮之惨绝，前所少见。鲍照长期任诸王幕僚，对这样的险恶局势必深有感触，这是《芜城赋》之所以产生的主要社会原因。从文学传统上考察，盛衰无常之叹本是魏晋抒情文学的典型音调，其中曹植、阮籍、陆机是吟咏这一主题的三个代表作家，他们的这类作品一般呈现悲郁淋漓的风神，鲍照继承他们基本创作精神的同时，在艺术表现上进行了积极的创新，采用盛衰并置的对比手法，借助夸饰以渲染气氛，从而在极盛极衰的强烈对比中造成鲜明的印象，“足令怀旧者为之堕泪，

① 《晋书》卷五十七《孙绰传》，中华书局 1974 年版。

② 《晋书》卷五十九《齐王冏传》，中华书局 1974 年版。

雄恣者见而心灰”①,最后以一曲短歌抒发无穷的感慨,既起到了深化主题的作用,又增进了以情动人的效果,许梿称:“收局感慨淋漓。每读一过,令人辄唤奈何。”②

《芜城赋》影响颇大,兹略举数例。南朝江淹之赋模拟或借鉴鲍照赋的痕迹较为浓重,如其《哀千里赋》“北绕琅琊碣石,南驰九疑桂林”两句显系模仿《芜城赋》“南驰苍梧涨海,北走紫塞雁门”;《泣赋》“直视百里,处处秋烟,阒寂以思,情绪流连”乃稍变《芜城赋》“直视千里外,唯见起黄埃。凝思寂听,心伤已摧”而成;《莲华赋》“秋雁度兮芳草残,琴柱急兮江上寒”借鉴《芜城赋》“边风急兮城上寒,井径灭兮丘陇残”;《青苔赋》中“若乃崩隍十仞”至“情念徘徊者也”一段文字则基本包含了《芜城赋》的内容和情调。

吴均《吴城赋》云:“古树荒烟,几千百年,云是吴王所筑,越王所迁。东有铸剑残水,西有舞鹤故廛。萦具区之广泽,带姑苏之远山。仆本蓄怨,千悲亿恨。况复荆棘萧森,丛萝弥蔓……不见春荷夏槿,唯闻秋蝉冬磔。木魅晨走,山鬼夜惊。”写城之衰,已之悲,与鲍赋一脉相承。

唐徐彦伯《登长城赋》,有云:“土色紫而关回,川气黄而塞没……鸷隼争击,哀猿直透,饥鹿夜饱,乳虎晨斗,蛰熊舐掌,寒龟缩壳……坐颓隅以惆怅。”写景、抒情显然借鉴了《芜城赋》的风貌。

宋李纲《迷楼赋》以隋炀帝江都迷楼为题,吊古伤今,在一定程度上也借鉴了鲍照《芜城赋》,其写江都之衰像云:“芜城之侧,故址犹存,狐兔之所窟穴,鼪鼯之所呻吟,霜露梗莽,风凄日曛,过而览者,莫不踌躇而悲辛。”

在姜夔的词作《扬州慢》,仍可看到《芜城赋》的面影。

---

① 《文选集评》卷二引孙执升评语,清刊本。

② 《六朝文絜译注》卷一,上海古籍出版社 1999 年版,第 1 页。

## 三、咏物赋

咏物之赋源远流长，其早期之作可上溯于屈原的《九章·橘颂》，作者通过赞美橘来比况自我的高洁人格，从而为后人开借咏植物以寄托情志之赋的先河。但当时还没有专门吟咏动物的辞赋作品。到了汉代，辞赋成为文人创作最喜爱的形式，作家作品之繁盛令人叹为观止，在此情势下，吟咏动物的赋也水涨船高，不断涌现。《汉书·艺文志》著录有东汉以前"杂禽兽六畜昆虫赋十八篇"；据《史记》、《汉书》、《后汉书》、《西京杂记》、《文选》、《艺文类聚》等书及当代出土文献记载，汉代流传至今的动物赋，或存或残或佚的有贾谊《鹏鸟赋》，路乔如《鹤赋》，孔臧《蓼虫赋》、《鸮赋》，公孙诡《文鹿赋》，无名氏《神乌赋》，傅毅《神雀赋》，班昭《大雀赋》、《蝉赋》，马融《龙虎赋》，张衡《鸿赋》，崔琦《白鹄赋》，赵壹《穷鸟赋》，王延寿《王孙赋》，刘琬《马赋》、《神龙赋》，张升《白鸠赋》，蔡邕《蝉赋》等，魏晋南北朝赋坛，最兴盛的品种是以树木花草、鸟兽鱼虫等动植物及某些人工器物为题材的咏物赋，此类作品篇幅一般比较简短，故论者或往往称之为咏物小赋。在今见魏晋南北朝赋目中，咏物小赋在数量上足足占据了一半，所以称其为当时赋坛最兴盛的品种是符合实际的。

廖国栋先生指出，魏晋咏物赋鼎盛之原因，一为赋体本身长于铺采摛文、体物写志，二为儒家政教功利主义文学观的衰微，三为创作上游戏性质之转浓，四为园林山水之风行，五为"巧构形似"文风之推波助澜。[①] 我以为其认识是较切实而全面的。在廖先生所

① 参见《魏晋咏物赋研究》，台湾文史哲出版社 1990 年版，第 29—36 页。

言五点中，第二点与魏晋南北朝咏物赋之兴盛的关系尤为密切，廖先生云："赋体本身虽适宜咏物，然于赋体独霸文坛之汉代，尚未获得充分之发展。究其因，盖汉代经学昌盛，儒术独尊，一切学术皆为儒家思想所笼罩。汉赋亦然，一则赋家依附儒家而求发展，一则儒者运用辞赋以达其讽谏之旨，创作动机或有不同，然强调讽谏作用则一，于是含有讽谕作用之赋篇成为汉赋之代表作……迨至东汉末季，王纲解纽，三国鼎峙，魏晋以降，政治紊乱、篡夺相寻、社会动荡、民不聊生，儒家思想式微，道佛思想兴起，于是清淡流行，玄风大盛。儒家思想一统之尊既失，赋家遂挣脱其'抒下情而通讽谕，宣上德而尽忠孝'之拘束。复因道家以崇尚自然为贵，赋家受其影响，遂以自然界之山川草木等为吟咏之对象……由此可知赋体发展至魏晋，由于时代背景之巨变，咏物赋乃得充分发展之环境也。"①上世纪 80 年代，我在一篇论文中曾指出："汉代辞赋最兴盛的是'体国经野'的大赋，而魏晋六朝辞赋中数量最多的是咏物小赋。这种状况的形成与时代思想关系甚大。汉朝至武帝始，在意识形态领域实行'罢黜百家，独尊儒术'的政策，思想趋向禁锢。汉儒强调一切著述要依五经立义，突出政教。董仲舒说：'能说鸟兽之类者，非圣人所欲说。圣人所欲说，在于说仁义而理之，知其分科条别……不然，傅于众辞，观于众物，说不急之言，而以惑后进者，君子之所甚恶也。奚以为哉！'（《春秋繁露·重政》）显然，这是一种极端的重政教思想。咏物小赋言草木鸟兽之类，与重政教的主张相悖，故在轻视乃至排斥之列，罕有作者。咏物小赋的第一个繁荣期是汉末建安时期，这时社会动荡不安，儒学在这种新形势下已失去昔日的权威性，人心逐渐从经学的迷雾中解放出来，汉儒所

① 《魏晋咏物赋研究》，台湾文史哲出版社 1990 年版，第 30 页。

谓'非圣人所欲说'的草木鸟兽引起人们广泛的兴趣。"[①]其中所引董仲舒《春秋繁露》的言论对于比较说明汉与魏晋咏物题材的不同命运来说是颇重要的，廖氏未涉及这条材料，兹予以补充。

此外，魏晋南北朝咏物赋兴盛的原因，还与当时尚博通的学术风气有关。汉代经学盛行，西汉儒生治经，专尚一经，且严守今古文之界域；东汉儒生则逐渐冲破专尚一经的窠臼，趋于博览众经，融通今古，汉魏之际的郑玄是这种学术风气的杰出代表。除经学内部知识视野的扩展外，时人还不断向其他知识领域迈进，从而导致了诸子学、史学及其分支地理博物之学的繁荣。在此情势下，一批以记述动物、植物为重要内容的著作涌现，如西晋崔豹《古今注》上中下三卷八篇，其中就有三篇记述鸟兽虫鱼、树木花草；而薛莹《荆杨已南异物志》、沈莹《临海异物志》、万震《南州异物志》、束晰《发蒙记》、周处《风土记》、徐衷《南方草物状》、魏完《南中志》、佚名《南中八郡异物志》、《诗义疏》、陆玑《〈毛诗〉草木鸟兽虫鱼疏》[②]所记述植物、动物品种则更为丰富。值得注意的是，六朝赋及其序的表述与六朝地记的文字很相似，如：

东吴沈莹《临海异物志》："梅桃子，生晋安侯官县。一小树得数十石，实大三寸，可蜜藏之。""蜜母，小鸟也。黑色。正月旦为蜜蜂，周行诸山求安处。"

西晋傅玄《长乐华赋序》："紫华，一名长乐华，旧生于蜀，其东界特饶，中国(中原)奇而种之。"

西晋张华《鹪鹩赋序》："鹪鹩，小鸟也。生于蒿莱之间，长于藩篱之下，翔集寻常之内……"

---

① 王琳《西晋辞赋观简论》，载《山东师大学报》1988 年第 3 期。

② 或以为《诗义疏》与《毛诗草木鸟兽虫鱼疏》为一书之异名，缪启愉先生以为是两种书，本人认同此说。缪氏说见《齐民要术译注》，上海古籍出版社 2006 年版，第 161 页。

《广志》:"瓜之所出,以辽东、庐江、敦煌之种为美。有乌瓜、缣瓜、狸头瓜、蜜筩瓜、女臂瓜、羊髓。瓜州大瓜,大如斛,出凉州。有青登瓜,大如三尺魁。有桂枝瓜,长二尺余。有春白瓜,细小,小瓣,宜藏,正月种,三月成。有秋泉瓜,秋种,十月熟,形如羊角,色黄黑。"

陆机《瓜赋》:"夫其种族类数,则有括楼、定桃,黄觚、白搏,金钗、密筩,小青、大班,玄骭、素腕,狸首、虎蹯。东陵出于秦谷,桂髓起于巫山。"

《广志》:"河东安邑枣;东郡谷城紫枣,长二寸;西王母枣,大如李核,三月熟;河内汲郡枣,一名墟枣;东海蒸枣;洛阳夏白枣;安平信都大枣;梁国夫人枣。……"

傅玄《枣赋》:"有蓬莱之嘉树,值(植)神州之膏壤。擢刚茎以排虚,诞幽根以滋长。北阴塞门,南临三江,或布燕赵,或广河东……有枣如瓜,出自海滨,全生益气,服之如神。"

崔豹《古今注》:"蒲柳,水边生,叶似青杨,亦曰蒲杨。"

傅玄《蜀葵赋序》:"蜀葵,其苗如瓜瓠。尝种之,一年引苗而生华,经二年春乃发,既大而结鲜,紫色耀日。"

崔豹《古今注》:"荆葵,一名茙葵,一名芘芣,似木槿而光色夺目,有红,有紫,有青,有白,有黄,茎叶不殊,但花色有异耳。一曰蜀葵。"

《古今注》:"枳椇子,一名树蜜,一名木饧,实形卷曲,核在实外,味甘美如饧蜜。一名白石,一名木实,一名枳椇。"

傅玄《朝花赋序》:"朝花,丽木也。或谓之洽容,或谓之爱老,潘尼以为朝菌。"

《古今注》:"万连,叶如鸟翅,一名鸟羽,一名凤翼。花大者其色多红、绿,红者紫点,绿者绀点,俗呼为仙人花,一名连缬花。"

《古今注》:"酒杯藤,出西域,藤大如臂,叶似葛,花实如梧桐实。花坚皆可以酌酒，自有文章，映彻可爱。实大如指，味如豆蔻，香美消酒。土人提酒至藤下，摘花酌酒，仍以实消酲。国人宝之，不传中土，张骞至大宛得之。”

《古今注》：“乌孙国有青田核，莫测其树实之形，至中国者但得其核耳。核大如六升瓠，空之以盛水，俄而成酒，味甚醇美。刘章得两核，集宾客设之，常供二十人之饮，一核尽，一核所盛复饮，饮尽随更注水，随尽随盛，不可久置，久置则苦不可饮，名曰青田酒。”

潘尼《朝菌赋序》：“朝菌者，世谓之木堇，或谓之日及，《诗》人以为蕣花。”

成公绥《日及赋序》：“日及者，华甚鲜茂，荣于仲夏，讫于孟秋。”

成公绥《鹦鹉赋序》：“鹦鹉，小鸟也。以其能言解意，故为人所爱玩，育之以金笼，升之以堂殿，可谓珍之矣。然未得鸟之性也。”

潘岳《朝菌赋序》：“朝菌者，时人以为蕣华，庄生以为朝菌，其物向晨而结，绝日而殒。”

曹毗《鹦鹉赋序》：“余在直，见交州献鹦鹉鸟，嘉其有智，叹其笼樊，乃赋之曰。”

周祗《枇杷赋序》：“昔鲁季孙有嘉树，韩宣子赋誉之。屈原《离骚》，亦著《橘赋》。至于枇杷树，寒暑无变，负雪扬华，余植之庭圃，遂赋之云。”

左思《三都赋序》谓：“余既思摹《二京》而赋《三都》。其山川城邑，则稽之地图；其鸟兽草木，则验之方志。”其描写魏都、蜀都、吴都物产之纷盛，必须要胪列大量的植物、动物，尤其是写蜀都、吴都，左思笔下容纳的物产之富在赋史上是空前的，如作者自我表白，这正是他“验之方志”才能达到的境界。左思同时期的济南文士刘逵，注《蜀都赋》与《吴都赋》，同样征引了大量方志，如万震《南州异物志》、薛莹《荆扬已南异物志》、谯周《巴蜀异物志》等。又张协《安石榴赋》说："考草木于方志，览华实于园畴。"可见时人咏草木鸟兽也要考验方志著述。因此可以说，六朝地记的兴盛在一定程度上也刺激或推动了动植物赋的繁荣。

六朝动植物赋的创作繁荣，还与当时文士在创作题材上自觉的开拓意识有关。在辞赋领域，流露自觉的探求开拓创作空间的意识，似乎较早地见于东汉马融的《长笛赋序》："融去京师逾年，暂闻(笛声)甚悲而乐之，追慕王子渊、枚乘、刘伯康、傅武仲等箫、琴、笙赋，唯笛独无，故聊备数，作《长笛颂》。"明言要填补《笛赋》创作的空白，勇气可嘉。魏晋此风炽盛，杨泉很有代表性，其《五湖赋序》云："余观夫五湖而察其云物，皇哉大矣。以为名山大泽，必有记颂之章。故梁山有《奕奕》之诗，云梦有《子虚》之赋。夫具区者，扬州之泽薮也，有大禹之遗迹，疏川导滞之功，而独阙然，末有翰墨之美。余窃愤焉，敢忘不才，述而赋之。"又，《蚕赋序》："古人作赋者多矣，而独不赋蚕，乃为《蚕赋》。"杨泉勇于探索天地万物，所著《物理论》，颇富创新精神，此二赋序表现出的开拓意识，并非偶然。三国后期的另一著名思想家、文学家嵇康，也表现出强烈的创新意识，他在《琴赋序》中说："然八音之器，歌舞之象，历世才士并为之赋颂，其体制风流，莫不相袭：称其才干，则以危苦为上；赋其声音，则以悲哀为主；美其感化，则以垂涕为贵。丽则丽矣，然未尽其理也。推其所由，似元不解音声；览其旨趣，亦未达礼乐之情也。众器之中，琴德最优，故缀叙其所怀，以为之赋。"指出历代才士所作音乐赋文辞美丽，但未尽乐理，因此写作《琴赋》，以探求乐理，超越前人。成公绥也是富有开拓精神的赋家，其《天地赋序》云："赋者贵能分赋物理，敷演无方。天地之盛，可以致思矣……历观古人，未之有赋，岂独以至丽无文，难以辞赞？不然，何其阙哉？遂为《天地赋》。"强调赋在艺术表现上的广阔性，明确表示作《天地赋》之由是欲写前人所未写，开拓新的创作空间，自信心很强，难怪《晋书·

文苑传》赞云:"子安幼标明敏,少蓄清思,怀天地之寥廓,赋辞人之所遗,特构新情。岂常均之所企!"如此强烈的开拓新领域的创作动机,以及对赋体"分赋物理,敷演无方"之优势的自觉认识,促使魏晋作家迅速地向前人所未涉及或很少涉及的艺术空间前进,大至天地,小至虫类,力图从不同的视角发现并展示丰富多样的世界。考察其时新出之赋题,令人应接不暇。譬如写人或神的,就有《出妇赋》、《寡妇赋》、《豪士赋》、《列仙赋》、《逸民赋》、《三胡赋》(自述体抒情赋尤其多,此不涉及);写城市的,汉代仅有《蜀都》、《南都》、《两都》、《二京》,魏晋则出现《齐都》、《鲁都》、《赵都》、《许都》、《魏都》、《吴都》、《扬都》、《东平》、《亢父》、《云阳》诸赋;写音乐的,在汉人的基础上,又添了《琵琶》、《笳》、《箜篌》、《角》、《啸》等新成员;写季节和各种自然现象以及日常器物的也很多,而最多的是描写动植物的作品,读之如同卧游了巨大的动物园和植物园,给人以姿态万千、目不暇接的感受。

六朝齐鲁作家所撰植物赋、动物赋:祢衡《鹦鹉赋》,王粲《迷迭赋》、《槐赋》、《柳赋》、《鹦鹉赋》、《莺赋》、《白鹤赋》、《鶡赋》,刘桢《瓜赋》,徐幹《玄猿赋》、《橘赋》,缪袭《青龙赋》,羊祜《雁赋》,左芬《孔雀赋》、《松柏赋》、《鹦鹉赋》、《白鸠赋》,王廙《白兔赋》、羊徽《木槿赋》,卞承之《鹟赋》,王微《芍药赋》、《野鹜赋》,何承天《木瓜赋》,颜延之《白鹦鹉赋》、《赭白马赋》、《寒蝉赋》,颜测《山石榴赋》,卞伯玉《菊赋》、《荠赋》,鲍照《芙蓉赋》、《园葵赋》、《舞鹤赋》、《野鹅赋》、《尺蠖赋》、《飞蛾赋》,王叔之《翟雉赋》,王俭《灵丘竹赋》、《和竟陵王子良高松赋》,王融《应竟陵王教桐树赋》、卞彬《虾蟆赋》、《蚤虱赋》,徐勉《萱草花赋》、《鹊赋》,徐摛《冬蕉卷心赋》,何逊《穷鸟赋》,王筠《芍药赋》、《蜀葵赋》,王素《蚿虫赋》,徐陵《鸳鸯赋》,张正见《衰梅赋》。萧统编《文选》收录历代咏动物著名赋作五篇,即贾谊《鹏鸟赋》、祢衡《鹦鹉赋》、张华《鷦鷯赋》、颜延之《赭白马赋》、鲍照

《舞鹤赋》,齐鲁作家就占了三篇,其地位之重要由此可见。

六朝齐鲁东作家所撰器物等其他咏物赋:

王粲《马瑙勒赋》、《车渠椀赋》,徐干《冠赋》、《圆扇赋》、《车渠椀赋》、《漏赋》,孙该《琵琶赋》,左芬《相风赋》,左思《白发赋》,王廙《笙赋》,伏滔《长笛赋》,鲍照《观漏赋》,刘缓《照镜赋》,张正见《石赋》。

齐鲁文士之咏物赋最负盛名的为祢衡《鹦鹉赋》。赋撰于江夏。江夏太守黄祖子黄射大会宾客,客有献鹦鹉者,射邀衡作赋,衡挥毫而为,笔不停辍,文不加点,辞采华美,获得巨大的名声。赋托鹦鹉以自喻,即物即人,先以鹦鹉的"奇姿"、"妙质"、"辩慧"、"聪明"等自况美好才质:

> 惟西域之灵鸟兮,挺自然之奇姿。体金精之妙质兮,合火德之明辉。性辩慧而能言兮,才聪明以识机。故其嬉游高峻,栖跱幽深。飞不妄集,翔必择林。绀趾丹紫,绿衣翠衿。采采丽容,咬咬好音。虽同族于羽毛,固殊智而异心。配鸾皇而等美,焉比德于众禽?

赋最感人之处是作者把自己流离异乡、寄人篱下的悲哀,借助描写鹦鹉的遭际而一气道出,情思凄绝:

> 尔乃归穷委命,离群丧侣,闭以雕笼,剪其翅羽。流飘万里,崎岖重阻。逾岷越嶂,载罹寒暑。女辞家而适人,臣出身而事主。彼贤哲之逢患,犹栖迟以羁旅。矧禽鸟之微物,能驯扰以安处?眷西路而长怀,望故乡而延伫。……若乃少昊司辰,蓐收整辔。严霜初降,凉风萧瑟。长吟远慕,哀鸣感类。音声凄以激扬,容貌惨以憔悴。闻之者悲伤,见之者陨泪。放臣为之屡叹,弃妻为之歔欷。感平生之游处,若埙篪之相须。何今日之两绝,若胡越之异区?顺笼槛以俯仰,窥户牖以踟蹰。想昆山之高岳,思邓林之扶疏。顾六翮之残毁,虽奋迅其

焉如。心怀归而弗果，徒怨毒于一隅。

《庄子·养生主》云："泽雉十步一啄，百步一饮，不蕲蓄于樊中。"《庄子·马蹄》云："马，蹄可以践霜雪，毛可以御风寒。龁草饮水，翘足而陆，此马之真性也。虽有义台路寝无所用之。"写及动物不愿受人为的束缚而失去自由自在之天性，祢衡此赋亦然，"眷西路而长怀，望故乡而延伫"、"想昆山之高岳，思邓林之扶疏"即此意也；但祢作重在抒情，且及物即人，如"长吟远慕，哀鸣感类"一节，抒写鹦鹉失去自由的悲哀，特别生动感人。《后汉书·文苑列传》称祢衡写作时文不加点、一气呵成，充分他显示了"思锐于为文"（《文心雕龙·才略》），"奋笔直书，以气运词"①的艺术个性和才华。《文选》赋类"鸟兽"门共收录五篇以鸟兽为题材的咏物赋，包括贾谊《鹏鸟赋》、祢衡《鹦鹉赋》、张华《鷦鷯赋》、颜延之《赭白马赋》、鲍照《舞鹤赋》。其中《鹏鸟赋》通过陈述老庄之理，抒发作者贤而失志的消沉情绪，只是借助与鹏鸟的对话来发端，而无具体的物象描绘，与后世咏物赋颇为不类。东汉后期咏物赋渐盛，其主要进步在于作者咏物中有较多的情志寄托，有自况型的，如赵壹《穷鸟赋》；有述感型的，如蔡邕《伤故栗赋》、朱穆《郁金赋》；有讽世型的，如赵岐《蓝赋》、崔琦《白鹄赋》。但这些作品的艺术水平算不上突出。艺术水平高，对后世影响大的关于"鸟兽"类的咏物赋，较早的应推祢衡这篇即物即人，描写鹦鹉而兼以自喻的作品。晋宋时期，张华《鷦鷯》、鲍照《舞鹤》、《野鹅》诸赋受其影响尤为明显。祢衡之后，撰作《鹦鹉赋》的文人颇多，《艺文类聚》卷九十一节录有应玚、陈琳、王粲、阮瑀、曹植、傅玄、傅成、左芬、曹毗、桓玄、颜延之、谢庄、萧统等撰的《鹦鹉赋》十几篇，但水平皆逊于祢作。宋人洪迈《容斋

① 陈引驰编校《刘师培中古文学论集》，中国社会科学出版社 1997 年版，第 21 页。

三笔》指出祢衡《鹦鹉赋》“专以自况，一篇之中三致意焉……余每三复其文而悲伤之”。[①] 元人祝尧《古赋辨体》称赞祢作云：“祢正平《鹦鹉》，中含风兴之义。盖以物为此，而寓其羁栖流落、无聊不平之情。凡咏物当以此为法。”[②]应玚等十三人之作所缺乏的便是“专以自况，一篇之中三致意焉”，“寓其羁栖流落、无聊不平之情”，故显得逊色。

王粲咏物赋多是百字左右的小赋，往往在对物象的描绘中寄托着自己崇尚美好的高雅的生活情趣，如《迷迭赋》通过写奇珍香草，使人体味到自然界万灵万类的可爱：“惟遐方之珍草兮，产昆仑之极幽。受中和之正气兮，承阴阳之灵体。扬丰馨于西裔兮，布和种于中州。去原野之侧陋兮，植高宇之外庭。布萋萋之茂叶兮，挺冉冉之柔茎。色光润而采发兮，似孔翠之扬精。”语言平易生动。有的则有较明显的比兴寄托，如《槐赋》：

> 丰茂叶之幽蔼，履中夏而敷荣。既立本于殿省，植根柢其弘深。鸟愿栖而投翼，人望庇而披衿。

这是运用比兴手法，赞美曹丕才美位显，广揽人才，文士纷纷投附。他的咏物小赋中抒情性较浓的是《莺赋》：

> 览堂隅之笼鸟，独高悬而背时。虽物微而命轻，心凄怆而悯之。日掩蔼以西迈，忽逍遥而既冥，就隅角而敛翼，倦独宿而宛颈。历长夜以向晨，闻仓庚之群鸣。春鸠翔于南甍，戴鵟集乎东荣。既同时而异忧，实感类而伤情。

寥寥84字，但首尾完整，把笼鸟失去自由的可怜情态及自己“感类伤情”的心理描绘得十分真切，几可视为一首饶有韵味的抒情小

---

① 清孙梅《四六丛话》卷二引，《历代文话》，复旦大学出版社2007年版，第4270页。

② 清王之绩《铁立文起前编》卷十一引，《历代文话》，复旦大学出版社2007年版，第3737页。

赋。

羊祜《雁赋》咏述雁高翔天宇，文辞清丽，如："浮若漂舟乎江之涛，色若委雪于嵒之阿。邕邕兮悲鸣乎云间，因飞临虚厉清和，眇眇兮瞥若入清尘，扶日拂翼粲光罗。"

颜延之赋比较有名的是收录于《文选》的《赭白马赋》。这是一篇应制之作。元嘉中期，文帝刘义隆喜爱的一匹骏马病死，命令臣下作赋，延之便献上此赋。与建安文人应玚旨在抒写自我慷慨情怀的《慜骥赋》相比，虽同为咏马，此作旨在歌功颂德，文辞镂金错采，用典繁密。其中对骏马形体、神态、速度等方面的描写，有一些精采的片断，如："徒观其附筋树骨，垂梢植发，双瞳夹镜，两权协月，异体峰生，殊相逸发。超摅绝夫尘辙，驱骛迅于灭没。简伟塞门，献状绛阙。旦刷幽燕，昼秣荆越。……睨影高鸣，将超中折，分驰迥场，角壮永埒。别辈越群，绚练夐绝。"特别是"旦刷幽燕，昼秣荆越"两句写骏马驰骋之神速，造语奇警巧妙，给读者留下深刻的印象，且直接影响到包括李白、杜甫等文坛巨子的后世作家的咏马之作。有关情况，钱钟书先生有精当的抉发："按前人写马之迅疾，辄揣称其驰骤之状，追风绝尘。《全宋文》卷三十四谢庄《舞马赋》：'朝送日于西版，夕归风于北都'，亦仍旧贯，增'朝''夕'为衬托。颜氏之'旦'、'昼'，犹'朝'、'夕'也，而一破窠臼，不写马之行路，只写马之在厩，顾其过都历块，万里一息，不言而喻。文思新切，宜李白、杜甫见而心喜。李《天马歌》：'鸡鸣刷燕晡秣越'，直取颜语；杜《骢马行》：'昼洗须腾泾渭深，夕趋可刷幽并夜'，稍加点染，而道出'趋'字，便落迹著相。"[①]又如《寒蝉赋》：

> 始萧瑟以攒吟，终婵媛而孤引。越客发度障之歌，代马怀首燕之信。不假緌于范冠，岂缕体于人爵。折清飙而不沦，团

① 《管锥编》，中华书局 1979 年版，第 1305 页。

高木以飘落。

描写晚秋寒蝉的凄苦之状，浅显明了，风格迥异于《赭白马赋》的绮密繁丽、雕镂严整。清人叶矫然《龙性堂诗话·初集》称颜延之为“古今诗人以变调能工者”中的一个代表人物，指出他的应制诗虽擅长雕琢，“而《秋胡行》、《五君咏》不减芙蓉出水”，对于他仅存的几篇赋，也可以作如是观。

鲍照咏物赋有《观漏赋》、《野鹅赋》、《芙蓉赋》、《舞鹤赋》、《园葵赋》、《尺蠖赋》和《飞蛾赋》等七篇。与前代辞赋大家相比，鲍照咏物赋的主要特色是篇篇都有所寄托，而没有单纯咏物的，它们从各个角度表现了作者在人生旅途中的心灵历程。

首先是美好才华、高洁人格的表现。在大自然的花木中，鲍照尤喜欢梅花和芙蓉，其《梅花落》借梅花以自况，抒写坚贞正直、不同凡俗的人格，《芙蓉赋》的命意与之相似，也是美好才华、高洁人格的象征。他笔下的芙蓉，色泽极丽、质性极清，冠绝众卉：“抱兹性之清芬，禀若华之惊艳”，“顾椒丘而非偶，岂园桃而能埒”，“冠五华于仙草，超四照于灵木”，“感盛衰之可怀，质始终而常清”。但是，芙蓉虽有超群之奇美，却随岁月的流逝而芳歇花零：“虽凌群以擅奇，终从岁而零歇”，这实质上是借以慨叹自己才华绝世，而沉沦下僚、理想不能实现的悲剧命运。

其次是奋不顾身的理想追求。在刘宋文人中，鲍照虽出身寒族，但志向远大，充满积极用世的思想和激情，他推崇“投躯报明主，身死为国殇”（《代出自蓟北门行》）的英雄人物，《飞蛾赋》则集中反映了他执著于入世思想的追求精神：

> 仙鼠伺暗，飞蛾候明……凌燋烟之浮景，赴熙焰之明光。拔身幽草下，毕命在此堂。本轻死以邀得，虽糜烂其何伤。岂学山南之文豹，避云雾而岩藏。

在前人笔下，飞蛾投火乃自蹈死地，皆被作为鉴戒主题处理，如晋人支昙谛的同题之作。鲍照这里却独创一格，翻新意境。他视飞蛾投火为追求光明，热情地赞美飞蛾奋不顾身的崇高精神。“拔身”六句即物即人，显系作者不甘隐沦之心境的自白，体现了他少年意气，豪迈俊爽、抗音吐怀的可贵风姿。

再次是仕途艰难、壮志莫伸的悲愤。《观漏赋》睹物兴情，由光阴之流逝，联想到自己年华虚度，功业无成，不禁感慨万端：时不我待，盛年不再，作者空怀报国之志而无所施展，故悲思郁结，如泣如诉，“望天涯”两句意绪绵远，格调苍壮，感人至深，使读者不禁联想到李白《行路难》中“拔剑四顾心茫然”的形象。鲍照在临川王刘义庆幕下供职时，有人献野鹅于刘义庆，他受命作了一篇《野鹅赋》。这篇赋即物即人，融会物我，自况性质颇为明显。作者譬喻自己离开家乡的自由生活，来到陌生的官场，不是为了谋求利禄，而是要报答刘义庆的知遇之恩：“舍水泽之欢逸，对钟鼓之悲辛。岂徇利而轻命？将感爱而投身”；但因出身寒微，秉性正直，受到同僚的冷遇和排挤，心情郁闷，备觉失意：“貌纤杀而含悴，心翻越而惭惊，若坠渊而堕谷，恍不知其所宁……虽居物以成偶，终在我以非群”；于是产生辞官归隐之念：“望征云而延悼，顾委翼而自伤。无青雀之衔命，乏赤雁之嘉祥。空秽君之园池，徒惭君之稻粱。愿引身而翦迹，抱末志而幽藏。”这种借咏物以自况的作品，可谓祢衡《鹦鹉赋》的嫡传。鲍照咏物赋最受推重的是《舞鹤赋》，这篇作品借吟咏鹤身受羁绊，失去自由的情境，寄托了作者仕途失意有志难骋的悲伤。注重通过景物环境的描写而抒发感情，是赋的一个特色，如：

> 于是穷阴杀节，急景凋年。凉沙振野，箕风动天。严严苦雾，皎皎悲泉。冰塞长河，雪满群山。既而氛昏夜歇，景物澄廓。星翻汉回，晓月将落，感寒鸡之早晨，怜霜雁之违漠，临惊风之萧条，对流光之照灼。唳清响于丹墀，舞飞容于金阁。

景中含情，流淌着浓重的凄凉气息，与谢庄《月赋》之安排月夜怀人的境界有异曲同工之妙。紧接着刻画鹤的感物而舞的姿态，颇有精警奇创之句，如：

众变繁姿，参差洊密，烟交雾凝，若无毛质，风去雨还，不可谈悉。

这种空灵而逼肖的描写，是历代咏物赋所少见的，清人鲍桂星评云："摹写舞态，羌无故实，惟妙惟肖，安仁《射雉》堪与抗衡"(《赋则》)；钱钟书先生说："鹤舞乃至于使人见舞姿而不见舞体，深抉造艺之窈眇，匪特描绘新切而已"[①]鲍照赋有一个较常见的特点，即"卒章显志"，如《芜城赋》末云："千龄兮万代，共尽兮何言"；《芙蓉赋》末云："虽凌群以擅奇，终从岁而零歇"；《野鹅赋》末云："虽陋生于万物，若沙漠之一尘，苟全驱而毕命，庶魂报以自申"；《园葵赋》末云："鱼深沉而鸟高飞，孰知美色之为正"；《飞蛾赋》末云："岂学山南之文豹，避云雾而岩藏"，等等，这为我们考察各篇赋的主题思想或兴寄意义提供了较大的便利。这篇《舞鹤赋》也具备这一特色，赋末云："守驯养于千龄，结长悲于万里"，实质上是借鹤之被驯养、没有飞翔自由的处境，寄托自己备受压抑、理想幻灭的悲伤。这种情绪，作者在其他作品中也有所流露，如"丈夫生世会几时，安能蹀躞垂羽翼"(《拟行路难》其六)，"垂羽翼"，也是用鸟来作比喻；又如"双鹤始起时，徘徊沧海间……散乱一相失，惊孤不得住……有愿而不遂，无怨以生离。鹿鸣在深草，蝉鸣隐高枝。心自有所存，旁人那得知"(《代别鹤操》)，同样是象征作者仕途坎坷、理想不遂的艰难身世和悲怅情绪。这些例子都有助于我们理解《舞鹤赋》。

再次是处世哲理与隐逸情趣：《尺蠖赋》、《园葵赋》。尺蠖是一种能屈能伸的小虫，在《周易》中就赋予"君子见机而作"的象征意

---

① 钱钟书《管锥编》，中华书局 1979 年版，第 1312 页。

义，鲍照根据自己在仕途上屡遭挫折的经验教训，写下《尺蠖赋》这篇寄托着处世哲理的作品。赋短小精悍，仅一百余字，对尺蠖之特性的描绘颇工细，如“当静泉渟，遇躁风惊”，“冰炭弗触，锋刃靡迕”，“逢险蹙蹐，值夷舒步”。兴寄之义也很明显，如“军算慕其权，国容拟其变，高贤图之以隐沦，智士以之而藏见”数语，将物象与人事绾合起来了。从赋末“苟见义而守勇，岂专取于弦箭”的表白看，作者的处世观仍倾向于“见义守勇”的原则，他之赞美尺蠖之智，只不过是从中悟出为人处世要讲究一些策略的道理而已。所以，在晋宋时期很发达的托物以抒写处世哲理的小赋中，《尺蠖赋》的格调算是比较高的，它与西晋傅咸《叩头虫赋》中流露的柔懦求全哲学是迥然有别的。鲍照的《园葵赋》大致写于临川王刘义庆去世、他归隐乡里的一段日子里。赋的前面写适时艺蔬的情况，描绘园葵长势的一些语句颇为生动，如“稚叶萍布，弱阴竞抽，萋萋翼翼，沃沃油油”。赋的后面抒写田园风情与归隐情趣：“邻老谈稼，女娅归桑，拂此苇席，炊彼穄粱，甃壶援醢，曲瓢卷浆”，“荡然任心，乐道安命。春风夕来，秋日晨映。独酌南轩，拥琴孤听。篇章间作，以歌以咏”。结尾两句意味深长：“鱼深沉而鸟高飞，孰知美色之为正。”这是对世道污浊、不辨美丑，自己的高超才华徒被埋没的慨叹，揭示了作者归隐乡里的原因。从整体上看，《园葵赋》比较接近陶渊明的《归去来兮辞》，表现了清新的田园气息和恬淡的隐逸情趣。这在宋齐梁陈赋坛是罕见的。

此外，刘宋琅邪王氏家族中能文者应当提及的有王素（410—463），字休业。他爱好文义，不以世俗萦怀。隐居东阳，颇营田园，得以自给。所居山中有蚿虫，声清形丑，素乃为《蚿虫赋》以自况。有集十六卷，佚。

卞伯玉，济阴（今山东菏泽）人。仕晋官爵未详。入宋，为东阳太守。有《系辞注》二卷，集五卷，佚。严可均《全宋文》卷四十辑录其文四篇。其中赋三篇，皆残。《菊赋》、《荠赋》咏菊、荠，重点描绘并赞美了这两种花草经霜耐寒的特性，从而折射了作者认同高尚节操的人格取向，文辞清丽浅易，仿佛魏晋时期夏侯湛等人咏花草赋之风，如"伤众花之飘落，嘉兹卉之能灵。振劲朔以扬绿，含凝露而吐英。"(《菊赋》)

王锡(499—534)，字公嘏。幼聪明好学。年十四，授秘书郎。与张缵齐名，俱为昭明太子东宫属官，梁武帝敕昭明以师友事之。封永安侯，为晋安王友，称疾不行。普通三年，迁吏部郎中，辞不就。中大通六年(534年)，卒。有集七卷，佚。今存《宿山寺赋》，见严可均《全梁文》卷五十人。赋写宿于山寺的情景，用字平易，风格清新，有云：

> 因明兮目极，凭迥兮望通。平原兮无际，连山兮不穷。识生烟于岫里，眄列树于岩中。树陵危而秀色，烟出远而浮空。情迢遥于原野，心放旷于帘栊……

刘缓，生卒年不详，字含度，平原高唐(今山东章丘北)人。刘昭子。少知名，历官湘东王萧绎记室。时府中盛集文学之士，缓气格高远，风流跌宕，居诸文士之首。常云："不须名位，但须衣食。不用身后之誉，惟重目前知见。"迁通直郎、又迁湘东王录事，随府江州。约卒于大同后期或中大通间(541—548年)。有集四卷，佚。今存《照镜赋》，见严可均《全梁文》卷六十三。赋由侍妾、荆王晨起梳妆而及镜子，即物即人，风格靡丽，间用五七言句式，诗化色彩较浓，有云："阶边就水，盘中光映，讶宿粉之犹调，笑残黄之不正。欲开奁而更饰，乃当窗而取镜……分明似无碍，影前弥可爱。近来颜色不须红，即时好眉犹约黛。世间好镜自无多，唯闻一个比嫦娥。"与萧纲、萧绎、庾信等的作品颇为相似。

卞彬，生卒年不详，济阴冤句(今山东菏泽西南)人。仕宋为西曹主簿、员外郎等职。入齐，官至绥建太守。永元中卒。史称其

"险拔有才,而与物多忤","颇饮酒,摈弃形骸"。严可均《全齐文》卷二十一录其文数篇,皆残。以摈废数年,不得仕进,拟赵壹《穷鸟赋》作《枯鱼赋》自况,且抒失意之慨。作《蚤虱赋》,其序文自述贫困之状,前人谓为实录;然其言虱之久聚无患,实有刺世之意。作《禽兽决录》,以羊、猪、鹅、狗比吕文显、朱隆之、潘敞、吕文度等,皆齐代幸臣。又作《蜗虫赋》、《虾蟆赋》,对官场中某些人有所指斥讥刺。史称他的"文章传于闾巷",大概是因为具有民间通俗文学的诙谐之趣。总之,从《南齐书》本传所载片断来看,卞彬可称得上是有齐一代风格特异的作家。

徐陵《鸳鸯赋》即物即人,通过咏物而及男女艳情,与萧纲《筝赋》、《梅花赋》、《采莲赋》及萧绎《对烛赋》、《采莲赋》、《鸳鸯赋》等为同一路数,辞云:

> 既交颈于千年,亦相随于万里。山鸡映水那相得,孤鸾照镜不成双。天下真成长合会,无胜比翼两鸳鸯……特讶鸳鸯鸟,长情真可念。许处胜人多,何时肯相厌?闻道鸳鸯一鸟名,教人如有逐春情,不见临邛卓家女,祇为琴中作许声。

将咏物题材艳情化,且多掺杂运用五、七言诗句,风格绮丽,声情摇曳。

# 第四章 六朝齐鲁文士的文学批评

## 一、刘勰前后之齐鲁文士的文学批评

尚丽意识。齐鲁作家的尚丽意识，较早较明显的声音出自于建安作家卞兰，其《赞述太子赋上表》对华艳之美的倾慕程度不亚于任何一位同时期作家，其中有云："窃见（太子）所作《典论》及诸赋颂，逸句烂然，沈思泉涌，华藻云浮，听之忘味，奉读无倦。"完全没有政治功利或道德伦理的评价，而纯为审美感受的评价，尤其是对子书《典论》也作如此评价，只是前所未有的声音。卞兰的朋友曹丕在《典论》述文体风格，曾云"奏议宜雅，书论宜理，铭诔宜实，诗赋欲丽"，据此不同文体的风格辨析，作为子书的《典论》应当以宜理评之才是，但卞兰却将其与讲求华丽的赋作等量齐观，可见他的尚丽意识何其浓重。另一齐鲁作家吴质，在《答东阿王书》中对曹植书信大加赞赏，称"是何文采之巨丽，而慰喻之绸缪乎！"尚丽意识也格外自觉。

追求真实的观念。与两汉作家相比，魏晋作家在写作态度上有比较明显的求实倾向，如曹丕《答卞兰教》："赋者，言事类之所附也"，"故作者不虚其辞，受者必当其实"。从文学批评的渊源看，此观点显然受到东汉王充《论衡》中求实思想的影响。而作为纯文学体裁的赋而言，求实倾向在魏晋的赋序中有更普遍、直接的流露。先看曹丕。他的咏物赋的特点之一，便是透露了自觉的写实性，

《玛瑙勒赋序》、《车渠碗赋序》都简要介绍了几种物品的属性、产地、名称来源及其用途，如前者云："玛瑙，玉属也，出自西域。文理交错，有似马脑，故其方人因以名之。或以系颈，或以饰勒。"一一交代，像是短小的说明文。傅玄亦然，其《紫华赋序》云："紫华，一名长乐华，旧生于蜀，其东界特饶，中国（中原）奇而种之。"无异于植物志的介绍。又，《琵琶赋序》、《筝赋序》、《琴赋序》皆有各种乐器之来源或构造的介绍，有的文字近似于考证。如《琵琶赋序》："《世本》不载作者，闻之故老云：'汉遣乌孙公主嫁昆弥，念其行道思慕，故使工人知音者载琴、筝、筑、箜篌之属，作为马上之乐。'今观其器，中虚外实，天地之象也；盘圆柄直，阴阳之序也；柱十有二，配律吕也；四弦，法四时也。以方语目之，故云琵琶，取其易传于外国也。杜挚以为嬴秦之末，盖苦长城之役，百姓弦鞉而鼓之。二者各有所据，以意断之，乌孙近焉。"在并列二说的基础上，然后出以己之判断，可谓言必有据，考述详实，南朝沈约所撰《宋书·乐志》径直引录傅玄的这些赋序，大概就是由于注意到他考述详实的特点。傅玄之后，出现了魏晋赋论中崇尚写实之观念的一次集中展示，这就是围绕左思洋洋万言的《三都赋》而引发的议论。有关材料，今存赋序数篇，即左思《三都赋序》、皇甫谧《三都赋序》以及刘逵《吴都赋蜀都赋注序》与卫权《三都赋略解序》，前二种尤受重视。左《序》以为赋应当有"居然而辨四方"、"以观土风"的认识作用，批评马、扬、班、张等家赋描写失实："然相如赋《上林》而引卢橘夏熟，扬雄赋《甘泉》而陈玉树青葱，班固赋《西都》而叹以出比目，张衡赋《西京》而述以游海若，假称珍怪以为润饰，若斯之类，匪啻于兹。考之果木，则生非其壤；校之神物，则出非其所；于辞则易为藻饰，于义则虚而无征。"皇甫谧《序》观点亦同，且更具概括性："若夫土有常产，俗有旧风，方以类聚，物以群分，而长卿之俦，过以非方之物寄以中域，虚张异类，托有于无。"由此，引出自己的赋要恪守写实的创作原则，左《序》云："余既思摹《二京》而赋《三都》，其山川城邑，则稽之地图；其鸟兽草木，则验之方志；风谣歌舞，各附其俗；魁梧长者，莫非其旧。何则？发言为诗者，咏其所志也；升高能赋者，颂其所见也。美物者贵依其本，赞事者宜本其实；匪本匪实，览者奚信？"作为一篇富淹六代的超级大赋，左思的确想要扭转前人"夸饰过分"的作风，在创作中也收到一定的成效，张载《魏都赋注》在这方面有相当细致的抉发提示，所以，皇甫《序》以及刘《序》、卫《序》对左《赋》的肯定和赞扬，并不是无原则无根据的盲目吹捧和马马虎虎的应酬。今天看来，左思的观点当然是片面的，或可说是单纯幼稚的；道理很简单，文学作品与一般的政论、史书、地志、动植物志等等毕竟是不同的，尤其是那些"京殿苑猎"大赋，"极声貌以穷文"，铺张扬厉，夸饰渲染虚构，是其不可或缺的表现手段，是其艺术上最值得骄傲的特色或优势，丢掉了这些，汉赋还有什么资格列于"一代之文学"之中？况且，《三都赋》之所以成为千古不朽的名作，就在于作者除了在某些地方或者说是局部性的描写上避免了汉大赋的"过分夸饰"外，而其极尽铺张扬厉的基本艺术追求精神与司马相如等一脉相承。由此亦可证，左思《三都赋序》中批评汉赋诸家，针对的主要是其描写上不真实，作品中混杂了"虚而无征"的事物。而魏晋时所谓"虚而无征"的事物，人们关注的焦点似乎是不产于中土的异方之物。左《序》所谓："卢橘夏熟"、"玉树青葱"、"出比目"、"游海若"，皆非长安能有的事物，借用皇甫谧的话说，就是"以非方之物，寄以中域，虚张异类，托有于无。"往前推，曹丕《玛瑙勒赋序》、傅玄《紫华赋序》等所流露的求实倾向，针对的也是异方之物。另据《三国志·魏志·三少帝纪》"（景初三年）二月，西域重译献火浣布"条注引《搜神记》，博学多识如曹丕者，没见过火浣布（即石棉布），便以"火性酷烈，无含生之气"的一般经验，否定其存在，结果犯了自以为是、实则不然的错误。这条材料可以反证魏晋时人是多么看重异方之物的“实而有征”。又，西晋裴秀《禹贡九州地域图序》批评汉代舆地诸书及地图：“虽有粗形，皆不精审，不可依据。或称外荒迂诞之言，不合事实，于义无取。”“或称外荒迂诞”云云，与左思等批评汉赋的意思颇吻合。安石榴原非中土之物，所以张协《安石榴赋》首句即表白：“考草木于方志。”成公绥《天地赋》的描写涉及一些异方的神奇传说，如：“遐方外区，绝域殊邻，人首蛇躯，鸟翼龙身；衣毛被羽，或介或鳞；栖林浮水，若兽若人，居于大荒之外，处于巨海之滨……岂斯事之有征，将言者之虚设？”为了表现宇宙天地的丰富多彩，魅力无穷，而加入一些神奇内容；但成公绥毕竟生活在充满理性思想的魏晋时代，“岂斯事”二句还是流露他的征实心理，这又与上述赋序的观念保持了一致。

檀道鸾《续晋阳秋》的诗文评论影响颇大。诗歌的地位到了五世纪明显有所提高，这在时人的记载中可以看出端倪。檀道鸾《续晋阳秋》较早对诗歌发展史做过简述，这在文学史上是一个新鲜的现象。檀道鸾，生卒年不详，字万安，高平金乡（今属山东）人。刘宋时任国子博士、永嘉太守。著有《续晋阳秋》二十卷，佚。但一些片断为刘峻注《世说新语》所引用，流传于今，吉光片羽，弥足珍贵。如：

> （许）询有才藻，善属文。自司马相如、王褒、扬雄诸贤，世尚赋颂，皆体则《诗》、《骚》，傍综百家之言。及至建安，而诗章大盛。逮乎西朝之末，潘陆之徒虽时有质文，而宗归不异也。正始中，王弼、何晏好庄老玄胜之谈，而世遂贵焉。至过江，佛理尤盛，故郭璞五言，始会合道家之言而韵之。询及太原孙绰，转相祖尚，又加以三世之辞，而《诗》、《骚》之体尽矣。询、绰并为一时文宗，自此作者悉体之。至义熙中，谢混始改。（《世说新语·文学》注）

叙述汉晋文坛风尚尤其是玄言诗的发展、演变，明确简要，齐梁时沈约《宋书·谢灵运传论》、刘勰《文心雕龙·明诗》、钟嵘《诗品》、萧子显《南齐书·文学传论》中有关言论,皆较大地程度受到檀氏影响。又如:

虎(袁宏小字)少有逸才,文章绝丽,曾为《咏史诗》,是其风情所寄。少孤而贫,以运租为业。镇西谢尚时镇牛渚,乘秋佳风月,率尔与左右微服泛江。会虎在运租船中讽咏,声既清会,辞又藻拔,非尚所曾闻,遂往听之,乃遣问讯。答曰:"是袁临汝郎,诵诗即其《咏史》之作也。"尚佳其率有盛致,即遣要迎,谈话申旦。自此名誉日茂。(《世说新语·文学》注)

宏为大司马记室参军。后为《东征赋》,悉称过江诸名望。时桓温在南州,宏语众云:"我决不及桓宣城!"时伏滔在温府,苦谏之,宏笑而不答。滔密以启温,温甚忿,以宏一时文宗,又闻此赋有声,不欲令人显问之。后游青山,饮酌既归,公命宏同载,众为危惧。行数里,问宏曰:"闻君作《东征赋》,多称先贤,何故不及家君?"宏答曰:"尊公称谓,自非下官所敢专,故未呈启不敢显之耳。"温乃云:"君欲为何辞?"宏即答云:"风鉴散朗,或搜或引。身虽可亡,道不可陨。则宣城之节,信为允也。"温泫然而止。(《世说新语·文学》注)

袁宏才华卓越、思维敏捷而又不失清高的文士风范,以及桓温、谢尚的崇文行为,叙述得很精彩,给读者以真切生动感受。

颜延之《庭诰》除空前多地涉及关于立身处世的种种问题外,还有一些关于作家作品的评论,如以下一段:

逮李陵众作,总杂不类,元是假托,非尽陵制;至其善写,有足悲者。挚虞《文论》,足称优洽。《柏梁》以来,继作非一,所纂至七言而已。九言不见者,将由声度阐诞,不协金石。至于五言流靡,则刘桢、张华;四言侧密,则张衡、王粲。若夫陈思王，可谓兼之矣。

论及西汉李陵作品的真伪、感染力，西晋挚虞《文章流变论》以及汉魏诸作家、诸诗体，素为治中国古代文论者所重视。琅琊王微论文，特别注重对悲怨情绪的抒发，其《与从弟僧绰书》云："吾少学作文……且文词不怨思抑扬，则流澹无味。文好古，贵能连类可悲，一往视之，如似多意。当见居非求志，清论所排，便是通辞诉屈邪。"六朝文抒情性渐浓，王微在观念上、实践中皆推动之，乃至有人认为他的文章在诉说冤屈，故其见解有极强的时代意义。

任昉《文章缘起》又名《文章始》在古代文体发展史上有重要意义，该书区分文体为八十四种，萧统《文选》的文体设置受到任昉的影响。今见《文章缘起》如下：

六经素有歌诗书诔箴铭之类，《尚书》帝庸作歌，《毛诗》三百篇，《左传》叔向诒子产书，鲁哀孙子诔，孔悝鼎铭、虞人箴，此等自秦汉以来，圣君贤士沿著为文章名之始。故因暇录之，凡八十四题，聊以新好事者之目云尔。

三言诗　晋散骑常侍夏侯湛所作。

四言诗　前汉楚王傅韦孟《谏楚夷王戊诗》。

五言诗　汉骑都尉李陵与苏武诗。

六言诗　汉大司农谷永作。

七言诗　汉武帝柏梁殿连句。

九言诗　魏高贵乡公所作。

赋　楚大夫宋玉所作。

歌　燕荆轲作《易水歌》。

《离骚》　楚屈原所作。

诏　起秦时。玺文，秦始皇传国玺。

策文　汉武帝《封三王策文》。

表　淮南王安《谏伐闽表》。

让表　汉东平王苍上表让骠骑将军。

上书　秦丞相李斯上始皇书。

书　汉太史令司马迁《报任少卿书》。

对贤良策　汉太子家令晁错。

上疏　汉中大夫东方朔。

启　晋史部郎山涛作《选启》。

奏记　汉江都相董仲舒《诣公孙宏奏记》。

笺　汉护军班固《说东平王笺》。

谢恩　汉丞相魏相《诣公车谢恩》。

令　汉淮南王有《谢群公令》。

奏　汉枚乘《奏书谏吴王濞》。

驳　汉侍中吾丘寿王《驳公孙宏禁民不得挟弓弩议》。

论　汉王褒《四子讲德论》。

议　汉韦玄成《奏罢郡国庙议》。

反骚　汉扬雄作。

弹文　晋冀州刺史王深集杂弹文。

荐　后汉云阳令朱云《荐伏湛》。

教　汉京兆尹王尊出教告属县。

封事　汉魏相《奏霍氏专权封事》。

白事　汉孔融主簿作《白事书》。

移书　汉刘歆《移书让太常博士论左氏春秋》。

铭　秦始皇登会稽山刻石铭。

箴　汉扬雄《九州百官箴》。

封禅书　汉文园令司马相如。

赞　司马相如作《荆轲赞》。

颂　汉王褒《圣主得贤臣颂》。

序　汉沛郡太守作《邓后序》。

引　《琴操》有《箜篌引》。

志录　扬雄作。

记　扬雄作《蜀记》。

碑　汉惠帝《四皓碑》。

碣　晋潘尼作《潘黄门碣》。

诰　汉司隶从事冯衍作。

誓　汉蔡邕作《艰誓》。

露布　汉贾宏为马超伐曹操作。

檄　汉丞相祭酒陈琳作《檄曹操文》。

明文　汉泰山太守应劭作。

乐府　古诗也。

对问　宋玉《对楚王问》。

传　汉东方朔作《非有先生传》。

上章　孔融《上章谢大中大夫》。

解嘲　扬雄作。

训　汉丞相主簿繁钦祠其先主训。

辞　汉武帝《秋风辞》。

旨　后汉崔骃作《达旨》。

劝进　魏尚书令荀攸《劝魏王进文》。

喻难　汉司马相如《喻巴蜀》并《难蜀父老文》。

诫　后汉杜笃作《女诫》。

吊文　贾谊《吊屈原文》。

告　魏阮瑀为文帝作《舒告》。

传赞　汉刘歆作《列女传赞》。

谒文　后汉别驾司马张超《谒孔子文》。

祈文　后汉傅毅作《高阙祈文》。

祝文　董仲舒《祝日蚀文》。

行状　汉丞相仓曹傅胡幹作《杨元伯行状》。

哀册　汉乐安相李亢作《和帝哀策》。

哀颂　汉会稽东郡尉张纮作《陶侯哀颂》。

墓志　晋东阳太守殷仲文作《从弟墓志》。

诔　汉武帝《公孙宏诔》。

悲文　蔡邕作《悲温舒文》。

祭文　后汉车骑杜笃作《祭延钟文》。

哀词　汉班固《梁氏哀词》。

挽词　魏光禄勋缪袭作。

七发　汉枚乘作。

离合诗　孔融作《四言离合诗》。

连珠　扬雄作。

篇　汉司马相如作《凡将篇》。

歌诗　汉枚皋作《丽人歌诗》。

遗令　晋散骑常侍江统作。

图　汉河间相张人作《玄图》。

势　汉济北相崔瑗作《草书势》。

约　汉王褒作《僮约》。

在文学创作不断繁荣的同时，六朝的文体论也逐渐兴盛，比较早的如曹丕《典论·论文》、傅玄《七谟序》、挚虞《文章流别论》、陆机《文赋》、李充《翰林论》等皆有文体论，但涉及文体还较少。任昉顺应文体论不断发展的形势而撰《文章缘起》，汇集文体八十多种，各列举一篇早期作品以追溯每种文体的起源。后人或认为任书分类失于琐碎，但置于六朝文体辨析由粗而细、由简而繁的背景来看，任书则堪称集大成之作。任昉同时或稍晚的刘勰《文心雕龙》、萧统《文选》，所胪列文体也颇繁富，此为时代风气使然。今人傅刚先生认为萧统的著作在区分文体上受到任昉的影响，他指出："就齐梁时期几部有关文体辨析的著作比较看,《文选》更接近于《文章缘起》,而不是《文心雕龙》……如果就《文章缘起》著录的文体名称看,同于《文选》及《文选序》的多达五十七种,其中《文选序》提到但《文选》没有收录的有八种。这五十七种相同的文体,包括了《文选》三十九类中的三十七类…… 从文体的名目看,《文选》与《文章缘起》对一些特别文体的确定,名称基本相同,这不能看作是巧合……从以上比较的结果看,《文选》的编纂在文体分类上可能受到任昉《文章缘起》的影响,与《文心雕龙》似乎没有什么联系。"[①]论者或指出任昉所标示的某些文体的创始之作不妥,宋吴子良《荆溪林下偶谈》卷二:"梁任昉有《文章缘起》一卷,著秦汉以来文章名目之始。按'论'之名起于秦汉以前,《荀子·礼论》《乐论》,《庄子·齐物论》,慎到《十二论》,吕不韦《八览》、《六论》是也。至汉则有贾谊《过秦论》。昉乃以王褒《四子讲德论》为始,误矣。"[②]按此说不妥。《荀》、《庄》乃子书,《过秦》乃《贾子》中之一篇,"论"字为后人所加。近人胡朴安云:"文章体裁至西京备矣,彦升言之最详。'高文典册用相如,飞书羽檄用枚皋',不仅备体,且有能独擅其体者。彦升谓论始于《四子讲德》。彦和《文选》则云:'庄周《齐物》,以论为名。'此彦和之失。《庄子·齐物论》,物、论,并列也。物者,物也;论者,言也。物万不同而齐之,论万不同而齐之,彦和误于前,后人缘彦和之失,《齐物论》遂不可读矣。彦升著《文章缘起》,取《四子讲德论》,识见过于彦和远矣。"[③]在任昉之前,陈寿、挚虞、李充、范晔等的文体观念已在不断进步,任氏在前人的基础上,撰成

① 《〈昭明文选〉研究》,中国社会科学出版社 2000 年版,第 215－221 页。

② 《历代文话》第一册,复旦大学出版社 2007 年版,第 549 页。

③ 《读汉文纪》,《历代文话》第九册,复旦大学出版社,2007 年版,第 9077 页。

此书，标志着文体学的独立。他不仅影响了《文选》的文体区分，还影响及清人。清人王兆芳效法任昉《文章缘起》而撰《文章释》，俞樾叙云："近世存者，则有梁任昉《文章缘起》一卷，《四库》著录焉……于是乎王子漱馛又有《文章释》之作，备列文章一百四十有二体，而一一推其所始，盖亦挚虞、任昉之遗意也。"①关于《文章缘起》在文体学史上的价值和意义，吴承学先生撰文指出："从文体学的角度看，当时探讨文章渊源的也颇有人在，但任昉的方法方式与众不同。陈振孙《直斋书录解题》卷二十二认为该书'但取秦汉以来，不及六经，无论他是否带有贬意，确括出该书的特点：会心之处于六经之外。这正是此书与前后那些言及文体必溯至六经的文论之区别。《文章缘起》所标举作品大致是六经之外、秦汉以来有明确的创作年代、创作者，有一定典范意义的独立完整的篇章。它体现出任昉关注的重点是脱离经学束缚之后个体的文章创作，它创造性地以簿录的方式记录了任昉心目中具有一定独立性与典范性的文章学谱系。"②

南北朝后期文学批评异常繁荣，其文论观点大体上呈现趋新、守旧、折中三种倾向。齐鲁籍文人中，徐摛、徐陵父子基本属趋新派，刘勰、颜之推基本属折中派。

《梁书·徐摛传》载："(摛)属文好为新变，不拘旧体……(晋安)王入为皇太子，转家令，兼掌书记，寻带领直。摛文体既别，春坊尽学之，'宫体'之号，自斯而起。"徐摛、徐陵父子侍奉萧纲多年。在创作上"好为新变，不拘旧体"，徐陵《玉台新咏序》，流露了疏离儒家政教功利主义思想，而关注作品的解忧、娱乐功能，大胆肯定

---

① 《历代文话》第七册，复旦大学出版社 2007 年版，第 6254 页。

② 吴承学、李晓红《任昉〈文章缘起〉考论》，载《文学遗产》2007 年第 4 期。

抒写包括男女之情、女性容貌、自然景物等无关政教的内容的文学观念；从而同萧纲《与湘东王书》、《答新渝侯和诗书》、《诫当阳公大心书》、《答张缵谢示集书》等文一起成为趋新派文论的代表声音。

颜之推的文学观念异于徐陵之一味趋新，但也不同于裴子野等守旧派文人。《颜氏家训·文章》针对忽视内容、追逐形式，“趋末弃本，率多浮艳”的文风，他提出改革文体的要求：“文章当以理致为心肾，气调为筋骨，事义为皮肤，华丽为冠冕。今世相承，趋末弃本，率多浮艳。辞与理竞，辞胜而理伏；事与才争，事繁而才损……必有盛才重誉，改革体裁者，实吾所希！”作为具体途径，他提出了参酌古今、糅合新旧、兼取其长的折衷主张：“古人之文，宏才逸气，体度风格，去今实远；但缉缀疏补，未为密致耳。今世音律谐靡，章句偶对，讳避精详，贤于往昔多矣。宜以古文制裁为本，今之辞调为末，并须两存，不可偏弃也。”方之守旧派，这种观念显然比较通达、全面。又如他评价某些具体作品云：“兰陵萧悫，梁室上黄侯之子，工于篇什。尝有《秋诗》云：‘芙蓉露下落，杨柳月中疏。’时人未之赏也。吾爱其萧散，宛然在目。”裴子野《雕虫论》曾批评刘宋以来不良文风：“罔不摈落六艺，吟咏情性……无被于管弦，非止乎礼义，深心主卉木，远致极风云，其兴浮，其志弱。”颜之推所称赞的萧悫诗描写芙蓉、杨柳，正在裴子野所抨击的范围之内，但二人或赏爱，或指责，态度迥异，此亦颜氏之异于守旧派的明证。

## 二、体大思精：刘勰《文心雕龙》

刘勰(465—532?)，字彦和，原籍东莞莒县(今属山东)，世居京口(时称南东莞，今江苏镇江)。父尚，曾任越骑都尉。勰少孤，家贫，不婚娶。后入建康定林寺依释僧祐，僧祐学识渊博，定林寺藏书极富，勰居寺十余年，精研佛教经论，历览古今经史百家及文学作品。尝梦夜执丹漆礼器随孔子南行，遂始作《文心雕龙》，历时五年左右，至齐末而书成。时沈约有重名，勰欲得其揄扬，无由自达，乃负书候约于车前，状若鬻货；约取读，大加称赏，谓深得文理，常陈之几案。梁武帝天监初，起家奉朝请，兼临川王萧宏记室。迁东骑仓曹参军。出为太末令，有政绩。后授南康王萧绩记室，兼东宫通事舍人。梁武佞佛，天监十六年，祭祀祖庙改用蔬果，而郊祭犹有牺牲；勰上表言郊祭当与庙祭同改，诏许之。迁步兵校尉，兼东宫舍人如故。昭明太子萧统好学，对勰甚加赏接。奉梁武帝敕，与释慧震于定林寺修撰佛经。事毕，遂启求出家，先焚鬓发以自誓，敕许之。乃于寺易僧服，改名慧地，未及一年，病卒。其著作主要有《文心雕龙》传世。

《文心雕龙》是中国古代文论中最为体大虑周的杰作。全书十卷，五十篇，三万七千多字。其中《隐秀》一篇有缺文。全书由总论、文体论、创作论、文学史论及文学批评论等几个部分组成。自《原道》至《辨骚》为总论，揭示全书纲领，为作者论文之理论基础、指导思想的阐述。自《明诗》至《书记》二十篇为文体论，详论各种文体的源流、特色，兼及代表作家作品。自《神思》至《物色》(不计《时序》)二十篇为创作论，论述创作过程中诸多方面的问题。《时序》、《才略》等四篇为文学史论及文学批评论。《序志》篇是全书的总序，说明写作缘起与宗旨。魏晋南北朝时期，伴随着诗赋等各种文体的创作的空前繁荣，相关的在理论观念上予以概括总结的文字也应运而生，且日趋兴盛。刘勰之前，成就较高、影响较大的文论著述，主要有曹丕《典论·论文》、陆机《文赋》、挚虞《文章流别论》、沈约《宋书·谢灵运传论》等，但多为单篇，涉及问题有限，论述较为粗略。刘勰著《文心雕龙》，体系宏大，结构严密，论述全面细致，探幽索隐，穷形尽相，不仅在当时首屈一指，在中国历代文论著作中无与伦比，而且在世界文论史上也占有十分重要的地位。

### (一)总论

刘勰的《文心雕龙》是在全面总结继承前人理论成就的基础上创作而成的。刘勰生活的时代，儒、道、佛都很兴盛，形成了名教与自然、佛道与儒道相容并存，甚至三教合流的局面。刘勰对儒道玄佛都很精通，他在建构他的文学理论体系的时候，则主要采用了儒家的文学观点，同时兼有道家和佛家的思想，形成兼综百家之说，不受一家之教束缚的论文特色。在全书的总论部分，正体现了这样的特色。刘勰在《序志》篇提到这部分时说："盖文心之作也，本乎道，师乎圣，体乎经，酌乎纬，变乎骚，文之枢纽，亦云极矣。"在《原道》篇中，刘勰提出了"自然之道"的观点，认为天地人都有自己的文，天地万物之美，都是它本身自然就有的。他说：

> 文之为德也大矣，与天地并生者何哉？夫玄黄色杂，方圆体分，日月叠璧，以重丽天之象；山川焕绮，以铺理地之形。此盖道之文也。仰观吐曜，俯察含章，高卑定位，故两仪既生矣。惟人参之，性灵所钟，是谓三才。为五行之秀，实天地之心。心生而言立，言立而文明，自然之道也。

"日月叠璧"为天之美，"山川焕绮"为地之美，此为"道之文"，人为"五行之秀，实天地之心"，人亦有文的"自然之道"。人有心思即有语言，有语言即有文采，这也是自然而然的。旁及各种动物、植物及云霞泉石等，莫不有其文采，它们或者表现为形文，或者表现为声文，而这些文采也都是自然而然地呈现出来的，都是道的体现。刘勰认为，人文肇始于"太极"，伏羲、文王、周公、孔子等圣人原道心创造和发展了人文，"然后能经纬区宇，弥纶彝宪，发挥事业，彪炳辞义。"刘勰的结论是"故知道沿圣以垂文，圣因文而明道"。这样，刘勰就建立了"一个道一圣一文"的观念体系。由此也可以看出，刘勰之所以要"本乎道"，既不是为了明儒道、弘佛法，也不是为了探究哲学上的宇宙本体，而正是为了论文。周振甫在60年代初即说：刘勰的《原道》，完全着眼在文上。这是符合原意的。日本学者兴膳宏认为“文章的生命在于美”是构成《文心雕龙》全书的基调。这是很有道理的。《文心雕龙》以“文章的生命在于美”为基调，首标“原道”以为宗，以“为文必美”作为研究文学理论的出发点，正体现了刘勰“原道”论的实质。事实上，《文心雕龙》全书正是着眼于“文”来立论的。这从他的书名也可以看得出来。他自己解释“雕龙”一词时说：“古来文章，以雕缛成体，岂取驺奭之群言雕龙也？”（《序志》）即使《征圣》、《宗经》也是着眼于“夫子文章”，强调“政化贵文”、“事迹贵文”、“修身贵文”，认为儒家经典“极文章之骨髓”，是文章奥府，因而要求“文能宗经”。《情采》篇说：“圣贤书辞，总称文章，非采而何！”这不仅再次表明了宗经的用意所在，也正反映了刘勰此书立论的着眼点是“文”。

《原道》篇说：“道沿圣以垂文，圣因文而明道”，圣人所垂之“文”就是“经”，这就形成了道、圣、经三者的关系。所以，刘勰在《原道》篇后紧接以《征圣》、《宗经》。刘勰认为，圣人能“鉴周日月，妙极机神”，“妙极生知，睿哲惟宰”。“性灵所钟”的人，本是“五行之秀”，具有超越常人智慧的圣人，更能全面鉴察自然万物而洞晓事物的深微奥妙。圣人之心，合乎自然，圣人之文，明乎大道，因而，道、圣、文完全是一致的。在这里，“圣”是儒家的圣人，文是儒家的经典，这是显而易见的，但是，刘勰在《征圣》、《宗经》两篇中，并没有阐说儒家思想主张或者对儒家经典进行训释，而是处处论文。如《征圣》篇，首先说：“政化贵文之征”、“事迹贵文之征”，“修身贵文之征”。此即所谓“三征”。接着说：“繁略殊形，隐显异术；抑引随时，变通会适。征之周孔，则文有师矣。”然后说：“体要与微辞偕通，正言共精义并用。圣人之文章，亦可见也。”总起来说就是：“然则圣文之雅丽，固衔华而佩实者也。……若征圣立言，则文其庶矣。"可知在《征圣》、《宗经》两篇中，刘勰并没有明确提出文学要宣扬儒家的思想观点的主张，而他反复强调与论证的，却是儒家圣人的文章如何写得好，内容充实而形式完美，繁略隐显各得其宜。"体要与微辞偕通，正言共精义并用"，以及"详略成文"、"先后显旨"等。

作为指导文学创作和评论的总原则，刘勰在《征圣》、《宗经》篇中提出了一些重要的文学主张。第一，重视文学的教育作用。在这一点上，既有继承儒家传统文艺思想的因素，又有针对时弊的因素。儒家一向重视文学的教化功能，《毛诗序》说："风，风也，教也，……先王以是经夫妇，成孝敬，厚人伦，美教化，移风俗。"刘勰也重视诗文的风教意义，《征圣》篇提出的"三征"中，第一项即"政化贵文之征"，即强调文学在国家政治教化中的重要作用。《宗经》篇也首论"经"乃"不刊之鸿教"，五经"义既埏乎性情，辞亦匠于文理，故能开学养正，昭明有融"。因为五经有充实的内容和完美的形式，所以它能发挥良好的教化作用。刘勰强调文学作品对于人的性情的表达，而没有提出文学作品进行教化的具体内容，这就使他显得比汉儒站得更高，他的结论也具有更普遍的意义。魏晋南北朝时期，儒学衰微，名教废弛，文学创作"习华随侈，流遁忘反"。有的文学作品缺少积极向上的志趣，反而充斥着不健康的情感，这是刘勰所反对并力图加以纠正的。第二，"矫讹翻浅，还宗经诰"。《征圣》、《宗经》两篇虽兼论形式，但主要的却是强调有教育意义的内容和如何表达这种内容，以反对汉魏以后由丽而淫的趋向，如"或简言以达旨，或博文以该情，或明理以立体，或隐义以藏用"，这也就是"矫讹翻浅"。《宗经》篇末提出："建言修辞，鲜克宗经，是以楚艳汉侈，流弊不还。正末归本，不其懿欤。"希望作者能"还宗经诰"，使文学创作回到"衔华而佩实"的正确道路上来。第三，以儒家经典为楷模，建立"衔华佩实"的创作规范。针对六朝时期文学创作注重形式,流于肤浅,甚至内容不健康的时弊,刘勰主张文学创作应以儒家经典为榜样,创造出内容充实,形式优美的作品来。刘勰认为:“圣文之雅丽,固衔华而佩实者也。”所以“衔华而佩实”,就是刘勰文学创作的最高标准。

在《序志》篇中,刘勰把《正纬》、《辨骚》也归于文之枢纽,这引起了后人的争论。纬是配经的,宗经而后正纬,还说得过去,但《辨骚》基本上是一篇楚辞论,又如何作为文之枢纽呢?实际上,无论《原道》、《征圣》、《宗经》,还是《文心》全书,刘勰论述的着眼点始终是“文”,而“深得文理”的刘勰所得之“文理”,主要就是文学艺术之理,所以,他把论楚辞的《辨骚》归入文之枢纽,正是他“深得文理”的重要表现。《辨骚》篇开头即说:

> 自《风雅》寝声,莫或抽绪;奇文郁起,其《离骚》哉!固已轩翥诗人之后,奋飞辞家之前。岂去圣之未远,而楚人之多才乎?

楚辞在中国文学史的地位,就在于它上承《诗经》而下开辞赋,在诗—骚—赋的演变脉络中处于枢纽的地位,这种地位的意义巨大,也就是因为它继承经书而新变为文学作品了。它“取熔经意”,“亦自铸伟辞”,这就为后世的文学创作提供了典范:既能宗经立言,又能创作出“惊采绝艳”的作品。正因为这样,它才能“衣被词人,非一代也”。可见刘勰是以楚辞的特殊历史地位为枢纽,而作为论文的枢纽,主要是楚辞在文学发展过程中的典范意义。

### (二)文体论

从《明诗》到《书记》共二十篇是文体论部分,刘勰自己称这部分为“论文叙笔”,分别论述了诗、乐府、赋、颂到议、对、书、记等三十五种文体,其中还包括一些细目,当时已出现的文体,基本上包罗无遗。刘勰叙说了每种文体的发展概况及其特点,由此总结了晋宋以前各种文体的创作经验，为整部著作的中心内容创作论部分的阐发提供了坚实的依据。

刘勰称这部分为“论文叙笔”，表明他是把这三十五种文体分为“文”和“笔”两部分。在《总术》篇他说：“今之常言，有文有笔，以为无韵者笔也，有韵者文也。”在具体论述中，刘勰正是分“文”、“笔”两部分来论述的。首先论述诗、赋等有韵之文，然后论述史传等无韵之笔。应该看到，刘勰以有韵无韵作为区分文学与非文学的主要标志，还是一种初步的认识，因为有韵无韵并不能作为区分文学与非文学的标志，有些有韵的文体，如颂赞祝盟等，并不都是文学作品，相反，有些情文并茂的散文，却是真正的文学作品。但是，尽管刘勰所论的文体中，有些文体并不属于文学的范畴，但这只能说明刘勰对文学与非文学的界线还不明确，并不影响《文心雕龙》作为文学理论著作的基本性质和崇高价值。

按照《序志》篇的说法，“论文叙笔”部分的每一篇，大致包括四个方面的内容。第一是“原始以表末”，即叙说各种体裁的起源和发展衍变情况。如《明诗》篇的这一部分，首先说：“人禀七情，应物斯感；感物吟志，莫非自然。”说明诗歌的起源。接着从葛天氏乐辞一直叙说到刘宋一代，勾勒出诗歌从古到今的发展演变的概况。有人把这一部分内容称为分体文学史，确是有道理的，尽管它还很粗略，但它提出了很多创见并为后人的研究提供了大量有价值的线索，其意义不可低估。如从《沧浪歌》、《邪径谣》等古代歌谣，讲到东汉比较成熟的五言诗《古诗十九首》，再述说其后各个时代五言诗创作的变化情况。由建安时期“五言腾踊”，“慷慨以任气”的创作风气，变化而为正始时期的“诗杂仙心”，再变而为西晋时期的“稍入轻绮”，三变而为东晋诗歌的“溺乎玄风”，四变而为宋初的“庄老告退，而山水方滋”，并出现了“俪采百字之偶，争价一句之奇”的创作风气。这就大致勾勒出了这几百年间诗歌发展变化的线索。第二是“释名以章义”。即对各种体裁的名称作出解释,并说明其意义。如《明诗》篇对“诗”的解释,首先引《尚书·尧典》中“诗言志”的说法,又引《毛诗序》中“在心为志,发言为诗”的句子加以印证,然后给诗下定义:“诗者,持也,持人情性。”对于其他文体,刘勰也在继承传统观点的基础上结合自己的理解分别给出定义。如“赋者,铺也,铺采摛文,体物写志也”。“颂者,容也,所以美盛德而述形容也。”刘勰用训诂的方法,对各种文体名称作出解释,有些不免显得牵强,而且作为文体的定义,也显得不确当不周密,但他能用简洁的文字来对各种文体的特征作出阐释和概括,并且不乏新颖独到的见解,已经做了前人未曾作过的工作。第三是“选文以定篇”。即在各种文体中选出各个历史时期具有代表性的作家作品加以评论。这一部分是和“原始以表末”部分合起来阐述的,虽然两部分所用材料基本相同,但侧重点不一样,一为阐说文体的发展演变概况,一为对某种文体在各个时期具有代表性的作品进行评论。如《诠赋》篇论述辞赋的发展情况,除概括论述大赋与小赋的不同特点外,还列举出两汉八家有代表性的作家作品进行具体评论。如说司马相如的《上林赋》是“繁类以成艳”,贾谊的《鹏鸟赋》是“致辨于情理”,王褒的《洞箫赋》是“穷变于声貌”,班固的《两都赋》是“明绚以雅赡”,张衡的《二京赋》是“迅发以宏富”,扬雄的《甘泉赋》是“构深玮之风”等,然后又讲到魏晋各主要作家如王粲、徐幹、陆机等人在辞赋的创作上取得的不同成就。在“选文以定篇”这一部分里,刘勰的评论有时以作家为主,有时以作品为主,更多的时候是把作家作品结合起来进行评论,通过评论,反映出各种文体的创作在不同历史时期所取得的成就。所以这一部分既可当作分体文学史来看,它同时又是刘勰作家作品论的重要组成部分。第四是“敷理以举统”。即总结各种体裁的写作法则及其特点。这个方面的内容,是每一篇的重要组成部分,占据着重要的地位。刘勰正是通过对各种体裁在不同历史时期创作情况的论述，总结出各种文体写作上的特点，昭示各种文体在不同历史时期发展演变的轨迹，进而总结出文学创作的一般规律。这部分内容是刘勰全部理论赖以建立的基础，其中也表达了刘勰在文学创作方面的许多创见。如《明诗》篇说：

> 故铺观列代，而情变之数可监；撮举同异，而纲领之要可明矣。若夫四言正体，则雅润为本；五言流调，则清丽居宗。华实并用，惟才所安。故平子得其雅，叔夜含其润，茂先拟其清，景阳振其丽。兼善则子建、仲宣，偏美则太冲、公幹。然诗有恒裁，思无定位；随性适分，鲜能圆通。

刘勰总结出四言诗的特点是"雅润"，五言诗的特点是"清丽"，而不同的作家在诗歌创作上却是各有自己的特点，这是因为不同的作家有不同的才性，所以他们的作品呈现出不同的风格特色，所以刘勰说："诗有恒裁，思无定位；随性适分，鲜能圆通。"这就为创作论中论作品风格与作家性格关系的《才性》篇打下了基础。

刘勰的赋论主要集中于《文心雕龙·诠赋》，这是一篇杰出的赋体文学专论。

刘勰以前的赋论，比较有成就的产生于曹魏与西晋，曹丕、曹植、左思、皇甫谧、挚虞、陆机、陆云等都有一些论赋文字。各家的观点虽存在一些交叉关系，但就基本倾向而言，二曹、二陆论赋重情尚辞，强调感情的抒发、词采的华美；左思、皇甫谧论赋偏于"征实"，强调描写对象的真实；挚虞论赋则较多沿袭政教风化、美刺劝戒的传统观念。从魏晋时期抒情小赋大盛的创作实践来看，曹氏、陆氏兄弟的见解有极强的时代意义；从辞赋批评史的角度看，皇甫、左、挚的观点也自有其不可小视的理论价值。而从整体性上看，以上各家的赋论比较零碎，视野比较狭窄，仅是从某一侧面、某个角度立论，针对性有限，"各照隅隙，鲜观衢路"，不成系统。

刘勰《诠赋》篇的主要贡献在于：它在继承前人辞赋评论成果的基础上，第一次完整系统地将宋齐以前赋体文学之大要作了总结，并对赋的创作原则进行了理论概括。内容包括以下几个方面：

1.“释名以章义”。对关于“赋”的名称作了简要的阐释，指出赋的基本特征是“铺采摛文，体物写志”。关于赋的文体特征，曹丕曾说“诗赋欲丽”，陆机曾说“赋体物而浏亮”，都概括得比较片面，因用语简，字面上未涉及其抒写情志的功能；相比之下，刘勰这八个字是文学批评史上对赋体文学特征的最为精当的概括。

2.“原始以表末”。一方面从纵向角度回顾了赋的渊源流变。先指出这一文体“受命于诗人，拓宇于《楚辞》”，远源是《诗经》，近源是《楚辞》；又指出最早以赋名篇的是荀况和宋玉的作品；接着勾勒了秦汉赋的流变：

> 秦世不文，颇有杂赋。汉初词人，顺流而作。陆贾扣其端，贾谊振其绪，枚、马播其风，王、扬骋其势，皋、朔已下，品物毕图。繁积于宣时，校阅于成世，进御之赋，千有余首，讨其源流，信兴楚而盛汉矣。

秦赋今不见存，但从《汉书·艺文志》著录可证刘说之有据，其中有“秦时杂赋九篇”。由于汉赋的极盛期是西汉，故刘勰这里论述其流变，专及西汉，标举一些有代表性的作家以明其发展轨迹，又总括其创作盛况，以“兴楚而盛汉”一语照应了上文的“拓宇于《楚辞》”，行文颇为严谨。另一方面，从横向角度论述了赋在题材上、体制上的一些情况：

> 夫京殿苑猎，述行序志，并体国经野，义尚光大，既履端于倡序，亦归余于总乱。序以建言，首引情本；乱以理篇，迭致文契。……斯并鸿裁之寰域，雅文之枢辖也。至于草区禽族，庶品杂类，则触兴致情，因变取会。拟诸形容，则言务纤密；象其物宜，则理贵侧附：斯又小制之区畛，奇巧之机要也。

汉魏晋辞赋中的鸿裁巨制，主要是那些以京都、宫殿、苑猎等为题材的作品，如班固《两都》、张衡《二京》、左思《三都》、何晏《景福殿》、王延寿《鲁灵光殿》、司马相如《子虚》、《上林》之类，也有一些述行、序志之作，如潘岳《西征》、冯衍《显志》、张衡《思玄》之类。这些作品中的一部分在结构形式上也有一些特点，即前有序，后有乱。至于历代的短赋，则多数是那些以植物、动物、器物为题材的作品，这些作品在描写上讲究细密，而贵在有所兴寄。

辞赋在体制上有大小之分，本是这种文体自兴起以来的客观存在，但较早在观念上将其明确区分者似乎是汉宣帝刘询。据《汉书·王褒传》记载，刘询曾发表过“辞赋大者与古诗同义，小者辩丽可喜”的议论。刘勰这里将赋从体制上分为“鸿裁”、“小制”两类，显然是吸收了刘询的说法。魏晋时期，一些赋家对咏物小赋的兴寄意义已有一些自觉的认识，如张华在《鹪鹩赋序》提出“言浅托深，类微喻大”之说，这又开了刘勰“触兴致情，因变取会”、“象其物宜，则理贵侧附”说的先声。至于在题材上的归类意识，齐梁以前的一些赋家也有所表现，这种现象较明显地体现在当时的文章总集及赋中。如挚虞《文章流别论》云：“《幽通》精以整，《思玄》博而赡，《玄表》拟之而不及。”这是对各家“序志”赋的归类评论。又云：“建安中，魏文帝从武帝出猎，赋，命陈琳、王粲、应玚、刘桢并作。琳为《武猎》、粲为《羽猎》、玚为《西狩》、桢为《大阅》。凡各有所长，粲其最也。”这是对各家“略猎”赋的归类评论。

嵇康《琴赋序》云：“然八音之器，歌舞之象，历世才士，并为之赋颂。其体制风流，莫不相袭。称其材干，则以危苦为上；赋其声音，则以悲哀为主；美其感化，则以垂涕为贵。丽则丽矣，然未尽其理也……”这是对前代“音乐”赋的归类评论。

谢灵运《归途赋序》云：“昔文章之士，多作行旅赋。或欣在观国，或怵在斥徙，或述职邦邑，或羁旅戎阵……”这是对“行旅”赋，亦即刘勰所谓"述行"赋、萧统所谓"纪行"赋的归类评论。

此外,陆机《遂志赋序》、曹摅《围棋赋序》、陶渊明《闲情赋序》等均有类似形式的关于某种题材的归类评论。显然,刘勰的长处是善于将前人比较分散的见解加以综合。

3."选文以定篇"。列举战国至魏晋的一些代表赋家赋作进行了评论。战国两汉部分列举荀况、宋玉、枚乘、司马相如、贾谊、王褒、班固、张衡、扬雄、王延寿十家:

> 观夫荀结隐语,事数自环;宋发巧谈,实始淫丽;枚乘《菟园》,举要以会新;相如《上林》,繁类以成艳;贾谊《鹏鸟》,致辨于情理;子渊《洞箫》,穷变于声貌;孟坚《两都》,明绚以雅赡;张衡《二京》,迅发以宏富;子云《甘泉》,构深玮之风,延寿《灵光》,含飞动之势;凡此十家,并辞赋之英杰也。

这里不及屈原,有的论者联系刘勰在《诠赋》以外,又置《辨骚》一篇,以为他把"骚"、"赋"视作两种截然不同的文体。这是一种误会。《辨骚》在《文心雕龙》全书的体系中,并非文体论,而属论"文之枢纽"的总论。作者在《序志》篇中说:"盖《文心》之作也,本乎道,师乎圣,体乎经,酌乎纬,变乎骚,文之枢纽,亦云极矣。"在《辨骚》则明确提到:"固知《楚辞》者,体宪于三代,而风杂于战国,乃雅、颂之博徒,而词赋之英杰也。"又,《诠赋》篇在论述赋的渊源流变时,亦明言"灵均唱《骚》,始文声貌";《时序》篇亦云"爰自汉室,迄至成哀,虽世渐百龄,辞人九变,而大抵所归,祖述《楚辞》,灵均余影,于是乎在",此皆可证刘勰并未截然区分"骚"、"赋"为二体。近人黄侃先生说:"彦和论文,别骚于赋,盖欲以尊屈子,使《离骚》上继《诗经》,非谓骚、赋有二。"(《文心雕龙札记》)这一理解是比较合理的。视屈骚为赋,是汉魏晋人的共识,这方面的材料举不胜举,如扬雄称屈作为"诗人之赋",又说"赋莫深于《离骚》",班固称屈作为"贤人失志之赋";曹丕曰:"或问屈原、相如之赋孰愈?"皇甫谧称"屈原之属……赋之首也"。也是南朝人的共识,如鲍照《芙蓉赋》:"感衣裳于楚赋",江淹《莲华赋》:"丽咏楚赋"。这些看法是可取的。区分文体的异同,应察其实,而不可仅着眼于名目。楚辞之影响于后世赋者,实在是至为深远;所以,没有必要拘执于是否以赋题名强把属于同一系统的作品析为二体。至于赋体内部的依照形式差异的类分,如骚体赋、散体赋之分,也是自然的,如同诗体之有四言、五言、七言以至六言、杂言之分一样。事实上,刘勰在吸收前贤合理见解的基础上,已有比较明确的赋体本身的类分意识。他认为屈原是骚体赋之祖,上引《时序》篇一节文字即是;而宋玉则是散体赋之祖,在《诠赋》篇中,他称宋玉之赋"遂客主以首引,极声貌以穷文",又称"宋发巧谈,实始淫丽",正是对汉代枚、马、王、扬、班、张逞辞大赋之来源的精当揭示,所以他在其后列举的汉赋作家的代表作品,多属此类。后人谓宋玉为"汉赋(散体大赋)之权舆"(明　陈第《屈宋古音义》),便是沿袭了刘勰的看法。平心而言,两汉辞赋中最有特色的是这部分"极声貌以穷文"的"淫丽"之作,刘勰将其作者并称为"辞赋之英杰",诚为中肯之论。

魏晋部分列举八家:

> 及仲宣靡密,发端必遒;伟长博通,时逢壮采;太冲、安仁,策勋于鸿规;士衡、子安,底绩于流制,景纯绮巧,缛理有余;彦伯梗概,情韵不匮:亦魏晋之赋首也。

这里称王粲、徐幹、左思、潘岳、陆机、成公绥、郭璞、袁宏为当时的杰出赋家,基本是不错的。王、左、潘、陆、成公、郭六人均为各自所处文学阶段的一流赋家;徐、袁二人今存赋作较少,且为残章断篇,已难副其评,但他们在魏晋时的不凡声誉仍是有案可稽的,如曹丕《典论·论文》称徐幹"长于辞赋",所作"《玄猿》、《漏卮》、《圆扇》、《桔赋》,虽张(衡)、蔡(邕)不过也",袁宏则被称为"一代词宗"(《晋书·文苑传》),这说明刘勰所评并非无因。当然,依我们今人的眼光，魏晋的优秀赋家理应还包括曹植、阮籍、陶渊明等，刘勰没有论及他们，反映了认识的局限。

综上所述，将“原始以表末”与“选文以定篇”两部分文字合观，可简明地了解南朝以前辞赋发展的基本线索及风貌，其价值是以往的赋论所不可比拟的。

4.“敷理以举统”

在前面赋史勾勒的基础上，总结出辞赋创作的基本原则。辞云：

> 原夫登高之旨，盖睹物兴情。情以物兴，故义必明雅；物以情观，故词必巧丽。丽词雅义，符采相胜，如组织之品朱紫，画绘之著玄黄。文虽新而有质，色虽糅而有本，此立赋之大体也。

这里揭示了两个问题，一是创作过程中物、情、辞的辩证关系，一是文质并重的创作原则。刘勰一方面认识到客观外物对主观感情的感召作用，“睹物兴情”，即创作主体在自然景物的触动下兴起绵绵情思，进而运辞品藻，挥毫撰作，与他在《物色》篇所谓“情以物迁，辞以情发”的观点正相符合；一方面又认识到主观感情对客观外物的能动作用，“物以情观”，方能将作者的主观感情融合到所表现的客观外物中，所谓“登山则情满于山，观海则意溢于海”（《神思》），从而达到以情统物，心物交融，在正确反映外物、“义必明雅”的基础上，锤炼出更加巧妙、优美的艺术境界（即“词必巧丽”）。在论述了物、情、辞的关系后，作者便自然地过渡到文质并重的创作原则方面，“丽词雅义，符采相胜”、“文虽新而有质，色虽糅而有本”云云，旨意甚明。

魏晋以来，借助描摹日常所见自然物色以抒写情志的小赋十分兴盛，“物”、“情”关系日渐密切，《感物》、《感节》、《感时》、《秋思》、《秋兴》、《秋怀》、《愁霖》、《喜霁》等赋题屡见不鲜，“睹物兴情”、“联类不穷”成为历久不衰的创作风尚。对此，陆机《文赋》较早从创作论的角度作了总结，提出“遵四时以叹逝，瞻万物而思纷，悲落叶于劲秋，喜柔条于芳春……慨投篇而援笔，聊宣之乎斯文”。刘勰《诠赋》篇则进一步提出“物以情观”的见解，强调了“情”对“物”的能动作用，因而更符合赋家的创作实际，在理论上更趋于周密、完善。至于他提倡文质并重的创作原则，也自有继承前人之外，如陆机《文赋》提出应、和、悲、雅、艳的审美标准，其实也包含文质并重的意思，只不过是不如刘勰的观点显豁而已。

总之，从整体上观，谓《诠赋》是六朝赋论的集大成之作是不过分的。

由于辞赋是汉魏六朝的主要文体，所以刘勰在《诠赋》以外的一些篇章中对此也多有论述。如《杂文》篇论及“七”（枚乘《七发》之属）、“对问”（宋玉《对楚王问》、东方朔《答客难》之属）二种“辞赋之旁衍”（程千帆先生《赋之隆盛及旁衍》载《闲堂文薮》）的渊源流变及风貌特征，《夸饰》篇论述宋玉及汉代马、扬、班、张逞辞大赋善为夸饰的功过，《才略》篇论及汉魏晋代表赋家的创作风貌，见识都有超越前人之处，而对《诠赋》篇有明显的充实作用。

作为大型文学选本，《文选》除书首的序文直接流露了编者的文学观念外，而主要是通过对具体作品的选择，间接地流露其文学观念和审美趣味的。将萧统的选赋情况与刘勰的评赋言论进行一翻比较，可知二人在文学观念与审美趣味上既有相同之处，又有一定的差异。关于前者，下面用简表的形式说明之。

| 萧统选赋 | | 刘勰评赋 | |
|---|---|---|---|
| 子目 | 选赋 | 评语 | 出处 |
| “京都” | 班固《两都赋》<br>张衡《二京赋》<br>左思《三都赋》 | 孟坚《两都》,明绚而雅赡。<br>张衡《二京》,迅发以宏富。<br>左思奇才,……尽锐于《三都》。 | 《诠赋》<br>《诠赋》<br>《才略》 |
| “宫殿” | 王延寿《鲁灵光殿赋》<br>何晏《景福殿赋》 | 延寿《灵光》,含飞动之势。<br>何晏《景福》,克光于后进。 | 《诠赋》<br>《才略》 |
| “郊祀” | 扬雄《甘泉赋》 | 子云《甘泉》,构深玮之风。 | 《诠赋》 |
| “畋猎” | 司马相如《子虚赋》、《上林赋》 | 相如《上林》,繁类以成艳。 | 《诠赋》 |
| “纪行” | 潘岳《西征赋》 | 潘岳敏给,辞自和畅,钟美于《西征》。 | 《才略》 |
| “游览” | 王粲《登楼赋》 | 仲宣靡密,发端必遒。<br>仲宣溢才,……摘其诗赋,则七子之冠冕。 | 《诠赋》<br>《才略》 |
| “鸟兽” | 贾谊《鹏鸟赋》<br>张华《鷦鹩赋》 | 贾谊《鹏鸟》,致辨于情理。<br>张华短章,奕奕清畅,其《鷦鹩》寓意,即韩非之《说难》也。 | 《诠赋》<br>《才略》 |
| “江海” | 郭璞《江赋》 | 景纯绮巧,缛理有余。<br>景纯艳逸,足冠中兴。 | 《诠赋》<br>《才略》 |
| “音乐” | 王褒《洞箫赋》<br>成公绥《啸赋》 | 子渊《洞箫》,穷变于声貌。<br>王褒构采,以密巧为致,附声测貌,泠然可观。<br>成公子安选赋而时美。<br>士衡、子安,底绩于流制。 | 《诠赋》<br>《才略》<br>《才略》<br>《诠赋》 |
| “情” | 宋玉《登徒子好色赋》 | 宋玉赋《好色》,意在微讽,有足观者。 | 《谐隐》 |

从以上简表可以看出，刘勰《诠赋》所论及的战国至魏晋的大部分代表赋家的作品，萧统皆有选录。这体现了二人文学眼光的一致性。

然而，刘、萧二氏的文学眼光还存在着不小的差异，这具体表现在：

1. 对两汉赋家的评论，刘勰主要着眼于那些“极声貌以穷文”的逞辞大赋，而萧统则兼选了一些抒情之赋，如司马相如《长门赋》、班彪《北征赋》、班昭《东征赋》、班固《幽通赋》、张衡《归田赋》《思玄赋》之类，这就比刘勰进一步能反映汉赋的完整面貌。

2. 对魏晋赋家的评论，刘勰仍偏重“京都”、“宫殿”、“音乐”等传统题材，尤其是一些体制宏大的作品，而萧统选录的则多是抒写个人情怀的短赋，如向秀《思旧赋》，曹植《洛神赋》，潘岳《秋兴赋》、《闲居赋》、《怀旧赋》，陆机《叹逝赋》等，这些作品刘勰仅论及《思旧赋》，尚持批评态度（《指瑕》篇：“向秀之赋嵇生，方罪于李斯，与其失也。”）。对比更明显的是，有的作品萧统根本看不上眼，不予入选，刘勰却给以颇高的评价，如他称刘劭《赵都赋》“能攀于前修”，称郭璞《南郊赋》“穆穆以大观”（俱见《才略》篇）。

究其原因，主要在于刘、萧二氏在文学观念与审美趣味上的差异。与萧统相比，刘勰较多地保留着尊经尚古的文学观，他论文标榜“本乎道，师乎圣，体乎经，酌乎纬、变乎骚”（《序志》篇），对魏晋以降，尤其是齐梁文人“厌默旧式，穿凿取新”（《定势》篇）、“多略汉篇，师范宋集”（《通变》篇）的风气颇为不满。与此关联，他在审美趣味上推崇雅正的内容和巧丽的词采相统一的文风，而对雅正内容的理解又倾斜于儒家思想规范，比较狭窄，对抒写个人情怀的作品多有不满之辞，譬如他曾批评建安文人乐府说：“或述酣宴，或伤羁戌，志不出于淫荡，辞不离于哀思。虽三调之正声，实韶夏之郑曲。”（《乐府》篇）可见，他对魏晋以降那些抒写个人情怀的辞赋很少论及,是基于这种观念的。

萧统论文也主张文质并重,但他对于质的理解,较少受儒家传统的束缚。刘勰指责的所谓"淫荡"、"哀思"之作,他予以收录,且专列"哀伤"一目,收录大量这类诗赋。即以赋言,"哀伤"一目收录达七篇之多,为十五个子目中之首位,因而形成与刘勰之好尚颇多乖离的面貌。以我们今人的观点看,这部分作品的文学价值与魅力也要高于其他类型的作品。所以,平心而论,萧统在选赋中表现出的文学眼光,确有刘勰所不及之处。汉魏六朝赋体文学中的大量精华珍品经他的选编得以保存下来。刘勰的赋论与萧统的赋选合璧联辉,互补相映,实为研读汉魏六朝辞赋的重要文献。

《文心雕龙》中的"论文叙笔"部分,不仅是对各种文体及其在不同历史时期的创作情况进行评论,而且通过对各种文体起源和发展演变情况的考察,总结前人的创作经验,为整个文学理论体系的建立打下基础。

### (三)创作论

从《神思》到《物色》二十篇(《时序》除外)是创作论部分。这一部分的内容相当丰富,涉及文艺理论的许多重要问题,因而是《文心雕龙》理论体系的核心部分。

在这一部分中,《神思》篇可以说是《文心雕龙》创作论的总纲,它几乎包蕴了创作论以下各篇的所有重要论点,创作论部分的全部内容,都是按《神思》篇提出的纲领来论述的。在具体论述过程中,虽然各篇的讨论重点有所侧重,但《神思》以下二十篇的主旨,都没有超出这个总纲的范围。《神思》篇中说:

> 故思理为妙,神与物游。神居胸臆,而志气统其关键;物沿耳目,而辞令管其枢机。枢机方通,则物无隐貌;关键将塞,则神有遁心……是以意授于思,言授于意;密则无际,疏则千里。

这段话描述了文学创作的整个过程，提出了文学艺术中物、情、言三要素的三种基本关系。一是物与情的关系。“神与物游……而志气统其关键”，这就是通常所说的心物相接、情景交融的问题。任何文学创作，都不过是如何使客观的物和主观的情相结合的问题，也只有物与情的结合，才能产生文学艺术。但在物与情结合之后，还必须通过恰当的语言文字表达出来，才能成其为文学作品。所以刘勰提出的第二点是言与物的关系。“物沿耳目，而辞令管其枢机。枢机方通，则物无隐貌。”只有运用恰当的辞语，才能把客观事物表现出来。第三是言与情的关系。抒情性是文学作品的根本特征，而语言的功能，就在于序志述时，抒情状物。所以，怎样用恰当的言辞，把作者的思想感情表达得“密则无际”，是文学创作的重要问题之一。

文学理论是文学创作经验的总结。而文学创作所要处理的，主要就是物情言三者的关系。离开物情言三要素的文学创作是不存在的，单独的、分割的物情言，不能构成文学作品。所以，文学创作本身，主要就是如何处理物情言三者的关系，使之以恰当的方式结合起来而成为文学作品。文学创作论以探讨物情言三者的关系为主，正是由文学创作本身的特性决定的。刘勰的创作论体系，正是以《神思》篇为纲，以论述物与情、物与言、言与情三种关系为主构成的，创作论部分的各篇，虽论述的侧重点不同，但都是对这个问题的展开，其中主要包括这样几个方面的内容。

1. 艺术构思论

在中国古代文论史上，陆机的《文赋》是第一篇以艺术构思为中心内容的创作论，刘勰虽然认为它“泛论纤悉，而实体未该”，但刘勰构思论的一些主要论点，正是本《文赋》而来。刘勰继承了陆机文论的精华，创作了《神思》这篇中国历史上第一篇相当全面而系统的艺术构思专论，它不仅描述了艺术构思的全过程，而且提出许多具有规律性的文艺理论概念和美学思想。《神思》篇说：

古人云："形在江海之上，心存魏阙之下"，神思之谓也。文之思也，其神远矣。故寂然凝虑，思接千载；悄焉动容，视通万里。吟咏之间，吐纳珠玉之声；眉睫之前，卷舒风云之色。其思理之致乎！故思理为妙，神与物游。

文学创作是一种精神生产，它的完成，必须通过特殊的精神活动——想象，刘勰形象地描述了想象这种精神活动的特点，它可以"思接千载"，"视通万里"，不受任何时间、空间的限制。刘勰也认识到"神用象通，情变所孕"，即为了创造艺术形象，必须紧密结合具体的物象来进行想象。艺术构思的过程，实质上就是一个心物交融的过程，但这个过程是非常复杂的，仅仅有想象时的心物交融，还不能完成艺术创造的任务，还必须"窥意象而运斤"：

积学以储宝，酌理以富才，研阅以穷照，驯致以怿辞。然后使玄解之宰，寻声律而定墨；独照之匠，窥意象而运斤。

在由客观存在的物到铸造成作品中的艺术形象之间，还有一个"意象"的阶段。在"神思方运，万涂竞萌"的时候，形成的仅仅是一些杂乱无定的形象，只有在作者头脑中对这些尚未成形的意念进行精雕细刻，想象中的形象才渐趋明晰、具体、固定，"意象"才能形成。但是，艺术构思的过程要到作品完成才算结束，所以刘勰又描述了怎样"窥意象而运斤"：

方其搦翰，气倍辞前，暨乎成篇，半折心始。何则？意翻空而易奇，言征实而难巧也。是以意授于思，言授于意，密则无际，疏则千里。

这里首先讲到文学创作中普遍存在的一个实际问题，即艺术想象和语言表达效果的问题。然后述说思、意、言三者的关系。由构思而形成"意"，再由"意"而表达为言辞，刘勰把这三个环节视为艺术构思的完整过程。

2. 风格论

刘勰的风格论是在继承了前人的有关论述，并在当时文学创作高度繁荣从而出现大量成熟作家的社会环境中产生的。刘勰的风格论当然有新的发展或提高，但它却是在先秦以来大量论述形成的基本线索的基础上的发展或提高。这个基本线索就是“文如其人”，《体性》篇说：

> 夫情动而言形，理发而文见，盖沿隐以至显，因内而符外者也。然才有庸俊，气有刚柔，学有浅深，习有雅郑，并情性所铄，陶染所凝。是以笔区云谲，文苑波诡者矣。故辞理庸俊，莫能翻其才；风趣刚柔，宁或改其气；事义浅深，未闻乖其学；体式雅郑，鲜有反其习。各师成心，其异如面。

由于人各不同，因而风格各异。与前人的有关论述相比，这里有两点新发展。一是认为作者不同的才力、气质、学识和习染四个方面构成了风格的决定因素，这是刘勰论风格的一大贡献，也是他风格论的核心。二是认识到作家的风格是“各师成心，其异如面”。这是刘勰论风格的突出成就。刘勰列举了大量的作家作品来阐明个性决定风格和风格多样化的必然规律，在此基础上，第一次提出风格的类型，明确归纳各种风格为八种基本类型。这既表明当时的创作实践中已出现大量不同的风格，才能从实际出发加以归类；也表明刘勰已对风格的成因和各种特色有全面的认识，才能作较为准确的概括和解说。刘勰又提出“功以学成”的著名观点。《体性》篇说“若夫八体屡迁，功以学成。才力居中，肇自血气；气以实志，志以定言”。认识到一个作家风格的形成，是由先天的才气和后天的学习两种因素共同决定的。这样的论述就比前人全面周密得多了。

3. 风骨论

风骨是刘勰文艺理论体系中的重要理论概念和美学范畴之

一。"风骨"一词的出现比较早,但最早把它用作文艺理论概念并将之改造为美学范畴的却是刘勰。由于它是以物为喻,涵义丰富而无明确界定,加以"风骨"二字在《文心雕龙》全书中往往随事设喻,并无严格的统一命意,所以对它的含义的解释,众说纷纭,长期以来,成为《文心雕龙》研究中的热门话题之一。《风骨》篇说:

> 夫翚翟备色,而翾翥百步,肌丰而力沉也。鹰隼乏采,而翰飞戾天,骨劲而气猛也。文章才力,有似于此。若风骨乏采,则鸷集翰林;采乏风骨,则雉窜文囿。唯藻耀而高翔,固文笔之鸣凤也。

很多人根据这段文字的论述,断定"风骨"是指作品的内容。这是单纯地进行文字比类所造成的误解。如果就《文心雕龙》中所有对风骨一词的论述进行考查,可知"风骨"一词与作品的内容与形式有关但又不等于内容与形式。《风骨》篇开始即说:"《诗》总六义,风冠其首,斯乃化感之本源,志气之符契也。是以怊怅述情,必始乎风;沉吟铺辞,莫先于骨。故辞之待骨,如体之树骸;情之含风,犹形之包气。结言端直,则文骨成焉;意气骏爽,则文风清焉。"细绎这段文字可知,"风"是指通过文意或作品的内容所形成的感人力量;而"骨"则是指言辞表达的坚劲有力。刘勰风骨论的内容,正是从一个侧面对"衔华佩实"这一整个理论体系的主线所作的说明。

4. 通变论

《通变》篇是刘勰对唐虞到宋初的文学发展概况所作的历史总结,又是针对魏晋以来的文学发展趋势而提出的文学主张。但人们对于"通变"的理解,尚未取得一致的意见。这主要存在着两种不同的理解:一为继承与革新;一为贯通变化。《通变》篇说:

> 夫设文之体有常,变文之数无方,何以明其然耶?凡诗、赋、书、记,名理相因,此有常之体也;文辞气力,通变则久,此

无方之数也。名理有常，体必资于故实；通变无方，数必酌于新声。故能骋无穷之路，饮不竭之源。

诗赋等文体，有其固定的文体特点和写作规范，这些应该继承和遵守，但具体的表达手法和技巧，却是多种多样的，应该不断变化创新。这里的“通变”，主要是针对“文辞气力”而言，主要是指“文辞气力”方面的发展创新。所以，把“通变”理解为继承与革新是不恰当的。

刘勰的通变论，与《文心雕龙》整个理论体系的主导思想是一致的。《通变》虽不是继承与革新及其相互关系的专论，但全篇所论，也包含着继承与革新之意。所谓“因”即是“继承”之意，“通变”即含有创新之意。《文心雕龙》全书多次提到因革二字，表达的正是继承与革新的意思。所以继承与革新的观点，也是刘勰重要的文艺思想之一。

5. 情采论

刘勰把“衔华佩实”作为《文心雕龙》理论体系的贯穿始终的论文线索，在总论中，他以“志足而言文，情信而辞巧”作为论文的金科玉律，所以情采论无疑是《文心雕龙》全书的理论中心。情采论集中在《情采》篇，则本篇在书中的重要地位是很明显的。《情采》篇也是《文心雕龙》中论述最精彩的篇章之一。该篇开始即说：

圣贤书辞，总称文章，非采而何？夫水性虚而沦漪结，木体实而花萼振，文附质也。虎豹无文，则鞟同犬羊；犀兕有皮，而色资丹漆。质待文也。若乃综述性灵，敷写器象，镂心鸟迹之中，织辞鱼网之上，其为彪炳，缛采名矣。

这段话对文质关系作了精彩的描述，是受到研究者推重的至理名言。它首先提出“圣贤书辞”都有文采；继以“文附质”、“质待文”的相互关系，说明文采之不可无；而归于“综述性灵，敷写器象”的文学创作，更应有“彪炳”的“缛采”。就这段话的总体来看，实质是在论证文采的必不可少。由此可见,刘勰对于文学作品的优美的形式是非常看重的。

刘勰看重文采,并不意味着他把形式放在首位而轻视内容及其对形式的决定作用,在内容与形式的关系上,刘勰认识到内容是第一位的,内容决定形式。《情采》篇说:

> 夫铅黛所以饰容,而盼倩生于淑姿;文采所以饰言,而辩丽本于情性。故情者文之经,辞者理之纬。经正而后纬成,理定而后辞畅。此立文之本源也。

这段话从不同角度论证了内容和形式的基本关系。文质论是设喻以强调内容和形式相互依存之理,经纬相织而成文,同样有内容和形式相互依存的关系,却突出了必先以情为经,然后织以文辞之纬。仍是二者缺一不可,却强调了内容的主导地位。

刘勰继承了前人有关文质关系的论述,深入而周密地论述了文学创作中内容与形式的关系,大大丰富了中国古代文学理论的内容。

## 三、文学史论及文学批评论

《时序》、《才略》、《知音》、《程器》等四篇为文学史论及文学批评论。刘勰的《文心雕龙》是一部文学的史论评相结合的巨著,如果把其中有关史的部分集中起来,可构成一部先秦到宋齐时期的文学史。刘勰在概述自古及今的文学发展概貌的同时,又对历代作家作品进行评论,从而总结出文学创作和文风演变的带有规律性的东西,这既构成其批评论的一个重要组成部分,又是其整个文学理论体系赖以建立的基础。《时序》篇可为代表,如其中对东晋文风的总结:

> 自中朝贵玄,江左称盛,因谈余气,流成文体。是以世极

迍邅，而辞意夷泰；诗必柱下之旨归，赋乃漆园之义疏。故知文变染乎世情，兴废系乎时序。原始以要终，虽百世可知也。

由对某个时代文学现象的评论，总结出文学发展变化的带有规律性的结论，从而令人信服地表达出自己的文学观点。

《文心雕龙》的文学批评鉴赏理论遍及全书的许多篇章，但系统的理论探讨，却集中在《知音》篇。在中国文论史上，对于文学作品的鉴赏与批评，刘勰以前的人们已经做了大量的工作，但对文学批评作系统的理论研究，《知音》篇还是第一篇专论。所以它既是文学批评史上有关论述的继承与发展，它出现在齐梁之际，也是历史的客观要求。汉魏以来文学创作的繁荣，势必引起文学批评的繁荣，而当时的文学批评"淄渑并泛，朱紫相夺，喧议竞起，准的无依"，这就迫切需要建立系统而正确的文艺批评理论。

刘勰在《知音》篇的开头便慨叹："知音其难哉！"表达了对出现文学批评家、鉴赏家的强烈期望。"知音"之难一方面是"音实难知"，一方面是"知实难逢"。他列举了历史上上至帝王，下至博徒的三种人以为佐证。他们或者"贵古贱今"，或者"崇己抑人"或者"信伪迷真"，所以都不能对别人做出客观的评价。

文学作品是用语言塑造形象以反映社会现实的精神产品，对于文学作品的批评与鉴赏，当然更非易事，所以即使是高才博识的人也未必人人都能当批评家、鉴赏家。《知音》篇中说：

> 夫麟凤与麏雉悬绝，珠玉与砾石超殊。白日垂其照，青眸写其形，然鲁臣以麟为麏，楚人以雉为凤，魏民以夜光为怪石，宋客以燕砾为宝珠。形器易征，谬乃若是；文情难鉴，谁曰易分？

那些有形的东西，容易看得清分得明，人们尚且常常将它们弄混，何况具有抽象性的文学艺术，就更难做出客观的评价。文学作品通过艺术形象，来表达作者的思想感情，具有抽象性和复杂性，这是批评难以客观公正的客观因素；而批评、鉴赏者又是有思想有感情的人，他们才能不同，爱好不同，态度不同，这是批评难以客观公正的主观因素。所以刘勰强调“音实难知”，意在使人们注意这些特点，掌握文学批评、鉴赏的特殊性，以进行客观公正的文学批评。

但刘勰相信客观公正的批评鉴赏能够建立起来，他说：“夫缀文者情动而辞发，观文者批文以入情。沿波讨源，虽幽必显。世远莫见其面，觇文辄见其心。”文学作品是作者“情动而辞发”的结果，读者当然也可以“披文以入情”，通过对作品的阅读，体验作者的情感，窥探作者的志趣。但是，在“音实难知”的主客观因素中，读者的主观因素占据更重要的地位。所以《知音》篇提出了对读者的基本要求。

> 凡操千曲而后晓声，观千剑而后识器。故圆照之象，务先博观。阅乔岳以形培塿，酌沧波以喻畎浍。无私于轻重，不偏于憎爱。然后能平理若衡，照辞如镜矣。

读者要对文学作品做出客观公正的评价，需要具有丰富的创作经验，要阅读大量的文学作品，要有正确有效的方法和客观公正的态度。在刘勰看来，这是做好文学批评鉴赏的根本，但要解决“文情难鉴”的问题，还须有具体可遵循的途径，于是他又提出了“六观”说，使读者在阅读文学作品时有所遵循。

刘勰把文学批评和鉴赏十分自然地结合起来，写成一篇完整的“知音”论，这正说明刘勰已相当准确地把握了文学批评和鉴赏的固有特征。

《文心雕龙》是我国齐梁以前的文学理论的总结，其内容的丰富，理论体系的系统严密，在中国古代文论史上是空前绝后的。它的问世，标志着中国古代文学理论的成熟。它的丰富内容，精到的理论观点，对后世产生了巨大的影响，唐宋时代，由于特殊的社会背景，《文心雕龙》的影响主要是潜在的。元明清时期，人们逐渐认识到它的价值，对它进行整理、研究，吸取它的理论观点并用以指导文学创作。尤其是清代，很多学者用极大的气力研究它，并给它以很高的评价。近现代以来，有更多的学者在前人的基础上，对《文心雕龙》进行各种方式，多个角度的研究，取得了丰硕的研究成果，并形成了一门专门学科——龙学。《文心雕龙》虽然早已走向世界，但只有在近百年内，它才真正具有世界性的影响，尤其是近半个世纪内，外国不少学者在研究《文心雕龙》，"龙学"已经成为一门世界性的学问。甚至有极力仿作者。如清人吴曾祺的《涵芬楼文谈》，"全书仿《文心雕龙》之例，分为宗经、治史、读子、诵骚直至设问、欣赏共四十篇，体系颇严，结构甚密。"①

刘勰生活于骈文空前盛行的南朝时期，他也是一位相当卓越的骈文作家。在主张"为情而造文"的前提下，书中列置不少篇章来论述对偶、声韵、用典等问题，可见他对骈体作品的语言美是相当重视的。《文心雕龙》的撰作，运用骈体形式，且达到娴熟优美的境界，作为大部头的著作，这无疑是一个奇迹。大部头的著述，在刘勰同时期的作家中一般是局部地采用骈体，水平高的如释慧皎，他的《高僧传》的"传论"部分在语言上骈俪色彩浓重，其中包括"译经"传论、"义解"传论、"神异"传论、"习禅"传论、"明律"传论、"亡身"传论、"诵经"传论、"兴福"传论、"经师"传论、"唱导"传论，还有置于全书后面的"序录"也呈现出浓重的骈俪色彩。兹引录"亡身"传论片断以窥一班：

> 论曰：夫有形之所贵者身也，情识之所珍者命也。是故飡脂饮血，乘肥衣轻，欲其怡怿也。饵术含丹，防生养性，欲其寿考也。至如析一毛以利天下，则悋而弗为，彻一飡以续余命，

① 《历代文话》第七册，《涵芬楼文谈》解题，复旦大学出版社 2007 年版，第 6561 页。

则惜而不与。此其弊过矣。自有宏知达见，遗己瞻人。体三界为长夜之宅，悟四生为梦幻之境。精神逸乎蜚羽，形骸滞于瓶縠。是故摩顶至足，曾不介心。国城妻子，舍若草芥。今之所论，盖其人也。僧群心为一鸭，而绝水以亡身。僧富止救一童，而划腹以全命。法进割肉以啖人。昙称自馁于灾虎。斯皆尚乎兼济之道，忘我利物者也。昔王子投身，功逾九劫，刳肌贸鸟，骇震三千……

可见慧皎对骈偶形式的运用已相当娴熟。而刘勰全书都用骈文写成，水平则又远逾慧皎之上，堪称天才。前面引文皆可证其水平之高，兹再略举几例。

《辨骚》篇论述屈原、宋玉作品非凡的艺术成就及其对后世广泛而深远的影响：

故其叙情怨，则郁伊而易感；述离居，则怆怏而难怀；论山水，则循声而得貌；言节候，则披文而见时。是以枚、马追风以入丽，马、扬沿波而得奇，其衣被词人，非一代也。故才高者菀其鸿裁，中巧者猎其艳辞，吟讽者衔其山川，童蒙者拾其香草。

《神思》篇论述作家才气不同，文思迟速不一：

人之禀才，迟速异分；文之制体，大小殊功。相如含笔而腐毫，扬雄辍翰而惊梦，桓谭疾感于苦思，王充气竭于思虑，张衡研京以十年，左思练都以一纪，虽有巨文、亦思之缓也。淮南崇朝而赋骚，枚皋应诏而成赋，子建援牍如口诵，仲宣举笔似宿构，阮瑀据鞍而制书，祢衡当食而草奏，虽有短篇，亦思之速也。

《物色》篇论述心物交融问题：

春秋代序，阴阳惨舒，物色之动，心亦摇焉。盖阳气萌而玄驹步，阴律凝而丹鸟羞，微虫犹或入感，四时之动物深矣。若夫珪璋挺其蕙心，英华秀其清气，物色相召，人谁获安？是以献岁发春，悦豫之情畅；滔滔孟夏，郁陶之心凝；天高气清，阴沉之志远；霰雪无垠，矜肃之虑深。岁有其物，物有其容；情以物迁，辞以情发。一叶且或迎意，虫声有足引心，况清风与明月同夜，白日与春林共朝哉！是以诗人感物，联类不穷，流连万象之际，沉吟视听之区。写气图貌，既随物以宛转；属采附声，亦与心而徘徊。……赞曰：山沓水匝，树杂云合。目既往还，心亦吐纳。春日迟迟，秋风飒飒。情往似赠，兴来如答。

不仅对偶工整，且句式灵活多变，或穿插一些虚词助字，用典丰富、妥当，比喻生动形象，读来颇能给人以词清气畅而析理周密的美感，不愧为“深得文理”的大手笔。正如现代著名史学家范文澜先生在《中国通史简编》评云：“刘勰是精通儒学和佛学的杰出学者，也是骈文作者中稀有的高手。他撰《文心雕龙》五十篇，剖析文理，体大思精。全书用骈文来表达致密繁富的论点，宛转自如，意无不达，似乎比散文还要流畅。骈文高妙至此，可谓登峰造极。”前人高度评价《文心雕龙》娴熟的骈体文表述能力，并不为过。

# 主要参考文献

十三经注疏　(清)阮元校刊,中华书局,1980年版。

后汉书　(宋)范晔撰,(唐)李贤等注,中华书局,1965年版。

三国志　(晋)陈寿撰,(南朝宋)裴松之注,中华书局,1959年版。

晋书　(唐)房玄龄等撰,中华书局,1974年版。

宋书　(梁)沈约撰,中华书局,1974年版。

南齐书　(梁)萧子显撰,中华书局,1972年版。

梁书　(唐)姚思廉撰,中华书局,1972年版。

陈书　(唐)姚思廉撰,中华书局,1972年版。

魏书　(北齐)魏收撰,中华书局,1974年版。

北齐书　(唐)李百药撰,中华书局,1972年版。

周书　(唐)令狐德棻等撰,中华书局1971年版。

隋书　(唐)魏征等撰,中华书局,1973年版。

南史　(唐)李延寿撰,中华书局,1975年版。

北史　(唐)李延寿撰,中华书局,1974年版。

资治通鉴　(宋)司马光撰,中华书局,1962年版。

两汉纪　(汉)荀悦、(晋)袁宏撰,张烈点校,中华书局,2002年版。

北魏佚书考　朱祖延撰,中州古籍出版社,1985年版。

玉函山房辑佚书　(清)马国翰辑,广陵书社,2005年版。

玉函山房辑佚书续编三种，王仁俊辑，上海古籍出版社，1989年版。

二十五史补编　中华书局，1958年版。

史通通释　（唐）刘知几撰，（清）浦起龙释，上海古籍出版社，1978年版。

高僧传　（梁）释慧皎撰，汤用彤校注，中华书局，1992年版。

水经注　（北魏）郦道元撰，陈桥驿点校，上海古籍出版社，1990年版。

括地志辑校　（唐）李泰等著，贺次君辑校，中华书局，1980年版。

太平寰宇记　（宋）乐史撰，王文楚等点校，中华书局，2007年版。

方舆胜览　（宋）祝穆撰、祝洙增订，施金和点校，2003年版。

汉唐地理书钞　（清）王谟辑，中华书局，1961年版。

汉唐方志辑佚　刘纬毅辑，北京图书馆出版社，1997年版。

广东新语　（清）屈大均撰，中华书局，1985年版。

世说新语笺疏　（南朝宋）刘义庆撰，（梁）刘孝标注，余嘉锡笺疏，中华书局，1983年版。

世说新语校笺　（南朝宋）刘义庆撰，（梁）刘孝标注，杨勇校笺，中华书局，2006年版。

老子校释　朱谦之校释，中华书局，1984年版。

庄子集释　郭庆藩集释，王孝鱼整理，中华书局，1961年版。

荀子集解　王先谦集解，中华书局，1988年版。

淮南子集释　何宁集释，中华书局，1998年版。

中论校注　（汉）徐幹撰，徐湘霖校注，巴蜀书社，2000年版。

王弼集校释　楼宇烈校释，中华书局，1980年版。

列子集释　杨伯峻撰，中华书局，1979年版。

齐民要术译注　（北魏）贾思勰撰，缪启愉、缪桂龙译注，上海古籍出版社，2006年版。

颜氏家训集解　（隋）颜之推撰，王利器集解，中华书局，1993年版。

北堂书钞　（隋）虞世南撰，天津古籍出版社，1988年版。

艺文类聚　（唐）欧阳询撰，汪绍楹校，上海古籍出版社，1982年版。

初学记　（唐）徐坚等撰，中华书局，1962年版。

太平御览　（宋）李昉等撰，上海古籍出版社，2008年版。

六臣注文选　（梁）萧统编，（唐）李善、吕延济、刘良、张铣、吕向、李周翰注，浙江古籍出版社，1999年版。

全上古三代秦汉三国六朝文　（清）严可均辑，中华书局，1958年版。

先秦汉魏晋南北朝诗　逯钦立辑校，中华书局，1983年版。

骈体文钞　（清）李兆洛编，中州古籍出版社，1990年版。

历代赋汇　（清）陈元龙等编，凤凰出版社，2004年版。

建安七子集　俞绍初辑校，中华书局，1989年版。

建安七子集校注　吴云主编，天津古籍出版社，2005年版。

曹植集校注　赵幼文校注，人民文学出版社，1984年版。

陆机集　金涛声点校，中华书局，1982年版。

嵇康集校注　戴明扬校注，人民文学出版社，1962年版。

阮籍集校注　陈伯君校注，中华书局，1987年版。

王羲之王献之全集笺证　刘茂辰等编撰，山东文艺出版社，1999年版。

谢灵运集校注　顾绍柏校注，中州古籍出版社，1987年版。

鲍参军集注　钱振伦注，黄节补注并集说，钱仲联增补集说校，上海古籍出版社，1980年版。

江淹集校注　俞绍初、张亚新校注，中州古籍出版社，1994年版。

刘孝标集校注　罗国威校注，学苑出版社，2003年版。

何逊集校注　李伯齐校注，齐鲁书社，1989年版。

庾子山集注　（清）倪璠注，许逸民校点，中华书局，1980年版。

徐陵集校笺　许逸民校笺，中华书局，2008年版。

魏晋文举要　高步瀛选注　中华书局，1989年版。

南北朝文举要　高步瀛选注，中华书局，1998年版。

文馆词林校证　（唐）许敬宗编，罗国威整理，中华书局，2001年版。

汉魏南北朝墓志汇编　赵超撰，天津古籍出版社，2008年版。

历代文话　王水照主编，复旦大学出版社，2007年版。

文心雕龙注　（梁）刘勰撰，范文澜注，人民文学出版社，1978年版。

诗品注　（梁）钟嵘撰，陈延杰注，人民文学出版社，1980年版。

玉台新咏笺注　（清）吴兆宜注、程琰增补，穆克宏点校，中华书局，1985年版。

六朝文章新论　谭家健撰，北京燕山出版社，2002年版。

魏晋文学史　徐公持撰，人民文学出版社，1999年版。

南北朝文学史　曹道衡、沈玉成撰，人民文学出版社，1991年版。

中古文学史料丛考　曹道衡、沈玉成撰，人民文学出版社，2003年版。

中国文学家大辞典（先秦汉魏晋南北朝卷）　曹道衡、沈玉成撰，中华书局，1996年版。

八代传叙文学述论　朱东润撰，复旦大学出版社，2006年版。

魏晋南北朝文学批评史　王运熙、杨明撰，上海古籍出版社，1989 年版。

魏晋南北朝文学思想史　罗宗强撰，中华书局，1996 年版。

东晋文艺系年　张可礼撰，山东教育出版社，1992 年版。

南北朝文学编年史　曹道衡、刘跃进撰，人民文学出版社，2000 年版。

中国的自传文学　川合康三撰、蔡毅译，中央编译出版社，1999 年版。

鲍照年谱　丁福林撰，上海古籍出版社，2004 年版。

汉魏晋南北朝诔碑文研究　黄金明撰，人民文学出版社，2005 年版。

昭明文选研究　傅刚撰，中国社会科学出版社，2000 年版。

中国学术思想史论丛（卷三）　钱穆撰，安徽教育出版社，2004 年版。

刘咸炘学术论集（子学编）　刘咸炘撰，黄曙辉编校，广西师范大学出版社，2007 年版。

汉唐间史学的发展　胡宝国撰，商务印书馆，2003 年版。

六朝文学地理研究　胡阿祥撰，南京大学出版社，2001 年版。

太康文学研究　姜剑云撰，中华书局，2003 年版。

魏晋咏物赋研究　廖国栋撰，文史哲出版社，1990 年版。

东汉三国的谈论　刘季高撰，上海古籍出版社，1999 年版。

汉魏六朝的思想和文学　风村繁撰，陆晓光译，上海古籍出版社，2002 年版。

清水茂汉学论集　清水茂撰，蔡毅译，中华书局，2003 年版。

中国通史简编　范文澜撰，人民出版社，1962 年版。

魏晋南北朝史　王仲荦撰，上海人民出版社，1979 年版。

魏晋南北朝史札记　周一良撰，中华书局 1985 年版。

中国哲学发展史(魏晋南北朝卷)　任继愈等撰,人民出版社,1988 年版。

文选集评　(清)于光华集评,清刊本。

赋史　马积高撰,上海古籍出版社,1987 年版。

汉魏六朝辞赋　曹道衡撰,上海古籍出版社,1989 年版。

管锥编　钱钟书撰,中华书局,1979 年版。

闲堂文薮　程千帆撰,齐鲁书社,1984 年版。

八代诗史　葛晓音撰,陕西人民出版社,1989 年版。

中国中古诗歌史　王钟陵撰,江苏教育出版社,1988 年版。

士与中国文化　余英时撰,上海人民出版社,1987 年版。

刘师培中古文学论集　刘师培撰,陈引驰编校,中国社会科学出版社,1997 年版。

**图书在版编目（CIP）数据**

齐鲁文人与六朝文风/王琳著. —济南：齐鲁书社，2008.12

（齐鲁文化与中国古代文学研究丛书/王志民主编）

ISBN 978－7－5333－2146－8

Ⅰ.齐… Ⅱ.王… Ⅲ.文学研究－中国－六朝时代 Ⅳ.I206.2

中国版本图书馆 CIP 数据核字（2008）第 206021 号

齐鲁文化与中国古代文学研究丛书

王志民　主编

**齐鲁文人与六朝文风**

王　琳　著

---

**出版发行**　齊魯書社

**社　　址**　济南经九路胜利大街 39 号

**邮　　编**　250001

**网　　址**　www.qlss.com.cn

**电子邮箱**　qlss@sdpress.com.cn

**印　　刷**　日照日报印务中心

**开　　本**　880×1230　1/32

**印　　张**　14

**插　　页**　2

**字　　数**　339 千

**版　　次**　2008 年 12 月第 1 版

**印　　次**　2008 年 12 月第 1 次印刷

**标准书号**　ISBN 978—7—5333－2146－8

**定　　价**　39.00 元

---